2021 年

山东大学党委宣传部

山大日记

Diary in Shandong University

主　编　桑晓旻

副主编　万广远

山东大学出版社

SHANDONG UNIVERSITY PRESS

· 济南 ·

山大日记

Diary in Shandong University

编委会

山大学子捐献造血干细胞(参见 1 月 16 日、4 月 26 日日记 王子铭、张木子)

“山大日记”八周年巡回展(裴银璐等摄)(参见 4 月 22 日日记 宋烨)

山东大学博物馆（青岛校区）开馆（李琦等摄）（参见 5 月 18 日日记 王昭力）

深入学习贯彻习近平总书记给《文史哲》编辑部重要回信精神研讨会

（刘婷婷摄）（参见 5 月 30 日日记 张潇月）

岩土中心团队为厦门海沧海底隧道建设贡献山大力量(参见 6 月 17 日日记 周炳桦)

本科生毕业典礼(刘婷婷摄)(参见 6 月 23 日日记 武俊辉)

120 周年校庆倒计时 120 天（张丹丹摄）（参见 6 月 16 日日记　齐向东）

第六届齐鲁青年论坛（王莉莉摄）（参见 9 月 28 日、10 月 5 日日记　王璐璐、陈博）

庆祝山东大学建校 120 周年大会(王莉莉摄)(参见 10 月 15 日日记 曹晓武)

庆祝山东大学建校 120 周年音乐舞蹈晚会《为国育贤》(杨云雷摄)(参见 10 月 16 日日记 田思祺)

学习习近平总书记"七一"重要讲话精神系列巡讲会(郭迪摄)(参见 10 月 30 日日记 张铭清)

"党的十九届六中全会精神青年宣讲团"成立(赵方方摄)(参见 12 月 18 日日记 张琪悦)

序　言

春去秋来，寒来暑往，这是《山大日记》陪我们走过的第九个年头。在这里，我们一起书写故事，雕刻时光。一篇篇日记，承载着山大人不同的精彩；每天由不同山大人讲述的故事，成为岁月的珍藏。

2021年是党和国家历史上具有里程碑意义的一年，也是山东大学历史上浓墨重彩的一年。这一年，我们收到习近平总书记给《文史哲》编辑部全体编辑人员的回信，牢记习近平总书记嘱托，不断增强做中国人的骨气和底气，强刊兴学，推进"学科融合创新计划"和新文科建设。这一年，恰逢建党100周年，我们扎实开展党史学习教育，大力弘扬伟大建党精神，引领推动学校事业实现内涵式高质量发展。这一年，我们成功举办120周年校庆，集文化校庆、学术校庆、开放校庆于一体，强化"百廿山大，强校兴国"的责任担当，汇聚起建设中国特色世界一流大学的磅礴力量。这一年，我们深入总结"十三五"和"双一流"建设的成效，科学编制"十四五"规划，顺利开启"双一流"新一周期建设。这一年，我们"三全育人"和"五育并举"展现新作为，服务国家重大战略再添新成果，太空、海底、隧道，都留下了山大人奋斗的印迹。这一年，我们制定《山东大学服务山东高质量发展行动方案(2.0版)》，服务社会"山大系"品牌愈来愈响亮。

纸短情长，岁月流转，山大日记讲述着山大人的动人风采。它用平实的笔触记录了山大人的青春与热爱，让我们的成长足迹定格在山大的记忆里。

一日一记，今天的日记就是明天的校史。我们笔下的精彩纷呈既记录着优秀教师的经验之谈、工作人员的辛勤奉献、广大校友的深情追忆，也珍藏着多姿多彩的学子生活和实践活动：课程的魅力、支教的成长、实习的收获、竞赛的拼搏……多彩的日记展现了属于山大人的独家记忆。

一篇篇温情的山大日记编订成一本本有温度的图书，就像冷遇见暖，就有了雨；春遇见冬，就有了岁月；山大日记遇到你，就有了温度与生命。在四季的轮转中，我们将勤恳踏实的追梦之路与崇实求新的奔跑时光留住，将真诚与热爱汇聚起来；未来，我们精耕细作与拼搏奋进的脚步不会停止，我们的故事还在继续，《山大日记》将继续陪你书写精彩！

编　者

2021 年 12 月

目　录

1 月

2 月

3 月

4 月

5 月

6 月

7 月

9 月

10 月

11 月

12 月

1月1日　星期五　晴

水中机器人 KAPI 工程训练参加者·张建阳

“未来有方向，为国尽全力。”看着答辩组专家、国家级教学名师、清华大学傅水根教授发来的《赞水下机器人成功》的长诗，我的心情久久不能平静。回想这一学期的水中机器人 KAPI（知识 Knowledge、能力 Ability、实践 Practice、创新 Innovation 一体化培养的简称）工程训练，我感慨良多。

清楚地记得课程开头，国家级教学名师孙康宁教授给我们讲“新工科”，讲什么是 KAPI，讲无碳小车、水中机器人、面条机等具体项目……每一个项目都充满吸引力。最终我选定了水中机器人项目，与志同道合的伙伴们踏上了 KAPI 之路。

我之前做过很多的科创，参加过很多比赛，但“理论课上所学的知识到底该怎么应用”却一直困扰着我，直到 KAPI 项目开始。当我看到在脑海中的构想变成了三维设计软件（Solidworks）、三维立体软件（UG）、电子工程设计软件（CAXA）中的模型时，当我看到金属工艺学课上的知识指导我们项目实验的选材时，当我看到稷下创新课上的创新方法应用到水中机器人设计时，当我看到工程训练所学的车床、3D 打印等加工技术将我们的图纸一步步变成实物时……我突然意识到，这不就是我一直困惑的“学以致用”吗？知识就是力量，但你只有会运用知识，才能得到力量。

就像孙康宁教授一开始讲的，KAPI 项目都具有“高阶性、挑战性”

的特点，在做水中机器人 KAPI 的过程中，我深刻体会到了这一点。118 天、300 多个小时的漫长征途，四代水下机器人方案的迭代，无数次工训中心与宿舍之间的往返，数不清的汗水洒落。我不会忘记，为了工艺卡上的一个加工细节，我们熬夜讨论到凌晨 2 点；我不会忘记，为了验证我们的想法，我们早上 6 点就起床赶往工训中心；我不会忘记，当遇到困难时，我作为队长既要承担压力又要鼓励队员的复杂心情；我不会忘记，孙康宁教授、张景德教授、张宝枚老师、刘甜甜老师等给我们提出的每一条宝贵意见；我不会忘记，工训中心的师傅们精湛的加工技艺以及对我们的耐心指导……

一路走来，我们遇到了无数的困难、无数的问题，但在我们的努力和老师们的帮助下，最终都一一解决。在项目结项答辩会上，傅水根、李双寿、朱华炳等国内知名专家对我们的项目给予了高度评价，我们的水中机器人终于成功抵达了胜利的彼岸。

KAPI 终有尽头，但是 KAPI 教给我们的知识、能力、精神会永远指引着我们，在今后的学习、生活、工作中，勇敢向前、愈挫愈坚。

“学无止境，气有浩然”，未来可期！

作者：机械工程学院 2019 级本科生　张建阳①

1月2日　星期六　晴

研究生校长奖获得者·陈　杰

伴随着寒潮来袭，本周气温断崖式下降，济南迎来了入冬后的第一场

① 若无特殊说明，本书中作者身份介绍均为其发表日记时的身份。

雪，我再次见到了银装素裹的山大。不知不觉已在山大度过了第 11 个冬天。遥想当年刚入学时的场景还历历在目，转眼间就到了该告别的时刻。

10 年前，我初入校园，年轻懵懂，对大学生活充满向往，同时也有着满满的疑惑。4 年的大学生活，在纠结与奋进中不断转换。最终，我以不错的成绩在山大硕博连读，但深知自己尚有较大潜力未曾发掘。博士研究生阶段，我有幸选择了张承慧教授作为导师。张教授的谆谆教导，使我逐渐消除心中疑惑，坚定了自己未来的研究及发展方向。在导师、学院及学校的支持下，我完成了个人角色的重要转变，从一名青涩迷茫的少年，逐渐变成了一位有理想、有抱负的青年。

学生生涯临近尾声，我再次感受到了山大温度。2020 年 12 月 30 日，我接到单位电话，通知紧急办理应届毕业生落户手续，且须在 2020 年 12 月31 日中午 12 点前将所有手续原件送达上海，否则将错过 2020 年应届毕业生办理上海户籍的机会。由于时间紧迫，我在 2020 年 12 月 30 日晚 7 时许整理好相关材料时，早已过了学校下班时间。而要办好《毕业生就业信息表》手续，需要学院、研究生院和就业指导中心三方联动紧急处理才行，深夜紧急办公难度很大。应届生身份非常重要，倘若相关手续当晚办理不完，材料就无法按时送达上海，而我将失去应届生身份，以后落户会变得相当困难。想到这些，一阵寒意涌上心头。在心灰意冷、准备放弃之际，我还是尝试着拨通了学院、研究生院和就业指导中心有关老师的电话。让我意想不到的是，这三个单位的老师在得知相关情况后，紧急办公协调处理。学院研究生辅导员梁瑞涛和行政科长刘建明连夜加盖公章，启动办理手续；研究生院常务副院长刘国亮、副院长万熠亲自协调，刚下班到家正在吃晚餐的刘润红老师放下碗筷，迎着寒风又踏上了返校的路途；就业指导中心副主任王铁英立刻联络，请仍在加班的于春娥老师一直在办公室等我，帮我办理相关手续。终于，当晚 9 时许，我办完了所有手续，相关材料在 12 月 31 日中午前顺利送达。

对此，我感恩不尽。山大的老师们以实际行动诠释了“以学生为中心”的办学理念，他们对学生高度负责的工作态度，让我在寒冬感受到了春天般的温暖。我特别感谢在此过程中辛勤付出的有关领导和相关工作人员，是你们让我感受到了山大速度以及山大温度。也正是有你们在前面为学生遮风挡雨，才有学生后来的一马平川。

感恩山大，感恩老师。作为山大学子，我无时无刻不享受着山大“福利”，是她呵护着我成长，见证着我进步。我坚信山大终将崛起，由大到强，因你，因我，更因这群可爱、可敬的山大老师们。

作者：控制科学与工程学院2014级博士研究生　陈　杰

1月3日　星期日　晴

国家公派留学研究生项目宣讲会参加者·张寻政

“怀揣留学梦，建设种花家”一直是我内心的小小梦想。来到山东大学的第一天，这个梦想就一直激励着我不断努力，不断挑战自己。本科时，我在山大就遇到了很多优秀的同窗，他们去了斯坦福、剑桥等世界名校；研究生阶段又在山大见到了很多努力的师兄师姐远赴海外求学。曾经的梦想告诉我，要向他们学习。看到国家公派留学研究生项目宣讲会后，我满怀期待，早早来到会场，带上了先前准备的材料，准备一探究竟。

晚上6点，宣讲会准时开始。研究生院常务副院长刘国亮给我们介绍了国家公派出国留学的历史和背景，为我们讲述了很多前辈的留学故事。在祖国发展初期，与西方发达国家的差距很大，很多人克服重重困难学成归国，成为建设祖国的主力军，他们将青春和力量献给了祖国母亲，令我深受鼓舞。刘国亮老师告诉我们，当今国家综合国力显著提升，越来越多的学子能够走出国门实现梦想，我们新时代青年更应该发奋图强，努力学习先进的科学文化知识，出国学习要带着一颗感恩祖国母亲的心。

老师的一番话使我感触颇多。身在他乡，我们的一言一行，都代表着国家和民族的形象。我们出国学习的目的不仅仅在于提升自我，更应该服务和建设自己的祖国。这是一种责任，更是一种不可推卸的历史使命。

随后，研究生院培养办李天一老师，为我们详细地介绍了国家留学基金委相关情况和公派留学各分支项目的规模、需要准备的材料、资助内容和相关公派出国（境）管理规定等。众多高水平的国际合作项目，更让我感受到了世界舞台的广阔。物理学院优秀博士生齐思云师姐分享了申请的经验，结合自身经历提出了很多在申请流程中需要注意的细节和要点，例如，国际导师规定的招收学生数量问题等。会场上三个清晰的大屏幕连接着三个校区。在答疑环节，一校三地的同学们提出了很多相关细节问题，李老师都耐心周到地一一解答。我也记下了之前很多没有考虑到的细节，收获颇丰。

出国留学既是一次难得的机会，也是一次挑战和历练。优中选优、为国家储备拔尖人才是国家公派出国留学项目的初衷。海阔凭鱼跃，天高任鸟飞，历史的接力棒交到了我们手中，莘莘学子更应该在世界发展的大潮中努力向上，和前辈们一样投身祖国的现代化建设中。

作者：信息科学与工程学院2018级硕士研究生　张寻政

1月4日　星期一　晴

威海校区异地挂职干部・朱优县

转眼间，我到威海校区教务处挂职锻炼已经4个月了。回忆起当初第一次来到威海校区，在部门领导和同事的信任、支持和帮助下，我迅速进入角色，很快融入这个团结奋进的集体，感受到威海校区相关部门和学院超强的凝聚力和战斗力。在“做好常规工作，完成规定动作”的同时，我也进一步确立了方向，提升了自我。

在相关部门的指导下，我与挂职同事共同商定，把“文化引领”“工作改革”“协同发展”“学科汇聚交叉融合”作为每月一次的班级研讨会主题，以小组和班级为单位开展了多轮交流和讨论。讨论中，来自三个校区机关和学院的同事们既注重全局，又兼顾细节，取得了丰硕的研讨成果。不拘一格的班级讨论让我们既开阔了视野，又提高了站位。

于我而言，挂职工作中，聚焦“一体发展”“多学科交叉融合”“强院兴校”等一个个问题或目标，我更加深入地了解和认识了不同校区考试招生、人才培养、毕业就业、条件保障、学生发展等模块的亮点与特色。在全新岗位上，面对经验不足、业务不熟的情况，我主动向领导请教，虚心向同事学习，逐渐明确定位、找对方法，很快打开了工作局面。

通过挂职锻炼，我更强烈地感受到交流和持续学习的重要性。在实际工作中，我也更清楚地认识到自身理论水平的不足和工作方式方法的不尽完善。因此，我进一步加强理论学习，提升理论水平和认识水平；同时踏实工作，不断锻炼和提高工作能力。

在新的一年里，我与威海校区教务处同仁将进一步以“交叉融合再创新”为工作指导，以学科“瘦身长高变强”为目标导向，着力于“新增一批，整合一批，撤并一批，优化一批”，坚持“一体发展”和“彰显特色”相统一，加快专业现代化建设步伐，努力打造校区本科教育教学新亮点。

同时，我也将牢记“高教大计，本科为本”，推进“四个回归”，努力打造“一支懂教育的教育教学管理与服务队伍”，致力于全员全程全方位提升教育教学服务人员的管理与服务水平，为进一步提高学校本科教育教学质量付出新努力，作出新成绩。

作者：本科生院工作人员　朱优县

1月5日　星期二　晴

音乐创作者·巩合吉

刚忙完山东大学法学学科复办40周年纪念大会，在前后半年多的系列活动中，同事们日夜兼程。马建红老师整理了40余万字的院史资料；王盛航老师采访老教师、校友，拍出了纪念复办40周年宣传片；学院还举办了近70场学术讲座。而我和田蕙老师、曲仪老师，还有同学们，组织了一场40周年纪念活动的音乐会。

我觉得音乐是个很神奇的东西。它的魅力在于，能瞬间把你拉回到某个场景，找到当时听这首歌时的感觉，想起那个时候的人和事，甚至当时听歌的心情。把自己的经历，用音乐串联起来，也不失为一件浪漫的事情。

此前看到学校启动建校120周年庆祝活动，我心动了，想用音乐记录下这个时刻。因为我是录音师，平常会录制一些音乐小样出来，也会承担一些学校音乐录制方面的工作，比如这次法学学科复办40周年纪念活动。既然有了这个想法，那就系统地整理一下，像马老师整理院史一样，汇编成册，于是就有了这首《一起听的老唱片》。

歌曲创作主要以怀念大学生活为基调，用钢琴带着大家走走当年的小路和湖边，用提琴找找当年的同学，用吉他追忆少年时代，用架子鼓再找回当年的激情。在“济南的冬天”，寻找着“童鱼”，追逐着“幻光”，还有那个“大学路边的少年”。

记录历史的方式很多，比如修编校史、建立校友通讯录，而我，选择了用音乐来记录。愿多年后，大家在听到这首歌的时候，能想起自己的大学时光，也能记得建校 120 周年时的人和事。

出于对音乐的喜欢，2015 年我考取了“国家高级音响师”，回来后做了录音棚，也组建了自己的乐队。那天有位朋友在我的歌下面留言说“热爱可抵岁月漫长”，我的愿望也是在音乐的路上一直走下去。想做，就做了，就是这么简单！

一起听的老唱片

词、曲：巩合吉
制作人：杨天硕
演　唱：巩合吉
混　音：巩合吉

那天、那月、那年
不懂什么是再见，嬉笑寒暄
此时、霓虹、盛夏
很想重来一次，开学那天
一起听的老唱片，在济南的那冬天
每天见面的湖边，寻找那一只童鱼
电台弹唱的歌谣，追逐着幻光
喜欢一个许久未见的少年，在大学路边
时常、想起、曾经
自己神话的过往，是手写的浪漫

忽然、回头、再见
在离别的路口，凤凰花开
一起听的老唱片，在济南的那冬天
每天见面的湖边，寻找那一只章鱼
电台弹唱的歌谣，追逐着幻光
喜欢一个许久未见的少年，在大学路边
时间猝不及防，好像什么都可以，却无能为力
离开那天以后，所有的歌都是关于你

作者：法学院工作人员　巩合吉

1月6日　星期三　晴

优秀退役大学生士兵·王长号

“保家卫国终不悔，绿色军营献青春。”看到校园里再次挂起的征兵宣传横幅，我不禁回想起两年前报名参军的情形。当时我在大二学期末，党委学生工作部、武装部线上线下相结合，从多方面大力宣传征兵政策。我本来还犹豫不决，武装部的老师们得知后与我谈心，为我讲解相关政策，主动答疑解惑并鼓励我在火热的军营里锤炼升华。在老师们的指导下，我递交了申请，经过层层考核，如愿踏上了去往武警交通部队的征程。

军营生活很苦，但很锻炼人。早起出操，深夜站岗，内务整理要一丝不苟，紧急集合随时拉响，烈日寒冬不间断的训练，这些都让人难忘。作为一名大学生士兵，我时刻不忘传承山大人的热血担当。我严格要求自

己，不仅不掉队，还要争当排头兵，争做优秀士兵。为了提高体能，我经常在晚上自由活动时给自己“加小灶”。因服役期间表现出色，我获得了“优秀义务兵”称号，并获嘉奖表彰。

对我来说，部队两年的服役时光是一段难能可贵的经历，更是受益一生的锤炼。部队是个大家庭，战友来自五湖四海，从素不相识到同吃一锅饭、同住一间房、同站一班岗，几年来的朝夕相处、同甘共苦，培养了兄弟般深厚的感情；绿色军营学习、训练、生活等丰富的阅历培养造就了我独立生活、吃苦耐劳、感恩担当的精神和品质，成为受益终生的立身之根、做人之道、成业之本。一路走来，我战胜了困难，收获了成长，实现了从青年学子到新时代合格军人的蜕变。

近年来，学校从学习深造、职业发展、奖助勤贷等方面对退役大学生士兵出台了一系列激励措施，我也凭借着自身努力获得了保研资格，有机会继续深造。在“榜样的力量”优秀学生颁奖典礼中，学校更是首次对优秀退役大学生士兵隆重表彰，并细致地让同是退役军人的老师做好一对一的指导帮助，使我重新回忆起新兵连老班长无微不至的关怀，感动顿时涌上心头。我有幸在山大学子梦寐以求的最高领奖台上身着戎装、胸戴红花、肩挎绶带、手握证书，展示优秀退役大学生士兵的风采。当我从学校领导手中接过获奖证书，闪光灯、聚光灯一齐向我聚焦，听着老师和同学们热烈的掌声，我感到由衷的幸福；看到身边的同学们纷纷转发表彰的报道，我也倍感欢欣鼓舞。人生中的高光时刻，使我更加深刻地体会到参军报国、不负韶华的意义和荣耀。

凡是过往，皆为序章。军队为我们提供了挥洒热血、施展才华的舞台，有着更高的锤炼“温度”和更亮的火花，能锻造不一样的品质。师长的谆谆教诲和殷殷嘱托依旧回响在耳畔，在今后的学习生活中，我将一如既往地发扬部队的优良传统和作风，用军人的韧性和意志，刻苦学习，涵养朴实心境，锤炼务实作风，认真学好专业知识，努力练就过硬本领，为成长成才强力蓄能，在与时代、与国家、与山大同呼吸共奋进中书写灿烂的人生华章。

作者：软件学院 2017 级本科生　王长号

1 月 7 日　星期四　晴

“习近平新时代中国特色社会主义思想青年学习会”宣讲团成员 · 赵昌旭

在“1953 年以来最冷的清晨”，我和宣讲团的其他 5 位成员集合在山大北门，在凛冽的寒风中乘车出发，前往本次宣讲目的地——济南市市中区二七新村街道铁一社区居委会，开展“党的十九届五中全会精神”主题宣讲活动。

经过 30 分钟的车程，我们抵达目的地，开始了 40 分钟左右的宣讲。宣讲过程中，我注意到参与此次宣讲活动的不仅有社区的工作人员，还有许多退休老党员同志。宣讲会上，他们专心、耐心、细心地听着，我感受到他们是抱着真信、真学、真悟的求实态度来听讲的。联想起他们冒着如此严寒的天气积极参与其中，我不禁对老同志们的表现和觉悟肃然起敬！

活动结束后，我们通过问卷的形式了解听众对此次活动的反馈，活动得到了大家的一致认可。相信此次宣讲活动无论对于我们宣讲团成员来说，还是对于社区的党员同志来说，都是一种理论的提高和精神的升华。

理论是有魅力的。要将理论的魅力无限释放，便要紧密依托思想理论宣传工作。作为“习近平新时代中国特色社会主义思想青年学习会”宣讲团的成员，我们义不容辞地担当着这份职责。肩负这份使命与担当，在新时代将马克思主义中国化的最新理论成果学习好、传播好、践行好，将党和国家的最新理论成果向社会积极普及宣传，是宣讲团的立身所在、使命所在，而我作为其中一员也倍感光荣与自豪。

作者：马克思主义学院2020级硕士研究生　赵昌旭

1月8日　星期五　晴

青岛校区图书馆工作人员·马雪赟

昨天是青岛地区有史以来最寒冷的一天，下午两点半，我顶着寒风，迎着冬日阳光，应邀去信息科学与工程学院为大四的学生上课。

光学学科成立50周年庆典的时候，我们在图书馆举办了相关展览。以此为契机，青岛校区图书馆办公室郑老师与信息科学与工程学院连老师建立了良好的沟通和联系。交流过程中，郑老师介绍了图书馆开展的相关业务，以及下一步的重点学科服务相关工作。在谈到图书馆每年为学生举办的“论文写作与检索知识”报告内容时，连老师认为她的学生目前正面临毕业论文写作，急需提高相关能力素养，于是郑老师把我推荐给了连老师，给学生开办讲座。

了解到院系需求后，我从毕业生角度出发，认真准备了课件，为大四即将开始写毕业论文的学生们举办了“文献检索与毕业论文写作”的讲座。讲座分为文献检索概论、图书馆数据库简介、常用数据库、文献管理工具与毕业论文写作四个方面。一小时的课讲下来，同学们听得非常认真，对我提供的写作窍门不时发出由衷的赞叹，课堂气氛活跃，我也为提供了一场学院需要、学生需要的讲座感到十分高兴。

图书馆一直注重内涵式发展，将工作重点放在学科服务等方面，并逐步开展知识产权服务工作，以后还将积极为院系师生提供多维的高效服务。与图书馆举办的其他讲座相比，此次讲座是应学院需求提供的有针对性、较为精准的学科服务，受众更加明确，也更贴近学生需要。我想，图书馆在以后举办相关讲座时，可以多考虑此种模式，加强与院系之间的沟通和交流，为需要的师生举办相应讲座。

走出教室，天气依然寒冷，但是能为学院助力，为学子解疑答惑，我的内心满是愉悦。

作者：图书馆工作人员　马雪赟

1月9日　星期六　晴

土建与水利学院新生研讨课参加者 · 李羽翔

结束本学期最后一科考试后，我再次朗读早已准备好的“新生研讨课”讲稿和 PPT，心中既紧张又期待，因为晚上 7 点就轮到我作报告了。

作为力学系的 2020 级新生，我们尚未安排专业课程，在毫无专业知识储备的情况下，由 1 名或 2 名同学来完成一次关于力学知识的小型报告。虽然对“力学”知之尚浅，但正因为是自己喜欢且感兴趣的课题，我们怀抱极大的激情去准备，查找大量的资料，不断向老师请教。我们都是“力学小白”，而正因为是一张张白纸，才能更好地绘制蓝图。

事实也证明同学们都做得很出色，老师评价我们的表现是“出乎意料”。豆浆、湍流、台风、“舟自横”，斗拱、竹子、钢笔、运动鞋，折纸飞机、徒手劈砖、火箭升空、卫星运行……我们自选的 25 个课题涉及流体力学、结构力学、动力学、生物力学、爆炸力学、刚体力学等力学领域。选题贴近生活，报告由浅入深，加上老师们的拓展讲解，课堂氛围轻松活跃，一问一答中迸发出思维碰撞的火花。

我也感动于老师们的良苦用心。他们认真聆听每一位学生的发言，真诚地点评每一次报告。尤其感谢王少伟和阳生有两位老师，每周五下午的新生研讨课，他们都对我们进行耐心的指导，希望我们做得更好。新生研讨课的设置，让我们的学习生活锦上添花。

经此课，我们得以一窥力学的魅力，打开了力学学习的大门。在今后的学习中，我们必将激情不减、自信满怀。

作者：土建与水利学院2020级本科生　李羽翔

1月10日　星期日　晴

“大学生心理健康教育”课程助教·宋书扉

这学期，我有幸担任了“大学生心理健康”课程的助教。虽然刚开始时手忙脚乱，但最终收获了很多甜蜜。

开学伊始，我们要做的就是核查班内学生信息，并通知每个学生加入智慧树的网络课堂，同时指导他们使用网络课堂按照规定进度学习。这一步，我倒是没什么好烦恼的，但其他助教都或多或少遇到了诸如同学选错课导致系统里没有信息、退学休学转专业导致学籍归属不明等情况。大家都耐心地解决了彼此遇到的问题，就像大家庭一样，互帮互助，其乐融融。

之后就是第一次见面课。课上，我们要及时记录发言的同学名单，并协助老师进行分组。因为我把自己置于比学生更成熟的预设定位，所以看到同学们那些花里胡哨的可爱组名时，我居然产生了一种非常奇怪的“年轻真好”的感叹，虽然明明自己只比他们高了一个年级而已。这种心态的转变是一种非常奇妙、神奇的体验：尝试以一种“大人”的角度与立场去思考和解决问题，尝试成为既体谅老师也不脱离同学群体的“桥梁”。当然，在分组这个环节，我也出过纰漏。一开始为了美观，我做出的小组表格是横向的，这样并不利于后期成绩的统计与录入，好在老师及时提醒了我。这教给我做任何事都要考虑周全，万不能顾此失彼。

第一次见面课后便进入网上学习阶段。出于规律学习的考量，我们要及时查看同学们的学习进度。我和搭档熊宇涛在群内发得最多的消息就是：“同学们要在下次见面课前看完第一章视频，不要刷课哦！”

第二次见面课后进入课本剧排练环节，同时也要开始准备课程分数的核算了。“老师好，请问智慧树上的见面课算分吗?”“助教姐姐，请问互动算分吗?”各种各样的问题接二连三地抛过来，有的早已重复过很多遍，有的令我们也措手不及。有时就差直接反问回去了：“你自己不会看群消息记录吗？难道我没回答过吗?”但是换位思考，如果我面对一门陌生的线上线下结合的课程，也一定会把关于分数的各项规定问个清楚，而且群内消息太多，一不小心划过去没看到也很正常。在这一段旅程里，我是协助老师管理班级的助教，但跳出这个身份，我也是一名学姐，他们所烦恼的，我也曾经历；他们所担忧的，我亦能理解。

第三次见面课是课本剧展示，每个小组都精心准备了剧本，录制好了视频，但受时间限制，最终能够上台演出的也不过寥寥几组，但就这几组也让我感受到了他们的用心与创造力。几分钟的小短片，却拥有曲折的情节、恰如其分的转场剪辑技巧……这样的小组作业，不仅培养了同学们的协作能力，更锻炼了彼此的综合素养。

最后一次见面课就开启课程的收尾工作了，也意味着与这一段旅程的告别。说是旅程可能并不准确，因为他们美好的大学生活才刚刚开始，而我所负责的心理健康课只是其中的一个站台。这一个站台，也让驻守其间的我学到了很多。在这个站台，我更加体谅老师的艰辛，也学到了与他人的相处之道。我与这群即将离站的孩子们，如师、如友，更是山大大家庭里成就彼此、共同学习、共同前行的亲人。

作者：新闻传播学院2019级本科生　宋书扉

1月11日　星期一　晴

“暖阳春苗”项目志愿者·吴　爽

在“暖阳春苗”志愿服务之行结束后第二天的早晨醒来，我才意识到，授课真的完成了。闭上眼，我仿佛又身在前往邹城郭里镇独山小学的大巴车上，与我的老师、同学一起去赴一场传统文化之约。

“暖阳春苗”项目作为中央文明办新时代志愿服务重点项目之一，旨在助力乡村文化振兴。我有幸参与到志愿服务队伍中，致力于学校文化体验教育特色育人模式的社会推广与服务。从接到任务的那一刻起，我就与同伴们、老师们开始了紧张有序的筹备工作。在近两个月的时间内，在诸多老师的指导帮助下，我们不断打磨课件，反复说课、试讲，练习把控时间、优化教具，提升自己的教学素养，只为向孩子们呈现出尽善尽美的传统文化课堂。

3个小时的车程，窗外景色由高楼林立变为民居散布，车道由多道并行变为单道独行——我们来到了一所乡村小学。武术、扎染、汉服、古典舞、传统乐器、文学地理，我们准备的传统文化课程将在这里开展。

我一直认为，中国传统文化是自然与人文交汇的产物，因此我与王琳琪同学共同负责的课程名定为“襟带天地，锦绣山河——感受中华汉服之美”，“天地”与“山河”是汉服承载的至大至美的价值意义。为了上好这堂课，我们做了诸多准备，但当真正踏上讲台时，我才明白成为一名合格的教师有多么不容易。面对突发事件的紧急处理是我此行的最大收获之一。遇到学生在教具未准备完全时提前到达教室、电脑与教室投影设备不匹配、视频播放不了等情况时，我学会了沉着冷静地拿出替代方案，以及相应的课堂管理方法。最终我们度过了一段充满欢声笑语的汉服之旅。

我们应对教育心存敬畏，这不仅因为施行教育之难，更在于教育对人生的影响之大。我来自乡村，长于乡村，我明白教育对乡村孩子的意义，那是他们的人生向上攀登时手中牢牢抓住的藤。孩子们渴求一切知识，渴求一切支撑成长的力量，而这些力量是由一个个教师汇聚传递的。

我看到了很多教师的身影。独山小学的校长，以校为家，带领全校老师从山上一担一担把土石搬运下来，铺就校园平坦的地面，再一棵一棵种下小树，如同期盼着他的学生们成长一样。年近 60 岁的他满怀热情，泥塑、书法、绘画，他介绍自己的作品和学生们的作品时，笑容如同太阳一般灿烂。我看见了曾参加支教的马老师，她在返程路上讲述了 20 年前参与支教的经历，以及教育教学实践对她教师职业道路选择的影响。我还看见了前前后后为教学组奔波劳碌的王老师、范老师，还有很多学长学姐、记者同学，他们都是我的老师，教会了我“老师”的含义。

此外，作为汉语国际教育专业的学生，这是我第一次向小学生们讲述中国文化。在课堂上，孩子们的积极反馈和不断赞叹，让我深刻感受到中国人对自身文化的喜爱是铭刻于骨血的，孩子们对传统文化的感知力是毋庸置疑的。我很荣幸能够作为老师，带领他们一窥传统文化的一角。

我想，时空的前后交汇碰撞是神奇而美妙的。多年后，也许我真正为人师者，把从老师身上所学到的传递给我的学生，也许在带领学生进行文化志愿服务时会诉说我的故事，我会再次从他们的眼中看到熟悉的闪烁的光。

作者：国际教育学院2017级本科生　吴　爽

1月12日　星期二　晴

青岛校区资实处工作人员・盛瑞金

昨天是学生放假离校的日子，学子们拖着行囊、带着一年的收获，健康愉快地踏上了归程。青岛校区资实处召开了全体人员会议，总结全年工作。大家以集体学习陈杰同学关于学校速度和温度的“山大日记”内容为切入点，畅谈机关作风建设体悟。

本以为是一次普通的交流研讨，却在大家的热烈讨论中持续了近两个小时。仔细想想，大概是因为同事们对加强作风建设有着许多的共识和共鸣吧。交流中，大家说了很多事例，其中有几件事让我印象深刻。

科研家具种类多、数量大，办好近千件资产入账工作是一场硬仗。相关同事耐心沟通、用心协助、真心服务，来办理的老师也从不理解到认同再到感激。从同事的讲述中，我体会到，加强沟通协助，落实工作才有共识。

青岛校区新进团队多、新建实验室多、团队初始人员少，如何快速完成实验室空间配置、规划论证、建设立项直到投入使用，是新进人才团队落地发展的必经考验。相关同事按照处里要求，主动多跨一步，努力为新进团队提供周到服务。从同事的分享中，我认识到，加强主动服务，才能为引进团队做好保障。

交流中，还有同事提到，公共实验中心为学生设置了储物柜，并针对曾有学生被误锁个人物品的现象，专门研究储物柜管理模式，采取“一门实验上课、一位教师负责、一把钥匙开锁”的方法，既保障了学生的储物需求，又有效地解决了误锁问题。此外，原来的进口设备外贸代理材料需寄到济南统一办理。2020 年，我所在的资产管理服务团队与资实部、外贸代理研究协调，最终实现了相关手续的邮件办理，校区资产管理服务“两不出”走完最后“一公里”。我感受到，加强问题研究，服务师生才有温度。

结合我从事的设备管理服务工作，我也谈了事例。为配合环境研究院教授入账自制设备，学校资实部和校区资实处、财务处通力合作，解读政策规定、指导建账流程、合并报销款项，在学校财务封账最后一天，按照经费要求完成自制设备入账，为教授的科研项目结题验收保驾护航。我分享的体会是，加强部门协同，服务科研才有力量。

会上，我有幸作了重点发言，总结留校后 12 年的工作：第一个 5 年，作为辅导员，为学生发展服务；第二个 5 年，作为青岛校区启运办、搬迁办工作人员，为青岛校区启用、搬迁、发展服务；现在作为校区资实处的一员，为教学科研服务。我也提出了加强机关作风建设的四点认识：一是谋划改革、下放权限要“用力”；二是设计制度、落实政策要“用心”；三是优化流程、创新服务要“用功”；四是沟通协助、解决困难要“用情”。这是我努力的目标，希望与同事们共勉。

暖暖冬日有春意，一流建设步步急，作风建设在路上，服务提升永不息。

作者：青岛校区资实处工作人员　盛瑞金

1月13日　星期三　晴

石家庄市抗疫志愿者·史宇星

刚与一群志愿者吃了热气腾腾的饺子回到家里，现在还觉得身子暖暖的。在热乎的烟火气中，我结束了一天的志愿者工作。

前两天我算是一个“散兵”，哪里需要我，我就去哪里：帮着疏散过人群，巡查过社区，也搬运过物资，没有固定的任务。

没曾想昨日偶然闲聊，社区区长知道我是山东大学新闻专业的一名学生之后，他突然喜出望外地说道：“山东大学我知道，那你一定也不会差。既然你是学新闻的，帮我们记录一下吧，他们都是好样的，我想给他们都留个纪念。”

就这样，我成了一名“正式工”，透过镜头观察并记录我的家乡和这群可爱的志愿者们。

一箱一箱的蔬菜运进小区，整整齐齐地码在小区的路边，志愿者们有条不紊地开始分拣。每名志愿者负责一个单元楼，住户在手机上发来需要什么，志愿者就打包什么。分好大包小包，志愿者就这样一趟又一趟地把小推车推到楼下，一趟又一趟地爬楼送到居民家里。

二次核酸检测正式开始了。每隔几分钟，志愿者都要到单元楼下通知居民去做核酸检测。他们脚底生风，在我的镜头里风驰电掣；但当他们扶着老人的时候，又格外稳当，一步一步走得很慢，与老奶奶拉着家常，大概是在为石家庄加油打气。然后我看到他们在无人之处直起腰，偷偷地敲打敲打，遂又马不停蹄地去接下一批。

负责巡逻的工作人员最费嗓子，一遍遍地提醒“注意防护，无必要不外出”。不知已巡查了几栋楼，突然有一个小女孩从一楼窗户探出头，给他递了一杯热水，我的镜头捕捉了他湿润的眼窝。只是一瞬间之后，他清了清嗓子，继续开始吆喝。

我的镜头是温热的，镜头下的石家庄是生动的。她从未沉寂，从未低迷，从未放弃。

我记得刘明洋老师说过一句话："新闻人，不辩解，不冲动。带着一颗具有社会良知的心去记录，记录有温度的一切。"这一定是说给现在的我听的，我也这样反复叮嘱自己。

明天我一定会是一名更加优秀的志愿者，因为我是石家庄人，也因为我是一名山大新闻系的学生。

作者：新闻传播学院 2019 级本科生　史宇星

1 月 14 日　星期四　晴

"卿春有你"社会实践团队成员·冯雨萱

这两天的校园已经变得有些空空荡荡，但早上 7 点就出发的校车上处处洋溢着大家高昂的热情。

从本周起，山东大学"卿春有你"社会实践团队成员到千佛山校区与材料科学与工程学院林晓航老师讨论实验计划，明确实验目标——探寻铝铁硅细化铝硅合金中铁的作用。我们对接下来的实验日程和内容进行了详细规划，并根据疫情防控需求，决定对实验进程适当调整。

实验第二天，成员们首先按照流程将原料切割成厚度为 5 mm、长宽均为 10 mm 的长方体。虽然切割这一项任务积累了前一天的经验，操作已经比较熟练，但由于试样过小、切割难度较大，所以我们在切割上耗费了较长时间。其次是对试样进行超声处理，目的是去除表面杂质。最后是对试样进行腐蚀。因为不知道具体的腐蚀时间，所以团队成员进行了一次预试验：将试样放在烧杯中，并加入浓度为15%的硫酸溶液腐蚀，腐蚀时间为1.5个小时。腐蚀完成之后，我们清理试样，用水冲洗之后用酒精再次冲洗。在腐蚀试样的同时，各成员对前一天腐蚀试样的硫酸溶液进行了更换，并且按照实验室要求，将废液统一收集起来。

腐蚀过程并不是特别顺利，出现了一个大问题——稀硫酸溶液用完了，所以成员们不得不重新配置。我们把浓度为98%的浓硫酸溶液稀释为浓度为15%的稀硫酸溶液，稀释之后总共得到了400 ml的稀硫酸溶液。大家将得到的稀硫酸溶液装入试剂瓶，最后进行腐蚀过后的清理工作，主要是清洗用过的烧杯还有试验台，避免硫酸残留。这个过程要求成员们严格按照实验安全流程操作，需要精神的高度集中和手下动作的谨慎小心。还好我们有条不紊地完成了稀释过程，也得到了最终要用的试剂。

实验第三天，我们要对预实验的试样做扫描电镜（SEM）检测，观察并取回检测结果。由于设备出现了问题，我们耽误了时间，而且因为没有提前预约而延误了实验进程。这无疑是一个深刻的教训，启示我们在今后的工作中要早做计划和安排。之后，我们把取回的实验照片、数据等结果交给老师并一同分析。根据老师的分析，我们重新定了腐蚀时间，以便得到更好的实验效果。

前几天的工作中我们出现了一些失误，这也让我们积累了很多经验。尤其是有了老师的指导，我们获益匪浅，一定会以更加积极的态度面对接下来的工作。

作者：材料科学与工程学院2018级本科生　冯雨萱

1月15日　星期五　晴

脱贫攻坚访谈参加者 · 王尚文

午后的阳光不时透过云层散落在大地上，但很快又会隐身于云雾中。在回家的路上，刚刚结束访谈的我，脑海中不断浮现出上午与贫困户交流的场景。

今天凌晨5点，我作为山东大学外国语学院“富脑袋”脱贫攻坚宣讲团的一员，坐上了去往栖霞市蛇窝泊镇的客车。天刚刚亮，我们抵达镇上，接着便有提前联系好的村民带我们前往位于柳口村的困难家庭调研访谈。

出发之前，我们已经了解了相关基本情况。被帮扶者因不幸患有21三体综合征，失去劳动能力，且存在语言障碍。多年前，他便已被认定为低保户，每月领取100元左右的老年人补助，以及近400元的额外补助。今年他被认定为五保户，每年能领到近8000元的补助，除此之外也得到了相应的医疗保障。

三轮车在水泥路上一路颠簸，冬风在耳边呼啸。我整理着待提问的问题，时不时地向掌心哈着热气，很快便抵达村口。

走进院子，映入眼帘的是一面镶着大大的“福”字的影壁。走进被帮扶者的家里，他的长兄与我展开了访谈。在访谈中，有一个问题尤其令我印象深刻。我用他能听懂的方言问道：“爷爷，你们村子整体的扶贫效果如何？政府重视吗？”他回答道：“政府非常重视，给我们点对点支援。分管这片区域的区长专门负责俺三弟（即被帮扶对象），每个月都来看望，有时候甚至一个月来两次。每次来都会捎着东西，上次还捎了两双鞋。每次还会问家长里短。”接着，他又给我看了一系列扶贫资料，包括所在乡镇的精准扶贫宣传卡、脱贫攻坚期间残联服务情况一览表等，这进一步提高了我对于脱贫攻坚工作的认识。

回来的路上，脑海里久久浮现着被访谈者的笑脸。这次访谈使我更加直观地认识到了扶贫工作的重要性，也坚定了我做好脱贫攻坚宣传工作的决心。

作者：外国语学院2019级本科生　王尚文

1月16日　星期六　晴

造血干细胞捐献者·王子铭

随着最后一件衣服被整整齐齐叠好放进行李箱，久别家乡的我也即将踏上回家的列车。回望过去的一个学期，令我最欣慰的事莫过于因为自己的一点点坚持和一点点努力，一名素不相识的患者将得到生命的延续。

时光拨回至2020年10月中旬的一天，正在等候电影开场的我忽然接到了一个陌生号码打来的电话：“您好，请问是王子铭先生吗？您在2015年采集血样加入了中华骨髓库是吗？现在有一名血液病患者和您初配成功，您的捐献意愿是否有变化呢？”“没有变化！我愿意！”我放下电话，复杂的思绪瞬间便涌上了心头。对这个消息真实性的疑惑、对自己要给别人带来重生希望的骄傲、对这个世界上有一个人正在经受病痛折磨的心痛彼此交织，五味杂陈。

此后，捐献计划开始有条不紊地进行。2020年11月16日，我被通知进行高分辨血样采集；11月17日，完成血样采集；11月20日，我的血样被送至北京检测；11月30日，经判定检测的10个基因中有9个相合，符合移植条件可以进行移植；12月11日，进行捐献前体检；12月18日，体检合格，确定采集计划……2021年元旦刚过，原本顺利推进的流程却突发波澜。在采集前的最后关键时刻，远在吉林老家的父亲在体检中被高度怀疑为胃癌而收治入院。作为家中独子，我连夜打包好了行李，并且要到了所有任课老师的联系方式，打算办理期末缓考手续后马上赶回老家。

也许是至亲身患重疾的共鸣，出发前，母亲突然打来电话："那你捐献的事情怎么办?""我现在马上就回去商量爸爸手术的事情，赶在9号之前飞回来还来得及。""疫情情况下你这样频繁跨省折腾，万一要是被隔离了还能捐献吗?""这……"一边是生死线上挣扎亟待救命的患者，一边是突患重疾的父亲；一边是给陌生人带来重生的希望，一边是至亲面临死亡的威胁，我觉得命运似乎和我开了一个天大的玩笑。

最终，经过一夜的纠结，我还是决定听从母亲的意见，保险起见留在济南，等待顺利完成捐献。接下来的几天，我似乎成了高压下的陀螺，一边准备着本学期的期末考试，一边查阅各类书籍文献，每天数次与家里电话和视频，沟通下一步治疗方案、解读检验结果、对父亲进行心理疏导，同时根据家里反馈的相关信息再去查找相应资料对父亲的病情进行评估。我也一边积极控制饮食，进行运动，赶在捐献前尽可能地调整身体状态，完成一次高质量的捐献……

2021年1月14日，我走进了曾在新闻上见过无数次的齐鲁医院造血干细胞采集室。顺利完成捐献后，我从患者的感谢信中得知对方是一位常年驻守于祖国西南边陲的边防军人，而父亲的术后病理报告也最终证实属于原位癌且没有淋巴结转移，预后极佳。

这一路的坎坷终于画上了圆满的句号。在捐献的过程中，省市区红十字会的老师、学校和学院的老师、齐鲁医院血液科的老师都给予了我极多的支持和关爱。而我想，我所做的不过是一件平凡的小事，我也不过是山大数万学子中普通的一员。我真心希望能有更多的人加入中华骨髓库志愿者的群体中来，也许，我们都会有缘遇到世界上的另一个自己。

作者：基础医学院2018级本科生　王子铭

1月17日　星期日　晴

威海校区机关党委政治生日活动参加者·杨　青

为了深入贯彻落实习近平总书记关于机关党建的重要论述，建设让学校党委放心、师生满意的模范政治机关，威海校区机关党委经过两个月的悉心准备，终于在2021年伊始，为机关党员们送去了一份“过好政治生日，不忘入党初心”的新年贺礼。

“党员政治生日”活动是机关党委六大工程之一——“固本工程”中的一个创新载体。作为组织者之一，在前期的准备工作中，我和领导同事们怀揣着党员对政治生日的期待，反复商讨活动方案，设计制作生日贺卡，精心挑选书籍礼物，计划以“建立一本‘党员政治生日’册、重温一次入党誓词、开展一次交心谈心活动、收获一份‘政治生日’礼物”这“四个一”为主要形式，为党员们过一个有仪式感且有意义的政治生日，从而使“几名党员过‘生日’，全体党员受教育”。

虽然对活动的环节早已了然于心，但真正作为校区机关党委第一次“党员政治生日”活动的参加者，我的内心仍然激动不已。昨天，我与同月入党的同事们欢聚一堂，接受着组织的祝福，感受着组织的关怀，体会着组织的温暖，共同庆祝属于我们的第一个“政治生日”。

回想入党时在党旗前许下最神圣庄严的承诺和齐唱《国际歌》时的热泪盈眶，今天，胸前佩戴着熠熠生辉的党员徽章，我重温入党的难忘一刻，更加深化了对党的认识，坚定了理想信念，提醒自己要时刻牢记入党初心，做新时代“四有”合格党员。

恳谈会上，我们汇报了自己入党以来在思想、学习和工作等方面的情况，畅谈生日感言，坦诚交心谈话。在这个过程中，我也不断在思考和梳理自己“当初入党为什么、如今在党做什么、今后为党留什么”。岁月荏苒，而我们党对人民的承诺践诺却始终如一。作为一名机关工作人员，我们要时刻在思想上和行动上与党中央保持高度一致，同时不断推进机关特色服务和增值服务；发挥党员先锋模范作用，不断增强机关党组织的创造力、凝聚力、战斗力。

最后，校区党工委副书记李振奎为我们送上了“政治生日”贺卡和学习书籍，并以一名有着35年党龄老党员的身份，寄语机关年轻党员干部要提高政治站位，理论联系实际，锤炼“七种能力”，强化服务宗旨，推进一体发展。在感受党组织对我们政治上关心和精神上鼓励的同时，我们也许下“微心愿”明确自己今后努力的方向：加强学习、快速成长，知行合一、主动谋事，协同发展、形成合力。带着感情和真心服务师生员工，在一校三地一体发展背景下，以落实“强院兴校”攻坚克难的实际行动，推进新时代机关党建高质量发展，为学校“双一流”建设贡献自己的力量。

作者：威海校区党工委组织部工作人员　杨　青

1月18日　星期一　晴

威海校区机关干部政治能力提升班学员·吕兆生

今天下午，作为在新的岗位上接受考验和锻炼提高的党员干部，我很荣幸地参加了威海校区组织的机关干部政治能力提升班，并在开班仪式上聆听了校区党工委书记尹作升作的“旗帜鲜明讲政治，推动校区高质量发展再上新台阶”的开班报告。政治能力提升班为我提供了在学习中思考的机会，开班报告则为我指明了在实践中提升的方向。

习近平总书记2020年12月24～25日在中共中央政治局民主生活会

上强调，全党要加强政治建设，增强政治意识，不断提高政治判断力、政治领悟力、政治执行力。校区党工委举办的这个机关干部政治能力提升班，目的就是要坚决推进一体发展，牢牢抓住关键少数，不断提高政治能力，推动校区各项工作再上新台阶。

会后，我重温了习近平总书记的重要讲话精神，梳理了尹作升书记报告的学习笔记，深感责任重大，使命光荣。尹书记在开班报告中围绕“讲政治”主题，为我们作了深刻阐述和精心辅导。他谈道：“从校区来说，机关部门讲政治就是要弄清楚‘为了谁、依靠谁、我是谁’这三个问题。”这给我指明了方向，找准了定位。“为了谁”，要把一切工作的出发点和落脚点放在对全体教职工的根本利益和安全高度负责上；“依靠谁”，要始终尊重学院的办学主体地位，尊重教职工的首创精神；“我是谁”，要摆正自己的位置，做忠诚干净担当的好党员好干部，在一体发展的背景下，为“三学一体”和“强院兴校”做好“店小二”、当好服务员。

2021年，我又多了一份新职责——担任人事处党支部书记。威海校区目前正处于三期叠加、三转交织的关键节点，政治能力提升班的学习让我领悟到，我们必须要做好党建工作，统筹好改革与稳定的关系，以“钉钉子”精神推进各项工作任务。我也决心结合校区机关党委启动的抓政治建设、抓作风建设，创建“模范型”“引领型”“学习型”“创新型”“服务型”“廉洁型”的“六型机关”的契机，团结带领支部党员同志履行政治责任、提高政治能力，贯彻落实学校党委决策部署，把支部建设得更加坚强有力，推动一体发展，全面打造“新亮点”。

校区机关干部政治能力提升班的学习和研讨将持续半年，需要我学习领悟的不仅仅是以上这些。我将珍惜机遇，不断提高政治能力，克服“本领恐慌”，补齐短板追求卓越，为学校“由大到强”历史性转变作出新的更大贡献。

作者：威海校区人事处、离退休工作办公室工作人员　吕兆生

1月19日　星期二　晴

科学技术研究院退休干部·傅茂笋

时光荏苒，白驹过隙。在这岁新天寒时节，我迎来了退休的日子，科研院为我举行了温馨的欢送仪式。

回首往事，总感到时间过得飞快。即将离开我为之工作和奋斗的科研院，我的心情难以平静。这里面有回忆，有感慨，有释然；有些许伤感和惆怅，更有对领导和同事们的不舍与留恋。

从17岁考入山东医学院卫生系，我在山大已走过了43年的历程。43年间，有学生时代的美好回忆，有初到工作岗位的紧张与兴奋，有工作中的拼搏与进取，有经历挫折的沮丧与失落，也有获得成功的自豪与喜悦。自2005年走上科技管理岗位至今，已走过了17个年头，经历了从科技处到学术研究部再到科学技术研究院的变迁。回顾17年的历程，我对加入科技管理大家庭感到无比欣慰。我感受到了科技管理大家庭人的蓬勃向上，锐意进取；感受到了科技管理大家庭人的真诚奉献，勇于担当；感受到了科技管理大家庭人的团结协作，互助友爱。所有这些都成为我人生中的宝贵财富。

我要退休了，感谢领导对我的指导与关照，使我能顺利走完科技管理的路程，并有所收获；感谢同事们对我的支持与厚爱，使我在科技管理大家庭中倍感温馨与快乐。

我要退休了，但这不是人生奋斗的终点。如果说求学和工作是人生的两段精彩华章，那么退休后的日子将是人生新的一段旅程。我将带着领导的鼓励和嘱托，带着同事们的关心与祝福，走好退休后的路，力争使今后的岁月更加多姿多彩。

虽然即将离开我热爱的工作岗位，但我依然时刻牵挂着科学技术研究院，并将尽我所能助力学校科技发展。我的心始终和大家在一起，我会永远记住与我共事过的每一个人，并希望友情长存。唯愿学校科研事业百尺竿头，更进一步；唯愿各位领导同事工作顺利，事业有成；唯愿各位同仁和家人幸福美满，吉祥安康！

作者：科学技术研究院退休干部　傅茂笋

1 月 20 日　星期三　晴

护理与康复学院本科生·陈思烨

“小孩小孩你别馋，过了腊八就是年。”今天是腊月初八，护理与康复学院的同学们收到了一份来自河南省确山县孩子的特殊礼物。

“大哥哥大姐姐，以后我也要考上山东大学！天气凉了多穿点衣服，多吃点饭。有空一定要来玩。我们一起加油！”72 封情意真挚的手写信通过线上“邮寄”，来到我们眼前。

色彩缤纷的信纸传递着孩子们的问候和祝福。在他们的想象中，我们是漂亮或者帅气的大学生，是“长大”这个过程的完成式，在他们心向往之的大学校园里接受教育。他们稚嫩又童真的语言中流露出对我们的敬佩和羡慕，但更多的是把我们当作素未谋面的大朋友。有的小朋友提醒收信的哥哥姐姐们要增添衣物，有的说要和我们在学业上一起努力、一起加油。

涂鸦点缀的文字承载着孩子们的好奇和梦想。他们古灵精怪，有着奇思妙想。大部分小朋友想成为教书育人的老师、治病救人的医生、发明家等，有的小朋友也有着自己独特的想法，想成为给大家带来快乐的短视频博主，或者想成为电竞选手等。充满童真和创意的理由令人捧腹，也让我们看到了孩子们身上特有的活泼和生命力，看到了他们对未来充满希望。

此外，小朋友还提出了很多问题，问得最多的就是大学是什么样子的。而这就是我们的任务啦。我们纷纷报名，参与到给山区小朋友回信的活动中去，用直白易懂且生动有趣的语言回答他们的一个个问题，同时送上我们的祝福和祝愿。

我回信的那位小朋友的名字与我只有一字之差，通过文字可以看出她是一个懂事听话的女孩，因为她在信中写道，自己有时会一个人看着星星诉说心事，有时也会躲在被子里哭泣。信的最后，她希望自己可以更大胆地参与挑战，也可以更加坚强，不被坏情绪干扰。我有些惊讶于现在的小朋友如此早就已懂事，明白自己的努力方向；同时也感动于她可以如此坦诚信任地向一个陌生人敞开心扉。思索良久，我郑重其事地斟酌词句，写下了一封回信。

真的很希望我的回信可以给小朋友带来帮助，让他们知道素昧平生的人依旧可以相互信任和坦诚相见。如果她在长大过程中的某一时刻，可以从我回信里的某一句话得到启发，那就是我最大的幸运。

作者：护理与康复学院2019级本科生　陈思烨

1月21日　星期四　晴

青岛校区基建处工作人员·高　杰

冬来春已不远，时间在我们的不经意间飞速流转。细数着日子，这已经是我来到山东大学青岛校区的第8个年头。记忆是个美妙的东西，有些生活在记忆中越久远，画面反而越清晰，第一次沿着古老的泰安街走向山东大学青岛校区建设指挥部的情景好像就在昨天。8年的时间，我有幸见证了青岛校区的成长，校区也给了我满满的回忆。

2020年是极不平凡的一年，也是工作上压力极大的一年。受疫情影响，学生公寓S11/13项目无法正常复工建设，按照要求我们必须保证按时交付，确保学生9月初正常开学入住。在工期计划严重滞后、困难重重的情况下，春节刚过，基建处的同志们就第一时间回到工作岗位上。我们同政府单位、学校相关部门、项目总包单位沟通协调，制定了疫情防控复工方案及应急预案，并积极联系工人，安排材料设备进场，调整工期计划。大家放弃了节假日的休息时间，全力以赴投入到工程建设当中，终于顺利完成了学生公寓S11/13的建设任务。

2021年10月，山东大学将迎来建校120周年校庆，我们建设的青岛校区体育馆项目目前已经完成主体施工，春节过后将全面进入装饰装修阶段。但疫情防控不能放松，春节期间的情况还不可预知，基建处工作面临更大的挑战。我们视挑战为机遇，认真梳理了去年的工作，总结经验教训，分析体育馆建设中遇到的问题和难题，制定了春节过后复工方案以及无法正常复工情况下的应急预案，对可能发生的问题提出了有针对性的解决方案。

我已经听见春天的脚步声，越来越近。万物都在积攒着能量，等待着繁花似锦，等待着枝繁叶茂；我们也在积攒着能量，积极研究专家公寓T4-T8、学生会堂、教学科研楼M区、教学科研楼J区、学生公寓B区的规划、投资、设计、建设问题。

曾国藩曾说：“顺境不惰，逆境不馁，以心制境，万事可成。”我们有信心给山东大学120周岁生日送上一份美好的礼物。

作者：青岛校区基建处工作人员　高　杰

1月22日　星期五　晴

哲学与社会发展学院“远景共长征”宣讲团成员·盛　洁

清晨7点半，外面的天色还是半黑，我于睡眼蒙眬间翻出手机，打开昨日宣讲会的录屏反复观看，不由得回想起我们学院“远景共长征”宣讲团的宣讲之旅。

去年年末，我与7位同学自发组成“远景共长征”宣讲团，确定了以党的十九届五中全会精神为宣讲方向，联系了河北某公司的职工作为宣讲对象，并计划于2021年1月21日开展线上宣讲活动。

寒假开始后，我与队友们共同学习了党的十九届五中全会的会议要点并领悟会议精神，在此基础上积极开展宣讲前的准备工作。虽然我们每个人都回到了天南海北的小家中，但是线上讨论进行得火热，大家就解决各类型实际问题的相关措施各抒己见，小小的微信群里每天都有上百条的新消息。在这个过程中，大家磨合意见、明确分工，制定出完善的宣讲活动策划方案，做好了充足的前期准备。我也主动承担了撰写发言稿、搜集党的十九届五中全会精神最新解读的相关资料的任务，并创建了团队公众号。其他成员则分别承担了与公司对接、制作PPT、撰写并发布预热推文等任务，宣讲的前期准备工作有条不紊地展开。

1月21日晚7点半，我把发言稿反复读了几遍，还是按捺不住紧张和焦虑的情绪。我只好先进入腾讯会议，看着会议人数一个个增加，我能感受到听众们的热情，却又非常担心自己发挥不佳，不能很好地把全会精神宣讲出来。

随着宣讲会的开始，我渐渐听不到窗外的车鸣声和邻居家的炒菜声，只能听见自己的呼吸和心跳，还有自己那微微颤抖着的、偶尔会停顿的发言声。看到讨论区越来越多的反馈，我的声音也逐渐有了底气和自信，每一句话都愈发自然和流畅。我们的宣讲会也在队友们的热情讲解和听众们的积极讨论中接近了尾声。

习近平总书记曾说过："青年一代有理想、有本领、有担当，国家就有前途，民族就有希望。"通过本次宣讲活动，我深刻体会到了这句话真正的含义，也明白了理论应与实践相结合，青年人的学习不应只停留在书本上，还应该走向社会，通过高质量的社会实践活动磨炼自身意志、锻炼自身能力。

作者：哲学与社会发展学院2019级本科生　盛　洁

1月23日　星期六　晴

校内双向挂职干部·吕永胜

今天早晨，我抱着刚刚从文印室取回的551份聘书，感到沉甸甸的，这是我2020年9月份到人事部（人才办）挂职以来几乎全部的"工作成果"。

还记得我来人事部（人才办）报到的那天是9月7日。会上，部门领导详细介绍了人事部各个中心的工作内容，明确了我们双向挂职干部的分工。我的主要工作是配合培养发展中心，完成2020年职称聘任工作。面对新的工作内容，我心中充满压力与挑战，同时也小有期待，期待在新的工作岗位上贡献自己的智慧与力量。

学习强基，立足岗位，提高服务质量。在理论学习方面，学习领会习近平总书记对青年干部的要求：全面系统学、深入思考学、及时跟进学、联系实际学。我结合国家对教育评价破"五唯"的导向，系统深入学习学校各个系列职称评价的岗位职责、工作要求、业绩要求等基本条件，为做好岗位工作、服务广大教职医务员工打下牢固的理论基础。在系统学习的过程中，我充分认识到学校工作和基层工作的差异性，也更加明确了学习理论的重要指导意义。一校三地管理模式的协同发展更需要明确、统一的理论指导。

真做实干，勇于创新，提升工作效率。郭新立书记要求挂职干部要动起脑子，要坐住凳子，撸起袖子加油干，真正把挂职锻炼当作是一次成长的机会。在新的工作岗位上，我认真履行岗位要求和职责，在教师和教师外的专业技术职务及岗位聘任工作中整理、核对千余份一览表，规范个人申报、资格审核、会议评审、公开公示等工作环节，组织召开大小会议近40场。我在踏实工作的同时也敢于面对新形势、新挑战，尝试解决各单位、部门之间“最后一公里”的问题，努力提高“两不出”质量和水平，针对表格信息填写不规范等问题逐一进行线上交流，用“数据跑”代替“教工跑”。在挂职锻炼的过程中，我更加充分地认识到真做实干的重要意义，学校“由大到强”的历史性转变需要我们每个人的脚踏实地。

深入反思，勤于总结，完善评价机制。我们作为年轻挂职干部在工作实际中要深入反思、勤于总结。目前学校的职称评价指标体系在“破五唯”的引领下更加科学，更加关注师德师风；在学科交叉融合的大背景下更加注重学科的交叉评价、成果的多元化评价。我在参与职称评定工作的过程中，每天反思工作做法，每周进行一次工作总结，我相信挂职期间积累的工作经验对我今后的工作有很大的帮助，这也是我报名参加挂职的初衷。

转眼间半年的挂职工作即将结束，回忆一下我这半年的挂职给单位带来了什么，我自己又学到了什么，看着整理有序的551份聘书仿佛找到了第一个问题的答案，而我整理的总结和体会也许回答了我的第二个问题。“寸阴是竞”，我将以此为起点，在今后的工作中进一步加强理论学习，提高政治站位，坚定理想信念，在推进“强院兴校”的进程中尽职尽责，为学校“双一流”建设发光发热。

作者：人事部（人才办）工作人员　吕永胜

1月24日　星期日　晴

“希望小屋”爱心帮扶项目成员·李锦良

今天的海滨城市烟台，天很蓝，雪很白，阳光很明媚。在这个温暖的冬日，我特意起了个大早——按照计划，今天是我们“共童努力”希望小屋社会实践团队正式开展实践活动的日子。

其实早在活动正式开展的一个星期前，我们便已经开始了相关的准备工作。队长曲玉晴同学联系了莱山、福山两区团委，并确定了福山区“希望小屋”为我们的实践对接单位。接下来，团队成员分别联系了相应儿童及其监护人，一对一地了解他们的具体需求，并为孩子们准备了学习用品、书籍和衣物。而我也有幸代表整个团队撰写了一封给孩子们的信，表达我们对他们的关心与鼓励。

早上9点，团队4人在短暂的集合与物资交接后，便兵分两路，正式开展实践。我和曲玉晴同学要负责2个镇、3个村共计4个孩子的家访工作，这对人生地不熟的我们来说确实是个不小的挑战。幸运的是，我们所到之处的村民都十分善良，当我们向他们问路时，他们都会十分热心地把我们领到目的地，这也为我们实践活动的顺利开展提供了不小的帮助。

在我们家访的孩子中，有的父亲早逝后跟随母亲长大，有的主要由爷爷奶奶抚养。在他们的生活中，很少有人能为他们提供学业上的指导。而正是为了解决这一难题，学校号召我们返乡大学生参与这一活动，希望我们能以哥哥姐姐的身份为这些孩子们提供更多的帮助。为了更好地辅导他们，我们也在写给他们的信中留下了自己的联系方式，方便他们遇到困难随时与我们联系。

家访时我观察到，当地政府为孩子们修建了“希望小屋”，把他们的房间装修得宽敞明亮、焕然一新。住在这样的房间里，孩子们也有了一隅能够安静学习的角落。而在如此困难的境地，他们的监护人也大都保持着乐观的心态，对孩子们的未来充满希望。而我想，这可能也是“希望小屋”为他们播下的种子吧。

在给孩子们的信中，我写道：“也许对我们大多数人来说，学习并不是一件令人快乐的事，但它的的确确是一件通往未来的法宝。从某种意义上来说，学习是改变你人生的一条捷径，它可以带你前往更加广阔的平台，去拥抱无限可能的未来。”我由衷地希望在政府与各路志愿者的帮扶下，这些孩子们可以通过学习改变自己的命运，拥有一个充满各种可能性的未来。可能我们每个人做不了很多，但我相信，只要我们每个人都付出一点点，这些孩子们一定会如春天的幼苗，在阳光雨露的滋润下茁壮成长。

作者：护理与康复学院 2019 级本科生　李锦良

1 月 25 日　星期一　晴

艺术学院（威海）保资辅导员·张晓敏

“张导，我查了期末成绩，分数挺高，开心！”

上午 10 点，我收到了学生发来的微信。成绩出了，也就意味着研一新生的第一个学期彻底结束了。学生愿意在第一时间与我分享这份喜悦，让我欣喜又感动。感动之余，我回想起自己在这半年时间里成为研究生辅导员的点点滴滴，难免感慨万千。

去年 6 月毕业后，我在 7 月正式入职，成为一名“保资”辅导员。入职不久便接到学院安排，这一年，我将担任研究生辅导员，负责 2018 级到 2020 级研究生的日常工作。辅导员的工作琐碎繁杂且细致入微，我的日常工作也很基础平常。但有时处理工作与报送材料、参加会议、回复学生的微信电话碰撞在一起，经常忙得我焦头烂额。就这样，我度过了大半年喜忧参半的岁月。

刚开始工作，我从最简单的网上预约报销、做会议记录，到迎新生、奖学金评定以及毕业生就业……每一项工作的完成都是靠不断向领导同事请教和自己慢慢摸索完成的。试错的过程就是成长的过程，记不清有多少次感到自责，怎么连简单的工作都能出错呢？记不清有多少个夜晚在加班，走出办公室时才发现天已经黑了，整个教学楼都空荡荡的；记不清这一学期一共做了多少个表格、汇总了多少份材料、写了多少份总结、统计了多少组数据；但我永远都记得带研究生会办羽毛球比赛的时候，大家在操场上挥拍奔跑、欢笑呐喊的场景；记得学院微信平台每天发布新推送时，看到文末写着“审核老师：张晓敏”的那一刻；记得自己成功帮助学生打开心结、消除忧虑，她对我说“谢谢老师”时的笑脸……有了这些，我顿感那些疲惫、那些难过都是值得的。

随着第一个学期的结束，我明显感觉自己的抗压能力慢慢增强、工作越来越得心应手，也学会了如何在实践中总结经验，遇到难题后第一件事不再是掉眼泪、发怵，而是想办法，怎么才能与难题握手言和。

凛冬将尽，新春可期。现在的我，无比期待下学期的到来，因为我想带着学生们一起，在春天播种，在秋天收获。

作者：艺术学院（威海）辅导员　张晓敏

1月26日　星期二　晴

“脱贫攻坚，筑梦有我”主题宣讲团队成员 · 许芸迪

早晨7点，远处的大钟准时唱起《东方红》的曲调。拉开窗帘，系好帘扣，第七声低沉的长鸣刚好落下。窗外是许久未见的浓雾，使人甚至无法看清紧邻的楼房。我望着窗外出神，霎时，一股疑虑卷上心头：今天的街访，会顺利吗？

早在假期前，我们一行七人就计划好，寒假要去实地了解脱贫攻坚政策给家乡带来的变化。寒假以来，经过多次线上会议和群里讨论，我们最终确定了一整套活动方案。我们通过调查问卷收集数据，然后精心准备、开展宣讲、实地走访，听他们讲述脱贫攻坚政策给他们的生活带来的便利。

但是在开展活动时，我们发现社区里很多居民对于食不果腹的生活缺失感知，对于脱贫攻坚政策也缺少认识。这引发了我们的疑问：脱贫攻坚对于帮扶对象以外的人群究竟意味着什么？因此，我们筹划了这次街访活动。

活动地点选择在一个大商场。我们先用事先准备好的小问题随机采访了几名顾客。他们都很热情地接受了我们的采访，给出的答案却是对错参半，其中一位阿姨边看题目边满怀歉意地笑着说：“哎，这些问题我都不大了解呢。”于是这场街头采访又变成了一场场小型宣讲会。

为了解答最初的疑问，我们又开始了关于脱贫攻坚政策对群众生活影响的采访。活动中，我记得有位爷爷讲：“脱贫攻坚就是让我们过上丰衣足食的好日子啊！瞧瞧你们这些孩子天天想吃啥就有啥！”的确，在党中央的领导下，我们的日子越过越好，可是脱贫攻坚政策又是怎么让普通居民过上更幸福的日子呢？最终，我们从一位大叔的回答中找到了答案。他说：“‘授人以鱼不如授人以渔’，扶贫是教给老百姓致富的方法，让我们

每个人都能更加懂得自力更生的精神吧!”

原来，脱贫攻坚不只是一项以实现共同富裕为目标的政策，还是为我们整个社会提供的一剂精神良药。正如习近平总书记所言：“要加强扶贫同扶志扶智相结合，让脱贫具有可持续的内生动力。”对于暖衣饱食的百姓来说，更重要的是在这项政策里懂得自力更生的重要性。

走出商场，空中灰蒙蒙的雾散去了，柔和的阳光洒落在这片站立着无数自力更生、勤劳勇敢人民的土地上。我长舒一口气，今天的街访，顺利完成了!

作者：外国语学院 2020 级本科生　许芸迪

1 月 27 日　星期三　晴

“山海望乡”支教调研团成员·李方政

在寒冷的冬日，看到爱心集款链接中渐涨的数字，我不禁想到了偏远地区孩子们得到书本、衣服的笑颜，心里分外温暖，也心潮澎湃地记录下这难忘的一天。

从 1 月 25 日开始，我所在的“山海望乡”支教调研团响应“微光”志愿服务中心和四川省广元市旺苍县教育局请求，为旺苍县水磨镇中心小学发起爱心捐款。捐款将用于为添置孩子们学习用品和供应免费午餐，为孩子们的健康成长提供部分物质保障。

接到任务后，我立刻行动起来，作为队长召集队员紧锣密鼓地准备筹款事宜，力图为孩子们提供更多的帮助。在设想了多种捐款形式和捐款效果后，我们经过热烈讨论，就筹款模式达成共识，与“微光”公益服务中心联合中华少年儿童慈善救助基金会在腾讯公益 App 共同发起了爱心捐款。为了扩大捐款范围，队伍还通过微信公众号、微信朋友圈和 QQ 空间开展宣传。我们的筹款引起了广泛的反响，得到了同学们和老师们的支持。

截至 1 月 27 日，短短两天时间，仅十六分队一个支队就已吸引爱心募捐者数百人。我感受到了大家对于孩子们的关爱，更感到自己肩上的重任。为了让每一笔钱用到实处、用得放心，我们还为捐款者做了信息登记，为他们发放了网络捐款证书和感谢短信，也将在后续为积极出力的好心人发送支教纪录片。

点滴温暖，汇聚大爱。在此次支教捐款募集中，我们衷心感谢好心人们的帮助，这份关爱将为孩子们增添前进的力量。我也对我们的支教充满期待，希望我们承担山大人的责任、展现山大人的风采。我们将用心对待孩子们、用爱浇灌希望，将爱心进一步传递，让孩子们绽放笑容！

作者：文化传播学院 2018 级本科生　李方政

1 月 28 日　星期四　晴

第二医院医生·郝学喜

去年的 1 月 28 日，我随山东省第二批援湖北医疗队去了黄冈。时光荏苒，已经一年了。抗疫经历让人难以忘记，忘不了那些人、那些事、那些情……

前几天，我在泪眼婆娑中看完了《武汉日夜》。

普通的人，普通的生命，真实的语言，真实的场景。我第一次意识到普通和真实所拥有的那份穿越时空的力量，仿佛又一次置身于那些披荆斩棘、奋勇拼搏的白天和黑夜。我和无数的队友就是曾在战场上拼杀的人，是这场不见硝烟战争的亲历者和实践者，往事历历在目。

离开聊城老家赶赴湖北黄冈的一幕幕又一次在眼前浮现。去年年关将至，我怀着阖家团圆的心情，带着妻子、孩子回到聊城老家。夕阳西下，我和妻子走在冬日萧索的田野，灌溉渠里结着厚厚的冰。跪在母亲的坟前，母亲在世时的音容笑貌在头脑中一一掠过，我的眼睛又一次湿润。大年三十的晚上，父亲见我不停地在院子里打电话，问我有什么事，我怕他担心，只能轻描淡写地搪塞：医院里有事。大年初三一早，我从被窝里拖出还在熟睡的孩子，匆匆与父亲告别，说要赶去值班。看一眼父亲满头的白发，我不敢直视父亲的眼睛，匆匆钻入驾驶室，一路在略显空旷的高速上疾驰。孩子在车内睡熟，妻子不断叮嘱我注意防护，眼睛里闪烁着无法表述的担忧。正月初八，父亲还是从电视上看到我已身在黄冈，不善于用微信的父亲用手机给我发了一条短信，只有短短两个字：保重。

工欲善其事，必先利其器。回忆抗疫历程，防护装备最大限度地保证了医护人员的安全，远程视频会议系统更让我们如虎添翼。在黄冈抗疫一线，重症监护病区被称为“红区”，实施三级防护，穿两套防护服、两层鞋套，戴两只口罩、两副手套，还有面屏、护目镜。这套装束把我们包裹得密不透风，我们每天都在体会汗水顺着脊背流淌、如同洗桑拿的感觉，走出病区，冷风一吹，又像进入了冰窖，50 多个日日夜夜就这样循环往复。2020 年 3 月 5 日上午 10 点，一场连接济南、山东省第二批援湖北医疗队驻地和黄冈 5 个县市的远程会诊准时开始，众人共同讨论 3 例新冠肺炎重症、危重症患者的病情，优化治疗方案。我们迎来一批批患者，又送走一个又一个康复者。康复者高高竖起的大拇指、深深弯下去的腰和发自肺腑的“谢谢”，是对医务工作者的褒扬，更是对生命的渴望。

诊疗和救治生命是一个医生的职责。多年的工作积累，很自然地会成为一种职业本能，这源于对生命的敬畏和对护佑生命的虔诚。在艰险的环境中，看见高龄重症患者睁开双眼时、新冠合并妊娠患者出院时，救治生命的使命和荣誉感立刻在心底升腾。2020 年 3 月 18 日，黄冈大别山区域医疗中心清零，我陪着被重症四组抢救回来的老范走出病区，觉得那天的阳光格外耀眼。

2020 年的春节，赴湖北抗疫；2021 年的春节，到北京学习。河北、吉林、黑龙江局部疫情出现反复，特别是近期呈现出零星散发和局部聚集性交织叠加的态势。若国家、医院有需要，我将随时准备投入到抗击疫情的工作中去，践行一个医者的责任和担当，践行一个党员的初心和使命。

作者：第二医院医生　郝学喜

1 月 29 日　星期五　晴

机械工程学院党委书记 · 刘　杰

岁末年初，完成了各项工作的总结、考核和评审。时间过得真快，自 2019 年 12 月 24 日来到机械工程学院任党委书记至今，已经一年过去了。记得上任伊始就遭遇到了新冠病毒疫情的突袭，我和学院全体师生一起经历了疫情的考验。2020 年是我感受最深、最难忘的一年，也是收获最多的一年。在这一年，我切身感受到了党和国家对人民的关怀和关爱，感受到了学校的温暖和守护，看到了返校同学们对学校学院最真挚的感激、感谢之情，更收获了同志之间团结协作、同心抗疫的感情和友情。

过去一年，学院党委带头落实管党治党责任，强化理论学习和纪律作风建设，营造风清气正良好氛围。本年度召开系列党委会和党支部书记例会，研究部署全面从严治党工作，并召开数次全院大会进行各项工作动员部署，健全了线上线下、课上课下阵地防控体系，建立了教师教学全员督导制度。我们助力脱贫攻坚，对接确山朗陵街道定点帮扶，校地共建党支部；深入实施文化引领战略，凝练弘扬“艾兴精神”，开展迎接中国共产党成立100周年和建院95周年系列活动，抓好省级标杆党支部验收准备，取得系列党建成绩；同时以党建带团建、带群建，成立了工科首个院级青年联合会，组织师生党员赴革命教育基地学习；积极组织文体活动，教职工参加学校广播体操比赛获得一等奖。

回顾任职以来的工作，有经验，有不足，但更多的是深深的体会和感悟……

体会之一：党政同心，其利断金。面对突如其来的疫情考验，学院党委领导班子和广大教职员工英勇奋战、扎实工作，形成了树枝状的疫情防控构架。我和院长靠前指挥，挺在前面，形成了班子成员、教工支部书记、导师队伍、班主任、辅导员、学生干部以及宿舍舍长为主体的横到边、纵到底的网格化疫情防控体系，把疫情防控作为最重要的任务抓紧抓实；认真筹划落实疫情期间各项工作，在最困难时期让学生体会学校、学院的最温暖守护，应验了党政同心，其利断金。

体会之二：提高站位，把好定位，为强院兴校提供保障。党的领导统领一切。但是如何管？怎么管？管什么？强院兴校的最终目标就是要提升学校以及学院的核心竞争力。在工作中，学院党委提出：有困难找党委！我带头突出政治建设、抓好思想建设、推进队伍建设、狠抓纪律建设，使党建工作与中心工作紧密结合、相辅相成。

体会之三：党建统领，既要把关，更要服务。一年的工作让我深刻体会到：党委书记应该是全能型人才，能处理大大小小的所有事情；党委书记还应该是“万能胶”，对内团结同志、服务师生，对外开展科教融合、产教融合，寻求合作，谋求学院全面发展；党委书记还应该是“润滑剂”，要理顺一切工作中的磕磕绊绊。要尊重人才、尊重学术，为老师的教学和科研保驾护航、排忧解难。

体会之四：党政要深度融合，从根本上解决“两张皮”的问题。我带领机械工程学院党政领导班子提高思想认识，扩大共识，牢固树立“一盘棋”思想。破解“两张皮”不是简单地把党建和业务工作“物理捆绑”，而是通过“化学反应”推动深度、深层次的融合统一和相互促进，全院上下齐心协力，共解难题。

体会之五：要走在前列，干在实处，做出表率。强校兴国、强院兴校是山东大学发展的时代使命，作为第一责任人，首先一条就是要有大我的胸怀，干在实处，为学院的学科建设、科学研究以及教书育人出谋划策、保驾护航、排忧解难。党建通事事通，是我工作中深深的体会和法宝；党建工作做不好，事事受阻挠，也是我工作中体会最深的感受。在学院各项事业规划实施及学院老师申请项目奖励、开展横向合作等工作中，我都会和班子成员及老师们一起，全程参与材料组织、文字敲定、结构组成以及与相关部门和专家的沟通交流，同时还负责完成了多项工作的自查自纠和学校巡查。正是大家同心协力，我们学院才能在大项目、大成果、大平台、大人才上出成绩、出精品，才能立标杆、做典范。

艰难的 2020 年过去了，唯愿 2021 年我们的学校、学院全体师生工作好、身体好、生活好、一切都好！

作者：机械工程学院党委书记　刘　杰

1 月 30 日　星期六　晴

医学技术技能大赛组织者 · 王　冰

筹备了近两个月之久的山东大学 2021 年大学生医学技术技能大赛终于在今天正式拉开帷幕，作为一名活动组织者，我感到无比自豪与光荣。

两个月前，我和同事们接到了承办2021年度大学生医学技术技能大赛的任务后，便开始策划活动方案。我们翻阅了历届大赛的活动方案，积累前人经验，同时结合当前疫情防控的要求，制定了此次大赛的活动方案。经过多次集体讨论，我们终于把第N稿方案确定为最终活动方案。

有了计划，接下来就是马不停蹄地实施了。此次大赛共分为一个主会场和四个分会场：主会场在趵突泉校区综合楼三层报告厅，主要用于举办开闭幕式；四个分会场分别设在临床医学院、口腔医学院、公共卫生学院和护理与康复学院，进行不同科目的技能竞赛。为了敲定会场的背景板、横幅、引导指示牌等，我们跑了无数次打印店和各赛场，终于在昨天下午分别在主会场和各分赛场挂好了各类标识。站在会场中，我们忍不住对着各个角落拍照留念，记录我们一起努力打造出来的成果。

听说，昨晚的月亮很好看，但是我们都没有欣赏到，因为我们一直在会场内忙碌着。一切就绪后，伴着漫天星辉走在回家的路上，我并没有感觉到累，只在心里默默演练着第二天的赛事流程，以确保大赛万无一失。

今天，全体工作人员天不亮就到主会场集合，做好最后的准备工作。从入口处的测温登记，到会场内的引导入座，在全体参会人员的配合下都进行得十分顺利。随后，总裁判长宣布技能大赛正式开始，各学院参赛选手和领队老师分别前往各分会场比赛。我们也开始了一天的紧张工作，有人负责拍照记录，有人负责会场采访，有人负责成绩统计等，整场赛事在紧张又严肃的气氛中顺利推进。参赛选手们认真对待每一场比赛，赛出了风格，赛出了水平。下午4点，闭幕式按时召开，大赛共评出团体一等奖7个、团体二等奖7个，特别贡献奖1个和单项奖若干。看着获奖选手们脸上洋溢的笑容，我们感觉所做的一切工作都值得了。

策划组织一场大型赛事虽然比较辛苦，但是收获巨大。我们的组织协调能力、临场应变能力都得到了很大的提升，也为今后策划组织大型活动积累了宝贵经验。

作者：齐鲁医学院工作人员　王　冰

1月31日　星期日　晴

“疫起治理，众化危机”社会实践团队成员·王　璐

今天仍然是忙碌的一天，忙着研究文献、忙着社会实践工作，同时还需要利用空余时间学习专业知识。然而，伴随着太阳升起、日暮降临、夜色渐浓，待办事项一点点减少，幸福感和获得感终占据心头。

早上是我一天中最清醒、效率最高的时候，我开始查阅研究微生物方面的论文。我选择生物科学作为毕生奋斗方向，而且通过大学一学期的学习，我对微生物产生了浓厚的兴趣。微生物虽小，但具有不可忽视的学术价值、经济价值。例如，在我今天研究的一篇英文综述中，研究人员利用大肠杆菌、酿酒酵母等微生物构建工程菌株，生产一种对人类健康大有益处，在食品、化妆品领域有着巨大的潜在应用价值的生物产品——角鲨烯。通过学习，让我更加深刻地感受到了微生物领域的巨大魅力，对自己将来可能从事的领域有了更全面、更深入、更清醒的认知。

短暂休息后，我很快投入到社会实践工作中。我所在的社会实践团队名为“疫起治理，众化危机”。我们希望通过此次社会实践，对新冠肺炎疫情背景下公众的信息接收与反馈情况进行考察分析，帮助公众更好地参与疫情防控工作。我的任务主要是面向政府部门和群众发布线上问卷、进行线下访谈，为后续的分析工作提供数据支持。在采访调查过程中，我深入了解了政府在疫情防控方面开展的一系列工作，感受到了党和政府抗击疫情的坚定决心。访谈工作也考验着我与人沟通交流的能力，对不同的群体，我需要从他们各自的角度出发，设身处地感受他们的生活现状，才能得到更准确的信息，更好地完成工作，为此次社会实践贡献自己的力量。

夜色渐浓，像往常一样，我继续学习生物科研者必备的专业知识。我深知没有扎实的专业基础，就很难在科研领域有所突破。用知识充实自我，是一项长期且不可缺少的工作。

一天的工作渐至尾声，完成对今日工作的反思总结后，我满载收获、心怀期许，准备迎接明日的崭新生活。

作者：澳国立联合理学院2020级本科生　王　璐

2月1日　星期一　晴

“学子怀恩，相约山大”社会实践团队成员·邵　倩

为了响应学校号召，涵养山大学子爱校荣校的品质，这个寒假我们“学子怀恩，相约山大”社会实践团队于线上开展母校回访活动，以山大人的情怀点燃学弟学妹求知的火花，与百廿山大共赴山水之约。

1月30日和31日晚，作为山大华特卧龙学校的毕业生，我与现就读于不同学校的几位老同学一起进行了线上宣讲活动。活动前期，我们分工完成了活动策划、活动宣传以及线上宣讲准备等活动，并通过B站直播的方式于1月30日和31日晚6点准时展开宣讲活动。本次宣讲的观看者主要为山大华特卧龙高中部和沂南二中的学弟学妹们，最高观看人数突破2700人。

活动中，各位同学从不同角度分享了自己的校园生活和学习心得，并进行了现场互动。我和其他三位山大同学共同介绍了山东大学的校区分布、学校优势和招生政策等情况，同时我本人又根据自己半年来的体会，向学弟学妹们分享了青岛校区的住宿、饮食和环境。作为本次宣讲唯一的法学专业的学生，应大家的要求，我又进行了法学专业的介绍，从法学的重要性和学习内容展开分享，并对山大法学院进行了部分介绍，展示了法学院的标语“一生温暖正义，不舍法与正义”，引起了学弟学妹们较大的

兴趣。接着，我结合自身的高三经验，就“动力”这一问题和学弟学妹们进行了探讨，希望大家能找到自己的动力，持之以恒，努力拼搏，考入理想的大学。最后，我对大家提出的有关山大的问题，如分数线和名次等进行了答疑。

宣讲结束后，2 月 1 日，我们邀请有意向和有疑惑者进入答疑群，并发放了 PPT，供学弟学妹们参考借鉴。同时，我们还安排专人进行物资发放，向大家发放学校精美图片。

通过宣讲，我突然萌生了一种自豪感，因为在某种程度上，我的行为也影响和激励了学弟学妹们，为他们的前行之路点上了一盏灯。我希望以后能多参加这种活动，传递知识，点燃希望。

作者：法学院 2020 级本科生　邵　倩

2月2日　星期二　晴

联合国青年领袖冬季精英班学生领队·王　朔

“感谢各位老师，谢谢大家！”发送完最后一条消息，看着群中快速刷动的信息提醒，我缓缓合上了电脑。转眼间，GYLA（联合国青年领袖精英班）的首周课程已经告一段落，第二周课程已开启两天，但我仍旧沉浸其中，回味着项目开展以来的点滴……

从学员选拔开始，我便深刻感受到了同学们的热情和老师们的重视。来自一校三地各个专业的本、硕、博 200 余名同学递交了申请，来自外国语学院、历史文化学院、学生就业创业指导中心和校团委的各位老师组成评审团队；经过材料初选、线上面试、职业能力测评等层层选拔，共有

27名同学最终入选。各团队组建之后，各位老师还为我们精心选配了项目指导，全方位引导每一位学员的学习和工作开展。项目还未开始，我就已被老师们的工作态度所感染，也在老师们的指导下，对接工作任务、发布相关通知、梳理沟通平台……终于，随着前期准备工作的结束，GYLA也迎来了众所瞩目的开幕式。

此次项目有14所国内高校的近500名学员参加。在众多学员中，我们27位山大人依然展现了自身的风采。开幕式上，山大人频频亮相，以各类精彩才艺赢得了项目方和参与学员的关注和好评。开幕式过后，每一次的课堂提问和互动中，都能听到来自山大的声音，还有同学调侃："今天，我们又'包场'了!"

山大人不仅在课堂上，也在项目方的各类工作小组中发光发热，为项目的开展作出了突出贡献。微信公众号、英文日报、视频栏目、才艺展示……各项小组活动中都有山大人忙碌的身影。山大人在GYLA项目中，用严谨扎实的工作态度和认真求学的钻研精神，成为一道独具特色的风景。

山大的27名同学，正用自身的切实行动，践行着对于国际组织的理想追求，践行着GYLA"Of the youth，by the youth，for the youth"（青年所有，青年所治，青年所享）的项目理念，践行着"为天下储人才，为国家图富强"的山大办学宗旨。有师长若此，有朋辈若此，长路浩浩荡荡，万事尽可期待。

作者：政治学与公共管理学院2018级本科生　王　朔

2月3日　星期三　晴

山东大学电子显微中心建设参加者·齐东卿

最近每天工作伊始，我都会走到生命北楼地下一层，查看正在施工的建设项目。没错，这里就是正在建设中的山东大学电子显微中心。作为显微中心从筹备到开始施工以来的见证者和主要参加者，一路走来，我与各部门领导和建设者们突破重重难关，终于使得中心场地初具规模。回首过往，倍感未来之光明，责任之重大。

2019年，在学校公共条件支撑专项经费和学院“双一流”经费的支持下，校级公共技术平台购置了一批先进的显微分析表征设备，价值8000万元，计划筹建山东大学电子显微中心。该中心以球差电镜为核心，整合济南校本部现有电镜资源，旨在全面提升学校在尖端物质科学领域的研究水平，建成国际先进的电子显微分析平台，助力产出重大原创性科研成果，为材料、化学和物理等学科发展提供一流支撑，为“人才强校”和“学术兴校”提供重要支撑和保障。

作为专业的电镜技术人员，我深知安装环境的重要性。经多方论证，场地最终选址于生命北楼负一层，规划面积1800余平方米。所选场地原为地下车库，要在其基础上改变功能，建立实验室，需要面对许多问题和挑战。2020年5月，中心环境改造项目开始筹备，拟规划对场地内的电力、消防、基建环境、供暖、通风排烟、设备的存放和安装等众多环节进行规划、招标和施工。

如此专业的建设项目能够顺利开展，让我倍感山大老师们的凝聚力和团结力。项目从筹备到启动，平台主管领导和几位老师多次筹谋建设方案，资实部和招标办指导推进项目招标，各环节工作得到了后勤部、公安处以及信息办等部门的协助，回首往事依然历历在目。自元旦施工以来，诸多难题被一一破解。作为项目直接负责人，我和宋克鹏研究员全程参与项目监督，把握关键技术节点的实施。

在中心的筹备和建设过程中，校领导的关注和支持使我备受鼓舞，同时，各级职能部门的大力协助、平台和中心负责老师的辛勤付出更是项目顺利进行的关键。在此，我向参与和帮助过本项目的各位领导和老师致以最诚挚的谢意，并在新春佳节来临之际，预祝大家在新的一年身体安康、工作顺利、阖家幸福，并预祝山东大学电子显微中心早日建成！

作者：化学与化工学院工作人员　齐东卿

2月4日　星期四　晴

艺术学院党委副书记·姜　楠

今天是农历腊月二十三，又称“小年”，是春节的序幕和开端。在小年，家家户户都要打扫庭院、掸拂尘垢，寄托人们破旧立新的美好愿望。

家庭是社会的基本细胞，是人生的第一所学校。不论时代和生活格局发生多大变化，我们都要重视家庭建设，注重家庭、注重家教、注重家风。为深入贯彻习近平总书记关于家庭教育的重要指示，落实全国教育大会精神，进一步强化立德树人家庭教育，为学校“强院兴校”行动和“双一流”建设提供坚实助力，学校号召广大师生医务员工积极宣传全国妇联、教育部印发的《家长家庭教育基本行为规范》，倡导广大家长关注自身家庭教育行为，提升家庭教育水平。

正值放假期间，借着小年的美好寓意，我和2020级本科生在网上进行了一场关于开展学习《家长家庭教育基本行为规范》主题班会活动，并通过电话沟通的方式与部分家长进行了交流，对家庭经济困难和学习困难的学生提供个性化咨询服务，梳理家庭教育的普遍困惑，解决学生成长成才过程中遇到的问题。经过与12名家庭经济困难学生、15名学习困难学生的交流，我深刻地感受到家庭教育在人才培养过程中的基础性地位，做好家庭教育对学生健康成长具有极其重要的意义。

家校同心，架起沟通的桥梁；携手共育，谱出爱的乐章。春回大地，万象更新。亲爱的同学们，我们一起互相祝愿吧，一年更比一年好！

作者：艺术学院党委副书记　姜　楠

2月5日　星期五　晴

石家庄抗疫志愿者·高心航

今天是石家庄解封的第8天，也是我担任疫情防控志愿者的第30天。自寒假起，我全程经历了石家庄城区封控、小区封控和三次全员核酸检测，也全程参与了抗击新冠肺炎疫情的斗争。这也是我从放寒假以来第一次看见白日里小区外的石家庄。看着人们欢欣鼓舞地购买年货，我感慨万分，一个生机勃勃的城市又回来了。

回想刚刚过去的1月，新冠肺炎疫情在短短一瞬间与寒流一起席卷了我的家乡——石家庄。一夜之间，无形的病毒笼罩在每一个人的头上，一切都来得猝不及防。

1月7日凌晨4点，我从青岛回到石家庄。天地茫茫，伸手不见五指的站台上，只有我一个人孤独下车。我在害怕的同时，也为我的家乡正在经历的疫情感到心痛。于是，我决定趁着寒假，为石家庄的疫情防控贡献出自己的一份力量，发扬新时代青年无私无畏、乐于奉献、心怀家国的精神。

1月8日，我正式报名成为星河御城居委会的一名志愿者。当天下午2点就收到了任务，我带上电脑前往居委会，进行第一次核酸检测居民信息录入。经过短暂的培训，我迅速进入工作状态，遇见看不清的姓名，就打电话挨个询问。下午5点左右，居委会送来了米饭和西红柿炒鸡蛋，但是没有一个人吃，大家都想着再快一点。一直到晚上7点，大家才在居委会的催促下吃饭。那天我一口气录到晚上10点，录了200多份居民信息。第一次的志愿经历疲惫而充实。

1月9～10日，我成为星河御城社区的一名网格员，协助网格长管理本网格。为确保每一个居民第一时间收到政府有关疫情的通知，在第二次核酸检测前夕，居委会决定建立单元网格微信群。在参加居委会举办的网格员培训会议后，我连夜爬楼一户一户敲门组建单元网格群，并现场叮嘱住户按规定修改群昵称。在我和后来加入的两名志愿者的努力下，本网格27层楼81户居民全部走访到位。

1月12日，石家庄进行第二次核酸检测。按照居委会的安排，我配合网格长组织本网格居民有序地进行第二次核酸检测，并且逐户统计二次核酸检测情况。当天晚上，我们和所有的医护人员合影，穿得像个“大白”的她们蹦蹦跳跳，看起来应该也是很年轻可爱的女孩子。

1月17日，我协助居委会进行疫情的流调排查。我再次自带电脑和手机前往居委会，经过短暂培训后迅速投入工作。我根据公安部门提供的疑似去过石家庄高风险地区的人员的电话号码，询问此号码持有人于12月10日至今的行踪信息、职业、现居住地址、核酸检测次数等。面对询问，有的人不是很理解和信任，这时我都会耐心地解释情况，争取得到理解。1月18日，我又去居委会帮助工作人员将前一日统计出的疫情流调排查信息一一上报。

1月19日，我参加石家庄第三次核酸检测网格员培训。1月20日，从早上8点开始在单元门口守门，然后再配合居委会迅速并有序地组织本网格居民进行核酸检测。居民们经过前两次的核酸检测后，都十分配合。其中有一个老爷爷，每次出门看见我们都会说一声谢谢。寒风疯狂地钻进我的领口，可是我的内心依旧温暖。

1 月 27 日，我和其他志愿者一起进行了网格内的人员信息调查，以协助居委会完成小区现有人口调查。我们再一次逐层爬楼、逐户敲门时，有很多居民都热情地招呼："进来坐会儿吧，外面太冷了。""不了，我们还要去下一家呢。"一句句贴心的话语流露着人间真情。

1 月 29 日，石家庄的小区开始解除封控，我和其他志愿者逐户分发小区出入证，为大家讲解出入证的使用规则。看着大家在封闭 23 天后领到出入证时那发自内心的欣喜，我们一方面为这"出门"的讯息高兴，另一方面又为自己在这场战疫中起到了些许作用而自豪。

1 月 9～30 日，我一直作为网格员协助网格长管理本网格群，及时转发居委会消息，解答居民疑惑。1 月 31 日，由于原网格长上班，我正式成为本网格的网格长。在与居民不断的沟通中，我也逐渐从一开始的紧张拘谨变得落落大方，让网格群越来越和谐。

石家庄人被封在小区里 23 天，现在仍然是有限制地出行，我还在继续为居民们提供志愿服务。回想被封的这 23 天，我们不安，因为我们从未经历；但我们自信，因为白衣天使和众多"红袖标""红马甲"从未远去。说来惭愧，这是我第一次真真切切地与病毒战斗，以前我一直都是所有人身后的孩子。此次的志愿服务，让我彻底感受到了以往在电视新闻上看到的那些白衣执甲的战士和那些累得瘫坐在地上的基层工作人员的不易。他们是真正值得所有人尊敬的英雄，他们让我发自内心地敬佩。

亲眼见证何为众志成城后，我坚信疫情必将远去，我们一定能在春暖花开时，再次沉浸于原先习以为常的人间烟火气，畅享这座城市的喧嚣热闹。

作者：网络空间安全学院 2020 级本科生　高心航

2月6日　星期六　晴

子午工程二期参加者·刘大洋

今天是2021年2月6号，星期六，自云南外场观测返回已经一周了，我和团队成员对观测数据的处理和分析正在紧张有序地进行着。

回想1月16～30日，我同子午工程二期“光谱成像日冕仪”项目组成员孙明哲老师、硕士研究生于晓雨同学，赴云南天文台丽江天文观测站进行了光谱成像日冕仪原型机的外场试验。丽江观测站位于云南省玉龙县的铁甲山巅，海拔3200米，属于高海拔地区。该处天空散射远低于平原地区，为日冕仪外场实测提供了较好的环境条件。

本次外场测试主要是对团队自主设计的K冕日冕仪进行试观测。初到台站，由于一直生活在平原地区，我产生了轻微的高原反应，休息片刻症状有所减轻后，团队成员就投入到紧张的仪器装配和调试过程中。由于高原缺氧，在进行搬运等体力劳动时，很容易发生呼吸困难、供氧不足等情况，需要时刻注意。另外，高原地区紫外线极强，裸露在外的皮肤不一会儿就感到轻微的刺痛。但紧张的实验环节常常使我们忘记身体的不适，晚上回去后才发现皮肤已经晒得发红。白天和团队成员团结协作，进行连续观测；晚上我们会对观测过程中的经验和教训进行总结，并安排好第二天的实验细节。

在完成了仪器原型机的外场试验后，我和在校的其他团队成员立即投入了对实验数据的分析和整理中。学校在衣食住行等方面为我们提供了充分保障，解决了我们的后顾之忧，让我们能够专心投入到科研工作中。

空间环境地基综合监测网项目（子午工程二期）是国家发改委批复的“十三五”国家重大科技基础设施建设项目，山东大学空间科学研究院/空间科学与物理学院作为项目参建单位之一，夏利东教授课题组主持承担了其中的大型设备光谱成像日冕仪的研发和建设任务。

我国在日冕仪研制领域起步较晚，子午工程二期中批准建设的光谱成像日冕仪将是我国自主设计和建造的首个地基日冕仪。在项目推动过程中，看着团队成员们为了一个共同的目标而不懈奋斗，我为自己也是项目中的一员而深感自豪。虽然在项目推进过程中出现了很多困难，但我相信，只要有坚韧不拔的奋斗精神和严谨细致的实验态度，我们就能够克服各种困难，完成日冕仪的设计和建设任务，为子午工程二期项目的顺利实施作出山大人的贡献。

作者：空间科学与物理学院 2020 级博士研究生　刘大洋

2 月 7 日　星期日　晴

黑颈鹤生态科学考察成员・朱姜昊

拂晓太阳还未升起，我们从拉萨市区经过两个小时的车程来到林周县虎头山水库，那里经过青藏高原一年一度的大迁徙，许多动物选择此地过冬，其中就包括国家一级重点保护动物黑颈鹤。我们今天的考察任务便是观测统计在西藏越冬黑颈鹤的数量，记录其栖息现状。

日光倾城，纯净得空无一物的蓝天，再加上藏民对当地草木动物的倍加爱护，很多候鸟选择飞来拉萨越冬。每年 11 月，黑颈鹤从寒冷的藏北高原飞抵拉萨周边越冬，西藏是黑颈鹤的故乡，拉萨则是黑颈鹤的越冬乐园。

鸟类活动最为频繁的时段是日出后 3 小时，晨光熹微，澎波河谷在雪山的环绕下格外壮美。朝着传来阵阵清越鹤鸣声的方向望去，成群结队的黑颈鹤在初光的照耀下起舞弄影，蹁跹含情。伴随着湖面上袅袅升起的雾气，它们时而栖息，时而飞翔，时而拍打翅膀掠过湖面，一举一动，体态优雅，举止端庄，身姿曼妙。考察队带队导师、中国鸟类学会理事包新康老师激动地说："调研黑颈鹤这么多年，我还是第一次亲眼观测数量如此之多的黑颈鹤种群。"

作为国家一级保护动物，黑颈鹤被称为"雪域神鸟"，是唯一一种终生生活在高原的鹤类，属于世界自然保护联盟（IUCN）近危物种，目前在世界上的种群数量约为 10000 只，其中绝大部分分布在青藏高原，而拉萨周边的黑颈鹤数量更是占全球黑颈鹤总数的 20%以上。我们将对这一区域的越冬黑颈鹤进行种群数量观测，进而评估全球更大范围内的黑颈鹤栖息现状和种群变化。

观测统计完，我们在曾经救助放生过 4 只黑颈鹤的巡护员旦增家里吃午饭。作为黑颈鹤的"全职保姆"，旦增主要有三项工作：巡护、喂食、救助。当地政府每年冬天会给巡护员发放 1000 斤小麦用于喂食黑颈鹤，以此保障它们能安稳过冬。我们询问旦增为什么格外珍爱黑颈鹤，旦增说："冲中（黑颈鹤）是一种有修养的鸟，别的鸟类会擅自吃人们收获的食物，冲中只吃人们撒在田里喂食它们的小麦。"

在藏民的自然观念里，他们与身边的草木动物有着特殊的联系，这种联系在食物匮乏的冬季显得尤为突出。在拉萨周边的村落，黑颈鹤常常不被打扰地在青稞地里优雅啄食。它们和当地藏族人民彼此熟识，也能与家畜和谐相处。

只有深入拉萨河谷的原始湿地，亲自考察调研"雪域神鸟"的越冬生活，在这个离天空最近的地方，才能真切体会到人与动物、人与自然和谐相处的美好。

作者：环境科学与工程学院 2019 级本科生　朱姜昊

2月8日　星期一　晴

外国语学院本科生·屈媛媛

一个多月前，洪楼残雪还挂在桥头树梢，期末考试的指针嘀嘀嗒嗒，催促着学子们越来越紧的脚步。与此同时，联合国青年领袖精英班（GYLA）的选拔工作也正式开始，我很荣幸通过了层层选拔，正式成为GYLA项目中的一员。

联合国秘书长安东尼奥·古特雷斯有言："青年人承载着我们对创造美好世界的希望。我们只有加强对青年人赋权，培养其成为未来领袖，才能实现可持续发展、保证人权，维持和平与安全。"时代大潮滚滚向前，我们面临着新冠肺炎疫情、气候变化、恐怖主义等巨大挑战，当代青年到底应该以何种姿态面对世界风浪？当代中国青年又应该以何种姿态弄浪潮头、再续华章？

GYLA的答案是：dream big（梦想远大）。

在众多催泪节目和励志书籍的影响下，"梦想"一词似乎在当今社会变得愈发廉价。有些青年人不屑于谈论梦想，不屑于谈论星空和舞台，不屑于谈论远方的哭声和无数似乎与我们无关的同胞，但是，也总有很多青年仍然沸腾着一身热血，且敢于、乐于说出梦想。在GYLA项目的开幕式上，我负责才艺秀部分的内容输出和视频剪辑工作。我们将各大高校优秀同学的梦想与志向收集起来，与他们的特长视频相结合，最后剪辑成一个才艺视频。在视频剪辑过程中，我在大家的梦想星空中踱步穿梭，有的同学想加入联合国难民署为解决难民问题贡献力量，有的同学想在自己的生命中完成一本书的写作或一部电影的制作，有的同学希望将所学致所用、造大国重器，还有的同学希望奉献青春，保山河无恙、世界和平。我似乎已经很久没有看到这样灿烂的星光，因为生命中的朋友大多脚步匆匆、认真赶路。知道前路曲折，所以大家都在低头防泥淖、防荆棘、防盗贼，但都忘记了抬头看看那颗指引自己的明亮北斗。

GYLA大家庭中，同学们大都拥有一双向往国际舞台的眼睛，怀着一颗热忱、真诚之心，他们坦诚地告诉大家自己的梦想，这样的勇气让我觉得无比新鲜和激动。GYLA项目的初衷便是开阔大学生视野，更新大学生观念，使我们有机会学习前沿学科的专门知识，了解联合国系统以及其他国际机构的知识和信息。可以想象，大家在未来两周的学习中一定会收获众多在校园中难以获得的新鲜体验，而这一切，都是GYLA在为青年的梦想添砖加瓦，让众多瑰丽梦想真正生根发芽。

GYLA的旅程正式开始，我对自己在开幕式视频中谈到的梦想也愈发坚定。我想成为“为生民立命”的艺术家。我的本科专业是西班牙语，研究生专业是国际关系，我想将西班牙语和国际关系相结合，为解决世界上的难民问题、犯罪问题尽一份自己的力量，我更想一生都拿着画笔、一生都不忘琴房、一生都留恋舞台，为苦难者创作，为苦难者发声，为苦难者表演。我希望，在多年后，虽垂垂老矣，但仍然记得今天墨绿色的晚风和烫着金的星空，记得自己还是青年时的初心和梦想。

作者：外国语学院2017级本科生　屈媛媛

2月9日　星期二　晴

“疫尽风暖，樱花将灿”调研团成员·文德斯

为了了解相关职能部门对于疫情防控的相关做法和具体机制，总结我国在疫情防控方面的先进经验与联防联控的先进制度，作为东北亚学院“疫尽风暖，樱花将灿”调研团的一名成员，我于1月22日至2月9日在

内蒙古自治区包头市昆都仑区卫生健康委员会进行了实习，并在征得同意后对政府部门留存的相关材料进行了学习记录，收获颇丰。

在与昆都仑区卫健委主任李志国、副主任郭保文进行沟通交流后，两位主任对我此行的目的有了大致了解，并为我提供了在办公室实习的机会，让我通过参与卫健委工作，学习了解政府关于疫情的分级调控机制。在工作过程中，我负责与社区、企业、个人对接，传达上级指导意见。

区卫生健康委员会主要负责贯彻落实中央关于卫生健康工作的方针政策，及时对中央下发地方的函件与通知进行传达与落实。疫情期间，包头市昆都仑区采取了严格的防范与检测措施，明确了各类场所新冠肺炎防控处置流程与措施，对于农村地区疫情防控工作紧紧围绕“外防输入，内防反弹”的策略，科学精准防控境外输入病例导致的风险，进一步巩固新冠肺炎防控向好态势。

工作期间，我主要负责对来访社区、企业单位的个人以及来电者进行疫情防控政策相关内容的解答。随着春运高峰期的来临，国家返乡疫情政策也在逐步完善，但是有的地方政策执行过程中出现了“层层加码”的问题，部分来访者反映有社区采取的防疫措施不合理，并且在国家规定的统一做法上增添了许多不合理的要求，导致春运返乡难。对此，我一方面对来电来访者作了明确的政策解答，另一方面向上级呈函反馈加码问题，对相应社区进行通知。

在查阅资料中，我注意到《昆都仑区新冠病毒疫情全员核酸检测工作的应急预案》对工作流程作了细致化划分与处理，高风险地区按照“单人单管”采样，低风险地区按照“十合一”方式混合采样，除此之外还设置了 117 个临时核酸采样点，体现了医疗、社区数据、企业数据的科学性与完备性。通过文件规划与执行，能够保证一旦出现疫情感染者，可第一时间完成昆区全员核酸检测，体现了政府为人民服务的科学性与严谨性。

这次实习调研，使我对疫情背景下地方政府对于中央政策落实完善的具体机制有了更加完善的了解。同时我对政府、企业、社区联防联控机制、疫情防控工作方案等作了详细记录与总结，为日后的社会实践工作总结、联合日韩等国政府疫情防控机制开展横向对比作了初步准备。在工作过程中，我也深切体会到服务于一线的社区工作者、政府工作者的社会责任感，这种时刻把人民放在首要位置、以为人民服务为核心的精神，值得我学习与弘扬。

作者：东北亚学院2019级本科生　文德斯

2月10日　星期三　晴

为医护人员送春联活动参加者·陈芳竹

春节将至，很多白衣天使还奋斗在抗疫和救死扶伤的第一线，社会各界开展了为医护人员送福利的活动。我作为共青团福泉市大学生联合会志愿者，也报名参加了福泉市中医院举行的“泼墨辞旧岁，挥毫贺新春”送春联、送福字、迎新春活动。

早上9点之前，我们便到了医院大厅，和学联以及医院负责人一起布置场地。在一位医生代表写下“送春联”“迎新春”六个大字并张贴起来后，我们拿出纸开始写对联，活动就此开始。

我们将写好的对联和福字铺在医院大厅的地上，整个场地弥漫着淡淡的墨香，吸引了一批又一批的人前来观看。从开始只有少数人，到我们的桌子被围得水泄不通，用了不到20分钟的时间。我们挥毫泼墨，将美好祝愿化作一幅幅寓意吉祥的火红作品。这些手写春联或矫若惊龙、或清秀劲道、或丰厚雍容，都道出了极具仪式感的“年味”。

医生、护士、医院保安等工作人员以及一些被吸引来的患者都跟我们预定他们想要的内容，从 9 点到 12 点半，我们连续写了 3 个半小时，好不容易抽空快速吃了个饭，又写了半个多小时才收工。写到最后，真是腰酸背疼手也累。

但是，医护人员和患者们的一声声感谢，让我觉得一切都很值得。医生护士们把一幅幅墨香扑鼻、满含心意的春联和福字送达各个科室和病房，传递着医院对大家的美好祝福。看到他们连口罩都遮不住的笑意时，我们有了更多的动力去写一幅，再写下一幅。

离开的时候，这次活动的医院负责人说："明年我把你们又预订啦!"我们连连点头，这种被认可和被需要的感觉真好。回到家后，看到微信群里医院负责人统计出来的情况，累计送出春联 105 副、福字 180 个，想想我们 4 个小时的努力，真是太满足了。

作者：外国语学院 2019 级本科生　陈芳竹

2 月 11 日　星期四　晴

春节留校学生·要笑刚

"一年滴尽莲花漏，碧井酴酥沉冻酒。晓寒料峭尚欺人，春态苗条先到柳。"初春的泉城济南天朗气清，阳光和煦，年味渐浓，到处洋溢着新年即将到来的喜悦气氛。在经历了去年新春伊始暴发的新冠肺炎疫情之后，这个新年显得格外不平常。而我也在山大度过了一个令人难以忘怀的春节。

因为疫情，1 月 5 日下午，我的老家河北省宣布进入"战时状态"。

晚上我也接到了老家政府工作人员的电话，询问我什么时候放假，需不需要政府去接。放下电话，我在和家人商议后，选择了留校过年。

我的导师也是河北人，在学校放假后，导师得知我的情况后主动与我联系，仔细询问我家里的情况，并让我放宽心，他会每天到岗陪我，让我有任何的困难就跟他说，他会想尽一切办法帮我解决。晶体所的赵希波副书记在得知我选择留校过年后，第一时间打来电话，嘱咐我在学校照顾好自己，有什么困难都可以第一时间向他反映。最令我感动的是，在大家得知我留校过年后，我的导师，我的老师，我的同组师兄师弟们和我的同班同学，先后热情地邀请我和他们一起回家过年。

今年学校的留校学生格外多。2 月 9 日上午，樊丽明校长和王君松副书记还来到 7 号宿舍楼对春节期间留校学生进行了走访慰问，详细地询问了我和其他同学的生活、学习状况，发放了慰问金、礼盒、书籍等物品，并向我们致以节日问候和新春祝福。研究所也给留校学生送来了口罩、消毒用品、窗花、餐券等新春大礼包。后勤保障部还在除夕到初一为留校学生免费提供精心制作的美食。

原本我想象中的寒假留校生活应该会十分的孤寂，但是学校、研究所的老师们和同学们为我们留校学生提供了无微不至的关爱，让我感受到了别样的温暖。

“莫道春光难揽取，浮云过后艳阳天。”我坚信疫情终将过去，阳光会照亮中华大地的每一个角落。

作者：晶体所 2018 级博士研究生　要笑刚

2 月 12 日　星期五　晴

春节坚守新疆项目成员·许振浩

今天是大年初一，辛丑牛年的第一天。北疆的旭日初升，在与家人短暂的视频问候后，我又开始了一天的工作，我坚信只要坚持不懈的努力，牛年将会是不寻常的一年，有意义的一年。

今年，我有幸成为春节坚守新疆项目的一员，虽有不能陪同家人过年的遗憾，但我和所有留守人员一样，为自己的工作感到骄傲。2018 年 10 月进场以来，山东大学新疆项目常驻现场 30 余人，在施工一线成立了现场科研攻关和技术咨询团队，每年有 10 人左右在春节坚守边疆项目，把我们的所学和研究成果应用于指导施工和灾害防控，真正把文章写在祖国大地上。

为了过一个有意义的新年，让留驻新疆的各位员工感受到家的温暖，我们现场开展了茶话会等活动，就疫情防控、技术总结、安全教育、明年计划等开展了讨论，组织家人问候、员工聚餐、游戏娱乐等活动，其乐融融的大家庭让每个人都露出了幸福的笑脸。这次特别的跨年，使我深刻感悟到项目团队一直倡导的“共同奋斗、努力工作和幸福生活”的文化理念。

2019 年，山东大学新疆项目提出了“发扬沪蓉西精神，踏石留印，抓铁有痕，决胜新疆”口号，2020 年开展了“不忘初心学习抗美援朝精神，牢记使命文章写在新疆工地”系列主题教育、安全培训和技术研讨等活动。进场 2 年多来，所有教师、研究生和工作人员齐心协力，攻坚克难，可以很自豪地说：“我们做到了！”工程管理局给予山东大学新疆项目组高度评价：“精准施策、奉献新疆。”“真正兑现了贵校提出的‘不遗漏任何一个重大灾害源’的承诺。”

我时常在新疆广袤土地的列车和汽车上，用手机记录边疆的四季，亲历着祖国大地日新月异的变化，春夏秋冬，风景秀丽，各有风情。但不变的是那一排排直挺挺的白杨树，面朝东方，一直屹立着，正如坚守在外的我们，一直记挂着学校和亲人。

新的一年，项目团队将进一步深入谋划、推动和发展，做到对事业忠诚，以“坚定的信念、先进的理念、高度的责任心”投入教书育人、科技创新和社会服务中，进一步提升人才培养和服务国家重大工程的能力，铸造更加闪亮的山大名片，为中国共产党成立100周年及山大百廿校庆贡献自己的力量。

最后，祝愿山大岩土事业蒸蒸日上，为国家和社会培养更多的优秀人才，为国家的基础设施建设作出更多贡献，祝老师们春节快乐，牛年大吉！祝同学们新春愉快，学业有成！

作者：齐鲁交通学院岩土与结构工程研究中心工作人员　许振浩

2月13日　星期六　阴

《中国诗词大会》第六季观看者·王　珺

“千门万户曈曈日，总把新桃换旧符。”在这新春佳节，大年初二晚上，和千千万万诗词爱好者一样，我早早就蹲守在电视机旁，期待着央视一套的《中国诗词大会》第六季正式播出。

4天前，偶然间刷到了“《中国诗词大会》第六季大年初二正式开播”的推文，我欢呼雀跃，终于，第六季诗词大会和春天一起如约而至。

不经意间一想，竟然是第6个年头了！5年来，诗词大会陪伴我度过了中学的美好时光直至大学。记得第三季决赛，外卖小哥雷海为的夺冠事迹让我坚信：平凡的生命都有权利追寻不平凡的光芒。第四季播出时，正是高三最艰苦的日子，而北大才女陈更的夺冠为我追逐理想大学的梦提供了不竭动力。去年彭敏的夺冠更是让我坚信天道酬勤的真理。可以说，诗词大会陪伴着我走过了春夏秋冬。

提到春夏秋冬，刚看完第一期节目的我对康震老师的画作心生敬佩。康老师以春夏秋冬为主题，将诗情画意融入其中。我早就是康老师的“小迷弟”了，每次观看节目必追康老师的讲解与作画。最让我印象深刻的是保卫国门的移民管理警察王子豪，他承担着护卫边境安宁、严把国门关口的职责使命，这份家国情怀令我无比感动。

旁人总是说，在这喧嚣的都市徘徊不前，越来越找不到诗的感觉。记得我曾读过葛水平先生的散文《水在水之外活着》，化用一下，似乎是“诗在诗之外活着”。通过今天的节目，我更加认为，人生自是有诗意，诗词大会带动了社会各个群体共同参与挖掘诗词的美丽，使我们更加坚定文化自信。

今天一位朋友笑着对我说：“第七季没你，我可不看。”或许第七季真不会有我，但在不远的将来，我梦想着有一天可以登上诗词大会的舞台。正如节目中嫦娥工程首任总指挥栾恩杰爷爷所说：“探索月球是中国人千百年来的梦想，中国人奔月的梦想正在逐渐变为现实。”路漫漫其修远兮，吾将上下而求索。我也将为我的梦想拼搏努力，2021，加油！

作者：环境科学与工程学院 2019 级本科生　王　珺

2月14日　星期日　晴

母校回访社会实践团队队长·巫彦君

昨晚陪父母走进久违的电影院，看了一场他们的偶像刘德华主演的电影《人潮汹涌》。影片中的一句话一直在我心里萦绕不散："人潮汹涌，感谢遇见你。"这让正在整理队员们母校回访资料的我不禁感叹：对一所大学的选择也是一次重要的相遇。

回想半年前的自己正处于高三备考阶段，紧张的学习之余就是想通过一切方法了解不同的大学和专业，除了上网、翻书，学长学姐的分享交流带来的是最直观、最真实的信息。所以此次担任队长组队进行母校回访社会实践，是切实经历了高三考生的焦虑迷茫和感受了大学新生的学习生活后做出的决定，全体队员们也都是肩负着责任、怀着真心参与的。进入山东大学的广东考生数量较少，能顺利组建一支包含文科同学与理科同学、文化科学生与体育生、基地班学生与强基计划学生的队伍实属不易，加上现在的疫情防控要求，大多线下宣讲改为线上形式，烦琐的程序和多变的安排让队伍的前期准备工作进行得非常缓慢，但队员们克服困难顺利地按要求准备就绪了。我想，好的开始已经是成功的一大半了。

年前的一个晚上，山东大学深外专场宣讲会于晚上7点准时开始，作为开场主讲人的我一边看着快播放完的宣传视频，一边想着串词，在安静的房间里坐立难安。看着腾讯会议上与会人数逐渐增多，我打开名为"筑梦山大，成就未来"的PPT，分别从山大的历史发展、校区分布、专业设置等方面进行了介绍，讲着讲着，我眼前好像出现了当年坐在教室望着返校宣讲学长学姐的同学们，一双双炯炯有神、充满希望的眼睛也给予了接过宣讲"接力棒"的我无限力量，不愿辜负学弟学妹们的期许。我分享了一个学期在闻一多基地班的就读体验、我欣赏过的校园风景、我吃过的食堂美食、我参与过的社团活动……对山东大学的选择是一次机缘巧合，也是一次美好相遇，它符合我心中大学的所有样子，浓厚的学术氛围、人与人之间互帮互助的温暖和崇实求新的校风让我希冀着在大学成就更好的自我，让我正在为学弟学妹们树立一个好的大学目标而努力。

看着宣讲结束后咨询群里的热情提问与感谢，队员们都开心极了。每年的一场场母校宣讲，都会让迎接新年的每个人都有新的目标。

作者：文学院 2020 级本科生　巫彦君

2 月 15 日　星期一　晴

“哲理成长”教育帮扶实践队成员·马雨豪

今天是大年初四，大家也逐渐从过年的余韵中回味过来，准备重新投入新年的学习工作中去。我们“哲理成长”教育帮扶实践队已经事先与所对接的济宁市鱼台县谷亭街道李庄村“希望小屋”的李默同学约定好，将在今天进行新年后的第一次交流。

根据任务安排，我们将协助李默同学制作一份寒假学习生活的计划表，培养合理的作息习惯。由于场地的限制，我们只能通过腾讯会议的方式，在线上与李默同学交流。

一开场，我们先互相拜年。接着，我们询问了李默同学寒假作业的完成情况。李默同学今年六年级了，正处于小升初的关键阶段。但由于性格较为内向，李默同学在学习中遇到问题时很少与老师交流，导致问题不断累积，因此寒假作业中也存在不少难题。但李默同学仍然坚持每天定量完成作业，作业进度并没有出现滞后的情况。鉴于此，我们与李默同学共同商定，将不定期地进行线上答疑。李默同学遇到不会做的题，会在答疑时统一解决。此外，我们还决定为李默同学送去一些课外读物，李默同学将每天上午与下午各抽出半个小时进行课外阅读。我们还建议李默同学保护视力，学习一定时间后，要注意放松眼睛。

体质锻炼也同样重要，李默同学告诉我们，他喜欢打篮球，于是我们建议他在天气好时多约同学出来一起打球，既能增强体质，也能联络同学感情。此外，我们还建议李默同学多做些拖地、洗碗等家庭劳动，体会“劳动最光荣”的内涵所在。

之后，我又一次就英语学习方面给李默同学提了一些建议。首先是通过我转发给他的音标学习视频学习英语发音，其次是在家多朗读英语课文，再就是事先预习下学期的课文。

最后，大家各自分享了春节的所见所闻。很快，一个小时过去了，我们的交流暂告一段落。有了政府修筑的“希望小屋”和我们给予的学习与生活方面的帮助，我们相信李默同学的学习能力及其他各方面的能力都可以得到很大提高。如今全面小康社会已经取得决定性成就，山东省“希望小屋”工程作为改善乡镇儿童教育状况的重要项目，也一定会在脱贫进程中发挥巨大作用。

作者：哲学与社会发展学院2019级本科生　马雨豪

2月16日　星期二　晴

结构成分与物性测量平台管理者·董姝丽

昨天是每周一次的仪器保养日。新年伊始，节日的气氛还未退去，我便来到中心校区看我的“老朋友”——核磁波谱仪器机群。往日熙攘的校园安静祥和，我静静地走过风雨操场、学生餐厅、知新楼、图书馆、大成广场，发现广场前的梅花已经开了。春天来了，心里暖暖的。

2003 年，借助于“985”学科建设经费，在学院历届领导的推动下，学院结构成分测试中心建成。2003 年 9 月，山东大学实现了核磁共振波谱仪零的突破，一台 600 兆和一台 400 兆液体核磁共振波谱仪分别落户药学院和化学与化工学院。核磁共振波谱仪属于 24 小时不间断运行的大型设备，核心部件高磁场超导磁体系统需要液氦、液氮以维持临界状态。从那时起，寒来暑往，每周一次为核磁共振波谱仪添加液氮的仪器维护工作持续了19 个年头。

随着学校“双一流”建设不断推进，科学探究对科研仪器技术指标提出了更高的要求。近年来，测试中心购置了一大批高精尖大型仪器设备，为学科发展助力。学院结构成分测试中心也发展成为学校五大公共技术平台之一——结构成分与物性测量平台（简称“平台”）。目前，核磁子平台已经拥有 6 台核磁波谱仪，包括 3 台 400 兆、1 台 300 兆、1 台 500 兆液体核磁波谱仪，以及 1 台千万级的 600 兆固体核磁波谱仪，包含高场、低场、液体、固体核磁共振以及顺磁共振波谱仪，成为全面、领先、权威的核磁波谱分析平台，目前在杂谱、低温、机理跟踪实验、全反应机理探究方面居国内领先地位。

设备的精进、平台的壮大不断为学校的科学研究贡献着力量，同时平台的老师与时俱进，不断钻研精进分析技术。近年来，平台通过核磁共振技术，解决了在氧化铝特种陶瓷材料、军工有机硅材料、能源电池、三氟甲磺酸及其系列产品等领域一系列卡脖子的分析技术问题，为学校的重点实验室、研究中心和地方企业提供了重要的技术支撑，产生了巨大的经济及社会效益。

近 20 个寒暑，与仪器设备朝夕相处，我和同事们与这些“大家伙”们俨然已成为“老朋友”，在携手为教学和科研工作贡献力量的过程中结下了深厚情谊。作为专业技术人员，我们深知仪器维护的重要性，时刻密切关注仪器状态。平台发展了，仪器设备多了，对仪器的维护、保养更重要了。在疫情防控常态化形势下，今年寒假为了确保仪器设备持续助力科研工作，平台的老师们坚持保障仪器的安全和高效运行，即使春节期间没有科研测试，也同样做好安全巡查和仪器维护保养工作。

大型仪器装备是加速推进学校“双一流”建设的资源保障，公共技术平台是支撑大型仪器资源精准投放的载体，专业技术人员的专业素养和爱岗敬业精神是平台发展和壮大的前提。新的一年，平台的老师们将继续秉承“开放、合作、共享、创新”的发展理念，追求卓越，只争朝夕，不断精进专业技术与水平，为科研教学工作保驾护航，为学校“双一流”建设贡献力量。

作者：化学与化工学院工作人员　董姝丽

2月17日　星期三　晴

走访家庭经济困难学生辅导员·许广义

昨天是大年初五，也是俗称的“破五”，其在中国传统习俗中有赶五穷、迎财神的寓意，表达了中国劳动人民迎祥纳福的美好愿望。在这样一个节日里，为深入了解困难学生的家庭情况，把国家和学校对家庭经济困难学生的关怀落实落细，文化传播学院的寒假“访千家”活动正式拉开序幕。

早上，按照学校疫情防控要求，在做好个人防护的基础上，我走访了一位大二学生的家庭。这位同学的父亲和姐姐去世了，母亲是农民，身体不太好，平时靠种地的收入来供闺女上学。在2019级新生入学前，学院学工队伍就把帮扶工作做到前面，看到绿色通道的学生名单后，主动安排辅导员在开学前到学生家走访，宣传山大的助困政策，并提前送出关怀。2019～2021年，学院学工人员每年都会到学生家家访一次，过年送上学校的关怀和祝福。

到了学生所在的村镇，我见到了早已在村胡同口等待的学生和她的母亲。互相拜年问好后，她们把我带入家中，见到了今年和她们一起过年的爷爷。我细心询问了学生家庭成员的基本状况、家庭主要收入来源和面临的主要困难，学生母亲紧紧握着我的手眼泪汪汪地对我说："闺女在威海上学也不能过去看她，感谢学校这几年来一直对她的关心。"这一刻，我感受到了这份工作的意义和真正价值。

随后，我又询问了她家庭的其他情况，并跟她的母亲汇报了孩子在学校的优秀表现，特别是在疫情防控期间，学生报名做引导员工作，主动服务学院师生，为防疫工作尽了自己的一份力。同时针对学生的具体情况，我对她提出了努力方向。最后，我又进一步普及了国家和学校的资助政策和帮扶措施，希望今后多和家长及同学沟通交流。

临别前，这位同学和她的母亲一直送我们到村口，并目送我们离去。这次走访让我认识到，学生资助工作是一项重要的保民生、暖民心工程。几年来，文化传播学院一直坚持对家庭经济困难学生进行走访慰问、宣传国家和学校的资助政策，拓宽了资助工作渠道，密切了学校和学生家庭的联系，搭建了学校与家庭、社会良好的沟通平台，提升了学院资助工作水平和资助效果。我坚信在大家的共同努力下，在学生毕业时，我们彼此都能成为更好的自己，成为更加优秀的山大人。

作者：文化传播学院辅导员　许广义

2 月 18 日　星期四　晴

留校学生 · 朱泽萌

这是我第一年没陪爸爸妈妈一起过年。

填写完离校申请，我就开始满心欢喜地数着回家前的日子，暗暗打算回家后要让妈妈做哪几道美食。随着日期的临近，国家倡导“就地过年”，爸爸妈妈也因为工作原因春节期间要继续坚守岗位，家庭会议后，我将假期去向改为“留校”。

说实话，心中是有些暗暗期待的——留校过年，是什么感觉呢？

留校过年，感到的是浓浓的年味儿和参与感。上大学前，寒假要上兴趣班、辅导班，上大学后，寒假有社会实践、冬令营，往往闲下来就到了腊月二十七以后，那时爸爸妈妈早已打理好了一切。今年留校过年，着实体验了一把“忙年”。腊月二十七——年前最后一次组会结束后，我和实验室同样留校的师兄一起对实验室进行了大扫除，擦拭实验仪器，规整实验耗材，整个实验室都是亮亮堂堂、整整齐齐。我们网购了春联、窗花等，将实验室和宿舍布置一新——从进门的福字到桌上的小牛摆件，再到窗上的窗花，处处洋溢着春节的氛围。

留校过年，感到的是满满的关心。学院赵福昌书记一行专程到实验室慰问大家，关心我们的留校生活；导师潘老师在组会上再三叮嘱我和留校的师兄要注意安全，照顾好自己，有事情一定要及时联系同样就地过年的她；辅导员柴老师在假期中一直在为同学们审批离校、返校申请，解答大家的各种问题，还用心为我们留校同学协调留校礼包、出入校门、住宿等问题；餐厅为我们提供了免费的春节大餐，平时因为就餐人数较少所以菜品不多，但也是常换花样，竭力让学生满意；每晚回宿舍时，在楼下看到宿管阿姨房中的灯光，都觉得十分安心；宿舍楼的保洁阿姨听说我留校，还想邀请我去她在学校租住的房子里一起吃年夜饭……

留校过年，感受到的是十足的冲劲儿。我发现甚至在大年三十、初一，在轻松欢快的节日氛围里，依旧有同学在紧张地进行着科研实验，走廊里穿着实验服的同学们依旧行色匆匆。这让我不禁认识到，留校就要有留校的收获。

如果要问我，春节留校是什么感觉？一开始是满满的新鲜感，但安静下来，又有一点点失落，但失落过后更多的是骄傲——是呀，我是“原年人”（指原地过年的人），和家人一起，也为国家的疫情防控奉献着自己微薄的力量！

如今，第一批返校同学即将到校，基础医学院教学六楼也在逐渐恢复往日的热闹，走廊上认识的不认识的同学都互祝一声“过年好”，同学们拿起移液器，登录上仪器，又开始了新一年的科研生活。

作者：基础医学院 2019 级硕士研究生　朱泽萌

2 月 19 日　星期五　晴

春季学期第一批返校学生 · 刘慧宇

今天是春季学期山大第一批学生返校的日子，我也回到了离开不久的校园。这次返校安排依旧严谨，我们提前在网上提交了返校申请，导员审批过后，公布了这一批次的返校学生名单。作为医学生，由于要同时兼顾临床工作和科研学习，我选择了在正月初八这一天回归校园。

当确定返校时间后，我便订了车票，认真看了介绍返校流程的相关文件。今年由于疫情防控的缘故，很多人选择了原地过年，这让往年春运时人山人海的车站顿时冷清了不少。一路上，我发现大家的防护措施都挺到位，列车员也会不断提醒诸位乘客注意个人防护，进站出站也多了测量体温和检验健康码的程序。这些疫情防控措施使旅途中的人安心不少。

清晨，火车停靠在熟悉的济南站，我拖着行李箱出站，一路乘车到了学校。清晨的济南还透着几丝寒意，而校门口的各位工作人员已经做好了各项准备。首先是行李消毒，学校还贴心地准备了消毒湿巾用来擦手。然后是扫码验证，这个在之前的文件也有说明。再接下来是核酸检测，大家有序排队，很快便完成了咽拭子采集。也许是考虑到天气有些冷，一旁还有服务点提供热水和姜汤，让同学们感受到了学校的关怀和温暖。测完核酸就可以返回宿舍了，在阿姨那里登记了名字和返校时间后，我还领取了学校为我们贴心准备的餐包，心里不由暖暖的。

回到宿舍，留校的同学们跟我分享了留校过年的体验。学校不仅为他们提供了餐食补助，还准备了各种年货大礼包，让人感受到了家的温暖。这次返校给我的体会依旧是流程严谨而又让人暖心，各项事务安排得井井有条。各位老师牺牲了假期时间，保证了我们的学习生活能够一切顺利。明天就要开始上课了，愿我在新的一年、新的起点，也能收获更多的成长。

作者：临床医学院2019级硕士研究生　刘慧宇

2月20日　星期六　晴

社区疫情防控志愿者·吴国镇

新春时节，疫情略有反弹，疫情防控不可掉以轻心。无棣县严格按照滨州市委市政府要求，迅速进行核酸检测预登记工作，我得知附近社区招募志愿者后，积极报名。在培训之后，我穿着社区的红马甲志愿者服装开始了我的志愿服务。

下午两点左右，我来到了第一站——幸福小区。我们两人一组，通知小区内的所有住户在“滨州卫生健康”微信公众号上完成核酸检测预登记。“大姨您好，我是咱海丰街道办事处的志愿者，来问问咱家的核酸检测预登记在微信上登记没?”“哦，社区群里发的那个是吧，已经登记啦!”首战告捷，大姨热情的答复为我接下来的工作带来了鼓励和信心，接下来的几家也比较顺利。有时会遇到不会操作微信的居民，我们会帮他们在微信上完成登记，记得一个住在一楼的住户，是一位 90 多岁的老奶奶，我们就打电话给他们的女儿和儿子，让他们代为登记。

还有一家让我印象比较深刻，敲门之后，听着里面稚嫩的声音，家里应该是一个八九岁的姐姐和一个四五岁的妹妹。听着小娃子萌萌的回答，“不认识”“没有大人在家”“家里没有手机”“不知道妈妈的号码”，小娃子可爱又带着一丝警惕的回答，让我感觉自己活脱脱像个哄骗小朋友的老阿姨。“你可以背一下妈妈的手机号吗?我用我的手机给妈妈打个电话。你不用开门哒!”我连忙补充道。小娃子又犹豫纠结了一会儿，缓缓背出了妈妈的手机号，这一家也顺利完成任务。

遇到家里没人的情况，我们会问问他们的邻居，了解一下这家有没有住户，然后在纸上做好备注，下次再来。遇到一些不相信我们的住户，我们会详细说明我们的来意，并出示相关的通知，慢慢地对他们解释。我们真切感受到了基层工作者的不易，但是当他们理解并信任我们之后，我们又有一种无以言说的成就感。遇到悬挂“光荣之家”光荣牌的现役、退役军人的家庭，当感受到他们对社区工作的大力支持与配合时，我们又有一种满满当当的责任感和自豪感，由衷地感叹他们对国家的感情。

这次志愿服务，我感受到了社区基层工作者的不易，上下爬楼时身体的劳累与锻炼，被当成发广告时有些小心酸，小朋友对陌生人的警惕又让我感叹家长成功的教育，看到对门两个住户一样的鞋架摆设时感受到了邻里的和谐，看到三楼的住户了解五楼住户的情况时感受到社区的温暖，大爷大妈对我们工作大力支持时又有一种满足。

寒冷虽在，温暖犹存，愿春暖花开，疫情不再!

作者：物理学院2019级本科生　吴国镇

2月21日　星期日　晴

国家重点研发计划项目参与博士生·方震龙

今天，返校已有两天时间，回到了熟悉的校园，感觉依旧是那么亲切。由于参与项目课题的需要，我申请了第一批次返校。返校的第二天，导师徐天河教授召开了新年第一次组会，布置返校后的科研任务，根据专家反馈意见对项目实施方案进行了修改和补充。自此，我们开始了2021年春季学期紧张忙碌的学习生活。

回想寒假期间，由于时间紧任务重，作为核心参与成员之一，从1月13日到2月1日，我和课题组10多位老师同学们一起自愿坚守留校，为课题组牵头申请的国家重点研发计划“地球观测与导航”重点专项“国家PNT体系弹性化架构设计与关键技术示范验证”项目撰写实施方案。在项目实施方案撰写中，我主要负责多源PNT信息弹性融合算法研究工作。留校期间，我与项目其他成员共同协作攻关技术问题，基本每天都工作到晚上11点钟，最终完成了项目有关内容的实施方案构思和撰写工作，为保证3月初项目启动会的顺利进行打好了基础。

留校科研期间，学校和学院领导老师走访慰问了留校研究生，了解我们留校学习和生活情况，检查实验室安全和宿舍安全，叮嘱我们注意安全防护，在科研的同时加强体育锻炼。学校还为我们留校学生做好了后勤保障工作，保障留校学生假期正常用餐，同时做好了餐厅消毒防护工作。在浴池寒假检修期间，学校为方便我们留校学生洗浴，安排文华苑作为临时浴室。学校和学院给予的贴心服务为我们顺利完成科研项目任务提供了有利的生活保障。

我们项目瞄准国家2035综合PNT体系“更加泛在、更加融合、更加智能”发展目标，实现国家新一代PNT体系弹性化架构设计，可以为我国新一代PNT体系的设计、测试、建设和应用示范提供坚实的技术支撑。项目由山东大学作为牵头单位，山东大学“太阳爆发及其对行星空间环境的影响”攀登团队成员、空间科学研究院卫星导航与遥感课题组组长徐天河教授担任项目负责人。作为山大学子，我十分荣幸能够参与到国家重点研发项目中，推动国家科技的进步；同时也深深知道，项目研究过程中会有很多困难等待着我们。不过我相信，只要我们保持严谨科学的研究态度、只争朝夕的工作劲头、踏实肯干的工作作风，一定能够顺利地完成项目，做出高质量的成果。

作者：空间科学与物理学院2020级博士研究生　方震龙

2月22日　星期一　晴

街道办事处实习生·李林宣

早早地来到了泰安市泰山区财源街道办事处办公室，像往常一样，我首先将办公室打扫干净，并整理了散乱在桌子上的资料。已经在街道办工作了快两周了，每天繁忙的工作都让我感到非常充实。

基层工作真的很锻炼人的能力。我一边翻看着刚来时刘主任交给我的那本厚厚的平台使用说明书，一边想到这些天在刘主任的带领指导下，我已经掌握了人口统筹应用管理平台的操作方法，协助了来自财源街道29个社区的工作人员对家庭信息的录入与校核。经过与刘主任和各社区工作人员的交流，我深刻了解到，国家建立健全同经济发展水平相适应的社会保障制度，是经济社会协调发展的必然要求，也是社会稳定和国家长治久安的重要保证。随着国家发展水平的提高，我国人口老龄化速度加快，建立健全与经济发展水平相适应的社会保障体系，是十分重要和紧迫的。计划生育家庭奖励扶助和社会保障问题一直是国家和政府十分重视的问题。

下午，在录入特扶家庭信息时，我们遇到了户籍地址不明确的问题。在经过查阅政府颁布的相关条例并询问社区工作人员之后，我发现该家庭户曾在多年前将户口迁移至外市，应当算作“异地享受扶助”，不在街道办的管辖范围内。还有的家庭户在录入信息后，系统提示不符合受补助标准，经查阅资料后，我发现奖扶要求标准其中一条为满足60周岁，符合条件的对象才享受政策补助。

街道办的工作促使我更快地提升个人业务能力和业务办结效率，加快了我在工作中的成长速度，我也深刻体会到了信息录入对耐心、细致的高标准要求。就像彭老师所说，街道办属于比较基层的政府部门下设机构，与老百姓联系十分紧密，虽然基层工作很辛苦，但为民服务却很有意义。

“勤”是状态，“廉”是本色，“实”是作风。基层寒假实习工作更像是对个人能力的检验和锻炼，从理解知识到应用于现实，离不开真抓实干，务求实效。

作者：能源与动力工程学院2018级本科生　李林宣

2 月 23 日　星期二　晴

“心泊津渡，梦栖沂蒙”社会实践团队成员・公　政

今天，为期一个月的寒假社会实践活动告一段落。我们举行了结束仪式，共同观看了团队实践活动纪录片。即使影片只有几分钟，即使讲述的是团队中每个人的亲身经历，即使那些场景已经深深地印在了我们的脑海中，我们仍然禁不住热泪盈眶。

此前，我常常想，青年学生应该怎样做才能如习近平总书记所说“不负韶华”；我常常想，“00 后”的我们应该如何体现青春的担当；我常常想，新时代风华正茂的大学生应该如何在学业之外实现价值。直到，我遇见了他们。有一群孩子，在本应是最难忘、最幸福的童年，却留守家中，或失去父母，或双亲病重……他们小小的身躯经历了太多的风雨。当看到这群孩子的眼神时，我突然明白，原来大学生可以做的还有很多。

回想这一个多月，我了解了孩子们的家庭情况和心路历程，看到了他们乖巧懂事的笑容，也看到了他们对未来的憧憬。他们会拿起毛笔，专注地练习一个“福”字；他们会拿着小剪刀，细心地剪窗花，剪好之后不好意思地展示成果，也会在我剪错的时候提醒甚至打趣；他们会在轮到自己表演节目时大大方方地背出一首古诗；他们很清楚自己学习中的盲点，在经验分享环节细致地问我们英语单词的背诵方法、怎么提高阅读理解能力……这些孩子不是温室里的花朵，可也绝不是屈居在大树影子里靠着碎光生长的小草；他们是雪山上盛放的雪莲，是身在石缝却向往碧空的竹子。

我想到一个小女孩，她的双手黝黑，本应稚嫩的皮肤却长满了做粗活留下的茧子。从最初的孤僻认生，到满怀信任地用她的小手拉我的手，她渐渐地向志愿者哥哥姐姐们打开了心门，这让我无比欣慰和感动。她很喜欢冰心奶奶，几乎读过她所有的书。她告诉我，冰心奶奶曾经说过：“爱

在左，同情在右，走在生命之路的两旁，随时撒种，随时开花，将这一径长途点缀得花香弥漫，使穿枝拂叶的行人，踏着荆棘，不觉得痛苦，有泪可落，却不是悲凉。”说到这句话时，她的眼睛里有光。

一次次爱心活动，让我们看到了孩子们的坚强乐观，让我们在这个寒冬感受到了爱的力量。帮助孩子们走出困境，创造美好生活，是当代青年人义不容辞的责任和义务。“青年一代有理想、有本领、有担当，国家就有前途，民族就有希望。”习近平总书记的谆谆教诲仍回响在耳畔。我们的活动，始于寒假，但绝不止于寒假。“00后”的担当，我们一直在路上。

作者：法学院2020级本科生　公　政

2月24日　星期三　雨

南砂晶圆半导体专业实践研究生·郭枫林

今天是我来到广东南砂晶圆半导体公司的第40天。伴随着开学日期的临近，我的南砂晶圆寒假实习之旅也接近尾声了。

南砂晶圆半导体公司是山东大学的技术转化企业，同时也是集成攻关大平台的中试产业化基地，坐落在粤港澳大湾区的几何中心，其主要产品——碳化硅单晶衬底是大平台技术落地的重要成果。作为集成攻关大平台第一届独立招收的硕士研究生，能够在硕士一年级就来到这家企业开展专业实践，我十分珍视这次机会。

初到南砂晶圆半导体公司，迎接我的是崭新的三条产业线——单晶生长线、晶圆加工线和质量检测线。我所实习的晶圆加工线，处于连接上游生长和下游检测的中间环节，想要得到高质量半导体晶圆，加工工艺至关重要。刚来的前几天，我发现自己竟然对于一些工艺术语知之甚少，知识储备更是完全不够用，果真“书到用时方恨少”。但幸运的是，经过半个月的努力，在师兄和公司工程师的悉心指导下，我也逐渐能够融会贯通，提出自己解决问题的方案。于是，我的心情也舒畅了许多，我体会到了用所学知识解决实际问题的美妙感觉。再到后来，我独立调研定制的加热炉得到了导师和公司领导的高度肯定，我的心情终于也像广州的天气一样，变得暖洋洋的。在这段实习的日子里，无论是晶片退火的最佳温度选择，还是针对晶体开裂的各种技术措施，亦或是新设备的调研选型，都凝结着我与同事们一起努力的辛劳和汗水，初到的茫然无措也渐渐地被成就感所取代。

实习期间，我陆续听到一些师兄们成长为国内高技术企业技术骨干的故事，他们已经开始独当一面并取得了很好的成绩。师兄们之所以能够在毕业后快速成长起来，我想，很大原因得益于在学校期间与企业生产的密切联系，真正做到了学有所用，知识报国。

我国第三代半导体产业相对国外依然落后，且面临着严密的技术封锁。“芯片之争就是材料之争”，作为第三代半导体材料的代表，碳化硅被称作“芯魂”。国产碳化硅产业水平直接关乎我国国防、信息、能源等领域的高质量发展。教育部依托山大建设新一代半导体材料集成攻关大平台，矢志解决“卡脖子”关键技术，也给我们这些在平台学习的研究生提供了千载难逢的宝贵机遇。这次企业实习也坚定了我学好半导体专业的决心，我愿意将自己的青春播撒在半导体研发这片沃土之上，争取也像优秀的师兄师姐们一样，为国家在这一领域的强大作出自己的一份贡献。

作者：新一代半导体材料集成攻关大平台 2020 级硕士研究生　郭枫林

2 月 25 日　星期四　晴

全国脱贫攻坚总结表彰大会观看者·韩鲁青

2021 年 2 月 25 日，注定是一个载入史册的日子。就在今天上午 10 点半，全国脱贫攻坚总结表彰大会在北京人民大会堂隆重举行。而我作为曾经奋战在脱贫攻坚第一线的一名第一书记，更是怀着无比激动的心情，全程观看了此次大会。

习近平总书记在讲话伊始，就首先庄严宣布："经过全党全国各族人民共同努力，在迎来中国共产党成立一百周年的重要时刻，我国脱贫攻坚战取得了全面胜利，现行标准下 9899 万农村贫困人口全部脱贫，832 个贫困县全部摘帽，12.8 万个贫困村全部出列，区域性整体贫困得到解决，完成了消除绝对贫困的艰巨任务，创造了又一个彪炳史册的人间奇迹！这是中国人民的伟大光荣，是中国共产党的伟大光荣，是中华民族的伟大光荣！"当听到这，我无法按捺内心的激动之情，作为一名曾经的基层扶贫干部，深知我国脱贫工作的艰辛和面临的重重困难，也深深感受到我们的国家对于解决"贫困"这一"人类社会的顽疾"所作出的前所未有的付出和努力，同时也最充分地诠释了我们党为中国人民谋幸福、为中华民族谋复兴的初心和使命。

在观看表彰大会的同时，一幅幅我当年驻村扶贫的画面也不时浮现于眼前：之前横亘在村中的那条坑坑洼洼、泥泞不堪的乡间土路现已变身为宽阔平整的柏油大道；房前屋后充满恶臭的废旧轮胎已被花团锦簇、果树成荫所取代；北山上光秃秃的黄土坡现化身为威海市草莓种植大棚示范园；村中的"三大堆"也被改造成村民们休闲娱乐的"小广场"……如今，我所派驻的那个曾经"恶名昭著的轮胎村"石家泊村，已经蜕变为威海市远近闻名"美丽乡村"的示范村、样板村。这不正是发生在我们身边，我们国家"脱贫攻坚"成果的真实写照吗？

最后，我想说的是，我很荣幸能出生在这样一个伟大的时代，也更荣幸学校给予我这样的一个机会，能亲身参与到我们国家“脱贫攻坚”这项伟大的历史进程之中。正如习近平总书记所讲到的“时代造就英雄，伟大来自平凡”，征途漫漫，唯有奋斗。虽然我现已离开了脱贫攻坚的工作一线，但是作为一名党员，作为一名山大人，扶贫济困、脱贫攻坚的重担一刻也不会放下，我也相信我们全党全国各族人民只要紧密地团结在党中央周围，坚定信心，真抓实干，埋头苦干，第二个百年奋斗目标就一定能顺利实现。

作者：威海校区学科建设与研究生教育办公室工作人员　韩鲁青

2 月 26 日　星期五　晴

确山县脱贫故事采访者 · 郭佳音

早上 8 点，我作为山东大学外国语学院“脱贫攻坚，筑梦有我”主题宣讲队的成员，坐上了去往河南省驻马店市确山县田庄村的车。车上的我一遍遍理思路，排练采访问题，思考提问的措辞，想到马上就能在现实中真切地感受脱贫攻坚政策的实施、聆听百姓们的脱贫故事，我在期待中更多了一丝紧张。

确山县是山东大学定点帮扶的对象，来这里进行走访有着特殊的意义。为了更全面地了解脱贫攻坚在基层实践中的措施和不同群体的认识与感受，我首先走访了一位原扶贫干部，也是现在的养老院院长胡伯伯。他眉飞色舞地谈起村里的扶贫成果，还鼓励我到村里走走，去看看那些变化。当得知我是山东大学的学生时，胡伯伯特别提起了山大创新的“梦想导师”计划，讲到学校立足于确山县发展现状，充分利用山东大学优质资源，通过山大学生与确山县中小学生结对子帮助的形式，开展“大梦想家”“梦想团支部”及“追梦社团”等活动，关爱中小学生的成长成才。胡伯伯还向我展示了山东大学团委来老臧庄小学交流的照片，顿时我的自豪感油然而生。胡伯伯的讲解还解答了我一直的疑问：2020年脱贫攻坚已取得决定性胜利，国家是如何巩固脱贫成果、防止返贫的？原来，现在提出的“脱贫四不脱”政策正是对这一问题的思考和回答。

离开胡伯伯的家，我继而采访了一位退役军人。刘爷爷曾参加过对越自卫反击战，是个不折不扣的老共产党员。他在更高层面上分析了打赢脱贫攻坚战的意义：打赢脱贫攻坚有利于构建社会主义和谐社会。贫困现象的存在，贫困差距的扩大是影响社会和谐的最主要因素之一，脱贫攻坚能够有力地缓解区域差距和城乡差距扩大的趋势，为国民经济持续健康发展，为政治稳定、民族团结、社会和谐发挥了重要作用。

最后，我拜访了一位曾经的贫困户。当问到扶贫政策对李奶奶家的改变时，奶奶兴奋地告诉我：旱厕改成了水厕，干净卫生了；由自家水井抽水改成了全村统一水塔供给纯净水，能抽取地下几百米的水，水质变好了；原来的乡村泥路改成了水泥路，下雨天不再担心滑倒和弄脏衣服和鞋了；集镇上统一门面设计、统一规划，看着更整洁卫生了；路旁排水沟的修建，路面积水大大减少了；统一光伏发电，供电更稳定了；她家孙女上大学得到了许多帮助，包括助学金、学费减免和各种技能培训……

社会实践的意义，或许就是让我们走进社会，去感受那些鲜活的人、那些有温度的事，那些自然流露的真情，然后去设身处地地换位思考，去理解生活并拥抱生活。坐在回程的车上，我的脑海中不断浮现扶贫干部脸上的骄傲、退役老兵侃侃而谈的自豪、贫困奶奶充满感激的开心，我看到宏观的国家战略在老百姓生活中的映射，我也看到了将为之奋斗终生的方向。

作者：外国语学院2020级本科生　郭佳音

2 月 27 日　星期六　晴

春季学期学生返校志愿者　巴吾栋·依力哈木

2 月 27 日，是春季学期学生返校的第一天。前几天，当看到兴隆山校区春季学期返校志愿服务驿站招募志愿者的通知时，我立即报名并且成功入选。我之前虽然听闻过许多山大志愿者的故事，但并未真正参与过志愿服务活动，也没有做过志愿者。因此，我相信这次的志愿服务活动一定会给我带来一次前所未有的体验。怀揣着这样激动而又期待的心情，我早早地做好了准备，前往志愿服务驿站，为同学们服务的一天便正式拉开序幕了。

早晨 7 点，太阳刚刚升起，同学们便陆陆续续地来到报到点，我按照之前培训的要求，引导同学们按照流程扫码登记、领取物资、进行核酸检测等。因为是第一次担任志愿者，所以一开始我还有些内向，面对陌生的同学不敢开口说话，只是略显生涩和机械地引导同学们前往报到点。但在团委老师的鼓励下，我渐渐勇敢起来，主动上前询问同学们的需求，工作也开展得更加有条不紊。

在休息的间隙，我偶然间看到了一位同学下车之后便一直站在原地。我有些好奇，于是赶忙过去询问他是否需要帮助，他指着两个大箱子说："同学，能麻烦你和我一起把行李搬到宿舍吗？""当然可以，这是我的职责。"说着我便把箱子抬了起来。箱子十分沉重，搬运起来的确不轻松。在路上，我还是没有按捺住好奇心，便问他："同学，请问这些东西你用来做什么的呀？"然而他的回答令我愣住了："我寒假期间做了手术，身体还没有完全恢复，这些是要用到的药品和医疗器械。谢谢你，同学，要是没有你，我可真不知道该怎么办了。"他说得很真诚，这一瞬间，我心中百感交集：在我看来微不足道的小事，对于他人竟有如此重要的作用。我也更加明白参与志愿服务的重要意义——勿以善小而不为，涓滴爱心，便可汇聚成海。

午后，学校领导前来慰问我们，郭新立书记亲切地询问我："做志愿者的感觉如何?"我激动地回答："这个寒假我没有回家，在学校过年，虽然人很少，但是深深感受到了学校对我们的关心。虽然来到学校才半年时间，但我已经把这里当作自己的另一个家，所以我很愿意参加志愿服务，帮助其他同学。"郭书记又关心地询问了我寒假的学习生活，勉励我继续努力，让我很受鼓舞。

夜幕降临，今日的志愿服务也接近尾声。今天对我来说是十分特殊的一天，赠人玫瑰，手有余香，在帮助他人的过程中，我体会到了前所未有的、超乎想象的自豪与幸福，感受到了众人爱心的交汇。未来，我将尽我所能，继续投身志愿服务活动，在奉献中贡献青春力量。

作者：控制科学与工程学院2020级本科生　巴吾栋·依力哈木

2月28日　星期日　小雨

青岛校区校车驾驶员·杨忠贤

春季返校接站工作在学校和部门、中心领导的统筹安排下有条不紊地进行着。接站服务期间，同事们也都热情高涨，一遍遍地帮助学生们搬运行李。

今天是春季第二批学生返校的最后一天，我早早起床到达校区停车场，认真检查校车的灯光、刹车、制动等车辆性能，并对车辆进行清理、消毒、通风，以保证为同学们提供健康安全的乘车环境。一切准备就绪，我出发前往地铁山东大学站接站点，同时在心里默念：今天千万不要下雨啊。

此次接站，我负责接摆渡到地铁山东大学站的同学。由于地铁站位置及其他方面条件的特殊性，核验学生身份的工作由我们来负责，所以我和同事们就具有了双重身份——身份核验人员、驾驶员。

到达地铁站停下车，我看见一位同学已经在等候了。即便戴着口罩，但是仍掩盖不住她看到校车的开心。我急忙下车打开行李舱，帮助她搬运行李。按照学校疫情防控要求，我核验了她的校园卡和山东省健康通行码，并指导她打开“山大校园通”完成扫码和确认流程，让她上车等候。过了三五分钟，又陆陆续续有学生从地铁站出站，过来乘坐校车。

看看时间，此时，车已等候 15 分钟。根据车内人数情况，也为了让同学们尽快到达阔别已久的校园，我将相关注意事项交接给下一位同事，并统计记录好本车次乘坐人数情况，驾驶摆渡车缓缓驶入学校，安全地将同学们送到核酸检测地点。

这一系列简单重复的动作从早晨 8 点一直持续到晚上 11 点，我们一趟一趟有序地驾车往返于校区跟地铁站之间，工作餐也顾不上吃几口。中午时分，还是没有逃过春雨的“滋润”，但是我和同事并没有因此而消减工作的热情。

校区安排的温馨接站服务，解决了同学们到校“最后一公里”的问题，为同学们节省了近 30 分钟的时间。

一趟又一趟，上车、下车，同学们脸上洋溢着幸福的表情，并向我道谢，说：师傅，辛苦了。作为一名普通的一线服务人员，我想同学们这句简单的话语是对我工作最大的认可。为此，我也一定会在自己平凡的工作岗位上坚守着后勤人的服务初心，脚踏实地，砥砺前行。

作者：后勤保障部工作人员　杨忠贤

3月1日 星期一 雪

环境科学与工程学院本科生·宋南汐

今天是开学第一天!

早上天气有些阴沉，下着小雨，我看着今天满满当当的课程表，暗暗给自己打气。全新的学期开始了，我们返回母校的怀抱，走进熟悉的振声苑，以新面貌叩响了新知识的大门。

新学期的第一堂课，老师们通常会先带领我们了解一门学科的意义和学习方法。在工程力学课上，老师带我们回顾经典物理学中的力学，又为我们仔细阐述经典力学和工程力学的不同之处。在课堂的后半部分，老师变戏法似的拿出一根杆来。随着老师的拉伸与按压，杆发生了不同程度的形状改变，老师根据杆的变化给我们讲解力系的种类，以及刚体和变形体的不同之处。精彩的课堂牢牢地吸引着我的注意力。

中午，还没走出振声苑的门，就看见外面银花漫天：下了好大的雪!每一片雪花都很大，风倒是不再喧嚣，只见一大群白色的小精灵洋洋洒洒地向下飘着，打个旋儿，落在地上又很快消失了。这样一场晴雪，让我们一扫上课的疲惫。同学们纷纷把手伸出伞外接雪花，接到后仔细观察一番，对这样大片的雪花感到十分新奇。

下午，雪停了，只有阵阵小风在抚摸着我们热气腾腾的脸。在环境生态学的课堂中，老师同样在这第一次课上带我们初探课程的大门，为我们解释生态学的含义及其发展进步的历程。丰富的事例、纪实的图片、有趣的视频，都深深地吸引着我们去探索那斑斓多样的生态环境。

结束了下午的学习，窗外的天开始黑了。晚上要比白天更冷一些。走进教室，很多同学已经就座，我也赶紧找到一个座位坐下，准备开始听今天的最后一节课：通识选修课“中华民族历史与精神”。老师在第一堂课上先从我们熟悉的学校建筑——“振声苑”名称的由来讲起。刚入学时，我们就了解过山东大学的历史以及学校建筑名称的来历和寓意；现在我已在山东大学生活学习了一年，再次听老师讲起山大历史，感受更加强烈，感情更加浓厚。老师从杨振声先生介绍到蔡元培先生，从山东大学建校讲到各位学者的风采，从鼓舞人心的经典发言讲到文学家的有趣经历。明明已经上了一整天的课，但我一点也不觉得累，越听越有精神，越听越想了解历史故事中的趣味。

这一天落下了帷幕。开学第一天的生活学习都很充实，课程很有趣。希望自己的这一学期能够愉快并且丰富！

作者：环境科学与工程学院2019级本科生　宋南汐

3月2日　星期二　多云

公共卫生学院硕士研究生・于佳思

今天，我们迎来最后一批返校生。前些日子成功争取到了半天的志愿者，我早上7点半就早早到中心花园集合。我到时，老师们已经开始了相关的准备工作。想一想这几天迎接返校生，觉得老师们也好不容易，需要比我们来得早，走得晚。

昨天是这几天最冷的一天，桌子上结了一层薄薄的冰，老师正在将薄冰擦去，摆上工作装备，准备迎接崭新的一天。没一会儿，上午参加志愿服务的小伙伴们就都到齐啦。老师简单讲解了报到程序：先扫码报到，再确认学生信息，最后指导学生前往核酸检测地点。和前天晚上我进行报到的程序一样，但那时还下着雨，工作条件更加艰苦，但是志愿者们依旧很认真负责。虽然我们的工作简单，但决不能粗心大意，要细心做好每一个环节。

今天比昨天暖和一些，可是清晨还有些冷，贴心的山大已为我们准备好了热乎乎的姜茶，甜甜的，暖暖的。老师还帮没有吃早饭的同学买了早饭，同时还为我们备好了小零食。学院今天有近百人返校，上午报到的同学比较少，只有二三十人，这样下午的志愿者就会辛苦一些。与下午的小伙伴完成工作交接后，充实的一上午就结束了。

能够帮助老师完成工作，我感到很开心。在我看来志愿者是服务与奉献的代言人，做好志愿服务工作需要的是热心、耐心和细心。虽然只有短短的一上午，但成为志愿者，能为返校工作出一份力，我觉得是很有意义的一件事。尽管我所参与的只是其中小小的一部分，但每个人小小的一部分结合起来就汇成了强大的力量，就算是一个螺丝钉也有它不可替代的作用。

作者：公共卫生学院2020级硕士研究生　于佳思

3月3日　星期三　晴

沂蒙红嫂纪念馆调研者・杨惠茹

红色，是扎根在沂蒙人民心底的色彩。作为土生土长的沂蒙子孙，我有幸近距离接触红色文化。清晨，沐浴着初春的日光，我启程去往沂南县红嫂沂蒙纪念馆。山路蜿蜒，沿途无处不是红色标语和指示牌，隐约中感觉心中红色星球的那层地壳逐渐活跃。

一间间石头房子排在山坡上，虽然没有了战火硝烟，却让我一瞬间有了穿越到七十多年前的体验感。这些房子就是沂蒙红嫂纪念馆的主体建筑。新年的喜悦坦坦荡荡地体现在一间间石头房子的大门上——红底黑字的春联将红嫂故事和新春的吉祥都涵盖进去。穿梭在疏疏落落的树影间，我的指尖触碰到石磨、草棚和沂蒙人民亲手编的筐子，抹去浅浅的灰尘，革命年代沂蒙人民的生活有迹可循。令人感到便利的事情是，每个展厅外面都挂有用来听取语音讲解的二维码。伴着在空中飘荡的“蒙山高，沂水长”的歌声，我们跟随成批的党员干部参观了这些各具特色的展厅。王换于、祖秀莲等红嫂代表的事迹被镌刻在一面面墙上，通过那些日记、那些雕像，我仿佛能听见耳边传来这些沂蒙女人对革命的毫无保留的支持声。沂蒙红嫂何故被人们称为沂蒙母亲，好像在这里，答案揭晓。沐浴着阳光继续向前走，发现这里还有红嫂群像、烈士展馆、新时代红嫂展馆。小小的纪念馆，把沂蒙人民和中国共产党的亲密关系彰显得淋漓尽致。

此后，展开对于负责人的采访。负责人对我讲，每个纪念馆都有自己的主题和侧重点，城市和乡村的纪念馆各有特色。确如其言，作为以普通群众为主体的革命纪念馆，沂蒙红嫂纪念馆最能体现党和人民的鱼水情。

沂蒙红嫂纪念馆，是活起来的红色纪念馆。在这里，我能感受到沂蒙红嫂们的心跳。这种触动不只是有感于革命前辈和人民的故事，还是红色文化叩开人民心门的体现。基于“让文物活起来”的理念，这里的人们也在为了让红色馆藏活起来而努力。一个人的力量或许如寥寥晨星，但众人的智慧一定若浩瀚宇宙。值此建党一百年之际，赴一趟红色纪念馆之旅，挖掘沂蒙大地的红色宝藏，是对红色文化的虔敬，更是对中国历史心跳的倾听。

作者：马克思主义学院 2020 级本科生　杨惠茹

3月4日　星期四　晴

环保科工作人员·丁　昌

走在校园的道路上，总能看到身着灰色工装的工作人员辛勤工作的身影。时光飞逝，一晃我在环保科已经工作13个年头了。寒来暑往，每天穿梭于校园，看到学校里绿树成荫，干净整洁，心情都觉得很愉快。而这美景的背后，离不开垃圾清运人的辛勤付出。中心校区垃圾桶摆放点有15个，共摆放垃圾桶78个。为确保校园的干净整洁，垃圾清运工不分白天黑夜，酷暑严寒，确保垃圾日产日清。

不只是中心校区，后勤保障部环保科还负责洪家楼校区、趵突泉校区、千佛山校区以及10个教职工家属区的垃圾清运工作。不久前的新春佳节，本是与家人团聚的日子，但由于春节期间垃圾量激增，环保科25名职工全员上阵，坚守一线，确保垃圾及时清运，保障留校师生与家属区住户度过一个平安祥和的春节。

几天前是2021年春季学期学生返校的日子，我们提前为各个返校点布置了垃圾桶，安排人员加强返校点区域的巡视力度，针对午饭、晚饭时间垃圾增多的情况，安排专人负责增加清运频次。同时，根据疫情防控常态化要求，我们还设置了26个专用的废弃口罩垃圾桶，并每天对校园内的全部垃圾桶进行消毒。

当在校园里看到身着灰色工装的背影，很多人不知道这个背影是谁，不知道他们属于什么单位，甚至可能在擦肩而过的时候都未曾注意。虽然这些背影很渺小，但是他们值得我们每一个人的尊敬。他们为美丽洁净的山大校园付出了辛勤汗水，他们有一个共同的名字：后勤人！

作者：后勤保障部工作人员　丁　昌

3月5日　星期五　晴

山东大学最美家庭获奖者·冯维明

今天，山东大学纪念“三八”国际劳动妇女节111周年暨先进表彰大会在中心校区明德楼二层报告厅隆重召开，会上表彰了山东大学三八红旗手、三八红旗集体、妇女工作先进个人和最美家庭，我荣幸受邀出席了会议，并作为最美家庭获奖代表发言。

我今年64岁，是一名工程力学教授，博士生导师，是1977年国家恢复高考后首届本科生，目前仍奋战在教学科研一线。作为老教师，我被很多人所熟悉，但更多的是在教学或科研层面上的了解，殊不知我身后还有一个很特殊的家庭。

我一家6口人，三代同堂近30年，是一个高龄家庭。92岁的父亲多年前因肺癌动了大手术，现在又复发做保守治疗；90岁的母亲几年前因心梗放了心脏支架，类风湿、骨关节退化让她行动困难。我的姐姐身体不是很好，因此，这些年来照顾高龄父母的重担则更多地落在我的肩上。60岁的夫人是中学教师，几年前申请退休，因我94岁的岳母需24小时照顾。膝下一双儿女，女儿还在求学。

古人云“忠孝不能两全”，但我认为忠孝就要两全。教书育人是党和国家赋予我的使命，是我义不容辞的责任；孝敬父母是中国人的传统美德，是我应尽的义务。如何兼顾家庭和事业这两个重任，我认为一个和谐美满、知书达礼的家庭是我事业的保证。从年龄结构上看，我们家庭三代人的年龄差距还是较大，代沟是必然的，有不同的习惯和爱好，在一起生活难免会有不适应，这就需要彼此多些谦让、多点谅解、做事多从对方的角度考虑。我们夫妇两人“承上启下”，理应做得更多一些。父母年龄大了吃饭较慢，我们就在饭桌上铺上专用加热板，保证父母吃上热饭；洗澡不方便淋浴，我们就买来折叠浴缸；为了提醒老人按时吃药，我们配备了带音乐提醒器的药盒；老人耳背几乎无法听到声音，我就安装了无线发射装置，让他们戴上耳机享受电视高质量的声音。总之，尽我们所能让他们享受高质量的晚年生活。年迈父母多病缠身，带他们去医院看病、拿药更是家常便饭，尤其近几年会花费更多的精力照顾父母，孙辈们受到潜移默化的影响，也会学着照顾老人。

我的父母通情达理，尽量不给儿女添麻烦。我的课表被他们贴在自己的床头，只要我有课，他们从不会打扰，有需求时总是先小心翼翼地询问学校是否有工作，确认不会影响我的工作才会提出自己的需求。为方便照顾父母，我常年在家办公，他们经过我的房间时总是蹑手蹑脚，生怕干扰到我，多年来一直是这样。我的母亲是典型的贤妻良母，事无巨细地关心着我们三代人的生活起居。我有时到外地出差，她总会跟在我的身后嘱咐我，身份证带了吗？钱带了吗？衣服带全了吗？胃药感冒药带了吗？她满眼都是家务活，只要不是因身体不适躺在床上，她总是停不下来。她有时让孙子用轮椅推着她到菜市场，亲自挑选时令新鲜蔬菜、海鲜和肉类，搭配全家一日三餐。

有这样的家庭支持，让我有更多的精力投入到教学科研工作中。我的本科教学工作量多年来保持在每年360课时以上，教学工作量和教过的学生数量均过万，主持多项国防重点项目，发表科研和教学论文60余篇，出版教材8本次。我曾获宝钢优秀教师奖、山东省高等学校教学名师、山东大学爱岗敬业模范、山东大学十大师德标兵等称号，这些都离不开家庭对我的支持。

当我结束发言时，会场响起了热烈的掌声，是赞许、是鼓励，更是鞭策。我将继续做好自己的本职工作，同时尽儿女义务照顾好父母晚年的生活，真正做到：大家小家都要顾，国事家事两不误。

作者：土建与水利学院教授　冯维明

3月6日　星期六　阴

环境科学与工程学院本科生 · 李　琦

昨天，与一位许久不见的“老朋友”见面了。

在交谈声中，一个熟悉的身影走了进来，毛线衫、运动服、牛仔裤，左手拿着小提包，右手握着保温杯，熟悉的装扮映入眼中。时隔一年，高数老师又回到了我们面前，同学们见到老师都笑着鼓起掌来，老师踏上讲台也笑着说“我看你们又长了”，“没来的同学请举个手”，这熟悉的幽默感又回到了课堂。根据学校要求，课上要间隔而坐，老师担心同学们在教室里坐不下，提前开设了腾讯会议，不断询问着：“教室外的同学能听到吗?”不知为何，感动中又有些想笑，是高兴也是老师的幽默使然。

上课铃响了，我们安静下来，老师便认真地讲起概率论来。像往常一样，老师先带领我们顺目录讲了课程内容，介绍了新学期要学习的重点。讲课过程中，老师先举太阳东升西落和掷硬币的例子将我们引入概率论的学习中，后又利用画图，帮助我们更加形象地了解集合论的运算律。他讲课既生动又有趣，不断吸引着我们听下去。

似曾相识的场景，我仿佛又回到了大一初上高数课的时候。那时，我听说高数难学，总担心老师讲得太快跟不上、听不懂。但听课过程中，老师幽默的讲课方式和生动的画图讲解，让我悬着的心放了下来。随后，紧跟着老师的思路学习，慢慢适应了大学的课堂生活。

2020年疫情期间未能返校，老师也陪同我们一起开启了网课之旅。每当进入腾讯课堂看着直播视频中白纸上的板书，便能想象出背后老师握笔的身影。虽然不能面对面上课，但视频中熟悉的笔迹和讲课声也让我逐渐静下心来认真听讲，度过了充实的网课学习生活。

想来，初入大学和特殊时期的课程都是老师带领我们学习的，和我们一起度过了难忘的一年。今天非常开心在课堂上看到了熟悉的老师，再次听到老师的问候和关心，心中一股暖流不断涌出，既激动又感动。恰逢初春好景，希望新的学期，我们能够再一次留下美好的回忆。

作者：环境科学与工程学院2019级本科生　李　琦

3月7日　星期日　晴

“省优”评选答辩工作人员·张英杰

周末的“倒春寒”并不能消散融融春意，惊蛰已过，山大校园里众卉始开、绿意盎然，天空格外清朗，正是万物萌动、蓬勃日新的好时节。漫步至邵逸夫科学会馆前，我不由得想起前天在这里举行的“省优”答辩评审会，眼前又浮现出“省优”答辩时那一张张仿佛春日暖阳般明朗的面孔，思绪又回到答辩那天……

评审会当天一大早，党委学生工作部、武装部的老师和保资实习的同学们便赶到现场做最后的准备工作，签到、座贴、材料发放、设备调试，一切忙碌而有序。答辩现场，我负责引导各位候选人候场、上台。看着讲台上自信昂扬的他们，我想起自己曾经也站在上面为集体的荣誉而战。因此，我特别能理解，在一张张 PPT 的背后，在台上短短几分钟的展示之外，是日常学生工作的点点滴滴，是一名名学生干部的奉献与担当。“大厦之成，非一木之材也；大海之阔，非一流之归也。”荣誉绝非目的，获评也远非终点，昨日的成就只是为了时刻擦亮初心，随时准备新的奉献。

而我自己，也在经历由一名学生干部向一名思想政治工作者的角色转变。在党委学生工作部、武装部实习的几个月里，老师们信任我、帮助我，使我能够参与到学生工作的方方面面，在摸爬滚打中积累经验、增长才干。我更加体会到学生工作是一份“良心活”和“用心活”。就拿“省优”答辩来说，除了现场要应对各类突发情况，前期还需大量细致的准备工作。从下达通知、收集材料、资格审核，到装订登记表、制作签到表、打印座签，再到联系、通知候选人和评委准时到场，每一项工作都马虎不得。这些工作对负责老师来说，已经是轻车熟路，但老师们没有丝毫懈怠。老师对我们说：“学生工作是常做常新的。”的确，铢累寸积，水滴石穿，正是看似周而复始的一道道流程、一份份表格、一条条消息，构建起我们正常的学习、教育和管理的秩序，推动着学生工作“螺旋上升”，助力每一位同学行稳致远。

也正是在这个意义上，我想，台上答辩的他们和台下忙碌的我们，身份角色虽有不同，初心使命却是如一。那天一位答辩者在总结时说到他有“三意”：“开展工作真心实意，服务同学全心全意，同学反馈称心如意。”我想这“三意”正是我们所有学生工作者不变的追求、动力的源泉和无往不胜的法宝。愿我们都能心怀皓月清辉，守得云开月明，做中国梦、山大梦的“追梦人”和“圆梦者”，为强校兴国持续贡献力量。

作者：文学院保资辅导员　2017级本科生　张英杰

3月8日　星期一　晴

三八红旗手·李昕蕾

开学伊始，“三八节”踏春而至。今天上午给国际组织班的同学们上全球治理与国际公共安全课，在自己的节日里忙碌并幸福着。上周五学校庆祝“三八”国际劳动妇女节表彰会的情景还历历在目，很荣幸作为三八红旗手代表发言，我感到由衷的幸福！

这种感受来自我在山东大学这个大家庭的成长。今年是我到山大求学和工作的第20年，这20年是努力奋斗的20年，更是体会成长和幸福的20年。2001年，我走进了高大梧桐树掩映着的洪家楼校区，开启了第一届国际政治和英语五年制双学位的学习生涯。2013年，从德国博士毕业后，母校敞开怀抱欢迎我这名孩子回来工作，我来到山海相连美丽的鳌山湾畔青岛校区成为一名一线教师。本着“教而不研则浅，研而不教则空”的原则，我注重将科研探索同教学研究相结合，推进国际复合型人才培养中的“教研融合”模式创新，获得学校2020年新文科研究与实践项目的A类立项，指导的学生也多次在挑战杯、“互联网＋”创新创业大赛、“政闻杯”论文比赛等赛事中获奖。在学院和良师益友的帮助下，我于2020年入选山大齐鲁青年学者。所有这些成绩的取得，离不开学校各部门对教学科研工作一如既往的支持，离不开百廿山大深厚的积淀对我的滋养。饮水思源，是母校育我师德、给我师能。

这份沉甸甸的荣誉是对我的激励。不忘初心，方得始终。我想接下来要做的事情，一是静心教学，努力建设一流本科教育。三尺讲台是我们的人生舞台，立德树人是我们的根本任务，要做到本色做人，角色做事，心无旁骛，甘守三尺讲台。我所在的国际政治专业这次入选省级一流本科专业建设点，我希望为专业迈向国家级一流专业建设和人才培养的国际化作出更多贡献。二是潜心学术，投身一流学科建设。科学研究是一项严谨而艰苦的工作，尤其是作为女性社会科学工作者，不仅要将甘于“十年磨一剑”的精神与国家战略需求相结合，同时还要努力平衡好家庭与科研投入之间的关系，这一切都离不开家人的支持与体谅。三是全心育人，着力培养一流人才，提高政治站位，加强师德师风建设。学高为师，身正为范，特别做了母亲之后，看待学生们的目光更多了一份为人父母、望子成才的殷殷期盼。因此，我更加注重通过教师的人格魅力和言传身教，潜移默化地影响学生们优秀习惯的塑造，这也是为师者做好“传道、授业、解惑”

的重任。

“鸟随鸾凤飞腾远，人伴贤良品自高。”很荣幸我成为山大这个聚势谋远大家庭中的一员，在这里找到了温暖的幸福感。祝女神们成为自己喜欢的样子，惊艳了时光，温柔了岁月。愿大家大力弘扬“三牛”精神，以不怕苦、能吃苦的牛劲牛力，追求卓越、只争朝夕，保持“不用扬鞭自奋蹄”的精气神，把山大建设得欣欣向荣。

作者：政治学与公共管理学院教授　李昕蕾

3月9日　星期二　晴

工程训练中心智能制造课程教师·侯嘉瑞

天气渐暖、万物复苏，兴隆山校区随着同学们的返校恢复了生机，工程训练中心的教学工作也完全展开了。在过去的一周，我经历了新课程开课前团队的艰辛磨课、初次授课时的紧张准备以及课后总结改进的激烈讨论。这段经历在我的人生中留下了深刻印记，也为日后实验教学工作的开展指明了方向。

自去年9月到中心工作以来，我全程参与了智慧学习工厂一期建设。从学生时代的实验室使用者转变成实验室的建设者，我才深刻了解到建设过程除了装配仪器设备，还涉及环境改造，水、电、气、网的配套安装，仪器设备的改装等大量工作，对我们实验人员的专业性提出了很高的要求。在建设过程中，我也不断向中心的前辈请教、向书本学习，提高自己的专业技能。项目组终于在12月底完成了实验室建设任务。

为克服新冠肺炎疫情防控常态化背景下学生外出实习的难题，实验室寒假期间进行了紧锣密鼓的课程开发。根据智能制造实习需求和企业对毕业生的需求，我们将课程划分为计算机辅助设计（CAD）/计算机辅助制造（CAM）、产品生命周期管理（PLM）、企业资源计划（ERP）、制造执行系统（MES）、仓储物流管理系统（WMS）以及智能产线六大板块。项目组多次召开研讨会，确定各课程的参与人员，我主要负责 ERP 课程的建设和讲授。

作为一名工科生，我在初次面对 ERP 时还是有些许不安，毕竟从学科划分上 ERP 属于管理方向，这次“文工融合”课程内容建设充满挑战。幸运的是，项目组中胡蔓副主任是管理专业毕业，尚勇老师有丰富的企业实践经验，他们在 ERP 课程建设过程中提出了很多宝贵的建议。我们项目组老师自身先进行了文工融合，同时，项目组各位老师通过线下线上方式不断进行课程内容的研讨、试讲及改进，并与企业交流经验，真正做到了“有想法随时交流，有问题及时解决”，同时也推进了课程的建设。

3 月 2 日下午，是我第一次站上讲台的日子，我既期待又紧张。当看到同学们对知识渴求的眼神和认真听讲的样子，我才放下心来，自信满满地把准备的内容与学生们分享。在 ERP 实践环节，我凭借课前数次的软件练习，一一解决了学生提出的问题，并与学生们深入交流。不知不觉间，课堂的“首秀”就已结束，可以算是自己实验教学之路上不错的开始。

工程训练中心是面向全校学生的通识教育、实践教学、创新教育的基地，为我们实验技术人员提供了宽广的平台。在领导、同事们的支持下，我会深入学习、积极探索，为同学们带来更加贴近社会需求的实训课程。

作者：工程训练中心教师　侯嘉瑞

3 月 10 日　星期三　阴

马瑞芳教授采访者 · 郝梦雪

新学期伊始，我接到“山东大学中文论丛”编辑部一个艰巨而光荣的任务：采访文学院马瑞芳教授。面对这样一位大学者，心里不可能没有压力，但是我也深知机会宝贵，不可错失。

为了能够取得更好的采访效果，我把本科期间拜读过的马老师的著作又拾了起来，从《〈聊斋志异〉创作论》到《煎饼花儿》，从《百家讲坛》的往期视频到喜马拉雅听书的音频，希望能够通过各种渠道，离马老师更近一点。访谈提纲也一改再改，以求采访问题准确得当。

3 月 10 日，天公作美，风和日丽，老师小区里的红玉兰开得正盛。李剑锋老师带领我们轻轻敲开马老师家的大门，映入眼帘的是一位身着红色长袖衫，一头银发、精神矍铄的老太太——这就是从媒体中久已熟悉的马老师了。马老师很热情地把我们请进屋里坐下，端来热茶，脸上始终带着亲切的微笑。至此，我内心的紧张才得到一丝舒缓。

马老师十分健谈，我们准备的访谈提纲实际上只起到了一个引子的作用。我们问马老师毕业之后为什么选择了留校任教，马老师笑着说：“毕业之后我是先去了卫生部，后来才作为‘随迁人员’跟随牛老师回到山大的。”随后，马老师开始讲起自己年轻时的故事：1978 年 3 月收到回山大的调令，9 月开始上班，中间半年搞文学创作，1979 年就被评为新锐作家。1980 年给本科生上课，1986 年开始给研究生上课。她讲到自己带研究生时也要“看人下菜碟”：调皮外向的可以一顿臭骂；沉默内敛的就谆谆教导；性格娇娇动不动哭鼻子的，不仅不能骂还得哄着。说到教学中的趣事，我们都被逗得哄堂大笑，马老师自己也笑得前仰后合，中气十足的爽朗笑声甚至惊醒了家里的智能机器人。

一开始马老师在讲述时，目光都会放在自己的学生——我们同行的老师身上，我想，原来热情活泼的马老师面对陌生人时，也会有些羞涩吗？随着采访的顺利进行，马老师终于把热切的目光落到我们身上，近 80 岁的高龄，却目光炯炯，明亮有神。当讲到自己和《百家讲坛》的故事时，我们都跟着一起激动起来。马老师在央视编导的大力邀请下，完成了前后共 24 集的“说聊斋”，收视率屡创新高。这不仅给马老师带来了声誉，更是有力地宣传了山东大学及其中文学科，影响深远。采访最后，著作等身的马老师，带着一丝“炫耀”的语气告诉我们，她的新书《豆棚瓜架婆婆妈》即将出版。这一瞬间，她的神情快活得像个孩子。

采访到近 12 点，我们不好意思再打扰马老师，抱着马老师题字的赠书恋恋不舍地告别。关上门的刹那，我只想着，下次若有机会，我将带着欢快和期待前来拜访。

作者：文学院 2019 级硕士研究生　郝梦雪

3 月 11 日　星期四　小雨

师生服务大厅工作人员·高　岑

早上走进大厅，第一眼就看见身着红色马甲的学生志愿者在耐心地帮助办理业务的老师使用自助打印机。随着学生志愿者的正式到岗，我知道距离实现大厅“协同高效创一流，全心全意为师生”的服务理念又近了一步。

今年 2 月 27 日，在全校的大力支持下，师生服务大厅正式“开业”了。大厅设计为线上大厅、线下大厅、校园“12345”三个模块，运行近 2 周以来，不少老师、同学已经体验过了大厅“一站式”业务办理模式，更有不少老师、同学“慕名前来”线下大厅，看看传说中“明德楼最具设计感的办公室”到底是什么样子。听着大家发出的“哎呀，真不错”的感叹，我感觉肩上的担子更重了。

立足本职，服务师生，除了将心比心，更重要的是要始终对这项工作心存敬畏，保有始终如一的真挚情怀。今年是我以“校长信箱管理员”身份服务师生的第 8 个年头。8 年来，我切身体会到了全校上下在服务师生工作中从理念到行动的变化：大家在日常工作中更加积极、主动地“想师生之所想、急师生之所急”。越来越多的单位能够在第一时间对来信提出的问题给出耐心、细致的答复，更有越来越多的单位将来信情况作为工作“晴雨表”，及时改进并完善各项工作。

很多师生通过邮件表达对我们工作的理解与支持，并对我们付出的努力表示感谢。每每看到这些，在感到欣慰、备受鼓舞的同时，我都会有一些感动，感动于工作人员的付出，更感动于透过字里行间体现出的温暖。我想，如果不是高度的责任感和服务好师生的热忱，怎能做到从上到下，时时刻刻不辞辛苦地回应师生的诉求呢？在服务师生的岗位上，还有什么比得到师生的认可更加有意义呢？

从一名“校长信箱的管理员”到师生服务大厅的一份子，我感受到了几年来学校服务师生理念的不断深化，能力的不断提升，措施的不断创新，还有师生幸福感、获得感、归属感的不断提升。我想，这样的山大就是师生期待和深爱着的不断进步的山大吧。我们一起努力，让她变得更好！

作者：党办校办工作人员　高　岑

3 月 12 日　星期五　晴

汉语国际教育学习者·孙素荷

前几天是最近以来很充实、很紧张，也非常快乐的日子。充实是因为我在帮助泰国同学们办理各种银行手续、替她们去房间取物品寄回国；紧张是因为毕业论文马上要提交了，还在老师的指导下反复修稿；快乐是因为我在线上见到了泰国的老师和学生们！

我参加了学院的招生宣讲，穿上了印有“山东大学”字样的红色卫衣，早早做好了准备，用母语向师生们介绍美丽的山东大学，分享了自己的学习经验和生活情境，让他们看到我健康自信的状态，听到我快乐成长的故事。

回顾 4 年的大学时光，往事还历历在目。2017 年秋季，我拖着行李踏入了山大的校门，陌生的环境、陌生的同学、崭新的生活，我充满期待和好奇，却又很不习惯。幸好我遇到了关心我的老师、可爱的同学，自此我慢慢克服了障碍，开始了我多姿多彩的大学生活。

篮球是我最好的伙伴，感谢山大组织了这么多场篮球赛，让我可以尽情地表现自己。我参加了“山大杯”篮球赛，和同学们一起拼搏，也有机会去美丽的威海校区参加决赛，在赛场上留下了汗水，也留下了快乐的记忆。比赛更让我懂得了，胜败乃兵家常事，有时候也要把“败”看作为人生幸事，能够找到自己的差距，为下一站的精彩继续努力。我还通过比赛认识了很多来自不同学院的朋友，这是我最大的收获——友谊。

2020 年新冠肺炎疫情的肆虐，让我们不得不换一种方式继续学习。很多同胞回国后，暂时不能回来，我作为没回家留在山大的一员，成了她们眼中最羡慕的人。大家时常在群里分享照片，回忆美好时光，有时我看到她们可以和家人在一起、晒美食，也会默默地想家。

在校园里上网课不会有掉线的问题，其中线上课堂的“汉语课堂教学设计”让我学到了很多知识。我们开始学着把自己当作一名真正的国际汉语教师，从设计课堂活动到课堂试讲，认真对待每一个环节。老师讲课风趣幽默，课堂氛围轻松活泼，总是能给人一种亲切感，可以让我学习起来没有那么枯燥乏味。虽然是线上课程，老师和同学们的互动也像我们真正站在讲台上一样。在课堂上，老师时刻照顾大家的进度，说得最多的话是：“你们听清楚了吗？”我也要学习老师的尽职态度，将来更好地教育我的学生。

我申请了继续在山大读书，因为山大的一草一木、一人一景，都在我脑海中留下不可磨灭的记忆，值得留恋。不管走到哪个国家，我也会自豪地说一句：“我是山大人。”

作者：国际教育学院 2017 级本科生　泰国留学生　孙素荷

3 月 13 日　星期六　晴

志愿服务活动参加者·苗靖榆

乍暖还寒，春天已悄悄潜入山大。天气转暖，气候宜人，校园四处是学子匆匆的脚步声。3 月是学雷锋主题志愿活动月，作为班长，我将活动时间安排在今天，活动地点安排在人体解剖实验楼。作为活动的志愿者，我在此次学雷锋活动中担任了活动的组织者以及志愿工作的实践者。虽然此刻活动已经顺利结束，但在志愿服务过程中的点点滴滴依然萦绕在我的脑海里。

起初举办时，我有很多顾虑：我班班级构成十分特殊，班级成员分散在 7 家不同的医院，这不利于班级活动的开展。作为 2020 级硕士新生班长，我很担心活动因此开展不下去。但当我和团支书下达活动安排时，结果让人惊喜：大家纷纷表示愿意从医院赶回来，积极参加活动，也表达了想和老师、同学们互相进一步了解。所以借此机会，我和团支书顺势开展了一次线下的班级见面会，会后带领大家去解剖楼开展志愿服务工作。

下午两点，我们约在教学八楼见面。由于班级构成特殊的原因，我和大部分同学也是第一次见面。不仅同学有些紧张，作为班长的我竟也有些紧张。但我随即调整了心态，气氛随着自我介绍的进行，大家渐渐打开了心门，相互交流着担任住院医师、科研生活的心得。会后，我和团支书带领大家来到人体解剖楼，开展志愿服务。

到达解剖楼，一部分同学到解剖会议室打扫卫生，另一部分同学在走廊擦拭宣传公告牌。大家热情洋溢，气氛十分融洽。作为班长，我心情十分激动，因为这既是今年的第一次见面，也是第一个活动的开展。感谢学校为我们提供了这样的机会，此次活动既能为学校作出一份贡献，也能进一步凝集班集体的力量。作为研究生班级，大家从全国各地考到这里，对山大都有着一份特殊感情，大家见面的机会太少，专硕在医院里每天工作量非常大，学硕的科研工作也十分繁忙，所以我们每一个人都很珍惜这样的一次见面机会。通过这次志愿活动，很好地把班级聚在了一起，我们做了很多有意义的事情。

活动结束后，大家都慢悠悠地走在校园里，享受午后舒适的阳光。3 月的阳光洒落在每个人的脸上，校园里的花儿都开了，大家肩并肩，有说有笑，随后奔赴各自的医院，我想这就是青春最好的样子。

作者：临床医学院 2020 级硕士研究生　苗靖榆

3 月 14 日　星期日　晴

校内双向挂职干部 · 李　进

时光匆匆，不知不觉间，充实忙碌的挂职生涯已顺利结束。前天学校召开挂职干部座谈会的场景还历历在目，当我今天再次翻阅挂职笔记，顿时万千思绪涌上心头。

去年 9 月 7 日，我来到护理与康复学院挂任副院长，度过了难忘的 186 天。这 186 天在时间的长河中非常短暂，却是我人生中难以割舍的美好记忆。

这 186 天，最感振奋是初心。2007 年我来到山大护理学院求学，留校后历任四个岗位，在四个校区都有过学习工作经历。此次重回梦想的起点，亦是一次寻找初心的过程。选择学生工作是一场始于热爱、忠于责任的坚守。近 10 年的历练，使我熟悉了学生工作的规律特点，深知岗位虽小但责任重大；但没有机会系统学习其他领域是我的遗憾。挂职这半年，学院大事多、要事多，我以正式工作人员的姿态勇挑重担，做起了“建言献策的参谋员”“综合事务的协调员”“解决急难愁盼问题的推进员”“基层现状的调研员”，在思维视野、能力素质、工作作风等方面都得到了锻炼和提升。光阴如水，岁月情深。挂职经历让我重新审视内心，山大不单单是我生活了 14 年的校园，更是我用心用情的地方，我要努力呵护，助她成长。我也更加明白，这便是我的初心，14 年坚守，从未改变。

这 186 天，最难忘怀是奋斗。护理与康复学院在 2021 年 10 月份揭牌成立，各项事业都面临着艰巨的改革任务。在学院书记、院长的直接领导下，学院让我牵头学院工作小组开展筹备工作，我和同事们克服了人手不足、经验缺乏、时间紧、任务重的压力，日夜兼程，连续作战。我承担了筹备期间 30 余篇文稿的起草工作；协调相关部门，推动进程；面临疫情的特殊考验，带领会务组一一落实各项任务……回首那段时间，我如同一块吸水的海绵，求知若渴，边学边干，得以迅速成长。现在想来，最大的感悟便是：只有干出来的精彩，没有等出来的辉煌。

这 186 天，最大收获是格局。我深度参与了学院第五轮学科评估和“十四五”规划编制工作，为学院出谋划策、寻找资源、贡献力量。在学院治理体系改革中，我在领导的带领下大胆设想，小心求证，参与理事会、战略咨询委员会章程制定，组织第一届理事会和委员会会议；参与学系建设和兼职教师聘任，起草“双聘教师管理办法”；和同事组织国际青年学者论坛……桩桩件件、点点滴滴，让我学会从学校发展大局思考工作和定位自己，也让我真切感受到了学校“强院兴校”“强校兴国”的信心和决心。

这 186 天，最大提升是站位。我承担了学院党委换届、专项巡察等多项党建工作的材料起草等任务，也利用参加学校“三全育人”综合改革的经历，与专业教师一起挖掘课程思政元素，参与学生活动，为新生作入学教育讲座，解决学生个案问题，推动双聘教师和学院人员双向交流机制的酝酿产生，助推学院完善“三全育人”体系。我和同事们一起研究制定“学院文化建设实施方案”，承担重大新闻采写工作，规划宣传长效机制……这些工作都极大地提升了我的政治站位，增强了本领，磨砺了品质。

归期已至，收获无穷。由衷地感谢学校、感谢学院、感谢党委学生工作部、武装部！未来的路上我会带着这份收获，坚守初心，脚踏实地，继续前行。

作者：党委学生工作部、武装部校内双向挂职干部　李　进

3月15日　星期一　晴

山东省援鄂医疗队队员·高　妍

记得2020年2月9日，因为一场疫情，我第一次来到武汉。52天里，医疗队全体人员努力工作，克服种种困难，终于圆满完成任务返回家乡。时隔一年，再次踏上武汉的土地，心里更多的是一份从容，一份对去年抵汉却无缘武大樱花这一遗憾的弥补，是一份向往，一份“回家”的期盼。

从机场出来，我选择了乘坐地铁前往去年的驻地，为的是看看我为之奋斗过的武汉最具生活气息的一面。地铁上乘客众多，虽然还是全部戴着口罩，但是人们露出的双眼、交谈的神情、行走的步伐，无不呈现出一种随意、安详的生活状态，与去年我所见到的路上空无一人的情景形成了鲜明的对比。更让人心情愉悦的是，11号地铁线的车顶是蓝蓝的天空，抬起头望向天空，心情莫名地舒畅。

去年入住的酒店，在我们完成抗疫任务返回的当天向我们承诺：今后医疗队员再来武汉，免费住宿。还记得去年当我们都忙碌在疫情一线时，酒店便十分用心地按我们的口味准备食材，也经常询问我们的饮食要求，确保我们不管何时下班，都可以吃上热腾腾的饭菜。最让人感动的是，返鲁当天，他们全体员工从凌晨就开始为我们准备他们并不擅长的水饺，“上马饺子下车面”，他们用生疏的双手捏出来的各式各样的饺子，让归心似箭的我们，感到了家人的温暖。这次，听说我要回来，他们提前安排了我曾经住过的809房间，在我深夜到达酒店的时候，酒店经理率领部分员工热烈欢迎，还送上了可口的饭菜，让我倍感温暖。

武大樱花闻名遐迩，去年疫情的复杂、工作的忙碌、管控的需求，让我们无暇欣赏，失之交臂。欣慰的是，武大邀请抗疫医护人员重返武大赏樱花，弥补去年的遗憾。漫步在有着悠久历史和文化底蕴的武大校园，欣赏着满树竞相开放的樱花，呼吸着弥漫清香的空气，感受着我们曾经为之奋斗的幸福生活。校园里满是去年赴武汉抗疫医护人员和随行家属，每个人脸上都洋溢着幸福的笑容，大家相互拥抱致意，合影留念，悠闲自得地感受着这来之不易的平静生活。

上个周六，登记入校赏樱的抗疫医护人员及家属有1.2万人，武大专门配备了赏樱医护专场志愿者600余人，其中有学生，也有老师。从我们进门开始，就有人主动上前，为我们引路、讲解，分外贴心。给我讲解的志愿者是一名在读博士研究生，他热情地向我介绍着武大的樱花分布、建筑特色、学院设置，还不断向我请教当初逆行的种种经历和感想，并且真挚地感动于我们当初的无所畏惧，感慨于我们所传达的抗疫精神。能够给当代大学生树立一种正能量的榜样，也是抗疫人员最欣慰的事了。

我们医疗队此前支援的是武汉华中科技大学同济医院光谷院区E1-7病房，属于整建制接管的重症病区，从接到任务到着手准备，再到正式接诊，只给了我们短短24个小时的时间。我们不负众望，克服时间紧、任务重的困难，顺利完成任务。我们与同济医院的战友并肩作战，不分彼此，一同经历了那段难忘的时光。回到曾经战斗过的战场，病房的功能已经发生了变化，房间的设置变了样，但是熟悉的场景仍然可以把我的思绪拉回到了300多天前。我仿佛又回到了那段时光，换好防护服后和队友认真检查，并肩走过那段狭长的缓冲区，推开那扇隔离病区的大门，进入另外一个空间——那里，有需要我们的患者，有与我生死与共的战友，有着南丁格尔的誓言，有着我要为之付出一切的责任。从选择了这个职业开始，从递交了请战书的那一刻开始，就没有人会退缩，只知道要一往无前地战斗。这就是我所有战友的心声，是他们一直以来的信念。

20多支国家医疗队，为了一个共同的目标，不远万里来到同一个地方，我并不认识她们，每天也只是在通勤车旁打个照面，所有人都戴着厚厚的口罩匆匆而过，只能看到那双双清澈纯净的眼睛，甚至我都不知道有哪些医疗队的存在。在抗疫纪念园里，每个医疗队都种下了一棵桂花树，树前面的石头上雕刻着医疗队的名字，桂花树就静静地站在那里茁壮成长，伸开枝叶守护着我们的战斗成果，向世人宣告，我们曾经来过，我们曾经为抗疫事业奋斗过。我们的名字虽然没有留在那里，但我们的抗疫精神永在。

经历过生死的磨难，才懂得生命的可贵，这一年，感动于国家的力量，感动于国人的守望相助。我想，不管经历了多少年，我都可以十分骄傲地告诉女儿们：妈妈曾经参加过抗击非典，曾经参加过援鄂抗疫，她无愧于自己的职业，无愧于自己的国家，也无愧于自己的亲人。正因为有了医疗队员们这种奉献精神，才能稳定住疫情，才能保证亲人的安全。在国家最需要我们的时候，许许多多医护人员义无反顾，逆行出征，救国人于危难，这种精神需要发扬光大，需要后辈人的传承。

如今，我们都已经回到了正常的工作状态和生活状态，真希望，今后不再有病痛，不再有疫情，唯愿家人体健，国泰民安！

作者：第二医院援鄂国家医疗队队员、核医学科副护士长　高　妍

3 月 16 日　星期二　阴

“雷锋月”系列活动志愿者 · 罗宏宇

提到 3 月，大家想到的都是春和景明，万物复苏，一片生机。而今天，我记忆里的 3 月，则又新添了一串串青春的足迹，一道道奉献的身影，和一抹抹火红耀眼的“山大志愿红”。

在“雷锋月”，校团委和青年志愿者联合会开展了一系列志愿服务活动。我自告奋勇，和唐宇熙同学共同担任中心校区“志愿先锋”清扫活动的负责人。通过公众号的召集，一支“庞大”的志愿队伍整装待发。周

末，当晨曦突破云儿的层层遮挡，洒在被春风唤醒的树丛间，志愿者们也在小树林汇集。我们将红马甲和清扫的工具分发给大家，志愿者们自发地排成两列，步履轻盈，眼中有光。这份朝气和红马甲上的山大校徽相得益彰，这就是当今青年对雷锋精神的传承吧。

虽说扫地算不上技术活，但当清扫的目标变作一条贯穿大学校园的“厚德大道”时，其中还真有不少“学问”在。送来工具的大叔为我们支招：“你们人不少，可分为两队，一队朝南，一队朝北，清扫效率会快不少。”志愿者虽来自各个学院，相互并不认识，却迅速根据自己选择的清洁工具分为两队。一整条路的落叶收集到垃圾袋中的重量并不轻，不少男生们主动拿过垃圾袋，担任起“移动垃圾桶”。女生们也撸起袖子，展现出她们巾帼不让须眉的一面。影子由长变短，两支队伍从中点不断朝着终点推进。南面的冲锋队率先完成清扫任务后，开始支援北面，两队会师后以更快的速度继续“进军”。同学们相互配合，为着共同的目标前进。

完成清扫的同学们喘着气相视一笑的画面，不禁让我脑海中浮现出了《雷锋日记》中的一段话：“青春啊！永远是美好的，可是真正的青春，只属于这些永远力争上游的人，永远忘我劳动的人。”而现在这份美好正呈现在我面前，我又怎能不满怀热情地记录下这份心情呢？

在岁月面前，一次志愿活动不过是一点涟漪、一星微芒；但热爱志愿的心碰撞在一起，就是烈阳。

作者：管理学院2020级本科生　罗宏宇

3 月 17 日　星期三　晴

国际创新转化学院 MBA 学生 · 于　松

转眼间，研一下学期已开学半个月。正值绿意成海、万物美好之际，在工作闲暇，作为 2020 级国际创新转化学院 MBA 学员的我，来到了春意盎然的青岛校区。

对我们非全日制研究生而言，山大的校园是熟悉又陌生的。我们都有本职工作在身，研究生生活带给我们的更多的是一种仪式感和工作之外的归属感。我们 MBA 的学员大多在社会上打拼多年，人生经历了风风雨雨、起起伏伏，再次踏入校园，感悟已经和当年截然不同。

春天悄悄来到校园，我的人生也因为相遇山大迎来了新的气象。今天轻松而惬意地走在校园里，终于可以暂时不用考虑工作中的烦琐事务，感受宁静而美好的求学之路。

漫步走过华岗苑，看到国际创新转化学院的牌子，我回想起半年来学习的点点滴滴：通过团队建设课程的学习，我们领悟了“建立团队概念、牢记大局观念”要贯穿职场生涯的始终；商务英语课程带给我们国际视野、国际文化的交流和碰撞；会计学让我们明白了财务核算中的技巧；管理学让我们明白了各种人性假设及与管理的互动关系。

穿越教学楼群，真可谓“三面郁葱环碧海，一山高下尽红楼”。路的尽头是鼎承古今的博物馆，厚重的文化内涵诉说着百廿山大的沧桑历史。路过体育场，走到餐厅，看到了朝气蓬勃的本科生，回想起我的青春时光，何其美哉。还记得梁任公的《少年中国说》：“少年智则国智，少年富则国富，少年强则国强，少年独立则国独立，少年自由则国自由，少年进步则国进步……美哉，我少年中国，与天不老；壮哉，我中国少年，与国无疆！”如今能够像他们一样，开启自己的求学之路，重新点燃生命的热情，愈加觉得我们的学习生涯为此所付出的艰辛努力，终究是值得的。

最后走到育贤广场，我走进图书馆静静坐下，读一本好书，品一杯香茗，校园一日游告一段落。对我而言，选择山大，就意味着新的开端。尽管我知道未来的求学之路充满艰辛，人生延伸的跑道，需要用汗水和泪水凝聚，但是我相信，“凡我在处，便是山大；有你在时，那就是家”。无论我们的梦想是星辰大海抑或诗和远方，砥砺前行定会有花开结果之日。

作者：国际创新转化学院2020级硕士研究生　于　松

3月18日　星期四　小雨

应征入伍学生·焦梦典

今天是我在山大的最后一天。昨天，我正式接到了《入伍通知书》，这意味着我即将真正踏上军旅生涯，儿时的军旅梦即将实现。

剪短长发，挥别校园，有离别的不舍，却又无处不见令我珍藏的惊喜：去学院办公室盖章时，书记谆谆教诲，让我坚持学业；和辅导员一起吃饭时，看似普通的聊天话语，却让我对生活的热爱更深一层；武装部老师给我们送行时的殷切嘱托，让我意识到虽然走出了校园，但依然时时代表着山大。下午，爸爸妈妈从河南开车来看我，室友一起帮我收拾东西。离别时，我和室友紧紧地拥抱，一位巴基斯坦朋友也来送别，我竟忍不住落泪！

从今年2月份开始，我便着手准备报名入伍，到后来陆陆续续地初检、正检、政审……一路走来，即便一开始因为资料不齐全而焦头烂额、四处奔波，我也没有想过放弃；且武装部胡老师一直密切关注我们的动态，帮助办理缺少的资料，并给我们开介绍信。虽然我拥抱山大的时间不长，但是也已产生了千丝万缕的情谊。我难忘早上从明德大道走去理综楼的路上投下的婆娑树影，难忘上课时老师幽默诙谐的课堂，难忘晚上大家一起走出图书馆蹦蹦跳跳的身影，难忘在新媒体工作时“姗姗”们的头脑风暴，难忘在操场上听着歌跑着步的日子，难忘齐园好吃又不贵的美食，难忘山大种种……

“凡我在处，便是山大”，我将秉承山大“学无止境，气有浩然”的校训，将自己融入部队生活，并一直奋斗向上！

作者：护理与康复学院 2020 级本科生　焦梦典

3 月 19 日　星期五　雨

牛运清教授采访者 · 鞠啸程

昨天，我与同门董映雪跟随导师丛新强，一同敲响了文学院退休教师牛运清先生的家门。这天，济南气温骤降，一改开学来的春和景明，路上风柳摇荡，落花成雨，好似维摩天女当空。

牛教授是导师的导师，我们早有耳闻却未曾得见的师爷，幸有“山东大学中文论丛”组织的系列采访给了我一闻师道的机会。牛先生八十有余，精神矍铄，目光炯炯，在窗外烟雨蒙蒙的淡灰色里，如一棵独立世外的苍劲古松，巍峨肃穆，讲话时，眉目间又自然舒展开春风化雨般的温和谦逊。与这样的学界耋老迎面对坐，只隔两杯淡茶的距离，紧张之余，我感到一股特别的温馨与安定，青年生活中许多缠绕不去的焦灼，都在这湿漉漉的雨天里梦一样地消散了。桌上排满了牛先生过去或参编或独著的十几本书，讲到兴起处，他常信手拈来，指点一二。由臧克家题签、在

20世纪90年代精装出版的文学评论集《大地之子的抉择》，是他的代表作。他兴致勃勃地翻开微微发黄的书页，谈起至今仍信奉着恩格斯所讲的文学批评尺度——美学的和历史的，坚持作家与人民的关系如力士安泰俄斯与其地母的须臾不可分离。他为研究柳青专门找到了《创业史》梁生宝的人物原型，为撰写《刘白羽评传》与传主本人及多位知情人连日长谈，谈到自己终于为研究课题找到了丰富、翔实的材料时，他拊掌大笑道："这下写书就心里有底了。"

在设计采访提纲时，我注意到牛先生的学术眼光有从散射文学现场到聚焦个别作家的转变，本想就此重点设问，好好了解一下文学史研究与专门研究之间的关系，他却给出了意料之外的答案。"改革开放初期做关于文学史的整体工作，主要是为了满足教学需要，还有抢救消失中的史料。"原来，是学科建设的时代需要超越了个人的兴趣追求。那是一代轻视名利、急人所急的理想主义学人，现在已很难想象他如何在仅有纸笔的年代里孜孜矻矻地撰成那么多当代文学学科建设的基础之作，它们都已经成为后续研究绕不开的重要文献，而集众人之力、最早撰成的一部《中国当代文学史》竟无人署名主编，更引起听者无限的慨叹。

经过一个上午的访谈，牛运清教授严谨的治学态度和浩然的君子之风，通过他亲和平易的谈吐，深深印刻在我们的脑海之中。

作者：文学院2020级硕士研究生　鞠啸程

3 月 20 日　星期六　晴

“学习党史精神 彰显青春担当”
系列活动组织者 · 崔　迪

近期，一股党史学习的热潮正在掀起。作为学生党支部书记的我，义不容辞，度过了忙碌的一周，今天更是一个忙碌且特别的周六。

习近平总书记在党史学习教育动员大会上指出，我们党的一百年是矢志践行初心使命的一百年，是筚路蓝缕奠基立业的一百年，是创造辉煌开辟未来的一百年。为响应习近平总书记的号召，研究生党支部准备开展“学习党史精神，彰显青春担当”党员讲党课系列活动。我带领 2019 级硕士第一党支部率先开展了第一期讲党课活动，主题是学习中国共产党百年“经济”工作史。

今天早晨 8 点，我与支部党员们在洪家楼校区外国语学院楼的党员活动室集合，准备拍摄党员讲党课的微党课视频。令我出乎意料的是，大家都提前到了，研究生会宣传部的同学也早早到达开始准备拍摄。我们选取的拍摄地是外院楼门口、党员活动室以及图书馆。对于策划案的准备，研究生党支部书记和研究生会仅开会就开了 3 次。在这个过程中，一次次对策划案的修改也让活动变得更加严谨又不失灵活。在学院党委确定让我们开展这个活动之后，我的任务仿佛才刚刚开始，带领我们党支部的党员一起开会、发布任务、组织分工、查找资料……一项项任务十分艰巨，但又十分顺利。每名出镜党员的讲稿内容都需要非常严谨地核对，也正是因为这个原因，拍摄时间非常长，任何一个词的错误都有可能导致核心内容不正确。

从开篇到结尾，一个 10 分钟的视频我们拍摄了一上午。拍摄过程中有欢笑也有严肃，每一名党员都对自己的讲稿内容进行了详细又严谨的准备，从讲稿内容的严谨度到拍摄镜头的转换场景，大家通力合作，事无巨细。向党员同志们道过辛苦之后，今天下午，我又开始跟同学们进行视频的剪辑工作。开篇、字体、背景音乐、转场……对视频剪辑并不熟悉的我，这个时候也只能给宣传部专业娴熟的同学们打打下手了。

当得知这次微党课视频周一就能在公众号上进行推送时，我不由感慨，大家齐心协力的力量是如此之大。希望本次活动能够顺利进行，也希望从我们的第一期视频开始，后面每一个党支部拍摄的视频都能够取得出色的成果!

作者：外国语学院2019级硕士研究生　崔　迪

3月21日　星期日　晴

党办校办教职工·荣晓燕

今年恰逢山东大学百廿华诞，我从朋友圈看到了学校发出的“百廿校庆作品征集”活动。巧合的是，前不久，我发现了读大二时办的一份手抄报的照片，那张有些幼稚但恰似青葱岁月的手抄报，带着30多年前的余温来到眼前。

今年2月10日，我的大学同学秦建平（大学时她自己喜欢写成“建萍”，我们都叫她小秦，一直到现在都这么叫，谐音“小琴”，叫起来很亲切，也很像她），给我发来这份名叫“小荷”的手抄报的扫描图片。小秦说这是她在大众日报社工作时的同事雍坚从济南民间收藏家吕先生那里发现的，他当时很激动，征得吕先生同意，第一时间扫描发给了小秦。

小秦得到这张珍贵的老照片也有些激动，第一时间打电话给我。我自然感同身受，意外又惊喜。说实在的，如果不是这张手抄报“再现”，我们几乎不记得当年还办了这样一份“报纸”。大学时期的记忆多数随着30多年的历史小长河流走了。对我来说，这份留存弥足珍贵，是青春的记载，也是同窗情谊的珍藏。

这份手抄报办于1985年11月，那时我们在历史系历史专业读二年级。手抄报的头条文章《历史是我们民族自信的根据》，参考的是1983年3月的《社会科学》，是我手抄上去的。我们还编排了历史地理、古代发明、诗词、好书推荐、名人名言、小知识、小幽默等丰富的小栏目，报头、中缝等设计得有模有样，很像一份“报纸”。虽然书法、插图、版式现在看来都很幼稚，但似乎能从中看到当年夜晚的台灯下，我们一笔一画、一丝不苟、精心设计编排的样子，那才是我们的青春！

记得我当时刚刚当选团支部宣传委员和班级的生活委员，经验不足。接到系里布置下来纪念“一二·九”运动50周年组织办墙报的任务，我又苦恼又有压力，但是出于责任心，觉得应该把班上的宣传做好，费了很多心思，后来想到了办手抄报。我自己先做了一期宣传海报，发动同学们都行动起来，同时也和小秦动手办了一份。

岁月流转，毕业分配到机关当公务员的小秦后来奔着新闻理想去了报社，成为一名优秀的报人，如今在中央美术学院担任新闻发言人、党委宣传部部长。“哈哈，原来我早就是办报的天才!”发现这份手抄报，小秦似乎比我还激动，这样打趣道。我与小秦是同班同学，也是同住在当时的山大新校4号楼407室的室友，情同姐妹，如今都叫作“闺蜜”。从1984年入校，相识相知快40年了，我们感情很深厚。

看到这份手抄报，我的思绪回到了20世纪80年代的校园，回到了我们读书的青春岁月，回到了我们上课的文史楼、抢座位上晚自习的图书馆、坐在石凳上聊天的小树林。我虽然读书、工作一直没离开过山大，但是每一年、每一天的校园都不一样。

读书在山大，毕业留校工作，我很幸运；从建校百年盛典到百廿华诞，山大的风雨彩虹，我在其中。120年，沐雨栉风，春华秋实，我们这份小小手抄报，亦汇入学校百廿年发展的历史长河，记录了青年学子爱国爱校的情怀。百廿岁月，恰似风华，祝愿我们热爱的山东大学生生不息、欣欣向荣。

在此，谨以我们这份载着30多年历史温度的“小报”作为献给母校百廿华诞的生日礼物。我们珍惜友情，感恩母校！特别感谢收藏这份青葱小报的吕老先生，也感谢有心的雍坚先生。

作者：党办校办教职工　荣晓燕

3月22日　星期一　晴

药学院“擦亮旧时光”志愿服务团队成员·孙佳博

3月，春花烂漫，草长莺飞。空气中还夹杂着几丝尚未消除的寒意，温柔的阳光照在了美丽的趵突泉校区，照在了教学楼前的白求恩雕像上，照在了一件件鲜艳的红马甲上，照亮了一颗颗炙热滚烫的红心。

“雷锋月”到来之际，学院组织了志愿服务活动大赛，为我们提供了“学习雷锋品质，践行志愿精神”的平台。收到通知后，我与几个同学积极组队，想要贡献自己的一份力量。起初，我们对于要做什么志愿活动十分迷茫，很难找到具有特色的针对性项目。后来，在校园中散步的我偶然发现了一座雕像，经过长时间的风吹日晒雨淋，它已经带上了岁月的痕迹，这带给了我灵感。在小组的共同商议下，我们决定清洁校园中的雕像，并向同学们宣传它背后的故事。

今天上午，我们在趵突泉校区8号教学楼前，对白求恩雕像开始了第一次志愿服务。我们用扫把扫去蛛网与落叶，将一块块抹布浸在水里，拧干后细细擦拭雕像上的灰尘……洗抹布的水渐渐由清澈变得浑浊，雕像也开始展现出它原本的面貌，重新焕发出风采，周围的环境也因为我们的辛勤劳动变得干净明亮了起来。从高大洁白的白求恩雕像上，我们仿佛看到了当年他带着医疗队伍，一次次穿过炮火连天的战场，建立手术室和包扎所，为病人们带来生命的曙光。他英勇无畏，无私奉献的精神值得我们每一个人致敬和学习。这就是我们开展此次志愿服务活动的意义，我们不仅要通过勤劳的双手让雕像焕然一新，更要在这个过程中了解伟人们的先进事迹，用心感受和学习他们的高尚精神，向他们致敬。活动结束后，队员们都有了新的收获与感悟，并在雕像前合影，将特殊的时刻留存下来。

我想，这是个令人难忘的 3 月。因为有那么一群可爱的人，默默践行着雷锋精神，在这个尚有一丝寒意的早春，带给人温暖的感动。

作者：药学院 2019 级本科生　孙佳博

3 月 23 日　星期二　晴

第一期“力行”团干部工作论坛参加者 · 刘　楷

3 月的威海，春风拂面，晴空万里。

今天，我终于有机会作为学院团委团干部的代表参加校区举办的第一期“力行”团干部工作论坛。在论坛正式开始之前，校区团工委书记李彤彤表示论坛旨在给团干部提供一个轻松交流的平台，可以把我们工作学习中遇到的瓶颈、难题、困惑以及自身成长中的问题，在论坛上畅所欲言，集体研究，同时也会邀请导师一起讨论解决遇到的问题。而首期邀请到的论坛导师是校区副校长、共青团省委兼职副书记黄凯南教授。

在开场仪式上，黄老师提出的共青团工作的“三性一力”给我留下了深刻的印象。首先，高校共青团干部思想上一定要有高度的政治性。在百年未有之大变局下，对青年团员的思想引领是育人的重要工作，更是团干部的主责主业。其次，团干部要保持扑下身子干活的群众性。黄老师从共青团工作服务对象的角度出发，结合“青鸟计划”、希望小屋的开展和实施，阐述了青年团员成长所需要的就是高校共青团应该提供的，要服务好青年，把工作做到青年的心坎里，立足青年需求扎实有效开展团工作。再者，共青团人才培养目标要有先进性。让每一个青年团员都能成为先进性群体的代表，是高校育人目标的应有之意，虽然任重道远，但却是每一个高校团干部应该秉持的育人信念。黄老师提出，高校团干部应该努力提升服务力，为青年团员搭建平台、整合资源，在工作中善加杠杆，在为青年成才提供高质量服务的前提下，更好团结青年、连接青年、引领青年，在立德树人中体现自己的贡献度。随后，各学院的团干部就自己工作中面临的问题和困惑纷纷发言提问，黄老师也一一作出翔实解答。

论坛结束后，回到办公室，翻看着论坛上的主要内容，我陷入了思考。在山东大学“双一流”建设征程中，面对团干部和辅导员的双重工作角色，我们既要做好新时代大学生思想上的引领者、团工作细分领域的指导者，也要做好学生成长成才过程中的服务者、学生事务性工作的执行者，这就要求我们用学习型人才的标准努力打造自己，以提升在学团工作领域中的服务力和专业度，只有真正把高质量发展的理念融入工作的思维模式中，学团育人工作才会结出累累硕果。

作者：艺术学院（威海）工作人员　刘　楷

3 月 24 日　星期三　晴

护理与康复学院主题党日活动参加者·张学靓

今天下午，我们护理与康复学院第六党支部与第二、三党支部和趵突泉校区支部、幼教支部共同开展了“知校史、护文物、担使命”主题党日活动，趵突泉校区管理中心许科长担任讲解员，向大家介绍了趵突泉校区的发展历史、校园建筑及改造历史。中心花园四周，有八条卵石铺就的道路呈放射性分布。许老师首先带领大家来到综合楼前进行讲解，在这里可以看到，考文楼和柏根楼在渐渐葱郁的树荫中相对而立，接着我们沿槐荫路漫步来到景蓝斋。四百号院在松柏掩映下越发古朴，站在图书馆的四楼眺望，可以看到号院楼宽阔四方的屋顶。银杏路上阳光斑驳，待到秋日，这片树木会成为装点校园的绚丽色彩。许科长讲到校园的文物保护级别与故宫相同时，大家发出了一声声感叹，原来我们每天习以为常的校园竟是一片宝藏。许科长还提到，路边不甚起眼的水塔也历经了百年风霜，灰扑扑的砖瓦中处处掩藏着迷人风光。这片静谧的校园承受了百年风雨的洗礼，融合了中西方经典的建筑风格，“医”路传承至今。许科长的讲解引人入胜，大家听得如痴如醉。

校园里每一处建筑都给大家留下了深刻印象，参观结束后，大家意犹未尽，仍在津津乐道所见所闻。通过参观校园，聆听校史，党员同志们深切感受到了学校厚重的历史积淀，沧桑的办学历程，丰硕的办学成果和自强不息的进取精神。大家跟随讲解回顾了学校的发展过程和光辉历史，切身感受了学校深厚的文化底蕴，表示要主动担当校园环境美化及文物建筑保护的使命和责任。校园历经百年风霜屹立生辉，身处其中，大家更加感受到肩上的责任，唯有自强不息，续写辉煌。

作者：护理与康复学院 2020 级硕士研究生　张学靓

3 月 25 日　星期四　晴

“校长有约”参加者・周亦玮

3 月 25 日，我有幸参与了“校长有约”活动，与校长樊丽明教授面对面沟通。这是我第一次感觉自己真正参与到学校未来的建设之中，心中充满了激动和自豪。

作为一名党员，我一直关注“两会”的发展，梦想有一天能作为一名代表为人民生活、国家发展建言献策，这次与樊校长的交流会是我离两会最近的一次。作为全国人大代表，樊校长曾就高校人才工作、重大科研基础设施建设和研究生培养等事关教育发展和师生关心关注的热点难点问题提出建议。今天在交流会上，樊校长与山大青年师生分享了“两会”精神和学习心得。

樊校长主要从四个方面对“两会”精神进行了介绍，分别是紧紧把握高质量发展主题、牢牢抓住科技创新的绝佳机遇、努力建设高质量教育体系、全面推进健康中国建设。在这些话题中，我印象最深刻的就是科技创新和健康中国。坚持创新驱动发展战略，对于高校来说最重要的就是加强人才培养，激发人才的创新活力。樊校长提到，山东大学作为一所综合性的科研院校，未来会更加注重科研组织的建设和高层次科技创新人才的培养，为国家科技发展作出山大贡献。另外，山东大学注重深化医学改革，加大医学科研投入力度，在新冠疫情肆虐的危难时刻，山大医学人更是挺身而出，驰援湖北抗疫一线，这些都为推进健康中国建设作出了山大贡献。听到开展有关科研攻关的情况，我备受鼓舞，自豪于自己的母校在国家发展中发挥着越来越重要的作用。

作为一名大四学生，我与山大相伴已经 3 年多了，而作为山东大学研究生支教团的一员，未来我与山大还有 4 年要携手相伴。今年是中国共产党建党 100 周年，这些年国家经济发展更加稳定、人民生活更加幸福、国际地位逐步提升；今年也是山大建校 120 周年，这些年山大科研水平显著提高、基础设施更加完善、学生诉求得到更好表达。未来，我会与山东大学共同进步，在新时代新征程中见证山大的蓬勃发展。

作者：经济学院 2017 级本科生　周亦玮

3 月 26 日　星期五　雨

口腔医学院第一批过政治生日的教职工 · 张韶丽

今天口腔医学院机关一支部和口外二支部联合开展“学党史故事，过政治生日”主题党日活动。我有幸成为学院医院第一批过政治生日的党员，心中无比自豪和感动，接过齐山华副书记送的生日贺卡和生日祝福，和在场共产党员一起唱起“没有共产党就没有新中国”，体会到了组织的温暖。

回想 17 年前，王力老师和姜宏敏老师是我的入党介绍人。在各位前辈党员的帮助下，也是在这样一个春暖花开的 3 月，我正式加入中国共产党，开始有了自己的政治生日，党员的政治生命随之开启。回想自己加入党组织的难忘一刻，刻到心上的是满满的敬畏。从那一天起，我不仅拥有了一个新身份，而且获得了一份持续终身的信仰。

跟随口外二支部兰晶书记，重温入党誓词，我想起在学党史的过程中，体悟自己作为一名有着 17 年党龄的党员，当饮水思源，不能忘了革命先烈的流血牺牲，更不能丢了我们的革命理想、革命信仰。

从中国共产党的诞生，从我们国家的建立，我们共产党人的革命基因就是红色的，我们的党旗是红色的，这是无数革命先烈用热血染红的，任何时候都不能淡化这个底色。正是红色基因，让我们共产党人有了冲锋陷阵的勇气、改天换地的志气和决胜未来的底气。从战争年代走来，无数共产党员抛头颅、洒热血，建功立业；进入和平年代，无数敢为人先的共产党人，开拓进取，推动国家发展壮大。今天的我们，社会环境和谐安宁，可以说我们比历史上任何时期都更加接近世界舞台的中央，更接近实现中华民族伟大复兴的目标，这是历史赋予我们新时代共产党人的使命和责任，我们必须克服一切困难，建设好革命先烈们盼望向往、为之奋斗、为之牺牲的国家。

正像吕波书记和葛少华院长对我们行政职能部门提出来的要求一样，要聚焦解决中心工作的需求，聚焦解决教职医务员工“急难愁盼”问题，多深入教学科研临床一线，多听听一线呼声，在一线中寻找“好声音”，挖掘“金点子”，主动思考如何开展优质服务。

历史的车轮滚滚向前，新时代的冲锋号角已经吹响。坚持用奋斗诠释使命，才能更好地传承党的红色基因，让不变的初心跳出更加强烈的时代脉动，提振教职医务员工干事创业的精气神，在民族复兴的征程上紧握时代接力棒，一步一个脚印，跑出更好的成绩，努力创造无愧于时代和人民的新业绩。

习近平总书记曾说，走得再远、走到再光辉的未来，也不能忘记走过的过去，不能忘记为什么出发。不忘初心，牢记使命，未来的日子里，我将对党忠诚，以坚定的信念、顽强拼搏的精神、求真务实的态度，把从老一辈共产党人那里传承来的优良品质，传承给身边的年轻人。唯有心中有信仰，行动才有力量，才能不怕牺牲，排除万难，不断战胜一个又一个新困难、新挑战，完成我们共产党人担负的新时代使命。

作者：口腔医学院工作人员　张韶丽

3 月 27 日　星期六　阴

党史学习教育参加者·李啸闻

此前支委会上决定，今年学习用“党员讲党史”的方式开展，让每一个同志都有责任、有目标、有任务、有成效。在研究生院、研工部党支部召开的党史学习教育部署会上，我也开始了第一阶段的研讨学习。我们支部书记说，第一次啸闻同志讲吧，围绕学党史、开新局，在历史中找路径，谈谈怎样认识研究生教育的高质量发展。

我想，就结合学习习近平总书记在党史学习教育动员大会上的讲话，关于“党的百年历史”有三句论断，分享一点感悟。

第一句：“我们党的一百年，是矢志践行初心使命的一百年，是筚路蓝缕奠基立业的一百年，是创造辉煌开辟未来的一百年。”从开天辟地建立基业，到惊天动地走向辉煌，这是我们党的历史定位。

第二句：“我们党的百年历史，就是一部践行党的初心使命的历史，就是一部党与人民心连心、同呼吸、共命运的历史。”这是以历史为证，以事实为明，论述党的性质、根本宗旨。

第三句：“党的百年历史，也是我们党不断保持党的先进性和纯洁性、不断防范被瓦解、被腐化的危险的历史。”这是我们党永葆生机活力的发展动力，不断自我反思、自我净化，在历史经验教训总结中，进行自我提升、自我革新。

这三句话，讲清楚了党百年的历史方位、性质宗旨、发展动力。我也做一次用好用活“金钥匙”的尝试吧，对照三句话，给研究生教育的方位、性质、动力，来一个“仿写”总结。

第一句，研究生教育的历史，是践行为国育贤使命的历史，是从零起步，从小到大，经过规模发展、质量发展，如今已经进入高质量发展新阶段的历史；是建立起高层次人才培养体系，正以创新开辟未来的历史。第二句，研究生教育的历史，是一部践行立德树人根本使命的历史，是一部把人才培养孕育在科研创新中，在研究实践中经受磨砺与成长、不断奋斗与贡献的历史。第三句，研究生教育的历史，也是育人共同体不断反思教育理念的引领性和适应性，是以改革为自驱力，不断突破学科壁垒，打破校内外边界，超越国内国际界限，防止教育体系固化、创新体制僵化的历史。这些是谋划研究生教育高质量发展的逻辑起点。

汇报现场，同事们给了我大大的赞，让我把这些感悟写出来，这是山大人的好想法，值得一记！

百廿山大，甲子新开，人才培养是学校事业发展的重要组成部分，在学党史、悟思想的过程中，愿我们每个人都可以找准自己的坐标，为践行使命办实事，为促进发展开新局！

作者：研究生院、党委研究生工作部工作人员　李啸闻

3 月 28 日　星期日　晴

威海校区机关党委硬笔书法比赛参加者・耿菁璐

上周，我参加了威海校区机关党委组织的“书写红色经典，彰显文化引领”硬笔书法比赛的颁奖仪式。特别感谢机关党委组织了这次比赛，为我提供了一个拿起笔、认真写的机会；我还很荣幸地获得了二等奖，这给我增加了不少自信。当我看到在颁奖仪式门外的走廊上，自己的作品和其他获奖作品一起展出时，我不禁回忆起当时提笔书写的情景。

还记得当时，活动的组织单位给参赛者们精心准备了漂亮又充满中国风的纸张，让我眼前一亮，决心一定要认真写才行。可是写什么好呢？要

配合纸的风格，还有纸上格子的数量，写一首诗词最合适。我从小喜欢毛主席诗词，于是我就把毛主席的全部诗词好好读了一遍，最终选定了《忆秦娥·娄山关》这一首。毛主席的诗词大气磅礴，无论读多少遍，都让人心潮澎湃，热血沸腾，特别能够体会到，革命先辈们那时的心境、理想和战斗豪情。

毛主席诗词是革命浪漫主义和革命现实主义的完美结合，是中国文学和中华文化的瑰宝，还是一部很好的党史教材，不仅是毛主席一生光辉足迹的写照，更铺开了一幅中国革命和建设的伟大历史画卷。党团结带领全国各族人民，开展艰苦卓绝的斗争和坚韧不拔的探索，都深刻融入了毛主席的诗词中。

“雄关漫道真如铁，而今迈步从头越”。一代人有一代人的担当，我们要爱岗敬业，不断创新，立足于新征程新使命，立志于中华民族千秋伟业，百折不挠地完成各自承担的工作任务，为实现中华民族伟大复兴的中国梦而努力奋斗。今年是中国共产党成立100周年，学史明理、学史增信、学史崇德、学史力行，我们要把中国共产党人开天辟地、敢为人先的精神发扬光大，努力成为具有远大理想的一代、品德高尚的一代、脚踏实地的一代、艰苦奋斗的一代，接好时代的“接力棒”，走好当代人的长征路。

作者：威海校区国际合作与交流处工作人员　耿菁璐

3月29日　星期一　多云

山东省大学生安全知识竞赛参加者·逯阳阳

昨天，山东省大学生安全知识竞赛落下帷幕。这次安全竞赛，旨在落实习近平总书记总体国家安全观，是为强化大学生国家安全意识而举办的。回想参赛以来这段紧张忙碌的日子，我感触颇多。

接到比赛通知后，学校、学院高度重视，多次号召同学们积极参赛。3月上旬，经过校内选拔赛和面试，我和来自不同学院的队友陈艺夫、计天馨、彭祥津、屈丽萍、尹昊组成了代表队，代表学校参加这次安全知识竞赛。接下来的两个星期里，我们在老师的带领下全面学习了国家安全基础知识与法律法规，顺利通过了初赛。我们接着构思编排安全情景剧、撰写“践行总体国家安全观”主题演讲稿，全力备战复赛。就这样，所有不上课的日子，我们都聚在一起，为比赛做着准备。

正式比赛时，在知识问答、安全情景剧、主题演讲三个环节，我们都赛出了风格，赛出了水平，其中安全情景剧与主题演讲均获得了全场第二名的成绩。在以“政治安全”为关键词的情景剧中，我扮演一位违反政治安全纪律的中年妇女，对我来说，最大的挑战是如何磨平年龄差距，演好演真演活这个角色。于是，我注意观察周围阿姨的神态、观摩优秀情景剧的表演、寻求专业老师的帮助、对着镜子练习动作表情……当我站上舞台，我觉得自己好像真的就是剧中角色，被大学生儿子劝说教育，最终意识到错误。

在这次比赛中，山东大学获得了优秀组织奖。在比赛的准备过程中，学校和学院始终是我们的坚强后盾：公安处董老师和两位李老师牺牲自己的休息时间，陪我们加班加点；文学院王书记和果老师在情景剧剧本创作上给予了悉心指导……虽然我们最后没能参加全国大学生安全知识竞赛，但我们的收获远大于遗憾，因为通过参与这次比赛，我们的个人安全意识和国家安全意识有了很大提高，更加懂得“安而不忘危，存而不忘亡”，能够自觉树立并积极践行国家总体安全观，主动维护国家安全。我想，这便是比赛的真正意义。

安全是一座桥梁，一面连接国家，一面系着个人。国家安全，关系你我。作为新时代的大学生，我们应保持清醒的头脑，积极承担维护国家安全的责任和义务，从自己做起，从身边的小事做起，共同维护国家安全。

作者：哲学与社会发展学院2020级硕士研究生　逯阳阳

3月30日　星期二　晴

山大本科招生宣传片《山大朝夕预见你》制作人·宋沁潞

当本科招生宣传片《山大朝夕预见你》在朋友圈刷屏，当后台流量数据呈几何数不断攀升，当这部耗时一年半之久制作出的仅有5分钟的宣传短片在视频号发布27小时观看量达到100万时，运营学校招生宣传新媒体平台两年的我如释重负。

拍摄本科招生宣传片的任务是2018年年底我初到招办时由时任招办副主任徐志全安排的，但天资愚钝且深知此项任务责任重大的我却迟迟未能开工，只是在招办工作的一点一滴中，慢慢积攒着最原始的创作素材。经过无数次讨论、无数次考察甚至试拍，终于在2019年年底选定了现在的公司承揽具体拍摄和后期制作。在刘传勇院长和徐延宝副主任的带领下，我们邀请校内部分师生为脚本的策划提出了很多有建设性的意见和建议，在对一个个策划方案的不断否定中，选定了现在的脚本，当时名为《山大人的一天》。

去年的疫情导致拍摄工作搁浅，却让我有更多的时间琢磨脚本，想要让观众在短短几分钟的视频里将山大之大、山大之长、山大之活、山大之美等尽收眼底，唯有用凝练、生动并传情达意的语言来贯穿。于是在漫长的挤牙膏般的修改脚本过程中，山大的办学初心、校训、校风还有山大人

“追求卓越，只争朝夕”的精神都融进了旁白。终于在某个盯着屏幕修改脚本的夜里，“山大朝夕预见你”的题目和“过去墨已成书，未来等你落笔”的收尾被敲了出来。

开机的那段时间，济南校本部几乎所有学院、青岛校区和威海校区部分学院的本科生参与了拍摄，他们在清晨读书、在教室听讲、在校园漫步、在食堂用餐、在社团活动，在舞台绽放、在图书馆借阅、在实验室做实验、在为竞赛准备、在为转专业面试，在体育场和运动馆锻炼、在交流访学和社会实践的路上……有静静的沉思、有激烈的讨论、有拼搏的汗水、有成功的喜悦、有张扬的青春……我知道“熬夜却不秃头”只是理想，但为纪念我在无数个冥思苦想脚本的日子里看到的那条“软件学院‘熬夜不秃头’参赛队在第十六届全国高性能计算学术年会以优异成绩斩获金奖并卫冕冠军”的新闻，我想，为梦想奋战到底一定是我们每个人的境遇。

拍摄完进入后期制作阶段，从一帧帧画面、一行行字幕，到一句句旁白，再到音乐和配音，反复修改不断打磨，其间，招办同事、“山小招”工作室的同学们都给出了很好的意见和建议。最终，直到我不记得多少次看到画面中出现日出、晨钟，听到鸟鸣声、海浪声和钟表的滴答声，而挑不出任何问题时，我知道它可以发布了。

发布后，该视频在视频号获赞 4.7 万，转发 3.1 万，评论 729 条，评论区不断留下“凡我在处，便是山大”“我的山大我的家”“百廿山大，只争朝夕”“山魂海韵常入梦，天南地北忆故知”“为母校点赞”……这是山大人的力量。感谢学校所有本科教学单位和兄弟单位的大力支持，也感谢每一位参与拍摄师生的本色出演，特别感谢威海校区王振宇、孙百功和谢鸿鹏三位同学提供的威海校区航拍视频素材，更加感谢山大的无数校友。我知道，每一个山大人都曾经或正浸润于山东大学崇实求新的校风，终会像满天繁星般在世界的每一个角落继续追求卓越，散发山大人的光亮。

今年恰逢山东大学建校 120 周年，也是我来山东大学学习工作的第

23 个年头，在这里度过的每一天，我都真切地感受到那句“遇见更好的自己”。所以，希望这部心怀虔诚、感恩和敬畏之情制作的短片，可以献礼这所百廿学府，更加希望看到这部视频的高中生对山大心生向往。

作者：本科生院工作人员　宋沁潞

3 月 31 日　星期三　晴

学生社团管理工作会议组织参加者 · 方　华

今天下午，在晴好的天气中，山东大学 2021 年学生社团管理工作会议如期举办。很荣幸，我作为校团委学生社团工作负责人参与了本次会议，一起聆听过去一个阶段学生社团工作的成绩与进步，明确下一阶段社团工作的任务与目标。同时，我也是这次学生社团管理会议组织者，对刚刚接手学生社团工作的我而言，一切都是“新鲜”且“紧张”的。抚平忐忑的是校团委领导耐心的指导、无数次的方案讨论、一次次的细节对接、上千条的聊天记录……我们探寻着如何构建稳健而有活力的学生社团组织，如何创新研究社团发展新思路。

“百廿征途，岁月流金，薪火相传，昭昭前路是青春……”伴随着主持人的开场白，一校三地共同参与的学生社团管理工作会议正式开始。掌声过后，优秀学生社团指导单位、指导教师和社团负责人代表依次发言，梅花桩武术的朝气、吉他音乐的律动、支教服务的温暖、理论学习的正气，我感受到了山大学生社团的蓬勃，也深感责任在肩。

新时代召唤新使命，新面貌迎接新征程，校党委副书记王君松对学生社团提出政治性、先进性、群众性、安全性四点要求。校团委书记张熙回顾了我们在学生社团建设方面取得的成绩，同时提出了强化社团管理、提升指导效能、把握社团定位、发挥社团功能的四点希望。

恰逢建党百年、建校百廿的重大历史节点，学生社团是繁荣校园文化、促进学生全面发展的重要阵地，我将勇于担当山大学生社团创新发展之时代使命，将青春播撒于山大学生社团发展之沃土。号角已吹响，校团委整装待发、学生社团工作部精神振奋、学生社团指导中心士气蓬勃，我们将探寻时代着力点，培育社团特色，锻造社团品牌，包容新物，力求创新，努力把学生社团建设成为引导广大同学走在时代前列的先进组织，在学校新的历史发展阶段绽放更加绚丽夺目的光彩！

作者：校团委工作人员　方　华

4月1日　星期四　晴

主题党日活动参加者·李祥鹏

今天，我参加了威海校区党工委组织部党支部举行的学习《中国共产党组织处理规定（试行）》（简称《规定》）的主题党日活动，校区党工委副书记李振奎同志以普通党员身份参加活动，交流了自己的学习体会，并结合组织部门的工作实际提出了新的工作要求。我感觉受益良多，对《规定》的认识也更加深化，明确了下一步的努力方向。

一是要先学一步、深学一层。“玉不琢，不成器；人不学，不知道”，要贯彻落实好《规定》，首先要深入理解《规定》的重要意义，并使之成为一个“多面镜”，更多地关照内心，通过自检自查，明白有所不为，还要有所为，更进一步主动作为。“双一流”建设是我们这代山大人的新长征，也是义不容辞的责任和使命，落实一体发展、强院兴校是“双一流”建设的助推器，这就要求我们在学习、工作中始终保持“事上磨”的心态，在学中思、思中行、行中悟。

二是要走在前、做表率。“子帅以正、孰敢不正”，作为机关干部，要带头强化纪律意识、制度意识，严格落实中央八项规定精神，时刻紧绷“纪律”这根弦，让纪律成为悬在党员干部头上的达摩克利斯之剑，自觉做到守纪律、讲规矩、知敬畏，用党的纪律严格要求并约束自己，规范自己的一言一行，使铁的纪律真正融入自身的日常行为当中，结合机关党委廉洁工程建设，以师生为中心，从每一项工作做起，从每一个细节入手，坚持忠诚干净干事、依法依规办事，尽心做好服务“学者、学院、学科、学生”工作。

三是做好结合文章。“知之愈明，则行之愈笃”，要把《规定》的贯彻落实与当前开展的党史学习教育结合起来，照应现实、聚势赋能、推动工作，《规定》和其他党内法规共同构建了我们落实全面从严治党的“四梁八柱”，也为我们组织部门推进政策贯彻落实找准了方向，严格按照规定的方式、程序和要求开展组织处理工作，才能为从严管理监督干部，为学校“双一流”建设打造一支忠诚干净担当、高素质的干部队伍。

“路漫漫其修远兮，吾将上下而求索。”作为一名组工干部，我将以身作则，加强对组工业务的学习，做到敬业、精业、乐业，将自身工作与基层实际相结合，贯彻落实好新时代党的组织路线，自觉肩负起时代责任和历史使命，奋勇争先作表率，为“双一流”建设贡献组织力量。

作者：威海校区党工委组织部工作人员　李祥鹏

4月2日　星期五　雨

研究生支教团成员·刀彦月

今天的济南，下着绵绵细雨，天色有些阴沉，却丝毫影响不了山大附中孩子们10公里远足、纪念革命烈士活动的热情。作为山东大学第23届研究生支教团的成员，我们来到附中教学跟班实习已经一周了，也全程陪同各自班级的学生们参与了此次活动。

沿着花园路一直往东，步行约10公里便是历城革命烈士陵园，那是我们此行的目的地。本次教学实习，我所跟的班级是初一年级的忠敬一班。我们班走在全校整支行进队伍的最前面，同学们不仅要抬班旗，更要抬好校旗，最重要的是要带好整支队伍。我的责任就是提醒孩子们注意队伍变换，不要掉队，同时也要在一旁鼓励他们坚持走完全程。

一路上，不时有路人驻足观看，家长、记者也会给我们班的队伍拍照，这时，我们班的孩子们都会露出自信的笑容，将队伍走得更加整齐，展现山大附中学生的良好形象。全程大约走了3个半小时，到达革命烈士陵园时，孩子们一改路上的活泼，手持预先做好的白花，怀着无比崇敬的心情，安安静静地倾听革命烈士英雄事迹，认真瞻仰革命烈士纪念碑，并许下庄严的誓言。随后，孩子们两两成组，一同擦拭墓碑上的尘土，并献上自己精心准备的花束。

本次活动结束后，也代表着我一周的跟班实习暂告一段落。这一周里，我第一次感受到作为一名老师的责任感和满足感。每天和孩子们一同上每一门课，渐渐熟悉了班里的同学，了解了他们的学习情况，更向山大附中各位优秀的老师们学习了如何管理班级、教育学生、立德树人……

回想之前教学实习启动仪式上，校团委副书记翁祥栋老师告诉我们，今年已经是山东大学研究生支教团在附中实习的第17个年头了。我不由得想，在这17年里，每一届山大研支团的成员们，在山大附中认真实习，提高教学水平，增长教学经验，将山大附中的优秀教学方法、管理模式带到西部地区，将山大人的精神传递到祖国需要的地方。我们的学长学姐就像一座一座连接教育发达地区与欠发达地区的“彩虹桥”，给西部地区的孩子们带来知识、希望和梦想。

如今，我也将肩负起“山岩人”的优良传统，珍惜这一个月难能可贵的教学实习机会，“要像一块干燥的海绵吮吸着知识的甘霖”。小刀老师，加油！“山岩人”，加油！

作者：管理学院 2017 级本科生　刀彦月

4 月 3 日　星期六　小雨

“汉语桥”蒙古国青年学生汉语学习线上项目参加者 · 吕冰冰

今天是假期的第一天，终于有时间整理一下桌子上这一摞厚厚的备课材料了，这让我又忍不住回想起刚刚过去的忙碌而充满挑战的 3 月。我有幸参与到学校承办的“汉语桥”蒙古国青年学生汉语学习线上项目中，成为一名新手汉语教师。这一段教学经历，使我切身体会到了作为一名国际中文教师的酸甜苦辣，初体验了一名中华文化传播者的使命与责任。

考虑到本次项目以线上方式进行，蒙古国学生仍然处于“居家学习”状态，我所在的国际教育学院对项目的实施进行了周密安排。在项目实施前的教学研讨交流会上，王彦伟副院长介绍了项目的背景和基本情况，希望我们利用这次专业实践机会，了解海外汉语教学现状，积累教学科研一手数据，努力成长为一名反思型教学实践者。学院项目管理办公室的连佳老师针对120余名蒙古师生积极参与的实际情况，以及线上教学的特点，介绍了课程的实施方案和注意事项。

根据学员的规模、需求和汉语水平，学院确定了视频微课和线上直播课相融合、大班主讲课和小班训练课相结合的教学方式。我作为一名新手教师，与有经验的主讲老师一起，全过程参与到集体备课、大课旁听学习、小课独立讲授的过程中。我的心情非常复杂，第一次独立给远在海外的青年学生线上开课，这一切带给我的不仅仅是巨大的新鲜感、略微的焦虑感，更多的是迎接挑战的兴奋感。

我教的学生来自蒙古国达尔汗乌拉省彩虹中学。线上课程开始的第一天，是早上10点的课程，但是我提前很长时间就进入腾讯会议平台，把前一天已经默默试讲过的课程又温习了一遍。当天上午我的教学任务是教授初级汉语水平的初一学生进行小班口语练习，下午教高级汉语水平的高中生做汉语水平考试（HSK）听说真题。尽管课程准备工作很充分，但临上课前，我的压力还是很大。在主讲老师的鼓励下，我怀着忐忑、激动的心情，打开摄像头，微笑着去迎接我的学生们，用最亲切的语气跟他们一个个打招呼，简单的寒暄和自我介绍都进行得很顺利。在介绍练习题目时，问题出现了，当我说完题目、轮到学生们回答时，所有学生鸦雀无声，没有一个人回答我。此时，我有些慌乱，好在同在腾讯会议的蒙古老师帮了我一把，他们和自己的学生在这个项目中一起学习汉语，提升业务水平，同时也帮助中方教师管理学生。慢慢地，课堂气氛又重新活跃了起来。第一节课结束后，我迫不及待地跟老师以及其他助教同学交流，反思有待改进的地方。经过一番调整，下午高中学生的开口度和课堂参与度明显高涨了很多，许多学生争着抢着回答问题，整个教学过程十分顺利，学习效果也令人满意。

经过为期3周的学习，蒙古国学员的汉语水平有了明显进步，他们也会在课间跟我聊起他们学习汉语和中国文化的种种趣事，聊起他们对中国的印象和来中国学习的愿望，尽管只是在屏幕上相识，但丝毫没有影响我们结下深厚友谊。我也能深刻感受到国家发展、中蒙交流合作日益密切为汉语的教学与传播带来的巨大空间，感受到语言文化交流在推动中外友好中发挥的作用。曾经看过 2019 年国际中文教育大会的新闻，孙春兰副总理提到，中国政府把推动国际中文教育作为义不容辞的责任。我想，这也是我们每一名汉语国际教育专业学生肩负的责任。

通过承担这个项目的教学工作，我感觉自己在成为一名国际中文教师的道路上愈走愈坚定、愈快乐，第一次独立授课，第一次线上教学，第一次与海外教师合作，这些丰富的初体验于我弥足珍贵。我深深感到蒙古国师生对知识的渴求，也期待着早日在山东大学见到这些热爱汉语和中华文化的蒙古国老师和同学们。

作者：国际教育学院 2020 级硕士研究生　吕冰冰

4 月 4 日　星期日　晴

“清明奠英烈”活动参加者·陈慧怡

青山埋忠骨，史册载英名。天地英雄气，千秋尚凛然。为深切缅怀革命先烈，传承与弘扬优秀革命传统，深植爱国主义情怀，4 月 4 日，我参加了山东大学护理与康复学院在济南市英雄山革命烈士陵园举办的“清明奠英烈，吾辈当自强”爱国主题教育活动。辅导员潘玫杏、李美琪老师参加了这次祭扫活动，许多爱国热情高涨的同学们也积极参与其中。

清晨，我和其他百余名同学怀着沉重的心情，于英雄山革命烈士陵园集合，共同向山顶处的革命烈士纪念塔攀登，为深埋在黄土下的忠魂带去一份问候。到达山顶后，我们安静有序地自动成排，志愿者为每排代表下发学院提前准备好的鲜花，大家耐心等候其他祭奠活动结束后，满怀崇敬之心，开始祭扫。全体默哀时刻，一片庄严肃穆，每个人低头立于浮雕之前，深切缅怀与感恩烈士们英勇无畏的牺牲，传递无限追思。随后，每排依次上前，深深鞠躬，久久追忆，饱含深情地为英烈们献花，表达最崇高的敬意、最沉痛的哀思。历史的车轮滚滚向前，那些为我们牺牲、为人民牺牲的英雄，我们定不会忘记；那些令人心生敬仰的人，那些令人感动至深的事迹，我们定会一直铭记。

护理与康复学院研究生党支部书记刘健带领全体党员、预备党员、入党积极分子进行宣誓。在巍巍青山上，在高高浮雕前，字字铿锵，句句千钧，响彻陵园。誓词随清风在耳畔回响，叩问着入党初心，呼唤着共产党员所应肩负的神圣使命与责任。

通过祭扫活动，我们走近英烈，更深层了解英烈事迹，在悼念逝者、寄托哀思的同时，感受先辈们抛头颅洒热血的赤子之心，致敬那些热血青春、那些信仰坚守、那些奉献牺牲。吾等学子定将秉承先烈遗志，响应新时代号召，精进专业知识，提高综合素质，勤勉上进、不懈奋斗，勇担中华民族伟大复兴之使命。

无论你在哪，当风从耳边吹过，云从头顶飘过，那便是我来看你。看你过得比我当年想象的还要好，看这盛世如我所愿，这盛世里，有你有我。你记得我，我就活着。

思念无声，热泪迎之。盼先烈来世，再享这锦绣山河；愿吾辈今生，不负这青春韶华！

作者：护理与康复学院2020级本科生　陈慧怡

4月5日　星期一　晴

“创客训练营”参加者·娄世超

今天，清明假期，我没有选择踏青，而是参加了学校举办的“创客训练营”培训。

2020年9月，我成为一名硕士研究生，面对学业和就业的双重压力，我开始关注创新创业，并与同学们合作开展了有益尝试。适逢青岛校区举办首届“创客训练营”，我毫不犹豫地报名并通过了初期选拔，进入训练营学习。

网络安全学院2018级魏之千同学是山东大学本科生创新创业的典型代表。今天，我们有幸和他交流了关于创新创业比赛的经验和感想。他从赛事简介、比赛流程、选题导向、商业计划书和答辩技巧等多方面，向我们展示了一个成熟的项目、优秀的团队所应具备的能力与素养。2003级校友武增伟学长结合自身艰辛的创业经历，向我们展示了从校园到社会的成长历程，分享了创业应当具备的精神气质和心理素质。他表示，心有多大，舞台就有多大，选择大于努力，我们应努力突破思维和视野的局限，潜心调研，了解市场需求，实现由创新向创业的转化。

训练营既有创业经验的分享，也有商业模式和平台资源利用的具体指导。国际创新转化学院陈卓副教授通过分析近5年创业和投融资市场变动，提出“创业，你真的做好心理准备了吗”这个问题引发在座同学的思考与讨论。她通过5个模块，即“何为融资”“融资策划”“融资陷阱”“融资技巧”“融资平台”，详细介绍了初创企业融资可能面临的风险与应对策略。党洪彪老师是阿里云大学政企培训中心高级专家，他在讲座中表示，“互联网＋”与高校创新创业教育相结合，能有效地实现创新创业协同学习和资源共享。通过模拟商业运作，他生动具体地展示了创新创业过程中数字平台应用的方法，为创业实践者提供了信息共享、资源对接和项目转化的新模式。

紧凑的日程，丰富的活动，让我在这场头脑风暴中感受到浓厚的创新创业氛围。创新创业是理性的追求，虽然人生起点不可预知和控制，但追求自身发展是永恒的主题。青春正好，创新创业，我们一直在路上。

作者：法学院 2020 级硕士研究生　娄世超

4月6日　星期二　晴

党课培训参加者·汪冰倩

今天晚上 6 点半，我坐在教学楼五区 408 教室里，和众多同学一起，怀揣着激动的心情，迎接我们的第一节党课培训。这次教授我们党课的老师是软件学院党委副书记吴天柱老师。

我签完到回到座位，就看到吴老师踏进教室，简单的开场寒暄拉近了我们之间的距离，大家都安静下来，等待授课开始。我们今天所学的党课主题是“肩负历史使命，积极加入中国共产党”。

幻灯片的第一页，是一个白底红字的问题：“少年，你了解中国共产党吗?”我不禁陷入了思考。这学期的青年大学习主题是学党史，近期，学校、学院都组织了大大小小的学习党史活动，在这些活动中，我了解了一些关于中国共产党的知识，但我知道这远远不够，我对党的认识还有待加深，要学习的党的知识还有很多。

吴老师给我们播放了一个视频，是中国共产党的发展史。视频讲述了中国共产党从无到有再到发展壮大的过程，老一辈共产党人在过去的艰苦条件下砥砺奋斗，才有了我们现在的美好生活。我看得热泪盈眶，内心像有一团火，烧灼滚烫。

接着，老师发送了一个习题："少年，你为什么选择加入中国共产党?"我低下头思考片刻，写下了"为中国人民谋幸福、为中华民族谋复兴"。我想，这也是在座各位同学共同的答案。少年之于中国，是蓬勃的力量，少年强，则国强。

课堂最后，吴老师给我们宣读了入党誓词，他浑厚有力的声音"敲"进了我的心里。我也会将入党誓词牢牢记在心中。

我非常荣幸能够参加这一期的党课培训，一个多小时的党课过得十分充实。我了解到了更多关于中国共产党的历史，也更加明确了要加入中国共产党的决心，更加明白了加入中国共产党应该具备什么样的条件，更加明确了之后该怎么努力。这次党课使我的思想进一步升华，我要不断提高认识，争取成为一名合格的党员。作为一名当代大学生，我应当自觉按照党的要求和纪律规范自己的日常生活和学习，从自身做起，做好每一件事，走好每一步，时时刻刻审视自己，反省自己，不断进步，为了自己的理想，为了中华民族的伟大复兴而不懈奋斗。

作者：软件学院 2019 级本科生　汪冰倩

4 月 7 日　星期三　晴

政治学与公共管理学院硕士研究生 · 陈　钊

去年 5 月之前，山东大学于我而言还只是一个遥远的令人敬仰的名字。

由于疫情影响，一切本该平淡的进度都被打乱了。那时的我，正在焦急等待延期的硕士研究生成绩查询，也在焦急等待延期的硕士研究生复试。当时心里只有一句话："考研的最后一战，也是最为关键的一战马上就要开始了，我心心念念的山大，你一定要等我！"因为家在湖北，我深刻体会到了疫情的"暴力"。那段时间，我一边每天关注新增病例与治愈出院病例，一边协助居委会和乡政府负责生活必需品的购置和口罩发放，一边准备复试。自从看到山东大学齐鲁医院和四川大学华西医院医疗队机场"偶遇"的那一幕，更坚定了我一定要去山大读书的决心。可是那时的我，好像还并没有理解我与山大的关系，也没有深刻体会这所即将迎来百廿校庆、拥有厚重历史与家国担当的高校，它所承载的文化基因与精神内核。

复试结束了，看到拟录取通知，随后收到录取通知书，我无比激动。那时的激动在于感谢努力付出的自己，庆幸自己的努力终于有了回报，我终于考上了自己梦寐以求的学校。我一一给亲戚、朋友、同学"不厌其烦"地说："太好了，我终于考上了！"也不知道什么时候，说着说着就哭了起来。我的家人也会开心地跟别人说："我儿子考上了山东大学的研究生！"收到录取通知书、对别人提起山东大学，带给我的是一种荣誉，也是自己辛勤耕耘的硕果。这时山大于我，是一种喜悦和荣誉。但其实，当我看到"为天下储人才，为国家图富强"时，我在想为什么山东大学会用这句话。为什么一提起这句话，大家第一时间想到的就是山东大学。这句话，正是让我真正全方位认识山东大学的"一把钥匙"。

终于，新生报到，我从千里之外的湖北来到山东。1000 多公里路程、10 多个小时车程，丝毫没有消减我的期待与激动。出站时，我得到了志愿者的迎接与问候，他们一边核对我们的信息，一边发放爱心包，然后带领我们找开往学校的车。那一个多小时赶往学校的路程，是我觉得最漫长的，很累却睡不着。将近学校，当美丽的校园展现在我的眼前，我尽可能压抑喜悦显得淡定的心再也压抑不住了："这也太美了吧，这就是我未来学习和生活的地方啊，山东大学，我没负你，真的来了！"对于一个研一新生，这里的一切都是那么的新鲜和有趣，东望望、西望望，总是看不够，也是这时我才意识到：“哦，我也是山大人啦!”

新生入学教育讲座和开学典礼上，我听到了关于山大的前世今生、山大的历史、山大人的情怀。从闻一多到臧克家、从老舍到华岗、从童第周到王淦昌、从八马同槽到冯陆学术伉俪，无不彰显着“为天下储人才，为国家图富强”的办学宗旨。我的思考和疑惑豁然开朗，这种宗旨非为历史，而是一种传承和积淀。山东大学援鄂抗疫医疗队的全力援助，更让我看到了“山大人”在国家与民族面前的使命担当，生动诠释了“山大人”的内涵，也让我深刻理解了什么是“山东大学”、什么是“山大人”，更让我理清了我与山大的关系。此时，山东大学带给我的不仅是一种喜悦、一种荣誉，更是一种“凡我在处，便是山大”的责任与担当。

你，并非一个名字，而是有着深远历史与优秀品质的文化基因；你，并非仅是建筑与校园，而是养育一代又一代民族脊梁的沃土；你，正是那个历经沧桑却依然生机勃发、奋勇前进的勇者。

作者：政治学与公共管理学院2020级硕士研究生　陈　钊

4月8日　星期四　晴

青岛校区党工委（校长）办公室交流学习
参加者·楚艳娜

今年，青岛校区党工委（校长）办公室与学校党委、校长办公室互派人员开展业务交流学习，实地到岗参与具体工作，系统学习了解相关工作流程。明天，我在学校党委、校长办公室为期两周的交流学习就要结束了。两周前初次进入党办校办时的紧张与不安，如今化为了满满的收获与不舍。

刚接手校区机要工作不久，为规范工作流程、提高工作效率，我被安排在机要室学习交流。两周的时间里，我从机要室马颖颖、马汇森两位老师身上学习到的，不仅有他们几年总结出来的工作经验与方法，还有严谨踏实的工作作风和默默无闻的奉献精神。深入的学习交流，改变了我以往对机要工作的看法。习近平总书记曾总结办公室的工作特点“重”“苦”“杂”“难”，这些在机要室工作上体现得淋漓尽致。

第一是“重”。机要工作在学校各项业务工作中占据着极为重要的位置，是各类文件传输的中转站，是各种政策指令传达的主要渠道。文件能否及时、准确传阅，直接关系到学校各项工作的落实。

第二是“苦”。两周以来，机要室两位老师加班加点是家常便饭，从早晨进入办公室便开始了一天的忙碌，被桌子上堆得高高的文件包围着。两位老师在寒暑期也没有休息，中央办公厅、教育部、山东省委省政府、省教育厅等部门来文源源不断，要将这些文件及时传阅处理，做到不积压、不拖拉、不误事，确保在文件规定的办理时限内办结是他们的工作常态；遇到紧急事项，半夜去省政府等地领取文件对他们来说也习以为常；2020 年疫情期间，他们曾一天往返省政府 4 次，领取重要文件并及时处理……在签署领导意见的文件处理单上，看不到任何机要工作者的影子，但背后却凝结着他们的辛劳。

第三是“杂”。机要室收文十分繁杂，可谓包罗万象。2020 年，机要室处理文件 4000 多件，这些文件来自不同单位，涉及事项非常多，包括疫情防控、校园安全、学科建设、学生活动、感谢信、邀请函等。收文虽杂，但两位老师处理文件井井有条、规范有序。“文件传阅关”，文件登记仔细、专用文件夹传阅、随时掌握文件去向、及时催办；“文件归档关”，面对每天几十份文件，经常性开展文件盘点，阅办完毕后及时整理归档是他们避免文件丢失、错传、漏传的重要法宝；“文件清退关”严格规范，对每份密件严格核查、按规定处理是他们严格保守国家秘密、避免失泄密事件发生的重要措施。

第四是“难”。这里的“难”主要体现在三个方面：一是文件量大。每天收取二三十份文件，要登记、逐份研读、拟办意见、流转、督办，还要避免漏传、错传，神经一直处于高度紧张的状态。二是流转文件难。有时一份重要文件要传达至所有的校领导，甚至全校教职医务员工；有时临近放假或周末收到紧急文件，需要快速流转，对时效性要求十分严格。三是发挥参谋助手作用难。在收到文件后，必须详读文件，根据文件内容拟定初步处理意见，凭借多年来的工作经验，机要室两位老师把这些处理得很好。

默默无闻、日复一日地收文、阅文、传文是机要室老师的工作常态。大家工作精神面貌好、待人接物态度佳、执行工作效率高，我在与他们学习交流的过程中受益匪浅。

自党史学习教育开展以来，我所在的青岛校区党工委（校长）办公室按照学校党委和校区党工委的部署安排，着眼于解决校区体制机制改革中的重难点问题，梳理凝练“四个清单”，并明确具体分工和完成时限。此次开展人员互派交流学习，正是深入落实党史学习教育的具体要求，积极构建机关服务部门协同落实机制的重要举措。下一步，学校、校区办公室还将在深化一校三地办公室工作协同、确保学校决策部署落实落地落细上下更大功夫，为助推学校实现“由大到强”历史性转变作出办公室系统的应有贡献。

作者：青岛校区党工委（校长）办公室工作人员　楚艳娜

4月9日 星期五 晴

新文科建设高峰论坛工作人员·隋卫燕

春天里的声音，美好动人、催人奋进。春约赓续、奋楫争先。新文科建设高峰论坛如期而至，旨在全面学习贯彻教育部新文科建设工作会议精神，进一步凝聚新文科建设共识，汇聚文科教育创新发展合力。本次论坛由教育部高等教育司、山东省教育厅指导，山东大学、全国新文科研究中心、山东省高等学校教务与教学管理学会承办，近300位嘉宾莅临论坛现场，共商新时代文科教育发展、共话新时代文科人才培养。

论坛前期筹备阶段，我们加班加点对嘉宾名单和行程进行汇总收集、跟踪落实，确保了嘉宾团组名单和行程翔实无误。我与张玮老师、孙磊老师分工协作，根据来宾名单的随时变化进行调整。与此同时，我联系对接每一位嘉宾，收集PPT材料。

8日下午，嘉宾们陆续抵达，论坛从前期筹备正式转入全面展开阶段。我在心里给自己打气，务必更仔细一点、勤奋一点、尽力一点。检查席签，摆放物料，协助调试音响，我们一遍又一遍地推演着整个流程，提前设计多种预案，以备应对特殊情况。拿到最后一份PPT材料的时候已经是凌晨1点多了，嘉宾们的精益求精、一丝不苟深深感染了我。我与于喜娜老师密切协作，汇总整理、逐页检查所有嘉宾的PPT及过渡衔接材料，保证报告与转场过程无缝、自然衔接。合上电脑的那一刻已经接近凌晨3点。凌晨5点多，我们俩又不约而同互发微信，落实会议具体细节。看着会场座无虚席，演讲有条不紊，我悬着的心暂时放了下来。直到论坛在热烈的掌声中圆满落下帷幕，那一刻，我感到无比的自豪和如释重负。

本次论坛专家云集、气氛热烈。参与新文科建设理论报告、案例分享的嘉宾以多视角、多维度，为进一步推进新文科建设建言献策，不断碰撞出真知灼见的火花，呈现了一场理论与实践相结合、继承与创新相结合的学术盛宴。作为一名新文科建设工作者，当看到《新文科建设年度发展报告（2020）》新书揭幕的那一刻，思绪拉回到寒假里挑灯整理文稿的无数个夜晚。那些铺满桌面的文件，那些写了又删、删了又改的文字，以及那些红红的批注……这些仿佛都在向我诉说着那段日子的历练与成长，但终究变为现在的收获与感动，更让人深感责任重大、使命光荣、未来可期。

作者：本科生院工作人员　隋卫燕

4月10日　星期六　晴

学生就业创业指导中心副主任·李　勇

在春意盎然、百花绽放的中心校区，在靠山面海、春风拂面的威海校区，在红瓦绿树、蓝天碧海的青岛校区，山东大学2021届毕业生春季就业双选会（济南、威海、青岛）、山东大学第四届服务山东人才引进专场招聘会承载着期冀、肩负着责任，再一次如约而至。一校三地的山大就业工作者共同携手，聚焦国家战略需求，聚焦山东新旧动能转换，聚焦学生充分高质量就业，聚焦常态化疫情防控要求，40天的坚守，40天的汗水，化作眼前一座座挺拔亮丽的展架，一排排暖意融融的展台，一张张坚毅自信的面庞，一阵阵朝气蓬勃的笑语……春风徐徐吹来，将我的思绪带回到一年前。

2020年一个早春之夜，就业中心会议室里灯光闪耀，一切热烈的工作研讨正在进行……“同志们，高校毕业生规模874万，达到历史新高。郭新立书记、樊丽明校长亲自谋划、亲自部署、亲自调度，常委会、校长办公会专题研究，切实强化学校就业工作的顶层设计。”“是的，王君松副书记带领我们分析研判就业形势，开展就业工作专题调研，制定完善政策文件，我们一定要把就业工作走深走实。”“对！咱们就业中心党支部要迅速开展‘打赢阻击战，夺取双胜利’主题行动，创造性地开展工作，把工作做实、做透、做到位。”4 月份的一个午后，就业中心市场部办公室里，电话声此起彼伏，电脑键盘声噼啪作响，“喂！您好！这里是山大就业指导中心，欢迎您参加山大毕业生就业空中双选会。”“是的，我们学校‘云端招聘不断线、云端招聘不停歇、云端管理不打烊’，欢迎您通过线上参加空中双选会或举办空中宣讲，并进行线上面试、线上签约。”“是的，我们有云端双选会、空中招聘等多种线上招聘平台，我们的山大就业微信公众号阅读量超过 158 万，我们的山大就业微信服务号可以精准定向推送，一定会把贵单位的招聘信息传递给毕业生……”

2020 年暑期的一个上午，在就业中心第一报告厅，山东大学—厦门市校地企“金桥计划”线上市场拓展工作座谈会正在进行。“诚挚欢迎厦门市各重点企事业单位通过线上线下多种方式招聘山大毕业生，现在，我们具体协商一下校地企合作、人才引进、毕业生挂职锻炼、就业实习等工作事宜。”“是的，学校通过线上线下多种形式，积极与国防军工、新能源、新材料、高端制造装备、信息通信等战略新兴产业对接，已经与国家电网、中国核工业集团、中建集团等 30 余家重点行业和重点单位开展人才合作洽谈……”“今后，咱们校地双方要进一步深化人才合作，把有关服务举措进一步落实落细，为引导和鼓励更多山大毕业生到厦门市建功立业架设起‘金色桥梁’……”

2020 年深秋的一个傍晚，“服务国家战略，加强就业引导”工作研讨会议在就业中心会议室举行。学校大力倡导毕业生服务国家战略，鼓励支持毕业生到西部、基层和重点行业就业。经过紧张筹备和评选，学校有 240 名 2020 届毕业生受到学校表彰，被授予“励志先锋”荣誉称号。“是啊，我们要继续深入做好各级组织部门的选调生组织推荐政审等工作，学校 2020 届毕业生被中央和各省市组织部门选调录用的数量没有受到疫情影响，依然位居重点高校前列……”“对！我们要坚持以服务国家重大战略为导向，引导毕业生积极响应国家号召，到祖国和人民最需要的地方建功立业……”

2020 年一个冬日的早晨，《山东大学 2020 届毕业生就业质量报告》修订工作会议拉开序幕。“学校 2020 届毕业生共计 15903 人，总体就业率实现了既定目标！”“我们在报告中要把对家庭经济困难学生、52 个贫困县生源学生、少数民族学生、湖北籍学生等特殊群体的就业帮扶，建立工作台账，制定‘一生一策’，梳理清楚帮扶方案的情况……”“现在数据已经汇总好了，今年为 2020 届家庭经济困难毕业生共计发放求职补贴 41.38 万元，为湖北籍毕业生发放求职补贴 19.86 万元，这是确保特殊群体毕业生顺利择业的有力支持……”

“最难就业时期，最暖温情守护”，双选会现场悦耳的广播声把我的思绪拉回，是啊，这句彰显着担当、储满着暖意的话语已经成为我们的座右铭，深深印刻在一校三地每一位就业工作者的心中，“实现毕业生充分高质量就业，打赢毕业生就业工作的每一场攻坚战”更是成为所有山大就业工作者的行动信条。现在，号角已吹起，目标已确立，战鼓已擂响，我们将自信而坚定地凝聚协同育人合力，打通学生就业“最后一公里”；前瞻谋划就业战略布局，打造学生就业“五项引领”；实施就业创业促进行动，助推学生就业“五个发力”，求真务实，以积极昂扬的姿态，迎接中国共产党成立 100 周年和建校 120 周年。

作者：学生就业创业指导中心副主任　李　勇

4月11日　星期日　晴

共青团工作座谈交流会参加者·李　齐

今天又回到了熟悉的工作岗位上。清晨在去办公室的途中，发现校园里早已绿树成荫，这也让我不觉想起踱步在青岛校区校园里的黄昏。上周，作为共青团工作的一员，我有幸与全校共青团工作者齐聚青岛校区，共同参加一校三地共青团交流会议。

周四下午，我对新学期“青年大学习·一起学党史”工作和共青团系统党史学习教育工作进行了分享交流，并与青岛校区学生团干部、团支书进行了趣味互动。过去的一年，学校青年大学习工作不断取得突破，党史学习教育也全面开展起来。清明节刚刚过去，身处海滨的校园，我和同事们不由得对接下来共青团各项工作的顺利实施充满了期待，前些日子忙碌的疲惫也随着汇报的结束渐渐消散。

分享交流结束，走出会场时，明媚的阳光已化作绚烂的夕霞，整日忙于工作的自己忽然发现春天已经到来，红瓦绿树的青岛校区也显得更加静美。从我2006年第一次踏进山大到现在，已经有15个年头了，特别是走上工作岗位后，很少有时间能看一看山大的变化。走在校园里，跟同事们一同讨论着身旁的一栋栋建筑，熟悉又陌生的感觉涌上心头。熟悉的是，这些学院、研究院的名字都是自己日常处理文件里的“常客”；陌生的是，自己确实是第一次见到这些“常客”真实的模样。作为一名共青团工作者，自己早与山大千千万万的青年关联在了一起，那些在办公电脑里策划实施的工作，在此刻变得真实、动人起来。我看着来往山大学子脸上的青春朝气，引领、服务和凝聚青年的工作职责在心里也更加明晰。

周五全天，我聆听了各学院代表和共青团工作负责人的分享，下午参观了青岛校区博物馆，交流工作顺利结束，我却感觉两天的相聚太过短暂。在日常工作中，一校三地同事的相互协作十分重要，推动一校三地共青团工作的整体性和协同性提升也是筑牢根基的重要工作。我也坚信在新学期中，一校三地的同事们一定能够更好地凝聚在一起，让学校共青团工作取得更大的突破。

在即将迎来中国共产党成立 100 周年、山东大学建校 120 周年之际，我在一直深爱的山大校园里又一次感受到了同山大青年一起向上奋进的力量。正如我们在这次党史学习教育中期待的那样，“学党史、悟思想、办实事、开新局”，我和同事们也必将带着更加坚定的信念、更加务实的作风、更加美好的憧憬服务广大师生，助力学校发展。

作者：校团委工作人员　李　齐

4 月 12 日　星期一　晴

“添翼工程”艺术素养课程助教 · 杨舒雅

“兴隆山校区的春天是彩色的”，伴着清晨的第一缕阳光走进兴隆山校区，这句话立刻浮现在我的脑海里。周末是我第二次以“添翼工程”艺术素养课程学生助教的身份来到兴隆山校区，与之前不同的是，我与小伙伴们一同为参加“添翼工程”的同学们准备了一场特别的音乐会。

经过第一次的课程，同学们对小提琴和竹笛产生了浓厚的兴趣。课堂主讲教师姜楠老师为了能够帮助同学们更好地认识和了解这两种乐器，特别邀请了艺术学院竹笛专业与小提琴专业的学生，将乐器带到课堂，为同学们现场演奏。

之所以说这场音乐会“特别”，是因为这场音乐会只面向“音乐之声”课堂的学生，并且演奏者会根据大家的兴趣与需要来演奏相应的曲目。随后，演奏者们还会将所表演的曲目和演奏乐器向同学们一一讲解。

伴随着一首悠扬的竹笛曲目《沂河欢歌》，音乐会拉开序幕。在聆听美妙音乐的同时，同学们眼神中流露出更多的是对美的欣赏与向往。作为艺术专业的学生，我平日里很少与工科的同学们交流。作为一名“添翼工程”的学生助教，我有了更多与不同学院学生接触交流的机会。“音乐是一种打破学科界限的语言”，从同学们的眼神中，我终于读懂了这句话。我想，这大概也是我们“添翼工程”课程的宗旨与目的吧。

“路漫漫其修远兮，吾将上下而求索。”愿春天与音乐带来的美好，永远保存在我们记忆的最深处……

作者：艺术学院2020级硕士研究生　杨舒雅

4月13日　星期二　晴

临床医学院工作人员·周　璇

今天上午，学院组织了以“习近平致信祝贺厦门大学建校100周年”为主题的教职工集体政治理论学习，我们认真学习了贺信内容，深刻领会了其中精神。习近平总书记在贺信中强调，要全面贯彻党的教育方针，切实落实立德树人根本任务，为党育人、为国育才，助力服务区域发展和国家战略能力，为全面建设社会主义现代化国家、实现中华民族伟大复兴的中国梦作出新的更大贡献。贺信体现了习近平总书记对高校教育的重视，是对我们今后工作的指引和要求，让我对自己肩上责任的认识更为深刻，也深受鼓舞。

学习归来途经中心花园，一片明媚春光。学生三五成群，在树荫下或静思阅读，或朗声背诵，或热烈讨论；偶有身着白大褂的研究生提着实验药品设备，步履匆匆赶往实验室。我手机相册中还存着去年 4 月因疫情未能如期开学的场景，彼时也杨柳依依，但在疫情的灰色阴影下，纵有春风拂过，也只能拍下那毫无生气的“静态照”。如今，在以习近平同志为核心的党中央坚强领导下，我们的疫情防控阻击战取得重大战略成果。今日的欣欣向荣一扫去年的沉沉“疫”霾，也凸显着党中央的科学决策和社会主义制度的优势。作为一名入党积极分子，我深深为之自豪，更加坚定了永远跟党走的信念。

作为学院研究生秘书，我刚刚全程服务专家组完成了 6 月份学位申请批次的医学博士科研原始数据审核任务。近 200 名学生多年临床科研点滴记录的原始资料，沉甸厚重，在专家组的“火眼金睛”中“一一过堂”。为切实保障医学博士学位授予质量，杜绝学术不端行为，这项繁复的工作自去年已纳入学院答辩资格审核流程中。如何让其组织流程更为理顺、评审标准愈加规范、督促效果日趋显著，是我们必须思考的问题。临床医学在职研究生培养质量保障体系构建，绝非一朝一夕能完成。塑造山东大学文化引领战略下风清气正的学术环境，弘扬“博施济众、广智求真”的齐鲁品格，践行为党育人、为国育才的初心使命，行而不辍，未来可期。

中国共产党经百年风雨，初心不改，开启全新征程；山东大学历百廿春秋，筚路蓝缕，恰是风华正茂。站在新时代历史方位下，我愿是砥砺前行之跬步，以逐卓越千里；争作汇积不倦之小流，而成浩荡江海，以专业与敬业饱蘸情怀担当的浓重笔墨，用专心和用心书写新时代高等教育的奋进篇章。

作者：临床医学院工作人员　周　璇

4月14日　星期三　晴

青邱考古队队员·关媛媛

今天是菏泽市牡丹区马岭岗镇老百姓盛大的“三月三”庙会的日子。此般良辰，也是我们工地（山东大学青邱考古队）与菏泽市历史与考古研究所联合举办“考古走向公众，文明薪火相传”公众考古主题活动的好日子。

迎着晨光，伴随着泥土芬芳与阵阵锣鼓声，我们开始为公众考古的活动做准备——摆展台、抬展板、放陶片、拉景区线，在紧张的准备工作中也对活动充满了期待与盼望。香火烟气缭绕中，赶庙会的人慢慢聚集到了我们布置好的展台前，公众考古活动的序幕也由“考古小讲堂”正式揭开。

上午9点，阳光正好，最令人期待的开放工地参观环节在老百姓的期盼中开始了。在参观的人群中，我看到了花甲之年的老人、富有活力的青年、更有蹒跚学步的孩童，市所的孙所长也莅临工地指导工作。与此同时，我们还支了小摊，开展“倾听老百姓的故事”活动，以记录老百姓口耳相传中关于青邱及堌堆的故事。

我们也借此机会逛了逛庙会。这是我第一次逛庙会，虽然规模小了一些，但确实新奇有趣。吆喝声、鸟鸣声、唱戏声；香火味、食物香气、泥土的芬芳气息；新奇张望的同学们、拄着拐杖牵着手的老年姐妹花、青邱寺前许愿的人们、工地门口排队等候参观的老百姓……耳之所闻、目之所及，构成了我有史以来最有意义的一次“三月三”。

有老百姓表示，这样的公众考古活动很有意思，可以再多办些，短短一个上午的活动让人意犹未尽。身为青邱考古队的一员，我感觉这样的“三月三”和实习经历独特有趣，也有意犹未尽之感。

将近正午，活动圆满结束。据负责发放门票的师姐统计，活动参与人数在300人左右。通过此次活动，我们加强了对青邱堌堆的认识，也加强了与当地文化的交流与沟通，为公众揭开了考古的神秘面纱，生动解释了“考古是什么”“考古为了什么”等问题，一定程度上让人们了解了考古工作的性质、方法以及价值，更深入贯彻了习近平总书记“努力建设中国特色、中国风格、中国气派的考古学”的号召。

作者：历史文化学院 2018 级本科生　关媛媛

4 月 15 日　星期四　晴

全民国家安全教育日活动参加者·彭祥津

风儿很是喧嚣，从昨天夜里开始，稷下广场的风铃就来回响个不停，清脆的响声不由使人回忆起柳河东“隔篁竹，闻水声，如鸣佩环”的欣喜。树叶间隙洒下来的斑驳阳光，唤醒满目碧绿，一扫清晨的困倦。从宿舍楼走到会场，一路上都是与今天这个特殊日子有关的展板和条幅，“国家安全”是今天当之无愧的主角。

今天是第 6 个全民国家安全教育日，学校积极贯彻落实总体国家安全观，以“践行总体国家安全观，统筹发展和安全，统筹传统安全和非传统安全，营造庆祝建党 100 周年良好氛围”为主题，在中心校区举办全民国家安全教育日教育活动暨山东大学第三届国家安全知识竞赛表彰会。我既是这次教育活动的参加者，又是知识竞赛的获奖者。记得寒假期间，看到文学院老师向同学们推介国家安全知识竞赛的宣传通知，我抱着积极参与的心态投入到了比赛当中。从刚开始对总体国家安全观的一知半解，到后来对国家安全 16 个方面的系统学习，从刚开始对国家安全概念的不求甚解，到从有关大学生安全案例的学习中实现自我提高，充分的赛前准备使我获得了参加复赛的机会。随后，我与计天馨、屈丽萍、逯阳阳、尹昊、陈艺夫5位小伙伴一同闯入了省赛。公安处董老师、李老师、王老师、谢老师同我们加班加点备赛，文学院王书记和果老师也给予了悉心指导。在学校、学院各部门的关怀和鼓励下，在与其他学校优秀同学的比拼中，我们不仅取得了成绩，也收获了新的知识和友谊。

思绪回到今天，我站在了颁奖典礼的领奖台上。济南市公安局经文保支队支队长朱容海同志为我颁发了荣誉证书，并向我表示了祝贺。证书很轻，但来自公安干警的肯定却很重很重。他们屹立在守护国家安全的第一线，能得到他们的认可，是我努力学习知识、守护国家安全的最好鼓励。相信这段学习经历将会是伴随我一生的重要财富。作为新时代的大学生，我们应当安而不忘危，积极承担维护国家安全的责任和义务，做好每一道国家安全选择题。

作者：文学院2020级硕士研究生　彭祥津

4月16日　星期五　晴

双代会代表·李燕乐

千佛山下桃李芳菲，大明湖畔柳丝摇曳。山东大学“双代会”如期召开，作为青年教师代表，我很荣幸能见证学校事业的快速发展。

一如既往，早上7：30到办公室，整理好济南市高价值专利培育项目中期检查专利清单。8点准时乘坐校车前往中心校区，在不长的路程中，听到老师们讨论学校近期多项改革举措，我感受到了学校高涨的干事创业氛围。我们是第一批到达会场的代表，此时工作人员早已准备就位，现场防疫措施全面，精简了签到环节，避免过多人员接触。今年的双代会采用线上线下结合的方式进行，主会场参会代表间隔就座，虽然人数减少，但是会场的气氛依旧庄严、热烈。

虽然此次双代会是届中会议，但恰逢山东大学建校120周年、“十四五”规划开局之年，因此备受关注。樊校长作了长达1个小时的工作汇报，全面回顾了“十三五”时期及2020年工作成绩，分析了“十四五”时期事业发展的形势、思路、目标与任务。其中，最令我振奋的是学校在高层次人才队伍建设以及服务社会科技转化方面的跨越式发展。比如5年来，学校引育各类高层次人才800余人，国家级人才总量较2015年实现倍增，国家“四青”人才增长超过3倍。学校打造了服务社会“山大系”品牌，一大批“千万元级”项目落地转化，成为新旧动能转化的重要引擎。上午学校领导还分别作了财务工作报告、《山东大学章程》修订情况说明、《山东大学“十四五”事业发展规划》和《山东大学龙山校区（创新港）建设发展规划》的说明。蓝图已经绘就，奋斗正当其时。

下午1：30，各代表团通过企业微信视频进行讨论，我所在的十二团各位代表一致表示，审议的报告内容丰富、亮点纷呈、催人奋进。诚然，老师们也结合自身工作从不同角度对学校发展提出了建议，从破解“卡脖子”科技难题、人才引育体制改革，到子女就近入学、物业管理水平提升等各个方面。

下午4点，与课题组同学进行科研项目结题验收讨论。近年来，我所在的山东大学可持续制造研究中心在李剑峰、李方义等老师的带领下，紧密围绕企业需求，响应学校服务山东战略，先后与潍柴、山推、山能重装、中国重汽、济南重工、豪迈科技等企业合作，在绿色制造与再制造关键技术领域取得突破性进展。

正是有学校聚势谋远的战略规划，强力蓄能的决策方针，全体教职医务员工才能乘势而上、追求卓越，实现个人进步和学校事业的共同发展。

作者：机械工程学院青年教师　李燕乐

4 月 17 日　星期六　晴

“天使进山大·聆听光影”学党史送温暖活动

参加者·刘　林

周四，学校开展了“天使进山大·聆听光影”学党史送温暖活动，邀请山东省济南市特殊教育中心师生走进山大，我作为新闻传播学院聆听光影志愿者协会的一员，和团队成员一起为他们解说了电影《沂蒙红嫂俺的娘》。

中午早早地吃完饭，我就到了会场，没想到志愿者同学已经开始布置会场和安排工作了，大家干劲十足。电影的配音词早已烂熟于心，彩排加上正式演出，我已经数不清到底看过这部电影多少次了，但每一次看到，依旧会动容。

如果说在之前的活动，我们是为了把电影艺术分享给视障朋友们，让他们平等地拥有享受美的权利，那么我们邀请他们来到校园，就是为了把我们的生活分享给他们，让他们来到美丽的山大校园了解山大历史、感受高校文化。4 月的校园里，落英缤纷，桃花、玉兰早已开了又凋谢，鸢尾花还在怒放，在暖阳的照耀下更显娇嫩。如果这些美好，你们看不见，就让我们说给你听。

在演出现场，我看到视障儿童被电影情节触动后，那一张张稚嫩的脸庞上流下的泪水；我看到现场互动环节时，他们兴奋地讨论电影情节的场景；我还看到电影结束后，他们依依不舍的样子……这一切的一切，更加坚定了我继续为这部电影配音的决心，一切是那么熟悉而又那么温馨。

我们的志愿服务团队是在去年 10 月份组成的，选取了山东省献礼中国共产党建党 100 周年重要影片——《沂蒙红嫂俺的娘》作为示范展映样本。演职团队成立后，紧急排练了仅仅一个周就上了“战场”。校内首场彩排得到了原片编剧李超、出品人山东电影制片厂厂长沈武钢、制片人金盾影视中心副主任郭太平等业内人士的认可和鼓励。省盲人协会秘书长袁守波从视障人群角度，为我们提出了建议，这给我们提供了巨大的帮助。随后，我们带着这部影片走进了山东特殊教育职业学院、泰安市特殊教育中心等。

山大精神绝不只在学术科研、创新创业等方面彰显，还在积极承担社会责任、关爱弱势群体中体现。作为山大人，我始终相信，只要每个人都愿意伸出自己的手，为他人提供自己力所能及的帮助，这个世界就会有改变。这个改变可能微不足道，也可能这些许的改变难以察觉，但只要继续，就有希望。

作者：新闻传播学院 2020 级硕士研究生　刘　林

4 月 18 日　星期日　晴

青岛校区党工委（校长）办公室工作人员 · 金　鑫

近日，青岛校区举行全校区办公室主任会议，就组建校区办公室服务共同体进行研讨。我全程参加了会议，列席了分组研讨，不仅在思想认识上有了提高，工作思路也更明晰了。

新学期伊始，校区研究部署了今年的重点任务，要求在服务青岛、学科交叉融合、服务主导型校区建设三个方面作出新的突破。建设服务主导型校区作为三大任务之一，也是校区管理体制机制改革的中心思想和核心目标。在今年的党史学习教育中，推动服务主导型校区建设是“学史力行”环节的重要任务，也列入校区党工委（校长）办公室“四个‘我为’”工作清单。建设服务主导型校区的关键是建设服务主导型机关。自去年以来，校区推出了机关部门服务专员制、服务质量公开质询制等系列改革举措，我们在会上研讨成立的办公室服务共同体也是具体建设举措之一。

《山东大学（青岛）管理体制机制改革实施方案》中有这么一句话，师生的发展需求是管理机构设置的根本依据。我这样理解，没有师生的发展需要，也就没有机关存在的必要，也没有我们机关工作人员的存在价值。过去有句话，“当官不为民做主，不如回家卖红薯”，换成今天的话说，机关工作人员如果不能为师生医务员工需求服务，不能解决学院、学者、学生在校工作学习中遇到的问题，就不该在办公楼上占用那一桌一椅。

办公室是管理的中枢，更是服务的中枢。校区机关有办公室以及诸多职能部门，各单位也有办公室或者承担该项任务的工作人员及诸多科室，分别承担着不同的服务职责。而师生的服务需求是多样化的，有的服务需求需要跨部门、跨科室共同完成、一起解决，如果没有一个牵头人或协调人，容易出现协调配合不够或效率缺失的问题。此次校区研讨成立办公室服务共同体，主要是进一步强化办公室的服务中枢责任，让办公室成为师生需求的汇总者，担当起师生服务需求的首接负责人、本单位服务力量的整合人，让服务需求方“只上一次门、只找一个人”，以进一步提高服务效率和服务质量。

我作为校区办公室的一名工作人员，同时还在生命科学学院挂职。在学院，我主要负责宣传工作，其中一项任务是英文网站改版建设。为了做好这项工作，我在党委学生工作部、武装部申请了“展翼计划”学生服务团队，从后勤管理处、信息化工作办公室申请了网站建设支持。从这项工作中，我充分感受到了学校机关和学院机关打造服务共同体的必要性。

自从2013年到青岛校区工作以来，我目睹并亲身参与了校区从无到有、从启动运行到快速发展的整个过程，对校区充满感情、对未来充满期待，衷心盼望着校区早日实现建设初心，也衷心祝愿我们的服务主导型校区建设为“新引擎”插上腾飞的翅膀。

作者：青岛校区党工委（校长）办公室工作人员　金　鑫

4 月 19 日　星期一　晴

成仿吾英才班赴枣庄红色之旅参加者·代　鹏

周末，在校团委老师的精心组织下，仿吾班四期学员开展了为期两天的实践学习，在实践中感悟革命精神，体会革命情怀。作为仿吾班的一员，我有幸参与其中，深有感悟。

枣和石榴都是红色的，仿佛红色早就注定要流淌在这片土地之上，融进当地百姓的血液之中。正是这红色基因，让枣庄这片土地诞生了许多波澜壮阔、可歌可泣的故事，这里面最著名的便是台儿庄大战和铁道游击队。

台儿庄战役纪念馆气势恢宏，体现了中国人民不畏强敌、血战到底的气魄。纪念馆里一张张珍贵的老照片，仿似饱经风霜的老者，静静地向我们诉说那段时光。很难想象，是什么支撑着中国将士宁愿献出自己的生命，也要同日寇生死搏斗，我想应该是深植于人民心中的爱国情怀和革命精神吧。现在的台儿庄风景如画，运河两岸繁华依旧，这是 5 万余名中国将士用生命守护的呀！如果没有这些将士们的浴血奋战，或许历史将就此改写。凝视着展厅里的烈士英名，我的心中泛起一句话：“英烈忠义后辈敬仰，革命精神永世难忘。”

“西边的太阳快要落山了，微山湖上静悄悄。”铁道游击队的英雄事迹广为传播。注视着纪念馆中的一件件珍贵展品，聆听着它们背后的故事，我备受触动。游击队员们热爱群众，在战场上冲锋在前，所有游击队战士都是民族的英雄，是枣庄千千万万英雄儿女的写照。我深刻体会到了什么叫作“亦余心之所善兮，虽九死其犹未悔”。我们站立的地方是我们的中国，这片美丽富饶的土地，值得我们用生命去守护。

不觉间，为期一年的仿吾班课程就要接近尾声了，在仿吾班学习的日子里，我学到了许多。学术讲座、理论解读、拍摄献礼建党百年视频，我对马克思主义在中国的发展、运用有了较为立体的感悟，对中国特色社会主义有了更深层次的理解，也更加坚定了对于马克思主义的信仰。在沂蒙和台儿庄红色教育基地实践学习的过程中，我深刻体会到了无数革命先烈为了祖国、为了人民不惜献出生命、只为山河无恙的牺牲奉献精神。在暑期和寒假的实践活动中，我将所学知识运用于实践，锻炼了能力，提高了本领。一年的学习虽快要结束，但我们绝不会停下脚步。“仿吾”求知无止境，“青马”扬鞭自奋蹄！

作者：新闻传播学院 2019 级本科生　代　鹏

4 月 20 日　星期二　晴

办公耗材系统建设参加者·张　璐

人间四月天，承载着岁月的沧桑，也承载着如诗的心语。昨天是我作为山大办公耗材系统建设参加者，见证系统实现统一结算的日子。这是学校首次实现报销“零接触”“不落地”，也是我称之为激动人心的时刻。

这一时刻把我的思绪拉到去年 6 月。第一次作为牵头人建设一个系统的心情既忐忑也充满期待，带着“无知者无畏”的劲头，我开启了一段奇妙之旅。

经过和财务部、信息办数次协商论证，我们决定三个部门联动，创新性地首次在学校实现采购、审批、盖章、报销“一站式服务”。所有的工作都是第一次接触，回想当时的自己，全凭一股热情，一次次攻坚克难。第一次完成项目的论证、招标；第一次使用 Visio 画图；第一次同时协调这么多部门……

这中间也有让自己崩溃的时刻，因为要同时协调 3 个部门 4 个系统的对接。一是和商城对接获取产品数据；二是和信息服务平台对接实现待办审核及企业微信端审核；三是和财务系统对接实现统一结算；四是财务系统要和信息服务平台对接获取电子公章。有时对接双方会有“切磋”，首先我需要让大家能顺畅沟通，还需要确认解决方案，才能推进项目顺利开展。

功夫不负有心人，在一次次困难出现、解决、再出现、再解决的过程中，终于在 1 月 23 日，我们发布了试运行通知。当天中午通知一发布，我立刻告知了刘健副部长这个好消息。系统的开发过程就像孕育小生命的过程，诞生的时刻让人有成就感，那种成就感来自对自己工作付出的满足感和自豪感。

寒假回来，我又反复熟悉流程测试，回访了解老师对系统的使用感受。后勤部赛老师说体验感真不错，系统简单易操作；财务部王老师说统一结算省了好多事，自己不用跑腿了，机关真真正正地在为老师服务啊……听到这些话的时候，我嘴角不自觉地上扬，这应该就是幸福的感觉吧。

在此还想感谢一些可爱的人儿：感谢张平清科长的支持让我全身心投入该项工作中；感谢信息办陈琳老师给予的耐心指导；感谢财务部尹作海老师和王海清老师给予的专业建议。最后要特别感谢刘健副部长的指导、帮助、鼓励和支持，有问题与我们一起沟通解决，她的每一次鼓励都让我感觉很有力量、很温暖。

经过这些历练，自己的业务和沟通能力有了质的提升和进步。同时，我最直接的感受就是，学校的机关作风越来越好了。目前系统在稳步运行中，我也会持续为老师们提供高质量的服务，继续在工作中发光发热、贡献力量。

作者：资产与实验室管理部工作人员　张　璐

4月21日　星期三　阴转小雨

文学院本科生游学活动参加者·张　弛

今晚回到宿舍，发现游学的照片已经打包发在群里了。看着一张张鲜明美丽的图片，我的思绪不禁又回到了游学的时候。

这是一次奇妙的旅行。

这是一场难忘的际遇。

前几天，我们文学院2017级本科毕业班同学，在学院老师的带领下赴徐州、亳州游学。说这次游学是奇妙的，是因为在这短短两天里，我们游览了众多名胜古迹，增长了知识和见识；说它是难忘的，是因为这次经历让我们更加珍惜在一起学习的时光，更加珍惜师生之间、同学之间的情谊。“重情义、尚风骨、尊学术”，文学院的“院训”在每个人的心中越发清晰。

“重情义”——两天的游学，让我们由衷地感到自己的老师、同学都这么的可亲、可爱。老师们时刻不忘关心我们。游学第一天我们很早就出发了，王萌老师专门安排，给大家提前买好了早餐。在和同学们交流的过程中，张帅老师、马兵老师多次问及同学们的毕业去向，关心大家的发展问题。吃饭的时候，史建国老师怕大家吃不饱，每次总会询问我们要不要加菜。过去的4年里，他们都是传道、授业、解惑的先生，这两天则和我们一起游览、谈笑，甚至容忍我们的小玩笑，配合我们的镜头，与我们亲密无间。而我们呢，更是格外珍惜这次难得的集体活动。小姑娘、小伙子，都打扮得漂亮、干净，兴致勃勃地在古迹中徜徉，在美景中流连。我们在一起谈笑风生，好像彼此之间有说不完的话，好像这些话积攒了整整4年，一定要在这两天里说出来。我们为同伴们拍下一张张靓照，纵然有的是表情包，也都成了珍贵的纪念。鲜衣怒马少年时，我们把欢声笑语留在了徐州，把彼此间的情谊留在了心里。

“尚风骨”——在淮海战役纪念馆前，我们缅怀革命先烈，坚定使命初心。面对烈士纪念塔，面对鲜红的党旗，我们全体师生党员一起高举右拳，重温入党誓词，重新经历了一次光荣的洗礼。战争年代，奋不顾身、视死如归是战士们的风骨，今天，“铁肩担道义，妙手著文章”就是我们文院人的风骨。在先烈精神的感召下，我们脚下的路自当走得更加坚定。

“尊学术”——徜徉于名胜古迹、大好河山之间，我们增长了文化知识，开阔了眼界心胸。徐州是历史文化名城，气势恢宏的龟山汉墓、狮子山汉墓让我们为之惊叹，更不消说狮子山下的兵马俑让我们大开眼界——虽然不如西安秦俑那么威武，但却一样栩栩如生。这些景观仿佛把我们拉回到2000年前的时代。在亳州参观的曹魏遗迹，也让我们早已熟悉的“建安文学”变得更加真切可感。

愉快的时光总是短暂的。在我写下这篇日记的时候，我的心好像还停留在游学的两天里，意犹未尽，相信大家和我有一样的感觉。毕业前夕的这次游学，让我们每个人都更加强烈地留恋母校、留恋金色的4年。尽管到石榴花开的时候，我们就要告别了，但对母校的眷恋不会改变，“重情义、尚风骨、尊学术”的情怀，更会继续伴随我们前行，这是到什么时候也改变不了的。

四载结情谊，得之诚可珍。何时一樽酒，重与细论文！

作者：文学院2017级本科生　张　弛

4月22日　星期四　小雨

山大日记编辑·宋　烨

365个昼夜更替，春夏秋冬四季轮转，一岁光阴悄然而逝。蓦然回首，山大日记栏目已经陪伴山大人走过了8个年头，山大日记今天8周岁啦！它收录着山大人最朴素的话语、最真挚的感情，它也记载着百廿学府的欣欣向荣、苒苒风华。

第一次接触山大日记的场景。彼时我是栏目的投稿作者，结束一天忙碌的社会实践后，打开电脑书写所见所闻，在邮箱点下“确认发送”的一刹那感到无比开心，并在“等明天文章发出来一定要转发到朋友圈！”的憧憬中沉沉睡去。结果很遗憾，第二天上午我就收到了日记小编详细的邮件回复：“同学您好……您的稿件暂不予以发布，欢迎您再次投稿。”我在床上翻了一个身表达自己的不服，然后抱着一种“我倒要看看别人写得有多好”的心态里打开了山大日记的网站。仔细浏览完毕，心里的不满消散而去：“太久不写日记，我忘记用第一人称了！”

后来，我进入了山大视点记者团，成为一名日记小编。每天清晨打开投稿邮箱，录入、校对、编辑、发表、回复等步骤一气呵成。工作前我会期待，今天会读到怎样精彩绝伦的山大故事呢？在山大人的笔下，山大的课堂和会议、今天的草木和天气、外出的游玩和实习，都会变得分外有趣。工作中我也会有“甜蜜”的苦恼，尤其是看着邮箱中二三十篇优质投稿，默默想着每天最多发布的日记数量，心里难以抉择。工作完成后，更多的是满满的成就感和亲切感，不论是重要的事件，还是微小的瞬间，发生在山大和山大人身上的故事都值得被永远铭记，值得被更多人关注，它们拼凑成独一无二的山大记忆，汇聚成熠熠生辉的山大历史。想到这里，我觉得办公室老师和日记小编等幕后工作者的形象更加高大了。

如今，山大日记已陪伴山大走过八载春秋。恰逢百廿校庆之际，我们拟举办山大日记 8 周年巡回展，展现 8 年的如歌岁月、累累硕果。作为筹备活动参加者之一，我和老师、小伙伴们一起有条不紊地进行着筹备工作，每天都充实而有意义：2013 年到 2020 年的日记精选摘录修改至第六版方才定稿；展板数量和模块内容反复斟酌敲定；展板设计风格和尺寸多次商讨择优选取；确定山大日记回馈给作者和读者的文创产品礼物等。我们期望巡回展在各个校区展出的时候，能展现山大日记最好的精神面貌，带给山大人最好的观感体验。

筹备巡回展印象最为深刻的是选取日记，每每读到山大人情真意切的字句，都不禁热泪盈眶。在这 8 年时间里，有青岛校区从荒芜中拔地而起；有在校学生记录下自己意气风发的高光时刻；有阔别学校 50 年的校友回忆在山大的朝朝暮暮、风风雨雨；有退休教师寄语学子惜取少年学习时；有新入职老师感叹山大人性化的制度……一些人到来，一些人离开，一些人守望，但所有人的山大故事多年后读来，依旧鲜活，永不褪色。

在今天，我衷心祝愿 8 岁的山大日记生日快乐！正在朝气蓬勃的年纪，要不负所望，继续努力茁壮成长！

作者：管理学院 2017 级本科生　宋　烨

4月23日　星期五　小雨

学生公寓周边环境提升工程验收参加者·张龙云

谷雨已过，连绵的春雨如期而至。

周四是计划验收中心校区学生公寓15号、16号楼周边环境提升工程的日子。我早早来到办公室，又仔细检查了一遍准备好的验收材料和工具，再次联系了项目负责人，才出发前往工程现场。

雨依然淅淅沥沥地下着，夹着丝丝缕缕的春风。透过雨伞溅落的雨滴，依稀能嗅到泥土芳草的味道，带着些潮湿清新的气息。比约定时间提前了一点儿，项目负责人会同施工人员、监理人员也已到达现场，简短的情况介绍后便进入了正式的竣工验收环节。工程竣工验收是对工程质量检测、把关的最后一道门槛，也是工程服务的质量承诺。一纸工程验收报告承载了太多，是学校领导对工程方案反复斟酌的殚精竭虑，是施工现场技术人员和管理人员的辛苦付出，是学校加大基础设施投入推动高质量发展的见证。

学生公寓15号、16号楼周边环境整治前是一片废弃的荒地，周边堆满了学生丢弃的自行车和各种废弃物，居住条件较差。为了打造宜居环境，经过前期缜密的方案设计论证，充分开发新区域，改造成5人制足球场，新建彩色沥青混凝土步道，并在周边铺种草皮、安装照明设施，整体环境得到极大提升，为同学们提供了便捷的运动休闲场地。由于前期方案论证充分，施工管理精细，除了局部细节需要整改，此次验收基本通过，验收组成员都相视一笑，我们又完成了一份校庆工程答卷。

今年我们的工程任务涉及教学科研条件改善、基础设施保障、学生公寓条件改善及校园环境提升4个方面，总体要求5月31日前完成项目招标工作，8月31日前工程竣工并交付使用。后勤保障部克服"时间紧、任务重"的困难，努力打造样板工程，坚持"样板"引路，坚持在"三全育人”的服务体系中建设美丽校园，为百廿校庆献礼。

返回途中，雨小了些。“百廿恰是风华正茂，百廿仍需风雨兼程。”绵柔的春雨，染红了蔷薇，漂白了流苏，绘绿了嫩叶，这样的饱满，这样的烂漫，把一冬天蕴藏的情绪都尽情地释放了出来。好一幅绵延的校园春雨图。

作者：后勤保障部工作人员　张龙云

4 月 24 日　星期六　小雨

空间科学与物理学院副研究员 · 付晓辉

接连的雨天，春寒料峭，但这挡不住校园内盎然的春意，到处是绿的叶、红的花、嫩的芽。

今天还是个特殊的日子——中国航天日。这是为了纪念中国航天事业成就，发扬中国航天精神而设立的纪念日。航天在中国人的眼里，曾经是个遥不可及的字眼。51 年前的今天，一群航天探路人在连空调和净化条件都没有的厂房里，把中国人自己的卫星送上天，标志着中国人的航天梦想成为现实。回首过去几十年的航天历程，从东方红一号到天宫实验室，从发射地球卫星到实施嫦娥“玉兔”探月，从杨利伟的首次太空之行到景海鹏的三巡苍穹，中国人把自己的名字刻入了人类空间探索的历史。

我个人十分荣幸，能够参与到我国嫦娥探月工程中。大学期间，我被欧阳自远院士报告中的月球故事所吸引，之后被保送到中国科学院国家天文台开始月球与行星科学学习。在我研究生的第一年，我国首颗绕月卫星嫦娥一号发射成功。2010 年发射的嫦娥二号除了完成既定科学任务，还飞到了拉格朗日 L2 点环绕轨道，顺便观测了 4179 号小行星（Toutatis）。嫦娥三号成功着陆雨海北部，实现我国首次地外天体巡视探测，发现了月球上的新型玄武岩。嫦娥四号实现人类首次月球背面着陆，嫦娥五号在 1976 年前苏联 Luna 24 任务之后，时隔 44 年人类再次从月球采样返回。十几年过去了，我国嫦娥系列探测任务顺利实施，取得了举世瞩目的成就。我在这期间参与了嫦娥多个载荷的地面验证试验和定标工作，用嫦娥数据发表了多篇文章。我见证过探月工作者“月出而作，月落而息”的辛苦，见识过参研人员为了一个仪器参数的微调而拍桌子争论的气势，体会过长征火箭腾空刹那的激动瞬间。我个人在跟随他们学习和工作中，得到了极大锻炼和快速成长。

习近平总书记在庆祝嫦娥五号任务取得圆满成功的贺电中，将探月精神凝练为“追逐梦想、勇于探索、协同攻坚、合作共赢”16 个字。这既是中国航天人永无止境的宝贵经验，也是中华民族能够屹立数千年的精神财富。2021 年也是特殊的一年，是中国共产党成立 100 周年，也是山大建校 120 周年。我和行星科学团队其他老师一直在为月球样品申请做准备，希望能够将嫦娥五号样品带到山大的校园里，也将我国探月精神带到课堂里，传承给我们的学生，激励他们报效祖国、服务人民、奉献社会。

春天是多彩的、萌动的，孕育了憧憬和希望。愿我们每个人都不负青春、不负韶华、不负时代，积蓄前进能量，追逐自己的梦想！

作者：空间科学与物理学院副研究员　付晓辉

4 月 25 日　星期日　晴

校内双向挂职干部 · 刘甜甜

“山东大学第一届智能建造与智慧交通创新创业大赛圆满闭幕!”周六下午共同主持完大赛闭幕式，我的心情久久不能平静。回顾这大半年挂职生活，我感慨良多。

时间回到去年 9 月份，经过校内双向挂职干部教师岗前培训班的系统学习，我来到了齐鲁交通学院报到。学院领导班子和我深入交流后，结合我在创新创业教学一线 10 余年的工作经历，安排我和葛智副院长一道将学院的“双创”教育体系建立完善。于是，我、葛院长以及教务秘书杨梦宇组成了 3 人小组，开始了我们的征程。

我们从国家交通强国战略、学校“双一流”建设规划、校级创新平台现有体系、学院学科重点发展方向四个方面出发，经过院内充分交流研讨，最终确定以“智能建造与智慧交通”重点前沿学科方向作为学院双创的发展主线。11 月份，我们组织学院教学骨干，共同撰写了《关于成立山东大学智能建造与智慧交通创新创业平台的请示》报告，凝练了“学科交叉、本研一体、产学协同、需求导向”四大特色，最终正式进入学校双创平台体系。结合我在工程训练中心 10 多年的创新竞赛经验，寒假前我们发布了第一届山东大学“智能建造与智慧交通”创新创业大赛的比赛通知，和山东轨道交通学会、济南轨道交通集团共同向省里递交了创立山东省大学生“创意”轨道交通大赛的申请，与中国轨道交通科技创新创业大赛主办方积极对接，“校赛—省赛—国赛”三个层次的贯通通道同时开始拓展。

新学期伊始，由工程训练中心承办的山东省大学生工程训练综合能力竞赛启动，我作为其中水下管道智能巡检和工程场景数字化两个赛项的负责人兼指导老师，开启了一段异常繁忙的日子。白天在工训中心忙工训赛，晚上和周末，我们3人小组和学院老师继续推进相关工作。

4月份，省赛成功获批，国赛进展迅速，由齐鲁交通学院、工程训练中心共同举办的山东大学“智能建造与智慧交通”创新活动月也拉开序幕。活动月以“学术引领、活动育人、聚焦双创”为特色，包括专家系列讲座、创新创业大赛、优秀校友返校沙龙等内容。比赛既挖掘“深度”，鼓励研究生和本科生联合组队就某一前沿问题深入探究；又照顾“广度”，设有实物作品、方案设计、创业企划、艺术设计、标志设计5个赛道，全校各专业学生均可参加。

周六上午，创新活动月的高潮——第一届“山东高速杯”山东大学智能建造与智慧交通创新创业大赛决赛在工程训练中心开赛。校党委副书记王君松宣布开幕后，同山东高速集团有限公司及校内各单位专家一同参观了学生创新作品并给予了相应指导。通过大赛标志作品征集，“交互天地、通达万物”经学生投票脱颖而出，成为大赛的正式标志。本次大赛共有600余人报名初赛，最终107件作品、450余人入围决赛，涵盖全校各学科大类的本科生、硕士生、博士生，实现了我们所预期的“深度”与“广度”并重。

感谢学校给了我挂职锻炼的平台和机会，感谢学院，感谢中心。“双创”路上，校赛只是其中一小站，未来，我们要像拓荒牛一样，奋蹄自向前……

作者：齐鲁交通学院校内双向挂职干部　刘甜甜

4 月 26 日　星期一　雨

造血干细胞捐献者 · 张木子

当这篇日记发表的时候，我的造血干细胞已经注入患者体内，正在帮助他播撒下一颗颗希望的种子。

从得知配型成功的欣喜、忐忑，到注射动员剂的不舒服，过往种种，汇成了一种心境——“感恩生命”。还记得第一次踏入肿瘤中心病房，有一个戴着帽子的病人，她的眼神让我很难忘，与其说这是对生命的渴望，不如说是经历了磨难后的淡然。“每一个生命都值得被尊重”，是啊，既然我能拥有一个健康的身体，那就更应该心怀感恩，尽自己所能去帮助他人。我一直很羡慕白衣天使可以救死扶伤，没想到我这个平凡的普通人也可以守护生命，这真的是一件很幸运的事情。

我对动员剂的反应比较特殊，从第二针注射后就开始头痛和胃痛，为此还吃了不少药、打了不少针。躺在床上的时候，我不禁在想，患者应该比我难受得多，他需要接受超大剂量的放疗化疗，清除自身的异常细胞和免疫力，之后输入我的造血干细胞，来重建正常的造血和免疫功能。董教授说，我们现在做的这些努力，只是“万里长征第一步”，患者仍然需要长时间的治疗。

我实在算不上一个勇敢的人，小时候打吊瓶要哭很久，现在打针的时候也要紧闭眼睛。但是我想如果在这些困难过后，有一个人可以重获新生，一个家庭可以幸福美满，那也是很有意义的。

我此次捐献造血干细胞，从注射动员剂到捐献，再到捐献结束后回到学校，都得到了党委学生工作部和学院老师们无微不至的关心和帮助。他们多次与济南市历城区红十字会的老师沟通，确保我的身体和精神状态以及饮食起居一切没有问题，他们才放心。他们关爱的目光、关心的话语，让我真正感受到了家的温暖。

今年是山大建校120周年，我很庆幸自己在今年给予了另外一个人重生的希望，不负学校对我的教育和培养。同时，作为一名党员，我深知要发挥先锋模范作用，“青年一代有理想、有本领、有担当，国家就有前途，民族就有希望”。在新的历史时期，我们要承担起自己的责任和使命，为党为国家为人民多作贡献。

作者：历史文化学院2017级本科生　张木子

4月27日　星期二　晴

川藏铁路地质调查参加者·李志强

为期10多天的川藏铁路地质调查结束了，我的内心不禁感慨万千。记得出发的第二天就收到了博士后成功入站的喜讯，我又正式成为岩土中心的一员了。从2009年进入地下系（城市与地下空间工程系）起，我们一直秉承岩土中心创立以来的优良传统——“脚下沾满泥土的老师才是好老师，要把论文写在祖国的大地上”，做科研要面向国家重大需求，解决重大科学问题和工程难题；坚持吃苦奉献、顽强拼搏，深入到条件艰苦的工程现场开展科研试验。此次调查出行前，导师薛翊国老师叮嘱我们要发扬岩土中心“特别能吃苦，特别能战斗”的科研作风，深入川藏铁路一线现场，做到理论联合实际，在现场凝练川藏铁路建设过程中新出现的科学难题。另外，多次入藏考察的薛老师特意嘱咐我们一定要注意安全，特别是注意可能发生的高原反应。

本次调查主要集中在川藏铁路雅安至新都桥间，海拔最低点约700米，最高点约4200米。目前蜿蜒曲折、路况艰险的318公路是从四川进入西藏的主要通道。山高谷深带来的交通不便严重制约着当地经济发展，给当地人民生活带来极大的困难。驾车的高师傅是土生土长的康定人，为了维持生计，他在外打工十几年，现在听说要修高铁了，他喜出望外，希望能早日实现坐动车去拉萨的梦想。

在翻越入藏第一关——海拔 4298 米的折多山时，一辆重载大货车在急转弯发生了侧翻，货物散落一地，蓝天白云下显得格外刺眼。高师傅说，他一年能遇见 10 多起这样严重的事故，言语中透露着深深的无奈。此刻，我突然明白外界认为此生必驾的 318 公路，对他们来说却是随时夺走生命的“死亡镰刀”，想到这里，我的心情变得复杂起来，更加觉得川藏铁路意义重大。

我和师弟孔凡猛先后调研了二郎山隧道、李子坪隧道和康定隧道，其中穿越折多山的康定隧道海拔在 3200～4000 米，高海拔上的缺氧使施工人员面临着严重的高原反应，也使施工机械的效率降低了约 20%，严重制约工程进度。高海拔、超大埋深以及强烈的构造运动使隧道处于超级复杂的“高地应力、高水压、高地温”地质环境，修建难度极大，极易发生突水突泥、塌方等地质灾害，严重威胁着施工人员的生命安全。对此，我们分别与中铁十一局、十八局的相关负责人就可能遇到的工程重难点问题进行了交流，从“信息化、智能化、机械化”的角度对如何高质量高标准地完成川藏铁路开展了探讨。

为研究隧道跨越活动断裂带突水灾害致灾机理及防控措施，我们分别在康定隧道进出口采取了大量岩样。在出口取样时，我们遭遇了严重的高原反应，采集岩样这种平时轻轻松松的小事，在海拔近 4000 米的现场却变得异常艰难，我搬了岩样 10 米后便气喘吁吁，心跳接近 150 次/分，搬完一块后必须休息，将总重约 600 千克的岩样装好花费了近一个小时。这次切身的体验让我对川藏铁路建设者的敬意更加深厚，也为自己作为山大岩土人能够为川藏铁路的建设出谋划策而感到骄傲和自豪。

此次调研中的所见所感，让我深刻地理解了为什么川藏铁路是中华民族的百年大计，其“史无前例”的建设难度也对我国隧道工程领域提出了严峻的挑战。自开工建设以来，川藏铁路到处都有山大人忙碌的身影，其中岩土中心石少帅老师一直长期驻守在工程最前沿，在奉献“小我”中实现“大我”，在美丽的高原上用脚印书写着山大人的风采。目前，山东大学作为主要参与川藏铁路规划建设的科研院校，先后参与了“川藏铁路雅安至林芝段建设方案深化研究”等多项课题研究，为工程可行性研究、隧道设计等工作提供了强有力的技术支撑。

习近平总书记在清华大学考察时指出，广大青年要勇于肩负历史使命，为服务国家富强、民族复兴、人民幸福贡献力量。作为一名山大岩土人，我们必将牢记使命，深入学习贯彻习近平总书记关于川藏铁路规划建设的重要指示批示精神，坚持党的领导，不畏艰苦、深入一线，努力创新攻克川藏铁路建设难题，充分发扬山东大学“舍我其谁”的担当精神，用坚守与作为去涵养山大精神、传承山大基因、弘扬山大文化，争做实干担当的“排头兵”，成为勇担大任的时代新人。

作者：土建与水利学院博士后　李志强

4月28日　星期三　晴

无偿献血者·何秋华

今天朋友圈里有一条关于造血干细胞捐献的推文广为传播，主人公张木子的故事深深打动了我。看着她的故事，回想起最近校团委联合省血液中心，组织全校青年志愿者开展的“热血构筑山大力量，志愿传承百廿精神”迎接建党百年志愿服务系列活动。而我，也有幸参与其中，深有感触。

恰同学风华茂，献生命之礼。当我来到献血车附近时，正细雨绵绵，但现场等待献血的同学还是很多，大家都对此项活动报以极大的热情，积极参与其中。通过交流，我发现其中不乏第一次来献血的同学，而大部分同学已经无偿献血过多次。在这当中，我很幸运地碰到了一位坚持每年献血 800 毫升的“献血达人”，听他讲述属于他的献血故事。在那一瞬间，我突然无比强烈地感受到山大学子奉献社会、奉献爱心的积极态度，体会到在百廿山大志愿精神引领下，我们小小的行动带来的震撼效果。

感白衣怀温暖，谆谆唤心安。登上献血车后，我为这些医护人员的专业且认真的态度所震撼：测血、抽血、抽血后献血者安排……一切都有条不紊地进行着。而且医护工作者一遍遍不厌其烦地询问，一次次耐心地宽慰，无不令我们放松下来，完全相信他们。

这一幕，我想我永远无法忘记。在献血者感觉到晕眩时，医护人员快速推来椅子，井井有条地抬起他的腿，指导动作，前后晃动椅子，又多次询问能否坚持。待献血者眩晕感变小之后，医护人员又端来糖水，叮嘱其小口慢饮。看到这一幕，我不由得感叹医护人员个个心怀温暖，无时无刻不在用他们的谆谆话语换得我们的心安。

仰先锋暖心行，未谋点滴报。“帮助别人，快乐自己”的模范工人郭明义、“师友典范”的共产党员张书泽、永不褪色的“中国红马甲”周智仁……无数的志愿者们用自己的点滴行动，汇聚成了奉献爱心的汪洋大海。对他们来说，凡所行之事，均从于内心，而无它求也。我们仰慕他们于行事之中温暖人心，却不曾谋求过任何报答。

血液是维系生命的源泉，也是拯救病患生命的重要资源；志愿活动是传递社会爱心的红色纽带，更是巩固社会和谐幸福的基石。所以说，与之息息相关的献血是我们人生中的一种独特体验。作为新时代的青年，作为山大人，我们应勇于传承山大百廿精神，积极承担社会责任，为他人提供自己力所能及的帮助，我相信，只要人人都出一份力，将有更多患者得到帮助，我们的世界也终将变得更美好。

“热血构筑山大力量，志愿传承百廿精神”，在即将迎来中国共产党成立 100 周年之际，我们志在为传递社会爱心纽带，传承百廿山大精神作出贡献。在接下来的人生路上，我们会始终铭记这一铿锵誓言，为世界贡献我们的光和热。

作者：药学院 2020 级本科生　何秋华

4 月 29 日　星期四　阴

王大珩光学奖获得者·逄　驰

于夜幕降临时寻觅希望的星光，处繁花盛世间追忆峥嵘的岁月。此刻的我伏在德累斯顿（Dresden）昏黄灯光下的小屋窗边，此刻深夜中的拉贝河畔，想必彼岸即是晨光下的山大校园。

当实验室中的我得知获得王大珩光学奖的时候，我还从容淡定甚至有些茫然，然而实验结束脱下实验服的那一刻，往昔的一点一滴瞬间涌上心头，不知何时我已潸然泪下。

4 年前，当我第一次和我的导师陈峰老师相遇，聆听陈老师的谆谆教诲后，我便下定决心，一定要进入陈峰老师的课题组，在光学领域做出一番成绩。4 年中，如同前辈们励志故事中讲的一样，既有成功的喜悦，亦有失败的痛苦。然而，幸运的是，在陈老师的指导下，不管是山巅还是低谷，均使我受益良多。当我早早来到学生办公室学习，陈老师早已在办公室处理繁忙的事务。无论是午间还是下班，亦或周末时间，当我慵懒懈怠时，陈老师依旧为我们修改论文。陈老师时刻警醒我工作要快，精益求精，这也成为我 4 年来科研中秉承的准则。也正是这样，我取得了一些小小的成果，让我有幸获得此次王大珩光学学生奖，也让我有幸在国家留学基金委的资助下来到德国联培，于此时写下心中的思绪。

我想说的是，唯有艰苦奋斗，方能成就未来。宝剑锋从磨砺出，梅花香自苦寒来。科研需要艰苦奋斗精神，不甘人后，勇于争先。科研需要创新精神，想人之不敢想，为人之不愿为。科研需要严谨求实精神，把握大局，注重细节。和陈峰老师以及其他优秀的科研工作者相比，我只不过做了一点点微薄的工作，仍需要持之以恒的坚持和努力，今后应当更加严格要求自己，向更优秀的人学习，充实自己，让自己变得更好，以今天的荣誉，激励自己今后奋发前行。

无论是在祖国还是在异乡他国，作为山大人，自当严于律己，发扬山大精神。如今身处德国，生活节奏缓慢，但科研不能停滞不前，美好的生活需要充实。每天以饱满的精神对待生活，是为了更好的科研；而科研的充实亦是为了更好的生活。我告诫自己，也与全世界和自己一样的科研者共勉，加油，生命不止，奋斗不息！

半年之后即将返程，愿尽可能地汲取知识，将来之不易的海外求学之旅的所学所见应用于实际。愿用自己的一腔热血，回报这美丽富饶的华夏大地，用毕生所学，为祖国贡献自己的一份力量。

作者：物理学院 2019 级博士研究生　逄　驰

4 月 30 日　星期五　雨

赴新疆送教硕博服务团成员 · 李　炜

在山东省援兵团干部管理组和山东大学团委的协调对接下，我们山东大学硕博服务团一行 6 人，前往新疆生产建设兵团第十二师，开展为期一周的送教服务。转眼行程进入尾声，在为十二师送教的过程中，我们深深感受到了十二师教师的热情、学生的纯洁与友善。在这之前，我们对于新疆的认识主要是通过新闻报道和各种视频，而借这次机会，我们却是真正走近新疆、了解新疆。

在这段时间里，兵团第十二师教育局的两位老师带我们走进兵团高级中学、西山农场中学、头屯河农场等学校。在参观过程中，我们真实而深刻地感受到国家对新疆教育的支持。在兵团的统筹落实下，一栋栋崭新的教学楼、一座座富有科技感的场所拔地而起。在我们与各个学校的领导以及一线教师的深入交流中，我们了解到当前新疆对基础教育的重视和对教育人才的渴望。在交谈过程中，一线教师向我们讲述了当前他们在教育中面临的困难，其中比较紧迫的是目前教师队伍缺乏中坚力量的引领、教师科研能力欠缺。他们基于此做了很多努力，为提高教学质量不惜牺牲自己的休息时间，查找教研资料、与教育发展较好的城市取得联系、开展两地空中课堂……尤其是头屯河学校的老师们，他们认真分析教师教情和学生学情，借助国家政策，优化校内教师晋升渠道，增强教师执教能力。在交流中，我们感受到了兵团教师不惧艰辛、勇于奉献的精神。他们身体力行地践行着“胡杨育人精神”，不忘初心、恪尽职守地汲取养分，为文化润疆贡献着自己的力量。

这次送教，我们还有幸走进疆内课堂，同这里的学生进行交流。当第十二师中学教研主任向八年级学生介绍我们山大博士研究生身份的时候，我真切地感受到学生们眼神里对知识和未来的渴望。那一瞬间，我为之动容。还记得一位哈萨克族的女孩向我们提问：“你们在考博过程中遇到哪些困难，是怎样克服的?”我们的回答让他们明白了每个人在前行的道路上都会遇到各种困难，重要的是如何保持乐观坚定的心态。之后，这些学生也说出了自己的困惑。经过我们解答后的那种豁然开朗，让我们深深地感受到他们内心深处对未来的期许与坚定。虽然和他们相处的时间非常短暂，但我相信，我们这一次的送教宛若星火，凭着这点点火光，定能燃起他们对未来美好生活的向往。

习近平总书记在清华大学考察时指出：“当代中国青年是与新时代同向同行、共同前进的一代，生逢盛世，肩负重任。”作为新时代山大青年，尤其是作为博士生，我们更应赓续山大基因、传承山大精神，不拘陈规，勇往直前，不断创造出有益国家、服务社会、造福人民的创新成果，以聪明才智贡献国家，以开拓进取服务社会。

尽管新疆四月尽飞雪，但这里师生的热情却让我们久久不能忘怀。行文至此，忽觉离别将至，只希望在未来的考察和交流中，能够尽绵薄之力，为兵团第十二师的教育献上青春力量、山大力量。

作者：文学院 2018 级博士研究生　李　炜

5 月 1 日　星期六　晴

五四升旗仪式参加者 · 戚　真

2021 年，我们将迎来中国共产党成立 100 周年、山东大学建校 120 周年，也将迎来第 72 个五四青年节。五一假期前夕，我有幸参加了“学习党史传承红色基因，筑梦青春献礼百廿校庆”升旗主题团日活动，在国旗下聆听党史故事，感受炽热的五四精神。

伴随着初升的朝阳，大成广场站满了参加升旗仪式的师生。上午 7 点活动正式开始，国旗护卫队在大家的注视下踏着整齐划一的步伐穿过广场，全体肃立高唱国歌，五星红旗冉冉升起，这一刻我难掩激动，身为中国人的自豪感和幸福感油然而生。

接着，学生代表们发表国旗下的演讲，他们有的来自研究生支教团，有的来自成仿吾英才班，有的来自大学生艺术团，都在各自领域散发着闪耀的光芒。他们充满热情地讲述着他们与山大的故事、山大与中国的故事、党和人民的故事，穿越古今追忆来时路，站立潮头见证中国崛起，继往开来期待美好明天。

我作为团员青年代表，带领同学们重温入团誓词。前几天得知这个消息时，我的内心十分激动，在我看来，能够和团员们一起在国旗下重温了入团誓词，是一项光荣的任务，在大家面前以昂扬的状态和铿锵的声音完成宣誓，又是一项艰巨的任务。为此，多次演练，就为了这一天的完美表现。当站在台上时，我看到了同学们投来的炽热又坚定的目光，他们身上佩戴的团徽在阳光的照射下熠熠生辉，我顿时勇气倍增，入团誓词如泉水般从脑中汩汩流出。当最后我念出“宣誓人，戚真”时，恍惚间仿佛回到了10年前入团的那个场景激动的心情久久难以平复。这次的领誓工作让我对团员身份有了更深的敬畏之心和光荣之感。

活动在女声合唱《唱支山歌给党听》中接近了尾声，伴随着徐徐展开的旋律，我思绪万千。很幸运生在当今的中国，我们是新时代的受益者，未来将是中国特色社会主义事业的建设者，更是共产主义的接班人。我们更要坚定信念、勤学苦干、武装头脑，做有担当、有信仰的山大人，为建设世界一流大学和实现中华民族伟大复兴而不懈奋斗！

作者：管理学院2019级硕士研究生　戚　真

5 月 2 日　星期日　晴

“致敬英雄”交响音乐会小号首席 · 张皓翔

那天，我激动不已，一幕幕的情形直到今天都历历在目，炽热的情感依然在我的胸膛中起伏着。为庆祝中国共产党成立 100 周年、山东大学建校 120 周年，艺术学院交响乐团在 4 月 30 日于山东省会大剧院音乐厅举办了“致敬英雄”交响音乐会，在所有老师和同学的共同努力下获得了圆满成功。这也是我作为乐队一员在山大的最后一场汇报演出。这既是向党、向学校献上的生日音乐会，也是献给交响乐团 2021 届毕业团员的纪念音乐会。

此次音乐会，我们用音乐向 100 年来为党的事业作出卓越贡献的英雄致敬，也向一年多来所有在抗疫斗争中默默付出、默默奋斗的平凡的英雄致敬，向一切为中华民族和中国人民作出贡献的英雄致敬！

当《英雄》交响曲结束，安宁院长走上台为毕业生代表颁发荣誉团员证书的时候，我难以平复激动的情绪，当合唱团的歌声响彻省会大剧院音乐厅的时候，我再也绷不住了……我在乐团学习工作了 4 年，种种往事不断涌现。大一刚入校的时候，乐团演奏席上坐着的都是师哥师姐，我为了能够提前接触乐团，当了一年剧务，为乐团做幕后工作。从大二开始我正式坐上了小号演奏的位子，随团参加了各种演出。回望大学 4 年，原来坐在我身边一起演出的师哥师姐们都陆陆续续毕业了，而我也即将毕业，身边的师弟师妹们也正接过我们的接力棒，竟有些薪火相传的感动。

作为山大的一名学子，作为交响乐团的一名乐手，这也许是我最后一次参加学校音乐会了，种种不舍，种种留恋，但更多的是荣幸和自豪。虽然我即将毕业，但身为毕业生的我们只是身份变成了刚成立的山东大学爱乐协会的荣誉团员，毕业不代表离开，只要学院需要，我们一定会鼎力相助，因为这里永远是我们的家。当每年都会唱诵许多遍的《生日快乐》的旋律回响在音乐厅上空，我心中有一个响亮的声音：伟大的中国共产党，生日快乐！亲爱的山东大学，生日快乐！

作者：艺术学院2017级本科生　张皓翔

5月3日　星期一　雨

文学院学年论文一等奖获得者·侯洪震

五一假期，许多同学纷纷离校，但我仍记得参加学年论文报告会那一天。五一假期前那个风和日丽的日子，伴随着老师和同学们的掌声，山东大学文学院2021年学年论文报告会落下了帷幕。

作为2019级古代文学博士生，我有幸参加报告会并获了奖。回想起我在报告会上所作的论文展示，虽然仅仅用了10分钟，却凝结着我近8个月的思考。论文的材料易得，然而要发现其规律性并合理利用则是一件难事，就如同《功夫》电影中的周星驰，即使有一身好材料，但倘若不打通任督二脉，就练不成如来神掌一样。打通材料的“任督二脉”，才能使学术研究似破茧成蝶，获得新生。因此，有了前面的突破，我很快就完成了学年论文。

每次面对专家教授，我都会十分紧张，因为自感学术水平不高，总觉得有点关公面前舞大刀。为了克服这种紧张，我就为自己准备了8分钟的讲稿，到时候按稿子上的内容慢慢念，于是就有了在讲台上的“零抬头”。这犹如足球比赛中的罚点球，主罚者站在十二码前，不看守门员往往会罚进，看了守门员往往会因受干扰而大大降低罚进的概率。在学年论文初评和终评时，我都是用的这种方法。当然，这种克服紧张的方法尚有待改进，因为能够脱稿讲文章、与台下听众进行眼神交流，也是中文系学生的必备技能。这是我以后努力的一个方向。

在终评报告会上，戚良德老师对我的论文作出了点评。他称赞了我的论文，让我备受感动和鼓舞。如果论文是一曲《肝肠断》的话，那么天涯此处即知音。戚老师给了我很多意见，让我受益匪浅。同时，通过参加这次报告会，我也学习了许多语言学、文献学等其他领域的知识。印象最深刻的是一位同学讲到通过老年人的声音和语调来检测老年人是否有痴呆症。因为我本科读的是信息管理与信息系统专业，之前关注过人工智能方面的知识。近来有公司在研发老年人健康辅助产品，即老年人做出某些动作就会通过传感器装置发生报警，以此为老年人的健康状况提供参考数据。这些产品主要是以人的行为作依据，如果再结合那位同学的研究，以人的言语作为辅助，那么研发出来的产品将更具可信度。《易传》曰："言行，君子之枢机。"我们也可以通过老年人的言和行来为他们的健康提供服务，这是十分有现实意义的。

此次学年论文报告会之所以能顺利完成，离不开张洪刚老师带领下的会务后勤人员。感谢他们事先做了许多工作，同时也谢谢拨冗参会的老师们。最后，感谢我的导师李剑锋教授，没有他的帮助和点拨，我可能没有机会站在讲台上展示自己的学年论文，更遑论获奖了。

作者：文学院2019级博士研究生　侯洪震

5月4日　星期二　晴

重温入团誓词活动参加者·颜利华

低眉，春已逝；抬眉，夏伊始。天朗气清，惠风和畅，又是一年芳草碧。今天，是五四运动102年纪念日，在这特殊的日子里，我参加了机械工程学院举办的“重温入团初心，勇担强国使命”主题团日活动。

开始，我们在领誓人的带领下全体起立，面向团旗，重温入团誓词。句句誓词激情澎湃，在耳边回响，我又重新感受到了中国共青团员的责任与担当，感受到了中国青年在五四运动中不畏牺牲、舍我其谁的牺牲精神，坚定不移跟党走的入团初心也更加笃定。

而后，团员代表进行了“勇担青年使命，奉献制造强国”的主题分享。各位代表的精彩发言让原本对未来迷茫的我逐渐有了清晰的规划。每一代青年都有自己的际遇和机缘，都要在自己所处的时代坐标上谋划人生，创造历史。我们应该以不变应万变，好好学习理论知识，到祖国最需要的地方去。1924年7月，我们的校友罗荣桓元帅和现在的我们一样，希望通过学习实现自己当工程师的理想。然而，当时的青岛风雨飘摇，饱受日本帝国主义的欺凌，现实的黑暗最终使他放弃了当工程师的理想，投笔从戎，走上了革命的道路。“萧瑟秋风今又是，换了人间”。100多年后，也就是2015年3月25日，李克强总理组织召开国务院常务会议，部署加快推进实施“中国制造2025”，实现制造业升级。世界强国必然是制造强国，制造强国首先是机械制造强国，在实现中华民族伟大复兴的进程中，我们机械工程师是不可缺少的一部分。在这样的时代节点下，我要利用好学校提供的优良资源，刻苦学习专业知识，同时在课余生活中，积极参加各项素质拓展活动和志愿服务项目，学习党的先进思想，努力让自己成为“又红又专，德才兼备，全面发展”的当代大学生。4年以后，我要继续深造，投身科研项目，为祖国科技发展献出应有力量。

有无数学长、学姐和我说过，我们处在最幸福的时候，现在的我们大学生活才刚刚开始，就如同一张白纸，充满无限可能。在本次活动中，我接受了一次思想和心灵的洗礼，深刻体会到了“学无止境，气有浩然”山大学子肩上的重担，明确了奋斗方向。未来的我，将朝夕必争，探索无限可能，去实现属于自己的智造强国梦！

作者：机械工程学院2020级本科生　颜利华

5月5日　星期三　晴

“党史校史学习”徒步毅行参加者·任　宇

阳光透过树叶的空隙照进房间，五一假期末，我仍守在实验台前。最近几天，看到了许多关于五四青年节的推文和视频，实验间隙，我也总会回想起前几天的“党史校史学习”徒步毅行活动，身体的酸痛已经消失，但是思想的启迪已镌刻进了脑海。实验室的最后一瓶氮气已经用完，今天的实验计划要搁置了，时间空了下来，我坐在桌前，缓缓敲下这篇日记。

五一假期前的济南，天气阴晴不定，早上飘着小雨，中午便艳阳高照。中心校区大成广场校训石前，包括我在内的40余名同学在此集合，在党委学生工作部、武装部王寻老师和郭迪老师的带领下，“红五月”系列主题教育之“徒步毅行担使命，党史校史记心中”活动由此启程。

行程十分紧凑，在解放阁瞻仰革命烈士，于济南惨案遗址敬献花束，至王尽美雕像前重温入党誓词，进济南惨案纪念堂回顾古城经历浩劫的历史……一路走来，我加深了对党史的认识，也进一步体会到青年学子“生逢盛世，肩负重任”的责任感。

行至解放路，天色渐暗，远方乌云压了过来，手中紧握的党旗和队首高擎的校旗随风飘扬，猎猎作响。一小会儿的功夫，未到解放阁已是大雨滂沱。我们被淋了个措手不及，我跟同行的伙伴们说：“我们这也算是亲身体验了一次党的‘风雨路’了。”其实我知道，这怎能和革命先辈相提并论。中国共产党百年征程，经历了无数的风险和挑战。正是由于始终牢记初心使命，始终坚持理想信念，中国共产党才能够领导中国人民实现中华民族从站起来、富起来到强起来的伟大飞跃。

走出解放阁时，乌云散尽，阳光再次洒向大地。我不禁想起毛主席所写的诗句：“更喜岷山千里雪，三军过后尽开颜。”

在济南惨案纪念堂里，一张张展板带我们穿越到了那段令人心痛的历史。时间会远去，但历史不会被忘记；正是在苦难中不低头，在顺境时不自傲，中华民族才能一步步走向复兴。从历史中总结教训、汲取力量，这也是我们当下学习党史、回顾校史的意义所在吧。

趵突泉校区校友门是终点站，作为一名毕业班学生，我站在此处，感慨万千。从校训石到校友门，我用了半天走完这一路，这中间的蜕变，倾注了我的4年。我永远感激山大，在这里学会的专业知识、宽以待人的品格、胸怀家国的抱负，让我在面对未来挑战时多了一份坚定和底气。下个学年，我将以保资辅导员的身份继续留在山大，很荣幸能够有机会将山大给予我的润泽，回馈给在此上下求索的其他学子。

那天的步数接近二万五千步，比不得二万五千里的红军长征，但算得上我个人成长的一次“长征”。今日回头看，当日所见所想，已成为我的一股精神力量。牢记先辈嘱托，不忘山大本色，伟大的中国梦，我愿有我。

作者：能源与动力工程学院2017级本科生　任　宇

5月6日　星期四　晴

晶体材料国家重点实验室常务副主任·于浩海

每年的5月，晶体材料国家重点实验室的师生都会自发组织学术活动，纪念实验室创始人蒋民华院士。今年的5月依然如此，但更加特别——今年5月6日，是蒋民华老师离开我们10周年的日子。

实验室组织了前沿讲座、学术研讨等系列活动，缅怀先生风范，弘扬晶体事业。来自全国晶体学界、企业界的院士、专家、学者齐聚山大，回忆先生育晶育人、科技报国、忘我拼搏、勇攀高峰的艰苦历程和不朽精神。

会上，按照学校领导和老师们的安排，我代表重点实验室作了简短发言。这是学校对我个人，也是对我们年轻一辈"晶体人"的期许和勉励！

晶体材料国家重点实验室是我国首批建设的10个实验室之一。一路走来，实验室在服务国家需求中诞生和成长，承载了以蒋先生为代表的一代代"晶体人"的艰苦奋斗与执着追求，记录着"育晶育人""科技报国"的精彩故事。当下，实验室面临着新形势、新挑战、新任务，党中央对重组国家实验室体系提出了新的要求，重组工作正在有序推进。

就在不久前，在学校的关怀下，我们群策群力组织完成了晶体材料国家重点实验室重组方案的撰写，并参加了教育部组织的论证会议，对实验室研究方向、总体定位、发展目标等进行了系统梳理，作出了优化调整。比较来看，我们的实验室有传统、有特色，同时也有短板、有弱项；但总的来说，我们有足够的信心、足够的干劲，能够抓住重组机遇，真正将实验室打造成为国家战略科技力量。

之所以如此笃定，我有三点理由。

一是学校重视，保障有力。学校党委一直以来高度重视实验室发展，提供了坚实的人、财、物等全面保障。特别是2019年，在学校的大力支持下，我们依托实验室，获批建设教育部新一代半导体材料集成攻关大平台，更是有效加强了实验室基础和应用研究能力。

二是基础坚实，方向正确。我们是有传承的实验室，一直服务于国家重大需求，这为我们今后的发展奠定了坚实基础；今天到会的院士、专家，在实验室发展过程中给予了我们大力支持，在历次重点实验室学术委员会等咨询会议上都给了我们重要的指导，为我们的发展指明了方向。

三是团结奋进，充满活力。我们实验室是一个团结奋进的整体，也是一个凝心聚力、充满活力的团队，特别是这次会议的成功举办，更是得益于学校及实验室内部各位前辈、老师们的共同努力、默默付出。近年来，在学校人才制度的倾斜支持下，实验室优秀青年学者的比例逐渐提高，硕士、博士研究生规模有序扩大。接下来，我们将组织开展丰富的活动，弘扬科研报国精神，营造出爱党、爱国、爱山大的良好氛围。

传承是最好的纪念！我们将沿着先生的足迹，“敬业团结”“育晶育人”，矢志科技报国，不负先生所托！

作者：晶体材料国家重点实验室常务副主任　于浩海

5月7日　星期五　晴

全国临床医学（本科）水平测试工作人员·王晓莹

凌晨5点半，看了眼襁褓中熟睡的孩子，几乎滴茶不沾的我灌下一杯浓茶，便匆匆赶去学校。6点半到岗时，已有很多同事迎着晨光在各自的岗位上忙碌着了。

名副其实的劳动节后，5月7日是2021年度全国医学院校临床医学专业（本科）水平测试开考的日子。本次考试由国家医学考试中心组织，于5月7日至9日进行，全国共有100多所医学院校参加，山东大学有400余名临床医学专业本科四年级学生参加本次考试，时间紧、任务重。

5月的趵突泉校区，绿荫丛丛，花香阵阵，校园里也早已奔波着为准备水平测试而忙碌的队友们。作为水平测试的联络员及考务人员，在历时半年之久的准备工作中，我们常常要在线上线下、校内校外多个阵地来回穿梭，完成各项烦琐的筹备工作，加班加点更是常态。

因疫情防控要求，今年水平测试的准备工作格外细致，反复多次的校内协调会，只为保障考试的顺利开展。久经各种临床大赛及大型考试考验的齐鲁医学“老战士们”，迎难而上，组成了我们戏称的史上最强的队伍——“梦之队”。队长用齐鲁医学人抗疫英雄精神凝聚着团队力量，队友们分工合作、齐心协力、事无巨细，发扬革命螺丝钉的精神，保质保量地完成了考务、考官、SP、技术、医护、安保、宣传、后勤、场地布置等各项准备工作。在经历了多次大规模全员模拟演练后，我们终于迎来了正式考试。

为期3天的理论考试和技能考试，又一次考验着医学生们。医学生践行为人类之健康奋斗终生的誓言，刻苦钻研，孜孜不倦，啃着比成年人还高的医学课本，经历了层层淬炼。在医教协同背景下，在学校科学化、体系化、同质化临床教育教学改革及考试评价体系的有力支撑下，相信我们的齐鲁医学生在正式走向神圣的医生岗位之前，早已经能经受得住任何考验。“东齐鲁、西华西、南湘雅、北协和”，作为中国医疗界“四大天团”之一，我们的实力是靠一代又一代的齐鲁医学人薪火相传而来的。

虽然累，但我们脸上常常洋溢着满足的笑容，这是为什么呢？近年来山东大学临床医学专业本科毕业生执业医师考试通过率稳居全国前列，这体现了我们辛勤工作的价值。此刻的努力和汗水，终将化为明天成功的果实。

作者：临床医学院工作人员　王晓莹

5月8日　星期六　晴

红色研学活动参加者·李　越

早上8点，伴着温暖的风，明亮的阳光，我们乘坐校车出发，前往目的地——德州冀鲁边区革命纪念园，开启了我们的红色研学活动。

经过两个小时的车程，我们到达了冀鲁边区革命纪念园，首先参观了冀鲁边区革命纪念馆。讲解员带领我们依次参观了冀鲁边区革命区的孕育形成、发展壮大、艰苦奋战、全力支前和传承红色基因5个阶段的历程，让我们重温了在那个战火纷飞的年代，当地军民团结一致、共同抗敌的艰苦岁月，重温了冀鲁边区党组织成立发展到不断壮大的光辉历程。

学习革命精神，缅怀革命先烈。我们来到了人民英雄纪念碑前，向革命先烈默哀鞠躬，向为这片土地、为国家和人民作出伟大贡献的英雄致敬。冀鲁边区有着深厚的红色底蕴，这片土地孕育出了无数的革命干部和战士，抗日战争期间有90多名县团级干部、10多万战士和民众牺牲，展现出了“敢为人先、大爱为国、不屈不挠、团结奉献”的冀鲁边精神。

探寻红色足迹，寻访革命母亲。常大娘之家位于冀鲁边区革命纪念馆旁边，常大娘本名刘相会，虽然她一字不识，但依然坚毅勇敢、明事理、有主见。在抗日战争时期，常大娘带领一家人白天为战士做饭、缝衣，照顾伤员，掩护同志；晚上在家里挖地道，挖成的地道成了党员同志和战士们养伤、住宿、开会和办公的场所，为抗战事业立下了不朽的功劳。在冀鲁边区，像常大娘这样的群众还有很多，他们的存在为抗日战士们提供了坚强的后盾，正如毛主席所说，“兵民是胜利之本”。

革命历史永不褪色，今日之繁盛中国，离不开前辈们抛头颅、洒热血的艰苦奋斗。我们要时刻牢记历史事迹，传承红色精神，站在新的历史起点上，从当下做起，从自身做起，做一个有信仰、有情怀、能奋斗、敢担当的新时代青年。

作者：哲学与社会发展学院2020级硕士研究生　李　越

5月9日　星期日　多云转晴

心理趣味运动会参加者·周玉腾

5月9日上午，我们来到操场准备参加趣味运动会。

我们学院的每位参赛者都统一着装，红白撞色的运动服，展现着我们心中的期待与热忱。操场边也挂上了“关注心理健康，收获丰硕人生”“让运动带动协作，让运动焕发激情”等横幅，现场还有足球和排球，着实充满趣味，那时我还不知道这竟然是“团结就是力量”项目的比赛道具。每个学院都身着各式但统一的服装，有序地列于主席台前。

经过指导老师讲话和裁判员代表、运动员代表宣誓等环节之后，激动人心的趣味运动会开始了。我参加的项目是“动车速递”“传递正能量”“二十人二十一足”“党旗代代传”。

“动车速递”游戏规则是8人一队，依次跨在动车道具上并提起它，几个人一起将动车道具运到终点。一开始看别的学院参加“动车速递”项目只觉得好笑，不得不说参加此项目的所有人都变得可爱起来，几个人加在一起仿佛变成“蜈蚣精”，在观众台上远远望去，只看到动车样的道路和好多条腿。可到我上场时，面对那辆长长的动车只感到发自内心的窒息：我之前为什么要幸灾乐祸呢？比赛刚开始时，大家精力满满，后来大家体力不支，步伐也渐渐乱了起来。我努力跟上男生们的步伐，只觉得那终点怎么那么漫长……如此循环往复两次，终于到达了终点。最后我狼狈地“逃离”动车，庆幸自己坚持到底，终于顺利完成了。

到了第二个项目“传递正能量”时，我们需要站在一起拉着手，不能松开，依次用身体传递呼啦圈。活动看似简单，却很考验身体的柔韧性和参赛者的配合度。刚开始我过于紧张，手脚几乎不听使唤，不过后来渐渐就有了节奏，穿过呼啦圈的速度也快了起来。反观男生们竟然都很灵活，我刚穿过一个时就有另一个呼啦圈在等着我。比赛过后，留在我心中的只有欢声笑语。

“二十人二十一足”项目比赛规则与“两人三足”规则类似，但是人数这么多就是另一回事了。我们把女生安排在两边，男生放在中间。原本以为男生腿长能带带女生，谁曾想大家战略不同，一开始女生们求快领先，男生们则求稳。结果路程还没走完一半，整个队伍就出现了一个“凹”字。不过本着“快乐第一”的原则，我们还是坚持走到了终点。

到了“党旗代代传”活动时，我们必须扛着党旗接力跑，而且党旗不能卷起来，必须保持一定角度。说实话，党旗很重，当我真的扛起它时，那一瞬间的重量让我感到惊讶，心中只剩下了两个字：传承。就算再重，也要扛着它，交给下一个人。我想这个活动放在最后，不仅是让我们感念今年是中国共产党成立100周年，更是让我们懂得中国共产党人使命代代相承的伟大。

活动全部结束时已经接近12点了。日常生活中的忧愁和烦闷早已随着比赛项目的推进一扫而空，所有的不快乐好像在比赛面前、在合作面前、在操场上令人振奋的背景音乐面前都随风而逝，留在我心中的只有喜悦与激动，眼中只剩下团队队员们的欢笑。

作者：护理与康复学院2020级本科生　周玉腾

5月10日　星期一　晴

文学院导学思政活动参加者·王宇超

水积春塘晚，阴交夏木繁。最近几天，每当我伏案写作时，总是想到党史读书会上老师和同学们的音容言谈。今天，我终于有时间坐在桌前，慢慢捋顺心头的千言万语。

读书会上，辅导员果娜老师针对活动的出发点及重要意义作了精彩演讲。她说，导学思政实现了师生之间思维上的碰撞，实现了师生思想上的双向奔赴。同时她也提出，此次活动将师生交流同思政教育融为一体，让专业思考与党史学习融会贯通，在互动中凝聚三全育人合力。

作为此次导学思政活动的党史领读人之一，我负责领读《论中国共产党历史》一书中的第一篇《实现中华民族伟大复兴是中华民族近代以来最伟大的梦想》。通过“雄关漫道真如铁”“人间正道是沧桑”“长风破浪会有时”三个部分，我阐述了在“十四五”建设新时期，中国梦于青年学子的重要意义。刘祖国老师肯定了我的发言内容和思考，同时也呼应果娜老师的讲话，提出学习是为了更好地传承，导学思政不但可以促进师生交流互动，也有利于进一步深化学习效果。

之后，王建波、魏鑫、赵瑞萱、杨婕、郑涵予等5位同学也交流了自己的阅读感受，刘文老师、张鹏老师、姚文昌老师也都结合自己的学术初心和研究经历给予了针对性的点评。“胸怀家国，德才兼具、志存高远、敢于开拓”是老师给予我们的谆谆教诲，也是吾辈应当铭记于心的字字箴言。老师们平易近人、可敬可亲，让在场的学生感受到了亦师亦友的温情。

此次读书会上，学生与老师的交流不固化于书本中的深奥知识，不局限于学术研究的琐碎日常，而是共同学习党史，交流选择文学与学术研究的初心。我在备受鼓舞的同时，愈发深觉我辈青年学子使命光荣，亦倍感使命艰巨。“重情义，尚风骨，尊学术”，从入学时便牢记于心的学院办学理念，在此次活动中更彰显其传承的意义。一代人有一代人的使命。吾辈学子要坚持奋斗、不懈实践，在学术道路上不断前进，攻坚克难、求真务实；要勇于追梦，躬行挑战，在新时代展现青年力量，与时俱进、开拓创新；要懂得感恩，知悉荣辱，在为国奔赴的路上，挥洒青春，书写新章。能有这样一个机会，与老师面对面交流学习党史，感受知识分子的家国情怀、担当精神与学术梦想，作为学生的我们何其有幸！

此次导学思政活动，让师生共同阅读党史，重温峥嵘岁月；让红色基因透过时代的脉搏，将理想与信念代代相传。青年学子必将在为党、为人民与为发展的前行中接续薪火、砥砺品格。

作者：文学院 2020 级硕士研究生　王宇超

5 月 11 日　星期二　晴

大学生医学技术技能大赛模拟测试评委・张凤梅

今天气温 20℃左右，风和日丽，是多么适合户外活动的一天，但趵突泉校区综合楼 309 室内却充满紧张严肃的气氛，第十届中国大学生医学技术技能大赛（预防医学专业赛道）的参赛选手在这里进行复赛阶段的院内模拟测试。此前，我们的选手已经以华东赛区第一名的好成绩入围复赛，4 名即将毕业的 2016 级本科生代表山东大学公共卫生学院参与复赛考核。

大赛是教育部为贯彻落实习近平总书记在全国教育大会上“教育是国之大计、党之大计”的重要论述精神，培养德智体美劳全面发展的社会主义建设者和接班人，助力实施健康中国战略而举办的。复赛开展公共卫生基本操作技能、现场流行病学调查及公共卫生基本理论三大模块考核，今天主要对公共卫生基本操作方面进行考核，该模块包括临床基本技能，个人防护用品穿脱，环境、食品、医院消毒效果样品采集和现场检测仪器操作 4 站。临床医学院、济南市疾病预防控制中心及学院相关科室的老师和部分学生作为出题考官参与此次大赛的模拟测试，学院领导也在繁忙的工作中抽时间到现场指导。我作为本次模拟测试其中一站的评委，有幸参与此次活动。

模拟测试中，各站主考官根据现实工作中可能接触到的场景设置了考核操作内容，4 名参加复赛的同学要在设定时间内完成操作，各站考官作细节点评，助力选手能力提升。考核结果表明，参赛学生已基本掌握各项操作技能，并能在设定时间内完成，但在细节上也存在诸多问题，如不能根据情境随机应变、语言表达与实际操作不一致，实操动作的准确性有待进一步加强等。

李士雪院长来到现场对学生进行了思想的动员，告诉大家树立自信、平稳心态，只要把掌握的技能充分展现即可。他鼓励同学们，学院对参赛学生没有任何成绩上的要求，不管考核结果如何，他们都是学院最优秀的学生，成功失败都是一种经历，在挫折中成长，终将有所成就。院长短短的几句话，让人倍感温暖，也让我回忆起高考前父亲特地从老家赶到我的住处对我说的几句话："别有负担，考不上大学咱回家，农村也还有好多事可做！"

长路漫漫，吾将上下而求索。短短一篇文章，未能淋漓尽致表达今日现场之氛围。愿我们的参赛学生载誉归来，那是成长！

作者：公共卫生学院教师　张凤梅

5 月 12 日　星期三　晴

"沂蒙老战士后代讲党史"活动参加者 · 王晓雨

持续多云的天空在今天放晴，清晨的第一缕阳光洒在胸前的党员徽章上，走在去知新楼报告厅的路上，一时间分不清心中的这份愉悦究竟是因为在清晨漫步校园还是因为将去参加的这场特别的党史学习教育。

习近平总书记在给《文史哲》编辑部全体编辑人员的回信中提到，“增强做中国人的骨气和底气，让世界更好认识中国、了解中国，需要深入理解中华文明，从历史和现实、理论和实践相结合的角度深入阐释如何更好坚持中国道路、弘扬中国精神、凝聚中国力量。”所以党史学习是我们当代青年人，尤其是青年党员汲取精神养分、坚定理想信念的重要途径。

作为一名山大学子，我感动于学校丰富育人内容、壮大育人队伍的每份努力与用心。学校聘请3位老同志作为学生德育辅导员，参与到山大学子的德育教育中来。聘任仪式上，传递在人们手中的不仅仅是一纸聘书，更是一份沉甸甸的育人使命。3位前辈自身就是道德与精神的模范，他们作为历史亲历者的后代，将用革命先辈的精神之光去点亮更多的山大学子，让革命精神同山大基因一起流淌在更多山大人的血液中。

在热烈的掌声中，孙东宁先生开始了题为“永远的长征”的报告。他更愿意把今天的报告称作讲故事，他讲述的“永远的长征”便是其父亲孙继先将军一心为党、奋斗终生的故事。这位共产党人，是“长征路上先锋，大渡河畔英雄”，是强渡大渡河的十八勇士之首，然而面对这份历史的荣光，孙将军却说“武不惧战死，文不争名利”，他的心中是党的事业，是和无数英勇牺牲却未曾留下姓名的战友为了共同理想浴血奋战的信念。现在我们看到酒泉卫星中心一次又一次成功发射而为中国骄傲的时候，都不应该忘却孙将军带领革命前辈们在这片土地上喊出的“死在戈壁滩，埋在青山头”的壮烈誓言。

在孙东宁先生的讲述中，我无数次想象孙将军坐在桌边和儿女们分享这些革命故事的场景。这位立下赫赫战功却低调朴实的老人，那一刻只是一位普通的父亲，他并未接受过几年教育，说不出华丽的辞藻，却用生命在战火和绝境中沉淀出直击人心灵的崇高精神。这份为党和国家牺牲一切的崇高精神、面对困苦绝不低头的坚毅品格、重视使命淡泊名利的超脱态度，是老将军留给后代最宝贵的财富，也是留给后辈党员的信仰火炬，必将点燃一代又一代共产党人心中的信念。

孙东宁先生作完报告敬礼时，全场爆发了热烈的掌声，久久不息。党史学习教育的感人之处就在于我们可以跨过时间和空间的限制，用精神筑桥，走近那些革命前辈。“只要我们记得，他们就永远活着”。作为新时代青年人、新时代党员，作为即将成为保资辅导员的学生骨干，我定当肩负起自己的责任和使命，不断提高本领。党和国家事业的接力棒，将由我们来传递。

走出知新楼，正是烈日当空，心中更是火热的……

作者：管理学院 2017 级本科生　王晓雨

5 月 13 日　星期四　晴

第 110 个国际护士节活动参加者 · 蒲林哲

昨天，微风和煦，艳阳高照，我们迎来了自己的节日——第 110 个国际护士节。

今年的护士节活动主题是“传承红色基因，创新发展护理”，医院护理部为我们精心准备了系列活动，除了在医院大礼堂播放振奋人心、弘扬敬业奉献和爱国主义情怀的热门电影，还安排烘焙制作学习、茶道艺术欣赏、插花艺术欣赏、主题读书分享等活动。前天，我们在医院大礼堂举行了“5 · 12 护士节护理表彰大会”，对医院各方面取得优异成绩的齐鲁护理人进行表彰，在颁发工龄超过 35 年护士“特别奉献奖”时，我在台下对这些为护理事业奉献青春热血的护理前辈们由衷地感到敬佩。

当护士节这天真正来临时，我通过种种事情，又一次深刻体会到了自己的职业自豪感和使命感。

上午，我作为候任护士长在重症监护室（ICU）二病区参与科室轮转学习。虽然是护士节，但科室里面依然是紧张、严肃的氛围，因为大家都在紧锣密鼓地执行每日工作，为病危患者生命的有力延续保驾护航，丝毫不得马虎。暖心的主任和医生们为我们送来了鲜花、蛋糕还有水果，护士们来不及庆祝，就在病房茶水间内，轮流着匆忙吃上几口，又继续投入到战斗中。一年365天，日夜不停，这就是护士们用实际行动带给生命的守护。

中午，我回到神经外科病房，恰巧一位几年前曾在我们病房治疗过的患者家属，为我们送来了爱心午餐。她的妈妈曾经得了颅内动脉瘤，经过神经外科医护团队的密切合作，得以顺利康复，并且已经回归到工作岗位。患者家属为表谢意，在这个特殊的节日，重回病房，为曾经帮助过她妈妈的白衣天使们送上鲜花和午餐。看着家属对我们曾经的关怀和帮助感恩于心，这让我充满了无限的力量。我们的双手不仅可以为患者除去病痛，更能够抚慰患者和家属脆弱无助的心灵。在今后的工作中，我定将尽自己所能去帮助他们。

下午，我有幸被邀请参加了山东大学齐鲁医学院“5·12”国际护士节表彰与庆祝大会。大会在趵突泉校区新建的梦迪音乐厅举行。作为一名山大学子，以附属医院员工的身份重回校园，参加如此隆重的典礼，我内心非常激动。大会表彰了各附属医院优秀护士、优秀护士长、优秀护理团队，省卫健委、山大、附属医院等单位的领导亲自为获奖者颁奖，这充分体现出省、校、院各级领导对我们护理专业的重视，对我们护理专业发展所寄予的厚望。正如山东大学副校长、齐鲁医学院院长易凡所说，护理与康复学院的成立，打破了校与院的壁垒，使我们附属医院与山大紧密联系起来，山大学子可全力融入护理服务的建设中来。作为附属医院的员工，我们再次有机会接受学术的熏陶，增强创新意识，一切努力为的是能够面向人民健康，提供全生命周期的高质量护理服务，这也揭开了创新护理发展的新篇章。

号角已经吹响，在建党百年、建校百廿之际，作为新时期的护理人，我们必将以百倍的努力，继续弘扬南丁格尔精神，传承博施济众的医院精神，坚守初心使命，心向党、跟党走，立足岗位作贡献，在医院“超常规、跨越式、高质量发展”的新征程中成为有作为、有担当的优秀齐鲁护理人。

作者：齐鲁医院护士　蒲林哲

5 月 14 日　星期五　晴

校运会参加者·李龙飞

光阴荏苒，日月如梭。记得刚到服务山东办公室担任学生干事第一天，井海明主任就要求我提升学历。在领导的关心支持下，在同事的帮助下，经过一年的备考，我顺利通过了研究生初试复试，收到了研究生录取通知书，让高中时的梦想成为现实。

今年是我第 3 次参加校运会，也是本科阶段最后一次参加校运会。对我来说，这既是对大学 4 年的告别，也是迎接研究生生涯新征程的开始，意义非凡。

今天注定是忙碌的一天，我充当了 3 个角色：山东大学新媒体中心的摄影记者、开幕式走方队扛标语的同学、参赛运动员。

开幕式上，在运动员进行曲的伴奏下，国旗方队、校旗方队、国旗护卫队、山大标语方队以及各参赛单位先后入场。能作为山大标语方队的一员，在开幕式上举着“山大 1901～2021”的标语走过主席台，我感到特别荣幸。

标语方队走过主席台后，我又有条不紊地开始了我的另一项工作：摄影。因为特别喜欢摄影，所以我用奖学金买了一台相机，并在大四上学期加入了山东大学新媒体中心摄影组，参与了学校很多活动的摄影工作。

开幕式仍在进行中，我迅速换上新媒体中心的工作服去主席台下拍照。各方队的同学先后走来，许多学院方队的同学穿着具有专业特色的服装，丰富多样的运动员服饰是开幕式上一道靓丽的风景线。有的同学还扮演了具有专业特色的玩偶，其中口腔医学院的牙齿玩偶给我留下了深刻的印象。这些美好的瞬间都被我用相机一一记录下来。

但我也没有忘记今天的第 3 个角色，今天下午，我将参加男子组 5000 米跑的决赛。

参加校运会的中长跑项目是在大三上学期就已经萌发的念头。短跑是我的体育专项，但中长跑同样是我的热爱，我渴望在赛场上奋力奔跑，挥洒青春的汗水。想到了就去做，我从大三寒假就把自己平时的训练量提高了近一倍。大三下学期，因为疫情，校运会被迫取消，十分遗憾，但我还是按照加强的任务量进行训练，为今年的运动会做着准备。坚持不懈，是我一贯的生活态度。

下午 3：35，比赛开始。发令枪一响，我便冲了出去，跑在了队伍的最前面。1 千米之后，有几个同学跑到了我的前面，但我并不着急，中长跑一定要按照自己的节奏缓慢提速，不能因为其他参赛者的节奏自乱阵脚。随着比赛时间的延长，有两个个人能力比较强的同学，冲到了队伍的最前面。到最后一圈时，甩开队伍的两位同学越跑越快，已不见踪影，而我前方只有一名选手，他离我有 5 米的距离。这时，冲刺铃声响起，我开始加速，在 50 米内将前面的这位选手超越，并在最后 100 米全力冲刺，以第3 名的位次到达终点，成绩定格在 19 分 13 秒。这是我一年多以来坚持不懈奔跑所取得的成果，作为一个不太擅长中长跑的人，能在中长跑比赛中拿到这个名次，我已经很满足了。在我比赛时，同学、朋友也在给我加油鼓劲，这也给了我继续坚持的动力。

比赛结束后，坐校车回到兴隆山校区，想着自己充实的一天，心里面特别满足。明天上午，我将参加校运会男子200米的比赛，这是我的体育专项，希望在比赛中能跑出令自己满意的成绩，为本科阶段最后一个校运会留下美好的回忆！

作者：体育学院2017级本科生　李龙飞

5月15日　星期六　阴转小雨

校运会检录裁判·高述凯

5月15日，对于我们山大体育人来说是一个难忘的日子。我们筹备的山东大学第二届全民运动会已经进行到第二天，时间总是很快，运动会进行到激烈精彩的阶段了。

早晨6点半，我从床上爬起来，骑上心爱的小电车，赶去中心校区会场。由于想去吹一吹早晨的风，让头脑更清醒一些，我便没有选择学院安排的校车。今天还有一份重要的工作——运动会检录裁判。来到餐厅，吃了一大碗师傅们准备好的早餐，就赶去检录场地。

运动会之前，我们96位裁判进行了多次培训，包括比赛须知、竞赛规则、体育道德等。我们也是鼓足了劲，想要把这一场比赛做好。把检录场地的器材准备好，检录表打印出来，检录时间也到了。还是和昨天一样，比赛刚开始时，我这边的工作量很大，只有我这边检录完成后，其他项目才能开始，所以要抓紧分工检录。由于扩音设备较少，我们只能大声喊。几轮下来，几位裁判的嗓子开始不舒服。于是我们协调分工，相互替换，尽量去克服这个问题。直到我们把运动员带到跑道上，看着他们在运动场上奔跑跳跃，这时候我们才开心起来。

到了下午3点左右，天上飘来雨点，这给运动员和裁判带来一些困扰。慢慢地，雨大了起来，比赛也进入白热化，我们把最后一场接力运动员带到场地后，赶紧去其他位置帮忙。这时候的风和雨更大了，我赶紧找来几套雨衣给裁判们送去，谁也没想到温度变化这么大，大家的衣服都很单薄。风雨中，给运动员加油的声音此起彼伏，热度丝毫不减。我看到裁判们都很冷静，越是复杂的环境，越容易出现问题，这根线，一直在绷着。随着最后一位运动员冲过终点，运动员竞赛也告一段落。

闭幕式上进行了最后的颁奖仪式，看着获奖学院在雨中庆祝，我也跟着快乐起来。充实的一天，收获满满。山大力量山大魂，山东大学的体育氛围将会越来越浓。

作者：体育学院2019级本科生　高述凯

5月16日　星期日　晴

“挑战杯”山东省赛组织参加者·贾彦楠

上午9点，随着36位评审专家走进中心校区12间答辩教室，第十七届“挑战杯”山东省大学生课外学术科技作品竞赛终审决赛拉开帷幕。本届竞赛由山东大学承办，校团委负责组织，而我十分荣幸地成为一名赛事的组织参加者。

3个月来，在团省委和学校领导的关怀指导下，在学校各部门的鼎力支持下，在参赛老师和同学们的全力配合下，在众多志愿者的奉献帮助下，由校团委所有成员组成的“挑战杯省赛工作小组”及早谋划、统筹安排、精细部署、强力推进，从校赛初赛到校赛决赛再到省赛项目完善，完成了426选16的五轮次参赛作品选拔和完善工作。此次竞赛筹备也让我深刻感受到，组织一场大型赛事的不易不仅在于规划方向和审核作品，更在于对所有细节的兼顾。无论是整理作品资料、对接评审专家，还是设计文案海报、联动宣传单位，亦或是申请比赛场地、布置比赛现场，都需要事事严谨、时时注意。师生齐心协力，按时推进流程，才使得竞赛承办整体策划、竞赛配套活动组织开展以及竞赛具体事宜全面落地，实现了本次竞赛的既定目标，充分展示了全省高校大学生科技创新成果，调动广大学生的创新创业热情，引导他们努力培养科学精神和科学态度，积极学习科学知识和方法，踊跃投身创新驱动发展战略，为促进科技自立自强、加快建设科技强国、实施“创业齐鲁计划”贡献青春力量。

决赛作品中，既有本科生在专业领域权威期刊发表的原创性论文，也有科研团队聚焦“卡脖子”技术、以解决实际问题为目标的科技发明创造，还有调研团队围绕发展成就、文明文化、美丽中国、民生福祉、中国之治和战疫行动等方面实地调研后形成的调研报告，思维创新，成果丰硕。评审过程中，同学们认真汇报，仔细聆听，评委们辩证点评，给予建议，从中我感受到了齐鲁学子们强烈的科创热情和报国意愿，也为他们活跃的创新思维和丰硕的科创成果所折服，更对这股青春力量所迸发出的能量充满期待。

“惟创新者进，惟创新者强，惟创新者胜”。今天的中国比以往任何时候都更加迫切需要有理想、有本领、有担当的青春力量。樊丽明校长期望青年们能执“挑战杯”如椽巨笔，书写厚植家国情怀、激发担当作为的使命之歌，敢于争当先锋、勇攀学术高峰的创新之歌和投身双创实践、搏击时代风浪的奋斗之歌，把个人理想与国家的前途命运紧密结合起来，用青春之奋斗、青春之进取、青春之奉献书写人生华章。

晚上8点，比赛结果揭晓，山东大学获得12个特等奖，创历史最高纪录，如愿捧得本届比赛最高荣誉“挑战杯”！这是我们献给山大建校一百二十周年的生日礼物，也是我们积聚力量组织筹备“挑战杯”国赛的“集结号”。我和我的同事们还将勇当学校“双创”工作先锋，以更加坚定的工作理念、更加务实的工作作风、更加高效的工作方法、更加清晰的工作内容、更加显著的工作成果，服务广大师生医务员工，助力学校高速发展。

作者：校团委工作人员　贾彦楠

5月17日　星期一　晴

“挑战杯”国赛红色专项特等奖团队成员·张同贺

5月的成都春意盎然，第十七届“挑战杯”全国大学生课外学术科技作品竞赛红色专项活动线下终审在四川大学拉开帷幕。我与9名团队成员合作完成的“‘党建就是生产力’——寻访脱贫攻坚中的红色引擎”的项目经过与全国100多支团队的角逐，最后获得了国家特等奖。当我站上领奖台的时候，内心非常激动，一幅幅难忘的备赛画面呈现在眼前。

在历时4个月的赛程中，大赛为我们提供了非常好的自我展示和学习提升机会。从校赛到国赛，一路走来，我和团队成员在多位老师的悉心指导下，以更专业的视角、更高的标准严格审视改进我们所呈现的内容。这种精益求精、严谨踏实的精神，也会在我未来求学、求职的道路上一以贯之。

在活动现场，我们见到了来自全国高校的众多参赛团队，他们从不同视角阐述了对于红色文化的理解，以不同方式展现专业的项目成果，让我认识到研究问题的多种可能性，受到了很大的启发。大赛评委老师对我们各环节表现的点评简明扼要、分析深刻，很多独到的见解让身为后辈的我们醍醐灌顶。在线下答辩过程中，我也认识到随机应变能力是综合素质中非常重要的一项内容。

回顾参赛的历程，选择红色专项赛道和党建主题，也使得团队的临时党支部成员对于脱贫攻坚、对于党的认识更进一步，也真正体会到党建红色引擎作用的强大。从选题确定到细节商讨，王磊老师、李彤彤老师、韩巧霞老师全程跟随团队，悉心指导，帮助我们解决了一个又一个问题，也让我们树立了正确的态度；校区团工委老师的精心组织与学院领导的支持帮助让我们能够安心备赛。

此外，在红色专项活动进行的同时，第十七届“挑战杯”全国大学生课外学术科技作品竞赛山东省决赛也在山东大学举行。我与其他 7 位同学共同合作完成的“深耕蓝海的希望——海洋渔业生态效率评价与提升方案设计”也获得了山东省特等奖。该项目经历了校区的初赛、复赛、决赛，在团工委组织的多次模拟答辩中不断提升。团队成员始终携手并进、互相鼓励，以丰富的学科知识背景打好项目的专业基础，以必胜的决心走好前进的每一步。也正是许多个日日夜夜的辛勤耕耘和不懈努力，才取得了这样的优异成绩。

最后，感谢各位指导老师的辛苦付出与团队全体成员的拼搏努力。大赛虽已落下帷幕，但进取的步伐不会终止。作为一名山大学子，我们将永远秉持“学无止境，气有浩然”的校训精神，仰望星空求真知，脚踏实地担使命，用奋斗底色写好青春的理想华章。

作者：商学院 2018 级本科生　张同贺

5月18日　星期二　晴

博物馆（青岛）工作人员·王昭力

5月18日是国际博物馆日，今年的博物馆日更加特别：山东大学博物馆（青岛）刚刚作为山东省国际博物馆日的主场宣传活动举办地，受到各界瞩目，并在半年多的试运行后，于5月15日举行了开馆仪式。

转眼间，入职博物馆快4年了。还记得自己4年前来到青岛校区的那天，面对空空荡荡的博物馆大楼，不知道这4.08万平方米的庞大空间将要如何去布置，甚至不知道该把自己摆在什么位置。现在，这里设有4个常设展览、3个临时展览；文物库房，环境与社会考古学国际实验室，博物馆与文化遗产研究院的办公区、教学区、资料室等模块一应俱全。

4年恰好是一个人读完大学的时间。和很多人一样，4年的求学生涯，其实才刚开始读懂一门学科。4年中，我也从一个博物馆爱好者开始，学着如何去做一个人类文化遗产的守护者、讲述者。这次开馆就像我们的毕业典礼，是一次阶段性的总结和庆祝，继而开始一段新的旅程。

有人说，博物馆是一种生活方式，通过展品和各种主题活动，我们向大家提供更多与自己和世界相处的思路。

博物馆的展厅中，漫长光阴凝结于器物，相比之下，我们不过是沧海一粟，短暂地从历史的字里行间穿过。这种短暂和殊途同归，让人变得谦卑，也变得豁达，因为所有的故事，都曾经发生过，所有的答案都藏在这些石斧、骨针、陶鬶、铜镜、玉钺、诏版、钱币、竹简等遗存之中。

博物馆诞生之初，曾是贵族收藏和展示私有珍品的地方。如今博物馆不再是高高的神坛，而是文化交流互鉴的平台，公众获取知识信息的场所，更是实现个体情感表达和对话的地方。我们的博物馆里，不仅有宏大的主题和专业性的陈列，也有每一个人小小的悲欢；既展现了齐鲁文明史的演进和发展，百廿山大实现为国育贤梦想的实践和坚持，山大考古学科

90 多年的积淀和传承，也承载着今天青岛校区的同学们，通过自己策划制作的展览所传递地对母校、城市、青春的解读和眷恋。

博物馆不仅有守正和传承，更有创新与发展。今年国际博物馆日的主题是："博物馆的未来：恢复与重塑"。席卷全球的新冠肺炎疫情，改变了大家的生活方式和交流方式，博物馆作为公共机构，对自身的定位和功能也进行着新的探索。在凝固的博物馆建筑之外，我们借助互联网和新媒体平台，在云端为大家直播博物馆展览，介绍博物馆的教育活动，并与观众们隔空互动。

我的老师王伟教授曾对我说，在博物馆工作是最好的工作。我想，的确是这样的。在这里工作，常常会有站在巨人肩膀上的感觉，人类的智慧、历史的波澜和世界的精彩尽收眼底。博物馆的人们是极可爱的，无论是这里工作的人、参观的人、学习的人，甚至偶然路过的人，一千个人眼中有一千个博物馆，那便是世界投射在每个人心中的样子。这种缤纷，不断丰富着我，也鞭策着我不断学习，能力所及，用心求证，严谨表达，带着一份强烈的使命感和深沉的感情，去讲好山大的故事、文物的故事，以及每个人的故事。

作者：青岛校区博物馆工作人员　王昭力

5 月 19 日　星期三　晴

软件学院毕业设计完成者 · 周　辉

今天天气非常好，阳光明媚，我也终于在今天完成了毕业设计的全部实验部分。回顾做毕业设计过程中的种种，我有很多的感触想记录下来。

我们软件学院的毕业设计要求很严格，所有的毕业设计题目都经过学院老师精心设计，并且毕业设计的课题高达400多个，没有任何的重复课题，涉及的方向有很多：有研究类的、有开发类的、有深度学习方向的、也有网络安全方向的……毕业选题开始于2020年第四个季度，也就是大四上半学期。当时的我忙于考研，没有第一时间关注毕业设计的选题通知，所以轮到我去选课题时，我想选的网络安全相关的毕业设计课题基本上都被选走了。所以我一狠心，选择了一个我之前完全没有接触过但非常感兴趣的课题，关于视频编码和深度学习。

这个课题的提出者，也就是指导我做毕业设计的导师高艳博老师。虽然她刚来山东大学不久，但是她在指导我们做毕业设计和教授我们相关知识时，表现得一点也不像新手老师。高老师每周都会开一次学术分享会，目的有两个：一是要检查和监督我们一周内毕业设计的进展情况；二是因为参加会议的同学毕业设计课题相关度很高，可以通过这个分享会互相学习。老师是我们的良师益友，在分享会上不仅会给我们学术上的指导，还会通过她的人生经历和生活经验，给我们指导生活上的各种问题。

很幸运遇到了非常优秀的导师，但是我在毕业设计中仍然遇到了一个很难通过我们自己的力量解决的问题——实验设备的问题。因为我们的课题跟深度学习和视频处理有关，用于实验的机器必须有高性能的图形处理器（GPU），如果没有合适的设备，整个毕业设计进度将会变得非常缓慢。每当这时，我都能感受到山大给我们学生提供的便利。高老师第一时间帮我们联系了负责学校高性能计算云平台的万林老师，万林老师在听到我们的需求之后，也马上表示可以免费给我们提供一些高性能的服务器，以便我们进行实验。山大的高性能平台和市场上很昂贵的服务器相比，不仅性能不相上下，操作还更加方便简洁，而且对远程桌面支持友好，我们已经配置好的服务器环境也可以在下一次申请中继续使用，这些都大大方便了我们设计实验。

很开心能在今天做完毕业设计的所有实验工作，也很感谢导师、学校、高性能平台、同学、朋友在这个过程中给予我的帮助和鼓励。

作者：软件学院 2017 级本科生　周　辉

5 月 20 日　星期四　多云

美英澳国际教育项目校友 · 刘乃嘉

2017 年毕业后，再也未能走进山大校园。时隔 4 年后的今天，在5 月 20 日这个充满爱的日子里，我有幸作为校友代表前来参加山东大学美英澳国际教育项目 2021 届学生毕业典礼，再次回到母校怀抱，重温那份久别的温暖。

4 年前，也是同样的郁郁葱葱。今天，看着那些奔波在教学楼里的身影，仿佛都是我曾经的影子。我不禁驻足于曾经住过的宿舍门前，不禁再吃一次山大食堂的鸡蛋灌饼，依然那么温暖与亲切。

回忆起与山大的渊源，还要从中学说起。高二时我参加了物理竞赛，很幸运获得了全国物理竞赛的二等奖，那是我第一次走进山大的校园，也是第一次接近梦想，而山大美英澳项目给了当初偏科英语和物理的我一个实现梦想的机会。在山大读书的日子里，清晨安静的走廊聆听了我们晨读英语的琅琅书声，夜晚教室的灯光见证了我们备战考试的辛苦，四季的小树林分享了我们友谊的笑声和泪水。我感恩母校对我的培养，感谢所有老师的无微不至，不仅让我有了丰厚的知识储备，使我的海外学习游刃有余，更让我从一个不懂事、不会选择的孩子成长为认真为梦想负责、努力拼搏的大人。4 年后，我即将从国外研究生毕业，开启博士学习，回想起当年的选择，我感到无比幸运。

在今天的毕业典礼上，我作为山大美英澳项目的校友代表上台发言，感到无上光荣。聆听着学校领导对山大精神的阐释，感受着老师们的鼓励祝福，分享着学弟学妹们获得奖学金、拿到满意 offer 的喜悦之情……这些都让我深刻体会到了作为山大人的骄傲。带着这份骄傲和责任，我把我的经历与大家逐一分享，愿尽我所能给予他们支持与帮助。同时我也坚信，未来的我们会一起在世界各地奏响山大强音。

百廿山大，逐梦山海。2021 年 5 月 20 日，天气晴好，温度适宜，适合起飞！祝愿我的学弟学妹顺利起飞，祝福我的母校 120 周岁生日快乐！

作者：经济学院 2017 届校友　刘乃嘉

5 月 21 日　星期五　晴

朋辈辅导大赛一等奖获奖团队成员·刘明璇

在热烈、持久的掌声中，朋辈辅导大赛落下帷幕。我与两名队友彼此对视，目光中又是惊喜，又是满足——我们代表外国语学院拿了第一名，获得了一等奖！

我与白皓宇是大一的心理委员，第一次参加这次比赛，而我们的领队一鸣学长，有过一次参赛经验。回想了一下参赛经历，这次比赛取得了好成绩，我最大的感触就是感谢：感谢指导老师的指点和鼓励，感谢心理中心和主办方的精心准备和评委老师的点评，最感谢的还是我们的团队。拿到了一等奖，我们实至名归。因为桂冠的背后，是我们 3 个人辛苦努力的备赛，是学长事无巨细地整理资料、补充知识，同时也是我们 3 个人彼此信任、互相理解。从初赛开始，我们已经完完整整听完了心理委员的慕课

(MOOC)，题库复习了一遍又一遍，尽管不熟悉线上答题的新形式，可我们依然以第一名的成绩出线。那时，本以为我们出现了很多失误，早已做了“佛系”收场的预期，可惊喜意外来临，我们的努力没有被辜负。

决赛于我而言，更多的是展示与学习，不带一丝紧张，甚至是以一个小孩的心态去比赛。或许是觉得我们已经准备得很好，觉得有两名队友在，我可以轻松嚣张。我喜滋滋地享受着紧张按键抢答带来的乐趣，在看到题目后和队友们激烈又兴奋地小声议论，豪气地在第二轮比赛中选择了20分、30分的难题。在演讲环节，我们队抽中率先上场打头阵，学长又临时扛起演讲的重任，即兴对“当我鸭梨山大时”的主题进行现场演说，学长的演讲其实可以用两个字概括，那就是“真诚”。这次演讲的要求之一，就是以心委的视角对演讲主题进行思考和应对，所以与其说是一场公众演讲，不如说是一场聊天，学长一个人站在台上，以朋友的姿态，拉近了演讲者与听众的距离，对压力来临给出自己的建议和看法，真诚的态度、清晰的逻辑得到了台下老师同学们的肯定。我认为，此次心委技能比赛，贵在“知心”，贵在“交心”，我们有前期胸有成竹的知识积累，我们有台上稳健自如的临场表现，这个第一名，我们势在必得。

心理委员是新时代大学生心理健康教育的重要朋辈力量，是大学生群体的同辈知心人。在这次备赛的过程中，取得名次倒是其次，最重要的是我们真正沉下心学习了心理委员知识，积累了助人自助的经验，提升了个人能力，我觉得自己离一个合格成熟的心理委员又前进了一大步，帮助同学们时也更有底气了。同时，也因为此次比赛，我更明白了心理委员并不是安慰同学的“花架子”，而是同学们心理健康的吹哨人、疏导员。心理委员需要付出共情的真心，需要聊天的技巧，警惕的危险意识。我为自己的职务而感到自豪，同时也希望，在接受培训之后，在日后与同学们相处的日子里，我可以热烈而真诚地对待每一个同学，时刻倾听、关注每一个同学与众不同的心声。

作者：外国语学院2020级本科生　刘明璇

5月22日　星期六　晴

全省哲学社会科学教学科研骨干研修班学员・姜　文

暖暖五月，非常荣幸地被学校选派参加了2021年全省哲学社会科学教学科研骨干研修班（第一期）。今天是研修结束的日子，坐在高铁上，回顾6天充实有序的研修生活，我缓缓敲下这篇日记。

本次研修班，共邀请了7位来自中共中央党校（国家行政学院）、山东大学、省委党校（山东行政学院）等单位的学术大咖，为我们开展了7场专题讲座，内容涉及习近平总书记关于新闻舆论工作重要论述、意识形态领导权、中国共产党文化领导权、马克思主义哲学等不同方面。他们的讲座既有理论高度，又有现实深度，角度新颖，内容丰富，全面深化了我对习近平新时代中国特色社会主义思想的认识，坚定了我对马克思主义的信仰、对社会主义和共产主义的信念。特别是张勇教授的讲座《牢牢把握意识形态领导权，推进中国理论和中国话语权建设》，解开了我原本对意识形态工作的困惑，充分认识到意识形态工作的极端重要性，对未来工作起到了旗帜性的导航作用。在分组讨论中，小组成员共同学习了习近平总书记给《文史哲》编辑部全体编辑人员的回信，结合工作实际，分享交流感受，碰撞思想火花，让我感受到了浓浓的学术研讨氛围。本期研修班开班恰逢“习近平总书记在哲学社会科学工作座谈会上的讲话”发表5周年，利用研修课余时间，我找出原文，自觉原原本本学、原汁原味学，在学思践悟中提升理论修养。

在研修期间，我们观看了《建党伟业》《建军大业》《古田军号》《建国大业》4部电影，重温了从1921年建党到1949年新中国成立这段历史，真切感受到百年党史是一部波澜壮阔的实践史，记录着中国共产党筚路蓝缕、奠基立业，带领人民从站起来、富起来到强起来的艰辛历程。同时，在主办方的组织下，我们先后参观了“四五”党性教育基地、莱芜战役纪念馆、三涧溪村、焦裕禄纪念馆和山东原山艰苦创业教育基地，浸润式地进行学习教育，亲身体验到百年党史是一幅气势恢宏的宏伟蓝图，镌刻着中国共产党人不畏艰险、艰苦奋斗，奋力实现国家富强、民族独立、人民幸福的感人故事。

“善学者尽其理，善行者究其难”。为期6天的研修学习，让我深知责任在肩、任重道远。作为一名高校辅导员，我知道我要以高度的政治自觉、思想自觉、行动自觉讲好党史故事、传承红色基因，在新时代主动作为，守好一段渠、种好责任田、唱响主旋律、弘扬正能量；我知道我要遵循思想政治工作规律、教书育人规律、学生成长规律，牢牢把握高校思政工作的主动权和话语权，引导学生深刻理解“中国共产党为什么能”“马克思主义为什么行”“中国特色社会主义为什么好”，做到“以史育人、以文化人”；我知道我要因事而化、因时而进、因势而新，牢牢占领高校思政工作的思想高地和网络阵地，增强学生的政治认同感、责任感和自豪感，把立德树人的根本任务落细落小落实。

未来，我将带着研修收获的精神食粮，常怀“空杯心态”，锻造“硬核本事”，用最真挚的情感感召学生，用最深切的情怀感染学生，用最真实的理论功底赢得学生，做言传身教的信仰传播者和铸魂育人的排头兵，努力写好高校思想政治工作的“奋进之笔”，以实际行动献礼中国共产党成立100周年和山东大学建校120周年！

作者：机电与信息工程学院工作人员　姜　文

5 月 23 日　星期日　晴

“山大杯”冠军足球队成员·孙培亮

“山大杯”足球赛是山东大学校内最负盛名的足球赛事，一直以来都被热爱足球的山大学子们视作自己的世界杯。2021 年正逢山东大学百廿校庆，今年的“山大杯”更是具有特殊意义。昨天，在历经一个月 60 多场比赛之后，“山大杯”足球赛终于落下帷幕。作为能源与动力工程学院足球队即将毕业的一名队员，我期待着和队友们一同与竞争对手经济学院奉献一场精彩的比赛，在友谊第一的同时力争卫冕“山大杯”冠军，不让自己学生生涯的最后一场比赛留有遗憾。

比赛在中心校区体育场进行，学院的老师同学们对我们寄予厚望，来自兴隆山校区和千佛山校区的上百位同学以及部分校友都来为我们加油助威。在震耳欲聋的“能动加油”助威声中，决赛开始了。

也许是受到场下观众加油的鼓舞，队员们很快进入了状态。开场不久，我们连续获得角球机会并多次射门，经济学院门将发挥出色，高接低挡力保球门不失。随后我们在观众的助威声中越战越勇，分别于第24 分钟和第 29 分钟通过左路传中门前包抄连进两球，以 2∶0 的比分结束上半场，进入中场休息。

下半场易边再战，经济学院全队压上，力求扳平比分，我队一度处于下风，但后卫队员们发挥出色，一次又一次化解了对方的威胁进攻。第 59 分钟，我队获得前场任意球机会。我长传吊入禁区，队友高高跃起，头球攻门击中球门立柱，随后补射破门，3∶0！这是锁定胜局的一球。在剩余时间的比赛里，我们稳扎稳打，不骄不躁，控制住了场上局面，把 3∶0的比分保持到了比赛结束。

最终，随着裁判的一声哨响，中心校区体育场成了能源与动力工程学院欢庆的海洋。队员们与前来观战的老师同学们一起庆祝，这也是学院足球队本学年继“新生杯”“兴隆山杯”“山大杯”5 人制足球赛之后获得的第 4 个冠军，实现了年度大满贯。

从 2015 年来到学院至今年博士毕业，6 年光阴转瞬即逝。我与学院足球队的队友们一起挥洒汗水，在场上为了学院的荣誉而奋力拼搏，这是一段美好的回忆。感谢每一位共同努力的队友，感谢支持我们的老师和同学们，这场“山大杯”决赛是我代表学院足球队的最后一场比赛，我为曾是这支队伍的一员而感到骄傲。未来的时光，祝我们的足球队继续向前奔跑，再创辉煌。

作者：能源与动力工程学院 2015 级博士研究生　孙培亮

5 月 24 日　星期一　晴

“添翼工程”插画设计课程学生·庄颖怡

昨天是“添翼工程”插画设计课程的倒数第二节课，我心情平静地在教室画了一下午。

与插画设计课结缘就像是一场意料之中的意外。幼儿园的时候老师问我长大后想当什么，当时的我毫不犹豫地回答想当画家，而后却因为沉重的学业和浮躁的内心渐渐忘了这个梦想。但当我偶尔刷微博或小红书，眼前掠过一张直击心灵的画作设计时，也会隐隐有着想自己创作点什么的冲动。于是当我点开“添翼工程”课程界面，看到“插画设计”这几个字时，心中不由得又隐隐骚动起来。我选择了添加课程。

在充满着最后期限的大学生活中，还记得第一天坐在插画教室里的时候，我甚至有点恍惚。在两个小时的时间里，我要做的真的就只有画画吗？我认为这是对时间的奢侈浪费，这么想时我甚至有些恐慌和后悔。

插画设计老师是一位漂亮利落的大姐姐，高高瘦瘦，像一根挺立的画笔。她总是启发我们，让我们尽可能地展开思维的翅膀，尽可能自由地创作。还记得第一节课，她让我们自己找喜欢的画作临摹。说实话，我已经很久没有关注过绘画作品，更不知道自己喜欢什么样的画。我打开图片软件翻找了半个多小时，终于找到了看着顺心的作品来临摹。老师一点儿也不催促我，就让我顺着自己的心意找。之后临摹的一个小时，可以说是我那一天内最开心、最专注的时间了。

老师从不评价我们画得好不好，但她很注重我们作品的内容。作品画出来是要有意义、有故事、有表达的。这让我对绘画的意义有了更深的思考。

在画笔“刷刷”的声音中，时间好像凝止又好像加速，一下午就过去了。我没有绘画基础，恐怕天赋也不怎样，画出的东西总带有那么一丝抽象意味。画呀画呀，我在白纸上留下痕迹，这是我思维飞跃的痕迹，是时间走过的痕迹。

当真正接触了插画设计后，我发觉自己追求的是心无旁骛画画时那难得的纯粹和惬意。仔细想一想，所谓的琴棋书画，在盛行的功利主义下也变了质，成了加分和盈利的工具。而当我通过“添翼工程”平台毫无杂念，只是单纯画画时，艺术的真正价值便显露了出来。每周可以有一段放空的时间，给自己的心灵放个假，真是幸运无比。

作者：外国语学院2019级本科生　庄颖怡

5 月 25 日　星期二　晴

图书馆《共产党宣言》书展工作人员 · 韩爱先

今年是中国共产党建党 100 周年。从 4 月 23 日世界读书日开始，图书馆党委就组织了馆藏多个版本的《共产党宣言》书展。《共产党宣言》是中国特色社会主义的历史源头和思想源头，所以又被称为“红色中华第一书”，这个展览令许多观展者收获良多。

不管是博士生、硕士生、本科生，还是慕名而来的老师、校友，都惊叹图书馆有那么多版本的收藏：有的翻开书页阅读，有的比较封面上的图案、颜色、出版年代，有的比较同一句话在不同版本的翻译，有的三五人一起交流……读者们分享着自己第一次阅读和多次阅读的感受，让身边参与的我深深感受到了他们思想跳动的脉搏。

1848 年，《共产党宣言》在伦敦出版。1920 年，中国青年进步知识分子陈望道翻译的首个中文全译本在上海出版 1000 册。山东广饶有一本辗转多地的线装本《共产党宣言》，封面是水红色马克思像，印着“马格斯、安格尔斯合著”“陈望道译”“定价大洋一角”等字样，在刘世厚等几位党员经半个世纪的接力拼死守护下，历经炮火得以保存下来。广饶版本和上海图书馆珍藏的版本完全相同，都是 1920 年 8 月出版的第一版。物以稀为贵，由于它被保存在屋山墙“麻雀眼”中，又从大火中被拯救出来，更加熠熠生辉。

在山东大学中心校区的世纪林，有华岗校长和成仿吾校长的两尊铜像，巧合的是两任校长都曾与《共产党宣言》结缘。华岗校长在 26 岁那年按照党的指示开始翻译《共产党宣言》，1930 年出版的版本相较第一版而言拿下了多项第一：它是第一个由共产党员翻译的译本，第一次用中英文对照形式出版，第一次将全文的结尾句译成“全世界无产者，联合起来”这一响亮的口号。成仿吾校长先后五次翻译过《共产党宣言》，他精通德英日法俄五国语言，1929 年在巴黎翻译德文版《共产党宣言》，是我国第一位翻译德文版的学者专家，此后对延安版的《共产党宣言》三次校译。1975 年最后一次校译时，他已经 78 岁，展现了马克思主义理论工作者精雕细镂、严谨缜密的工作态度和情怀。

习近平总书记指出：“在人类思想史上，就科学性、真理性、影响力、传播面而言，没有一种思想理论能达到马克思主义的高度，也没有一种学说能像马克思主义那样对世界产生了如此巨大的影响。”岁月如织、日新月异，《共产党宣言》这颗真理的种子，必将在实践和实事求是的土壤滋养中成长为更令世人瞩目的参天大树。

从 4 月 23 日世界读书日直到 6 月 30 日，山东大学图书馆“阅百年历程传精神力量”共读《共产党宣言》系列主题活动持续开展，主题活动由《共产党宣言》书展、《共产党宣言》读书交流活动、《共产党宣言》主题征文比赛、《共产党宣言》宣讲活动、党史专家讲座 5 部分内容构成，我们等待着更多的读者来围观分享、阅读、聆听、交流。

作者：图书馆工作人员　韩爱先

5 月 26 日　星期三　雷阵雨

唐仲英爱心社“诚信百宝箱”活动组织者・尹佳仪

担忧与应对，惊喜与感动，愿始终保有这份赤忱初心、矢志不渝。

伴随着诚信月的到来，我们社团也在筹划今年该举办什么样的活动。

犹记 4 月底，范老师偶然提出放一个小箱子，让大家随手取用，实现诚信取用，解人之忧。自成为社长以来，我真正举办活动的时间尚不足

3 个月，前期几次大型活动都是按照以往的策划书开展的。所以当遇到一个新的想法，我的第一反应是追问各种细节，会不会很难实行？在老师的耐心解答和悉心指导之下，我们的“诚信百宝箱”活动正式开始推行。

了解到“诚信百宝箱”初衷之后，活动尚未落地，我就情不自禁满怀期待。如果有这样一个百宝箱，那么偶尔忘戴口罩的同学们在理综楼入口的体温监测器喊出“请佩戴口罩”时就不会手足无措，在忘带水杯时就不会饥渴难耐，在天公不作美时就不会被淋为“落汤鸡”。口罩、头绳、纸杯、稿纸、笔、雨伞、订书机、创可贴……这些都是最日常、最被需要的东西，这个活动充满人文关怀。

记得那天晚上，物资全部到齐，5 个校区的“唐小爱”们在活动室精心装扮各自校区的百宝箱，一个个单调又空旷的箱子被装饰得精美又整洁。在中心校区率先推行时，我看到其他校区的伙伴们已经开始摩拳擦掌、跃跃欲试，我们都为它的诞生而激动不已。

活动进行过程中，我也遇到不少的担忧和惊喜：担忧的是万一有人只借不还，我们无力持续供应。在兴隆山校区推行不到一天，30 支口罩就用完了，后来我们决定放长补给间隔，并调研是否需归还。惊喜的是百宝箱能切实解人之忧，归还捐赠数量逐渐增多，我们还收到了肯定和感谢。还记得理综楼刚放上百宝箱那天，上课时突然有同学低血糖，教室里询问谁有糖时，我立马跑向了百宝箱，意外地发现百宝箱原来可以解人于危难之中。此外，同学们捐赠的棉棒、口罩、玫瑰、满天星……那一份份的留言，是对我们最大的肯定和认可，亦是我们前行最坚定的动力。

在 5 月 20 日到来前，我跟一名社团骨干去花市购买“应急玫瑰”，给原本朴实无华的箱子增添了别样的浪漫。在转发宣传这个“特别策划”时，“唐爱”家人们不禁说出“我将玫瑰藏于身后，时刻期盼着与你赴约”“总有些惊奇的际遇，比方说当我遇到你”“只属于今天的浪漫”“浪漫至死不渝”的宣传语。

“诚信百宝箱”是一次对在校学生的诚信考验，也是我们社团为校园作出的一点微薄贡献。我们由衷希望可以继续“按需使用，以诚归还”，让百宝箱陪伴我们度过春秋冬夏，将这一份热忱和便利带给校园的每一个人。

作者：文学院2019级本科生　尹佳仪

5月27日　星期四　晴

美育文化节摄影讲座参加者·韦柳伊

今天，在兴隆山校区讲学堂109教室，我参加了由校团委主办、数学学院和机械工程学院协办的“光影山大 百廿芳华”摄影讲座。从这个讲座中，我感受到了摄影艺术的魅力，感受到了美，也感受到了学校美育文化节的缤纷多彩。

这次讲座邀请到了毕业于法国米卢斯高等美术学院的新闻传播学院侯滢老师作为主讲人，主讲摄影中的基础构图法则。在本科和研究生阶段，我都就读于新闻传播学院，了解到侯老师的作品曾经参加过法国肖蒙艺术节、法国里昂“魅力汉字”展等多个展览，具有很高的艺术水平，所以对这次摄影讲座非常向往。

下午2点，我到达讲座会场，会场里正在播放法国音乐剧《摇滚红与黑》和《摇滚莫扎特》里的歌曲，动感的法语音乐将原有的困乏一扫而空。离讲座开始还有40分钟的时候，会场里已经来了不少同学。

讲座开始之后，侯滢老师先问了大家几个小问题，例如“大家觉得摄影困难吗?”“平时大家是从什么角度拍摄知新楼的?”“大家认为摄影是什么呢?”同学们的每一个回答都得到了老师的鼓励，气氛非常活跃。侯滢老师告诉我们，摄影其实是一种我们看待世界的角度，重要的是摄影作品里传达出的感情和思想。随后，侯滢老师依次展示了布列松、马克·吕布、安妮·莱博维茨等摄影大师的作品，让大家对优秀作品的特质有了一定的了解，学习从不同的角度去欣赏作品。

介绍摄影作品分类环节让我感触颇深。侯老师展示了摄影师陈庆港的作品《走出北川》，这张照片从俯拍的角度展现了解放军战士小心翼翼地合力抬出躺在担架上的受灾群众的场景，这一幕非常有视觉冲击力。13年前，还在上小学的我就曾经在电视上见过这张照片；今天再次见到它，才发现13年来我从来不曾忘却它，那一瞬间还是会为汶川地震这场灾难流泪。我想这就是摄影的力量，比之文字，它带来的临场冲击感实在是无可替代。

正如音乐家必须练好乐器一样，一个拍摄者首先要保证图片的质量，再去追求自我的表达。侯滢老师的讲座，使我掌握了一定的摄影基础，明白了每一张优秀的摄影作品后面凝结着怎样的努力，让我不虚此行。我想，今后要将今天学习到的摄影知识积极运用到实践中，在每一次快门声里锻炼摄影技能和审美意趣，表达自我。

作者：新闻传播学院2020级硕士研究生　韦柳伊

5月28日　星期五　晴

幼教服务中心工作人员·朱　政

风和日丽，碧空如洗。我们在紧张忙碌中开始了“‘五常六T法’在幼儿园食堂管理工作中的试点应用”主题拍摄工作。山大幼教作为济南市首批幼儿园食堂“五常六 T 法”管理试点单位，高度重视此次难得的学习平台和实践机会。我们用心去学习，用行动去践行，尝试用镜头来记录“五常六 T”执行管理的点点滴滴。

“拍摄组人员防疫、卫生就绪!”“灯光、摄像各就各位!”我们的镜头穿梭在忙碌的幼儿园食堂工作现场，用专业的视角捕捉着“五常六 T”每一步的工作亮点。

“五常”：工作常组织、天天常整顿、环境常清洁、事物常规范、人人常自律；“六 T”：天天处理、天天整合、天天清扫、天天规范、天天检查、天天改进。“五常”“六 T”相对独立又相互联系，赋予工作现场明确的执行顺序、频率和内容，共同作用于幼儿园食堂工作的科学管理。

“舌尖上的幼儿园”乍一看是吃的问题，实则是个管理问题、观念意识问题，也是创新和发展的问题。“五常六 T 法”作为现代餐饮优质管理方法引入幼儿园食堂管理中，我们充分借鉴市场餐饮业的管理优势，有效规范岗位操作，高效引领工作流程，进一步提升幼儿园食品安全管理水平，为幼儿在园的就餐饮食安全保驾护航。

“酸奶蛋糕这就出锅了，快来抓个特写喽!”可爱的面点师正在热心地为我们导引镜头。“好嘞！这香味儿都能给你拍进去，放心吧，哈哈!”摄影师也完全融入了幼儿园食堂繁忙而不失童趣的工作氛围。整个拍摄工作井然有序，每一个镜头都收获满满。望着辛勤奋战在幼儿园食堂工作一线的炊事员们，我欣喜地看到了从管理者到员工人人重视“五常六 T”管理的良好局面，深刻地感受到了山大幼教饮食人为人的质朴和对工作的执着。

山大幼教致力于不断满足幼儿日益增长的健康饮食需要，以科研带管理，从“幼儿园食堂标准化管理实践研究”，到“滋养体魄的食育园本课程”，再到“幼儿园食堂五常六 T 法管理实践”，坚持管理育人、服务育人、环境育人，努力打造让幼儿喜欢、家长满意、社会放心的幼儿园食堂。我们的幼教饮食人更是信心倍增，不断改进、创新、提高，立志把

“舌尖上的山大幼教”锻造成行业的一张亮丽名片。

作者：后勤保障部幼教服务中心工作人员　朱　政

5 月 29 日　星期六　晴

“添翼工程”书法课程学生 · 胡静薇

“中国传统文人有一个不存在例外的共同点：他们都操作着一副笔墨，写着一种在世界上很独特的毛笔字。”余秋雨在《笔墨祭》里对书法文化与中国文化关系的描写可谓淋漓尽致。我从小就对这个黑与白、墨与笔的艺术非常钟情，但由于日益繁重的学业与自己不喜匆忙的性格，我还是与这门宁静的艺术渐行渐远。

当舍友告诉我，学校的“添翼工程”开设了书法课程时，我毫不犹豫地报了名。第一堂课比我想象中的有趣，老师细致地讲解了书法从古至今的历史、书体、知名碑帖以及书法大家。我发现自己对大多数碑帖与文人都有所了解，欣喜的情绪在心中翻腾。但是当知道我们要学习的碑帖时，我的心中还是有一丝失望：是我曾经练习过的《曹全碑》。从软件园校区到洪家楼校区每个星期要打车来回，再加上路上花费的时间，我在想这是否值得。老师的一句话让我燃起了继续学习这门课的兴趣——结课时我们可以写一把小扇子！我最后还是决定留下来学习这门课程。

我曾经觉得隶书过于简单，但却被《曹全碑》的大气宏丽所触动：隶书的笔画也许模仿起来简单，然而隶书自带的瑰丽之气与庄严魄力是难以临摹的，需要写字者仔细揣摩。我在课上寻得了笔墨的恣肆、隶书的拙趣。书法老师平易近人，每节课前都认真制作 PPT，对字形结构与笔法讲解细致。老师也从来不吝啬自己的赞美，每当同学们写字有进步的时候，他就会夸奖写得不错，为同学们学习书法增加了动力。

最后几节课，老师让我们选好自己要在扇面和尺幅上写的字。欧阳修“把酒祝东风，且共从容”的诗句和诸葛亮“万事俱备，只欠东风”的典故共同浮现在我的脑海里。“东风”二字既有英气从容之感，又有恢宏潇洒之气，同时符合隶书疏朗匀整的风格，无疑非常适合写在扇面上。而在尺幅上写的七言诗句是我早就决定好的：既是为山平不得，我来添尔一峰青。这句诗既表达了诗人傅山傲然不屈的精神品格，也巧妙地融合了诗人的名与字，是我特别喜欢的两句诗。在这门课程上能够选择自己喜欢的词语与诗句进行书写，我感到十分满足和充实。

“古墨轻磨满几香，砚池新浴灿生光”。这门书法课程不仅仅教给我如何写毛笔字，同时也让我在这个浮躁匆忙的世界中寻得一处宁静所在，独享书法乐趣。

作者：微电子学院 2020 级本科生　胡静薇

5 月 30 日　星期日　晴

深入学习贯彻习近平总书记给《文史哲》编辑部全体编辑人员重要回信精神研讨会工作人员·张潇月

今天是深入学习贯彻习近平总书记给《文史哲》编辑部全体编辑人员重要回信精神研讨会召开的日子。此刻，我写完新闻稿，一个人坐在办公桌前，感慨万千。12 天的会议筹办时间里，在申树欣主任的带领以及本科生院隋卫燕、张玮、杨晓玲、任立英、苏珊等老师和各相关部门同事的支持下，我们终于保质保量完成了此次会议的承办任务。

5 月 9 日，习近平总书记给《文史哲》编辑部全体编辑人员回信，让全体山大人深受鼓舞，也让我们全国新文科教育研究中心办公室的成员倍感振奋。12 天前，在接到承办本次研讨会的任务后，我们迅速展开会议筹备工作。深夜 11 点半，我们耐心接听参会人员的咨询电话，并对参会细节进行详细解答；改了十几稿的文件，我们发到工作群里互相反复检查；为了确保各项工作落实到人，我们召开了一次又一次的协调会议……

12 个小时前，我打印好最新修改的沉甸甸的会议材料奔赴会场，这些材料背后凝聚着我和申树欣主任、于喜娜老师以及人文社科研究院相关老师数个夜晚的辛勤工作。相比第一次参与筹备新文科会议的紧张和焦虑，这一次，我的步伐多了些沉稳和底气。路上，我在脑海中反复梳理今天的工作要点，对自己说，加油，你没问题的！到达会场后，我第一时间将打印好的最新的会议材料一一交到各有关工作人员手中，大家都确认没有问题后，我悬着的心稍稍放了下来。为了扩大会议的影响，这次研讨会不仅请来了 10 余位主流媒体记者，更将进行全程网上直播。在苗立群老师、李舒锐老师的支持下，直播预告已经在前一天顺利推送。今天，我的主要任务是协助对接好现场媒体记者的工作，经过和宣传部老师的详细沟通、仔细核对，确认所有事项和资料均无误后，会议正式开始了。

本次研讨会邀请了南开大学、中国传媒大学、中国政法大学、吉林大学等学校文科领域的知名专家。会上，与会专家围绕深入学习贯彻习近平总书记给《文史哲》编辑部全体编辑人员重要回信精神，结合各自学科特点作了交流发言。山东大学相关负责同志以及媒体记者等 150 余人在主会场参加会议。会议开始后，我为负责播放会场 PPT 的于喜娜老师做好协调补位工作，时刻关注着总控室、会场中、会场外的实时情况，及时和相关老师沟通，嘉宾引导、致辞、专家发言、茶歇等各个环节顺利进行，我的心也慢慢踏实下来……会议进行了全程网上直播，省内各高校相关负责同志收看了会议直播，网上直播当日累计访问量突破 21.8 万。

何其有幸，在这个百年未有之大变局的重要节点上，我能成为一名新文科建设的参加者，我会从打好一个电话、写好一个材料、办好一个会开始，努力成为构建浩瀚银河的一点星光、成为聚起滔天巨浪的一朵浪花，为新文科的建设和中国特色哲学社会科学的构建贡献一份力量！

作者：本科生院工作人员　张潇月

5 月 31 日　星期一　晴

“山大杯”辩论赛冠军团队成员·董欣怡

初夏悄然而至，我们迎来了一年一度的“山大杯”辩论赛决赛。作为校内最高规格的辩论赛事，“山大杯”对于很多山大辩手都有着不一样的意义。

我作为历史文化学院辩论队的队长兼辩手，今年的决赛对我来说更是意义非凡。大三的我已经进入了毕业的倒计时，队伍中 3 位学长学姐更是要在今年 6 月毕业，冠军对于我们所有人来说，都是心中最想要实现的愿望与希冀。

我们常常调侃，队伍缺了些运气。历史文化学院上一次拿到“山大杯”冠军还是在 2013 年。8 年了，我们一次一次地折戟沉沙，一次一次地经历失败，冠军对于我们来说，好像已经成了一个可望而不可即的梦想。

今年学院迎来了 2020 级的新辩手，完成了新阵容的调整与组合，我们满怀信心迎来了“山大杯”的开赛。4 月初，赛程开始，连胜的成绩让我们信心倍增。虽然每一场比赛都让辩手们感到焦虑与压力，但我们总是拼尽全力备赛，对于即将到来的下一场也总是充满信心和期待。很幸运，我们成功杀出C组，战胜了来自青岛校区的队伍，与哲学与社会发展学院队会师决赛。院队所有辩手都怀着激动的心情开始了新一轮的备赛之旅，努力在决赛的舞台打出好成绩，呈现给观众们一场好看的比赛。

决赛赛场上，李紫琪、乔瑞、王文源和我4人组成反方，就“执念让人更清醒/更迷茫”展开辩论。我们在赛场上都很紧张，但是我们始终相信队友可以有好的发挥，可以与自己完美配合。我们拼尽全力拿下了这场比赛，得到了评委老师们的认可，几乎全体队员在夺冠后都流下了感动的泪水。

赛后我也有很多思考。我其实一直也在想，自己为什么要打辩论赛呢？现在一切都有了答案：我是为了辩论中认识的喜欢的人们在坚持，为了他们和我们共同的梦想在奋斗。毕业生刘松煜学长发言的时候我一直在哭，因为我想起在我刚刚进队的时候，他跟我们讲，有一个“山大杯”的冠军是他4年大学中最大的期盼。不知道从什么时候开始，他的梦想也变成了我的，变成了我们全体队员的；这一天，这个梦想迎来了2933天后的完美实现。

今年的赛程中真的有很多很多的爱在陪伴我们：许晓彤老师的悉心指导，学院老师们的加油鼓劲，学长学姐跨越五湖四海而来的支持，队友们的鼓励，2020级队员们的坚持不懈，他们成了我坚持的理由和前进的动力。

我是幸运的，有幸在大三拿到了这个几届历史人渴盼的冠军。看到毕业归来的学长学姐时，我真的觉得，虽然我们初见，但是我们已是老友，因为我们为同一个梦想、同一支队伍奉献过我们的青春年华。

我想，这个冠军属于历史文化学院辩论队的每一个人，这一天夜晚璀璨的星光属于为了胜利梦想执着坚持的每一个人！

作者：历史文化学院2018级本科生　董欣怡

6月1日　星期二　雨转晴

第一幼儿园教师·赵　嘉

盼望着，盼望着，在夏日微风轻拂中，在孩子们的欢歌笑语中，第71个儿童节翩然而至。为了让孩子们度过一个快乐且有意义的节日，山东大学第一幼儿园精心设计了“童心向党，畅想六一”系列活动，让孩子们感受节日的快乐。

6月1日早上，天空飘起了毛毛细雨，这丝毫挡不住宝贝们快乐的脚步。他们早早地来到幼儿园，拿好游园票，同伴们三五成群，民间游戏游园活动拉开帷幕。

“我们去叠罗汉吧！”

“我刚刚玩了跳皮筋，可有意思了，你快去试试！”

……

走廊里孩子们相互交流着游戏中的体会，脸上洋溢着开心的笑容。再看看游戏中的宝贝们，他们跃跃欲试，摩拳擦掌，好不热闹！

“我与同伴同乐”“传统文化润心田”“童心向党，红色传承展示秀”“民间游戏游园活动”等多彩活动，将快乐和祝福带给每一位小朋友，也让孩子们感受到中华优秀传统文化和红色文化的滋养。

回顾我们的庆“六一”系列活动，从前期策划到实施开展，我们山大一幼的老师们在园领导的带领下做了充分的准备工作，包括活动前的策划、活动时的道具安排、特殊情况应急预案、场地设施的安全等。同时，我们所有人一遍遍为活动出谋划策、修改方案、调整道具、设计游园票、走台练习，辛苦付出只为换得孩子们快乐的笑脸。一位家长志愿者向班级老师反馈：“赵老师，你们太辛苦了。这样的活动让小朋友们开心、融洽地在一起，让我们看到孩子不一样的一面，非常感谢！”听到家长这样说，我突然觉得之前一切的辛劳烟消云散了。

在这“迎‘七一’、庆‘六一’”的喜庆日子里，山东大学党委书记郭新立、常务副校长王琪珑、校党委副书记张永兵给幼教中心全体小朋友和老师送来了节日的问候：“在‘六一’国际儿童节来临之际，祝幼教服务中心的全体小朋友和老师节日快乐！向全体幼儿园干部教师表示衷心感谢。”

在这个开心、特别的儿童节里，在爱国主义情怀的浸润中，孩子们尽情地展示自己，体验节日的快乐。我想对全体孩子们说一声“六一”儿童节快乐，祝愿孩子们健康、快乐每一天；也对我们辛苦付出的老师们道一声谢谢。

作者：后勤保障部幼教服务中心工作人员　赵　嘉

6月2日　星期三　阴转雷阵雨

“超星杯”教师教学比赛决赛组织者 · 朱征军

昨天是“六一”儿童节，尚在幼儿园上中班的儿子却因为生病，不得不在家度过一个安静的节日。我的身体也因为前一周高强度的工作有些不适，但因为山东省第八届“超星杯”高校青年教师教学比赛决赛的新闻稿件素材还需要整理，周一休整了一天后，我昨天在办公室一直工作到晚上。

这是山东大学首次承接省级高校教师教学比赛决赛的协办任务，也是我第一次作为主要组织协调者参与这项赛事。为了借机营造良好的教学文化氛围，我还特意拟写了几条条幅标语：各登文理工医学科高峰，同行立德树人教育大道；赛场起承转合尽显真功夫，课堂言谈举止皆成大先生；

三尺讲台展“青椒风采”，一方天地育中华栋梁；手执教鞭指点迷津，心有戒尺规范言行；教学有法切磋创新，教无定法融会贯通；登高望岳齐鲁风，俯首问道孔子范。

前两日，校园里充满热烈的比赛气氛，红色的展板、道旗和条幅在夏日绿荫的映衬下分外夺目。周一得知学校5位参加决赛的选手获得了4个一等奖和一个二等奖，山东大学也再次荣获优秀组织奖，这个结果在我的意料之中。这半年来组织开展了多轮磨课和赛前集训后，我已非常了解每一位选手的实力、优点和长处，也通过直播观摩到他们在赛场上展现出山大优秀青年教师应有的风采和底蕴。

好像每一次历练成长后，我总是想通过“山大日记”记录一些印迹，分享一些感受。现把前两天朋友圈即兴创作的一首打油诗摘录如下，同时借此向决赛组织开展过程中所有的支持配合、付出奉献、认可肯定、理解包容表示诚挚谢意！

首接任务压力强，筹备月余琐事繁。
领导表态全力办，各个部门协调忙。
幸得同事齐助力，往届选手也出场。
志愿学生轮流上，骨干助理分重担。
紧锣密鼓布赛场，培训嘱托口舌干。
后勤公安要保障，信息防疫重要环。
展板道旗烘托染，条幅标语深意含。
初夏艳阳绿荫广，七级大风声势壮。
对讲手机齐呼唤，总控会务全场串。
开头难免有忙乱，千头万绪请见谅！
晨起夜归连轴转，坐阵指挥不好干。
超星直播平台强，高师中心定心盘。
山大首秀一流范，选手评委真心赞。
任重道远前路长，立德树人记心房！

中午回家后给发烧的儿子做了他想吃的炖土豆块，小家伙胃口和精神还不错，吃了不少饭菜，喝了三大杯温水后开始出汗降温，相信他很快就能“满血复活”了。

正式成为“教发人”（指教学促进与教师发展中心工作人员）已近3年，这3年的工作总是充满困难和挑战，也非常有意义和价值。我深知接下来的任务将更加艰巨，期望自己也能够永葆童心，满怀热忱，追求卓越，不断创新，和我家小朋友一起健康成长。

作者：本科生院工作人员　朱征军

6月3日　星期四　晴

“挑战杯”省赛特等奖团队成员·周　波

“挑战杯”系列课外学术科技作品竞赛是山东大学最受瞩目的赛事之一，恰逢山东大学百廿校庆，这也赋予了今年“挑战杯”独特的意义。今天参加的“挑战杯”创新创业项目成果对接活动对我而言是一次难忘的经历，这不仅是我的一次学术之旅，更是一次让我学会如何表达学术观点、如何规范学术论文的人生课堂。

从今天的创新创业项目展到省赛颁奖典礼，再到项目成果对接沙龙，我想起了备战省赛的一幕幕。校团委多次邀请以往“挑战杯”的评委老师，对我们的作品进行辅导。专家们犀利地指出了我们在背景知识、作品展示及课题持续研究方面的不足，并针对这些问题提出了宝贵的修改意见。比赛前几天的PPT撰写阶段是整个过程中最难熬的，因为在比赛前夕要对讲解报告做出大改动，这给予团队成员很大的压力。那段时间感觉非常忙碌和紧张，但经过不断的修改打磨及连续几晚熬夜后，我们的最终版本出炉了。我们在决赛中获得了特等奖，并与企业代表达成初步意向，我觉得这一切的付出都是值得的。

这次比赛是我所接触的最高赛事。我非常珍惜这样一次机会，也在参与过程中见识了各个学校的优秀作品，接触到了非常专业且有真知灼见的评委老师。感谢万熠、梁西昌、侯嘉瑞等老师的悉心教导，感谢校团委老师及志愿者同学们的热心帮助与服务，也感谢我们优秀的团队成员（纪振冰、李亚男、范世缘、王天弘、王泉钧、张晓、于明志）全心全意的配合与工作。

“挑战杯”省赛虽已落幕，但我们的挑战仍在继续，前方还有国赛等着我们！希望我们能在国赛迈出挑战的步伐，谱写佳绩。

作者：机械工程学院2020级硕士研究生　周　波

6月4日　星期五　晴

师德专题教育工作方案学习者·夏逸群

今天认真学习了学校印发的《关于开展师德专题教育的工作方案》（以下简称《方案》）。《方案》内容丰盈，深入强调了教师队伍素质建设对百廿山大的重要意义，同时，《方案》也为我们下一步的工作实践指明了方向，提供了遵循。

自从今年年初接手教工思想政治和师德师风相关工作以来，我不断加强自身党性修养和政策理论水平，充分认识到加强教工思政和师德师风建设对学院（医院）教师队伍建设、学科科研建设和立德树人成效的重要作用。在分管副书记的关心与支持下，通过推进部门联动、工作协同，结合学院（医院）教师身兼医教研多重身份的工作实际，与教学工作办公室深入沟通，初步探索教师工作会议思政模式，将原有专题思政会议转变为会议思政这一更加灵活的方式，有效推动思想政治教育和师德师风建设融入部署工作任务、教育教学研讨和教师工作座谈等多环节、全过程，让教师们在参加一次高效业务工作会议的同时接受思政和师德教育，切实起到潜移默化、润物无声的作用。

2 月份，学校下发了《关于开展师德师风知识竞赛活动的通知》，作为工作职能部门，我们迅速反应，将参与师德师风知识竞赛答题作为推进师德教育的有利契机和重要抓手，以各党支部为单位，认真组织，广泛动员，掀起了一波师德师风答题热潮，并最终获得了个人一等奖 1 名、二等奖 2 名、三等奖 2 名，优秀组织个人奖、优秀组织单位奖各 1 项。作为积极推进本次学校活动的组织者和答题“满分”学员，我不仅收获了更加丰富的理论素养，更收获了满满的成就感和获得感。在此过程中，院领导们对师德师风工作的重视和口腔医学院教师们参与答题的认真与热情让我深受感动，而这些也将激励着我在未来的工作中不断改进、不负众望。

在加强教工思想政治和师德教育的基础上，为进一步建设好新时代教师工作队伍，突出师德师风“第一标准”，我们起草制定了《山东大学口腔医学院（口腔医院）新进人员思想政治素质考察暂行办法》，通过网络调查、电话联系等多种途径，全面了解考察新聘教师思想政治素质和师德师风，为口腔医学院教师队伍建设把好“第一道防线”，真正实现让师德师风考察不再“飘在天上”，而是更“接地气”、更“有内涵”。

习近平总书记指出：“做老师就要执着于教书育人，有热爱教育的定力、淡泊名利的坚守。”放眼山大，正因为拥有众多一生清贫却对学生尽心扶植的名家前辈，才得以奠定了《文史哲》杂志难以撼动的学术地位，才得以滋养出一代代山大学子积极进取、爱国爱校的精神血脉。聚焦口腔医学院，若非前辈们一路披荆斩棘、奋发图强，何来我们今日跻身国内一流之荣光。落脚到工作实践当中，我们要进一步动员广大教师深入学习《关于开展师德专题教育的工作方案》，准确把握“三新一高”要求，结合党史学习教育，铭记初心使命，感悟师德传承，努力建设一支新时代高素质教师队伍，为学校高质量发展提供源源不竭的人才动力。

作者：口腔医学院工作人员　夏逸群

6月5日　星期六　晴

《红色文物青年说》讲述者·储　燕

今天，我所录制的《红色文物青年说》讲述视频播出了。难忘的过往历历在目。

5月12日，我踏上了去往北京的路途。长这么大还是第一次去北京，也是第一次代表学校去录制节目。这次节目是受教育部高教司委托，在中国传媒大学电视学院启动的以“红色文物、青春讲述”为主题的《红色文物青年说》，在全国100所高校中遴选100名代言人，讲述红色文物故事，传承红色精神。

5月13日，我有一些紧张了。此次录制，不仅仅是代表我个人，还代表土建与水利学院，更代表山东大学。昨晚更是翻来覆去，脑海里一遍又一遍地背诵讲述内容，这是因为稿件都是经过审稿后才发送到我们每个人手中的，所以按照要求不可以改动原有稿件内容，这便增加了背诵难度。于是，一大早，我就去了4K演播室提前观摩现场，为下午的录制做准备。

透过现场的大屏幕，听着同学们真诚的讲述，我不禁在心里为他们鼓掌。一遍一遍又一遍，选手们嗓子都快哑了，老师们的嗓子也跟着哑了，我在下面坐着，也深受触动，优秀作品背后，缺少不了这种严谨的精神。

时间过得很快，转眼就到了下午两点。我去化妆间化妆，一边化妆一边背稿子，然后佩戴好音响设备，便上台了。令我开心的是，我的录制过程非常顺利，只试录了一遍，台下的老师和导演便让我直接开始正式录制。不到 1 个小时，我就完成了全部的录制内容。现场有专业的老师负责摄像，我也收获了一些珍贵的照片。

5 月 15 日，返校之后，中国传媒大学为参与录制的同学邮寄了纪念品，并告诉大家将自己此次前来录制的感想写成文字，后期将征集出版，而视频也将于近期在各大媒体平台上线，这让我对此万分期待。

5 月 28 日，视频已在各大平台上线，6 月 5 日，我所录制的讲述视频也终于播出。视频的背后，不仅有中国传媒大学的技术指导，也离不了土建与水利学院的老师们对我的鼓励，更离不开学校团委、本科生院、校研究生会对我此次参加活动的推荐和支持。感谢所有在背后默默付出的人，也感谢中国共产党为了人民，这 100 年来所有无私的奉献。

作者：土建与水利学院 2020 级硕士研究生　储　燕

6 月 6 日　星期日　晴

外国语学院硕士毕业生 · 赵艳琳

随着答辩的结束，我在研究生阶段的学习就要完成了。回望这 3 年的点点滴滴，遗憾和收获都是人生的宝贵财富。幸运的是我遇上了一个在学术上兢兢业业的导师，还有 3 位努力且上进的舍友。如果这 3 年的生活像是一场旅途，那么虽然偶有迷路，但最终还是到达了正确的方向。我感受到的科研就像是登高望远，只有步步坚定才能勇攀高峰。

在这段旅程中，我幸运地遇到了严谨治学、乐于分享的韩佶颖老师。刚入校，老师就提供了一些文章，开阔我们的学术视野，随后让我加入了课题组。能够得到参与国社科项目的机会，我真的非常激动。一开始，我大有撸起袖子干出一番大事业的豪情壮志，但是之后却陷入完全的迷茫；写第一段文字给老师看时，上面全是密密麻麻的批注。虽然我写得很差，但是老师并没有放弃我，而是在我失意的时候温柔鼓励我，懒散的时候严厉鞭策我。导师效率非常高，我把写好的东西发过去，她总是很快就能看完。有时候自己第二天醒来，发现改好的文章已经“躺”在了微信里。每每看到老师那么用心地指导我，心里既感觉愧疚，又暗下决心一定要写好。老师及时有效的修改让我收获很多，我开始在无边的黑暗中感受远处或明或暗的光。

想要看到好的风景总要经过一番折腾。论文写完之后，发表的过程也是一波三折。导师一直在学术上对我们高标准严要求，我完成论文后首先投到业内顶尖国际期刊上。十分“小白”的我以为写完论文就是这场战役的终点，但是之后却接连收到拒稿信。当时真是翻江倒海般的痛苦，导师仍然积极地指导我修改。经历过 3 次被拒、数次修改之后，这篇论文终于发表在不错的 SSCI 期刊上。回顾这段经历，我最真实的感受是科研工作中的收获总是姗姗来迟，但是只要付出时间和心血，总会有收获。正如赫曼法则中所描述的：“你的科研产出与你每天花在工作上的有效时间的 1000 次方成正比例；你的科研产出与你分析已获得数据拖延的时间的 1000 次方的倒数成正比例。”

我在研途收获的还有能力提升，写论文的过程也影响了我的思考方式。我现在做事情会考虑得更加全面、也更能沉下心来。科研工作中那种逐渐突破自己、打破旧认知、重新建立新认知的过程让我怀念。我想继续在这条路上走下去，苦心人天不负，最后还是申请到了一所心仪的学校，我将在一个全新的环境里继续这段旅程。

最后，我想以过来人的身份告诉学弟学妹，要认真对待读研这件事，慢慢前行，即使当时眼前一片黯淡，回首时也许繁花似锦。

作者：外国语学院 2018 级硕士研究生　赵艳琳

6 月 7 日　星期一　晴

文学院党委副书记 · 王　萌

盛夏校园，浓荫翳日，百舌争喧，崇光碧叶，落英缤纷。冯陆先生的石像前，4 个充满朝气的青年学生背着书包，手捧书本，正围着一位白发皤然的老教授问这问那。教授儒雅可亲，温如春风，正在给他们耐心地讲解着。学生们笑出了满眼的星光，一个一个如阳光下挺拔的小树。

这是昨天我在校庆宣传片拍摄现场看到的一个场景。它深深地触动了我，这正是我心中文学院精神图谱的绝佳隐喻，象征着一种文脉的接续与传承。

疫情发生一年多以来，我们的生活发生了重大的变化，和同学们面对面交流的机会减少了很多。隔着屏幕的网上交流总感觉少了些亲切，多了点距离。记得去年同学们第一次大规模返校的时候，我们几个老师策划用一种比较新颖的方式来迎接久别校园的他们。因为文学院师生耳熟能详的一句话是“青春读书处，永远一家人”，我就想把这句话嵌在对联里。想了半天，攒成“青春作伴白日昭只重回读书处；风雨同舟山河无恙永远一家人”，并用毛笔写出来悬挂在现场。这两句话只顾语义和气势的通顺，并没有考虑对仗。后来杜泽逊院长和一个学生在现场看到后，特意提醒我说，文学院展示的对联一定得更规范一点，不仅要讲究对仗，哪些字能写简体，哪些必须写繁体，都不能错。惭愧之余，我也体会到“文学院”这个金字招牌真的是几代学人和成千上万名学院学子呕心沥血、接续奋斗、共同呵护的结果。

后来再一次接学生返校的时候，我拟了初稿，把“文”和“学”两个字融在对联之中，跟去北师大读古典文献的学生斟酌修改后，定为“斯文高广无所增减；为学家国有以行藏”，由北师大的学生写好后寄来。第三次返校的时候，一位2016级擅长隶书的本科生写了一副对联“文江学海千帆竞渡，鲁韵齐风一脉相承”。第四次返校，我给即将毕业的学生拟了一首小诗“江山如有待，君子以经纶。斯文于此盛，为学家国新”，还是由这位2016级的本科生书写。同时，根据这首小诗，我们用“江山有待斯文盛，礼乐无惭为学新”的毕业横幅送别2020届文学院的毕业生。

到了9月份，老生返校，“新秋鸿雁有声且别眷府，故园风雨无恙还就胶庠”的对联出自一位2017级本科生，这个学生今年也要去北师大读研了。迎接2020级新生的时候，杜泽逊院长亲自拟了一副对联，“研究物理，为家国学问；体会人情，作天地文章”，由去北师大读研的学生书写。杜院长在现场还不厌其烦地教给我很多关于联语的知识。今年春季学生返校，我拟了一副对联，经与学生修订后，“大块遗文章，有待修毫学正雅；青春驱疠疫，惟期广卷展鸿猷”以龙门对的形式呈现。杜院长看到后说，这副联语不仅对仗，而且还应景。最近的一次是由我们的2020级本科生创作书写，“好雨迎春文章焕彩腾蛟凤；清风逐疫学府增辉起金声”。

尽管有些联语仍然不够规范，我却像水獭祭鱼一样虔诚地罗列出来，只是想说明，这个小小的案例背后折射出的正是文学院蒙以养正、教学相长、敬畏学问的师道精神。

当然，我想这里面应该还包含着我们的一些价值追求。我记得我的毕业纪念册上，有位老师写了简单的3个字“有诗意”。当时我并没有领悟到这几个字的寓意和分量。可是在毕业20年之际回头再来看这句话，才知道在充满劳绩的人生中追求“诗意的栖居”需要多么强大的心灵、高尚的情操和精深的修养。老师对我的教诲，虽然不能达到，但是它一直像北斗星辰一样在那儿指引着我。所以，今年我给大家的毕业赠言中说，君子之言行，所以动天动地也。

最后，还是勉强凑了一首诗（仍然有学生的功劳），以是为别。

河水归潮送孺子，泰山落影惜登临。
乾坤欲展千寻目，家国希赓百世心。
忽作星驰遐迩散，莫思月度短长吟。
但得书籍终相与，何必青山桑梓阴。

作者：文学院党委副书记　王　萌

6月8日　星期二　晴

行星科学团队研究人员·李　勃

前两天，学校收到了中国航天科技集团有限公司第五研究院火星探测项目办公室发来的感谢信，信中对山东大学行星科学团队在保障“天问一号”火星探测器成功着陆任务中所做的工作给予了感谢。收到感谢信的这一刻，我不禁回想起我们团队参与“天问一号”火星探测器着陆任务的点点滴滴。

时钟拨回到半年前，我所在的行星科学团队接受航天五院总体设计部的委托，承担起了评估和预测火星尘暴、保障“天问一号”着陆的任务。从 20 世纪 60 年代开始，人类总共实施了 46 次火星探测项目，但成功率不足五成。其中技术难度最大、失败率最高的阶段就是着陆器进入火星大气后，时速从大约21000千米下降为零，并实现安全着陆的“黑色9分钟”，而火星大气中的尘暴是阻挡成功着陆的第一道障碍。尘暴可能会改变着陆器下降过程的动力学参数，影响着陆过程的安全性；同时，沙尘粒子可能会附着在探测器的表面，甚至钻入探测器内部，造成各类仪器设备故障。

为开辟“天问一号”着陆器着陆的“安全通道”，团队负责人凌宗成教授带领团队成员制定了详细方案，我和张江老师，王奕、朱昱州、李晨帆、姚佩雯4名研究生以及多名2019级本科生一起，克服了缺少国外实时数据、火星分析经验少、数据处理时间短、计算模型复杂等困难，分析了8个火星年多达6000张彩色影像，识别出4661个尘暴对象，建立了我国首个火星尘暴数据库，完成了火星尘暴的在轨预测，清晰地呈现出了火星尘暴的发生概率、移动轨迹和移动速度。

“天问一号”着陆器计划着陆前，我和张江老师、王奕同学一同前往北京，进行最后的数据分析保障工作。5月13日下午，“天问一号”传回了着陆前的最后一批图像数据，此时距离计划着陆时间仅剩不足48小时。航天五院总体设计部要求团队尽快分析数据，给出着陆区是否有尘暴、大气条件是否适合着陆等问题的结论，以保障着陆任务的顺利实施。接到任务后，我们立刻进入工作状态，连夜分析数据，最终给出了着陆区无尘暴、大气光学深度适合着陆的结论。

5月15日7时18分，“天问一号”携“祝融”号火星车成功着陆于火星乌托邦平原南部预选着陆区，中国成为继美国之后第2个掌握火星着陆巡视技术的国家，同时也是世界上第1个首次探索火星便完成软着陆任务的国家。这是中国首次实现地外行星着陆，是中国航天事业发展中又一具有重大意义的里程碑。

“天问一号”这一名字取自屈原长诗《天问》，寓意探求科学真理征途漫漫，追求科技创新永无止境，承载着中华民族对真理追求的坚韧与执着。作为一名行星科学方向的科研工作者，能够投身到中国首次火星探测任务中，我感到无比光荣和自豪。天问已至，求索无疆。随着着陆任务的顺利实施，后续科学数据将陆续下传，山东大学行星科学团队将继续关注和服务于“天问一号”探测任务，坚守为空间科学探测事业增砖添瓦的初心使命，做伟大航天精神的自觉践行者，为我国的深空探测贡献山大力量。

作者：空间科学与物理学院副教授　李　勃

6月9日　星期三　多云

《全国大学生党史知识竞答大会》参加者 · 白秋雨

今天晚上8点，央视综合频道新一期的《全国大学生党史知识竞答大会》准时播出，熟悉的题目、熟悉的背景音乐，节目中，当主持人说“欢迎百人团下一位登台选手——山东大学白秋雨”的时候，我开心地站起身来，一路和身边的人击掌跑到台前。

我和全国其他99所高校的代表相聚在北京，开启了我们这一群青年的党史学习之路，一同回望中国共产党这波澜壮阔的100年。我看到了井冈山点亮的星星之火；看到了江西瑞金升起的一簇希望；看到了于都河畔的军民鱼水情；看到了无数前赴后继的铮铮铁骨；看到了天安门广场上空飞过的17架飞机；看到今日如此可爱的中国，到处都是活跃的创造，到处都是日新月异的进步。

这是我第一次和这么多位同学在一起集中学习党史，每天的内容都非常丰富，同学们的互相讨论和老师的现场讲解让我更快地吸收和理解这些知识。学习至振奋之时，我们站起来心潮澎湃地唱响《国际歌》，起先是一小部分人，后来就成为一种默契。我们怀念千千万万没能看到今日中国的革命者、奉献者们，如今处在中国共产党成立100周年的历史节点上，支撑着我们的是一种由身后的学校、民族、国家所汇聚成的力量，我感到无比光荣，责任在肩。

在比赛中，主持人念到“山东大学”时，我的心跳会自动加快；每次面对镜头谈起我的学校和历史时，我总是昂首挺胸、滔滔不绝。比赛期间，我的心总是提着，每在深夜多复习一点，自己就会多松一口气。比赛走上正轨，我的排名慢慢靠前。更令我惊喜的是，我曾经对历史事件只有模糊印象，现在已经能如数家珍；从前只了解大概的社会主义建设理论，现在可以同老师们一起探究一二。党史中汲取的力量让我心中有信仰，脚下有力量。

回想起这段日子，我想自己永远也忘不了烈士就义前留下的铿锵誓言：“杀了夏明翰，还有后来人!”这样的话现在仍然振聋发聩。我感激和怀念中国发展建设中为国家奉献的先辈们，他们是西北荒漠上隐姓埋名的“两弹一星”元勋，是带头搞包产到户的一批农民，是支边建设的一个个志愿者……老师在录节目时说：“青年的心里要装得下别人，脚底带泥，心中有光，脚下才有路。”在节目中，我真的看到了这样的一批青年，亲耳听到他们讲述自己的故事、自己对党史的理解，那种真真切切的体会最能打动人。我校闻一多先生曾说：“青年盲目而又不盲目，在平时他不免盲目，但在非常时期他永远是不盲目的。”在中国共产党成立100周年的特别历史节点上，我想我们非常有必要去学习党史。从历史中走来，我们一同去遇见、去创造今天的可爱中国。

作者：管理学院2019级本科生　白秋雨

6 月 10 日　星期四　多云

“建党百年 · 为党书信”活动参加者 · 刘子健

得知我的书信入选“建党百年 · 为党书信”活动并且还要作为代表发言的时候，我还蛮惊喜的。能参加这么正式的活动，何其荣幸。为了能够更好地诵读书信，我还提前去“建党百年 · 为党书信”活动总结大会的举办地——胶东（威海）党性教育基地“为了人民”基层党建教学点演练了一番。

这是我第一次在这样重大的场合发言，我在宿舍读了好多遍稿子。可真到了上台的时候，看着台下坐着环翠区委和校区各单位的领导们，我还是难免紧张，声音有些磕磕绊绊，腿也一直打战，好在顺利读完了。

总结大会和党性教育基地揭牌仪式结束后，我们一同进行了实地参观。虽然我平时对威海的历史也有一定了解，但是面对那些珍贵文物再加上讲解员生动的讲解，还是很感动。理琪、于得水……我在信中提及的人物一个个出现在展板上，他们的形象便又鲜活了起来。展板上有一张照片是反映当年反动派残忍杀害共产党员的卑鄙行径，我不禁唏嘘。没有这些革命先辈们的流血牺牲，又怎么会有我们今天的幸福生活呢？从 1895 年甲午战败到 1945 年威海卫光复，英勇的威海人民经过不断的抗争，洗刷了半个世纪的屈辱。经过一代又一代人的努力，威海才改换了如今的崭新面貌。

参观中，我第一次听说了十八里担架道的故事。我去过里口山好多次了，但是不知道背后还隐藏着这样一段感人的故事。当听到讲解员说到威海卫保卫战还有古陌岭、棉花山的时候，我的思绪一下子就打开了。之前走访老兵的时候，曾经听他们讲过威海卫保卫战的激烈战况；今天我来到了当年运送重伤员的后方战场，更真切地感受到了人民群众对共产党和人民子弟兵的信任与支持。正是因为紧紧依靠和团结全国各族人民，我们党才能打败日本侵略者和国民党反动派，在前进的道路上取得一个又一个胜利。我们不能忘记历史，我想，作为大学生党员更要加强对党史的学习，从中汲取智慧和力量，为社会主义现代化强国建设作贡献。

现在正是樱桃成熟的季节，里口山里的采摘园内挂满了红彤彤的樱桃。我想这漫山遍野的红色，也算是对先烈们的告慰吧。

作者：机电与信息工程学院2017级本科生　刘子健

6月11日　星期五　晴

校内双向挂职干部·王栋华

昨天下午，校内双向挂职干部教师班围绕习近平总书记给《文史哲》编辑部全体编辑人员重要回信精神，组织了专题学习研讨，邀请儒学高等研究院党委书记李平生教授作辅导报告。李平生书记从历史、现实、未来三个角度对习近平总书记的回信进行了深入解读，从增强文化自信、加强党性修养两个方面引导我们深刻领会习近平总书记重要回信精神、切实提升工作实效。

专题辅导结束后，五位学员代表汇报了学习心得。我有幸作为双向挂职四班的代表进行了发言，发言题目是“学思践悟，深刻领会总书记重要回信精神；继往开来，积极投身百廿山大事业发展新征程”。这是我一个月以来，第三次参加学习习近平总书记重要回信精神研讨会。5月10日，我所挂职的学校纪委第一时间召开专题学习会，传达学习重要回信精神；5月14日，一校三地纪检干部专题培训会举办，邀请李平生书记作辅导报告；6月10日，作为双向挂职干部，我有幸再次聆听李平生书记的专题辅导，对习近平总书记的重要回信精神有了更为深刻的理解和感悟。

2021 年高考刚刚结束，我们的在校学生也即将迎来考试周和毕业季。党和国家对高等教育的需要、对科学知识和优秀人才的需要，比以往任何时候都要迫切。作为与新时代同向同行的高校教育工作者，我们生逢盛世，肩负重任。面对习近平总书记提出的“增强做中国人的骨气和底气”的嘱托，我们要心怀“国之大者”，始终牢记为党育人的初心、为国育才的立场，坚持社会主义办学方向，全面落实立德树人根本任务，推动教育深度融入新发展格局，持续深化教育评价改革，把发展科技第一生产力、培养人才第一资源、增强创新第一动力紧密结合起来，更好促进科教兴国、人才强国战略实施，培养一心向党、一心为国，堪当民族复兴大任的时代新人。

今年是伟大的中国共产党成立 100 周年，也是实施“十四五”规划、开启全面建设社会主义现代化国家新征程的开局之年，我们学校也将迎来 120 周年校庆。作为百廿山大教育事业的亲身参加者，我们更感使命光荣，责任重大。我们要把深入学习贯彻落实习近平总书记重要回信精神作为首要政治任务，充分用好习近平新时代中国特色社会主义思想这把“金钥匙”，在感悟思想伟力中切实提升学习工作实效，在学思践悟中不断增强政治判断力、政治领悟力、政治执行力，勇于担当作为，以求真务实的作风把党中央决策部署和学校党委工作要求落到实处。

学无止境，学贵有恒。我坚信，在全校师生的共同努力下，我们一定能够勇担时代重任，不断开创世界一流大学建设新局面，回答好习近平总书记提出的“坚持中国道路、弘扬中国精神、凝聚中国力量”的重大课题。

作者：管理学院校内双向挂职干部　王栋华

6月12日　星期六　多云

前沿科技体验课 VR 课程参加者·陈佳颖

高中的时候，我曾读过日本轻小说作品《刀剑神域》，这本书以 VR 为技术背景，主人公通过佩戴 VR 头盔进入虚拟游戏世界探险，仿佛身处现实世界一样操控着自己的躯干和行动，所有的感官包括视觉、听觉、触觉甚至是味觉和嗅觉都仿佛是真的，这让我对 VR 技术产生了强烈的好奇。进入大学后，我的专业是法学，本以为没有机会体验 VR 技术了，但我这一点小小的梦想的种子，居然有机会发芽了。那是在展翼团队纳新的时候，我发现在青岛校区公共（创新）实验教学中心的创业创新资源共享团队可以维护和体验各种前沿设备，其中就有我喜欢已久的 VR 设备，我当即报名，并且幸运地成为其中的一员，在老师和队员的指导下，我如愿以偿走进了 VR 世界。

近期团队利用实验中心的资源，面向全校开放了一系列体验课，除了无人机、3D 打印、机器人，还有我最喜欢的 VR 课程。于是在体验课活动中我学以致用，参与了 VR 课程的组织工作。前两天的开课日，同学们到来后，队长对他们表示欢迎，并介绍了本团队成员，然后播放 VR 教学视频，开始了课程指导。在同学们跃跃欲试的气氛达到高潮后，我们开始引导他们自行体验便携式 VR 设备，并在一旁给予帮助。起初，同学们面对 VR 设备还比较生疏，但在队员手把手的教导下逐渐熟络起来，并能积极主动地进入不同的资源中体验。实验室中同学们或手舞足蹈在虚拟现实中拼杀，或惊叫连连拼命逃跑，或轻车熟路在虚拟世界搭建的场景中漫游……两个多小时的课程，不同专业的学生齐聚 VR 教室，共同收获着欢声笑语。我看着同学们洋溢的笑容，满足感油然而生。

作为一名法学生，先前我难以想象该如何把 VR 与法学等学科联系起来，而在接触了 VR 设备并参与到这门课之后，我对于 VR 技术与法学等专业的融合有了全面的认识：VR 作为未来的趋势，今后或许能够被广泛运用于学生的模拟法庭中；也可以开发一套再现犯罪现场的 VR 系统，该系统通过绿幕、视频游戏软件和 VR 头盔来重建犯罪现场的 VR 画面，法官还能在 3D 世界里检查现场细节。或许在未来某一天，我们能利用 VR 设备对现实场景进行细微观察，甚至可以零距离、全方位、不受空间限制地进行三维立体的体验……

我相信随着技术的不断进步和开放，文科学生会接触并利用到更多的新一代信息技术，在新文科领域取得更深入的发展。

作者：法学院 2018 级本科生　陈佳颖

6 月 13 日　星期日　小雨

药学讲坛参加者·冶　明

药学讲坛是我们学院的一个精品项目，为大家普及医药学相关知识的同时，也能够锻炼演讲者的语言表达能力和胆量。

今天是我们本学期的第三次药学讲坛，与以往不同的是，这一次我不再是一名听众，而是一名演讲者。我怀着激动的心情站上讲台，为大家带来了我充分准备的演讲内容——抑郁症。

之所以选择这个主题，是因为我认识到抑郁症的发病已经出现了低龄化趋势，但是社会对于抑郁症的识别率却极低，有且仅有 20% 的抑郁症患者接受过治疗。因此，我意识到向大家介绍抑郁症相关知识的重要性，希望大家能储备一些关于抑郁症的知识和治疗、防止原则。

在活动开始前的一周，我在专业网站上查询了大量与抑郁症有关的知识，了解到抑郁症的发生和很多因素有直接或间接关系，例如，心理社会因素、神经化因素、遗传因素等。也了解到抑郁症患者最典型的症状是显著持续的情绪低落，也清楚地意识到自杀是抑郁症最严重的后果。此外，我还学习到治疗抑郁症的一些方法和预防原则。在讲述过程中，我详细地介绍了物理治疗、药物治疗、心理治疗的相关知识。同时，我向大家展示了抑郁症患者的采访视频，希望大家能够了解抑郁症患者的感受，并且意识到抑郁症对于人心理和生理上的巨大伤害。

在活动最后，我呼吁大家能客观理性地认识抑郁症，对身边的抑郁症患者伸出援手，疏解他们内心的低落情绪，理性正确地引导他们，同时希望大家能够合理面对自己内心的负面情绪，适当发泄，不要压抑在心中而铸成疾病。

通过这次药学讲坛活动，我能更加了解抑郁症患者的感受，同时为自己增加了相应的专业知识，为日后的学习提供了基础。

期待与下一次药学讲坛的遇见。

作者：药学院 2019 级本科生　冶　明

6 月 14 日　星期一　暴雨

洪家楼校区宿舍楼防水设施安装志愿者·黄志向

端午佳节，天公不作美，今天一整天都是阴天，早上零星下着小雨，到了下午，天空开始释放积蓄了一天的能量，下午 5 点开始，暴雨倾盆而下，只是一眨眼的工夫，洪家楼校区餐厅外的道路上就布满了雨水。我被困在了餐厅，眼望着雨势丝毫不减，我选择冒雨冲回了宿舍。洪家楼校区的道路在大雨的倾泻下变成了一条条水路，原本细水慢流的校区里的那条排水河道也变得波涛汹涌，第一次看见河道里的水变得如此湍急，桥上架起了警戒线，防止人们靠近。

回到寝室，我全身湿透，这样的情况已经没有再出门的必要，安安心心地享受宿舍的安宁才是正确的做法。但是我还是低估了这场暴雨。几分钟后，宿管阿姨在宿舍群里发消息：雨势严重，排水河道水势上涨得厉害，需要男同学帮助安装防水板，保护宿舍楼安全。我们宿舍楼女生居多，作为男生，我们义不容辞地出了寝室。

原本想着就我们几个男生去，会不会人手不够；当我们到达楼门口时，才发现我们的担心是多余的。楼里大部分的男生都来了，当我们到时他们已经在忙活了。他们先把两块防水板搬到门口，把防水板插入门口预留好的缝隙中，固定住防水板。当两个板都固定完后，中间正好空出一个可以让人通过的小通道。然后我和同学们一起搬运沙袋将其垒在宿舍楼入口，造出了一座小“城墙”以阻挡水漫入宿舍楼。最后在宿舍楼的入口放了一个垫子，擦干回来的同学的鞋底。这样，宿舍的防水蔓延设施就安装完成了。在宿管阿姨的感谢下，大家回到了自己的寝室。

作为这次活动的参加者，我被同学们的责任心和热情所感动，在这些可爱的同学们身上，我看到了流淌在我们血液里的奉献精神。

作者：哲学与社会发展学院 2020 级硕士研究生　黄志向

6 月 15 日　星期二　多云

科技讲坛参加者 · 孙学倩

今天下午，能源与动力工程学院在兴隆山校区教学群楼举办了科技讲坛，本次讲坛以“Toward New Horizon：能源革命科技示范工程”为主题，特别邀请到中国科学院重大任务与科技发展处副处长张东华博士主讲，学院常务副院长辛公明参与并主持。同学们热情高涨，距讲坛开始还有 20 多分钟，百余名同学就已经有序到场，怀着求知若渴的心情等待着。

经辛公明介绍，这次讲坛别开生面，我们将以一种不同的角度探索能源革命科技中的契机，了解重大示范工程。在热烈的掌声中，张东华博士开始了分享。

张东华博士首先从风光核优缺点引入，向我们精确阐述了理想能源系统的概念。核能研究工作中，张东华博士指出，我国核反应堆研发百舸争流，钍基熔盐堆优势明显，钍基熔盐堆核能系统（TMSR）发展战略导向明确。说到“中国正在引领熔盐堆研究”之处，他脸上洋溢着的自豪感和身为科研工作者的使命感打动了在场的很多同学。接着，他为我们系统介绍了能源结构转换中氢能发展的主要突破点，而这对于双碳目标的实现必定有极大助益。下一学期，学院将新增储能专业，张东华博士也结合实例生动展现了蓄热储能在光热领域的应用，让我越来越深刻地感受到了能源对于社会发展的基石作用。他讲解的风光核氢储一体化示范，并不局限于此，未来也将聚焦于粮食、健康等诸多领域。一个多小时悄然而逝，张东华博士全心投入，点点汗水浸湿了后背，同学们积极提出问题，开启了思考与交流之门。

张东华博士翔实有趣的分享干货满满。现在，我的脑海中还不断回想着他的激励话语：勇于跨界，挑战自己。对于张东华博士，从微生物转向核物理研究，尽管工作到深夜成为常事，但收获的硕果难以计量。对于我们，不惧挑战，发掘潜能，前行路上一定会有繁花和阳光相伴。

作者：能源与动力工程学院 2020 级本科生　孙学倩

6 月 16 日　星期三　多云

校庆办工作人员 · 齐向东

一天的热闹退去，端详着矗立在中心校区小树林的 120 周年校庆 120 天倒计时牌，作为一名在山东大学学习工作了 34 年的山大人，心中的情绪难以平静。倒计时牌成功揭幕，久悬心中的一块石头终于落了地。同时，10 月 15 日校庆日还有 120 天就要来临，紧迫感随之增加，我在激动之余还有一丝忐忑。

自校庆倒计时活动筹备以来，作为一名校庆办工作人员，我既感觉职责光荣，又深感担子沉重。倒计时牌从创意、设计、建造，到安装、启用，每一个细节都要反复研究几遍才能敲定，倾注了我们大量的精力和汗水。在设计上要考虑喜庆、凝聚、团结、鼓劲，所以，反复推敲定稿的倒计时设计方案由 1、2、0 三个数字组合而成，采用了喜庆的山大红，体现出山大 120 周年校庆和倒计时 120 天的元素；底座印刻了一校三地八个校园的标志性建筑图案，围成了一个同心圆，展现出一校三地一体化发展的理念；倒计时牌整体造型为即将启航的风帆，激励着我们所有山大人奋楫扬帆，开启山东大学“由大到强”历史性转变的新征程。

倒计时牌安装在哪里合适？既要方便广大师生驻足观看，又要考虑安全因素，不受风吹日晒及极端天气影响，安全运行到校庆日。反复考察现场后，我们一一敲定了一校三地八个校园既醒目又安全的地点。为保证倒计时启用的日期准确，校庆办全体人员仔细演算，经对照电子日历和老台历最终确定了日期。知新楼 A 座一层校庆办的灯光经常亮到深夜，那肯定又是校庆办工作人员在加班——没有周末，没有节假日，端午节用盒饭代替了粽子，但都勤奋并快乐着。今天 120 天倒计时牌揭幕时，看到众多围观的师生和校友脸上露出灿烂的笑容，顷刻之间，幸福感、获得感溢满了心间，我们感到一切的付出都值了！

为纪念校庆倒计时120天，中国邮政也专门发行了纪念封和明信片，我也利用这古老又有纪念意义的形式，向自己的同学们发出了邀约，邀请当初的青葱学子，借百廿校庆之际，毕业30年，重回母校相聚。

从1901年到现在，山东大学历经风雨，走过双甲子奋进路，始终秉持“为天下储人才，为国家图富强”的宗旨，在20世纪曾创造了两次辉煌。今年5月9日，习近平总书记给《文史哲》编辑部全体编辑人员回信，充分肯定了山东大学在弘扬中华文明、繁荣学术研究等方面的贡献，更加鼓足了我们做中国人的“骨气”和“底气”，给予全体山大人莫大的鼓励和鞭策。

校庆已经进入了冲刺阶段，祈盼老师们、同学们、校友们携手努力，举办一场成功、圆满、鼓劲的校庆！为母校早日跨进世界一流大学鼓足风帆。

作者：校庆办工作人员　齐向东

6月17日　星期四　晴

厦门海沧海底隧道工程建设参加者·周炳桦

六月鹭岛，凤凰花开。历时5年，华南地区最长的钻爆法海底隧道——海沧隧道通车仪式隆重举行。隧道的顺利通车得到了央视新闻联播、新华社等重要媒体的广泛关注和报道。回首过去5年来我们课题组参加这个项目的全过程，难题一个个出现，也最终一个个解决，颇有感触。

考上山大研究生的第一天，岩土中心团队负责人李术才老师就对我们谆谆告诫：“科学研究要理论与实践相结合，研究者要把论文写在祖国的大地上，为国家作贡献!”后来，我加入了薛翊国老师的课题组，他经常给我们讲，“新工科”研究生阶段的学习要遵循“三三制”原则，就是“三分之一的时间在教室，三分之一的时间在实验室，三分之一的时间在科研现场”。也就是说我们不仅要掌握扎实的理论知识，还要将理论成果与工程应用结合起来。当薛老师得知我和公惠民对海底隧道十分感兴趣后，他结合科研课题，第一时间介绍我们到厦门海沧海底隧道项目实践，到现场去锻炼，去认识海底隧道。

我来到厦门海沧海底隧道的第一天，才对海沧海底隧道有了一个大致的了解。这个海底隧道是连接厦门市海沧区与厦门岛的新快速通道，也是厦门市“两环八射”快速路网系统、海西城市联络线的重要组成部分，全长 7.1 公里，其中隧道长 6.3 公里，跨海域宽度 2.8 公里，隧道最深处位于海平面下 71.2 米，沿线面临一系列技术难题，存在巨大的突水突泥和塌方风险，施工难度极高。面对这一高难度的海底隧道，我既兴奋，又担心：我们能解决这一个个难题吗?

面对多项“卡脖子”的工程技术难题，李术才老师在 2020 年国庆节期间亲赴厦门海沧海底隧道现场指导，加快了现场施工进度，保障了隧道如期通车。他在现场对我们提出了殷切希望：“既要注意安全，又要攻坚克难。”李老师的鼓励给了我们巨大的动力。在薛老师的带领下，我们分别确定了自己的研究方向。“科研要抓重点，抓主要矛盾，但要从细节做起”。海底隧道穿越强风化槽易发生突水失稳，这是个难题；和老师讨论后，我的研究生开题报告就确定了“海底隧道穿越强风化槽突水机理”作为研究内容，公惠民选择了“填海区浅埋暗挖隧道大变形机理研究”作为研究内容。从理论分析到数值模拟，从模型试验到工程应用，在薛翊国老师、高海东经理、李刚总工、郭彦兵副总工、李志强师兄等人的帮助下，历经 3 年，我顺利完成了自己的硕士毕业论文，并在期刊 TUST 上发表了自己的成果，论文被录用的那一刻，我深深感到自己在实践中的成长和进步。

今天，海沧海底隧道通车的那一刻，我也深深地感到了为国家作贡献的幸福感和成就感。研三的时候，我们决定继续在山大岩土中心攻读博士学位，我继续将“海底隧道穿越活动断裂带”作为博士阶段的研究内容，希望我们的成果能用在渤海湾海底隧道上。

为了充分发挥党组织的向心力及凝聚力，集中力量攻坚克难，薛翊国老师带头成立了山东大学厦门海沧海底隧道临时党支部。我们结合工程现场实际，思考如何在科研工作中发挥共产党员的先锋模范作用、体现全心全意为人民服务的宗旨等一系列问题，边学习边思考、边讨论边行动，将学习成果内化为自己的思想认识，巩固为自己的行动指南，用政治思想理论引领科研创新发展。

在李术才老师和薛翊国老师的带领下，我们课题组科学筹划，精心组织，5 年来先后完成了厦门海沧海底隧道 A2 标段超前地质预报、复杂地质条件下大型海底隧道钻爆法建造关键技术、非常规双连拱及临海浅埋暗挖关键技术等多项课题的科研攻关，克服了多项工程难题。功不唐捐，玉汝于成，正是由于课题组成员们的攻坚克难、不断创新，才为海沧海底隧道的顺利通车奠定了坚实的基础。

回首这 5 年来，我很庆幸加入了山东大学岩土中心团队，结合国家重大工程，培养了自己对科研的兴趣，既出色地完成了自己的研究生论文，培养了自己的创新能力，又为国家重大工程发挥了自己的力量和作用。“贺百廿山大华诞，传百年山大精神”，我们将继续发扬山大岩土中心“特别能吃苦，特别能战斗”的作风，以“只争朝夕，舍我其谁”的精神状态投入到今后的科研学习中，在建设祖国的历史进程中勇挑重担，肩负起新时代的职责与使命。

作者：土建与水利学院 2019 级博士研究生　周炳桦

6 月 18 日　星期五　晴

儒学高等研究院本科毕业生 · 韩　超

今天，是儒学高等研究院毕业典礼召开的日子。

毕业典礼开始后，学院党委李平生书记为我们毕业生致辞。他说，毕业是人生路途中的重要节点，而今年这个节点更加特殊。他举了中国共产党成立 100 周年、山大建校 120 周年、习近平总书记给《文史哲》编辑部全体编辑人员回信与习近平总书记在清华考察等四个特殊节点，希望大家积极进取，永远做朝气勃发的青年。接下来王学典院长在致辞中说，同学们见证了学院最近一系列的突破发展，而学院永远是同学们的家。

在书记与院长真切的致辞之后，教师代表杜泽逊老师、王承略老师为大家致辞。杜老师希望有志于学术的同学勤于著述、专营代表作；就业的同学可以在各行各业做出好的成绩。王老师寄语大家终身学习，读书修身。李鹏程副书记代表学院给大家赠送了毕业礼物，包括印有院徽的轻量杯、定制帆布包和每个同学专属的姓名章。在帆布包上有由毕业生陈秋语学姐的家长篆刻的“谈笑有鸿儒”的印章，帆布包的背面则是矫健轻灵的小鹿，这是希望大家“路路通，事事顺”。姓名章则是代表大家的名字永远印刻在儒学院，永远印刻在儒学院每一位老师的心中。

在大家自由话别的时间里，我们尽情地谈笑、合照，欢享着毕业前的时光。可是看着大家在一起欢乐的时光，一种离别的愁绪又涌上了我的心头。去年在写毕业视频文案时，配的标题是《盼归来》，我在创作手记里说：最近真的写了很多毕业季的文案，我们一直在强调的一个核心话题是“归来”。离别这件事情实在是太过容易，兰亭已矣、梓泽丘墟都是这样的形容词。但“重逢前、临别后”与“临别前、重逢后”这两种情绪一直在我们的生命当中不断的交替。这次的临别代表的就是下一次的重逢，而每一次的重逢又会代表着不停地离开。我们的生命就是不断循环往复这样的过程。但是在你悲伤的时候，在你遗憾的时候，在你不舍得面对离别的时候，也不要忘记，最后一切都还是会重逢。

去年微博上有一个专辑视频，开头就说：今春去，来年春还会来，不必过于悲伤。只是，人生一世，诸多别离，怎可能不惆怅？想到已经去世的范学辉老师在讲《宋元学案》的时候，说到晏殊的“无可奈何花落去，似曾相识燕归来，小园香径独徘徊”，世人多言前两句为佳句，却不知道独徘徊的独，才是晏殊想要表达的。

“一向年光有限身。等闲离别易销魂。酒筵歌席莫辞频。满目山河空念远，落花风雨更伤春。不如怜取眼前人。”

作者：儒学高等研究院2017级本科生　韩　超

6月19日　星期六　晴

“洪闻戏剧节”演出者·彭天宇

昨天没有炙热的阳光，天有些阴，是济南夏日里难得的好天气。走在校园的林荫道上，凉风拂面，舒适惬意。漫步到音乐厅前，如此熟悉亲切，我的思绪仿佛又回到“洪闻戏剧节”的舞台上，一幕幕音声变幻、光影交织，历历在目。

一大清早，“山东大学洪闻戏剧节”的横幅便已贴在了音乐厅的门口。看到横幅，我的心情既兴奋又紧张。我在玩家剧社的原创话剧《火种》中饰演山东大学老校长华岗，这部剧是为了献礼中国共产党成立100周年，为此，一种崇高的使命感在我心底油然升起。这也是我来到山东大学之后第一次登台表演话剧，舞台经验并不丰富的我，渴望迎难而上，发挥出自己最好的水平，把早期共产党人华岗同志的精神风貌传神地展现出来。

从选角到排练，再到三次审核，再到最后来到音乐厅，足足有两个月的时间。两个月的时间里，导演、演员、灯音、场记、宣发各位人员各司其职、通力合作，为了达到最好的舞台效果反反复复打磨细节，时常临近宿舍楼关门才意犹未尽地离开排练地点。一遍一遍熟悉和巩固，反复揣摩台词背后的感情；一点一点调整动作，安排好每一个舞台调度……尽管很辛苦，但是大家都甘之如饴，为这场特殊的献礼大剧下足了心力。

终于，我们等到了演出那一天。在《日出》《回春》谢幕之后，《火种》登上了舞台。定光灯打在我身上的一刹那，我仿佛忘记了自己的学生身份，回到了20世纪二三十年代那个祖国风雨飘摇的时代，仿佛自己就是那千千万万为救亡图存抛颅洒血的青年人中的一员。我也顾不得紧张和焦虑，只想着把演练了很多遍的台词和动作用最真实的情感表现出来。象征着火种的提灯从扮演恽代英的演员那里传递到我手中，我也点亮了火种，仿佛我是伟大历史节点的见证者。100年过去了，中国早已没有了列强侵略的屈辱、民生凋敝的悲凉；新时代的中国经济腾飞，全面脱贫后的中国人民生活富足。但是我们应当牢记的是，我们并不是生在一个太平的年代，而是幸运地生在了一个和平的国度。作为共产主义者，我们绝对不能掉以轻心，要居安思危，保持警惕，把共产主义、马列主义的精神坚守下去。

演出之后，我环顾音乐厅内的场地布置，久久难以平静。本次“洪闻戏剧节”意义非凡，这是党委学生工作部、武装部与文学院玩家剧社、尼诺话剧社、栗子话剧社联袂推出的党史学习主题教育话剧展演，是对建党百年与建校百廿的献礼。这种党史学习教育形式十分新颖有趣，令人眼前一亮。它不是以课堂讲授或者播放纪录片的传统形式，而是结合了戏剧这样的舞台艺术形式，带领观众亲身走进当时的情景，通过真听、真看、真感受，让观众回到救亡图存的历史语境中。祝愿“洪闻戏剧节”越来越好，祝福党的百岁生日，祝福百廿山大。作为新时代的青年学子，我们应当把这一粒火种传承和发扬下去，让它绵延不绝，越烧越旺。

作者：文学院2020级硕士研究生　彭天宇

6月20日　星期日　晴

“庆建党百年”党员宣誓暨光荣在党50年纪念章颁发仪式参加者·商建航

前两天，我有幸参加了“山东大学（威海）‘庆建党百年’党员宣誓暨‘光荣在党50年’纪念章颁发仪式”，在入党誓词中感悟初心使命，坚定理想信念。

“我志愿加入中国共产党……”光荣岁月悄然流淌，39名“光荣在党50年”的老党员也从意气风发的少年时期进入了古稀之年。时间虽然改变了他们的外貌，但不变的是“全心全意为人民服务”的宗旨。宣誓时，天空飘起了小雨，雨点落在老党员们的身上，他们右拳紧握，精神矍铄，目光坚定。

礼毕，我赶忙撑伞为身前的老党员沈春梅老师遮雨，刹那间，我看到了岁月在老党员们身上留下的印记。发已白，眼已花，然而老去的是岁月，不变的是信仰。在接过“光荣在党50年”纪念章时，沈老师热泪盈眶，我可以真切感受到她的激动心情。听沈老师讲述曾经的过往，我了解到她当初在中学毕业时已经获得了进入工厂的机会，却毅然将机会让给了家庭条件不好的同学，自己选择下乡插队。沈老师与同学们在农村的广阔天地得到了充分的锻炼，积累了丰富的经验，更加懂得了身为党员的奉献与担当。

身为新时代的青年党员，我越发明白，要时刻铭记先辈们建党及革命历程中的辛苦艰难，自觉加强党的理论学习，不断提高自己的党性修养，培养创新能力，练就过硬本领。如今中国共产党成立100周年，我们更当接过先辈手中的接力棒，争做时代发展的弄潮儿，勇做改革创新的开拓者，执青春之笔，以汗水为墨，奋力谱写新时代的青春书页。

作者：机电与信息工程学院2018级本科生　商建航

6月21日　星期一　晴

国际组织人才培养与推送工作建设座谈会
参加者·吕紫烟

在艳阳似火的季夏，在山清水秀的威海，对国际组织感兴趣的一校三地同学相聚于此，并特别邀请中国联合国协会前常务理事王纪元先生莅临校区与师生交流。作为此次活动的组织者，我从一个月之前便与团队开始筹备。从活动内容的策划到参与人员的报名与嘉宾邀请，从会议议程的反复敲定到会场内每一台设备的现场调试……演练、演练、演练，无数次演练是为了最好地呈现。

首先迎来的是座谈会。王先生和学校就业中心、校区国际处以及东北亚学院、翻译学院的领导老师们与我们围圆桌而坐，共同交流分享有关国际组织的故事。我也很荣幸作为第一位学生代表发言，用回忆的方式细数自2018年9月入学以来，自己与国际组织之间的点点滴滴。我从高考填报志愿讲起，从那时，我的专业“国际政治”便与“国际组织”结下了不解之缘。我回忆了两次海外留学经历，重拾了入选首届联合国机构宣讲咨询活动（UN Job Fair）和“联合国青年领袖菁英班”的欣喜与激动，也回忆起前往北京、杭州、珠海参加与国际组织相关的各大竞赛与活动，回顾了自己在印度尼西亚为国际义工、在线上为全球能源互联网发展合作组织所付出的努力。感动的是，结束后，王先生主动走过来与我握手，并对我说：“你的经历已经非常丰富，未来必将大有可为，也会大有作为……”

紧接着迎来的是山东大学学生全球治理与国际组织发展协会（SDUI）在威海校区的揭牌仪式。仪式结束后，曾任国际劳工组织北京局副局长（驻华副代表）及国际劳工组织泰国、柬埔寨和老挝国家局局长等职务的王纪元先生为我们带来了题为“Work for the UN（为联合国工作）”的精彩讲座。告别的时候，他又一次对我们说：“追梦过程中一定会遇到一些坎坷，但到国际组织工作是值得追求的梦想，勇敢前行!”

策划近一个月的活动终于顺利结束。在所有嘉宾和观众退场后，我独自坐在会场中央，激动的心情仍然久久不能平复。阳光透过窗子正好洒到“SDUI”的金色牌匾上，仿佛寓意着学校国际组织人才培养与推送工作必定有更加光明的未来，也昭示着山大学子心中的国际组织梦更加清晰。

情怀入梦、家国在心。在即将迎来中国共产党100周年华诞之际，对于每一位怀有国际组织梦的山大学子来说，把自我人生价值的实现同国家前途命运紧密联系起来正是成才报国的必由之路。祝愿所有心怀国际组织梦的山大学子勇立时代潮头，相信未来的全球治理事业一定会有更多中国人的声音和山大人的身影。

作者：东北亚学院2018级本科生　吕紫烟

6月22日　星期二　晴

赴西部、基层和国家重点行业就业毕业生表彰大会参加者 · 杨小雪

时光荏苒，6月是适合说再见的日子。和山大说再见的方式有很多种，我很庆幸，经历了离别前的最后一次欢送和鼓励，参加了学校学生就业创业指导中心主办的山东大学2021届赴西部、基层和国家重点行业就业毕业生表彰大会。

早在活动开始的前一天，老师们就提前通知大家领取物资，并详细告知活动流程。从纪念文化衫的尺码，到同学们的座位顺序，每一个小细节都体现出严谨和认真的工作态度，也让我们毕业生切实感受到学校的温暖。其实学校给予的关怀很早之前就开始向每一位毕业生展开，春季秋季大型双选会、就业服务讲座、各大企业的宣讲会……这对作为大四毕业生的我们，在面对未来的迷茫之时也有了更多的选择。

活动当天，我们提前到了知新楼报告厅，一眼就看到讲台上“让青春在祖国最需要的地方闪光”的展板，心中的责任感油然而生。就业创业指导中心还邀请了来自青岛校区、威海校区的学生代表，看着大家统一的着装，我的脑海中想到：我们将共同奔赴祖国的西部，去到基层，投身国家重点行业建设；哪怕大家所去之地相隔甚远，西藏、新疆、宁夏、青海、贵州、云南……但在这一刻，我们即将成为山大这棵大树往一线基层实践扎根的一个个微观个体，我们一同从山大出发。

经济学院的老师向我们介绍了去往西部基层的学长学姐们，其中有带领全村脱贫的第一批驻村书记，有收到学生明信片的赴疆支教学姐，还有回到家乡搭建创客小镇的创业校友……他们用自己在山大所学的知识，结合当地面临的实际情况，将梦想和希望带到祖国最需要的地方，用奋斗将自己的青春书写在祖国大地上。他们正在做的事，是我期待自己也能做到

的事情。这或许很难，但在这一刻，我好像充满来自山大的前行力量。这些力量有大学老师们的殷殷教诲，有校友们的温暖鼓励，有学校各部门的用心支持，有同学们的相伴同行。在山大的每一天，我都在汲取山大的养分，平日无所察觉，但在即将道别的时候，心中唯有感谢、感激、感恩。

活动的最后是大家齐唱山大校歌："为天下储人才，放眼五洲；为国家图富强，求索万年。奋斗啊，奋斗啊……我们是崇实与求新的朝气勃发的青年！"

愿以青春之我，告别百廿山大；愿以奋斗之青春，砥砺山大精神。

作者：管理学院2017级本科生　杨小雪

6月23日　星期三　晴

本科生毕业典礼发言代表·武俊辉

毕业典礼的欢呼声虽已退去，但操场上"快闪"的旋律还在脑海中回响，自己的心情仍久久不能平复。能够作为2021年本科生发言代表，在毕业典礼上向母校再次说一句感谢、道一声祝福，我深感荣幸，也无比幸福。

下午4点多到达会场后，我便一遍遍地默诵自己的发言稿，揣摩演讲过程中的每一处细节。随着各个校区同学们的入场，一想到即将在如此庄重的仪式上，向大家分享自己的山大情愫，讲述自己的山大故事，我有几分紧张与忐忑，也有几分期待与欣喜。

站在台上，看着不远处知新楼、体育馆等一处处熟悉、亲切的校园坐标，我的内心逐渐平静下来。它们见证了我四年间的奋斗与成长，也将聆听我的感悟与收获。从一草一木到一砖一瓦，从一位位熟悉的前贤到一次次变化与欢喜，在聚光灯下，我追忆四年间点点滴滴的经历和细细碎碎的生活，与大家一同感受这座校园的深情与温情，一同品读传承的厚度与温度。在发言结束的那一刻，听到台下热烈的掌声，我便知道，自己没有辜负老师和同学们的期许，也没有辜负自己的努力与汗水。

从一个多月前收到全校选拔的通知，到提交发言视频、线下试讲，再到最终有幸入选，这期间，我有过迟疑与困顿，也有过激动与自豪，但最想表达的，还是由衷的感谢。感谢党委学生工作部的领导、老师们对我的耐心指导与帮助，他们不辞辛苦地帮我打磨讲稿、规范演讲的语调和语速；感谢学院各位领导、班主任杜泽逊老师、辅导员王笑飞老师对我的信任与关怀，他们暖心的鼓励，让我更加自信与从容；感谢每一位同窗的鼓励与支持，他们不厌其烦地听我试讲，热心地提出宝贵的建议；还要感谢山大校园的每一位前贤、每一寸土壤，是这里丰厚的人文与历史，让我拥有最坚实的底气，收获最宝贵的成长经历。

百廿山大，薪火相传，一代代山大人栉风沐雨、朝乾夕惕，他们用流淌在血脉里的热爱与担当，为增强做中国人的骨气和底气贡献着智慧与力量、传递着厚度与温度。在这即将分别的时刻，我们定会秉承“学无止境，气有浩然”的校训精神，怀揣家国天下的情怀与担当，为增强做中国人的志气、骨气和底气贡献青春力量。

人生自是有缘，相逢未必偶然。感谢山大这一自由、包容、温馨的家园，让我们在人生最美好的年华，遇见最美的自己。祝每一位追梦的山大人前程似锦，祝母校在新的百廿征程中再创荣光！

作者：儒学高等研究院 2017 级本科生　武俊辉

6月24日　星期四　多云

研究生毕业典礼发言代表·张　刚

还记得那是一个下午，我们正在开组会，我突然收到学院的通知：全力准备，作为研究生毕业生代表发言。辅导员宋老师说："咱们学院多少年才出你一个，老师们对你可是给予厚望，好好表现!"紧张、忐忑、幸福，好多情绪一下子全部涌上来。

接到任务就加油干吧。打开新文档，对着闪动的光标，我回忆着：母校山东大学，历史底蕴极为深厚；作为博士研究生毕业生，在教育体系已至顶端；表达临别之情，悲喜交加最为杂陈；而且恰逢中国共产党成立100周年与建校百廿之际，时间节点更加关键特殊……应该怎样讲才能既表达我们这一代研究生扎根祖国大地、面向国家战略的决心，又能倾诉出这么多年来一路求学的情感呢？作为一个工科男博士生，我准备挖掘出埋没了27年的文学细胞。结果，花了一整天时间，只挖出11个大字——"啊，六月的济南，璀璨的星空"。

感谢研究生院、党委研究生工作部的老师们，帮我梳理打通了9年的真情实感。感谢校办各位老师对稿子的整体把控，对细节的精准琢磨。几经打磨，写到最后，稿子里面全部都是我的真心话，是我想对同学、对老师说的话，想对山大说的话，都是生活的点点滴滴。

接着进入脱稿发言练习。因为要兼顾太多课题组事务，跑各种毕业程序，每天还要窝在实验室推进工作，时间确实有些紧张。我用各种方法在各种场景下进行练习。我会在宿舍窗前对着窗帘练习，跑到千佛山的操场上模拟典礼现场练习，会边听歌模拟现场的嘈杂进行练习，睡觉必须抱着稿子，做梦都是"尊敬的各位领导、老师，亲爱的同学们"。每当我练到嗓子开始隐隐作痛时，我必须停下休息，我得保证典礼当天嗓子是最好的状态。抱着满腔信心，我来到现场彩排时，还是被夜幕空阔、屏幕背景宏大的氛围惊住了，脑子里面一片空白。我偷偷跑到操场的角落，面对源源不断进场的毕业生一遍遍练习，直到上台之前，手心里还在疯狂冒汗。可是，当我踏上发言席的那一刻，眼前的场景把我震撼了，所有的聚光灯打在脸上，所有的老师同学都注视着我，此刻天地里所有的时间都属于我，仿佛要听我讲述我与山大的故事，所有的紧张都一扫而空，那一刻，我只想跟大家讲述我与山大的 9 年之谊。

我讲到了极为爱戴、同时每天都要斗智斗勇的导师张峰老师；我讲到了收到一封封拒稿信，失眠到凌晨 4 点；我讲到了科研的初心是服务国家民生，不是发表文章；我讲到了师弟师妹、舍友、食堂阿姨，讲到了永远支持我的父母，永远相信我的女朋友……我听到同学们对我笑，给我鼓掌；我相信，我说的话，也是所有同学们想说的话。

走好新时代长征路，我辈青年更应奋力向前。我知道，离别不是结束，是下一场山海征程的开始。生逢盛世，使命在肩。我知道，毕业不是终点，是科技强国新使命的托付。我的山大，不说再见，我们并肩前行。

作者：电气工程学院 2016 级硕博连读生　张　刚

6 月 25 日　星期五　多云

文化传播学院硕士毕业生 · 翟家齐

在即将离校的日子里，我写下这篇日记。3 年一晃，太匆匆。前几天收拾毕业行李，翻出了研一入学时在图书馆前台写下的给自己的寄语：在等待的日子里，刻苦读书，谦卑做人，养得深根，日后才能枝叶茂盛。如今，我终于可以对 3 年前的自己说一句：3 年后的你没有辜负入学时信心满怀的自己。即将在山大开启博士生涯，让硕士毕业的忧伤减少了一些，何其幸运，我还能拥有继续停留在山大这个温馨港湾的机会，为将来的起航做好更充分的准备，也可以一同见证母校 120 周年生日。

与那些在毕业典礼上侃侃而谈的“大牛”“学霸”们相比，我何其普通。始终记得张红军院长说过：“一个人与母校、与母校老师在精神上的联结，不只是在校园里的这几年，而是一生一世的。”看着典礼上那些优秀的同学、校友的经历，我在羡慕、赞叹的同时，也深知自己在日后要加倍努力，今日以山大学子的身份而自豪，来日让母校为有我们这样的学子而骄傲。

回望走过的路，我越来越确信一个道理——功不唐捐。看过的每一本书，做过的每一件事，走过的每一条路，或许不能立竿见影地产生效果，却能在潜移默化促成某个结果时，让你感叹道，你走过的每一步，都算数。在考博之前，我也尝试过求职，没有充分地准备，就急急地上了考场，意外的是笔试、面试都比较顺利，我知道，是学生工作的经历让我积累了经验，也让我养成了从容不迫的性子。面试时，最后一题我用“尽吾志也而不能至者，可以无悔矣”作为结语，看到考官投来赞许的目光，我在心里感谢我的专业带给我的文学知识储备和精神上的给养，也更坚定了要在学术道路上走下去的信念。我珍惜过去走过的每一步，是它们促成了今日的我，风物长宜放眼量，不计一时之得失，且一步一个脚印走下去，相信功不唐捐，相信未来可期。希望多年以后，我也能如弗罗斯特《未选择的路》中所写的那样：林子里有两条路，我选择了行人稀少的那一条，它改变了我的一生。

无数个过去的碎片塑造了今日的我们，这离不开曾陪伴过我们的老师、同学、朋友和家人们，那些曾在论文致谢里感谢过的人，我在心里一一再次谢过，那些即将分别的人们，也一一再次见过。告别的时候，一定要用力一点，愿我们相聚有时，后会有期，再遇见时，都是最美好的样子。

作者：文化传播学院 2018 级硕士研究生　翟家齐

6 月 26 日　星期六　晴

研究生毕业微电影《抵达》编剧、导演 · 韩笑晨

6 月的济南似乎格外炎热，校园中氤氲着庆祝建校 120 周年的热烈，人流中涌动着毕业季一如既往的繁忙。校园里已经摆放好了我们为毕业研究生精心设计的三行情诗道旗、毕业合影墙，几千张发给毕业生的纪念餐券、纪念文创也陆续到达毕业生手中。

今年已经是我第 6 次拍摄制作研究生毕业微电影了。作为山大的老师、曾经的山大毕业生，每年的拍摄都是我见证一届届优秀研究生们成长的过程，是和毕业研究生们一起对山大“表白”的过程，也是将多年来对山大这个家园的情感贯穿、融入、升华的过程。在这 10 多分钟微电影的时间中，我们通过研究生的视角看山大、看世界、看这一代人，通过研究生的诉说聆听他们的喜悦、幸福、不舍，挖掘他们每个人的个性、找到共性并创造可能性。这份学校为毕业生精心准备的礼物，也是一次毕业教育的文化大餐。

今年采访毕业生时，有同学讲述到“发表了 SCI 论文而且在毕业答辩当天被通知中了”时满脸写着喜悦和幸福，我由衷地替他开心；齐鲁医学院有一对双胞胎姐妹说“一起考到山大，又一起研究生毕业”时两个人的笑颜就是最美的画面；有同学说到毕业季时学校里的每一位老师的服务都在为自己带来温暖，这些话对整个毕业季都在奔波操劳的辅导员们和机关的工作人员都是莫大的鼓舞……软件学院的研究生们跟辅导员曹梦璐说再见的时候，曹老师流泪了，我想那是幸福的眼泪；艺术学院的张冬媛同学说，想成为一个像自己导师一样的老师，她哭得停不住，这让我也禁不住掉下了眼泪，这就是孩子不想离开家的眼泪啊……研究生们最想感谢的人写在了论文致谢里，也表达在了镜头中，这些眼泪又折射着这个毕业季多少感恩导师的研究生们的心呢？

剧本的反复打磨、五个校区二三百位师生的联络、一校三地的统筹、后期剪辑时按秒的精修，一切的不易都因为看到毕业生们对微电影的喜爱和点赞而烟消云散。毕业微电影是拍给毕业生们看的美好回忆，是给毕业生家长和关注他们的各界人士的一份成长记录，也是让学校、社会和国家见证山大又一批优秀人才科研报国、勇敢启程的答卷。今年微电影的名字叫《抵达》，写这个名字的时候我就想对所有毕业研究生们说：每一次离别，都是为了下次重逢；每一次远行，都是为了再次抵达。带着山大的印记出发吧，在国家建设中勇担重任，将家国情怀融入自己的求学之路、人生之路，而山大，永远是你们的家。

作者：研究生院工作人员　韩笑晨

6月27日　星期日　晴

机关党代会代表·史　焱

6月25～26日，机关第二次党代会顺利召开。作为党代表参会，我深感光荣，对学校发展和未来建设充满信心；同时作为会务筹备的参加者，我也为能为大会召开付出努力而倍感荣幸和自豪。

大会上，我们聆听了校党委副书记陈宏伟作的《奋进新时代，阔步新征程，全力谱写机关党建高质量发展的新篇章》的报告。近年来机关党委在政治建设、思想建设、组织建设、干部工作、正风肃纪、群团建设等各方面取得了突出成绩，增强了党员的荣誉感和对党组织的认同感、归属感。我们也为未来5年机关党建的蓝图感到振奋——着力建设政治机关、奋进机关、创新机关、服务机关、清廉机关、表率机关，努力为推进学校事业高质量发展作出贡献。

我们第六代表团在团长、财务部部长刘丕平主持下审议了机关党委工作报告，对坚持和加强党的全面领导，以及进一步推动党建和业务工作深度融合、互相促进提出了建议。近年来，我们见证了机关工作作风转变、机关服务提质增效的历程，见证了师生医务员工满意度的提升，同时也认识到需要在实践中进一步锤炼改革创新能力，在穷尽处找“金点子”，于困难处辟“新路径”，真正让“敢想敢干、敢破敢立、敢拼敢抢”成为我们的座右铭。

回顾参与筹备会务工作的 20 多天，我不仅学习了解了党组织选举工作的规定和流程，更获得无数的感动与收获。会务筹备工作时间紧、任务重、要求高，我们感到压力巨大。虽然 6 月是财务报销的旺季，加班加点是常态，财务部参与会务筹备的几位同事依然以饱满的工作热情投入其中。筹备会后，副部长孙栋立即安排人员与会务用品供应商碰头沟通，梳理大会用品清单，做好会场准备。从会场主席台幕布、党徽和红旗的悬挂，到代表证和座椅背贴的制作；从会场背景和指示牌的设计，到签字笔、证件别针的配备；证件版式及色彩设计三易其稿；座签尺寸的要求精确到毫米；每一件用品都精打细算、精益求精……机关党委领导对所有样品仔细审核把关，负责党费数据核对的同事逐笔梳理、反复核对 4 年多来的每一笔党费收支，参与计票的同事们在党委组织部副部长赵海的带领下熟悉流程、提前预演、准备预案。还有很多负责会议文字材料、宣传摄影、会务用品购置、会场布置、安全保障、疫情防控等参与会务筹备的同事们也都几乎忙到没有下班的概念。

在紧张忙碌中，我感动于同志们昂扬的工作热情和无私的相互扶持。机关全体同事紧密团结和配合，脚踏实地开展好工作中的每一个环节。我们充满了奋进动力，决心带着高度责任感主动担当作为，站在师生医务员工立场上想问题、干事情，全方位提高服务能力，踏踏实实把“我为群众办实事”落到实处。

作者：财务部工作人员　史　焱

6月28日　星期一　晴

第二医院副院长·靳　斌

挂职山东大学第二医院副院长已有一月，按照组织安排，我在完成分管护理、医保、设备工作的同时，参与肝胆外科临床工作。6月15日，我完成了在山大二院任职以来的第一例手术，患者为一名60多岁的女性，因皮肤黄染4天来山大二院治疗，既往有高血压病史多年。结合患者病史及临床资料，考虑为胰头恶性肿瘤。该患者肿瘤位于胰头钩突处，恶性程度高，黄疸进行性升高，需尽快手术。经科室术前讨论，我们决定采取腹腔镜胰十二指肠切除术。

手术于13时正式开始。我作为主刀医师，率领肝胆外科吴灵潼、田根东、李晓明团队，在麻醉二科和第二手术室的配合下，用时3小时余，完整切除侵犯门静脉右壁的胰腺钩突部肿瘤，之后完成胰肠、胆肠、胃肠吻合，为患者顺利完成了全腹腔下胰十二指肠切除术。患者安返病房。

腹腔镜胰十二指肠切除术被誉为普通外科手术的“珠穆朗玛峰”，手术难度大、风险高，对手术技巧和团队有着极高的要求。我自2003年师从中国著名肝脏移植专家、活体肝移植奠基人王学浩院士，在恩师的指导下，逐步掌握了肝移植和肝胆手术的精细化操作。2012年开始，我在胡三元教授帮助和指导下开展腹腔镜下肝胆胰复杂手术。随着手术经验的积累，自己逐渐形成将手术模式化、简单化的概念，在国内率先提出了“七步法”模式化腹腔镜肝切除术，在省内外130余家省市县级医院推广。本次手术中，我们首先围绕内脏重要血管切除胰头、肝外胆管、胆囊、部分胃、十二指肠，然后需为患者进行消化道重建，让胰管、肝总管、胃分别与空肠吻合，恢复消化道连续性。其中，“胰肠吻合”更是被外科医生称为“死亡之吻”，是术后可能出现胆漏、胰漏等并发症的主要根源。尽管本例患者体型较胖，肿瘤侵犯血管，手术存在较高风险，但按照自己理解的规范模式化概念，我顺利完成了手术。

从医18年来，我完成各种腹腔镜肝切除手术1500余例，也起到了很好的推广作用。尽管在肝胆外科领域取得了一定的成绩，但是随着诊治的疑难病例增加，我愈发认识到人体结构的复杂和医学知识的浩瀚。无论从医到哪个阶段，必须始终学习、积累、总结、创新，才能真正做到医学誓言里的“为患者服务”。值此毕业季，祝福毕业的师弟师妹们和前辈们共同努力，为山大齐鲁医学的繁荣贡献力量。

作者：第二医院副院长　靳　斌

6月29日　星期二　雨

校友工作会议参加者·刘继勋

在周末召开的2021年度校友代表大会上，我可能是60万山大校友中最幸福、最幸运的一位。其原因不仅仅是我收到了校庆倒计时120天活动中发行的纪念封和专属明信片，而且校友会杨斌主任还在校友大会上着重提到了我收到的这一张明信片。这张编号0009的信封上同时有郭新立书记和樊丽明校长的亲笔签名，并由他们亲自投递到邮筒。我的幸福由此而来。

当杨斌主任刚刚念完我的名字，并在大屏幕上展示我的纪念封照片的时候，我就收到了远在威海校区参加视频会议的学院老师还有现场几位校友发来的祝贺信息，一时幸福感爆棚。

今年是山大120周年校庆，也恰逢我入学20周年。遥想刚入学时的100周年校庆，再结合这么多年在临沂做的一些微不足道的校友工作，我想与老师同学们聊聊自己的一些心得。

2001年我刚刚入学的那年，恰逢山大建校100周年校庆。新生开学本来就晚，半个月的军训结束后就是十一长假，长假结束回来上了几天课，就迎来了百年校庆。当时我还不知道大学生活到底是什么样子，确切地说也还不知道山东大学是什么样子，还沉浸在初入大学的喜悦感和新鲜感之中，山大百年校庆就在我刚入大学的兴奋劲中度过了。

大学毕业之后，我步入社会参加工作。110周年校庆的时候，我正忙于工作，也还没有参与校友会各项事务，所以那时没有参加校庆。后来，我慢慢参与到临沂校友工作当中，一开始是志愿者，后来积极主动地组织一些活动，此后又多次参加学校级别的校友代表大会，认识了很多世界各地的优秀校友，学习到了很多东西，也得到了很多人的帮助，收获颇多。因此，我也习惯性地将这种影响力传给身边其他的校友，搭建信息交流平台，尽最大可能帮助有需求的校友。

“校友是山东大学最宝贵的财富”“校庆是全体山大人的校庆”，每每在校友活动中听到这些热血澎湃的话语，每一个山大人心中的归属感和自豪感都会油然而生。

“百廿山大，强校兴国”，两个甲子的轮回，不变的是山大人“学无止境，气有浩然”的格局，不变的是母校“为天下储人才，为国家图富强”的初心使命。“凡我在处，便是山大”，分布在世界各地的山大学子们永远铭记学校的殷切教诲，用自己的行动彰显山大人的道德情操和精神追求，将山大人优秀卓越、勤劳朴实的品格带向世界各地。

作者：临沂校友会副秘书长　刘继勐

6 月 30 日　星期三　晴

庆祝中国共产党成立 100 周年暨建校 120 周年合唱比赛参加者 · 邵　部

昨天下午，由校工会、妇委会举办的以“永远跟党走，建功新时代”为主题的教职医务员工合唱比赛圆满落幕。在本次比赛中，我们文学院联合新闻传播学院，以一曲《北京喜讯到边寨》在一校三地 61 支参赛队伍荣获决赛二等奖的好成绩。

学院教职工自 5 月 5 日起开始利用业余时间准备合唱比赛，进行了多达 18 次的排练。近两个月来，从队形排列到比赛的点点滴滴，汇聚成一段令人难忘的记忆。排练现场，合唱人员个个精神饱满、人人满怀激情，欢快的旋律跳跃在耳边，爱国之情激荡在心间，颂党之恩融合在歌声中。队员们都说，要用嘹亮的歌声唱出对祖国的深深祝福，要以实际行动向中国共产党成立 100 周年献礼。

我们耐住了酷暑，也经历过暴雨，工作日常常排练到晚上 9 点多。赶上周末，需要家长陪伴的教工子女便成了我们忠实的陪练和观众。压力最大的时候当属 6 月中旬。当时，学院负责的山东省语文组的高考阅卷工作正紧锣密鼓地进行。合唱队员中既有全天候保障阅卷工作的组织者，也有在机房一线参与阅卷的青年教师，大家在高质量完成每日艰苦的工作后，依旧相聚在知新楼 606 室排练。不少成员从零起步，学习识谱、练习发声、矫正神态……在杨姝老师的悉心指导下，合唱团成员的演唱技巧日臻成熟，彼此之间的配合也愈加默契。

比赛开始前，队员们穿戴上具有民族风情的服装和配饰，女老师罗衣飘飘，轻裾随风；男老师则在女老师和学生们的帮助下进行了一场“面部革命”。大家焕然一新，整装待发。学院党委书记张帅亲自上阵参加合唱，院长杜泽逊为合唱队出征壮行、鼓舞士气。最终，合唱队在学院工会主席沈文老师和方方老师带领下为党的百年华诞奉献了一场精彩的演出。

参演曲目《北京喜讯到边寨》极具挑战性。曲调热情奔放，表现的是国家喜讯传递到少数民族的边寨时，人们载歌载舞的热烈景象。全曲无一字歌词，纯以人声模拟马蹄声、牛角号、葫芦丝等乐器，表现欢声笑语的喜悦氛围。随着钢琴伴奏响起，女高柔美悠扬，男高饱满高亢，女低丰盈沉稳，男低浑厚雄壮，四个声部分工明确而又浑然一体。其间搭配清脆的腕铃与双响筒，多层次的声音元素使合唱极具画面感和感染力。演出受到评委与观众的一致好评，最终取得了总分 97.338、排名全校第 4 的好成绩。

作为向中国共产党成立 100 周年、山东大学建校 120 周年的献礼，本次合唱比赛不仅展现了学校全体教职医务员工奋发向上的精神风貌，同时增强了老师们之间的友谊，更升华了我们的民族情感和家国情怀。

作者：文学院教师　邵　部

7月1日　星期四　晴

庆祝中国共产党成立100周年大会参加者、全国优秀党务工作者·赵国群

今天是中国共产党成立 100 周年华诞，在这个令人振奋的日子里，我有幸参加了在天安门广场隆重举行的庆祝大会，感到无比高兴和自豪，热血沸腾，激动不已。71 架战鹰掠过长空；礼兵走过红毯现场，100 响礼炮响彻云霄；共青团员和少先队员代表集体致献词："请党放心，强国有我！"在万众瞩目的庆祝中国共产党成立 100 周年大会上，习近平总书记

发表重要讲话。

中国共产党在黑暗中诞生，在苦难中成长，在挫折中奋起，在奋斗中壮大，响彻云霄的礼炮声就是我们最深情的致敬。强烈的情感共鸣在每个人的心中激荡。在百年接续奋斗中，中国共产党团结带领人民开辟了伟大道路，建立了伟大功业，铸就了伟大精神，积累了宝贵经验，创造了中华民族发展史、人类社会发展史上的伟大奇迹，交出了无愧于先辈和时代的答卷。中国共产党所做的一切，就是为中国人民谋幸福、为中华民族谋复兴，为人类谋和平与发展。

大会上，习近平总书记代表党和人民庄严宣告："经过全党全国各族人民持续奋斗，我们实现了第一个百年奋斗目标，在中华大地上全面建成了小康社会，历史性地解决了绝对贫困问题，正在意气风发向着全面建成社会主义现代化强国的第二个百年奋斗目标迈进。"习近平总书记同全党全国各族人民一道，回顾了中国共产党百年奋斗的光辉历程，号召我们继续发扬"坚持真理、坚守理想，践行初心、担当使命，不怕牺牲、英勇斗争，对党忠诚、不负人民"的伟大建党精神，并代表党中央号召全体中国共产党员，牢记初心使命，坚定理想信念，践行党的宗旨，永远保持同人民群众的血肉联系，始终同人民想在一起、干在一起，风雨同舟、同甘共苦，继续为实现人民对美好生活的向往不懈努力，努力为党和人民争取更大光荣！

最感人的是，习近平总书记讲话中提及"人民"的次数特别多。我们党一切为了人民，江山就是人民，人民就是江山，体现了党的初心就是为人民服务。听到习近平总书记谈到经济、社会、国防等各方面的发展，大家感到非常自豪。尤其是谈到我们国家从此不再受人欺负时，得到了现场非常高的呼声。

回到学院以后，我想结合自己现场的一些感受，在学院里给老师、同学们讲一讲，让大家充分认识到这次庆祝大会的重要性，认识到我们今后党的工作的重要性，同时也思考第二个百年我们的奋斗目标怎么去实现。

我们坚决响应习近平总书记和党中央号召，在实现第二个百年奋斗目标的赶考路上，坚持党的领导，发挥党员先锋作用，不忘初心，砥砺前行，努力工作，努力做好立德树人工作，为党育人，为国育才，为实现第二个百年奋斗目标而不懈努力，努力为党和人民争取更大光荣！

作者：材料科学与工程学院党委书记、院长　赵国群

7月2日　星期五　晴

在党的百年生日缴纳特殊党费者·厉保秋

昨天是中国共产党成立100周年的日子，是党和人民的重要时刻。

作为一个有35年党龄的老党员，聆听习近平总书记讲述党的历史、党的伟业、国家的发展、人民生活的幸福、第二个100年的发展愿景，这一切都让我心情澎湃。中国共产党艰难、坚定地走过了百年历程，毛泽东、周恩来等老一辈革命家，他们在二十几岁的年纪，胸怀革命理想、政治抱负，在风雨如晦的时代苦苦探寻民族复兴的前途，将坚定的政治信念化为崇高行动，带领中国摆脱贫穷落后走向富强复兴，成就了彪炳史册的伟大功勋！我们由衷地感谢党！

其实，在很长一段时间里，我一直在认真学习党的发展史、伟业史，党的发展历程使我更加坚定对党的信心，对党更加忠诚。党经历千锤百炼，但也正风华正茂，疫情防控使全世界看到了中国制度的伟大优越性，使全世界对中国治理竖起大拇指。在中国共产党的带领下，中国走出了自己的道路，展现了奋进的姿态，扛起了大国的担当！作为一名共产党员，我无比自豪，我由衷地为自己是一名中国人、是一名中共党员感到骄傲！

我更加感恩党！

前天刚好和一位朋友谈到党的百年史，我说我内心很是激动，要在庆祝中国共产党成立 100 周年的重要时刻去交一个特殊党费。通过深入交谈，他讲到他还没有加入中国共产党，我跟他分享了自己对 35 年党龄的认识，他当即表态，晚上把入党申请书写好，7 月 1 日当天交给党组织，并请我做他的入党介绍人。7 月 1 日一早，我把入党誓词发给了他，他也将入党申请书交给了党组织。

7 月 1 日早上，观看完庆祝中国共产党成立 100 周年大会直播，在学院党务老师的引领下，我向党组织交出了一份特殊党费 10000 元，那一刻我是激动的，更是光荣的。我们享受着共产党带领我们创造的美好生活，我也想在这个特殊时刻，用最朴实的方式表达长期以来对党的感恩和感激之情！

习近平总书记在大会中指出："未来属于青年，希望寄予青年。一百年前，一群新青年高举马克思主义思想火炬，在风雨如晦的中国苦苦探寻民族复兴的前途。一百年来，在中国共产党的旗帜下，一代代中国青年把青春奋斗融入党和人民事业，成为实现中华民族伟大复兴的先锋力量……过去一百年，中国共产党向人民、向历史交出了一份优异的答卷。现在，中国共产党团结带领中国人民又踏上了实现第二个百年奋斗目标新的赶考之路。"作为新时代的老党员，我愿和广大青年党员一起，响应党的号召，牢记初心使命，坚定理想信念，践行党的宗旨，我们想在一起，干在一起，继续为实现人民对美好生活的向往不懈努力，努力为党和人民争取更大光荣！

伟大、光荣、正确的中国共产党万岁！

伟大、光荣、英雄的中国人民万岁！

感恩党！

作者：药学院教职工　厉保秋

7月3日　星期六　晴

军训参加者·曹亚然

7月，是一首滚烫的诗行。蝉鸣声声，蛙唱阵阵。白落梅曾说："在流年里等待花开，处繁华中守住真淳，于纷芜中静心养性。"在热烈的7月，2020级的新生们迎来了属于大学的军训，而已经度过将近一年大学生活的我，再次回想来时的光景，不禁感叹：新的生活，新的环境，在我身上留下的痕迹可以概括为一个词——成长。今天，我怀着无比期待的心情参加了2020级军训活动，亲身感受到了独属于少年的蓬勃朝气和军人的铁骨铮铮。一天的训练活动结束了，训练的一幕幕仍在眼前浮现，此刻的我，再一次怀着无比激动的心情写下这篇日记。

白云悠悠，阳光明朗，绿色的风，送来清凉。穿上迷彩服的那一刻，我的脑海中不断浮现出各种可能的军训场面——骄阳下站军姿的我们，阳光下跑操的我们，微风中唱军歌的我们……看着镜子里的自己，穿着迷彩服，带着有八一徽章的军帽。"恰同学少年，风华正茂。"突然想到的是，百年前也有一群像我一样年纪的年轻人，于黯淡世间振臂呐喊，将中国革命推入新纪元。而今的我们，正处在继往开来的伟大时代里，从来没有人像我们一样幸运，能够用自身奋斗见证中国的腾飞。很幸运，身穿迷彩服的自己，眼中依旧有光，正像百年前的青年们一样，向阳而生。

下午，伴随着炙热的骄阳，我们迎来了军训动员大会。会上，给我印象最深刻的便是教官代表发言。"我们来自不同的岗位，今天因为同一个目的汇聚在这里。"教官代表的话让我感受到了此次军训准备之用心，对于军训更多了几分期待。我坐在绿色的草坪上，静静地听着教官的发言，用心体会来自每位教官内心的付出与期待。"希望这次军训任务能够取得圆满成功"，很平淡的结束语，但"任务"二字瞬间击中我的心灵。

动人的夏夜里，伴随着吹过耳畔的风还有树叶的沙沙声，风雨操场上定格了我们站军姿的身影。军歌响起，承载着少年们梦想的坚定；口号喊起，装载着少年们未来的憧憬。“使生如夏，所到之处，无不盎然”。从今天起，去拥抱最热烈的季节，去迎接最热情的生活，去有光有热地“打发”每一个日子吧！愿我们，拥有一个最美的夏天，最难忘的军训！

作者：能源与动力工程学院2020级本科生　曹亚然

7月4日　星期日　晴

军训参加者·谢　昊

今天，校园里是一片别开生面的景象。嘹亮的歌声、喊声、欢呼声打破了素日的平静，校园里都是浩浩荡荡的穿着迷彩服的“新生”。从前一天的动员大会到今天的军训，我收获了许多，也思考了许多，于是在闲暇的晚上写下了随笔感悟。

这一天里，我经历了紧张有序的集合。紧凑的时间表让我感受到了压力，同时也给了我充分利用好时间的动力。我看到了寝室舍友们一致抓紧时间整理内务，加速完成洗漱，早早上床休息，以便以充足的体力应对明天更紧张的军训活动。

严肃紧张的军事化训练，标准化的军姿、稍息、跨立、停止间转法、敬礼、齐步走，每一个整齐的动作汇聚成团结一致的力量，每一次长久的坚持凝筑了刚毅强劲的意志。我感受到了，衣服、裤子、鞋子已被浸湿，汗水不断地流下，可我还在坚持着；我感受到了，脚底板似撕裂一般，仿佛再也无法支撑起这躯体，可我还在坚持着；我感受到了，小腿的神经被压迫到麻木而无法动弹，可我还在坚持着。我坚持着，大家也都在坚持着，我们绝不放弃！

当嘹亮的军歌回响在军营之间，我们青年人的朝气和活力被释放出来。我们忘却了训练时的疼痛，大声地尽情歌唱。我的思绪飞扬，想到了革命先辈们。他们在漫长的军旅途中，团坐休息时也唱起军歌，歌声是多么的振奋人心，多么的催人奋进。今天，我们仿佛置身于当年的军营，一幅幅生动的画面浮现在我面前，初参加军训时感到的艰苦似乎被化解与消融，沉浸在这集体的军歌之中，只留下欢快与振奋。

这只是军训征途的起点，前路漫漫，还有更多苦要自己吃，还有更多困难要自己克服。接下来的时间里，我会继续坚持下去，绽放属于我的青春光彩。

作者：护理与康复学院2020级本科生　谢　昊

7月5日　星期一　晴

献礼中国共产党百年华诞主题音乐会观看者·朱康明

校园傍晚，暮色四合，山东大学“学党史，强信念，跟党走”献礼中国共产党百年华诞主题音乐会即将开始。我满怀期待地与朋友们一起走进趵突泉校区梦迪音乐厅，等待欣赏这场艺术盛宴。

在全场热烈的掌声中，山东大学合唱团和指挥孔南老师登场，演出正式开始。第一首曲目是《渔光曲》。这首歌曲是近代中国电影代表作《渔光曲》的主题曲，饱含对渔民生活现状的悲悯，折射出旧中国人民生活的飘零动荡。孔南老师将歌曲编配为无伴奏合唱，完美阐释了原曲的主题，婉转凄清中别有一番广阔气象。结尾添加的终章令人耳目一新，以独特的编排动态地展现出一幅江流入海、红日初升的壮阔景象。方寸舞台，音声回荡，令人如同置身波澜起伏、水光接天的海边渔村。我陶醉其中，直到雷鸣般的掌声响起才回过神来。

第二首是我国台湾作曲家创作的合唱作品《爱情树》。歌曲旋律流畅，感情真挚，将山东大学合唱团的演唱水平展现得淋漓尽致。高音坚定如铁骑突出，低音如巉岩巍然，强弱处理契合歌曲情感，感人至深。

接下来的两首曲目《绒花》和《深笑》，各有特色。《绒花》是革命电影《小花》的主题曲，哀而不伤，壮而不激，抒发家国之情。《深笑》改编自林徽因同名诗作，将笑容比作明珠、花朵、高塔、风铃，写尽人心之美。曲风优美，节奏明快，结尾戛然而止，余韵悠长，令人意犹未尽。

第五首歌曲《崴萨罗》风格突变，展现出浓厚的民族风情。汉语和傣语交替演唱，节奏跳跃，独特的尾音处理如鸿鹄穿云，声部之间时而互相映衬，时而交替演唱，将观众们带入了彩云之南那片灵秀之地。

上半场结束，在观众的掌声中，合唱团退场暂歇，一女一男两位独唱演员先后登台，为我们带来四首歌曲——《红梅赞》《沂蒙山，永远的爹娘》《唱支山歌给党听》《再见了大别山》，用优美的嗓音和专业的演唱技巧，描绘了党的奋斗路上那段峥嵘岁月。聆音学史，身沐党辉，令人动容。

下半场，合唱团首先带来经典曲目《黄水谣》，选自《黄河大合唱》。前半段用温暖轻快的曲调歌颂了黄河之畔可爱的家乡，唇齿间尽是对故土的热爱；后半段急剧转折，“自从鬼子来，百姓遭了殃”，语调压抑哀伤，悲愤控诉的感情呼之欲出；最后用凄婉的音色对主题旋律进行复现，淡淡地曲尽悲哀之情。一首歌，写尽风雨如晦、救亡图存的革命年代。

下一首《您花开的样子》是为庆祝中华人民共和国成立 70 周年创作的作品。全曲不加雕饰，用质朴的语言直抒对祖国的无限热爱。“心爱的母亲，我用什么报答”，“您花开的样子，好美，好美”，平白如话，赤诚如火的语言，用纯净的四声部和声铺开，唱进了所有人的心里。

接下来是经典曲目《在灿烂阳光下》。乐曲中部改用进行曲式，全景回顾了中国走过的辉煌时刻，全场气氛也逐渐推向高潮。结尾升高小三度复现主旋律，“我们在时代春风里，春风催我永开拓。我们在灿烂阳光下，跟着共产党，建设大中国”，听到这句的时候，所有的感情，都只能以热泪和欢呼表达了。

最后一首曲目是《回家》，融合了无伴奏合唱与打击乐器，插入各地回家方言，别开生面又暖人肺腑。“回家，我的妈妈在盼。回家，兄弟姐妹在望”贯穿全曲，是对漂泊在外游子的呼唤，也是百廿校庆之际对校友们的邀约。演出结束，指挥与参演人员轮流谢幕，观众们的掌声久久不愿停下。

令人惊喜的是，在掌声之中，指挥回到场上，为我们带来了返场曲目《国际歌》。在中国共产党成立100周年、山东大学建校120周年的历史节点，在“学党史，强信念，跟党走”的晚会主题之下，也只有这首歌能够承载起我们无限的希冀。观众们全体起立，一同为党歌唱。

演出结束，我走在林荫道上，耳边仍回响着激扬的旋律。本次音乐会是合唱艺术的饕餮盛宴，是山东大学美育成果的杰出展示，是百廿校庆的预热，更是对党百年华诞的献礼，也是“学党史，强信念，跟党走”主题的进一步深化。作为入党积极分子和合唱团成员的我，更能感受到这次音乐会的价值。于我而言，这次音乐会是艺术上的陶冶，更是信仰上的洗礼。我盼望着能以更专业的水准歌唱，唱出对党的忠诚以及对祖国的热爱。

作者：基础医学院2020级本科生　朱康明

7月6日　星期二　晴

“永葆初心 永担使命”基层党员讲党课活动
串讲人·王浩玄

最近，我以大学生党员的身份，作为串讲人参与了山东省委“永葆初心 永担使命”基层党员讲党课活动，近距离聆听一位位老党员和基层党员代表扎根基层、服务群众、干事创业的故事和感悟。我深深地被他们身上奉献、奋斗、无私、担当的精神感动。以他人的经历观照自我，回望一年来在新疆的支教经历，我的心头微微悸动。

过去的一年，在新疆维吾尔自治区伊犁哈萨克自治州伊宁县第三小学，我和几位山东大学第22届研究生支教团的队友们一同承担教学工作。在充实的一年时光里，我们为教学中的困难一同挥洒汗水，为孩子们的感恩眼含热泪，也为队友们的深厚情谊开怀大笑……初为人师，离家千里，从未想象过的困难接踵而至。但在这寒来暑往之中，我们从未想过退缩，而是于困境中见机遇，迎难而上，努力让青春之花绽放在祖国最需要的地方。

在校团委的引领和帮助下，我们在保质保量完成教学任务的同时，在支教服务地开展起丰富多彩的活动，帮助孩子们全面发展、健康成长。在近期的“信疆游”活动中，我们组织服务地的孩子们与山大附中的学生进行书信交流。那一封封书信带来的不仅是济南的风土人情，更是对崇山峻岭之外生活的无限憧憬；对孩子们而言，这封小小的信件是最值得同好友炫耀的事情。在书写信件的过程中，一根情感纽带正慢慢联结起远隔千里的两颗心。看着孩子们稚拙的笔迹，立德树人的责任感从未如此清晰：我们薪火相传的事业，不只是为孩子们带去知识，也在春风化雨般无声地滋润着孩子们成长中的心灵。

今年是中国共产党成立100周年，一代代共产党人矢志不渝地拼搏奋斗才构筑起这百年辉煌。身居祖国西陲的一年里，我用双眼见证着无数青年党员奔赴至此，用青春和汗水书写属于自己的奋斗诗篇。“祖国需要处，皆是我故乡”，在一年的支教工作结束之时、在讲党课活动之中，一个朴素的真理逐渐在脑海中清晰、成型：无论身处何地、从事何种工作，都应时刻牢记党员的初心使命，奉献自我。我想，在未来的学习生活中，每一位山大研支团的成员都会把“奉献、友爱、互助、进步”的志愿服务精神记在心上，把为人民服务的实践贯彻到底，无悔于青春，不负于时代。

作者：第22届研究生支教团团长　王浩玄

7月7日　星期三　小雨转晴

山东高校大学生党史学习教育巡回报告团首场报告人·吕　宁

2021年注定是一个载入史册的年份，因为这一年是中国共产党成立100周年。昨天对我来说也注定是一个终生难忘的日子，因为这一天山东高校大学生党史学习教育巡回报告团成立了，我有幸成为这支优秀队伍的一员并作首场报告。

自山东高校大学生党史学习教育巡回报告团组建工作启动以来，共有90所高校推荐了204名候选人，最终有17名教师和22名大学生通过评选答辩光荣入选。报告团成立大会上举行了授旗仪式，颁发了奖牌聘书，并举办了首场报告会。从材料初选到试讲答辩，从彼此陌生到同频共振，一路走来，我受益匪浅、感触良多。成为报告团的一员，既是对我个人的信任和肯定，也是对我今后不断成长提高的鞭策和鼓励，我倍感使命光荣，责任重大。

首场报告会上，我以“峥嵘万里长征路，辉煌百年奋斗史”为主题讲述了长征故事，并分享了我对长征的深入理解。长征的胜利是中国共产党人理想的胜利、信念的胜利，长征的胜利靠的是红军将士压倒一切敌人而不被任何敌人所压倒、征服一切困难而不被任何困难所征服的英雄气概和革命精神。一代人有一代人的长征，一代人有一代人的担当。如今，站在两个一百年的历史交汇点，青年人更应该将革命先烈的长征精神弘扬于新时代的长征路上，以实现中华民族伟大复兴为己任，不负时代，不负韶华，不负党和人民的殷切期望，让青春在为祖国、为人民、为人类的不懈奋斗中绽放绚丽之花。

历史是最好的教科书，党史是最好的营养剂。作为报告团的一员，为讲好百年党史，传递信仰力量，高标准、高质量地完成宣讲任务，我决心践行以下几点：首先是自己先要学懂弄通党史，掌握思想真谛。我们宣讲团成员要提高自身党史理论素养，做到先学一步、深学一层，引导学生在党史学习中做到真学、真信、真懂、真用。其次是把党史学习教育和两个一百年交汇点、中华民族伟大复兴战略全局、世界百年未有之大变局这些当今时代背景特色结合起来，通过宣讲，以史为鉴，资政育人，之所从来，方明所往。另外还要充分考虑青年学生的需求和思维方式，创新宣讲形式，挖掘学生身边的红色资源，把“党言党语”转化为“学言学语”，切实把思想的魅力讲出来、把信仰的味道讲出来，让党史教育更生动、鲜活、接地气，让党史学习教育走新、走实、走深。

期待通过我们的党史宣讲工作，能够引领广大学生做到知史爱党、知史爱国，在学习领悟中坚定理想信念，在奋发有为中践行初心使命，在新时代的长征路上交出合格答卷。

作者：经济学院辅导员　吕　宁

7月8日　星期四　雨

“研究生教育五育协同工程”走进川藏铁路施工现场学习实践者·宋石猛

从川藏铁路雅安至林芝段施工现场返回学校两周多了，我的两只胳膊的前臂一直在脱皮。我小心翼翼地在脱皮的地方抹上芦荟胶，思绪又回到了工地，想起了在大山深处和施工一线可爱、可敬的山大人。

记得端午节假期后的第一个工作日，我起了个大早。天刚蒙蒙亮，我们新闻传播学院研究生3人小团队乘车前往遥墙机场。我们的行李箱里除了各自的换洗衣物，几乎全是为这次学习实践活动准备的拍摄器材：单反相机、OSMO Pocket口袋云台相机、Insta360VR全景相机、无人机及其附件设备。

此行的目的地是中铁十二局川藏铁路项目施工现场。学校研究生院组织的“把论文写在祖国大地上——山东大学研究生教育五育协同工程”学习实践活动将于6月16日上午在施工现场正式拉开帷幕。团队里的老师介绍说，这次要去的工地分布在四川甘孜藏族自治州首府康定市辖区内，海拔3200米至3800米不等。我在华北平原生活了20多年，对于因低压低氧环境导致的高原反应，只停留在看过的影视剧和脑海的想象之中。要知道中心校区的海拔也才只有50米左右，一些工地的海拔是学校的77倍多——我的心里既有忐忑也有期待。

飞机落地后，我们转乘大巴抵达康定。刚一下车，我就感觉胸闷、呼吸急促、头晕，走起路来都有些轻飘飘的——高原反应来了。项目组的石少帅老师问我用不用高反药，我摇了摇头，笑着说：“我先自己适应适应。”

6月16日上午，我跟随老师同学们来到海拔3200多米的中铁十二局川藏铁路项目工区，与大家共同见证了项目公司总经理白国峰和学校研究生院常务副院长刘国亮老师为“山东大学——中铁十二局集团有限公司川藏铁路研究生联合培养基地”揭牌，这也意味着我参加的这次学习实践活动正式启动了。

在接下来的 3 天时间里，我们走进李术才院士领衔的“黄大年式教师团队——山东大学岩土工程中心”工程科研一线，先后前往工区数字化管控中心、项目部党建活动室和康定 2 号隧道施工现场等地参观学习，海拔高度也从 3200 多米上升到 3800 多米。我们的小团队白天与大家一同在工地学习实践，晚上就聚在一起商量改进第二天的拍摄和采访计划。我们 3 个人一边拿着氧气瓶吸氧，一边预想在拍摄采访中可能遇到的困难，并通过“头脑风暴”解决问题的场景，仍然让我记忆犹新。

在工地上，我听到最多的声音就是“哇!”——包括我在内的同学们不仅惊叹于逢山开隧、遇水架桥的先进工程机械与技术，感慨于川藏铁路建设者的无穷智慧与力量，更对长期驻守、奋战在大山深处和施工一线，甘于寂寞、无私奉献的山大人感到由衷敬佩。

第二天天气阴沉，我看了一眼天气预报：全天阴天，就只在脸和手上抹了防晒霜。到达工地后，天空放晴，为了抓住拍摄时机，我撸起袖子慢步小跑，休息时才感到胳膊前臂又痒又红。从撸起袖子到被晒伤，还不到两个小时。涂抹完药物，我不禁感慨老师之前提醒的气候多变、紫外线强烈一点不假，也对一线建设者又多了一份敬意。

第 3 天，我们采访了常年驻守在川藏铁路项目一线的山东大学齐鲁交通学院石少帅教授、博士研究生卜林和硕士研究生曹天宇。在这几天的实践中，石少帅老师既是我们行程的向导，又是在工地介绍工程施工领域知识的专家。他在车上会讲一些小故事，是一个爱笑的人。采访中谈到家人时，石老师一度哽咽。孩子出生时，他只在家里待了 7 天就匆匆返回施工现场，平时很少能陪伴家人，但也正是家人的理解和团队的协作，支持着他投身川藏铁路的建设事业。卜林和曹天宇的生活基本上是工地、食堂、宿舍三点一线，在他们眼中，在工地的时候很有趣，灵感也最多。讲到“618”购物节，他们不约而同地带着疑惑的表情问我：什么是“618”啊?

其实在工地上收发快递根本不成问题，但他们的聚焦点是川藏铁路的施工进展，而不是外界的喧嚣繁华。是啊，做学问，只有扑得下身子、耐得住寂寞才会出好成果。

第 4 天，学习实践活动结束，我们经 318 国道前往康定机场准备返程。有着“隔山不同天，一天有四季”壮美景色的 318 国道离工地不远，在川藏铁路施工一线的山大人却难得有闲暇驻足欣赏。他们笑称这次能看看美景，是沾了我们的光。

川藏铁路施工现场一行是我的宝贵体验——晒伤的地方脱皮了，我也算是蜕变了。纸上得来终觉浅，绝知此事要躬行。我要把“两路”精神和“三不倒”川藏线精神带到今后的学习工作中去，不断增强脚力、眼力、脑力、笔力，向川藏线上的山大人学习，努力成为一名优秀的新传人。

作者：新闻传播学院 2019 级硕士研究生　宋石猛

7 月 9 日　星期五　雨

第九届中国管理学者交流营年会参加者 · 郭　超

由管理学院主办的“百年未有之大变局下的中国管理思想和实践”第九届中国管理学者交流营（CMSW 2021）顺利闭幕了。虽然活动已经结束，但作为组织者、参加者，每每回想起活动现场海内外管理学科学术精英齐聚山大、发表真知灼见、碰撞思想智慧火花的盛况，我仍感到心潮澎湃，思绪万千。

两个月前，当接到筹备会议的任务时，我和同事们很振奋，也很期待。我们期待通过主办此次年会，聚焦中国管理文化资源，促进优秀管理思想特别是具有中国特色的管理研究成果化、创新性发展，为推动中国传统管理思想传承与现代管理思想融合提出山大思想体系贡献一份力量。我们期待努力实现筹备工作“零瑕疵、无缺憾”，把年会举办成本年度具有国内外重要影响的学术交流平台、山大文化展示窗口、管理思维新方向的展示载体，为中国共产党成立 100 周年和山东大学建校 120 周年献礼。

在倒计时、加速冲刺阶段，会务组的每一位工作人员都铆足了劲，第九届管理学者交流营年会从蓝图逐渐变为令人欣喜的现实。亲身经历的日日夜夜，我看到的是，在会议筹备各个环节，同事们用热情和坚守诠释着团结协作。在大会举行的前一晚，老师们直至凌晨仍在对会议内容和线上连线效果等反复确认。甚至有些老师与学生志愿者身体抱恙，或因事凌晨才赶来会场，却都始终如一、认真负责地推进本职工作。当我们看到来自弗吉尼亚大学、杜克大学、犹他大学、北京大学、南开大学等国内外高校的 150 余名学者参加本次年会并对大会给予高度评价，当我们看到一场场精彩纷呈、成果丰硕的学术报告和深度研讨，当我们看到大会直播观众数量超过 7000 人取得良好反响的时候，一切付出都是值得的。

这个盛夏不平凡。习近平总书记给《文史哲》编辑部全体编辑人员回信、庆祝中国共产党成立 100 周年大会隆重举行等重要时刻，为此次管理学者交流营年会注入了能量和“不平凡”的价值底色。正如本次大会所聚焦的主题，中国面临着百年未有之大变局，在大时代大背景下，社会历史的发展为管理学提供了丰富的学术研究资源和知识背景，中华民族伟大复兴的历史征程给予我们不可推卸之使命。习近平总书记高屋建瓴地指出要积极参与全球化治理，构建人类命运共同体，而疫情的发展、5G 等技术革新、全球化深入推进更将这一历史命题真切地放到所有人面前，我们需要积极顺应时代潮流，回应国家号召和历史脉动。此次大会的举行对百年未有之大变局下的中国管理思想和实践进行了系统全面的梳理和探讨，恰逢其时。而有幸能够参与到大会的组织工作中，我深感荣幸。

“未来世界一流的商学院、管理学院一定是在中国，未来管理学科发展的前沿和一流学术成果一定是在中国。山大管理学院根植齐鲁文化沃土，也必将为此贡献自己的力量。”武常岐院长在大会上的致辞言犹在耳，作为一名管院人，也必将以时不我待、只争朝夕的精神，继续追求卓越、继续奋斗。

作者：管理学院工作人员　郭　超

7月10日　星期六　晴

三年军训参加者·张瑞康

炎炎夏日伴随着响亮的口号，燥热的微风伴着同学们的热情，今年的军训如约而至。作为2018年入学的学生，今年已经是我“参加”军训的第3个年头了——除了刚入学参加新生军训外，我作为辅导员助理负责了2019级和2020级的军训后勤工作。经历了3年的军训生活，每年都有新的体会，伴随着今年军训尾声的到来，见证了很多，也感悟了很多。

清晨5：30，在连续几天早起之后，已经不用定闹钟就可以自然醒了。简单洗漱后，随2020级的同学们一起去集合、跑早操。经历了昨晚的大雨，兴隆山的早上还不是很炎热，但也已经感受到今天的太阳要“发威”了。尽管如此，军训学员们的热情还是很高涨，按照教官们雄浑有力的指挥，迈着整齐的步伐，喊着响亮的口号，奔跑在操场上，开启了新一天的训练。早饭前还是照例要唱军歌的，各连队你不让我，我不让你，一定要争个高下。这边的连队唱得整齐、铿锵有力，那边的连队声音嘹亮、情绪饱满，到处都是年轻人的朝气蓬勃。

上午和下午是日常的方阵训练。今年的军训时间紧、任务重，教官和学员们加倍努力，训练效果较往年毫不逊色。学员们复制粘贴般地做着同样的动作、教官们用已经沙哑的嗓子下达各种指令，汗从每个人的脸颊滴下，浸透了衣服，但浇不灭他们心中的热情。

早操期间，理论上身体不舒服的学员是可以请假的，但学员们有很高的思想觉悟，轻伤不下火线，依旧跟训，即使只能坐在场边，也要陪伴着战友们。他们陪伴着战友，我陪伴着他们，前者是浓浓的同学情、战友情，而后者是我们作为后勤保障人员的初心与使命。

我们作为后勤保障人员，深刻地感受到了同学们坚定的信念，备受鼓舞的同时做好本职工作，为军训奉献出我们的力量。保证防暑药品和饮用水的充足是很重要的。水不够喝了？我们来！12 桶水每天分 3 个批次轮番供应，保证同学们的饮水需求。防暑药品不够了？我们来！跟校医院建立合作机制，配合医生工作。同学们训练感觉太单一？我们来！带领同学们学习校歌、军歌，为训练锦上添花……军训期间，我还用相机记录下他们精彩的瞬间。

每年的军训，内容上可能有所差异，但学员们的决心和精神面貌都是一样的昂扬向上。有幸经历并见证了 3 年军训，我很开心，很荣幸能够为同学们做好后勤保障，很高兴能见证同学们的成长，这段记忆不仅会激励我继续向前，也将时刻提醒着我要有作为山大人的担当。

作者：土建与水利学院 2018 级本科生　张瑞康

7月11日　星期日　晴

南丁格尔志愿服务队成员·苗英湄

“你们实践队今天下午来给队员们讲一下基本的急救操作吧。”早上，“大手拉小手”支教团负责人找到我，邀请我们为社会实践队员开展急救技能培训，我欣然答应。

“丁零，丁零……”下午3点的闹钟准时响起，我拿好钥匙前往护理楼去运假人模具以及弹性绷带等培训用品，同时在心里默默地回想操作流程以及需要强调的细节——万事俱备，只差队员。

下午3点半，根据支教团队员的团队组成以及时间安排，我决定本次培训主要讲解环形包扎和螺旋包扎两种包扎方法，以及心肺复苏（CPR）的操作。我邀请了支教团崔方明队长担任模特，向支教团队员讲解并演示了两种包扎的包扎手法、适应伤口、包扎部位以及注意事项。为使支教团队员能够更加全面地掌握应急救护要领，我决定重点对心肺复苏进行现场详细的分步讲解与实操示范。我逐一讲解演示如何规范按压位置、手法示范以及感受操作角度、操作力度及操作强度，队员们十分配合，积极参与并重复操作至熟练掌握基本要领。最后，我强调了应急救护前务必确认周边环境安全，最大限度地降低患者二次受伤害程度，全面保障患者的安全与健康，同时实施救助前一定要保证自身的安全。

暑假伊始，各个社会实践队便投入到紧锣密鼓的实践当中。百廿山大，志愿先行。作为公益志愿类社会实践团的一员，实践过程中虽然有反复讲解的口干舌燥，有搬运模具的腰酸背痛，但是志愿服务的成就感仿佛是拥有神奇药效的糖果，甘甜而让人充满动力。

作者：护理与康复学院2019级本科生　苗英湄

7 月 12 日　星期一　大雨

第三届国际组织人才核心素养提升训练营
参加者 · 刘一晨

今天是 2020 级学生结束军训的第一天，炎炎烈日带来的燥热被早上的雨冲洗得无影无踪，也让大家的心从躁动转为平静。

今天也是山东大学第三届国际组织人才核心素养提升训练营开营的日子。虽然在暑假的第一天就要上课，但一想到我将开始学习怎样成为具有家国情怀和全球视野的青年人，以及如何成为一名优秀的国际组织人才并参与全球治理，激动与期待的心情促使着我迫不及待地进入线上会议，等待开营仪式的开始。

让我十分惊喜的是，此次与我一同参加开营仪式的同学非常多。他们来自不同的校区、专业以及年级，也就是说，我可以有幸在此次训练营中认识更多和我有相同志向的新朋友们。这也让我对接下来几天的课程，又多了几分期待。

会议正式开始，王迎春老师对前两届训练营课程的回顾，让我对此次训练营有了更清晰的了解和认识。尤其是在 2021 年这一中国共产党成立 100 周年和山大建校 120 周年的重要时间节点，我们需要更加努力和坚定地学习国际组织相关知识，提升核心素养，为将来走入国际组织参与全球治理打下坚实的基础。

接下来李婧旖学姐的发言也让我获益良多。她告诉我们要珍惜此次难得的机会，珍惜学校和老师为我们提供的专业课程，在收获与成长之中将个人价值的实现与国家民族的前途相结合，成为国际组织的优秀后备人才与青年力量。

开营仪式结束后，我有幸聆听了卫生部外事司原司长、世界卫生组织前资深外交官宋允孚老师为我们带来的“参与全球治理，筑梦国际组织”

主题讲座。他结合自身经历，分享了自己在国际组织中的经验，分析了作为国际组织公务员所需要的综合素质。国际组织公务员是我国向外展示中国形象的重要窗口，我希望将来有一天能像宋老师一样，为国家参与全球治理贡献自己的力量。

作为山大2020级法英双语国际组织班的一名同学，期待自己充分发挥双语优势，借助学校平台，实现代表中国加入国际组织的梦想，在国际舞台上作出自己的贡献。以前的我会觉得国际组织离我很遥远，但今天的讲座却让我意识到梦想并没有那么遥不可及。相信在这次训练营后，我将向国际组织又靠近一大步。

作者：外国语学院2020级本科生　刘一晨

7月13日　星期二　晴

“大手拉小手”支教调研项目成员·崔方明

晴朗的七月天，空气中有阳光的味道。早早起床，我与伙伴们一同在火车站集合，踏上了期待已久的前往河南省确山县新安店镇中心小学的支教之路。

经历了6个小时的路程，我们飞驰过田野，横跨过大河，翻越过山丘，沿着小路穿过一簇簇村庄，最终到达了目的地。中心小学的李校长等领导老师热情招待了我们。走在中心小学宁静的校园中，我看到两旁布置着孩子们的手工作品和安全教育手抄报，小黑板上工工整整地排满了孩子们的防溺水、防触电指南，字迹虽然稚嫩而吃力，却不难看出孩子们的真诚与用心。这便是我进入学校的第一印象，从此支教生活就在这样可爱的校园中开始了。

参观整个校园后，我惊讶于新安店镇中心小学的简朴而不简单。我了解到它不仅为乡镇的儿童提供小学教育，更是少年宫音体美活动的举办场所，甚至还有4个面向学龄前儿童的学前教育教室。除教室外，我们参观了学校的棋类教室、舞蹈教室、美术教室、体育器材室、多功能教室、微机教室和琴房。李校长察觉到我的惊讶，笑着为我解释道，在国家政策的支持和指导下，乡镇的中小学教育取得了飞跃般的进步。新安店镇中心小学陆续建成了音、体、美全面发展的各类多功能教室，除供本校学生学习使用外，还承担着乡镇少年宫各项文艺、体育和美育活动。我为孩子们拥有这样全面的成长发展环境而欣喜，不由得对接下来的支教工作充满了期待。

晚饭时间，我们主动来到后厨，“抢”下了洗碗的工作。面对校方对支教工作的大力支持和盛情款待，我们受之有愧，唯有用100%的热情和动力，回报给予我们信赖的学校、老师和新安店镇的孩子们。在一个简短的例会后，我组织全体同学进行了集体备课，安排好明早值班的同学。大家都元气满满地憧憬着明天。

作为山东大学护理与康复学院“护新苗圃”孵育行动的特色项目之一，我们的“大手拉小手”支教调研项目计划开设语文、数学、英语等基础课程和营养卫生、身心健康、手工技能、益智课堂、音乐体育等特色课程，并举办文艺汇演、运动会等集体活动。我们将深入乡村，从德智体美劳多个方面全方位地服务留守儿童，帮助孩子们看到山外的世界，感受来自山大、来自社会的温暖，从而引导孩子们建立正确的世界观、人生观、价值观，用我们的青春活力帮助孩子们树立正确的人生目标，感受学习和生活的趣味和美好。

对于明天，我期待着。

作者：护理与康复学院2019级本科生　崔方明

7 月 14 日　星期三　雨

服务山东办工作人员·周继强

光阴荏苒，日月如梭。在领导的关心支持和同事们的帮助下，经过一年的备考，我顺利通过了研究生初试、复试，收到了研究生录取通知书，让高中时的梦想成为现实。

在山大工作的一年多，思想得到解放，能力得到提升，工作学习生活收获颇丰。这些收获的取得，得益于学校氛围的熏陶，得益于服务山东办在能力提升方面的有力举措。

注重理论学习，提高政治能力。学习中，服务山东办始终在学懂弄通做实上下功夫、见实效，不断提高政治素养和政治能力。工作中，服务山东办始终在服务国家和区域重大战略中提高政治站位，从政治和全局的高度分析问题、谋划工作。党支部书记井海明同志在以“学党史·争一流 全力做好服务山东工作”为题为全体党员上党课时讲到，在学懂弄通“四史”的基础上，要做到“三问”“两做”，坚定“一颗初心”。这一概括既让我感受到了习近平新时代中国特色社会主义思想的伟力，又让我加深了对服务山东战略的理解认同，更加坚定了我努力去做一位合格的服务山东战略践行人的信念，在本职岗位上践行初心和使命。

注重研讨交流，提高思维能力。头脑风暴是研讨交流的形象表达，B827 会议室是头脑风暴的策源地，小黑板是头脑风暴的显示屏。在年度工作谋划、大项工作筹备等重难点工作开展前，我们都会组织研讨交流，如在拟制“十四五”服务山东工作纲要的过程中，我们多次进行讨论交流，在以重点工作提升服务山东质量水平促进学校学科发展时，陈诚副主任就以山东省“十四项战略任务”为纵线，学校学科战略布局为横线，在纵横交错中明确重点工作，为谋划“十四五”服务山东重点工作找到了切入点。通过研讨交流，让我意识到做一位合格的服务山东战略践行人，必须加强对国家和区域发展战略的学习研究，全面掌握学校事业发展情况，做好“融合”文章。同时，必须能思考、会思考、善于思考，在思考中解放思想，创新思路，推动工作落实。

注重专题研究，提高业务能力。世界百年未有之大变局，对大学在坚持“四个面向”，如何把握新发展阶段、贯彻新发展理念、融入新发展格局，在推动经济社会高质量发展中发挥高校作用提出了新的挑战。对此，办公室安排徐杰老师，坚持立足山东、放眼全国、紧盯世界，对世界著名大学和国内高校社会服务工作进行深入研究。通过学习徐杰老师的研究成果，我认识到大学社会服务功能不再是简单的“第三功能”，明白了大学社会服务对于人才培养和科学研究两大功能的重要作用，从而使社会服务这一“第三功能”具有了“嵌入”“贯穿”“重塑”“提升”等色彩，深化了我对服务山东战略的理论认知，为我努力成为一位合格的服务山东战略践行人奠定了理论基础。

当前，社会发展日新月异，科技创新逐日追风。作为山东大学的一员，我将牢记“为天下储人才，为国家图富强”的办学宗旨，践行“学无止境，气有浩然”的校训，在努力成为一名合格的服务山东战略践行人的过程中，加强学习研究，提升综合素质，立足本职岗位，以优异成绩庆祝建校 120 周年，为学校加快实现“由大到强”历史性转变贡献一份力量！

作者：服务山东办公室工作人员　周继强

7月15日　星期四　多云转雨

老峪村扶贫调研团队成员・梁宇欣

今天，我们在雨后的清晨来到了青秀的老峪村。这是我们团队进行扶贫调研的第二站。说到老峪村，我们起初通过调查了解到，老峪村是易地搬迁村，由过去6个自然村合并而来。通过易地扶贫搬迁、就地就近就业、发展后续产业、实行兜底保障等多种扶持方式，老峪村原先的贫困人口已全部实现稳定脱贫。

到了当地，我们发现了另一片天地。从村口蜿蜒伸向远处人家的那段路上，阳光正好，清风拂来，雨后空气混杂着泥土和植物的清新气息，路边未干涸的积水倒映着蓝天和绿树。蝉鸣声声响，两旁绿树郁郁葱葱，有各种小野花加以点缀，树上的、藤上的果子也随风而动……好一番乡村景象。继续前行便见到满是涂鸦的幼儿园——儿童的童话乐园，周边房屋是清一色的青瓦白墙风格，整整齐齐地排列在这片新生的土地之上，有着别样的生气。

我们按计划采访了村里的王书记，询问当时多村共同搬迁至此的情况、遇到的困难以及各村克服困难顺利搬迁的历程。此次采访让我们得知老峪村易地搬迁、成功脱贫背后的那些故事。同时通过对当地小卖部大叔的采访，我们也从村民的视角了解了村庄的脱贫故事。

印象最深的是王书记等村委会干部带领我们参观的乡村记忆馆，那里记录着老峪村的“前世今生”。“国有史，城有志”，而老峪村这座坐落于济南南部山区的小村庄也有自己的历史，足有600年之久。记忆馆里留存着老峪村的翔实史料和丰富图片，多方面展示了老峪村的发展变迁、如诗如画的自然风光和厚重的人文历史。当叔叔们热情自豪地为我们介绍这些“乡村记忆”时，我很受触动。因为老峪村作为一个多村结合、易地搬迁的新村落，想必并没有多少人力对过往历史进行回溯、整理和保存。但是当这座承载着当地人民多年奋斗历史的记忆馆矗立在我面前时，我才发现老峪村的历史底蕴仍在，并因世代村民的奋斗而厚重，因新时代的发展而焕新。陈列在展柜里的老物件痕迹斑驳，描述并重现历史图景的句句话语铿锵有力，馆里的一切都在讲述着人民脱贫致富的奋斗故事，刻画的是时代东风和国家关怀所促成的美好图景。这座记忆馆承载着老峪村的多年历史，让村民的每份乡愁都在新的土地上有了安稳的归处。

而记忆馆的二楼，是干净整洁的农家书屋。推门进去，满屋书香。新时代背景下，中国城乡都在谈文化建设。在我看来，老峪村便是真正将新乡村文化建设落实到位的典范：村中街道所设的“善行义举榜”和“出彩人家示范户风采展示”、乡村记忆馆的建设和农家书屋的打造，都让这座新生的村庄充满精气神儿。精神文明建设跟上了物质发展的步伐，老峪村正昂首阔步地走向更好的明天。

习近平总书记曾说，新农村建设要“注意乡土味道，保留乡村风貌，留得住青山绿水，记得住乡愁”。而青秀美丽的老峪村，山间满是绿色，硕果正坠在枝头，山间清泉不断。老峪村新生不忘过往，铭记着历史，记住了乡愁。

作者：新闻传播学院 2020 级本科生　梁宇欣

7 月 16 日　星期五　多云

本科招生工作参加者 · 于佳林

时间在忙忙碌碌中总是过得特别快，转眼已经参与本科招生工作 3 个月，虽不知成长几何，但就收获而言，最大的收获是在工作中认识了众多可敬的山大老师、可爱的山大学生，在他们身上我一次次感受到山大人特有的精神品质。正是这种精神鼓舞着我在无数次想要放弃时坚持了下来。

最初的感动来自各学院教务老师的支持，因为修订报考指南中的学院简介需要联系各学院教学院长，热心的教务老师们纷纷帮助我推送教学院长的微信和电话，建议我采用微信、电话或者邮件方式联系教学院长。在与各教学院长取得联系后，通知的顺利发送给了我充足的信心。在此特别感谢文学院马院长，他根据多年的招生经验，修订了学院简介的模板，为工作开展打下了良好基础。各学院简介修订过程中，我深刻体会到了山大教师的严谨细致，各学院负责老师对段落语句甚至每个标点符号都逐一修订。

高考分数公布后，各省拓展组陆续到招办领取招生宣传材料，一批批宣传单页、报考指南、招生海报、横幅跟着拓展老师们奔赴全国各地。为了给山东大学延揽优秀生源，不计辛苦、甘于奉献的山大精神在拓展老师身上体现得淋漓尽致。志愿报考阶段，随着拓展组在全国各地线下咨询，校内电话集中咨询同步开展。时值期末考试周和毕业季，正是全校师生最忙碌的阶段，此起彼伏的电话铃声是最好的伴奏。本次电话咨询主体是新闻专业研究生，对于政策性咨询，他们回复时引用文件原文，不做过度解释；对于问题不明确的咨询，步步引导，搞清楚问题后再回复。极好地体现出山大新闻人客观求真、谨慎务实的特质。

招生工作的顺利开展，背后是本科招办整个工作团队的默默奉献、无私付出。为高质高效服务好每位考生，准确及时地解答招生信息，每个人都随时在线回复各类咨询问题。在这里，我见识到优秀的工作团队：睿智幽默的刘院长、兢兢业业的徐主任、锐意进取的朱老师、温暖细致的滕老师、追求完美的宋老师、心态超好的刘老师、双商均高的陈老师。在他们身上我时时能感受到山大人的精神品质，非常有幸能跟他们共事，向他们学习，成为更好的自己。

目前招生录取工作还在紧张有序地进行，相信在山大全体本科招生参与人员的共同努力下，今年 9 月一定能迎来又一批高素质的本科新生，与学校共庆百廿华诞。

作者：国际教育学院工作人员　于佳林

7 月 17 日　星期六　多云

机关青年干部培训班班长 · 李晶晶

今天是山东大学“学党史 转作风 强能力”机关青年干部培训班开班的第二天，按照学习安排，我们来到了嘉兴南湖红色教育基地，重温建党历史，感悟红船精神。

这是一场直击心灵、终生难忘、寻找初心的“红色之旅”。

我们沿着早期共产党人的光荣足迹，在历史图片与影像中回味寻根，重温中国共产党带领中华儿女走过的百年奋斗历程。13 位中共一大代表将会址临时转移至南湖游船的匆匆脚步声仿佛就在耳边，他们在那艘小小红船上审议通过中国共产党第一个决议、第一个纲领的情景生动地出现在了眼前。1920 年，“南陈北李，相约建党”的誓言铿锵，7 年后李大钊先生在绞刑架前大义凛然、慷慨激昂，“不能因为你们今天绞死了我，就绞死了伟大的共产主义！我们已经培养了很多同志，如同红花的种子，撒遍各地！”年仅 38 岁，“英烈铁肩担道义，先驱妙手著文章”的李大钊先生为共产主义而永恒！生命定格、精神长青！

我与同学们一起，安静而又心潮澎湃地跟随带队老师走完全程。

站在那艘承载中国共产党理想和信念的红船前，我默默致敬！这是“母亲船”啊，小小红船承载千钧，播下了中国革命的火种，开启了中国共产党的跨世纪航程。我们的党，正是从这里诞生、从这里启航、从这里走向全国执政，也是从这里走向了中华民族伟大复兴。

站在一位位革命先驱的照片或遗物前，我默默致敬。没有您对真理和信仰的坚守、舍生忘死的大无畏气概、“抛头颅洒热血”的担当和“砍头不要紧，只要主义真”的决绝，又哪来今天的岁月静好、国富民强？今天，我们是乘高铁来看您的，近千公里也不过4个小时车程；我们用5G手机搜索您的故事和生平，您以生命换来的新中国已经追赶上了世界科技革命的步伐，太空里有咱中国人的身影！您的国已在中国共产党成立100周年之时向世界宣告，我们在中华大地上全面建成了小康社会，历史性解决了绝对贫困问题。您看，一切都好！一切如您所愿！一切都是您的光荣！

站在阐释“红船精神”的39个字面前，我默默致敬！开天辟地、敢为人先的首创精神，坚定理想、百折不挠的奋斗精神，立党为公、忠诚为民的奉献精神，是中国革命精神之源，是伟大建党精神之源，也是铸就在中华儿女心中的永不褪色的历史丰碑。“红船精神”同井冈山精神、长征精神、延安精神、西柏坡精神等一起，伴随中国革命的光辉历程，共同成为我党在前进道路上战胜各种困难和风险、不断夺取新胜利的强大精神力量和宝贵精神财富，也必将照亮实现中华民族伟大复兴的新征程！

秀水泱泱，红船依旧；时代变迁，精神永恒！

是的，精神的力量是无穷的。毛主席说：“人是要有一点精神的。”一个人是如此，一个政党是如此，马克思主义政党更是如此。我们一行59名青年干部都是党员，成立了临时党支部，以高度的热情投入到学习生活中，在昨天“高校教师评价改革实践与思考”的课堂上更是与浙江大学刘继荣部长讨论得热火朝天。同学们被浙江大学近几年飞速发展的一组组数据“惊艳”到了，也被浙江大学开拓创新、大胆改革的系列举措冲击到了。今年4月，习近平总书记在考察清华大学时强调，“一个国家的高等教育体系需要有一流大学群体的有力支撑，一流大学群体的水平和质量决定了高等教育体系的水平和质量”。前进中的山东大学与浙江大学一样，都是一流大学群体中的重要一员，在学校高质量发展的进程中，需要对“十四五”各项事业“咬定青山不放松”，需要对系列重大改革“百折不挠、抓铁留痕”，更需要“勇于担当、舍我其谁”“功成不必在我，功成必有我”的强大精神力量！

精神力量，正是今天南湖之行最大的收获，也必将成为我们圆满完成培训任务、以更饱满姿态投入学校各项建设任务的不竭动力之源。“学党史 转作风 强能力”机关青年干部培训班已然在党旗下相约，以史为鉴、开创未来，向着第二个百年奋斗目标奋进！

作者：学科建设与发展规划部副部长　李晶晶

7 月 18 日　星期日　阴

“扬帆计划 · 中央和国家机关大学生实习”参加者 · 郭力源

2021 年“扬帆计划 · 中央和国家机关大学生实习”启动仪式暨培训会已经结束，我漫步在中国地质大学（北京）的校园中，依旧思绪万千。这个暑假，我和周煜博、万钊廷两位学长有幸入选“扬帆计划”，参加中央和国家机关实习，和全国 156 所高校 847 名大学生代表共同度过了 5 周的难忘时光。

“扬帆计划 · 中央和国家机关大学生实习”是由共青团中央青年发展部、中央和国家机关团工委共同组织的大学生实习计划，今年共有 47 个中央和国家机关部委提供实习岗位。刚刚结束的启动仪式上，共青团中央书记处书记傅振邦向参与实习计划的学子们提出三点期望：一是要学好一部史，加强党史学习，学好中国共产党党史这部生动的教科书；二是要值好一班岗，以公务人员的标准，认真完成岗位分配的工作；三是要读好一本书，研读《习近平与大学生朋友》这本书，深刻领会习近平总书记对青年的要求与期望。

聆听着傅振邦书记的寄语，我们深感责任重大。中央和国家机关是贯彻落实党中央路线方针政策的“最先一公里”，是践行“两个维护”的第一方阵。经过学校团组织严格推荐选拔，我们能够来到中央和国家机关工作，不仅是一份荣誉的经历，更是一份沉甸甸的责任。在未来5周的时间里，周煜博学长将赴中国人民银行，万钊廷学长将赴中央宣传部，我将赴中国科学院开展实习工作。拥挤的通勤地铁、繁忙的机关单位、堆叠的档案文件……紧张繁重的工作将在短短5周的时间里纷至沓来，压力很大、未知很多，彷徨不能解决问题，奋斗才是我们应有的姿态。接下来的5周，我们要向中央和国家机关的优秀前辈学习，从小事做起，吃苦耐劳，勤做事、找差距、抓落实；积极参加所在机关的党史学习教育，用实际行动将青春热血融入党和人民的事业之中。

今年5月，习近平总书记给山东大学《文史哲》杂志编辑部全体编辑人员回信，山大青年团员深受鼓舞、倍感振奋，我作为成仿吾英才班的一员，也感到心潮澎湃。此次在中央和国家机关实习，我们定将牢记习近平总书记的期望与嘱托，虚心学习，将理论运用于实践，了解国家治理体系运作机制，体会国情社情民情，增强做中国人的志气、骨气、底气，深植为人民服务的信念，高质量完成实习任务。

明天开始，我们将步入工作岗位，尽快熟悉岗位环境，抓紧进入工作状态，以努力认真地工作实绩展现山大青年团员的风采。此刻，我们默默许下誓言：今日“扬帆”，明朝奋蹄，学思践悟，不虚此行；请党放心，强国有我，不负青春，不负韶华！

作者：哲学与社会发展学院2019级本科生　郭力源

7 月 19 日　星期一　晴

校庆倒计时 120 天纪念封和明信片收取者 · 郑　鑫

亲爱的山大，从 2011 年毕业至今，一别十载，三千六百多天隔城相望的日子，母校山大，你还好吗？我想对你说："我想你了！"

当我收到郭新立书记和樊丽明校长签字的山东大学 120 周年校庆倒计时 120 天的纪念封和明信片时，内心的激动之情溢于言表，仿佛是收到了一份来自久违老友发来的问候，让人心生喜悦和幸福。在此，特别感谢山大校友会为各地联络员邮寄的礼物，这不仅是一份问候的信笺，更是母校对各地山大校友发出的百廿校庆的邀请函。

从 1901 年创办的山东大学堂到由原山东大学、山东医科大学、山东工业大学三校合并而建的新山东大学，再到如今济南、威海、青岛一校三地的办学格局，你已经走过了 120 年的光辉岁月。从"文史见长"到如今学科齐全、实力雄厚、特色鲜明，你用"为天下储人才，为国家图富强"的办学宗旨和"学无止境，气有浩然"的校训培育了 60 余万名各类人才，为国家和区域经济社会发展作出了重要贡献。山大，我为你点赞！

有幸在你的怀抱中度过了青葱岁月的 4 年大学生活，每年的入学季和毕业季，我都不禁想起在泉城济南与你相伴的那些日子。难忘大一入学时学长学姐精心准备的迎新活动，难忘新生军训操场上那一抹耀眼的"国防绿"，难忘辅导员在黑板上写下的"守时、诚实"的寄语，难忘真挚的来自天南海北的同窗情谊，难忘带我在哲学思辨海洋中畅游的老师，难忘小树林下琅琅的读书声，难忘图书馆的书香与食堂的饭菜香，难忘毕业时夏日的蝉鸣和同学们离别的眼泪……

时间不会使记忆风化，青葱岁月也永远不会褪色，感谢你珍藏了那时我最美的记忆。指缝间流淌的时光，微笑着翻出心底悄悄定格的画面，当年那些带着梦想陆续离场奔向远方的山大学子，将在你百廿校庆之际，从五湖四海的方向，念念不忘，心之所向，献上我们最真挚的祝福和希冀。

百廿山大，愿你赓续“学无止境，气有浩然”之壮志，乘风破浪，扬帆远航，再创辉煌，实现强校兴国之使命。

凡我在处，便是山大；有你在时，那便是家。

百廿山大，恭贺芳辰。

百廿山大，等我回家。

作者：山东大学潍坊校友会校友　郑　鑫

7 月 20 日　星期二　晴

“党建＋”青年实践服务团成员·赵伶俐

今天的威海，不似前几日连绵阴雨，灿烂的阳光穿过树叶的空隙，透过早雾洒满了校园。一早我们便接到威海高新区妇联的消息，说看到了我们在崮山镇实践活动的相关报道，觉得很好，希望我们也能去妇联实践，进行党史宣讲。

“党建＋”青年实践服务团由马克思主义学院（威海）青年教师、研究生发起，海洋学院、商学院等多个单位的在校生组成。崮山镇的实践是我们服务团开展的第一次志愿服务活动。接到电话后我们的心情是雀跃的，他们的肯定带给我们团队成员更大的动力，也不禁让我们再次想起 7 月 17 日去崮山镇实践服务的场景。

7 月 17 日上午，我们到崮山镇汇悦海洋牧场开展志愿服务，调研团帮助开展了党建资料梳理、海洋研学旅游项目基础准备，以及海洋馆的引导与讲解等多项工作。我国是海洋大国，建设海洋牧场是海洋渔业转型升级和渔业生态文明建设的重要举措。威海汇悦海洋牧场是山东省经略海洋、海洋强省战略的生动实践，也是群众关心海洋、认识海洋的全方位平台，更是威海智慧城市建设的文旅服务全新升级的重要体现。

下午，我们来到崮山镇党群服务中心。在这里，我们开展了守护“海洋精灵”——海洋哺乳动物知识专题科普以及党史宣讲活动。调研团向与会的群众、儿童专题介绍了海洋文化、海洋知识，全面地科普了海洋哺乳动物知识，特别介绍了中华白海豚的历史与分布等情况。调研团还播放了具有教育警示意义的图像资料，通过搁浅的海洋动物救治以及解剖，发现海洋环境污染特别是塑料垃圾对海洋动物的危害等，进一步宣传海洋环境与海洋动物保护的重要性。同时开展了“学习党史，增强党性”宣讲活动，通过互动问答，从讲述生动有趣的党史小故事入手，结合绘画、折纸等方式进行了形式多样的党史宣讲。调研团深入了解崮山镇以及威海的城市发展情况，加深了对基层党建引领乡村产业振兴的了解，对乡村产业生产、组织和管理方式有了更深刻的认识。

道阻且长，行则将至；行而不辍，未来可期。实践调研才刚刚开始，尽管目前我们仍然存在着信息搜集不齐全、政策解读不透彻等问题，但我们相信实践的过程必将是我们透过书本、扎根现实、学以致用的过程。我们将继续扩大调研范围，践行“将论文写在祖国大地上”的责任使命，以“山大方案”来“服务山东”，同时也为威海“精致城市”的发展贡献青春力量。

作者：马克思主义学院（威海）2020 级硕士研究生　赵伶俐

7月21日　星期三　阴

高质量发展专题培训班学员·万　熠

今天，上海蓝蓝的天上飘着几朵云彩，太阳下走一会儿衬衣就湿透了，但我们“山东大学深入学习贯彻党的十九届五中全会精神 奋力开启‘十四五’时期高质量发展新局面专题培训班”（第一期）59位学员热情不减，完成了在上海交通大学的第3天集中培训。晚上，我们在教室里进行小组讨论，畅谈此次培训的感想和收获，我作为明天小组发言的代表，认真记录了大家的发言，自己也谈了感受和收获。

这次培训，我近距离、比较全面地了解了上海交通大学的办学水平，深受触动、深受冲击，也开阔了眼界，学习了经验。

首先是办学理念先进，顶层设计科学。上海交大从百年校庆开始，就绘就了三步走的蓝图，到2050年建成世界一流大学。同时不断根据自身发展阶段，调整五年规划，保证延续性和创新性：“十五”填谷补缺、资源驱动，“十一五”数量提升、指标驱动，“十二五”数质并重、目标驱动，“十三五”质量为先，使命驱动……近期进行了三个根本改革：一个是教育增值，贯彻学在交大；二是体制搞活，贯彻院为实体；三是人才强校，贯彻多元评价。

其次是机制体制活，真正落实院为实体。“院为实体”的改革思路，充分发挥学院一级的主观能动性和积极性，激发了办学活力。我们所考察的几个学院或者研究院，基本上都有几个共性特征。一是依据学院特点建立了完善的治理体系，横向到边、纵向到底，用好的制度来管人财物，大家的规则意识普遍比较强。二是每个学院根据自身特点，深化改革，各显神通，充分挖掘和发挥内部、外部的政策优势、资源优势、区位优势等，比如国际与公共事务学院，充分发挥智库作用，市校共建，建院时间短，但发展非常迅速，资政建言屡受政府批示，实现了政学互动、学科交叉。

又比如机械与动力学院，博士生招生指标分配方式作为撬动改革的一个重要杠杆，既考虑效率也考虑公平。密西根学院是真正的国际化办学特区，与国外一流大学同步发展，学校不需要投入、没有学科建设的任务，一心一意投入到人才培养过程，面向未来培养创新性人才。电子信息与电气学院，能够壮士断腕，砍掉一个 A-学科，集中精力培育 6 个 A 类学科，同时在青年教师和杰出人才培养方面，主动作为，做好后盾。

然后是三支队伍精干，改革意识和治理能力强。上海交大师资力量雄厚，严把进门关，机动学院要求新进人员要超过平均水平以上，同时，有进有出，有序流动。职能部门领导思路清晰，格局大，经验丰富，学科规划处处长用翔实的数据分析了山东大学和上海交通大学在各个方面的比较，有理有据。二级学院领导，体现了党政协力，密切配合，电子信息与电气学院苏跃增书记所说的“大局意识，行事果断，作风顽强，不做外行，贴近基层，率先垂范”是对学院党政领导要求的很好诠释。管理辅助队伍也非常专业高效，聘任方式也多样，这支队伍的比重还很大，起到了很好的支撑服务作用。

通过学习，大家普遍感受到了改革发展的紧迫感，纷纷表示，回校以后，进一步完善“十四五”规划，统一思想，凝聚改革共识，发扬伟大建党精神，不忘初心，坚持党的坚强领导，锐意改革，为尽快实现山东大学“由大到强”历史性转变贡献力量。

作者：机械工程学院常务副院长　万　熠

7 月 22 日　星期四　阴

高质量发展专题培训班学员・王守宇

7 月 18 日到 22 日，学校在上海交通大学举办了“山东大学深入学习贯彻党的十九届五中全会精神 奋力开启‘十四五’时期高质量发展新局面专题培训班”（第一期），我很荣幸参加了本次培训活动。4 天时间，7 场课堂授课，6 场座谈交流，3 场现场参观，1 场小组内部研讨和结业仪式，节奏紧凑，干货满满，让我受益匪浅。

在返程的航班上，我复盘着这几天紧张而充实的学习。本次培训学习从人才强校战略与人事人才改革、人才培养模式创新改革、党建与学院发展、“十四五”时期学科规划、学院的人才队伍建设与教师思想引领、学院治理体系与改革发展等多个维度展示了上海交通大学近年来推行的改革实践和取得的显著成效。给我印象最深刻的就是交大实施的三项根本性改革举措，即：学在交大，院为实体，多元评价。一是打造“学在交大”，切实提高办学质量和人才培养水平，做到校园内处处是学习之地，坐下就可学术讨论，转身遇见学术大师；二是推进“院为实体”改革，学院作为办学主体，承担起办学重任，推着学校跑，同时学校推动管理重心下移，激发基层办学活力，并明确约定好权利与责任，让学院能够甩开膀子加油干；三是建立“多元评价”体系，为坚决破“五唯”，不用几个简单的指标笼统地评价所有的老师，建立了多元评价体系，对人员进行分类，根据不同类型的人员设定符合其类型的评价标准，进行精准的评价，使各类人员都能成长为“牛人”。

复盘完本次学习内容，我不自觉地回顾起学院近年来的发展情况。2020 年 2 月，《中共山东大学委员会关于实施强院兴校行动的意见》印发，提出“121”推进思路，要求“聚焦提升学术核心竞争力这一关键，聚力做强学科、做强学院两大重点”。空间科学与物理学院以此为契机，启动“强院兴校”行动，进行了新一轮的改革实践，不断推进治理体系和治理能力现代化建设。在 2021 年，学院结合党史学习教育，高质量完成了巡察整改，并开展了弘扬科学家精神的系列活动，请学院教师作科研诚信专题讲座，提升教师们的科研规范意识；作弘扬探月精神专题讲座，通过现身说法增强教师们献身国家战略的责任与担当，进一步激发了学院的办学活力、内生动力、创新潜力，建立起优良的学院生态。聚焦提高学术核心竞争力这一关键，学院强化学科建设同国家战略目标、战略任务的对接，不断提升承接国家重大任务的能力，实现任务、学科互促互进，在人才培养、师资队伍建设、科学研究、国际化建设、社会服务等各方面取得了一定进步。然而，通过这次培训学习，我更加清晰地认识到学院在体制机制、人才培养、队伍建设等方面还有许多要加强和完善的地方，以后的工作中定要以更高的标准来要求自己，并把本次所学所悟转化为推进学院高质量发展的实际行动中。

落地威海后，过去一周的学习仍然历历在目。我以本次学习成果为基础进一步梳理了学院“十四五”发展规划和“强院兴校”行动方案，思考着学院未来的发展方向，如何真正做强学科，如何切实提高学生培养质量等，还有诸多艰巨的任务摆在面前。“奋然为之，亦未必难”，空间科学与物理学院全体师生定会不忘初心使命，矢志艰苦奋斗，为实现“强院兴校”贡献所有力量。

作者：空间科学与物理学院常务副院长　王守宇

7月23日　星期五　晴

高质量发展专题培训班学员·周长军

“山东大学深入学习贯彻党的十九届五中全会精神 奋力开启‘十四五’时期高质量发展新局面专题培训班”（第一期）已经结束了，我很荣幸参加了本次培训活动。

本期培训班实行分小组学习，建立了临时党支部和班委会。19日一早，就开始了为期3天半的节奏紧张、内容充实的培训生活。每天上、下午各有3场报告或座谈交流，晚上还有报告会或研讨。上海交大10多位校、院领导开讲授课，主题涉及院校发展、创新改革、学科建设、人才培养、思想引领、党政学习等方面。其间，我们还听取了关于学习贯彻习近平总书记“七一”重要讲话精神及党的十九届五中全会精神的解读报告，参观了一大会址，进行了党史学习教育。

此次参训，我接受了党性教育，开阔了视野，激发了思考，收获是多方面的。在这里用五个“一”简要概括感受最深的方面：

一种冲击。从感觉到理念、思维，冲击可以说是全方位的。其“敢为人先”的精神体现在校院建设的方方面面，创新带来的活力和成绩让我们倍感压力。

一种作风。给我留下深刻印象的，是他们的敢于创新和精于谋划，而且是“看准了就做”的实干作风，执行力强。

一种风貌。在开讲授课和座谈交流中，师生表现出从容自信的精神风貌，让我印象深刻。

一种味道。交大虽以理工为主，但重视学生人文素养和学校文化建设。各学院着力营造“处处是学习之地，坐下就可学习讨论，转身遇见学术大师”的环境，为学生提供良好的学习体验。

一种信心。从交大以改革为魂的办学历程中，我们应当也可以汲取相应的经验和智慧，破解我们事业发展中面临的难点、痛点和堵点。

通过这次培训，我意识到，只要我们客观分析自身的优劣势，找准问题，超前谋划，通过改革创新，充分激发师生的活力和竞争力，就能实现“十四五”的高质量发展。我们相信，山大的明天一定更美好！

作者：法学院院长　周长军

7 月 24 日　星期六　晴

山东学位与研究生教育论坛参加者 · 韩　适

坐上从青岛校区返回济南的火车，看着海滨天空的云卷云舒，忽然，连日来未曾“露面”的疲惫感席卷而来。由我校承办的山东学位与研究生教育学会第八届会员大会暨山东省研究生教育质量管理论坛在青岛校区已经圆满落幕。两个多月忙碌的点点滴滴，与此刻青岛的红瓦绿树、青山碧海交汇，大脑里不停回响着，这些天发生的每一件事情，参与活动的每一位工作人员，他们的每一个动作、每一声嘱托……虽然只是整个过程中某个环节上的一颗小小“螺丝钉”，但我想以自己的视角，分享一点感受与收获。

此次会议是一个个想法的落地成型，是一处处细节的反复推敲，是一份份心意的集中体现。研究生院、党委研究生工作部从学期初开始酝酿大会举办，从 5 月份正式着手策划准备，其间还经历了会议时间变更的忙乱与无奈。我见证了 10 余稿会议方案与议程逐步完善的过程，主要负责人艳洁主任和刘丽老师与各方协调沟通的电话声，成为工作时循环播放的背景音，很多细节的繁杂性与不确定性使得平日里处事果决的同事们也些许犯难……终于，当前期准备工作一切就绪，大部队载着满满的热情与期待，启程前往青岛校区。

在为期 4 天的会程中，我看到许许多多同样扮演“螺丝钉”角色的老师和志愿者，他们坚定地“钉”在有需要的地方，最大程度地发挥着不可缺少的支撑保障作用。他们紧密联结起来，为会务工作正常运转与会议顺利举行提供着坚实保障。我看到材料组工作人员清早发来的消息：“我还是不太放心会议手袋，先乘早班车提前去现场对接一下。”看到文字组工作人员房间中直到凌晨还亮着的台灯，孤独的灯光映出一份份被悉心打磨的发言材料和新闻稿件。看到服务组工作人员总是早早站立在街道上耐心引导，他们头顶烈日，而身旁，接送车辆早已静静停靠等待……2 个多月的时间，我深刻体会到异地办会之艰难，但幸运的是，我同时也收获了一场与伙伴们并肩作战的经历，一次加深了解、增进感情的旅程。

我深知，自己奋斗在一个伟大的时代，所从事的是一份有意义的事业，重任在肩、使命光荣。我愿意做好一颗不可或缺的“螺丝钉”，以“功成不必在我，功成必定有我”的精神，努力铆住自己的岗位，与众多山大同伴一道，不问收获、但管付出。

作者：研究生院、党委研究生工作部工作人员　韩　适

7 月 25 日　星期日　晴

硕博服务团青岛分队队长·杨国栋

天高云淡，青岛 7 月的天空一如既往地迷人。今天下午，我们团队在青岛市团校参加了“服务山东·山大方案”山东大学硕博服务团社会实践

座谈会，这标志着我们团队社会实践正式启动。山东大学副校长韩圣浩、青岛团市委副书记赵全超等参加了座谈，这让我们深受鼓舞。

座谈会上，赵全超介绍了团市委与各驻青高校的工作开展情况，我院辅导员封莹老师就我们团队的基本情况、调研目的、调研计划、学院社会实践工作开展情况等进行了汇报，队员郝杰作了表态发言。在听取师生们的汇报后，韩圣浩带领大家回顾了青岛和山大携手走过的光辉岁月，肯定了团队成员付出的努力，并对服务团如何开展好社会实践提出了具体要求。我们深受启发，并且信心大增。

我们团队的调研主题是“关于青岛市海洋产业集聚区高质量发展的思考”，团队 11 名成员来自哲学与社会发展学院、机械工程学院、法学院、管理学院、文学院、环境科学与工程学院、马克思主义学院、国际教育学院、海洋研究院 9 个学院，拟调研青岛市海洋发展局、西海岸新区海洋发展局等政府单位，中国—上海合作组织地方经贸合作示范区等特色园区，山东大学海洋研究院、中国科学院海洋研究所等科研院所，海西湾船舶与海洋工程产业基地、蓝谷药业海洋科技谷等产业集聚区，中国船舶重工集团公司、青岛蓝谷药业有限公司等龙头企业。

“提供山大方案，贡献山大智慧”，在日后的调研过程中，作为队长，我将带领团队成员不断提高调研质量，深入领会改革开放以来青岛海洋经济取得的非凡成就，总结青岛市海洋产业集聚中的经验做法，思考产业集聚过程中存在的问题和解决方案，展现青年担当，贡献青年力量，助力青岛和山东经济的高质量发展。

作者：哲学与社会发展学院 2020 级硕士研究生　杨国栋

7月26日 星期一 晴

威海校区党史学习教育古田会议精神专题培训班学员·孙巍峰

军号声声，从古田而来。习近平总书记指出，“党的历史是最生动、最有说服力的教科书”。在庆祝中国共产党成立100周年和党史学习教育不断推向深入之际，7月21～25日，我有幸作为威海校区党史学习教育古田会议精神专题培训班的一名学员，来到对全国的解放、新中国的建立、党的建设、军队的建设作出了重要、不可替代的贡献的闽西革命老区，来到共产党确立思想建党、政治建军原则，我们党立规矩定制度的地方——古田会议会址，倾听古田军号声，向着胜利再出发。

万水千山，不忘来时路。看那先辈的足迹，星星之火如何燎原。简短的开班仪式后，培训班先后赴古田县、长汀县、连城县、上杭县等地现场教学，瞻仰了古田会议会址、毛泽东纪念园、瞿秋白纪念园、松毛岭战地遗址、中共闽西一大会址、毛泽东才溪乡调查旧址，聆听“铸魂胜利路”“寻路：党对中国革命道路理论的探索”“共产党人的崇高气节”“青山处处埋忠骨”“不忘初心”“光荣亭前颂光荣”等微党课，深入学习思想建党这一独特的党的建设道路，传承红色基因，坚定理想信念。

跨越时空，传红色基因。历史就在眼前，我们追随先辈先烈的脚步，看到了“红旗跃过汀江，直下龙岩上杭”的喜悦，嗅到了“战地黄花分外香”的芬芳，感受到了“宁化、清流、归化，路隘林森苔滑”却“七百里驱十五日，赣水苍茫闽山碧”的豪迈……怎样做政治上的明白人？答案就在眼前，对党忠诚，没有私心，才有了至关重要的“九月来信”；思想建党，政治建军，坚决做到维护核心，高扬党的理想信念旗帜是根本，自觉同党中央保持高度一致是关键；不忘我们是谁，不忘我们为了谁，穿着草鞋干革命，夜走山路访贫农，“一切为了群众，一切依靠群众”，与人民同呼吸、共命运、心连心，才让百姓看到了红军的初心，才有了人民与党的生死相依；“没有调查，没有发言权”“不做正确的调查同样没有发言权”“从群众中来，到群众中去”，深入基层、联系群众、求真务实、致力发展，对今天我们“为群众做实事”、好事做好、实事做实具有重大的指导意义。

寥廓江天，红旗展如画。习近平总书记指出：“我们要认真回顾走过的路，不能忘记来时的路，继续走好前行的路。”学习党史，是为了更好地开创未来。值此中国共产党成立100周年和开启实现第二个百年奋斗目标新征程之际，值此学校120周年校庆之年、新甲子辉煌开启之年，作为伟大、光荣、正确的中国共产党的一份子，作为校区机关管理服务人员，我们要自觉对照先辈先烈的崇高理想、境界追求、顽强意志、优良作风、奉献精神，扎实推进党史学习教育与业务工作的融合，做三全育人的践行者、强院兴校的贡献者、疫情防控的战斗者、安全稳定的守护者、“由大到强”的推动者，凝心聚力，担当作为，在服务师生的实践中、在为学校建设中国特色世界一流大学目标的努力奋斗中，吹响自己的“古田军号”。

作者：威海校区资产与实验室管理处工作人员　孙巍峰

7月27日　星期二　晴

高质量发展专题培训班学员·王俊菊

已经过去几天了，但上海交大之行，如今想来仍旧难忘。7月18日傍晚，忙完一天日程后，我搭乘航班前往上海交通大学参加学校党委组织的“山东大学深入学习贯彻党的十九届五中全会精神 奋力开启‘十四五’

时期高质量发展新局面专题培训班”（第一期）。因航班延误，到达上海交通大学永宁校区时已是晚上11点左右。看着满满的日程安排，我心中充满期许，希望借此机会聆听高水平的讲座报告，更加深入学习习近平总书记“七一”重要讲话等系列讲话精神和党的十九届五中全会精神，全面了解新形势下世界一流大学建设的宝贵经验。

7月19～22日，培训班安排了课堂授课、座谈交流、现场参观等系列活动。上海交通大学特邀浦东干部学院的知名教授全面解读了习近平总书记“七一”重要讲话精神及党的十九届五中全会精神，分析了百年未有之大变局下的世界格局和中国方略，分析了建设社会主义现代化强国的制度优势和战略机遇。上海交通大学校方也派出精兵强将为山大参训学员全方位分享了建设世界一流高校的理念、行动和成效。来自学校人力资源处、规划发展处、文科建设处、教务处等职能部门的领导讲解了上海交大的发展战略、长远规划以及改革开放以来所取得的辉煌成就，来自分析检测中心、生物医学工程学院、物理学院、电子信息与电气工程学院的党委书记分享了以党建促中心工作的宝贵经验，安泰经济与管理学院、机械与动力工程学院、国际与公共事务学院的党委书记分享了人才队伍建设、学院治理体系、学科建设、自主创新等方面的做法和成效。此外，全体学员还实地参观了密西根学院、船舶海洋与建筑工程学院的海洋实验平台等，参观了上海交大宁静而优美的徐家汇校区和闵行校区。

20日下午，我和其他参训学员一起前往中国共产党第一次全国代表大会会址纪念馆参观学习，跟随讲解员全面回顾了中国共产党的百年发展历程和光辉奋斗史。全体党员在入党誓词展板前庄严宣誓，重温入党誓词，不忘初心、牢记使命，理想信念更加坚定。

通过学习和参观，我更加深刻地领会到习近平总书记“七一”重要讲话精神和党的十九届五中全会精神的精髓，更加深刻地体会到党建工作在世界一流大学建设进程中的关键作用，更加直观地了解到上海交通大学立意高远的发展定位、稳健如一的既定目标、党政合一的机制保障、院为实体的体制优势、学科整合的巨大潜力、敢为人先的创新精神和大踏步向前的精神风貌。令人印象深刻的还有谙熟学科发展的专业化管理队伍和服务团队，以及渗透到每个细节的国际化元素。

参训期间，我利用空余时间和上海交大外国语学院进行了沟通、交流，结合自己所学、所思、所悟，对照学院“十四五”发展规划，进一步深入思考了我校外语学科的未来发展之路，结合学校“一体化”发展的战略框架，构思了“新文科”背景下文文交叉、文理交叉、文工交叉、文医交叉的行动方案，细化了跨校区、跨学院、跨语种、跨专业的实施路径和机制保障，心中更加充满了力量和希望。

道阻且长，行则将至，行而不辍，未来可期。4 天的培训虽然短暂，但收获满满，既看到了自身差距，也坚定了努力方向。上海交大之行，着实令人难忘。

作者：外国语学院党委书记、院长　王俊菊

7 月 28 日　星期三　晴

“扬帆计划 · 中央和国家机关大学生实习”参加者 · 万钊廷

轻轻合上带有浓厚墨香的报纸，一阵阵敬意从心底升腾起来，我的思绪还停留在刚刚结束的选题编前会上。近 2 个小时的旁听学习，让我动情于新闻人的不懈坚守，致敬于记录者的不断奔走，震撼于报道背后的无穷力量。这个夏天，我与周煜博学长、郭力源学弟一同来到北京，参加“扬帆计划 · 中央和国家机关大学生实习”活动，我有幸来到中央宣传部，于中国新闻出版传媒集团有限公司实习。在这里的学习和感受，让我进一步体验了记者的日常工作，对文字有了更深的敬畏之情，也进一步明确了讲好中国故事、弘扬中国精神、传播中国声音的使命担当。

此次实习活动由共青团中央青年发展部与中央和国家机关团工委共同组织发起，全国共有来自156所高校的847名大学生参加。正如傅振邦书记在启动仪式上所讲的，“参与实习，是受教育、长才干的过程，来到中央和国家机关实习，更是体会国家机关工作人员严谨作风的过程”。仅用了短短一周，我就对这句话有了深刻认识。

讲述中国故事，需要奔走不停的步伐。“新闻发生了，就要在第一时间扑上去。”这是选题编前会上我印象最为深刻的一句话。尽管在新媒体的冲击下传统媒体逐渐“退居二线”，但新闻人及时跟进、广泛思考、深度报道的初心和使命并没有发生变化。在选题会各位老师的讨论和建议中，各板块选题逐步得以完善，我同步思考着每一位优秀新闻人的思考，感受着一个同心同行团队协作的力量。

弘扬中国精神，需要持久永续的坚守。“干了新闻这一行，就没有停下来的时候。”单位里吴明娟老师的故事让我动容。几天前，河南暴发严重洪涝灾害，牵动着每一位中华儿女的心。突降暴雨的那几天，正是吴老师的产期，作为驻河南记者站的一名记者，长期以来的工作经历使她意识到灾害报道的紧急性和严峻性。于是，吴老师在刚刚生产不到24小时，就投入到了新闻报道工作，联系采访、撰写稿件。在停水停电的医院里，灾情最严重时她仅能吃馒头、喝冷水。尽管如此，透过她的报道，我们体会到了中华儿女齐心抗洪的伟大精神，通过她的事迹，我感受到了一名新闻记者的家国情怀和职业素养。

传播中国声音，需要青年学子的笃行。如今，有思想、有担当、有作为的青年已然成为中国声音的重要传播者。在实习的过程中，我更加珍视参与的每一篇报道，更加珍惜每一次记录和撰稿的过程。记录时代之风雨，关心人民之所想，作为一名山东大学的学子、一名大学生团干部，更作为一名青年党员，我们应该学习记者老师们的精神品质，并以此自勉自励，不能只做关在象牙塔里的书生，更要做走在时代前沿的践行者，做在实践中勤学担当的山大青年，勿忘“学无止境，气有浩然”山大底色，不负党和人民的殷切期望，努力成为堪当民族复兴大任的时代新人！

作者：新闻传播学院2018级本科生　万钊廷

7月29日　星期四　雨

高质量发展专题培训班学员·丁　磊

3天的专题培训，收获满满，在学校“十四五”建设的开局之年，在强院兴校改革的关键期，组织这次培训，给了我们开阔眼界、解放思想、促进思考的宝贵机会，非常及时和必要。

上海交大在过去10年快速发展，在人才培养、科学研究、社会服务等方面都取得了非常大的成绩。我们在学习的过程中，也不断地寻找差距。大家普遍觉得，除了硬件设施、资源和指标以外，在意识、思想、理念、制度等“软”的方面差距更明显。上海交大的发展，得益于融入血脉的改革意识、超前的理念和先进的管理。

在学习中，我感触比较深的有以下几点：

第一，交大通过调查研究、深入研讨，在学校层面和学院层面都统一了思想，凝聚了共识。关于回答“为什么”“是什么”“干什么”“怎么干”四个问题上，“为什么”也就是改革的必要性方面，我们都看到了目前的不足、差距和发展困境。但改革光靠激情和愿望还不够，“是什么”“干什么”“怎么干”，也就是改革的目标、路径、举措等方面仍需要进一步的调研学习、深入讨论、凝聚共识、统一思想。交大这个问题解决得非常成功，从机关到学院，目标路径非常的明确，一切围绕提升核心竞争力，给我们树立了一个非常好的学习榜样。

第二，围绕中心工作，坚持问题导向，通过顶层设计和体制机制改革提供了有力保障。我们可以看到，交大所有的规划和机制体制的改革，都是坚持问题导向，围绕如何提高发展质量和水平，激发师生和学院活力制定的，在横向和纵向上打破了现有的机关职能和院系各管理条线，是一个真正系统思维的顶层设计、整体设计，其科学性、整体性、可持续性都很突出。另外，坚持实事求是，每个学院的发展现状不同，特点不同，通过合理授权，给予学院充分的自主权，使其可以根据自己学科的特点和基础走具有自己特色的发展之路。将学院作为实体落到实处，通过在学院层面不断完善管理架构和制度建设，规范议事流程和决策机制，提升学院治理能力和水平。

第三，通过构建学术共同体，加强学术氛围和文化建设。在确定学科发展方向、学术追求导向、人才引进、学术评价、学术氛围营造等各个方面，各类委员会都发挥着极其重要的作用。坚强的学术共同体（各类委员会和党政班子）是教风、学风、人才培养的重要保证，也是学术水平的重要体现，是学院凝聚力的核心。我们现在都非常重视学术共同体的建设和学术氛围的营造，交大在氛围和文化方面的建设，值得我们进一步学习。

3 天的学习时间很短暂，通过 3 天的学习，一方面大家看到了差距，另一方面也看到了机遇。研讨会上，大家纷纷表示，要正视差距、解放思想、马上行动，把本次学习的收获和学院工作相结合，推动学院的快速发展，为学校“十四五”高质量发展贡献力量。

作者：电气工程学院副院长　丁　磊

7月30日　星期五　晴

骨干管理人员专项能力工作坊参加者·丛洪斌

几日来，我在学校举办的骨干管理人员专项能力工作坊中收获满满，培训班丰富务实的课程体系、山大精气神的思维碰撞切实为我们每位管理者打造了一个提高政治素质、品格修养和综合工作能力的平台。

走进雄安新区，感受时代魄力。在雄安新区建设和智慧城市现场教学课堂上，我被“世界眼光、国际标准、中国特色、高点定位”所擘画的雄伟蓝图和根植的雄安理念深深震撼，不禁感叹中国共产党高屋建瓴、审时度势的雄伟气魄。

铭记历史、缅怀先烈，珍爱和平、开创未来。在冉庄地道战纪念馆和中国人民抗日战争纪念馆实景教学课堂上，工作坊的每位成员神情凝重、驻足良久，重温风云激荡的红色岁月。我深知现阶段的和平安宁、国富民强来之不易，必将铭记历史，不忘初心，把爱国热情化作奋力建设“双一流”的动力。

聆听知识最前沿、最强音，探索理论和实践的辩证统一。“打造团队一流执行力”的专题讲座打破了我固有的思维模式并迭代更新。“执行力”已经不再是一个新话题，每个管理人员都深知执行力在组织管理中起到的核心作用，没有高效执行力，一切梦想、设想、理想，都只能是幻想、空想和妄想。但往往出现的现象就是，年初的目标规划信誓旦旦，年终述职的经验总结千疮百孔。授课也印证了管理学大家德鲁克的名言——“确定目标不是主要的问题，你如何实现目标和如何坚持执行计划才是决定性的问题”。

直属附属医院是学校培养医学人才的临床科研教学基地，是大学不可分割的组成部分。作为学校附属医院的一名人事人才工作者，深知自己是医院人才引进的先头兵，也是医院形象的第一载体，我的工作态度和执行水平与学校人才生态环境和事业发展息息相关。

通过骨干管理人员专项能力工作坊的专题讲座、现场教学传道授业和课后研讨解惑，我知晓自己距离一名高效执行管理者还有很大差距，决心将此次管理培训所得理论知识落实落地，管理实践见行见效：恪尽职守、切实担当岗位责任。“说一尺、不如做一寸，想一丈、不如做一尺”。深钻人才业务知识，提升工作能力，树立整体意识，统一思想、相互配合。作为人才引进工作一线“排头兵”，能够真正达到人才政策熟知宣贯、人才招聘入职服务精准管理，为学校人才引育工作贡献自己的一份力量。对标先进找差距，振奋精神勇担当。主动联络人才工作先进单位并向他们学习取经，广泛吸纳创新举措和特色做法，充分借鉴人才工作新思路和新经验。从正视问题、补齐短板的维度把握人才工作的紧迫性，增强人才工作的使命感、责任感和紧迫感。主动参与、大胆探索，让爱才、惜才、揽才、聚才成为医院人事人才工作最强音。

作者：生殖医学研究中心工作人员　丛洪斌

7 月 31 日　星期六　晴

高质量发展专题培训班学员·马晓乐

7 月 26 日，“山东大学深入贯彻党的十九届五中全会精神 奋力开启‘十四五’时期高质量发展新局面专题培训班”（第二期）结业仪式在上海交通大学长宁校区举行，我很荣幸参加了此次研修活动，并代表小组汇报了学习心得与收获。至今想来，仍印象深刻。

基本上每个小组成员都涵盖来自济南、威海、青岛的同志，学科上覆盖文理工医，单位性质也通常包含学院、研究院、医院和国家重点实验室等。在组长的带领下，每个小组的讨论都认真而热烈，主题聚焦、思路开阔、畅所欲言、各抒己见，达成了诸多共识。大家普遍认为，学校举办此次学习班，集体充电，是非常必要且重要的。集体学习是促进大家成长的有效路径，更是一个助力共同体形成的平台。站在这个平台上，来自不同单位的我们能够一起远眺外边的世界，更可以相互近观，增进交流，加强理解。我们的学校是个大单位，很多同事不认识、不熟悉，这样的近距离交流非常有效。平台的价值在于造就规模、助推合作、缔造价值，只有多对话、深沟通、常联络，才有寻求更多合作的可能、探寻学科交叉的增值、激发创新发展的共识。所以，希望学校能够将这种成建制、集成性、驻地化、高层次的培训和研修活动常态化。

大家的学习有收获，高频词也比较集中，如果借用古人的话来表达，有如下四句感慨：第一句，“山外青山楼外楼”，见识了优秀。第二句，“黄沙百战穿金甲”，目睹了士气。第三句，“宝剑锋从磨砺出”，体悟了敬业。第四句，“而今迈步从头越”，鼓舞了斗志。

3 天半紧凑的学习和观摩，让我们看到了世界一流大学的格局和气场，给我们作报告的这些职能部门和学院的领导，让我们感受到了什么叫作中流砥柱、四梁八柱。中层干部是承上启下的关键所在，他们虽然岗位不同，但是气质、气场却如此相似——自信、自觉，有思路、有门路、有干劲，同时还能感受到不同的个性，正可谓“朵朵花开淡墨痕”啊！通过他们的介绍，我们认识到上海交大有四个关系处理得特别好，需要我们继续消化和思考。一是纲举目张、循序渐进，顶层设计与分步实施之间的关系。二是回应时代、与时俱进，国家战略需求与自身发展诉求之间的关系。三是实事求是、务实机变，宏观目标与微观指标之间的关系。四是以人为本、动态优化，刚性制度与柔性策略之间的关系。

在确立建设目标后，所有的举措都指向这里，有针对性、精细化，层层压实，虽然切入点不同，但殊途同归，能巧妙地把所建构的理想和目标解构为不同的制度与措施，以切实推进工作有序开展。例如关于人的问题，把分层管理、分类指导、分类考核、多元评价做到了实处，引育分开，不同类型的人才既能分列布阵也能并轨同行，畅通不同人才成长发展渠道。不同岗位的使命和职责也不一样，有做 0-1 基础研究的，有做 1-10 孵化转化的，有做 10-100 赋能增值的。学生培养也是如此，落脚点是培养解决问题的能力，特别是解决复杂问题的能力，前端培养、中端培训、后端冲刺，同时塑造学生的家国情怀、专业情怀和行业情怀。这种细致的、非“一刀切”、突破惯性思维束缚的做法，让我们受益良多。再如学科建设，不同学科既能单打独斗，也能交叉融合、集群推进。职能部门和学院在其中起到了很好的组织、协调和服务职能。

以史为镜可以知兴替，以人为镜可以明得失。几天当中，我见识了优秀和卓越，不免油然而生见贤思齐之感。在交流时，大家也充分结合自身岗位工作进行了反思。主要集中在三个方面。

第一，提升站位。“为天下储人才，为国家图富强”是我们的办学宗旨，山东大学作为教育部直属高校，作为有着 120 年历史的名校，国家队的标签是铭刻在每一个山大人心中和身上的。如何践行国家使命，回应国家当前乃至未来战略需求，瞄准前沿创造性地推进工作，是落实“十四五”规划、实现高质量发展应该强化的观念和理念。

第二，问题导入。济南和上海两个城市、山大和交大两个学校的发展阶段不同，生硬模仿、生搬硬套肯定行不通。授人以鱼不如授人以渔，这几天我们感受到的、学到的，主要还是怎么“打鱼”“养鱼”，或者说如何更好地去培育新品种的“鱼”。感觉差距不小，任重道远，还需要实事求是，从校情出发、从每个单位的具体情况出发，因地制宜理性推进工作，把学习成效落到实处。大致归纳为“四个口”：进一步思考自身学科发展、专业建设、人才培养和科研攻关的出口到底是什么？可行的入口有几个？在哪里？“十四五”期间破局的最佳端口是什么？深化改革的切口从哪里开刀？这些都是未知的，敞着口的。学习的任务之一是发现问题、揭示问题，在寻求问题破解的路径中细化路线图和多样化的举措。

第三，处理好教学和科研的关系。这是高校普遍存在的矛盾之一。交大样板让我们看到了教学与科研之间的融通以及互动、互系和互惠的可能性，以学生为中心是教育改革的重点之一，而教师的地位也是不可动摇的。一方面，要倡导教师增强将教学和科研密切结合的意识，强化行动，寻找最大公约数和最佳结合方式；另一方面，大家也呼吁学校能出台相应政策，切实改进这个较为普遍的问题。

在培训活动即将结束之际，大家纷纷表达了愿景、展望和期待，那就是实现高质量发展，早日建成世界一流大学。具体而言，大家觉得要推进“十四五”规划高质量实施，还要更加重视学校“动力引擎”系统的建构。交大有四个驱动：资源驱动、指标驱动、目标驱动、使命驱动。内因是起决定性作用的，强院兴校、强校兴国，“动力体系”必不可少，而资源支撑、制度建设、评价体系和服务跟进是动力引擎的重要因素，需要我们山大人同心同德、群策群力去攻关和完善。

对我们山大而言，我们期待着鲲鹏展翅的新景象。情之所钟，正在吾辈。我们都是山大人，对自己的母校和每天工作生活的这片土地都饱含着深情，衷心希望我们的山大蒸蒸日上。

作者：国际教育学院院长　马晓乐

8月1日　星期日　晴

实验技术人员骨干培训班参加者·刘彬彬

我非常有幸作为2021年山东大学实验技术人员骨干培训班会务组的一员，为各位学员提供会务服务，也非常开心作为一名旁听生参与了培训班的各项日程。经历了细碎烦琐的会务准备工作和紧锣密鼓的 3 天培训，我喜悦满满，收获满满。

培训班开班典礼上，芦延华副校长就实验室队伍建设提出的意见和希望，让我明白要想做好实验室建设，必须要有专业敬业的实验室管理队伍，必须要有坚守底线的实验室技术安全队伍，必须有专业尽职的实验室安全督导队伍。实验技术人员必须将立德树人作为根本宗旨，将爱岗敬业作为基本要求，坚守本分，甘为人梯，努力使自己成长为实验室队伍的骨干核心。

本次培训的课程讲座内容丰富。中国矿业大学白主任以“做一名合格的实验室安全工作引路人”为题的报告发人深省。实验室技术安全人员要在思想上高度重视，行动上坚决落实，化被动为主动，积极推动学校实验室技术安全管理工作安全化、信息化、智能化、规范化发展。山东大学人事部郭部长为大家介绍了学校的新型人事人才制度体系，为学员的个人职业发展规划指点迷津。个人职业发展规划必须要有明确理性的方向设计，坚定执着的实现步骤以及扎实有效的自我管理，依托平台，借助环境，不断提升，才能变成一个有能量、有价值的存储器。

除了课程讲座，还有形式多样的现场教学。中国海洋大学环境科学与工程国家级实验教学示范中心以及中国海洋大学化学实验教学山东省示范中心的现场教学，让我感受到不同学校的建设管理模式和安全管理制度体系，开阔了视野，拓宽了思路。

此次培训班不仅丰富了我的实验室建设管理知识，也是对我工作能力的一次提升。这是我入职以来第一次参与组织一校三地的大型活动，一切都是陌生又新鲜。会务准备虽烦琐，但是济南、青岛、威海三地会务组成员分工明确，密切配合，一切都有条不紊地进行着。在这个过程中，我还结识了许多新伙伴，时间虽短，但情谊深厚，期待将来可以有更多的机会一起交流学习。

此次的培训班令我印象最深刻的是公共卫生学院的王淑娥老师，在岗

34 年，勤勤恳恳、兢兢业业，并且主动要求参加培训充实自己。“学不可以已”，终身学习不仅是时代要求，也是自我完善的必然选择。作为学校实验室技术安全队伍的一员，我定会不断学习，不断提高，做实验室技术安全的建设者、维护者、倡导者。

作者：青岛校区资产与实验室管理处工作人员　刘彬彬

8 月 2 日　星期一　晴

援豫线上志愿服务队参加者 · 李修源

前几天，河南的洪涝灾害牵动着全国人民的心。“一方有难，八方支援。”各地纷纷伸出援手，驰援河南，山东大学青年志愿者联合会也快速响应，在山东大学校团委的指导下组建起线上援豫志愿服务队。我很荣幸组织并参与了此次志愿服务活动，于线上和河南人民同舟共济、共抗洪涝，为当地早日恢复正常生产生活贡献了一份山大力量。

7 月 23 日上午，我在青春山大网站上看到了关于组建山东大学线上援豫志愿服务队的通知，便第一时间加入了通讯群。刚入群，我就感受到了山大学子们如火的热情，很快群成员数量已经远远超过了服务队所需要的人数，达到了 400 多人。我们不得不建立新群作为预备队，让更多的同学得以参与到此次志愿服务活动中，我一边处理着源源不断弹出的入群申请，一边被同学们无私奉献的志愿服务精神打动着。

分组行动、寻找事例、核实录入……我们在老师的指导下，有条不紊地开展着线上援豫志愿服务工作。一天没放下手机，消息提示的铃声也一刻都没有停下。除了组织队伍外，我也成为一名队员，在队内负责信息录入与核实的工作。洪涝灾害面前，时间就是金钱，效率就是生命，每一位同学都在加班加点地完成自己的岗位职责。我们相信，信息统计录入快一秒，救灾工作就会快一步，这样聚沙成塔，定能早日让河南转危为安，让河南人民早日重返家园！

凌晨，我在值班待命，当我看到群里刷屏的“风雨同舟，一起加油”时，回想起这一天忙碌充实的经历，看到自己一天之内发出去的近百条核实短信，看到自己成功录入的数十条求助信息，我对“众志成城”“共克时艰”等词又有了更深刻的理解。

在这次援助河南抗击洪涝灾害过程中，我怀着一腔热血，完成了烦琐的信息整理工作，同时还有许许多多的山大青年和我一样，在不同的岗位上发光发热。这些力量汇聚起来，彰显着山大学子服务社会、回报社会的青春底色，也成为帮助河南同胞打赢防汛抗洪攻坚战的强大助力。

通过这次援豫志愿服务行动，我更加直观地感受到了身为当代青年的责任与使命。在之后的时间里，我会继续坚守志愿服务岗，以我青年之力，筑成“青春堤坝”，风雨同舟，必将雨过天晴。河南，加油！

作者：马克思主义学院2020级本科生　李修源

8月3日　星期二　晴

高质量发展专题培训班学员·胡　振

7月27日，伴随着台风“烟花”，山东大学“深入学习贯彻党的十九届五中全会精神 奋力开启‘十四五’高质量发展新局面专题培训班”（第三期）在上海交通大学长宁校区开班，非常有幸和来自一校三地、文理工医、职能部门和教学科研单位的近60位同事一起参加此次培训，并代表第三小组在结业仪式上汇报学习心得。学校党委和上海交通大学的精心安排，让我们在短短3天的培训中开阔了眼界，增长了见识，获得了经验，受益匪浅。

这次培训，有四个关键词一直萦绕在我们的耳边。第一是“顶层设计”。上海交大自百年校庆开始，就绘制了三步走的蓝图，目前已经实现了2020年跻身世界一流大学的目标，正在朝着2050年建成世界顶尖一流大学迈进。更重要的是在这个过程中，不断根据自身发展阶段，调整五年规划，保证顶层设计的科学性、延续性和创新性。通过合理的顶层设计，明确了改革与建设的目标、顺序和重点，凝聚了教职医务员工的共识，实现了各项工作又快又好的推进。第二是“改革创新”。“因图强而生，因改革而兴，因人才而盛”，这三句话贯穿着上海交大125年的发展史。学校坚持把改革作为发展的根本动力和活力之源，实施人才金字塔计划，对现有师资开展分类发展改革，推出新老师资“双轨制”的逐步融合方案，推行的“知识探究、能力建设、人格养成”三位一体的人才培养模式、致远荣誉计划等一系列改革举措让人眼前一亮，激发了学校办学活力，取得了良好的效果。第三是“强院兴校”。上海交大充分发挥学院的主观能动性和积极性，激发办学活力。每个学院都根据自身特点，深化改革，各显神通。比如国际与公共事务学院充分发挥智库作用，市校共建，资政建言，实现了政学结合。机械与动力工程学院将博士生招生指标分配作为撬动改革的一个重要杠杆，每年拿出1500万元科研经费用于激励教育教学。通过学院在学科建设、人才培养上的主动创新，以强院为依托，实现了学校跨越式发展。第四是“精细化管理”。“像绣花一样精细”这个词体现在上海交大学校治理的各个环节。对于高水平大学而言，制度性制约比资源性制约更深刻影响着未来的发展。上海交大目前已经逐步实现学校治理体系和治理能力的现代化，建立健全了党委统一领导、党政分工合作、协调运行的工作机制。更为重要的是，各项制度目标明确、措施具体、保障得力。培训期间，上海交大规划发展处陈建平处长用翔实的数据和精美的图表分析了山东大学和上海交通大学在教学、科研、师资、声誉等各个方面的差异，理清了我们的优势和不足，并给出了下一步的发展建议，有理有据，让人印象深刻。

通过学习，大家普遍感受到了改革发展的紧迫性，同时也认为上海交大有很多值得我们学习借鉴的经验。首先，做好顶层设计，抓好规划实施。山东大学不缺发现问题的眼睛和洞察力，也不乏解决问题的头脑和魄力。当前，学校党委从全局战略高度，对学校“十四五”高质量发展进行科学谋划，改革已经进入攻坚期和深水区，需要解决的问题也格外艰巨。学校学科割裂、碎片化严重以及产教融合获取资源能力差等问题由来已久，这就要求我们做好顶层设计，不断创新管理体制、运行机制、工作方式；学院更是要结合各自实际和学科特点，围绕党建和学科发展两个主要任务进行战略谋划、精准施策。其次，要加大推进学校内部治理体系和治理能力现代化。和上海交大相比，我们山东大学一校三地办学，校区多、学生多、教师多、学科多，管理难度大。这就要求我们在人、财、物方面简政放权，管理重心下移，以及在学科发展内在规律和交叉融合上开展积极探索。加强学校和学院各项制度建设，提升政策再造能力，建立完善的治理体系，通过制度建设引领学校各项事业新发展；树立主动式、进攻式的服务意识，提升管理队伍谋划能力和服务能力，做好增值服务和特色服务；全面推进信息化建设，不仅要实现“一网通办”，还要实现“一网通管”。最后，亟须创新构建教师多元化评价体系。当前，回归立德树人本质，破除“五唯”评价体系，是高等教育的发展趋势。上海交大在这方面做了很多创新尝试，山东大学在薪酬待遇、学科布局、地理位置等多个方面都有着自身特色，这就要求我们要处理好指标体系和办学实效之间的关系，聚焦当前学校发展面临的主要问题，大力推进绩效分配、资源配置方面的改革，强化学科融合、政学融合、产教融合，更好地服务国家战略和地方经济社会发展。

今年是“十四五”规划开局之年，也是山东大学迎来120周年华诞、实现高质量发展的奠基之年。3天的培训，既让我们看到了自身差距，也坚定了努力方向。为者常成，行者常至。大家纷纷表示，回校以后，要继续深入完善“十四五”规划，统一思想，凝聚共识，为尽快实现学校“由大到强”历史性转变贡献自己的力量。

作者：环境科学与工程学院副院长　胡　振

8月4日　星期三　晴

山东大学—上海交通大学暑期学校学员·秦帼芊

“泰山之北，黄河以南，千年府第，相约万里。”这是陈鹤龄老师在茶文化体验课上所展示的句子。今年已经是我们上海交通大学致远学院的同学来山大交流学习的第4个年头了，两校之间、致远学院与泰山学堂之间也结下了深厚的情谊。中华传统文化体验基地的老师说，看到我们就觉得特别亲切。虽然这次有着疫情的阻隔和台风“烟花”的突击，但大家想要亲自来到山大、感受山大这份难觅的人文气息的愿望，远远超越了这些绊脚石，这才有了我们现在坐在这里相视一笑。而我们来到这里后的感觉就是，这么做，非常值得。

这几天里，我们体验了山大的校园生活，敞亮整洁的宿舍和实惠又好吃的饭菜都能让我们窥见山大学子的生活幸福感。不过更重要的是，我们体验了山大的文化，尤其感受到了山大在中华优秀传统文化传承与创新方面作出的不懈努力和取得的斐然成果。

山大校园面积不大，但文史底蕴却无比丰厚。从山大的校史开始，我们对山大有了更为深入的了解。当我们结束这次短短的相聚后，随着时间的流逝，或许我们会忘记在山大的食堂里吃了什么菜，但我们不会忘记在山大的文学生活馆里，孙奇老师为我们将李清照的生平娓娓道来，以独到的视角解读词义，讲到兴致高发之处击掌大笑称好的动人场面；不会忘记马兵老师带我们条分缕析现代文学经典，讲萧红，讲巴金，讲曹禺，讲阁楼上的疯女人，为我们构建了一个阅读现代文学的新视野；不会忘记在中华传统文化研究和体验基地，我们穿上汉服，向孔夫子行拜师礼的场景；不会忘记我们微微前倾，聆听编钟悠悠传来千年前的古音；不会忘记我们第一次尝试拓印和雕版印刷，兴奋地举着我们的作品合影；不会忘记端坐在茶桌前，将感官集中静心品味一杯杯茗茶的细微不同，将西湖龙井、信阳毛尖、祁门红茶、安化黑茶、白毫银针等名茶喝了个遍直至两腋习习清风生。清澈的趵突泉，“四面荷花三面柳，一城山色半城湖”的大明湖，雕版印刷，装订书籍的古老技艺……校外的实践活动更让人难以忘怀。

短的，是这段暑期交流实践活动的时间。长的，是山大埋在大家心里的有关于文化传承的种子。

山大的一位老师说，继承传统文化最好的方法就是将它融入民众的生活中。我深以为然，并且也在这几天的活动中实实在在感受到了山大的用心践行。各式各样的精彩体验所带来的亲自动手的满足感，让人更容易去接受、去感受这些文明的瑰宝。让传统文化鲜活起来，让古老而富有诗意的中华生活艺术流动起来，山大做到了。

再一次向山大所有的老师和同学表示感谢，感谢你们给我们带来了这么美好的一段回忆。希望上海交通大学致远学院与山大的情谊更进一步，也提前祝贺山大即将迎来的120周年校庆！

作者：山东大学—上海交通大学暑期学校学员　秦帼芊

8月5日　星期四　晴

威海校区党史学习教育遵义会议精神专题培训班学员·周守玉

逝去的是硝烟，永存的是精神。在庆祝中国共产党成立100周年和党史学习教育不断走深、走实之际，前几日前往遵义参加专题学习，种种场景仍然历历在目。

遵义会议实现了革命从被动走向主动的转变，在这里，历史教科书上的一场场会议、一次次战斗、一位位英雄鲜活地浮现在我的面前，他们用坚定的信仰、顽强的意志、炽热的情怀书写了一首伟大的革命赞歌。我将所思所想在此分享，共同感悟在党史学习中汲取的奋斗力量。

革命从被动到主动的转变，是理想信念给予的力量。在第五次反围剿失败后，我们又经历了湘江战役的惨重损失，红军从出发时8.6万人锐减到3万人，烈士的鲜血染红了湘江，以至于当地百姓中流传着“三年不饮湘江水，十年不食湘江鱼”的说法。在川滇黔地区作战时，我们也几次三番处于被敌军包围的状态，但一次又一次，共产党人用坚定的理想信念和顽强的革命意志取得了一个又一个的胜利。牺牲时不到20岁的卫生员龙思泉、长征中牺牲的最高将领红三军团参谋长邓萍、独腿将军钟赤兵……一个个感人的红色故事背后，是坚定的理想信念支持着革命者们不断前行。

革命从被动到主动的转变，是实事求是给予的力量。遵义会议批判了王明、博古等人的“左”倾教条主义错误，并确立了以毛泽东为代表的新的中央对党和红军的领导地位。长期以来，中国革命受到了共产国际一些思想的影响，但很多苏联的革命经验并不符合中国国情，只唯上、只唯书，本本主义、教条主义一度让中国革命陷入低谷。遵义会议结束了“左”倾路线在党中央的统治，指出要结合中国革命实际开展正确的军事行动。正是这种实事求是，在最危急关头挽救了党、挽救了红军、挽救了中国革命。

革命从被动到主动的转变，是民主团结给予的力量。遵义会议很好地运用了批评和自我批评的武器，通过摆事实、讲道理的方式，在民主的基础上，注重内部团结，科学决策，从而确立了毛泽东、周恩来、王稼祥3人组成的军事领导小组。也正是因为在革命、建设的过程中注重民主、注重团结，不断自我革新、自我提高，党才得以永葆先进性。

学史明理、学史增信、学史崇德，最终需落脚到学史力行上。我在本次学习中感受到了党史学习带来的力量，更深刻认识到作为从事思想政治工作的辅导员、基层党支部书记，我需要把这种认识、力量和精神转化为工作的动力、方法。面对百年未有之大变局和中华民族伟大复兴的战略全局，我们如何做好青年学子思想引领，如何培养社会主义建设者和接班人，如何把革命文化、中华优秀传统文化、社会主义先进文化培根铸魂于青年人思想之中，都是下一步要思考和实践的。“雄关漫道真如铁，而今漫步从头越”，这是毛泽东同志在遵义娄山关战斗后写的，更应成为本次培训后我对自己的一种勉励。未来，我要更加努力做学生的人生导师、知心朋友，成为强院兴校、强校兴国的贡献者。

作者：翻译学院辅导员　周守玉

8月6日　星期五　晴

空间科学与物理未来科学营营员·侯巩天成

7月31日至8月5日，空间科学与物理学院组织了优秀的师资队伍为我们开展了科教融合、深入浅出的教学活动，让我们领略了空间科学和物理之美。我以“关于探测器在月球极区生存方案的探究”为题完成了我的课程考核，总结了影响探测器工作的三个主要因素，并尝试提出三个提升探测器工作效率的方案，如使用太阳能帆板与同位素热源提供能源等。或许我目前的知识还不能够支撑我做更深入的研究，但是此次夏令营激发了我对空间科学与物理领域的热爱。

6 天时光匆匆如流水，可我们追求科学的执着，对真理的这一份热爱，却永远不会褪色消失。

因为这份热爱，我们埋头苦读、十年寒窗，挑战自我、开创未来。由原子构成的我们，利用原子构成的材料与释放的能量，飞出了一颗颗导航与探测卫星，追逐着极光与星辰，融于茫茫宇宙之中。当我们用隧道显微镜窥见原子，当我们的望远镜对准星空，当我们的足迹踏入广寒宫，当我们的目光陷于黑洞，我们真正地感受到什么是物理，什么是科学。这几天的课程，我学到了态度，学到了精神，学到了一腔热血，学到了海纳百川，当我通过天文望远镜触碰到那一颗星时，我的热爱，晶莹剔透。

因为热爱，我们仰望星空，问鼎苍穹；我们追求“人马”的狂放、“牵牛织女”的浪漫、“大熊”的咆哮、“蜘蛛”的敏捷、“猎户”的勇毅与坚强、“玫瑰”的优雅与从容。星座无言，给予我们的，却是永恒的宝藏。我们追求永无止境的星空与真理，哪怕荆棘遍野，哪怕刀山火海。

我感激科学家、教授们一丝不苟的教诲，也在贪婪地吸收他们无涯的知识，醉心于他们讲授时的忘我与投入，心中涌起滔滔巨浪；我感激给我帮助的同学们和带我们逛遍山东大学威海校区的暖心学长，让我对大学满怀期待，憧憬未来；我感激命运让我们相遇未来科学营，更期待命运让我们相聚未来。

短暂的离别，是为了下一次绚烂夺目的重逢。我们终将进入实验室，我们终将撰写自己的科研论文，我们终将投身科学，我们终将凌驾九天，愿邀灼灼“以太”，共奔炜炜月圆。我们的征途，是星辰大海。

作者：空间科学与物理未来科学营营员　侯巩天成

8月7日　星期六　晴

高质量发展培训班学员·王克芳

7月下旬，我参加了山东大学党委组织的“深入学习贯彻党的十九届五中全会精神 奋力开启‘十四五’时期高质量发展新局面专题培训班”。昨天源于思考护理与康复学院暑期班子务虚会重点议题，我再次回顾起这次干货满满的学习。上海交大不同部门和单位课堂授课、实地参观的感触，以及班级同学聚焦所在单位“十四五”规划和高质量发展的讨论交流，今日想来依旧清晰难忘、富有启发。

上海交通大学近些年取得快速发展，在人才培养、科学研究、服务社会、校企合作、校地合作、国际交流与合作等许多方面探索出了行之有效的路子，已经从追求数量到质量发展、声誉建设的阶段。通过学习，我进一步理解了山东大学强院兴校改革方案及一系列举措的设计初心，并结合学院下一步的发展，从理念、规划到具体举措多方面受到启发。

要解放思想，加强顶层设计和战略谋划。大家从交流中领悟到，交大的成功经验中，对谋求变革的战略规划的重视是一个非常重要的方面。交大规划具有前瞻性布局，靶向世界一流大学目标，结合自身的基础及国家战略需求调整学科布局，绘就“三步走”的蓝图。这一点非常值得我们学习借鉴。尤其是我们的思想观念还比较保守，在谋划发展时迈不开步子，确实需要进一步解放思想，高度重视战略规划，深入思考更明晰、更有前瞻性的发展目标，谋划目标实现的路径，以及能够落实落地的各项举措。只有深入思考，把规划当作行动的指引，后面的改革措施才不会落空或流于形式。

与时俱进、不断完善的制度建设是提升治理能力的关键。上海交大多位报告者提到“用制度管人管事”，而且这些制度设计的初衷聚焦在两个活力，怎样有利于激发学生教师的活力，有利于激发基层办学实体的活力，这是一切制度设计的出发点和落脚点。他们很多的具体措施，无论是良好育人氛围营造、青年人才培养，还是队伍动态调整、资源配置，都是围绕着激发这两个活力。如交大电院的大行政管理改革，避免了条块分割，确保了人才培养、科学研究服务到位。我们学校、学院也有不少好的制度，同时还在一定程度上存在着制度之间不系统、不协调的问题。制度建设的落脚点在哪里？我们还需要深入思考。

开放办学、合作办学是学校学院快速发展的重要路径。近几年山东大学也特别强调面向国家重大需求，实施服务山东战略，建立三个服务体系，实际上都是开放办学、合作办学的探索。如何打开更广阔的发展空间，获取更多的社会资源支持？上海交大在这个方向上的许多做法成效令人羡慕，值得我们借鉴。下一步在规划学院开放办学目标和任务时要进行多维度的充分调研，深度挖掘那些可以整合和借用的社会资源。

此外，一个有凝聚力的中层班子是学院乃至学校快速发展的重要力量。上海交通大学多位中层干部的报告让我们感受到，无论是他们本人的自信、自觉和气场，还是班子的团结，都在学院发展、助推学校目标实现中发挥了重要作用。通过学习，我对郭新立书记经常强调的克服“两张皮”现象有了更深入的理解。书记、院长高度信任、坦诚相待、共同负责、形成合力，在推动学院发展中具有重要意义。我们进一步明确了班子建设的方向，那就是党政共同负责，统一思想认识，围绕中心目标抓党建，不断提升班子凝聚力。

3 天的学习与交流时间虽然短暂，但内容形式丰富多样，富有启发性。通过学习，我们看到了自身差距，普遍感受到了改革发展的紧迫性，同时也明确、坚定了努力方向。下一步我们将进一步加强学习，在谋划学院发展的一件件大事上下功夫，在加大、加快改革步伐上下功夫，持续深入推进强院兴校行动，把学院发展的“十四五”发展规划落到实处。

作者：护理与康复学院院长　王克芳

8月8日　星期日　晴

“中国好医生、中国好护士”交流活动参加者·魏峰涛

不久前，由中央文明办、国家卫生健康委联合举办的全国道德模范与身边好人“中国好医生、中国好护士”现场交流活动走进山东沂蒙。作为“中国好医生”2021年2月月度人物当选者，我参加了这次志愿服务行，前往临沂市人民医院，通过业务小讲课、病例讨论、床边教学、座谈交流等多种教学形式，对医院心血管内科专业临床带教师资进行悉心指导和针对性培训，在这片红色沃土上感悟“红医精神”。

此次志愿服务行把我们“汇聚”在一起，深入不同地点的临床一线，用自己的专业知识为患者诊治疾病，为人民办好事办实事。我怀着一颗崇敬的心，在这方红色沃土传承红医文化，颂扬医者情怀。

活动当天一早，我与武警新疆总队医院庄仕华教授、四川大学华西医院成翼娟教授、首都医科大学北京朝阳医院童朝晖教授、复旦大学附属眼耳鼻喉科医院周行涛教授、大连医科大学附属第二医院范蓉教授、青岛大学附属医院于文成教授组成志愿服务团，来到临沂市人民医院开展教学培训和巡诊。我与当地心血管内科的同道一起讨论病历、分析病情，为疑难

杂症患者提出科学、精准的诊疗方案，受到临沂市人民医院好评，并被聘请为临沂市人民医院特聘教授。

活动期间，志愿服务团成员先后参观了沂蒙革命纪念馆、华东野战军纪念馆、华东革命烈士陵园。我们深深地被沂蒙这块红色革命沃土为中国革命、中国建设所付出的艰辛及其博大胸怀感动，对沂蒙精神的内涵有了更加深刻的理解和体会，对中国共产党领导人民所取得的丰功伟业以及为此前赴后继、舍生忘死的大无畏精神由衷地感到钦佩，为中国共产党为人民谋幸福、为民族谋复兴的坚定初心感到无比的自豪。此次志愿行，更加坚定了我们跟着中国共产党走的决心，我们要不忘初心，坚守全心全意为病人服务的宗旨，勇担使命，为促进人民健康事业的发展，贡献自己的力量。

现场交流活动中，中央文明办、国家卫生健康委联合发布了第二季度中国好医生、中国好护士人员名单。现场，全体志愿服务团成员与当地群众一起通过视频短片重温了一代代医务工作者在中国共产党的领导下，用自己的辛劳和智慧在华夏医药卫生史上书写下的无数可歌可泣的感人故事。他们中有“七一勋章”获得者——中日友好医院原院长辛育龄和青海省心脑血管病专科医院原研究员吴天一，有世界卫生组织疟疾技术顾问“疟疾克星”高琪，还有一家四代从医、守护一方健康的山东乡村医生张德庆，更有着无数坚守一线抗疫工作、驰援河南抗汛的医务工作者。

我们身处一个伟大的时代，正亲身参与着实现中华民族伟大复兴的历史征程，每个人的命运都和这个国家、这个民族、这个时代紧密相连，每一名医师都应该用最炽热的情感去爱这片土地，用创造的双手去书写国家的未来，不负党的期望、人民期待、民族重托，不辜负我们这个伟大的时代。

作者：第二医院门诊部医生　魏峰涛

8月9日　星期一　晴

联合国青年领袖暑期精英班学员·宋欣蔚

今年夏天，注定精彩。作为山东大学一校三地的12名学生之一，我参与了联合国青年领袖暑期精英班（GYLA）并获得了杰出贡献奖，在GYLA的课程与活动中有了独特的体验与感想。

在GYLA的开幕式上，创办人祖良荣博士提到，21世纪的青年领袖需要“敢于做梦，勇于发声”，让时代听到我们青年人的声音，这样的鼓舞让我印象深刻。在国际组织和外事外交部门工作一直是我的梦想，而GYLA是我追求梦想的重要动力。联合国及国际组织的发展前景广阔，中国在新时代的国际影响力不断上升，逐步构建我国的话语体系，则需更多的国际组织人才。同样，国际政治经济秩序的重塑也需要中国在国际组织的贡献和发展。

GYLA的课程进一步深化了我对联合国、联合国可持续发展目标以及青年领袖必备素质的了解。GYLA让我与联合国的多位官员及工作人员有了进一步接触，我得到了非常专业的讲解和指导。对于我提出的联合国人才和年轻人所需能力的疑问，联合国前资深高级官员泰德博士Dr. Thet回答道：“我们要区分和明晰国际组织的不同类别，从非政府组织、政府间组织以及不同联合国下设组织的特点入手。青年需要有沟通能力、批判性思维能力等素养。”这让我获益匪浅。此外，联合国开发计划署人力资源顾问卢克莱西娅·帕拉（Lucrezia. Pala）女士带来的个人简历申请经验、国际劳工组织创业与企业战略培训咨询知名专家邓宝山老师带来的创业指引也非常精彩。

GYLA注重通过小组合作与实践操作来锻炼我们的智商、情商、挫商（3Q）。我在小组活动中与同学们思维碰撞，并以“中国—加纳焕然服装布料外贸加工”为主题共同完成了联合国可持续发展目标中的目标12。

联合国青年领袖暑期精英精英班日报（GYLA Daily）的撰文投稿、一周回顾的视频配音、山大 GYLA 微信公众号的编辑审核与 GYLA 微信公众号的审核排版工作也让我在 GYLA 留下了自己的痕迹，收获了宝贵的经验。

梦想要大，行动更要切合实际。我认真思考，要做什么样的梦，要发什么样的声，要怎么让世界变得更美好。在全国国际组织菁英人才大赛中，我探究了推广与可借鉴的全球减贫经验；在甘肃省八珠乡支教活动中，我体会了教育对促进地区贫困改善的巨大作用；中日韩抗击疫情合作的社会实践中，我了解了中日韩达成疫情防控公共卫生合作的途径；在新能源电池回收的相关调查报告中，我认识了中国新能源电池回收的现状与面临的挑战。联合国可持续发展目标从来不是空谈，我努力将科研、实践与联合国可持续发展目标联系起来，落实在每一个脚步中。

"仰望星空，脚踏实地"，正像何昌垂博士对我们的寄语一样，我们要从大处着眼，从小处着手。我希望能够用自己的专业知识为国家作贡献，奉献青年力量，并在多元文化的平台锻炼自己，全方位提升自己的能力和阅历。与 GYLA 同行，令我感到十分荣幸，在 GYLA，我与更好的自己不期而遇。

作者：东北亚学院 2019 级本科生　宋欣蔚

8 月 10 日　星期二　晴

南京抗疫志愿者 · 吴晋一

南京禄口机场疫情发生后，南京市政府迅速组织对全市居民进行核酸检测筛查。由于这次疫情很突然，根源是传播性极强且更易感染的德尔塔毒株，全市一共要做7轮核酸检测，所以社区需要比较多的已经接种过疫苗的年轻人去帮忙。得知这一消息，我立刻去社区报名抗疫志愿者。

我的工作是对前来进行核酸检测的人员进行身份信息登记。我也要和进行核酸采样的医生一样，“全副武装”穿好整套防护服。南京城是名副其实的“四大火炉”之一，穿上防护服，一会儿就热得汗流浃背。就算在室内工作，空调开着，整个人在防护服里仍然像蒸桑拿一样，汗水浸透衣服，贴在身上感觉更加闷热。我终于亲身体会到疫情期间医务工作者的艰辛，也更加敬佩他们坚韧的意志力。身份登记的操作在现在的科技条件下很方便，只需要扫描身份证就行了。我所在的社区老年人较多，他们大多对现在的科技手段不是很了解。不少老爷爷老奶奶相互扶持前来检测，往往是老奶奶小心地从包里拿出两人的身份证，在我扫描完之后又仔细将其收好，然后和老伴相互搀扶着去检测，这样的一幕在紧张的疫情防控工作中显得格外温暖。还有不少人来检测时没带身份证，需要手动录入。或许是我离开南京去外地上学的缘故，原本很熟悉的乡音现在听来竟像是陌生语言，往往需要请对方重复几次才能听清，也是闹了不少笑话。

我的岗位原本是两个小时一轮换，但由于检测人数过多，志愿者数量相对较少，实际在岗时间超过了三个小时。脱下防护服的瞬间，身上所有的衣服都已经被汗水湿透。我不仅收获了一件可以拧出水的T恤，更是获得了满满的自豪感。作为一名山东大学学子，一名入党积极分子，积极地为家乡抗疫工作作贡献是我的责任。我作为一名新时代青年，能够在志愿工作中挥洒汗水，切实体会到了奉献的快乐和自豪。

加缪在《鼠疫》中写道：“只有细菌是天然形成的。其余的东西，如健康、廉正、纯洁，可以说都是意志作用的结果，而这种意志作用是永远不该停止的。”相信在众多医护人员和志愿者的不懈努力之下，南京的疫情一定能得到有效控制。南京，必胜！

作者：管理学院2019级本科生　吴晋一

8 月 11 日　星期三　晴

山东大学—中国中铁暑期央企实习参加者 · 王淇永

今年暑期，校团委与中国中铁团委联合开展了山东大学—中国中铁暑期央企实习专项活动，我有幸来到中国中铁参与实习实践。

此次实习活动以深入开展好党史学习实践为契机，践行《山东大学—中国中铁青年发展共建协议》，充分促进我们山大学子走进社会、踏入岗位，提升社会适应能力、职场适应能力。在中铁实习的这段时间内，我感受到世界 500 强企业的雄厚底蕴，体验到央企工作的严谨认真，在实习生活中有所思、有所悟。

初来乍到之时，由于对工作内容、公司规章等并不了解，部长只是安排我对新入职员工人事档案、干部提拔材料等进行整理归类，并未交给我更有挑战性的工作。“天下难事，必作于易；天下大事，必作于细”，我也秉着“实学实干、脚踏实地”的初心，将手头上的每项工作做好，在工作中对工作事务、公司状况有了更深的了解。渐渐地，我能掌握部分工作流程，很好地协助完成工作，也参与到校招过程中，以下一届毕业生的视角，为校招工作提出新的见解、注入新的活力。所有的不凡，无不源于平凡的日积月累；用心把每一项平凡的工作做好，就是不凡。我们青年应从点滴做起，脚踏实地、埋头苦干，创造属于自己的精彩人生。

由于公司机关本部宿舍紧张，我被安排到了项目部住宿，也因此接触到了施工一线人员。习近平总书记于 2014 年考察中国中铁时，对我国制造业和国有企业提出“推动中国制造向中国创造转变、中国速度向中国质量转变、中国产品向中国品牌转变”的要求。刚入项目部的大门，便能看到工匠精神与“钉钉子精神”的宣传板。在很多人都已进入梦乡之时，施工部的员工们仍在现场进行测算、安装等工作，以“钉钉子精神”对待工作，保证按时、高质量完成工程，担起央企社会责任。

在这里，我能明显感受到中铁对于“三个转变”“勇于跨越、追求卓越”企业发展理念的践行，更能感受到员工们执着专注、精益求精、一丝不苟、追求卓越的工匠精神。我想，于我们当代青年，从学习生活到就业创业，同样需要秉着工匠精神与“钉钉子精神”，守正创新、勤恳实干，方能施展拳脚、大有作为，成为国家栋梁之材。

作者：管理学院2018级本科生　王淇永

8月12日　星期四　多云

青岛方言现状调研团成员·鲁嘉琪

方言是一个地区特有的文化瑰宝，每一种方言都是当地文化有声的代言者，当地的父老乡亲在方言的交流中拉近彼此的距离，共同感受着一方水土滋养出的一方文化。在推广普通话的同时，如何传承方言、保护地方文化成为值得深思的问题。

为了更好地了解青岛方言的使用现状，我和其他几位队员于昨天在青岛市即墨区的大学生群体中开展调查走访，主要从方言的使用场合、使用方言的理由以及方言使用的意义等角度出发收集了不同的见解与看法。

在这一天的采访过程中，我们发现，青岛市即墨区的大学生对本地方言的接触大多是受到家庭的影响，很多人从小就开始使用方言进行日常交流。当别人使用方言与之交谈时，他们都会用方言予以回应。当谈到对方言的感受时，采访对象普遍认为使用方言已经成为自己的一种习惯。方言在表情达意上具有普通话不可比拟的优势，一些只有当地人能听懂的词句往往能更准确、更真实地传达人与人之间的态度与情感。

此外，通过一天的访谈，我们还了解到在青岛方言保护问题上，不同的大学生有着不同的看法。一部分人表示之前并未考虑过方言保护方面的问题，对于本地的方言保护持不置可否的态度。另一部分人认为，有必要对本地方言进行保护，否则方言会随着时代的变迁而失去生存空间。

通过今日的调查采访，我和队员们充分了解到了青岛市即墨区大学生群体的方言使用情况，深刻地意识到了方言保护的责任之重。我们认为，在我国现代化建设的历史进程中，大力推广、积极普及全国通用的普通话，有利于消除语言隔阂、促进社会交往，对社会经济、政治、文化建设和社会发展具有重要意义。同时，我们也应注重对地区方言、地方文化的保护，不让独特而富有魅力的方言文化在我们一代人手中丧失生机，要守住一代代人心灵的归属地与栖息地。

作者：文学院 2020 级本科生　鲁嘉琪

8 月 13 日　星期五　多云

暑期赴四川党政机关实习者・朱舫漪

在本次赴四川党政机关暑期社会实践的活动中，我收获颇丰。作为一个即将步入大四、面临未来选择的学子，此次社会实践活动让我有了深刻感触，这不仅是一次实践，还是一次人生经历，更是一生宝贵的财富。

本次实践我来到的是四川省雅安市经开区的雅安产业投资集团—雅安数字经济运营有限公司，跟随市场部门的高雅南老师一起学习工作。

在这里，我不仅了解到雅安这座城市的“雅雨、雅鱼、雅女”三雅文化和风土人情，更是在这里，了解了雅安大数据产业园区，了解了西部数港和属于雅安的“第四雅”——“雅云”。中国雅安大数据产业园东临成渝、西连康藏、南接攀西、北达甘青，交通网络发达、区位优势显著。这里冬无严寒、夏无酷暑，空气质量优良，是毋庸置疑的天然绿色数据基地。

随着对园区的了解和与老师们的深入相处，我也对部分企业实操有了了解和认识。我们向优秀、经验丰富的前辈们询问、学习，他们很热心地解答了我们的疑惑，为我们分析了各自领域的发展现状和未来前景，以及自己对所从事专业的感触和个人的人生经验等。我相信，这是一个不断丰富自我、扩充自我的过程，在别人讲述自己经验的同时，我受益匪浅。

这次实习，印象最深的那几天，雅安淅淅沥沥地下着小雨。在 2 周前，身在雅安的我们接到通知，四川成都有了本土病例，整个四川省严防严控。我们配合组织工作、保持社交距离，进行核酸检测，有序进出食堂……在这样的环境下，我不禁思考，我能做些什么？

那几天，在实习工作之余，我关注河南汛情，参加了驰援河南的快闪插画，以蓝天救援队为原型，希望以画笔的力量吸引更多人关注时事；和山东大学学生书画协会一起，赶制“暴雨之下，河南加油”的公众号推文；关注奥运，征集了有关“奥运精神”的线上书画展作品。力量虽然微小，但我相信，只要无数力量汇聚在一起，便能发光发热，便有意义。我会坚守实习岗位，服从组织安排，心怀家国，敬畏生命，致敬每一位心怀热血的华夏儿女！

这次实习，时间只有一个月，很短，短到我还不能完完全全了解工作单位的企业文化，短到不能接触一些周期过长的工作内容；但正是这短短的一个月，我感知到这是一个充满生命力、充满干劲、充满热情的地方。

作者：管理学院 2018 级本科生　朱舫漪

8 月 14 日　星期六　晴

“希望小屋”社会实践团队成员 · 辛怀瑾

今天，我前往青海慧灵智障人士社区服务工作站开展社会实践服务。在严格遵循该单位防疫要求的前提下，我通过协助康复中心的老师完成相关课程，了解了青海省近年来福利政策和公益事业的发展态势。

康复中心的儿童大多有发育迟缓或自闭症等疾病，在日常生活中常有难以解决的障碍，需要长期的康复治疗来帮助他们培养自理、自立能力，树立生活信心，并与外界建立起正常、良好的社会关系。这就需要工作人员付出更多的精力与耐心。

我在一天内陪伴孩子们进行了感统课、认知课和艺术课等基础康复课程。在感统室中，我与老师带领孩子们行走平衡木、穿过障碍物，又通过地面爬行、指压板刺激和蹦床等设施来循序渐进地帮助他们刺激脑神经及身体发育系统潜能，提高孩子们的空间感、适应能力和触觉接受能力。随着课程的进行，一部分孩子渐渐放下了心理障碍，开始主动配合老师们进行训练。

在认知课程中，老师向孩子们分别展示了苹果、橘子、豆角等水果蔬菜的模型，并一遍一遍不厌其烦地督促孩子们进行识物及语言训练，熟悉生活中常见的食品。艺术课程则较为轻松，我协助老师带领孩子们进行了体操和游戏项目，以儿童歌曲旋律来唤醒他们的感官能力，让他们做出相应的动作指令。在吹泡泡、拍气球的游戏中，孩子们都兴趣高涨。

在上课的过程中，康复中心的老师们向我讲述了许多专业的儿童康复知识，我受益匪浅。从孩子们的饮食起居，到学习玩乐，她们都能照顾得无微不至，也时常让我感到触动。

青衿之志，履践致远。关爱“星星的孩子”，为残障儿童搭起希望的小屋，积极投身公益活动，弘扬山大精神，是我们当仁不让的使命。我也会继续努力，在更多力所能及的地方传递这份爱与温暖。

作者：文学院 2019 级本科生　辛怀瑾

8 月 15 日　星期日　晴

德州市乡镇服务志愿者·宋广鑫

昨天下午 5 点，村支书在群里发布了一则通知，要招募本村志愿者为村里中老年人的手机上安装“国家反诈中心”这一应用软件，我当即报上了名。

今天上午 9 点，我和另外一位同学作为我们村的代表在镇上接受了公安局工作人员的培训，了解了“国家反诈中心”应用软件的作用、如何操作下载、如何针对不同机型进行相应操作、对于无智能手机人群如何报备等一系列问题。培训会一共开了一个半小时，我们也见到了镇里很多其他村的志愿者，全镇加起来超过了 100 名，能看得出来大家对于这一次志愿活动还是很积极热情的。

下午两点，我们 5 名志愿者一同到达村委办公室，帮助前来的中老年人下载“国家反诈中心”应用软件，并向他们介绍了这一应用软件的功能以及在日常生活中的作用，他们听到之后都很配合。一整个下午，我们帮助几十位叔叔阿姨在手机上安装了这一应用，还有几位没有智能手机的爷爷奶奶，我们也帮助他们注册手机号做了备份。由于我初中以后便长期在外上学，对村里的中老年人早已不像小时候那么熟悉，但是能够帮他们做事，看到他们脸上的笑容，内心还是特别开心的。吃过晚饭后，我和另一位同学继续在办公室值班，又帮助了几个白天在外上班没空过来的人。

习近平总书记说过，“无论作决策还是抓工作、促落实，都要体现宗旨意识、人民立场，都要贯彻党的群众路线”。这句话的精神在当今社会得到了贯彻。为了守护老百姓的“钱袋子”，保障人民的财产安全，公安部开发推广了国家反诈 App；为了能够让每一个人受到保护，各级党委、各级政府尽职尽责，通过扩大宣传、招募志愿者等措施，真正地将一个良好的政策落到了实处。而经过这一天的工作，我不仅对于社会主义制度的优越性有了更深的理解，也对于“从群众中来、到群众中去”有了更深的体会。脚踏实地、实事求是是我们青年应当持之以恒的努力方向。

作者：管理学院 2021 级硕士研究生　宋广鑫

8 月 16 日　星期一　晴

法学院校友寻访团队负责人·杨小超

整理完近期的访谈稿已过凌晨，关上最后一个文件夹，两年来一幕幕校友访谈的场景在我的脑海里逐一闪过。2019 年 5 月 29 日，以山东大学百廿校庆和山东大学法学学科复办 40 周年为契机，法学院校友寻访团队开始正式招募队员。两年又三个月的时间里，团队成员 4 次纳新，人员虽有更替，但团队精神却矢志不渝。

记得团队建立伊始即面临着年代久远、资料匮乏的困难，为更好地开展校友寻访工作，我们团队前往山东省档案馆，山东大学档案馆、图书馆、法学院资料室等地，通过档案翻阅、网络查询等方式检索并整理了法科复办 40 年来的所有学生名册。团队又主动联系校友企业，制作了山东大学法学院校友服务小程序，并于山东大学法学学科复办 40 周年纪念活动期间推出，主要用于发布校友公告、收集校友信息、进行活动报名等，使其成为海内外校友与法学院持续沟通交流的平台。

自2019年7月起，我们以“采访一代人，代表一类人，影响一群人”为宗旨，多线并行、纵贯南北，采取线上线下相结合的方式，前往济南、青岛、烟台等山东省内10余地市以及上海、江苏南京、河南平顶山等省外城市，拜访了来自公检法、政府部门、企事业单位等各行各业的83位优秀校友。团队已经整理访谈稿130万字，前后历经多次讨论、数次修改，最终在法学学科复办40周年前夕形成了20余万字的《法潮——山东大学法学院校友风华录》，由山东大学出版社出版发行，并同时在法学院官方网站“校友之家”和微信公众号上设立“校友风采”专栏进行宣传推广。

前天，我通过视频会议形式采访了北京市西城区人民检察院第一检察部副主任——魏雪师姐。作为“全国十佳公诉人”的她一直扎根基层，坚守检察事业。师姐坚信，检察工作中的每一个案件细节都关乎公平正义。在工作中，她从不轻易放过任何一笔明细、任何一组证据、任何一页卷宗。师姐谈到，从第一次出庭支持公诉时紧张不安，到如今蜕变成为一名成熟的检察官，在这其中，山东大学对她的培养举足轻重，是山大深厚的文化底蕴练就了师姐沉稳冷静、谦虚好学的工作态度。

师姐是山东大学法学院40余年来培养的众多优秀校友之一。而每一个故事、每一份寄语，与师兄师姐的每一次交谈，都是与不同灵魂的相遇，穿越分分秒秒的历史，窥视山大百廿征程，细听人生经验，令人思索良久。百廿山大，为国育贤；德法兼修，兼济天下。作为法学院校友寻访团队的负责人，我倍感荣幸。在山大百廿华诞之际，我将继续加强同校友的沟通联系，凝聚校友情谊，传承山大精神，助力母校建设。

作者：法学院2021级硕士研究生　杨小超

8 月 17 日　星期二　晴

城市群发展下高校贡献率与大学集群调研团队长 · 孔海洋

今天中午，我在山东大学官网看到了“山东大学与山东农业大学签署共建作物生物学国家重点实验室协议”的新闻，对这次合作感到非常高兴，这让对我们“山东大学管理学院城市群发展下高校贡献率与大学集群调研团”的调研内容更加有信心了。

2021 年 2 月，包括我在内的调研团骨干成员完成了作品《城市群发展视角下的高校贡献率调研——基于山东半岛与珠三角两大城市群的对比分析》并报送参加了第十七届“挑战杯”大学生课外学术作品竞赛，最终取得省级特等奖。作品也因为聚焦山东半岛城市群发展问题而受到我校老师以及评审专家的认可。在作品中，我们给出如下建议：“高校应与政府、企业等多种主体共建新型科研机构、共同开发适合地区经济发展的前沿项目……打破高校隔阂，形成山东半岛城市群高校集群。”同时我们举出农业类高校联合聚焦现代农业领域，提升山东半岛城市群的农业生产能力的例子。

今天我看到的新闻中提到了，科技厅将加强对学科类、企业类国家重点实验室重组的指导服务，合作双方表示共享资源以做到优势互补。这些举措无一不与我们的研究结果高度吻合，这自然让我欣喜万分。

党的十九大报告中关于城市群发展的论述、粤港澳大湾区的城市群规划与发展，都在表明城市群建设将成为未来区域高质量发展的重要落脚点。我们山东大学管理学院城市群发展下高校贡献率与大学集群调研团也正是想紧紧抓住这一社会焦点，为山东半岛城市群发展贡献山大学子的一份绵薄之力。

截至目前，调研团已经召开两次会议，完成了前期所需的调查问卷

——《关于产业集群、城市群、大学集群以及集群共建的看法的调查》以及项目背景的整理与搜集工作。我们将继续我们的调研工作，竭尽全力在暑假结束时交出一份令人满意的答卷，为此次调研活动画上圆满的句号。

作者：管理学院 2019 级本科生　孔海洋

8 月 18 日　星期三　晴

第二医院内分泌科副主任医师・姜冬青

明天，也就是 8 月 19 日，是我们国家的第 4 个“医师节”，第二医院在今天下午组织开展了庆祝“中国医师节”系列活动，包括优秀病历评选、技能竞赛、知识竞赛和健康科普作品大赛。我有幸作为技能大赛的获奖者参加了表彰活动，心潮澎湃、久久不能平静。蓦然回首，自 2005 年毕业参加工作到现在，我已经在医生这条道路上走过了 16 个年头。仍然记得当年懵懂的我，从山东大学医学院毕业，来到山东大学第二医院，成为一名临床医生，从此开始了我的从医之路。

当我穿上白大褂的那一刻，作为一名医疗工作者神圣的使命感就油然而生。作为一名医生，我的职责是治病救人，帮助患者守护他们的健康，安慰家属焦虑的心情。还记得刚刚工作的时候，医院和科室处于最初的发展时期，工作琐碎，任务艰巨，责任更重大。每天我和我们的同事们加班到深夜，帮助患者解除病痛，完成文字书写工作，不断和患者以及患者家属沟通交流，协助他们渡过被病痛折磨的黑暗时光。临床医生的工作是辛苦的，没有固定休息日和节假日，每天需要付出很多，偶尔还会遇到委屈和误解。但是既然成为一名医生，我愿意坚守作为医生的初心和使命。虽然十几年来总是披星戴月、早出晚归，往往在我忙完一天的工作回家后看到孩子都已经入睡了，但是作为医生的责任感和使命感仍让我坚持把本职工作做好。在临床工作中，有时会遇到有困难的患者，他们饱受疾病的折磨，家庭收入也不宽裕，面临经济和健康的双重困境。每当遇到这种情况，我愿意默默地帮助这些患者们，无论从经济上还是从生活上，帮他们垫付点住院费，给他们买点饭，帮助他们解决一下燃眉之急。久而久之，我和我们的患者建立了犹如亲人一般的关系，每当他们亲切地喊我“姜医生”的时候，每当他们面带笑容出院回家的时候，每当看到患者康复后开心的笑容，每当感受到家属发自真心的感谢，我都从内心深深地感受到医生这个职业的平凡和不凡。我愿意在这个平凡的岗位上成就不凡的自己，为我们的患者无私奉献，为我们的社会播撒爱心，为我们的健康中国贡献自己的绵薄之力。

医学是一门经验学科，“传帮带”对于一名医生的成长也非常重要。因此，作为一名教学医院的临床教师，在临床工作之外，我还热心投身教学工作中。每个学期，我都积极参与医学生的理论授课和见习、实习带教工作，传授医学知识。教学相长，学生们的成长也同时督促我继续学习，在教学过程中我需要更加严谨地对每一个知识点进行揣摩和提炼，对每一个细节深入研究，让自己不但“知其然”也“知其所以然”。通过理论授课和临床见习、实习，医学生们将书本上理性的理论知识和临床思维相结合，真正理解和领悟所学的知识。今年，我作为临床带教老师，和参加“中国医学生大学生临床技能大赛”的学生们一起学习和拼搏、充实和提高自己，经过 3 个月的努力，我们顺利通过了技能大赛，取得了不错的成绩。每每在教学过程中，看到学生们临床诊疗水平和沟通能力日益增加，我也深深地体会到“教学相长”的幸福与快乐。正如希波克拉底誓言中所说，“我将给予我的老师、同事和学生应有的尊重和感激之情；我将分享我的医学知识，造福患者和推动医疗进步”，我愿意作为一名临床医学教师，和学生们一起成长进步。

个人的成长，离不开学校和医院的培养；个人的进步，也和学校、医院的发展息息相关。山东大学第二医院成立至今，不论是临床、教学工作，还是科学研究工作，都呈现蓬勃快速发展的态势。紧跟岁月更迭与科技进步的步伐，第二医院以只争朝夕的拼搏精神飞速发展。在我工作的16年中，我与医院共成长，见证了医院的发展与飞跃，感受了医院的拼搏和奋进。20年来，我们的医院不断开拓创新，追求卓越，2011年成为全国第一家通过新版等级评审标准的三甲医院，2019年入选首批委省共建国家区域医疗中心成员单位，2020年入选山东省区域医疗中心，区域示范引领逐步彰显。在新的发展阶段，我也会努力进取，在自己的本职岗位上紧跟医院飞速发展的步伐，作出更多的成绩。

我是一名医生，这是我终身坚守和热爱的职业，不管何时何地，我都忘不了自己最初的梦想和信念。我也为自己是一名医生而自豪，我愿意成为一滴水，滋润患者的一寸土地；我愿意成为一缕阳光，照亮病人眼前黑暗的世界。以梦为马，不负韶华，我深深热爱这个光荣的职业；不忘初心，医路同行，我将继续在这个平凡而光荣的岗位上奉献自己的力量。

作者：第二医院副主任医师　姜冬青

8月19日　星期四　晴

齐鲁交通学院校友·周清华

2000年9月，我从四川农村的贫困山区考入山东大学，4年以后顺利进入了招商银行济南分行工作。也许是从小出身贫困山区的情结，8年前，我又主动请缨，从招行去了云南楚雄彝族自治州永仁县挂职扶贫副县长。当时县里领导让我协助分管教育局，作为一个从大山里走出的孩子，我深知教育对贫困山区的孩子们来说是多么重要。回忆起大学4年老师与辅导员在学业和生活上给予我无微不至的关怀和帮助，我自觉应接过这根接力棒，在自己生活状况允许的情况下，尽我所能帮助更多的孩子。

小兵（化名），是我在云南挂职扶贫的时候收养的一名孤儿，今年已经17岁了。从照片上看，已经高我一头，长得还是黑黑的，但是很壮实也很健康，我倍感欣慰。

当时教育局的姚老师说有几个孩子家境十分贫困，需要资助，这才有了跟小兵第一次的见面，那时他刚上四年级。小兵的母亲在他很小的时候因患精神疾病走失了，之后两三年内家里亲人相继去世，小兵的姨妈在他走投无路时把他接回了自己家，这给本就不富裕的家庭又增加了不小的负担。小小年纪，这孩子竟要承担这么多的苦难和不幸。

没敢耽搁，当天我们就赶往小兵的学校。李校长把小兵领过来，他怯生生的眼神令我印象深刻，黑瘦得让人心疼。旧校服的裤腿明显短了一截，一双黑黑的小手局促地在面前来回揉搓，一直不敢直视大人的眼睛。

乡里也提前准备了一些慰问品，通知到了小兵的姨父。在去小兵姨妈家的路上，我问他在学校学习生活怎么样，跟同学们相处得是否融洽等。我告诉他：“我也是贫困山区长大的孩子，从小也像你一样艰苦。但是我从小就立志要走出大山，勤奋读书，终于靠自己的努力考上了全国有名的重点大学——山东大学，叔叔在大学里还是班干部、学生会秘书长、文学社社长，勤勤恳恳、一步一步地走到了今天。人穷志不穷，你也要努力做一个品学兼优的好孩子！”

小兵的姨妈家里不能说家徒四壁，但也是非常破旧。张书记和李校长给他们简单地介绍了一下我们的来意。我对小兵的姨父说：“听说你一个人养4个孩子，不容易啊。将来我们一起来给你想办法，政府也会帮助你的，以后一定要让小兵继续读书，学费生活费我个人来承担，好不好？”

他说：“好，好，政府就是好。”

我掏出事先准备好的1000块钱递给他，作为个人的一点儿心意。我告诉小兵姨父，以后我就把小兵当干儿子了，会一直关注资助他，不会给他们增加太多的负担。小兵的姨夫姨妈说着我不太容易听得懂的云南话表达感谢，小兵站在门外没有进来，只低着头看着屋里的一群人，若有所思。

我想一直资助这个孩子。回程的路上，我请李校长和姚老师帮我多多关心小兵，一起帮助他茁壮成长。时光荏苒，小兵从一个瘦弱的孩子长成了一个高大的小伙子，明年该参加高考了。8年来，我对小兵的关心一直在，虽然沟通并不是很多。他很懂事，在学校从来不惹是生非，老师说他在功课上一直很努力。离开云南后，我只是中间回去过一次，到他的中学看望他。他当时看见我很意外也很激动，临走时一直望着我，想说道别或者祝福的话却没有表达出来，嘴唇一直在抖动，眼睛里明显有泪水在打转。每学期快开学的时候，我都让姚老师替我把学费生活费转交给他。希望他明年高考能上个好学校，真正地走出大山，走向外面更加广阔的世界，去创造属于他自己真正的人生。

毕业十余载，我时刻谨记母校校训，在工作岗位上不断鞭策自己。作为曾经的山大人，我感到由衷的骄傲与自豪，母校的人文关怀与自强不息一直影响着我工作后为人处世的原则与风格。我也一直没有忘记母校的恩情，希望能以自己微薄之力回馈母校的培育之恩。恰逢母校120周年华诞，校友捐赠或许是我能想到的最好的方式。于是今年7月，我在毕业季再回母校并参与了校友捐赠活动。母校和学院一派生机勃勃、欣欣向荣的景象使我深受触动，再见当时曾经帮助过我的老师们，心中更是感慨万千。祝福我的大学繁荣辉煌，桃李万千；祝福学弟学妹们前程似锦，不忘恩情！

作者：齐鲁交通学院2000级校友　周清华

8月20日　星期五　雨

哲学与社会发展学院新生 · 杨开泰

不知从什么时候起，山大走进了我的生活。

“孩子成绩好，将来去山大吧！”对于小时候的我来说，山大是对成绩的认可和鼓励。那时在我的眼里，山大是个神秘且神圣的地方，人人饱读诗书，可以交流思想、畅谈梦想，可以时时保持新鲜感，可以为更多的人做有意义的事。

第一次去济南，是参加小姨的婚礼，顺便去了趟趵突泉，路上经过山大。虽然只是瞬间的邂逅，但那一刻带给我极大的魔幻感——从前想象的地方，竟真实出现在眼前。只记得校门很庄严，门前的路通向很远的地方。

3年后，上五年级的我第二次与山大结缘。那天和爸妈去济南爬千佛山，回程路上再次遇见山大。记得傍晚车窗外的阳光很暖且很有力量，把天地镀上金黄与烈红的色彩，一刹那，山大的校门与我擦肩而过。我看到有人进出，感受到山大的生活气息。山大离我的距离，越来越近了。

后来有一阵子，上初中的我迷上了摄影。正巧，在校园工作的姨父常拍些山大美景，我便拿来研究其中的构图技巧，同时领略山大独有的风致。我发现，山大很大，大到每个季节都有极美的去处、都有学习的人；大到足以容纳这些景致中来自五湖四海的求知者；大到不同的梦想都足以安放。

后来，高二的我在山大参加物理竞赛，那也是我第一次从内部观察山大。山大的同学有礼且充满活力。在知新楼下领准考证的时候，我遇到一名山大同学，礼貌问候后询问近年赛况，他热情地回答了我，而后匆匆离去。在这样热烈的环境中，谁能闲得住呐。

今天，手捧着山大录取通知书，我回想起这一幕幕，掺杂着我的童年童真、中学时光、梦想志向，今后或许将添一抹乡愁。只想道一句："莫待此缘成追忆，逐梦山大不惘然。"

作者：哲学与社会发展学院2021级本科生　杨开泰

8月21日　星期六　晴

"爱满社区，志愿先行"团队成员·米　佳

今天是我在社区服务中心做志愿者的最后一天。我们"爱满社区，志愿先行"团队的活动旨在推动创新社区治理，维护社会和谐稳定，而我在团队中负责的是调查社区卫生服务方面的工作。

随着烟台地区疫情转为低风险，我所在社区的疫苗接种工作也恢复了正常秩序。今天社区服务中心门口依旧搭好了棚子，为当地未成年人接种新冠肺炎疫苗，工作人员在炎炎夏日里耐心地为居民发放表格、登记信息，继续宣传疫情防控知识和疫苗接种要点，忙碌、高效而充满意义。

我参与志愿工作的社区卫生服务中心虽是一个基层组织，占地面积不太大，却承担了数万名居民卫生健康服务的任务。这里的工作人员各自坚守岗位，楼下人员接待居民，楼上人员处理公务，一台电脑、一部机器、几沓档案，以自己的专业技术，热情地为居民们的健康品质生活保驾护航。

这段时间以来，我在社区里的协助活动主要分为两方面。一是协助部分社区工作，帮忙复印资料、打扫卫生，除此之外也了解了许多相关工作，如社区疫苗接种、居民档案管理、慢性病药物发放等，并协助宣传健康保健知识和电话访问65岁以上老年居民健康状况。二是制作调查，问

卷采访工作人员。他们多为普通干部，本科毕业者占多数，年龄集中于35至45岁，最长从业时间达25年，拥有良好职业素养和丰富的工作经验，90%的人员对社区卫生政策和工作较为了解。根据调查结果，社区卫生服务体系要继续完善，如增加工作人员数量，完善各类服务设施；健全卫生服务制度保障，严格落实各项政府工作；加强宣传力度，鼓励更多居民尤其是老年人积极参与。

通过此次实践，我对社区卫生服务工作有了细致了解，也了解了基层社区工作人员的实际诉求。社区卫生服务建设有利于满足基层人民群众的卫生服务需求，节约上级医疗资源，同时也是提高人民健康水平的重要保障。此次实践也培养了我的志愿者精神与社会责任感，为家乡社区发展尽了自己的绵薄之力。

作者：经济学院2020级本科生　米　佳

8月22日　星期日　晴

研究生骨干培训班参加者·冯维哲

今天是我来到德州市齐河县济南绕城高速公路二环线西环段的第12天，把周末的现场试验工作交由师弟看管后，我便从早上8点开始守在电脑旁，专心参加这次2021年山东大学研究生骨干培训班线上培训课程。

在前一日的培训课程中，廉思老师讲述的从百年党史中汲取青年工作的经验和智慧，对我颇有启发。加入研究生团工委一年的时间来，我尽力在繁忙的科研任务与研究生团工委的学生工作中寻找平衡点，中国共产党的百年党史有力地启发了我。青年工作中所需要的组织动员能力在我这一个月的实践中十分重要，处理好自己与团队的关系，动员好施工人员和项目负责人员全力配合我们的工作，组织动员能力必不可少。

在听完郝栋老师讲述的“跟着习近平总书记学党史”课程后，我环顾自己所处的绕城高速工程建设环境，不由得心生感叹：中国共产党带领全国人民艰苦奋斗，让我国获得了“基建大国”的骄傲称号。我们平常在办公室、实验室所学的东西，多是修路修桥的理论知识，而此次到齐河县实地试验给了我一次理论和实践相结合的机会。我学到的绝不止专业的实践试验知识，更多的是对沿线乡镇的发展水平的深切体会。

在交通强国发展战略的引领之下，我国大规模进行交通基础设施的建设。山东省是传统的高速公路强省，而此次我所位于的济南绕城高速公路二环线西环段是济南绕城高速公路的重要组成部分。然而第一次到试验位置附近所处的胡官屯镇、赵官镇、马集镇，我还是深有感触。周围是万亩良田，但是沿线20多千米的乡镇没有一家现代化商场，沿省道而开的店铺在白天大都大门紧闭，只有晚上会有几家饭店开门，镇上缺乏生机活力。习惯了平日在繁华大城市的生活，来到这样一眼可以望到头的低矮平房的乡镇令我多少有些落寞，但更多的是因此而引发的一些思考。

齐河县南部缺少高速公路过境，产业多为单一的农业，一条省道贯穿其中，路上跑的大多为载重货车，噪音大、扬尘大。而如果这个地方能修通高速公路，将分流大量货车，改善乡镇的环境，同时便利的交通会为这里带来更多的发展机会，镇上可以以此吸引更多的年轻劳动力，减缓年轻劳力流失的现象。想到这里，我顿然觉得自己依托绕城西线高速公路所作的科研课题有了不一样的意义：经过我的课题研究，能尽所能地为高速公路的修建提供更可靠的地基处理方式，进而在基础上改善高速公路的修建水平。在齐河县工地现场牺牲自己的暑假也是有意义的了，希望能用我的理论知识，结合工程现场实践，为我国的交通强国战略作出自己的贡献，这也是身为研究生骨干的我应有的一份责任心。

结束了白天的研究生骨干培训课程后，我又马不停蹄地赶往工地现场。太阳晒黑了我的肌肤，也照亮了我前进的道路，希望我能在这个 8 月圆满完成现场试验，将理论与实践结合的成果应用在交通强国建设的道路上。

作者：齐鲁交通学院 2020 级硕士研究生　冯维哲

8 月 23 日　星期一　晴

“爱的三角”支教团成员 · 师千一

今天是我们支教的最后一天。乡村的清晨是带着泥土清香的，暴雨的余韵犹在，连绵不绝的雨丝飘在脸上打湿了发帘，坑坑洼洼的小路上是暴雨后的积水，道路两旁杂草丛生，蛙鸣不断，野趣横生。然而这是我们最后一次走在这条崎岖的小路上。想到昨天放学时，芸赫小朋友仰着脑袋，稚声稚气地问：“明天上完课老师就要走了吗？”我心中顿时满是不舍和感慨。小孩子稚气的脸庞藏不住情绪，那样的忐忑和不舍任谁看了都会眼睛发酸。想到这里，我们加快了行进的步伐，迫不及待地想要见到这几个孩子。

上课地点依然在几个孩子的亲戚家里，刚坐下没多久，几个孩子也陆续到了。芸赫小朋友推开门，怀里抱着几盒牛奶，说是给老师带的。更令人惊讶的是，随后进来的云泽小朋友也提着一袋热腾腾的月饼递到了我们手上，说是家里刚做好拿来给老师的。我们受宠若惊地接下了孩子们这份赤诚的心意，心中除了感动，还有一份暖暖的踏实感，似乎这些天在异乡漂泊的不安被轻轻抚慰了。

上午是手工课和心理健康测试。宋老师带着小朋友们制作彩色纸花，云泽小朋友说，妈妈以前也给他做过一朵，这次他要做一朵送给妈妈。于是这个平时最调皮的小孩子整堂课都安安静静、聚精会神地制作他的礼物，时而露出懊恼或开心的小表情。很快孩子们都完成了手工作品，我们举着五颜六色的纸花站在一起合影，照片记录下那一刻童真的笑颜。我们拿出准备好的太空黏土，明一小朋友似乎在手工方面很有天赋，在其他小朋友拿着黏土还无从下手时，她安安静静坐在角落，一点一点捏成了一个小兔子。我们拿起相机给她的小兔子拍了一个特写，大家都为心灵手巧的明一鼓掌，小姑娘羞涩的脸上带着藏不住的喜悦。最后大家发挥想象力，做出了各种各样的小玩具。

心理测试时，我耐心给孩子们讲解每一道题的含义，引导他们表达最真实的自己。在这个过程中，我对孩子们的了解更深了一步，比如平时最调皮好动的云泽，其实在比较正式的场合反而是这些孩子里最内向的。我们与家长们进行了沟通交流，希望能对孩子们今后的培养有帮助。

下午的第一节课是天文科普，几个小朋友都对天文很感兴趣，小脑袋凑在一起叽叽喳喳讨论个不停。这时团委工作人员的电话打过来，说计划有变，希望我们提前结束课程，顺路捎我们回去。我回头看着房间里聚在一起兴致勃勃讨论天文的孩子们，实在不忍心中止这堂课，于是我们一致决定上完下午的课，明天早上再去汽车站坐车回去。

作业辅导课结束，短暂的沉默后，我们终于还是提出了告别。小朋友们很不舍，我们只好拿出早早准备好的文具和礼物来转移他们的注意力，明一妈妈又留我们在家里吃了饭，还送了我们许多水果。最后我们一起在这个承载着共同回忆的小小客厅里合影，带着相互的祝福，挥挥手踏上了回程。

这次支教活动给了我太多感动。如果说把支教比作一条奔腾不息的大江，那么“爱的三角”支教团就是江上劈波斩浪的一叶扁舟，溯江而上，漂过了 6 个年头。我在 2019 年入学时就听说了这艘搭载爱与希望的小船，2020 年与它相遇，2021 年成为新一任掌舵人，然后在这个盛夏，结识新的同行者，见识新的风景，抒写新的故事与感动，唯愿爱与希望薪火相传。

作者：文化传播学院2019级本科生　师千一

8月24日　星期二　晴

新聘教职工・戚学儒

“欢迎你加入山东大学！”听到这句话，我心中感慨万千。不仅是对于新身份的期待，还有对于母校的留恋。从今天起，我从一名学生变成了一名机关工作人员，继续留在山大服务师生医务员工。

秋风送爽，天朗气清。在这个阳光灿烂的清晨，山东大学在明德楼B座师生服务大厅前，为我们新聘职工准备了一个大大的惊喜：新聘教职工入职仪式。走近明德楼，映入眼帘的是一排排飘扬的道旗，上面写着“热烈欢迎新聘教职工入职报到”。疫情防控不容放松，在报到现场，工作人员在测温、查验健康码和核酸报告后为我们贴上了“百廿新人”的红色臂贴，盖上了“山大人”的烙印；以“百廿新才俊，扬帆新征程”为主题的红色背景板矗立在大厅门口；淡粉色的签名墙密密麻麻地写满了新职工们对于未来在山大工作和生活的期许，一切都洋溢着轻松而不失庄重的气氛。

崇实求新，感受关爱。入职仪式的顺利开展，背后是山东大学各机关部门的无私奉献和付出。整个报到手续都在今年新启用的师生服务大厅进行。环境优美、设备齐全的大厅为一站式的入职流程提供了良好服务，让我们感受到了手续的优化和便捷。其间，副校长吴臻和人事部部长刘健也来到现场，和新入职教职工进行了深入交流，并送上了入职礼包和花束。

有条不紊的报到流程、精心准备的入职文创礼包、大厅中播放的山东大学宣传片……这些精心安排的每个细节都让我们对山东大学有了更加浓厚的归属感，让我们对“凡我在处，便是山大”这句话有了新的理解。

厚植山大基因，传承山大文化。今年，是中国共产党成立100周年，山东大学也即将迎来120周岁的生日。我很荣幸能在这个历史性节点回归山大怀抱，继续留在这里。今年是我在山大南路27号的第8年，也是我热爱这片土地的第8年。山东大学不仅是我的母校，而且是我未来工作和奋斗的地方。在山东大学实现“由大到强”历史性转变的征程中，作为青年，我生逢其时，又重任在肩，希望能够通过我今后的工作为强校兴国作出微小的贡献。作为新聘职工，这次报到对我来讲既是身份的转变，也是人生的新起点，希望我今后能以服务者的身份出发，用更崭新的姿态服务母校；作为山大人，我将不忘初心，砥砺前行，带着山大人的基因和文化，继续讲述山大故事。

夕阳西下，晚霞似火。我回味着今天的点滴惊喜，怀着满心期许离开了报到现场。愿今后我能够在山大这个广阔的平台上发挥自己应有的作用，为山大创建世界一流大学贡献力量！

作者：人事部工作人员　戚学儒

8月25日　星期三　晴

化学与化工学院2013级校友·杨泽文

时光匆匆，已到8月底，母校即将迎来建校百廿之年的新生，而我已经离家远行了1500多个日子。4年是一个轮回，前几天，我收到了博士阶段第一篇论文接收的消息，母校的沈强老师对此文作出了不可磨灭的贡献。看着致谢中的“This paper is also dedicated to the 120th anniversary of Shandong University”（该论文也献给山东大学 120 周年校庆），我的思绪不由自主地回想起了自己的 4 年本科时光。

2013 年，我如愿考上了梦寐以求的山东大学。而当时的我面对如此丰富多元的校园生活却出现了手足无措的无力感，想融入这厚重的山大文化氛围，却又害怕自己会出丑闹笑话。正当我迷茫不知所措的时候，学生会宣讲纳新、“百团大战”等迎新活动接踵而至。网上的攻略建议同学们在大学阶段参加社团，我想既然身边的大部分人都去面试，那我也跟着去吧。事实证明，参加学生组织是最快捷的适应大学生活的途径之一。在这里，除了大家一起相聚，更重要的是让我明白了责任与奉献。凌晨 3 点，看着奋战多天的海报完稿，内心无比满足；看到来参加活动的同学不再是为了发展分，而是基于对活动本身的认可时，更是激动到无以言表。置身其中，也就明白了宣讲时学长学姐的激情澎湃，而我也从最初的跟风加入，变成了发挥宣传与引领作用的学长学姐其中的一员。

作为学生，主要工作就是学习与科研。山东大学致力于培养中国最优秀的本科生，所有的教授都要上本科生讲台，因此也就有了许许多多的“天人讲堂”“稷下风学术讲坛”这样的高水平讲座。记得本科时从大二开始，学院就着重培养学生的科研素养，在创新实验阶段，我也有幸得到了众多老师的指导。正是有了母校老师的辛勤培养，我才能背起行囊一步步往前走，在此我要向所有帮助和指导过我的老师说一句：谢谢你们！

今年是母校建校 120 周年，近日看到山大创办的国际期刊 *ChemPhysMater* 阵容强大，相信母校“由大到强”的历史性转变一定可以实现。

10 月 15 日，201300110099 号校友一定回家，去回味那只属于山大的鸡蛋饼的独特芬芳！

作者：化学与化工学院 2013 级校友　杨泽文

8月26日 星期四 晴

“筑公卫梦，访开拓人”校友寻访社会实践队成员·李晓晗

在学校即将迎来120周年华诞之际，前天，作为公共卫生学院“筑公卫梦，访开拓人”校友寻访社会实践队的队长，我有幸邀请到公共卫生学院校友、目前就职于北京大学肿瘤医院的李文庆老师参与了我们的访谈。

李文庆老师对母校有很深的感情。他对校园环境的印象尤其深刻，趵突泉校区古色古香，那时作为学生的他一直引以为傲。诊断楼的木地板，院墙上的爬山虎，鸟语花香的中心花园，每当置身这样的古朴校园，他总会觉得身心愉悦。令他印象最深刻的校园往事是毕业。李文庆老师还记得即将毕业的时候，时任校长展涛举办了一次全校的座谈会，针对学院当时发展面临的一些问题，他跟展涛校长进行过热烈讨论。

李文庆老师还与我们分享了他的留学科研之路。2000年，他以全院高考分数第一名的成绩进入山东大学，毕业时也是以预防医学专业毕业综合测评第一名的成绩结业的，成为公共卫生学院历史上第一位保送到北京大学读硕士研究生的本科生。在北大直博期间，他曾去日本东北大学进行联合培养，留学日本期间，他用了4周的时间完成了第一篇作为通讯作者的英文SCI文章，由此跟几位日本老师建立起了深厚的友谊。2010年博士毕业以后出国，他的第一站是美国哈佛大学医学院（Harvard Medical School）。在被奉为神圣殿堂的哈佛医学院里学习工作的一年，对他后续的学术成长特别关键，为其发展注入了非常大的力量，打下了坚实基础。在哈佛做博士后一年多之后，他去了美国国立卫生院，2013年年底成功拿到布朗大学（Brown University）的正式教职，担任布朗大学医学院和公共卫生学院双聘助理教授、博士生导师。

2017年下半年，李老师开始回国工作。在他眼中，公共卫生从业者

的宗旨就是服务中国重大公共卫生问题。多年公共卫生方向的教育经历让关注重大公共卫生问题的观念深入他的骨髓。中国重大的公共卫生问题不同于美国，因此李老师经常思考他所从事的专业研究对解决中国老百姓的病患是否有帮助，对于中国人自己的疾病和健康到底起什么作用。最终，李老师回到国内，在北大肿瘤医院从事研究工作。

与李老师的短暂交流，让我感受到一位公共卫生科研工作者的认真与严谨，他身上公卫人的无私精神与家国情怀也深深影响了我。李老师为百廿山大送上了最美好的祝福：饮水思源，感谢母校栽培，祝母校积累历史的厚蕴，宏图更展，再续华章！我们也要向校友学习，续写学无止境，气有浩然的华章。

作者：公共卫生学院2018级本科生　李晓晗

8月27日　星期五　晴

齐鲁交通学院校友·程世东

“长风破浪会有时，直挂云帆济沧海”，自大学毕业那天起，我便将这句诗的首字母作为电脑开机密码来激励自己，总觉得自己还年轻，是因为美好的大学生活好像还在眼前，但岁月如梭，不知不觉间深感再用此诗句已不合时宜，该用苏东坡的“鬓微霜，又何妨”来安慰自己了。回忆中更多的是欢歌笑语，细细回顾思考，在人生价值观、行为方式成型最关键的大学4年时光里，母校对我潜移默化的影响是巨大的：奠定了我以后工作的专业基础、塑造了自己做人做事的风格。

相对宽泛而又重点深入的学科设置，使我在工作中能以较为全面的知识、系统化的思维进行专业化思考。

我们刚入学的时候是大土木工程，大三的时候稍微进行了更专业一点的划分和选择，即便是专业课程，也比较多、比较宽泛。这样一方面会让我们同学有更多的细分专业领域可以选择，另一方面，知识结构也会更加全面系统。当时我还选修了管理学院的一些课程，这为我后来硕士研究方向与现在从事的工作做了铺垫，从原来公路建设“硬技术”转向了交通管理、交通与经济等“软领域”，工作后主要从事战略、政策的研究与制定。实际上，之前从事公路建设的同学，现在大部分都从技术岗位走向了管理岗位，因此我深感大学期间学习一些管理专业的知识并尽可能拓展知识面是非常必要的。

当前，各个专业领域都强调跨学科，实际上确实是这样的。我所从事的交通运输领域，就跟经济、财政、金融、城市规划、园林景观、心理学、环境保护、计算机、电子信息、大数据、法律等很多领域紧密相关。交通与这些学科的结合，形成了具体的分支领域，都有相应的工作岗位，远远超出一般人对交通运输狭义的理解。所以，在学校期间，学生应充分利用大学里比较宽松的环境和提供的良好条件，根据自己的兴趣，广泛涉猎，多读书，多参与其他学院的课程和讲座，把自己的喜好与专业结合在一起，找到最适合自己的方向领域。

当然，工科大学生不应该把知识仅仅局限于理工科领域，文学、历史、哲学等人文方面的书籍、学术讲座也应该多看多听。从工作的角度，不管未来从事什么工作，管理、技术、科研等不同的岗位，都需要把自己的成果、想法通过语言或文字准确地表达出来，让别人明白，只有这样才能产生真正的效果和价值。人文知识的学习，有助于提高表达能力，这往往是理工科学生所欠缺的。从人生的角度，人文素养也是必备的，我们每个人都应该知道人生应该是怎样的、社会是如何运行的。教育，包括大学教育，其目的不仅仅是为了工作、谋生，更是提升个人素质、能力和幸福感的良好途径。合并后的山大，文理工医兼修，在人文知识学习方面有了更好的条件和环境，应利用好、进行更广泛的学习。

异常浓郁的学习氛围、严格的纪律要求和老师的为人师表，让“踏实肯干做事、谦逊诚信为人”成为我一生的遵循，这应该是所有“山大人”的标签。

母校位于齐鲁大地，极具儒家文化特色，学习氛围异常浓郁。当年的晚自习，都是在踏踏实实地学习。所有的教学楼、图书馆都不是那么容易占到自习的位子，每天晚上直到关门时，大家才被“赶回”宿舍。读研后，跟来自其他学校同学交流比较，不管是英语四六级通过率，还是考取研究生的比例，母校在全国同等水平院校中遥遥领先。

母校严格的纪律、近乎半军事化的管理塑造了我不怨天尤人、埋头实干的风格。在校期间，每天早上起床后，同学们便匆匆跑到千佛山半山腰去点名，从大一入学到大四毕业前最后一周，从未间断过。宿舍里褐色老旧的饭桌上，饭盆摆放得整整齐齐，青色的水泥地面被拖得一尘不染，床上豆腐块的被子也坚持叠到毕业。这些都是严格的纪律、监督检查制度的结果，大家从开始的抱怨到后来逐步养成了习惯，以至于我读研时的一些行为习惯令老师和同学们以为我是从军事院校毕业的。正是这样日常点点滴滴的严格要求，使得我们“山大人”无论何时，无论做什么工作都不偷懒，都能做到最好。

那时候，学院里没有什么大师，甚至教授都很少，但一点都不妨碍老师们做为人师表的楷模。教土力学的商庆森老师，教制图的张玉楠老师，教路基路面的刘树堂老师，教路线的姚占勇老师，还有我们的辅导员孙仁娟老师、张青老师，等等，学院里的每个老师都那么印象深刻、都那么倍感亲切。他们兢兢业业、认认真真地给我们讲课，带我们做实验、野外实习，让我们每个人都拥有了坚实的专业知识。他们的认真、谦逊深深地影响着我们，他们的悉心关爱让我们永远感激、感恩。

毕业 20 多年，母校有了全面的提升和发展，当年的交通专业与城市地下空间专业也在学校与社会力量的大力支持下重新整合，成立了齐鲁交通学院，让我们为之自豪、骄傲。在母校120周年华诞即将到来之际，祝愿母校早日进入世界一流大学前列，也祝愿师弟师妹们有一个充实美好的大学生活，未来脚踏实地做事，不时仰望星空，成就精彩人生。

作者：1995级交通土建专业校友、国家发展改革委综合运输研究所城市交通中心主任、研究员　程世东

8月28日　星期六　雨

“泉话桑麻”调研团队成员·李嘉浩

“农，天下之本，务莫大焉。”农业是人民生活的保障，也是一切产业的根本所在。农民是从事农业活动的主体，其组织化一直是解决三农问题的必由之路。为更加深入了解这一主题，我们团队开展了以农民组织化为主题的社会实践调研活动。

在王小屯村的探访中，党支部书记王梅春的一个举动深深打动了我。王书记随性地坐在乡间田埂上，静静地看着他所挚爱的这片土地。他生在这里，长在这里，通过自己的不懈努力走了出去，但他并没有因此离开家乡，去追求看似更好的城市生活，而是选择回到自己最熟悉的地方，一家家地去走访，一天天地去规划，用行动播种，用道理耕耘，用汗水浇灌，用心血滋润。他一定失望过，也一定疲惫过，但他并没有选择放弃，更没有因此懈怠，反而将阻力转化为动力，继续实干，以超乎常人的耐力追求自己的目标。当村庄逐渐摆脱原有的贫穷，一派文明祥和的社区生活呈现在人们面前，他欣慰地露出最美的笑容。因为他知道，这一切的背后，是他无数个日日夜夜耕耘的收获。

北毛峪村无疑是这次社会实践的惊喜。根据之前网上查阅到的资料，由于地理位置的原因，村子长时间因交通闭塞处于贫穷之中；但我们沿着小路来到社区，看到满山的山楂花竞相开放，微风拂来，一簇簇山楂花随之舞动，点点白花与片片绿叶交相辉映，让人忍不住驻足欣赏，俨然一幅“世外桃源”的景象。巨大的反差使我深刻体会到广大基层干部夜以继日的付出，萌生出对他们崇高的敬意。

“哪有什么岁月静好，只不过是有人替你负重前行。”我们自己的家乡往昔又何尝不是这样，正是因为一代代人默默无闻的付出，用青春换取了未来的希望，走过了超乎想象的艰难路途，才有了如今美好繁荣的生活。

通过本次社会实践，我们少了些青春的张狂，多了些青春的踏实；少了些青春的迷茫，多了些青春的奋斗。浮躁的思绪已成为过去式，走出温暖的舒适圈，来到祖国最需要大学生的地方，才让我们真正明白，什么是奉献，什么是信仰，什么是团队；才让我们学会珍惜当下所拥有的一切，懂得付出，懂得感恩，从而更好地把握未来，逐渐成为一个真正对家乡和祖国建设有用的人。

作者：经济学院 2020 级本科生　李嘉浩

8 月 29 日　星期日　雨

全国大学生节能减排竞赛特等奖团队成员 · 张晓宇

百廿山大，风华正茂。能够在山东大学即将迎来 120 周年校庆之际，参加由学校承办的全国大学生节能减排社会实践与科技竞赛，并作为获奖学生代表在闭幕式上发表获奖感言，我深感荣幸。

我们团队的作品“基于蜂巢形消雾节水模块的高位收水机械通风冷却塔”从全国5201件作品中脱颖而出，得到了专家评委的高度认可，获得了本届竞赛全国特等奖。这是我们团队辛苦钻研、共同奋斗的结果，也是学子献给山大百廿校庆的贺礼。

作为团队决赛答辩主讲人，我深感任务艰巨。这个参赛作品凝聚了全体队员的智慧和汗水，凝聚了老师的辛劳和奉献，“只许成功，不许失败”的想法一直在我心中挥之不去。为了不负团队的信任与支持，我决定从一个观众的视角重新“认识”我们的作品。我基于自己对作品的理解，结合老师和队友们对作品的解读，几易其稿，终于形成了令大家满意的答辩材料。

万事俱备，只欠东风。怎料因为疫情的原因，答辩形式由线下变更为线上，答辩时间由月初推迟到月末，参赛队伍代表亦不能共聚泉城共襄盛举，大家的情绪似乎都受到了一些影响。作为暑假留校的学生，我亦见证了疫情的影响，深感本届大赛圆满落幕实属不易。

大赛落幕的那一刻，我的脑海中浮现出过去6个月团队共同奋斗的画面，从前期查阅文献、确定方向、分配任务，到中期开展物理模型试验及数值模拟、确定关键参数，再到后期定制实物模型、申报参赛作品、参加各类答辩，过五关斩六将，有怀疑、有争论、有认可、有坚持。相信本次的比赛经历将会成为我们学习生涯中的一段难忘的回忆。

“双碳”目标的提出是中国主动承担应对全球气候变化责任的大国担当，事关构建人类命运共同体和中华民族永续发展。作为青年一代的我们应肩负起国家赋予我们的使命。“双碳”背景之下，节能减排为能源行业注入新动力。节能减排事业任重道远，节能减排精神薪火相传。这次大赛让我更加深刻地认识到了“节能减排，绿色能源”的重要意义，明确了在国家节能减排事业中我们青年人身上的责任和使命，坚定了未来奋斗努力的目标和方向。

作者：能源与动力工程学院2020级硕士研究生　张晓宇

8 月 30 日　星期一　雨

微电子学院新生辅导员 · 封建帅

还有一周，2021 级新生就要来报到了。马上就要迎来自己的第二批学生了，幸福又激动的心情无以言表，就想把最近印象特别深的事情装进日记里。

“您好，我是山东大学微电子学院辅导员封建帅，请问您是某某同学家长吗?”

“孩子在家呢，您稍等，我把电话给孩子。”

伴随着一阵清晰的脚步声和开门声，“快接电话，你大学辅导员来电话了。”电话那头，家长们激动的心情通过他们语气的变化恰如其分地表现了出来。

为了确保所有新生在开学前及时准确地收到学校的各项通知，我和两名自荐帮忙的学生一起，给所有未进新生 QQ 群的家长挨个打电话，通知大家进群。联系最后一名学生家长的过程特别有意思，我们连续两天打了几十遍电话，一直提示关机，估计号码不用了，这咋办呢？看着 Excel 表格里面的家庭住址一栏，我灵机一动，先拨打 114 查到了小区所在街道办事处的电话，又通过办事处找到了小区物业的电话，在我说明来意并提供相关信息后，物业这才帮忙联系上了业主——学生的妈妈。至此，202 名“芯”青年终于在线上聚齐了。

虽然距离开学还有一段时间，但是线上的活动和工作已经紧锣密鼓地开展起来了，这让开学前的每一天都充满了意义和乐趣。学生会的同学通过直播的方式带新生“云游”软件园校区、请新生每人录制两分钟以内的自我介绍短视频、通知大家领取党委学生工作部、武装部为所有新生邮寄到家的大礼包、登记省外学生返校和疫苗接种信息、督促大家登录迎新系统查看和完善个人信息、每天提醒大家完成安全学习教育和健康信息填报、实时回复新生们的各种问题……以上工作都由自荐帮忙的新生来开展，许多新生体现出了非常好的综合素质与能力，这些力所能及的工作也是非常好的锻炼机会。

通过具体到每个人的摸排，我关注到有新生因水灾或家长生病给生活带来了一定困扰，我都一一与他们交流沟通，了解了具体情况，并给他们介绍了学校的资助政策，鼓励他们勇于面对，学校和老师们会与他们一起战胜困难。心灵的支持和政策的资助对于刚刚步入大学的他们来说是异常珍贵和必要的。有新生因为当地疫情防控要求，不能如期来校报到，所以许多工作我都单独电话交流，让在家的新生也能感受到学校的温暖和关心。

我愈发察觉到，许多家长不放心孩子脱离家庭后的生活，因为现在很多学生没有住校的经验；但同时也有许多新生成熟起来，有条不紊地做着开学前的准备工作。目前我们学院 202 名新生已经全部完成迎新系统信息填报和相关登记，95.5％的新生可以在返校前完成新冠疫苗接种，68％的新生已经完成安全教育学习并通过考试。在学工团队的努力下，迎新前的准备工作也准备就绪，从迎新场地布置到新生大礼包筹备，再到新宿舍的小细节，可以说万事皆已备，只待新生来。

作为辅导员，我们是整版大学拼图里面的“一小块”，与学校各部门、学院工作人员组成的“更大块”一起，为迎接 2021 级新生接续拼搏、努力工作，而最核心、最重要、最后一块拼图，正在来的路上。

作者：微电子学院辅导员　封建帅

8 月 31 日　星期二　雨

新聘教职工 · 范晓晗

今天是学校 2021 年新聘教职工入职培训的第一天。培训课程安排得很充实，短短一天里，从山大“为国育贤”的百廿历程，到党史、校史中的山大故事、山大人物、山大文化，都让我们叹服，让我们心生向往。让我印象最深刻的是樊丽明校长在对“山大新人”寄语中强调，要满足国家期待，做好尽责教师。会后，我也开始思考，就我自身而言，该是何种“期待”，何能“尽责”。

前几天，我参加了服务山东办公室党支部赴三涧溪村开展的主题党日活动。初到三涧溪村，我惊讶于其整洁的巷舍、宽阔的街道，处处洋溢着现代城镇的新气象；其现代化的乡村振兴学校、乡村振兴展馆、便民服务中心，时时彰显着干事创业的饱满热情。在参观中，我了解到这个坚持以党建引领为重要依托的小村庄，多年来积极强化班子建设、推动产业发展、保护生态环境、汇聚人才资源、建设文明村风、壮大集体经济，现已成为乡村振兴“齐鲁样板”示范村。在实现中华民族伟大复兴的道路上，乡村振兴在新时代接过了脱贫攻坚的接力棒，面对立足新发展阶段、贯彻新发展理念、构建新发展格局形势之下提出的新要求，这是人民的考验，也是国家的期待。我想，三涧溪村满足国家期待的奋进之旅是我党思想伟力的生动实践，对我实现“尽责”有着重要启示。

回首最近的时光，在 6 月的毕业典礼上领过毕业证、学位证似乎还是昨天的事情，但不知不觉，这已经是我认识、熟悉服务山东办公室工作的第三个月。这些天经历的点滴，使我对服务山东、对学校发展有了深刻的认识：社会服务工作是大学适应与引领社会发展的外在表现。当前，新旧动能转换综合试验区建设、黄河流域生态保护与高质量发展等国家战略在山东交汇叠加，高等学校在乡村振兴科技创新行动计划中提供“战略支撑”，并在实现碳达峰、碳中和目标上发挥科技支撑和人才保障作用，这些都是机遇和挑战并存的发展期。服务山东工作在这个发展期，肩负着国家的期待，也有学校的期冀。要围绕加快实现“由大到强”历史性转变，以百廿校庆为契机，大力推动校地企融合发展，以务实举措推进强校兴国行动和服务山东工作，实现学校改革发展与国家区域发展同向发力、同频共振。

面对新的期待、新的起点、新的要求，作为服务山东工作新兵的我，自当勤奋学习、扎实工作，以全新的姿态和面貌做好本职工作，实现我的“尽责”。从挥手告别学生时代的昨天走来，向做一名合格的服务山东战略践行者走去，也许路会很长，但我将毅然前行。

作者：服务山东办公室工作人员　范晓晗

9月1日　星期三　雨

威海高新区山大实验学校共建工作参加者·段兴立

9月1日，是山东大学与威海市校地共建工作中值得特别纪念的一天。就在今天，威海高新区山大实验学校（以下简称“实验学校”）举办了隆重的开学典礼，“山大基教系”教育品牌在威海扬帆起航，开启了威海基础教育事业发展的新篇章。人生百年，立于幼学，246名小学一年级新生将在这里与山大结缘，正式开启自己的学业生涯，威海校区教职工子女也将在山大附属学校接受高水平的基础教育培养。

根据校区党工委有关安排，我所在的部门负责推进实验学校的具体建设工作。作为一名普通工作人员，我跟随部门副主任刘晓军全程参与了实验学校项目的谋划、协商、选址、签约、筹建，以及开学准备工作，亲眼见证了一座依山而生、开放交融的美丽校园拔地而起。自 2019 年 8 月 30 日校区党工委书记尹作升传达了学校党委书记郭新立、校长樊丽明有关建设山大威海附属学校的指示精神，专题部署实验学校建设工作，到 2021 年 9 月 1 日实验学校举办开学典礼，共计两年零两天。在山东大学、威海市以及社会各界的关心支持下，威海高新区管委会和山东大学威海校区、基础教育集团三方齐心协力，精诚合作，克服了疫情带来的不利影响，实现了实验学校顺利建成，如期开学。作为实验学校共建工作的参加者，我对学校建设的每一个时刻都历历在目，难以忘怀。

九层之台，起于累土。2019 年 9 月 11 日，实验学校筹建启动第 12 天，校区副校长赵玉璞率领我们第一次来到还是一片荒芜的学校校址，与威海高新区管委会副主任侯成阳等共同进行现场考察，交流学校选址、规划等工作。2019 年 11 月 30 日，实验学校筹建启动第 92 天，山东大学与威海市政府签署深化校地合作共建协议，将“基础学校项目”列入校地共建的 6 个重点项目之一。同日，学校与威海高新区管委会、基础教育集团签署《合作办学框架协议》。2020 年 6 月 23 日，实验学校筹建启动第 298 天，威海高新区管委会和山东大学威海校区、基础教育集团签署《共建威海高新区山大实验学校协议》，学校各项建设工作全面铺开。2020 年 12 月 23 日，实验学校筹建启动第 481 天，学校举行项目建设封顶仪式，总建设规模 8.2 万平方米。2021 年 8 月 3 日，实验学校筹建启动第 704 天，基础教育集团选派的学校管理团队负责人王香校长等在校区知行楼临时办公室驻点办公，为学校开学进行全面准备。2021 年 9 月 1 日，实验学校筹建启动第 733 天，学校正式开学。

同舟共济扬帆起。两年多的时间，实验学校从谋划的“蓝图”到可操作、可执行的“施工图”；从待平整的荒地到成为美丽校园；从第一批 5 名青年教师在山大附属中学趵突泉、洪家楼等校区接受培训，到如今有 24 名教师为一年级开学而忙碌，这都是校地各方协同努力的结果。引水方知开源不易，实验学校筹备建设工作纷繁复杂，洽谈会商数不胜数，每一项工作都要各方达成共识；疫情原因，施工建设受到影响，赶工期、抢进度，想方设法克服困难；选育师资、多样化招聘，只为选拔最优秀的教师；跟岗学习、线上培训，最大限度地提升教学水平。正如校区副校长赵玉璞、附中校长赵勇等领导谈到的，一切都是为了建设一所“不一样”的学校，一切都是为了校区“新亮点”建设加快推进，一切都是为了服务威海“精致城市”发展。山东大学为威海市输送了最为优质的基础教育资源，在社会各界的共同努力下，实验学校拔地而起，书写了校地合作共建新篇。作为实验学校建设的参加者，我有幸见证了在山东大学“一体发展”“服务山东”等战略的引领下，“山大基教系”在威海顺利起航，一种只争朝夕干事创业的奋进感，一种干大事成大事的自豪感，一种功成不必在我、功成必定有我的获得感油然而生。作为实验学校建设的参加者，我深深地感受到校区教职员工和威海广大市民对这所学校的热切期盼，感受到优质教育资源是招引人才并使之安居乐业的定海神针，感受到山东大学和校区各级领导千方百计谋事业发展，为职工排忧解难，求真务实办实事的使命担当。此时此刻，再多的奔波、再持久的洽谈也成为最为温暖的回忆。

国家振兴期教育。教育是国之大计、党之大计。立德树人，办人民满意的教育是山东大学的初心所在，在新发展阶段，坚持“四个面向”，做好“四个服务”，为区域经济社会发展贡献山大力量，是全体山大人的使命与责任。在山东大学建校120周年校庆之际，实验学校投入使用，是山东大学与威海这座城市携手发展、相伴成长的又一行动写照。我相信，在山东大学与威海市委市政府以及社会各界的关心支持下，这所学校一定会迅速成长起来，成为一所教育理念先进、体现威海特色、引领威海基础教育发展的示范性学校，一定会为威海打造“精致城市”，以及校区“双一流”建设作出历史性贡献。我相信，这所诞生于山东大学百廿校庆之际的学校，在山东大学新甲子征程的熠熠辉光中，会坚守教育初心，高举立德树人旗帜，为威海人民培养出一批批优秀英才，为党和国家培养更多优秀的社会主义建设者与接班人。

衷心祝愿这所“不一样”的学校在美丽的威海书写“更加不一样”的辉煌！

作者：威海校区校地合作与校友工作办公室工作人员　段兴立

9月2日　星期四　晴

新加坡校友会贺校庆接力跑参加者·张　潇

金秋，我们带着青涩步入山大校园；
盛夏，我们怀揣梦想向她说了再见。
无论岁月沧桑，交融相依总是情；
哪怕天涯海角，魂牵梦萦尽是缘。
相信在你我心中最柔软的地方，
都珍藏着在母校最温暖的回忆。

——题记

值此山东大学120周年校庆之际，山东大学新加坡校友会积极动员在新加坡的山大校友关注校庆、支持校庆、参与校庆、共享校庆喜悦，并以此为契机，宣扬和展现我们的山大精神。

8月29日，山大新加坡校友会组织20余位校友，举行了一次特别的120公里环新加坡接力跑。我们校友被划分为6组，每组1～2人参与接力跑，另安排1人负责骑车随行补给，每组12～35公里。第一组从早上5点出发，到最后一组晚上8点多结束，历时约15小时，我们环绕新加坡一周，完成了120公里的环岛接力跑。第一组在天还未亮就从新加坡地标建筑鱼尾狮雕像出发，向西奔跑；第二组至第三组经历了上午的暴晒以及复杂的地形与路况，以很快的速度完成任务；接力进行至中午12点多，天气骤变，瓢泼大雨倾泻而下，之后降雨持续了近9个小时，第四组与第五组在大雨中跑错路依然咬紧牙关，坚持完成接力；最后，第六组在天黑之后冒雨前行，终于抵达终点（也是起点）处的鱼尾狮雕像。

在路线复杂、地形多变以及高温、大雨的严酷天气下，校友们齐心协力、脚踏实地地环绕新加坡边境跑了一圈，圆满完成环岛接力跑活动，将山东大学新加坡校友会会旗带到了新加坡地标建筑鱼尾狮雕像前。

活动期间，校友们互助有爱、科学规划、奋勇拼搏，圆满实现环岛120公里的目标，为母校送上诚挚问候。这次活动体现了山大校友的凝聚力和执行力，体现了新加坡校友会的号召力和组织力，更体现了广大校友对母校的感情，彰显了奋勇担当的山大精神！

走过千山万水，我们依然追忆在母校的青葱岁月，朴实又美丽；身在海角天涯，我们依然铭记母校老师们的谆谆教诲，砥砺前行。

远在异国他乡的我们，更深刻体会到“凡我在处，便是山大”的意义。我们的一言一行，代表着母校风采；我们的一举一动，彰显着母校精神。

感恩母校的培养，祝母校越来越好，续写辉煌篇章！生日快乐，我们的山东大学！

作者：外国语学院2009级校友　张　潇

9月3日　星期五　晴

结构成分与物性测量平台文化打造项目参加者·齐　娜

今年暑期，结构成分与物性测量平台（以下简称“平台”）在保证正常测试工作的同时，开展了环境文化打造项目。临近开学，工程接近尾声。早晨，我来到平台实验室，例行查看工程进度。从生命北楼负一层到三层，再到化学新楼一层，我逐一检查施工区域的墙面图文是否牢固、有无缺失，发光照明是否正常，施工后清扫情况，等等。我走过一面面蓝色的文化墙，环顾点缀在实验室周边的系列标牌，在量身打造的“科研蓝”氛围中，我的脑海中浮现了近一学期以来的点滴准备。

平台环境文化打造项目自4月初开始启动，由资产与实验管理部公共技术平台管理服务中心牵头，以平台为主，联合化学与化工学院，共同策划执行。作为五大校级公共技术平台之一，结构成分与物性测量平台以原化学与化工学院结构成分测试中心为基础，整合物理学院相关仪器，此次环境文化打造项目意在体现大型仪器科研平台的特色文化，在百廿校庆到来之际，以全新形象服务广大师生。

对于大型仪器科研平台，如何展示自身作为“集仪器设备共享使用、运行维护、方法开发和技术服务于一体的公共支撑平台”的特色文化，是项目开局的思考重点。经过走访调研，我们邀请了专业设计团队，多次沟通定下基本模块，包括平台整体形象展示、平台发展历程与建设成果、仪器发展史、相关学科发展情况、设备展示、系统化标识导引等。

具体方案稿的制作经历了大量的资料搜集与整理过程。关于形象墙的设计，要精选符号化形象以体现分析科学的概念；关于平台发展与建设，要浓缩代表性的内容；关于仪器发展史，要思索如何梳理历史事件脉络；关于设备展示，要从百余台设备中精选几十台逐条整理参数性能资料……

经过一次次汇编整合，我看到手中的资料日益丰富起来。排版过程中还有一轮轮的核对校正，内容中涉及大量的单位符号，要着重检查格式，遇到图片文件清晰度不够的情况也要多方搜集资料甚至去现场重新拍摄。期间我常常在测试工作的间隙随手记下反馈意见，再加班整理汇总，接近定稿时反复修正，几乎每天形成一稿反馈文件，甚至后期经常会梦到改资料的场景。我和同事开玩笑说，仿佛回到了博士毕业时一遍遍修改论文的时候。

从设计图纸转化到施工现场又是一个复杂的过程。项目小组反复核对预算明细，为节省开支“斤斤计较”，对材质选择、尺寸调整、墙面清洁、线路分布等进行一次次协调。终于，经历多日连夜加班的紧张节奏，主体施工完成，全新打造的“科研蓝”色调环境呈现出来。眼见设计图一幕幕变成现实，我们连日来紧绷的神经终于放松了一些。回顾项目推进过程，我们由衷感谢资产与实验室管理部、后勤保障部在立项招标上的支持及场地清理上的帮助。

开学在即，平台正以崭新的环境迎接师生们的到来。期待我们能实现项目的初衷，让师生用户沉浸式地感知平台技术支持、理念规范，更加便捷地了解平台设备分布和性能，也让平台工作人员加深环境的认同感和凝聚力，一同创造更多的“山大智慧”。

作者：化学与化工学院工作人员　齐　娜

9 月 4 日　星期六　小雨

新聘教职工 · 王智莹

满满 4 天的山大新聘教职工入职培训结束了。带着沉甸甸的收获走出知新楼，如丝的密雨将我的思绪带到校园里的每一个角落。在雨天的衬托下，眼前的小树林仿佛加了滤镜，一切变得朦胧而温馨。

在培训中我发现，特别幸运的是自己人生旅程的重要节点和山大发展的历史节点有着完美契合，在不知不觉中享受到了学校发展带给教职员工们的获得感、幸福感和自豪感。2018 年 6 月，我作为一名刚走出校园的毕业生，来到幼教服务中心，成为后勤保障部的一名工作人员。正是同年 6 月，中国共产党山东大学第十四次代表大会召开，山东大学开启了“追求卓越 只争朝夕 奋力开创中国特色世界一流大学建设新局面”。短短 3 年间，我见证了学校后勤服务的许多变化：饮食中心的减脂餐、低卡自助餐满足师生的个性化需求；明德楼师生服务大厅的建设让许多日常事务的办理更加方便快捷；信息楼、知新楼多了许多网红打卡地，让整个校园在浓厚的文化底蕴中又增添了些许青春和活力；我更是切身享受到学校人事人才体制机制改革的红利。

“为国育贤”是学校的办学初心，家国情怀是山大人突出的精神气质，个人的发展也要与学校的发展同频共振。自己角色的再一次转变，恰逢百廿校庆和学校发展“三步走”的第二个阶段，让我在激动和期待中又增加了一份归属感和新的责任担当，我们都将成为学校开启“双一流”建设新征程和“由大到强”历史性转变的奋斗者、奉献者和见证者。这场学校安排的入职培训就犹如一场及时雨，让我们更加直接地触摸到学校发展的脉搏，将山大基因厚植于心，也为自己未来的发展明晰定位、蓄能启航。

作为学校支撑服务队伍中的一员，我对下午培训中提到的专业技术岗人员成长目标印象深刻：“大家没有普通岗位，都在重要岗位；专业技术岗位的同事们都要成为高水平的专业人才，精干高效。”每一个山大人都要有追求卓越的意识，把工作做到极致，勇于接受挑战。带着学校领导、前辈们的殷殷嘱托，相信大家都会不由自主地扪心自问：“怎样立足岗位，提升能力素质，作出更大贡献?”我想自己在和新同事们的交流讨论中，心中也更加明确了答案。作为山大新人，我们要了解和传承山大历史文化；作为幼儿老师，我更要始终铭记山大幼教“养根教育、携爱同行”的办园理念和在中华文化、山大文化的沃土之上“培养有根的中国娃”的使命担当。许多从海外回国的新同事都是幼儿园的新生家长，他们对幼儿园的培养目标非常认同和有感触，其中有一位老师告诉我们：“我的孩子出生在国外，能够说一口流利的外语，但是他在外永远都是客人和外国人，只有回到了祖国才有了根，成为主人，将来建设自己的国家。”家长短短的几句话让我非常感动，内心久久不能平静。

山大幼教的前辈们，已经进行了前瞻性的布局，搭建起了支撑学前教育高质量发展的五大体系支柱，以精细化管理为核心的科学管理体系、为幼儿园保驾护航的安全防范网络体系、具有山大幼教特色的幼儿园文化建设体系、贯穿山大幼教理念的园本课程体系、以科研带保教的专业化幼教队伍培训体系，给孩子一个更有价值的童年，滋养我们的孩子和国家的未来。我也要用敬畏之心肩负起山大人的责任与使命，努力为做优做强山大幼教品牌贡献自己的力量。

作者：后勤保障部幼教服务中心工作人员　王智莹

9月5日　星期日　雨

秋季学期学生返校工作志愿者 · 董国欣

暑云散，秋风起，又是一年开学季。9月初，我报名参加了2021年秋季学期学生返校志愿服务活动，希望给返校的同学们提供一些力所能及的帮助。

周六，我早早地起床，7点半准时来到中心校区志愿驿站，戴好口罩，穿上红马甲，准备开始一天的志愿服务工作。没过多久，志愿驿站的老师问我："姑娘你吃早饭了吗?"得知我没吃早饭后，就叮嘱我："现在挺早的，来报到的同学比较少，你先去吃个饭再回来，不吃早饭过会儿再不舒服怎么办!"面对老师的关怀，我非常感动，霎时觉得心里暖暖的。

上午雨很大，天气也有些冷，团委的老师们贴心地给我们准备了雨衣、口罩、湿巾等物资，食堂的叔叔阿姨准备了热乎乎的红糖姜水、大麦茶供我们暖身。雨天给同学们返校造成了些许不便，增大了志愿服务工作的难度，老师们也穿上红马甲加入志愿者队伍中来，在雨中和学生志愿者们一起帮助返校的同学们，给他们撑伞、帮他们搬行李、引导他们乘坐摆渡车、指引他们做核酸检测等。这一天是忙碌的，但更是充实的。"同学请乘坐摆渡车去学院报到，然后做核酸检测，最后再回宿舍放行李。""司机师傅，人满了可以出发了。"这些话语在志愿驿站不时响起，汇成一曲热情洋溢的交响乐。

下午，雨渐渐停了，来报到的同学也没有上午那么多了，于是我们又在空闲之余帮助行李比较多的同学把行李运回宿舍。一天的工作结束，我身上的红马甲湿了又干，干了又湿。雨水与汗水交织，却浇灭不了我们帮助他人、奉献爱心的热情。

返校志愿服务工作是辛苦的，但也是快乐的。同行的志愿者们没有流露出一丝丝的抱怨，他们都很积极地搬运行李，耐心地解答问题。我想他们应该和我一样，每次听到同学们一句简简单单的“谢谢”或是“辛苦啦”，就会瞬间感觉干劲满满，满身的疲倦一扫而空。这就是志愿服务的魅力所在吧！无论多么辛苦，一份真心的感激就是对自己最有力度的肯定和最有价值的回礼。

用最初的心，做永久的事。以后我会更加积极地参与各种志愿服务活动，在帮助他人的同时收获快乐，实现自我价值，成为更优秀的山大人！

作者：经济学院2020级本科生　董国欣

9月6日　星期一　小雨

数学学院本科新生·安子璇

今日，在兴奋与期待中，我终于揭开了山大的神秘面纱。我将以山大学子的身份真真正正走进山大，获得我梦寐以求的身份：山大人。

凌晨1点，月光笼罩黑夜，这注定是一个不眠夜。

凌晨2点，昙花绽放一现，对山大的期待若隐若现。

凌晨3点，弦月孤挂夜空，谁人在床榻上辗转反侧不能眠？

凌晨4点，海棠花未眠，总觉得此时，我应在山大旁边。

凌晨5点，我还在失眠，对山大的想念愈加浓烈。

凌晨6点，太阳升起海平面，“山竹”收拾行囊，将与山大会面。

早上7点，妈妈握住了我的手，我依稀可记，她眼中隐忍着泪花。

早上8点，窗外已然蒙蒙细雨，窗内的思绪，依旧万千。

早上9点，抵达山东大学，我辞别父母，踏上新的征程。

早上10点，迎新的学长冒雨穿行，一趟趟搬运行李，他们发丝上，已分不清是汗水还是雨水。

中午 11 点，宿舍的门被我推开，“我会照顾好自己”是我对爸妈的承诺。

正午 12 点，消息提示音响起，我已入山大三时有余。

下午 1 点，蓦然听到“你好呀”，抬眸，原是舍友到达宿舍。

下午 2 点，幸有舍友相伴，路痴才找到了 18 号楼，完成人脸识别。

下午 3 点，我又到达新生报到处，这次，以一名“志愿者”的身份。

下午 4 点，途径雕像，冯沅君与陆侃如并肩而立的形象，让我的心，久久未能平静。

下午 5 点，饭菜香味满溢，熟悉的味道，像是妈妈伴在我身边。

晚上 6 点，夜幕将至，操场上身影依旧在奔跑，汗水依旧在挥洒。

“少年何惧岁月长，彼方尚有荣光在”，我相信，我与山大既然源于相遇，必然会于相知，也定会衷于相守。不应该只是我这样想，许多新的 SDUers 也会是这样想的吧。正因岁月漫长，所以必定未来可期！

作者：数学学院 2021 级本科生　安子璇

9 月 7 日　星期二　晴

公共卫生学院硕士新生 · 李依洁

昨天，我终于成为一名研究生，内心有忐忑，有不安，但是也装满了面对新生活的勇气与希望。忙碌了一天，夜深了，安顿好，在书桌前记录下这值得纪念的日子。

我与父母提前一天来到了济南。父亲说上一次来济南还是七八年前，这一次能因为我来读研再次赴济，他很欣慰。自己的努力能让父母感到幸福，这也是一种自豪吧。和父母在学校门前拍了一张合影，“咔嚓”一声，记录我新生活的开始。

虽然济南连着几天都下着蒙蒙小雨，但也丝毫挡不住我即将入学的激动心情。昨天初入校门，我就看到志愿者们穿着雨衣，站在门口迎接新生。虽然冒着雨，但是师哥师姐们都微笑着面对每一位同学，大门口还有贴心准备的姜水，为同学们驱寒。抬头看到“热烈欢迎 2021 级新同学”的横幅，下面还有山大 120 周年校庆倒计时的牌子，我的内心开始有些小激动。去报到的路上每一位志愿者都热心为我们服务，不管提出什么问题，他们都耐心解答，让我感到山大暖暖的人情味。

在公共卫生学院的报到处，我第一眼就看到了假期一直在群里为我们安排事项的辅导员，她是位平易近人、温柔热情的姐姐。看到导员在，我心里也多了几分安定。报到流程清晰有序，过程也因为师哥师姐们的热情而变得格外顺利。公共卫生学院准备的很多新生互动环节，也让我觉得十分有趣，瞬间就将气氛活跃了起来。旁边有许多好看的周边，特别是新生拍照区，还有签名板，手里拿着印有“博学精诚、厚德济民”院训的迎新页，我明白此时自己真的成为一名山大公卫人。

我的宿舍在西村，虽然距离教学楼较远，但是我很喜欢西村的氛围，路上会看到很多老人在散步，充满浓浓的生活气息。学校将我们的学生宿舍专门围了起来，保证了住宿环境的安静与安全。我的宿舍在 8 号楼，是一幢古色古香的二层小楼，这栋建筑有些年头了，但仍然很有韵味，也有属于它自己的风采。

宿管阿姨热情接待了我们，帮助我们搬行李，耐心告知我们很多注意事项，不厌其烦地为我解答问题，让我感觉就像回到了第二个家。推开房间大门，粉刷一新的屋子和书桌、床，以及各种齐全的设施，都让我眼前一亮；还有放在窗台的那一小盆绿植，更是让房间充满了生机。

在收拾行李的过程中，我发现自己的床板有一点问题，木板有些许翘起，便跑去找阿姨反映了情况。维修人员看到我的床板后说："这怎么能行，同学放心，我马上找人拿工具来给你修。"虽然他没说几句话，但却让我在这个远离家乡的城市，多了一份归属感。维修过程中，我想帮忙抬床板，维修工人怕我受伤，坚决不让我碰，即使自己累得满头大汗，也尽心尽力地为学生服务。下午，我的一个舍友也来到了宿舍，是个可爱的青岛姑娘，我们聊了很多，彼此介绍了自己，同时也期待第二天另外两位舍友的到来，共同开启我们的新生活。

夜色将至，坐在书桌前，写下这篇日记，我的研究生生活即将开始。在山东大学 120 周年校庆之际成为其中一员，我感到由衷的自豪与骄傲。征途漫漫，唯有奋斗。希望自己不忘初心，在读研的路上发现更好的自己，成为一名更加优秀的公卫人！

作者：公共卫生学院 2021 级硕士研究生　李依洁

9月8日　星期三　晴

空间科学与物理学院辅导员 · 高若甫

今天，是我站在迎新现场的第五年，也是我入职"保资"辅导员的第一年。

2017 年，我是初来乍到的大一新生，随着熙熙攘攘的人潮一起，期待着即将在山大开启的新篇章；2018 年，我是商学院学生会的工作人员，为新生打开了在山大的第一扇窗；2019 年，我是学院学生会主席团的一员，和学院老师一起策划推敲迎新流程、清点迎新物资，"日出而作，日落不歇"是那些日子的真实写照；2020 年，我是正在准备"保资"辅导员面试的大四学生，放不下迎新前线的我还是“忙里偷闲”地在迎新现场“赖”了两天。

2021年，我有了自己的新生，有了我期待见到的人，还有期待见到我的人。

樊丽明校长在给新辅导员培训的“山大第一课”中讲到，山东大学是一座有磅礴气势、有厚重历史的大学，这种磅礴和厚重不仅体现在一校三地、横跨齐鲁的庞大规模，百廿历史中璀璨夺目的学术成果，还体现在山大对每一个学生的人文关怀。迎新现场就是山大新生与老一辈山大人的第一次直接交流，也是对山大人的第一印象。于是在一次次线上会议、一次次流程推演、一次次培训叮嘱后，学院有条不紊的迎新安排、工作人员细致耐心的讲解、志愿者热情大方的接待，就是我们给新生的第一份礼物。

迎新过后，新生将迎来他们在山大的全新生活，在玛珈山上与银河对视、与星辰对话，我也将在空间科学与物理学院正式开始我的辅导员工作。我的学生来自五湖四海，对校园新生活充满憧憬与期待；我也一样，但同时我也担心：他们能否快速适应新环境？能否融入新的集体？学习科研能否顺利？吃住能否习惯？我是否能够成为他们心中的好朋友？在他们有烦心事的时候，是否可以成为一个合格的倾诉对象？每每想到这些，我都会在无数个夜晚辗转难眠。

尽管忧心忡忡，可我告诉自己无论如何要做到最好，因为这就是辅导员的职责。当学生们离开家乡，来到山大求学；当他们在门口与父母挥手作别，带着沉甸甸的行李以及行李箱装不下的梦想向我走来，他们宝贵青春中重要的一段路，就需要我陪他们走完。入选“保资”辅导员之初，学生工作处的老师就曾告诉我们，我们背负的不只是一个人的梦想，更是他们身后一整个家庭的期望；我们要做的不只是辅导员职责中短短几行文字，而是让学生们感受到学校的关怀和支持，真正让学生们正心术、敦品行、明伦理、知大体。我们多做一点，就会有更多人的人生轨迹往更好的方向发展，就会培育出更多优秀的山大人，带着浩然之气投入到中华民族伟大复兴的建设中去。这份重担让我不得不惶恐，也不得不脚踏实地地做好每一件小事。

陈奕迅的歌里唱到：“我感觉到幸福，是看见你幸福。”一句写给心上人的歌词，却成了我做辅导员工作的最大目标。亲爱的同学们，希望我能做你们天文望远镜上的一片凸透镜，帮你们看到你们想要看到的星河，还有那个滚烫的未来。

作者：空间科学与物理学院“保资”辅导员　高若甫

9月9日　星期四　晴

齐鲁交通学院校友·徐少博

时光飞逝，转眼间，我毕业离校已经两个月了。毕业后，我有幸签约山东高速的路桥国际。经历了能量满满的入职培训后，8月初，我被公司派驻到塞尔维亚的海外项目，开启了人生中由校园向职场转变的初体验。

初到塞尔维亚，迎接我们的是公司的同事和热情有趣的当地员工。短暂交流后，同事们把我带到了办公地点——中国文化交流中心，原址是一处中国人民永远不会忘记的地方：中国驻南斯拉夫联盟大使馆旧址。我们的住宿条件和饮食条件在这里算是十分好的了，欧式风格的三人公寓和中国大厨每天做的可口饭菜，让身在异国他乡的我体会到了家的温暖。每天8个小时的上班时间，每周休息一天，平日下班后也可在活动室打台球、健身等。初次工作和初到大学有很多类似的地方，都是对所有事物充满了好奇和求知欲，虽然这个阶段也能感受到迷茫和困惑，但是我相信通过努力和学习都会很快适应的。

初入职场又身处异国，我愈加深刻地感受到了古人“片云凝不散，遥挂望乡愁”的刻骨铭心，更深刻地体会到上学时的安然与校园的美好。回首徐望，大一时“志向远大，气养浩然；学无止境，不畏登攀”的校歌与“要与前贤比肩”的誓言犹在耳边，四年光阴激荡的涟漪却已渐渐平息，难寻踪迹，难忘的是在操场上奔跑洒下的汗水，是在“书香齐鲁”里遨游名著海洋，染绿内心的荒漠、改变精神的荒凉。也许这也不属于永远，但却是一段记录了成长经历的独家记忆！

四年的收获离不开老师的付出与同学的互助。师恩如海，一日为师，终身不忘。忘不了三尺讲台上老师们的才华横溢，忘不了比赛时老师们的并肩奋战，忘不了生活中辅导员的倾心相助、指点迷津。兄弟情深，记得离校前夕“友谊长存”的拥抱与誓言，难以想象一辈子的约定是多么奢侈。对齐鲁交通学院，我想说，何其有幸，与你一起成长，我们见证了学院的揭牌成立，见证了学院从一株幼苗到今日的茁壮。这四年大学生涯中，母校不仅教会我做人，让我从一个不自信的从宁夏山原上走出的农村小伙逐渐成长，更让我学会了积极、坚强地面对人生的风起云涌。走出山大，我无比自信。这进一步坚定了我努力工作，展现山大人优秀品质的信念与决心，我也一定会倾注自己所有的真情和热情，认真完成每一件工作。唯有这般，才能有更大的能力回馈母校、回馈社会、报效国家！

最后，再次祝福母校百廿校庆。凡我在处，便是山大。愿所有山大人在天南海北照顾好自己，无论多忙碌都记得要常回家看看！

作者：齐鲁交通学院2017级校友　徐少博

9 月 10 日　星期五　晴

山东大学优秀教师 · 王德刚

今天是第 37 个教师节。说来也巧，今年也正是我从教第 37 年。想一想何其幸运，从成为一名光荣的人民教师的那一天起，就有了一个专属于自己的节日，有多少人会有这样的幸运，能够跟自己的节日一起成长。

今天的天气格外晴朗，一如今天的心情。前几天就接到学校通知，我被评为“山东大学优秀教师”，今天下午要参加山东大学庆祝 2021 年教师节暨优秀教师表彰大会，这几天的心情，既激动又充满期待。整个上午，分别有已毕业 20 年、10 年、2 年和 1 年的学生来访，师生谈笑间，共忆往昔，我多了一些感慨，更多的是欣喜和满足，看着自己的学生不断成长、成才，心中格外高兴。

下午准时到达会场，今天的山大音乐厅，布置得庄重又温馨。国歌奏响的那一刻，我不由得挺直了腰身，这是我作为一名教师最庄严、最光荣的时刻。当从樊丽明校长手里接过优秀教师荣誉证书的时候，手上有了沉甸甸的感觉；这不是简单的一纸证书，它承载的是 37 年的重量。但实际上，从成为老师的那一天起，自己从来没想过要当一名“优秀教师”，内心一直有一个目标，就是要做一名受学生欢迎、被学生尊敬的“好老师”。因着这个实实在在的目标，我一直在努力，执着地去做、执着地去追求。今天我站在了领奖台上，回首从业的这 37 年，一批又一批的学生从我身边起步又展翅高翔，在各自的岗位上卓有建树，我想，我做到了！我成为自己一直期盼的合格的“好老师”。

坐在台下，听着主持人一一介绍各位获奖老师们取得的重大成绩和作出的重大贡献，觉得今天在台上的每一位老师都是自己的榜样。特别是当看到王学典学兄站在台上，两道标志性的白眉透露着大学者的儒雅、智慧与自信，底气十足、声音洪亮地介绍自己学习习近平总书记给山大《文史哲》编辑部全体编辑人员回信的心得体会，并展望未来山东大学要在中华优秀传统文化传承和人类文明发展史上有更大的作为，自己也被学兄的气魄深深感染：根植于中华优秀传统文化重要发源地的山东大学，就应该有这样的志向和气魄；深受齐鲁文化浸润的山大学者，就理应是这样的斯文儒雅。

一天很快过去了，但大会的场景一直在脑海里不停地循环播放。晚上坐在书房，翻看着手机里拍摄的颁奖照片，脑海里忽然闪出一个画面：庄严的会场应该是一座殿堂，殿堂匾额上有四个金色大字：斯文在兹。这是山东大学应有的担当和气魄，也是山东大学的老师、学者应有的人文特质！

作者：管理学院教师　王德刚

9月11日　星期六　晴

军训新生·石志睿

在学校的日子总是充实而又忙碌的，转眼间，已经是我们步入山大的第5天，也是军训正式开始的第3天。

新一天的骄阳照常升起，我们在山大的新生活也在按部就班地继续……新一天的军训在挺拔的军姿中缓缓拉开帷幕，15分钟军姿热身，回顾昨天教学内容，学习举手礼、敬礼、礼毕；练习正步走，出脚、迈步、立正、对齐……这不仅仅是对个人意志的磨炼，更是对整个连协作精神的考验。军训无疑是累的，可正是这种疲惫中的咬牙坚持才能真正锻炼我们的体魄，磨炼我们的意志，军训里的每一分每一秒，流的每一滴汗，每一次坚持都是“养料”，滋养着我们的体魄与心魂，让我们得以茁壮成长！

其实军训中最让我感动的是榜样力量与大家的团队感。为了不想一人连累整个队伍，所有人都竭尽全力一动不动，任汗水在脸颊鬓角划过。我想无论经历多久岁月的荡涤，这份感动都会常在心间。

下午学校安排了图书馆使用教学，负责老师专业知识丰富并且风趣幽默，在她的讲解下，我又一次被山大丰厚的底蕴所震撼。图书古籍浩如烟海，电子借阅方便快捷，书架廊梯间，书香氤氲。除了书籍，校图书馆还有不少人性化的特色设计用于满足同学们的各种需求：棋牌室，研讨间，电影院……应有尽有。

晚上各自班级组织了开学来的第一次班会，围坐在晚风习习的操场，听着来自五湖四海新朋友的自我介绍，望着夜空中那一轮弯弯月牙，一整天的忙碌与疲惫好像都被温柔的晚风吹走，只留下皎皎月色与欢声笑语。这一刻，真想时间永远停留，为这轮月牙，为这抹晚风，为这次相聚，为青春，为我们！

步入山大就象征着新生活的开始，只要我们愿意前进，路就在我们脚下，又是一年秋风起，像古诗中说到的“春有百花秋有月，夏有凉风冬有雪。若无闲事挂心头，便是人间好时节”，所以亲爱的山大，未来请多指教！

作者：环境科学与工程学院 2021 级本科生　石志睿

9月12日　星期日　晴

研究生支教团河南队成员·岳家楠

今天是值得纪念的日子。为了迎接今天，我准备了整整21天。21天前，我踏上了河南省驻马店市确山县的土地，作为山东大学第23届研究生支教团河南队的一员，我正式开启了这段意义非凡的旅程。

今年夏天，由于河南省突发疫情，我们河南队提前半个月便抵达确山县，在各自服务的学校自我隔离，并为迎接新学期开学做足了准备。我们一直翘首以盼，期待着疫情能够早点过去，早日投入到教学工作中。

开学第一天，我的心情十分激动，早早起来准备今天的开学第一课。孩子们也早早地来到班级，完成测体温、交表格等疫情防控流程后坐到座位上。班级里，孩子们安安静静地坐着，时不时地转头，好奇地观察着我这个“新面孔”。为了庆祝新学期开学，我和班主任为大家准备了“盲盒”礼物。每个同学拿着用拉花装饰的“荣誉证书”，上面写着每个人的特殊“礼物”，有现场表演节目、免一次作业、做一天副班长、做一天班级的卫生组长、回家给父母洗脚等。印象最深刻的项目是“和好朋友拥抱一下”。抽到的小男生很害羞，学生们都在起哄，最后他的好朋友站出来主动拥抱了他，这个拥抱见证了这份真挚的友谊。每个同学都获得了一个奇趣蛋，一分为二，一半是小玩具，一半是小零食。孩子们高兴地展示自己的小玩具，还有一些孩子互换了玩具。

新学期开始，每个班都有着各式各样的迎新活动，有的班级把棒棒糖贴在黑板上，下面写着孩子们的名字，孩子们需要表演节目才可以得到糖果；有的班级让学生在便利贴上写下新学年的目标，并贴在展示墙上……

聊完了趣事，再来说说课堂。开学第一课，我和孩子们分别进行了自我介绍，让大家说说最喜欢的食物和卡通形象。我认真地听着每一个孩子或害羞或自信的发言，希望尽快地记住每个孩子，尽快融入班级。遇见这一群可爱、懂事、天真烂漫的孩子，是我最幸运的事。这一年，我期望能够帮他们养成良好的学习习惯和生活习惯，找到自己的梦想，也希望孩子们能透过我这扇“窗户”看到更广阔的世界。

从去年9月正式成为山东大学第23届研究生支教团的一员开始，一年来，我们到山东大学附属中学实习，每周进行各种相关培训，为成为一名合格的人民教师打基础。其实，为了迎接今天，我准备了4年。当年作为大一新生的我刚刚踏上山东大学的校园，就幸运地参加了全国大学生西部计划宣讲会，听了优秀学姐学长们服务西部、扎根基层的感人事迹，深受鼓舞，也萌生了成为一名支教老师的想法。大学4年，我热衷于志愿服务工作，参加过暑期短期支教活动；去年看到山东大学第23届支教团的招募通知后，我十分珍惜这次报名的机会，开始用心准备。念念不忘，必有回响。经过层层选拔，我用一颗真诚炽热的心克服一切困难，成为山东大学研究生支教团的一员，成为一名光荣的支教老师。用一年不长的时间，做终生难忘的事。来到确山七小进行为期一年的支教生活，是我做过最正确的决定。

刚刚过去的教师节是令人难忘的，我为老师们送上了节日祝福，也第一次收到学生的真挚祝福。师者，传道授业解惑也。每个支教团成员肩上背负着教书育人的使命，响应着党和国家对青年人的号召，扎根基层，投身西部。今天是一个开始，学习的开始、支教的开始，也是圆梦的开始！

作者：药学院2017级本科生　岳家楠

9月13日 星期一 晴

“拾贝计划”社会实践团队成员·贾越茹

新的一个学期又开始了，“拾贝计划”实践小队的成员们又回到了学校，投入紧张的学习生活中。但我们比其他同学还多了一项任务，那就是进行“拾贝计划”社会实践队的后期成果制作与社会实践总结。作为团队的一员，回顾起这个假期充实而有意义的社会实践生活，我心中充满了激动和兴奋，与团队的其他成员一起，投入到新的工作中去。

我们的后期成果制作包括剧本撰写和有声剧的制作。在开学前，我们就通过线上会议的方式展开了对剧本主题的探讨。大家提出了许多有趣的设想。经过一番激烈讨论，最终我们一致同意将剧本主题定为“让红色人物与我们面对面讲话”。我们充分发挥了文学院同学在写作方面的优势，在指导老师的帮助下，花费了一周时间，几次删改后，最终完成了剧本撰写工作。

接下来就是有声剧的创作。我负责有声剧人物立绘的绘制工作。在同学们的帮助下，我完成了对有声剧中重要人物形象的设计并提交到队内。在有声剧制作过程中，有一件事难住了我们，那就是缺少合适的配音。于是我们根据撰写完成的剧本，到处招募配音演员。最终，在“拾贝计划”各位队员的同学以及父母的配合下，我们完成了约10分钟的有声剧，将其命名为“沧海拾贝纪念馆”，并将其上传到“B站”平台。

根据我们的走访调查以及观众们对“拾贝计划”有声剧的反馈，我们发现了两个问题：一是有很多人已经对自己家乡的方言感到陌生，在没有字幕或者普通话版本对照的情况下，已经听不懂自己家乡的方言；二是有不少红色人物姓名、事迹已不可考，甚至有一些红色人物的子孙后人都不清楚他们的事迹。这些问题都说明，保护方言、保护红色文化势在必行。但同时我们也发现，有很大一部分人对于方言文化和红色文化感兴趣，也认为我们将方言和红色文化相结合的表现方式比较新颖。所以我认为，方言文化和红色文化绝对不会就此式微。而我作为汉语言文学专业的学生，作为语言和文化的传承和传播者，更当以传承方言文化与红色文化为己任。

作者：尼山学堂2020级本科生　贾越茹

9月14日　星期二　晴

“寻梦”社会实践团队成员·尹小玉

这个夏天因为“寻梦”而变得无比精彩难忘。身为“寻梦”社会实践小分队的负责人，自开学以来，我便一直忙碌着暑期社会实践的结项工作。回想到实践伊始确定校友人选环节的茫然、联系采访失利时的失落，再到实地采访校友的激动澎湃、撰写新闻稿的焦头烂额……这些感受如今都已化作经历后方能体会的满满成就感。

百廿山大，强校兴国。为了献礼百廿校庆，展现基层山大人的精神风貌，同时给有志从事选调生工作的同学们提供经验材料，我们团队将寻访目标锁定在8位优秀校友代表身上。就在我们充满干劲、热情洋溢地给师哥师姐致电沟通时，一次次联系失败给我们全体成员泼了一头冷水。“前途是光明的，道路是曲折的”，毛主席说过的这句话，也是这一阶段我们用来互相鼓励的话。在我们的不懈努力之下，我们终于找到了乐于接受采访、分享选调经验的校友们。

结合主题确定了采访内容后，我们便踏上了寻访实践之路。当我真正开展最接地气的实践调研时，我感知到了实践的意义。在寻访中，我们品味到了师哥师姐们坚定初心、学无止境的求学之路，感受到了他们敢于尝试、厚积薄发的工作作风，体悟到了他们奉献自我、服务群众的为民情怀，更领悟到奔赴选调需博学之、审问之、慎思之、明辨之、笃行之，也坚定了投身基层、建设基层的决心。

基层究竟意味着什么？我想，此次实践让我对基层有了眼见为实、更为真切的认知。师哥师姐们虽在基层但乐为敢为，他们每个人的身上都洋溢着山大人踏实、奉献的品质。这也让我感触颇深，让我意识到了“凡我在处，便是山大”的使命与担当。

衷心地祝愿山大120周岁生日快乐，也真诚地希望我们小分队的献礼能够影响更多山大人，给大家带去关于基层工作的思考。

作者：马克思主义学院2020级硕士研究生　尹小玉

9月15日　星期三　晴

临床医学院博士生·张文哲

9年前的2012年，我收到了山东大学的第一份录取通知书。在高考后的热浪中，在亲人朋友的祝福中，在父母的陪伴下，我走进了山东大学中心校区，很是兴奋。

初入大学的我，感受到了校园生活的丰富多彩。除了认真学习外，我还积极参加了社会实践部、外联部、广播站、办公室……甚至在交谊舞、架子鼓、轮滑、演讲、辩论等方面也有尝试。大二来到趵突泉校区学习，真正踏入了医学的殿堂，虽然学业繁重，但庆幸学习与活动兼顾，繁忙的3年，受益良多。2016年，到山东省立医院实习，看过形形色色的人，见过冷冷暖暖的事，度过了充实的一年。

2017年，我收到了山东大学的第二份录取通知书。这一年我加入了生殖医学大家庭。3年硕士培养临床规培实践，既磨砺了心智，也极大地锻炼了医学专业素养。在山东大学附属的医院里，作为一名妇产科医生，我第一次握住了手术刀，也第一次迎接了新生命。

2020年，我收到了山东大学的第三份录取通知书。在众多专业硕士中能顺利转博是我人生一大幸事，这开启了我在山东大学第9年的学习生涯，我由一名临床大夫，转为一名科研工作者，我感受到了科研工作的伟大和对科研奥秘探索的乐趣：对真理的向往和无限追求。

9年求学生涯，是山东大学赋予我人生的含义，是您一步一步教育我如何做一名合格的医生，如何做一名研究者。在您百廿生日到来之际，我在我的第10个学年伊始，祝您生日快乐！

作者：临床医学院2020级博士研究生　张文哲

9月16日　星期四　晴

文化传播学院本科生·宋敏毓

6月的毕业季和9月的开学季总承载着一些人的离别和另一些人的相遇。高考结束时那个热烈而难忘的夏天还近如昨日，未曾想到，这个美丽的校园于我仅剩一次春秋。

在去自习室的路上，我又看到了一群穿着蓝色迷彩军训服的学弟学妹，列着整齐的队伍，大声地喊着口号拉练。当与那种不施粉黛的蓬勃朝气擦肩而过时，我瞬间感觉自己“老”了，或者说我的心境已经与初入校园时的好奇和憧憬有着天壤之别了。想起前天有个小学妹带着一丝羞怯向我问路："学姐，请问你知道网络楼在哪里吗？"我突然意识到自己已经是本科生里年纪最大的一届了——原来最后一年的大学生活就在不知不觉中开始了。

我好像顿悟了什么似的，一走进教室就关掉手机，开始了一天的学习。今天的我比平时更加珍惜时间，也更加专心和认真，因为我看到了青春是多么的时不我待。它美丽而易逝，因而更需要我们用奋斗和拼搏去悉心呵护。褪去了初入校园的青涩懵懂，为求学的梦想而努力，我想这种前进的姿态不是衰老，而是一种成熟！

一直伏案学到晚上，我刚抬起头，想站起来休息一下，就听到图书馆前面的广场响起了音乐。我抻了抻胳膊，向广场走去，看到那绚丽的喷泉随着音乐的起伏而翩然起舞，颜色不停变换，忽明忽暗，一种被治愈的感觉顿时填满了我的心。我走下台阶，看到倒计时牌上显示距离校庆还有29天，我突然觉得自己有着莫大的荣幸，竟然在本科短短4年里与山大的120周年相遇了！我想这一定是特殊的缘分，把我和母校紧紧联系在一起。

回宿舍的路上我一直在想，自己的付出会结出丰硕的果实吗？一转念又安慰自己：只管努力就好，至少不会因为自己的"不尽力"而遗憾，不会因为浪费了青春而悔恨。想到这里，我提了提书包，更坚定地向前走去……

作者：文化传播学院2018级本科生　宋敏毓

9 月 17 日　星期五　晴

房改办工作人员 · 唐　妍

天气渐渐转凉，秋日的气息已然悄悄来临，新的学期也开始了。林荫下、操场上、食堂内皆是学生的欢声笑语，校园里又恢复了往日的生机。学生们踏上了求学的新征程，而我也将在自己的工作岗位上书写新的篇章。

自 2014 年以来，教职工住宅楼的维修资金建账立档工作一直是学校非常重视的一项民生工程。我们在不耽误办理教职工房产证等相关工作的基础上，也一直在努力推进维修资金的建账进度。至 2020 年上半年，全校还余有 64 幢住宅楼的维修资金没有建账，我们多次到省财政厅、济南市住房维修资金服务中心等相关部门交流推动建账工作，共同争取把这项服务教职医务员工的实事办好。

对于剩余 64 幢住宅楼的建账工作，我们把每家每户的基本信息和住房面积等按照要求制作成表格，并将数据信息拷贝到住房维修资金服务中心建账。看似简单的流程，中间经历了一遍又一遍的录入整理及详细修正，并且需要经常到服务中心咨询并报送数据等。我已经数不清在学校和住房维修资金服务中心之间来往了多少趟，但我相信每去一趟都距离顺利完成任务更近一步，我也在一遍遍整理中慢慢熟练起来，渐渐学着怎么使用维修资金系统。遇到不懂的地方，我会虚心请教领导、同事及住房维修资金服务中心的管理人员，大家都给予我非常大的鼓励，我也一直在努力提升自我。一直以来，我一步一个脚印，扎扎实实整理数据，发现并及时解决问题，认真做好这项工作。

当完成千佛山校区东院最后 10 幢住宅楼建账工作的那一刻，我内心激动不已，充满了自豪感。虽然辛苦，但能够为房改工作默默奉献自我，我感到乐在其中。我想，这就是后勤人的精神，这就是后勤人的力量。凭借着这股精神和力量，我们房改办全体人员经过共同努力，终于完成了全校214幢住宅楼的维修资金建账工作，并完成了南区东院和东区五宿舍部分维修资金划转工作，顺利将维修资金这项民生工程，推进到下一段里程中。

每一天每一夜，每一章每一程，我必将坚定理想信念，明确方向，不忘后勤人的初心和使命，尽心尽力做好工作，将后勤人的精神传承下去，保证房改服务质量，以实际行动为教职工办好更多实事。

作者：后勤保障部房改办工作人员　唐　妍

9月18日　星期六　晴

国际教育学院本科新生·张辰萌

今天是一个特殊的日子，全民国防教育日恰逢“九一八”事变90周年。在这一天，山东大学举行了隆重的升旗仪式，而我作为新生代表在国旗下演讲。

清晨穿戴好军装，到达活动现场，调整呼吸，以饱满的精神等待着升旗的开始。整齐划一的国旗护卫队踏正步向前走来，我心中的敬畏肃然而起。当鲜红的国旗扬起，当激昂的国歌唱响，我的胸中似乎有一团火焰，在熊熊燃烧。国歌声结束，我们为祖国献词。站定，开口的那一刹，我攥紧了话筒，紧张与悲愤交杂。想到前一天夜晚无数次的练习，从发音到语调感情，一遍又一遍，每一个字我都很慎重，因为我知道，“九一八”是90年前中华民族的苦难耻辱时刻，今天的我们肩负着时代赋予的强国富民的青年责任。这份复杂的感情在我胸中翻涌，我深吸一口气，缓缓说出“今天，是一个特殊的日子，全民国防教育日恰逢‘九一八’事变90周年”，沉痛而坚定。

当说到“日本侵略者的野蛮残暴辱我华夏”，我为这历史的耻辱而悲愤，泪水几欲涌出；当说到“今天我们终于可以高声歌唱”，我为这当今的和平盛世而自豪，笑容溢出脸庞。由缓至急，从沉重到激昂，山大人正用青年的声音，向世界发出铿锵誓言：将以我辈之青春，捍卫盛世中华！

铭记历史，吾辈自强。今天的升旗仪式，我将毕生难忘，“九一八”事变纪念活动与全民国防教育紧密结合，给正在军训的我们上了一堂生动的爱国爱党、充满热血、奋力前行的大课。我代表的是全体山大青年学子，为国、为校、为我们青年献词，发出我们勇于拼搏奋斗的声音。

未来属于青年，希望寄予青年。今年是中国共产党成立 100 周年、山东大学建校 120 周年，在这意义非凡之年来到山大的我们要继续弘扬光荣传统，赓续红色血脉，勇于战胜一切困难与挑战。

作者：国际教育学院 2021 级本科生　张辰萌

9 月 19 日　星期日　晴

苏州研究院工作人员・张宜培

昨天下午，我跟随苏州研究院支部的全体同志行走于常熟市支塘镇南街的一处三进的旧式院落中，透过雨檐抬头望去满目湛蓝，阳光倾洒在屋内简朴的家具上，庭院草木简洁地点缀粉墙。谁能想到从这样一间普通的民宅中，走出了一位享誉世界的科学泰斗，我国实验原子核物理、宇宙射线及基本粒子物理研究的主要奠基人和开拓者，“两弹一星功勋奖章”获得者——王淦昌院士。

我们在讲解员的引导下仔细观看馆陈，一幅幅生动的画卷展现在我们眼前。1934 年 4 月，王淦昌回到祖国，同年 7 月，在叶企孙教授的推荐下，被聘为山东大学物理系教授，讲授近代物理。王淦昌执教山大期间，山大集中了李珩、任之恭、郭贻诚、王恒守等学术大家，一时人才济济，学术气氛浓厚。

山大情缘之外，王淦昌还有无数令人动容的故事。故居中至今仍保存着一个标记着“王京”二字的行李箱。1961 年 4 月，第二机械工业部部长刘杰、副部长兼原子能研究所所长钱三强紧急约见王淦昌，向他传达了中央关于研制核武器的决定，请他参加领导原子弹研制工作。当时王淦昌有很多话想说，但话到嘴边却只有 6 个字：“我愿以身许国。”直到 1978 年，“王京”这个隐藏了 17 年之久的秘密才被揭开。这 6 个字重若千钧，托举起我国核工业大国的地位；这 6 个字轰鸣如雷，“两弹一星”精神感召着一代又一代科教工作者艰苦奋斗、投身于民族复兴的宏图伟业。

想到此处，耳边又隐隐传来声声警钟。1931 年 9 月 18 日，90 年前，日本悍然发动侵华战争，“九一八”事变彻底爆发。自此，中华民族开启了长达 14 年的浴血奋战。大半个中国被铁蹄践踏，3500 万同胞伤亡。今天我们安宁的生活，正是由千千万万如王淦昌一样的英雄先辈默默耕耘、代代守护而来的，他们肩负起国之兴衰、挺立起民族脊梁。

回想“重温百廿波澜壮阔史，寻访山大姑苏鸿儒迹”首期活动时追忆潘承洞老校长对科学教育事业的不懈追求，结合昨日学习的王淦昌院士生平，从他们热爱祖国、无私奉献的精神本色，自力更生、艰苦奋斗的优良传统，大力协同、勇于登攀的科学追求中都能看到“追求卓越、只争朝夕”的山大特质，这股力量深刻影响并激励着我们基层工作者担当科技自立自强的神圣使命、勇挑民族复兴的历史重任。我们站在建党百年和建校百廿的历史新起点，更应赓续王淦昌院士荣光，在科技服务岗位上做好一颗螺丝钉，在苏州研究院新的发展中散发出自己最大的光和热。

作者：苏州研究院工作人员　张宜培

9 月 20 日　星期一　雨

临床医学院辅导员·王浩南

西风渐起，月至中秋。不知不觉又到了一年一度的中秋节，而今年的中秋节和往年相比，既有不同之处，又有相似的地方。不同的是，我渐渐地对这所百廿名校有了更多更深的了解；相似的是，这是我连续第三次在工作岗位上度过的本该与家人团聚的中秋节。

今年中秋，恰逢一年一度的执业医师资格考试，我作为一名普通的考务人员加入其中，为学校、为考生提供力所能及的服务。去年，我也曾经作为引导员参加考务工作，当时趵突泉校区的南门还没有关闭，翠桐路还没有封闭施工，我站在翠桐路与青杨路的路口为考生提供交通引导服务，提醒大家注意安全，还帮助一名身体残疾的考生找回了准考证。

此次考务工作与去年相比，有了更大的挑战和更多的不确定性——从 7 月份开始，国内多地陆续暴发疫情。为了确保考试工作安全、平稳、有序地进行，各个部门、各个岗位密切协同，提前根据考试时间和考点总人数规划好考生入场路线、离场路线，设置好隔离警戒线，调试好设备，准备好防疫物资。然而，一场秋日的暴雨又给这次考务工作出了一道“难题”。

我在楼栋入口处帮助核验身份和测量体温，因为暴雨，考生进场的心情显得更加迫切，我们作为考务人员也因此变得更加紧张起来。我们要提醒考生在进行面部识别时摘下口罩，同时还要提醒大家做完面部识别后立即戴上口罩进行体温测量。有个别考生在通道机器上进行面部识别时“出了问题”，绝大部分是因为受到眼镜或者刘海儿的影响，这种很快就能重新识别通过；对于极个别的无法识别的，我们就要特别小心地借助网络平台进行身份核实，保证既不能因为工作疏忽让“非考试人员”进入考场，也不能因为正常的工作流程给考生带来心理负担。还有几个考生因为穿着夏装或者淋了雨导致体温偏低，测温枪测不出来，我们及时安慰这类考生不要紧张，先到旁边稍作休息，待到体温恢复后再次进行体温测量。9点，开考铃声响起，我们心里松了一口气。

虽然工作量很大，但一切都紧张、平稳、有序地进行着，而这得益于学校规范的管理和相关部门的协同。除了这些，还有一件事令我印象深刻。有一位考生没有带雨伞，门口执勤的一位保安大叔把自己的雨伞送给了这位考生。看到此情此景，我想再也没有什么鼓励的话能给这位考生更多的信心和动力了。在平时，那就是一个遮雨的工具，而在今天，这就是一所大学、一位普通职工给一位素不相识的考生最大、最好的关怀。

中秋是全家人团圆的日子，我曾经为不能回家团聚感到遗憾。然而，在岗位上度过中秋，也同样值得铭记，因为我看到了细致严谨的工作流程，看到了认真负责的考务人员，还看到了暴雨中别样的感动。

我的中秋，虽身在他乡，却同样温暖！

作者：临床医学院辅导员　王浩南

9月21日　星期二　晴

本科生开学典礼新生代表·杨曜萌

一轮明月，朗照方圆；一束光华，遍撒人间；一份情思，天涯共寄。

今天是个特殊的日子，中秋佳节和新生开学典礼撞了个满怀。在百廿山大的盛大典礼上，与来自五湖四海的校友们、老师们、同学们同庆中秋，这让我想到一句诗“天涯共此时”。

天涯共此时，共此团圆之时。中国人在“家”这个概念中，寄予了丰厚浓重的感情依赖，因而“团圆”在我们看来，是一份朴实而又美好的祝愿。我来自山城重庆，这是我第一个离家的中秋节，望着那轮朗月，我已在脑海里摹画了很多遍家里饭桌上的场景，心里默念“中秋喜乐”的祝福。好像在这一刻，我明白了为什么千百年来游子偏爱用“月”这个意象遥寄思乡之情。万里离家，不是同一处山水，却是共一轮月亮；只要抬头，就好像与亲人隔空相望，也算得上一种圆满。

天涯共此时，共此希冀之时。正逢山东大学开学典礼，这对2021级全体同学来说，都是一个激动又充满希冀的时刻——自这一刻起，我们将铺开大学的诗篇。序典环节的视频，让我感受到这个坐落于齐鲁大地、深受孔孟文化熏陶的百年学府的厚重底蕴，也让我对我的大学生活充满了期待。我环顾身边，灯光流转，映在每一个人脸上，大家都是庄重而满带希冀的神情。这是一个起点，一个大学时光开启的起点，一个新生奋斗之路的起点，一个山大华章续写的起点。

天涯共此时，共此使命之时。本次作为2021级本科生新生代表，我感到无比的激动与荣幸。与此同时，正如我在发言中所讲“我们是被赋予使命的一届”，我也前所未有地感受到了一种使命感和信念感。在中国共产党成立100周年和山东大学建校120周年这个交汇点走入大学，不仅是一种幸运，更是一种使命。“中国青年是与时代同向发展、共同前进的一代，生逢盛世，肩负重任。”天朗正气清，诸生共使命，我们来自五湖四海，却承担同一份使命；我们躬身入局，与时代同频共振。

今夜，我与所有山大人看到的是同一轮朗月，分享同一份希冀，感受同一份喜悦。在120周年校庆即将来临之际，我与所有山大人共担使命，共赴重任！

作者：新闻传播学院2021级本科生　杨曜萌

9月22日　星期三　晴

研究生开学典礼新生代表·马晓博

走在山大的石子路上，秋风拂面，竟有一丝丝凉意。山大的夜空，皓月高悬，星河灿烂，浩渺无边……

今晚，我和2021级研究生新生在中心校区共同参加了开学典礼。能够在这样一个充满仪式感的庄严时刻作为新生代表发言，我感到无限光荣与自豪。在撰写发言稿的过程中，我一直在思考，如何才能做好一名研究生。其间，我想起了每天从实验室披星戴月而归的师兄师姐们；想起了在疫情来临时争分夺秒与病毒抗争的老师们；想起了齐鲁大地上那些心系祖国、济世苍生的前辈们。我想，我已经从他们身上找到了答案。

序典环节，我们一同领略了山东大学"为天下储人才，为国家图富强"的办学宗旨，看到了逆行出征的援鄂战士，学习了研究生学术规范。这些都在督促着我们要心系家国、科研报国。这也正像我在发言中所说："我们要做锲而不舍、心无旁骛的科研人，要不畏困难，孜孜以求，全力以赴，在对真理的探索中寻求成长和突破。我们要做崇德尚学、追求卓越的山大人，要心怀'国之大者'，努力把所学的知识转化为攻克'卡脖子'难题的实际行动。我们要做心怀信仰、勇于担当的追梦人，要把个人理想融入爱国之情、报国之志中，融入祖国改革发展的伟大事业中、融入人民创造历史的伟大奋斗中。"

都说"十五的月亮十六圆"，今天，皎皎天空中仍有一轮圆月高悬。恍惚间，仿佛听见有人低吟："今人不见古时月，今月曾经照古人。古人今人若流水，共看明月皆如此！"

恰逢中国共产党成立100周年、山东大学建校120周年，我们开启了求学深造的新起点，与社会主义现代化国家建设新征程同向同行。作为新时代的有志青年，我们当秉持"千磨万击还坚劲，任尔东西南北风"的毅力，抱有“黄沙百战穿金甲，不破楼兰终不还”的决心，胸怀“仰天大笑出门去，我辈岂是蓬蒿人”的气概，深刻理解把握时代潮流和国家需要，以聪明才智贡献国家，以专业本领服务社会，成长为堪当民族复兴重任的时代新人。

作者：药学院 2021 级硕士研究生　马晓博

9 月 23 日　星期四　阴

“济台情深‘泉’家赏月共团圆”活动
参加者·阮晞庭

近日我与其他 3 位山大台湾学生参与了由济南市人民政府台港澳事务办公室主办的“济台情深‘泉’家赏月共团圆”活动。本次活动共有 50 余位驻济台胞、台湾学生和台属参加。我们首先参观了济南惨案纪念堂，在讲解员的导览下，了解时人救亡图存的历史，铭记革命先烈的英勇牺牲；至五龙潭名士阁处，我们参观了鲁绣、双面画、剪纸等非物质文化遗产展示，深刻感受到中华优秀传统文化底蕴。

在“济台情深泉潭汇聚”集水仪式上，我们将取自济南趵突泉、五龙潭、黑虎泉、珍珠泉和台湾日月潭的水相融合，这象征着两岸同胞身为炎黄子孙的血脉情深。在“展茶艺、做月饼”环节，我们观赏茶艺表演，并亲手制作月饼。这是一个特别的体验，或许每年都会吃月饼，但学习从调制馅料到压模定型的过程，还是头一次呢！最后的联欢活动中，我们与济南大学的台生同学们组队上台，与台下嘉宾一起合唱了脍炙人口的《阿里山的姑娘》。

此次活动得到了多方媒体报道，包括海峡之声广播电台、齐鲁晚报·齐鲁壹点、舜网、天下泉城等，同学们也在采访中表达了参加此次活动的内心所感，以及对接触非物质文化遗产的新奇感受。

离家来到济南，我真正领悟了“每逢佳节倍思亲”的愁绪。初次离家逾一年之久，夜深人静，午夜梦回，总是会莫名想念起家乡附近的景色。有这么一句话精准地描绘了我的思乡情切：“最想家的是你的胃。”作为一个资深的“饕客”，我喜欢到处品尝新奇的美食，但当身体和心灵最疲惫之时，还是最想念巷口那家卤肉饭——裹满咸香适中卤汁的米饭，在舌尖上跳跃的那种满足感。

金桂飘香，正是与家人团聚、共赏婵娟之时。这个特别的中秋，虽然没有与亲人相聚共团圆，但我的身边拥有了一群新的家人。“海上生明月，天涯共此时。”有他们如同亲人一般的陪伴，我不再孤单。

作者：历史文化学院2019级本科生　阮晞庭

9月24日　星期五　雨

全球师生校友120万公里“云”接力跑参加者·于奥博

今年是山东大学建校120周年，各个校区都设立了校庆倒计时牌，举办了丰富多彩的校庆活动，让所有在校学生和校友都感受到了强烈的归属感，我们作为山大人的自豪感和使命感也油然而生。

距校庆仅剩20天，我时刻关注并积极参与校庆活动，给自己的山大生活赋予满满的仪式感。看到山东大学全球师生校友120万公里“云”接力跑活动的消息后，我和同学们踊跃报名，期待着 23 日的启动仪式。昨天下午 5 点，大家穿着印有“山东大学”字样的运动装，坐上了去往兴隆山校区的校车，一路上的欢声笑语最能反映我们的喜悦之情。

40 分钟后，我们来到了兴隆山校区，操场上已经布置了大屏幕、音响和炫彩的灯光，跑道上也搭建了写有“山东大学全球师生校友 120 万公里‘云’接力跑”的大门。大家到操场站好队，等待着启动仪式的正式开始。

伴随着绚丽多彩的灯光和动感的音乐，启动仪式在精彩的歌舞表演中开始了。台上，表演者尽情展示优美的舞蹈，带给大家一场视听盛宴；台下，同学们挥动荧光棒，将最热烈的欢呼声和掌声送给台上的同学。体育学院院长大力支持并祝愿此次接力跑活动取得圆满成功，鼓励同学们积极参加体育运动，增强身体素质，享受健康生活。多位 2020 年东京奥运会冠军也在线上表达了对山大最真挚的祝福，我们在深受感动的同时，也增强了参与活动的积极性和坚持到底的信念。

进行了充分的热身后，同学们依次来到接力跑起点，准备开始 2000 米的长跑。一声令下，大家像离弦之箭一样飞奔向前，同学们全力奔跑的身影在夜色中格外引人注目。一圈、两圈……我渐渐感到呼吸急促，脚步也慢了下来。看到大多数同学仍在全速前进，听到跑道边老师同学的呐喊声和喝彩声，我仿佛全身又充满了力量，加快速度向前冲刺。200 米、100 米、50 米……离终点越来越近，我咬咬牙，使出浑身力气冲过终点，为自己能够坚持到最后感到无比自豪！

回到队伍里，大家期待已久的抽奖环节终于到了！看到陆续有同学上台领奖，虽然很遗憾自己没有获奖，但这个接力跑活动对我来说意义非凡。人生就像一次接力跑，在每一个阶段都要拼尽全力，坚持到最后一刻就是胜利，这也是我作为山大学子应该具备的精神。我还会参加更多校庆活动，和全球校友共同祝福山东大学 120 周岁生日快乐，愿山东大学再接再厉，潜心发展，百廿山大必将强校兴国！

作者：护理与康复学院 2020 级本科生　于奥博

9月25日　星期六　雨

岩土工程中心团队成员·邱道宏

好久没有静下心来写一些文字了。初秋的夜晚，脱下被泥水与汗水浸透的工装，享受着一天中难得的惬意。忙碌了一天，终于可以歇歇脚了，在新疆项目现场，这已经是常态。

新疆项目某标段隧道围岩变差，对隧道安全施工产生威胁。险情就是命令，早上6：30，皓月当空，我们从项目驻地出发，驱车赶往工地现场。100多公里的行程，我们赶到时已经是早上8：20。我们没有半刻停歇，紧接着乘坐一个小时小火车进入隧道，到达掌子面开展探测工作。现场条件复杂，时刻面临塌方、落石和突涌水等未知风险，探测难度大。我们在隧道里面通常一待就是八九个小时，直到傍晚5：30才完成探测离开隧道。隧道内尘土飞扬，大家的防尘口罩早已被尘土染黑，身上也沾满了污水和淤泥。现场工作结束，我们驱车两小时回到驻地，还需要尽快处理探测的数据。在大家的共同努力下，我们两个小时内就完成了报告的审核下发，为施工单位提供了及时准确的预报结果，为现场安全施工提供了有力保障。

新疆项目是目前世界上最大的隧道掘进机（TBM）集群施工隧道，隧道超特长，地质条件复杂，塌方、大变形、卡机等施工灾害时有发生，威胁隧道施工安全。自山东大学岩土工程中心团队进场以来，我们始终秉承“发扬沪蓉西精神，踏石留印，抓铁有痕，决胜新疆”的理念。为了保障现场施工安全，天不亮下隧、天已黑出洞，24小时全天待命、365天全年轮值无休，已成为我们的工作常态。工程管理局也给予了山东大学新疆项目组高度评价：“真正兑现了贵校提出的‘不遗漏任何一个重大灾害源’的承诺。”

2021年9月8日，在第37个教师节来临之际，习近平总书记回信勉励全国高校黄大年式教师团队代表，寄予殷切期望，强调好老师要做到学为人师、行为世范，并向全国广大教师致以节日的祝贺和诚挚的祝福。作为一名高校教师，也是“全国高校黄大年式教师团队”——山东大学岩土工程中心团队的一员，我身边有很多像黄大年一样的前辈和同事。他们心怀家国、淡泊名利、开拓创新，一直都是我学习的楷模、奋斗的榜样。在今后的工作中，我将带领新疆项目团队，以黄大年同志精神为引领，以实事求是的科学精神和严谨治学的科学态度，聚焦工程重大问题和核心技术，持续增强科研创新、成果产出与科技转化能力，锐意创新、不断进取，努力解决地下工程建设“卡脖子”问题，全心全意服务地下工程建设技术进步。我也将继续发扬山大岩土中心“特别能吃苦，特别能战斗”的作风，肩负起新时代的职责与使命，继续奋斗在教学科研第一线，积极引导青年学生坚定理想信念、厚植爱国主义情怀，言传身教，当好学生成长的引路人，努力培养担当民族复兴大任的时代新人，为中国共产党成立100周年及山大百廿校庆贡献自己的力量。

作者：土建与水利学院教授　邱道宏

9月26日　星期日　小雨

岩土工程中心团队成员 · 许新骥

九月的西藏林芝阴雨绵绵，在秋日的寒凉中，我和团队的李尧老师来到了中国中铁隧道局高原铁路项目部。在这里，首台国产高原高寒大直径硬岩掘进机“雪域先锋号”像一台穿山“巨龙”，蓄势待发。它刀盘直径10.33米、全长245米、重约2500吨，能够在复杂的高原地质环境中掘进成型相当于4层楼高的隧道。我们此行的目的就是要在这一庞然大物上面安装激发极化超前探水系统。

这套系统由山东大学岩土中心团队自主研发，主要由激发极化主机、测量电极、供电电极、液压系统、多芯电缆等组成，集成化搭载到隧道掘进机（TBM）上，能够在液压系统驱动下自动采集数据，提前探查掘进面前方 30 米范围内的致灾水体，避免 TBM 在掘进过程中遭遇突水突泥等严重灾害，为该高原铁路隧道安全建设提供技术支撑。

为了保证系统顺利搭载，我们成立了专门的技术小组，自“雪域先锋号”6 月 17 日在郑州下线后，及时跟进 TBM 运输和现场组装进度，并于 9 月初入驻项目工地，开始了探测系统搭载工作。现场搭载首先需要克服的就是高原缺氧环境，一个上坡就让人气喘吁吁，更别说需要在 TBM 爬上爬下。另外，TBM 狭小的组装环境、多雨的不利气候也给搭载工作带来了不小的困难。在现场，我们秉持中心“特别能吃苦、特别能战斗”的作风，坚持以高起点、高标准、高质量推进现场工作，在中心团队的支持下攻坚克难，按照项目上规定的时间节点顺利完成了设备搭载，给 TBM 装上了“火眼金睛”。

9 月 14 日，“雪域先锋号”成功实现了地面远程操控始发，标志着我国高原高寒地区长大隧道智能化施工迈入了新阶段。我们有幸见证了这一重要时刻。当看到搭载的激发极化电极随着刀盘缓缓转动时，我们的内心无比激动，为团队成果将在高原铁路项目中应用而感到骄傲。同时，我们也深深感受到了自己肩上的责任和重担。TBM 始发只是一个开始，在今后 TBM 掘进中更好地开展超前地质预报工作，为施工提供更加可靠的地质信息，是我们下一步工作的重点和方向。我们也将继续秉持中心“把论文写在祖国的大地上”的优良传统，坚持理论联系实际，踏踏实实解决工程实际问题，为高原铁路隧道安全高效施工、更好服务边疆地区高质量发展贡献力量。

作者：土建与水利学院副教授　许新骥

9 月 27 日　星期一　小雨

“山大风华录”口述历史采访活动参加者·金秀秀

金秋校园，丰收时节。再过半月，山东大学将迎来百廿校庆的光荣时刻。作为山大学子，我欢欣鼓舞，满怀喜悦。经过精心的准备，我把曾用心全力参与的“相约 2021 · 重温百廿校史”主题志愿活动中的收获和感动，向我的山大致意。

2020 年，我有幸重回校园，成为您的学生，倍感珍惜。我认真地做好一名学生和学生干部，努力争取和您的每一次互动。2021 年 7 月21 日，山大图书馆发布以“相约 2021 · 重温百廿校史”为主题的校庆活动“山大风华录”志愿者招募信息。一看到通知，我便毫不犹豫地填写了报名简历，并幸运入选。从决定报名的那一刻起，我便开始认真翻看您的历史，仔细聆听每一场培训，认真学习采访技巧。在采访过程中，我采访了两位优秀校友，了解您经历的波折和取得的成就，也了解了多位卓越的校长、院士、校友和您的故事。

我采访的两位数学系校友均为 20 世纪 90 年代入学。听着两位学长的讲述，我了解到当时的校园、图书馆、自习室、食堂和小树林，当时上课的场景、春游和校园运动会的片段。一段段历史将您的样貌绘于眼前，一个个关于您的故事汇集成篇，我仿佛穿越到那个年代，和那时的您见面。我把这些故事以采访形式记录下来，从此在您的百廿故事中，也有了我的痕迹。

两位校友在校期间认真学习，积极参与学生活动；毕业后到基层工作，踏实努力，目前均已在所在市里担任重要职务，为当地发展贡献力量。我从两位学长那里了解到，百廿山大培养了大批优秀人才，在国家重要领域作出卓越贡献。两位校友在您的影响下，也培养了良好的家风：一位校友家里三代出了六位山大人；另一位校友和他的夫人都毕业于山大，培养了一位在世界顶级研究所的博士。此外，两位校友还积极参与校友会活动和公益活动，助力校友事业，服务社会发展，成为“学无止境，气有浩然”校训的践行者，是我们的榜样。

在学习中收获感动，这也让我更加热爱山大。如今，采访成果如期交付，得到了指导老师的认可。我想将这份成果送给您，表达我对您最深的祝福！在我心中，百廿山大，风华正茂，意气昂扬。作为一名山大工商管理硕士（MBA），我将继续奋斗，牢记师长嘱托，厚植家国情怀，紧跟时代步伐，努力成为拥有全球化视野和逻辑思维能力的新时代儒商。

作者：管理学院2020级MBA学生　金秀秀

9月28日　星期二　小雨

齐鲁青年论坛工作人员·王璐璐

转眼间，山东大学齐鲁青年论坛已举办至第六届。作为一直以来的组织方参加者，我想我是幸运的，陪伴她走过了6年的时光。从2016年首届的12个分论坛、100余位现场参会学者，发展到今年的38个分论坛、近500位受邀参会学者，线上参会超过5000人，论坛规模不断扩大，在海内外青年学者中的影响力也在持续提升。齐鲁青年论坛已成为学校服务地方和引才聚才的重要品牌，更是参会学者围绕国际科学前沿、热点研究领域开展深入交流合作的广阔平台。

6年间，随着国际国内引才形式的变化，我们也在不断思考和探索，如何通过创新形式、丰富内容等途径，持续推进齐鲁青年论坛的品牌活力和吸引力，将更多青年人才关心和关注的事情，通过论坛传达给海内外青年学者。今年，在学校人事人才工作领导小组的指导下，我们做了大胆的创新和尝试，将传统的嘉宾发言介绍政策改为访谈推介，希望能够通过更为新颖的交流方式，提高论坛的互动性，增强海内外学者的参与度，让他们能够更为深入地了解山东大学以及山东省重点人才政策和完善的服务保障体系。

在这里，我要说，我们是幸运的。在大家的共同努力下，第六届齐鲁青年论坛主论坛顺利召开，创新的内容和形式得到了线上、线下参会人员的一致好评。我们将山东省、校区所属的相关地市，以及学校能为青年人才创新、创业提供的政策进行了充分展示，进一步加深了参会学者对山东省和山东大学的了解。除此之外，为了在有限的时间里，高效地向青年学者介绍学校的人才政策，提高对青年学者的吸引力，我们采取了前期拍摄视频的方式，共为本次论坛量身打造了 3 个视频，将人才政策、成长路径、服务保障等多项内容浓缩到视频中，这既便于政策推广，也更符合年轻人的信息接收方式，取得了非常好的效果。

如果说疫情为我们关上了走出国门招才引智的一扇门，那我想所有山大的人事人才工作者都在努力打开一扇通往未来的窗。相信在人才强校战略的指引下，那窗中的未来，正如我们今年为论坛拍摄的宣传片中主人公所说："面向未来，我们已蓄势待发，等你加入，携手赓续百年辉煌。"希望山大的未来，有你有我，由我们共同书写和见证。

齐鲁青未了，未来犹可期。今年是山东大学 120 周年校庆之年，论坛的胜利召开更是一份生日的献礼。相信扎根在齐鲁大地，走过 120 年历程的山东大学风华正茂，未来将更加辉煌，而年轻的齐鲁青年论坛，也将在学校的孕育下，茁壮成长，未来更待期许。

作者：人事部工作人员　王璐璐

9月29日　星期三　晴

军训新生·许宁钰

今天，我们大一新生的第一堂课——军训，正式结束了。这是我第一次参加军训，很高兴能在方阵里接受检阅，说实话，当时被选上时高兴了很久呢！踏着军歌的节奏，在训练场踏步、齐步走、正步走，真的让人非常自豪。当我正步走过主席台时，我的嘴角忍不住上扬。整齐的受阅方阵，充满青春朝气的威风锣鼓队、旗语方阵一一走过，让我不禁感慨大家的汗水没有白流、努力没有白费。

军训期间，院里的同学都认真地学习动作，尽己所能把动作做到最标准，争取被选为受阅方队的队员、被选为优秀学员，哪怕大家都知道参加分列式后训练会更辛苦。我看到了院里同学们积极向上的精神面貌，也感受到了大家的青春活力。

本次军训给我留下了很多深刻的感受，而最深刻的是，我在看见大家稚气未脱的同时，也看见了大家的坚韧不拔。在训练场上，每个人都咬紧牙关坚持，“不管汗水如何肆意流淌，只怕自己投降”；而出了训练场，我们仍是一个个青春期的少年，会敏感、会脆弱。就像大家会在烈日下坚持训练，渴望学习军人标准帅气的动作；也会心中“祈雨”，渴望休息。人间骄阳正好，风过林梢，彼时我们正当年少。

无数大一新生都会被问，你想家了吗？“我飘向北方，别问我家乡，高耸古老的城墙，挡不住忧伤；我飘向北方，家人是否无恙，肩上沉重的行囊，盛满了惆怅……”从小到大，我第一次离开家乡，只身前往外地。晚上独自走在校园里时，难免会感到忧伤，会想很多很多事情。但是，亲爱的旅人啊，没有一条路无风无浪，会有孤独，会有悲伤，也会有无尽的希望；这一程会短暂却又漫长，而一切终将变成最充盈的景象。

青春应该是什么模样？有自己所热爱的并为之付出，有自己脆弱的情绪需要倾诉，有发泄后的痛快，有沉默背后的成长……青春本身就像一个矛盾体，因有各种元素的碰撞而变得绚烂多彩。

经历军训的成长，祝愿所有大一新生们在未来 4 年可以享受自己向往已久的大学生活，祝愿大家都能有一个无悔青春。

作者：药学院 2021 级本科生　许宁钰

9 月 30 日　星期四　晴

药学院硕士研究生 · 张续杰

随着沈阳举办的中国药物化学学术会议的闭幕，今晚，我们踏上了返回济南的旅程。

犹记 2016 年 9 月 3 日，怀着无限的憧憬，我来到了山大趵突泉校区，一晃我已经在这个美丽的校园度过了 5 个春秋。母校见证了我的成长，我也见证了母校的蓬勃发展。4 年的本科学习中，老师们为我们传道授业解惑，帮助我们打下了坚实的专业基础，在大四那年，出于对山大的热爱和对专业的兴趣，我坚定地报考了我们学院的药物化学专业，并有幸留在这里继续研究生生涯。在山大的第 5 年是我迅速成长的一年，我的导师展鹏教授和课题组领路人刘新泳教授严谨的治学态度和循循善诱的指导使我迅速成长为一名合格的药学研究生。刘老师和展老师始终教育我们要从临床的重大需求出发，研发利国利民的中国新药。

新冠肺炎疫情尚在流行，国内面临着散发疫情的威胁，而国外更是处于新增确诊数目居高不下的状态，这场疫情俨然已经成为人类面临的一场巨大浩劫。新型抗新冠病毒的小分子药物是冲破新冠肺炎疫情阴霾的曙光，近几天在药物化学学术会议上的所见所闻，让我对战胜疫情充满信心，我们国家的药物化学家们正在竭尽全力探索抗新冠病毒的药物，山大人也在全力以赴积极作出贡献。

“公家设立学堂，是为天下储人才，非为诸生谋进取；诸生来堂肄业，是为国家图富强，非为一己利身家。”一个世纪以前的声音引导着山大人追求进步，报效祖国。“以天下为己任”的家国情怀深深烙刻在了山大人的灵魂中，融入进了山大人的血脉里。山大人的家国情怀也深深感染着我，深深融进了我的血液中。

沈阳旅途几近结束，但我们作为“药化人”的人生旅途才刚刚开始，我会坚定心中作为山大人的那份坚守，保持和发扬山大人的家国情怀，不忘初心，砥砺前行，为祖国发展贡献山大力量。

作者：药学院 2020 级硕士研究生　张续杰

10月1日　星期五　晴

齐鲁交通学院校友·王福海

青春是最好的年华。30 多年前，刚入学的我们还没有准备好如何享受这美好时光，青春就像搭乘上单程列车在春夏秋冬蒙太奇变幻中慢慢流逝了。然而短暂的校园生活让曾经懵懂的我们突然变得理智、变得成熟、变得现实，仿佛穿越时空，重新审视自己。

“80 后”与“90 后”的学生很难想象没有网络、没有手机的时代是什么样子。那时候，我们接受新知识只有三种基本途径——图书馆、纸媒和收音机。偶尔放松一下，便是到现在泉城广场所处的位置——当时的济南剧院去看一场电影或录像。夏秋季节的傍晚，千佛山校区北门是我们经常去的地方，如果生活费还有结余的话，就买上几串羊肉串。有一次和同学到黄河滩野餐，面向滚滚东去的黄河沐风而立，颇有“指点江山，舍我其谁”的感觉。我们当时的宿舍在经十路以北，专业课则在千佛山脚下的水利楼。每逢下课的时候，校门口经十路的车流就被蜂拥而至的学生截断，场面甚是壮观。后来，为了学生的安全以及交通畅通，学校建了地下通道，从此，这个经典的场面就成为永恒的记忆了。

当年物质的匮乏，并未阻止我们对求知的渴望，我们是新创办专业的第一届学生，因此，老师们把全部的精力倾注到了新专业的教学和建设中，带着我们在知识的海洋里遨游、在实践的高山上攀登。我们最大的骄傲，就是老师们带领着我们练就了一身学习的本领和技能，培养了我们扎实、坚毅、不怕吃苦的过硬品格，这也是我们这一代山大人能够受惠一生的资本。我们的专业是公路桥梁，所以野外实习的机会特别多，东明黄河大桥、烟台蓬莱、济南 103 国道、滨州、北京……去的地方还真不少。有的是去参观工地，有的则是测量地形图，还有的是搞初步设计，那个时候测量仪器没有现在的智能化，没有全球定位系统（GPS），没有计算机辅助设计（CAD），测量都是靠钢尺、花秆、丁字尺、计算器一点点计算出来的。

从入校到现在，已经 30 多年了，当年的我们风华正茂，意气风发，带着求知的渴望，带着对未来的憧憬，走进了母校的大门。在这里，开始了人生的新旅程，度过了一段最难忘、最幸福的美好时光。在这里，我们获得了立身的真知，掌握了搏击的本领，放飞了收获的希望；在这里，我们感受了肩负的重任，锻造了不屈的人格，汲取了前进的力量；在这里，我们夯实了昨天的根基，实现了当初的梦想，开始成就更大的辉煌。所以，离开母校多年，尽管我们的年龄在变、岗位在变，但我们对母校的关注始终没有改变，对母校的情怀和感恩始终没有改变。

整合后的山东大学给我们工科出身的一代人注入了人文气息，虽已毕业多年，但我仍感融合在山大的人文环境里。今年是山大120周年校庆。120年岁月峥嵘，120年春华秋实，120年风雨兼程，如今的校园面貌今非昔比，办学环境日益优化，办学规模逐年扩大，专业特色鲜明，办学理念创新，学科结构合理，校园文化厚重，我们对有幸成为母校的学子感到非常骄傲与自豪。

我相信，在今后的工作中，我会和所有校友们一样，继续弘扬母校的传统，坚持母校的校训，发扬母校的精神，用更加勤奋的工作态度，更加突出的表现和更加优异的成绩，为母校增辉添彩。同时，我们会一如既往地关注母校的建设，支持母校的发展，用我们共同的行动和集体的力量回报恩师的哺育，回报母校的滋养。

对济南30年前的记忆更像老舍所描述的那样：一个老城，有山有水，全在天底下晒着阳光，暖和安适地睡着，只等春风来把它们唤醒，这是不是个理想的境界？

作者：1988级公路专业校友、山东高速集团创新研究院院长　王福海

10月2日　星期六　晴

文学院本科生·洪子妍

国庆节这天，我和历史文化学院历史学专业的黄玉洁同学一同前往山东省美术馆参观。

山东省美术馆位于济南市历下区经十路的东段，我们从中心校区北门乘坐公交车抵达该地。一路上，游人如织，红旗招展，熙熙攘攘的人群携

着鲜艳的红旗涌过大街小巷，整座城市仿佛焕然一新。

抵达美术馆已是下午一点。一走进展馆，我们便惊喜地得知，山东省美术馆匠心独运，于“十一”小长假期间特别推出四大展览，以其传统与当代并行的艺术精品，向新中国 72 周年华诞献礼。

美术馆一楼重点突出的是“无间——当代艺术四人展”及“民间美术元素在当下创作中的应用研究展”两大展厅。前者尽情罗列了著名艺术家丁乙、隋建国、谭平、王衍成的绘画及雕塑作品，后者则将传统元素的当代性表达展示得淋漓尽致。然而，最令我印象深刻的还是“第三届山东画院年展”和“山东美术馆馆藏革命历史题材作品展”这两大展，其作品均以革命历史事件时间为序，共同展现了“中国共产党的创建和投身大革命洪流”“全民族抗日战争的中流砥柱”“夺取新民主主义革命全国性胜利”“新中国的成立和社会主义建设”等一系列历史事件。

站在这一张张肃穆的油画作品前，我仿佛成了那段激情澎湃岁月的见证人。回溯新中国 70 余年辉煌成就，我不禁感慨万分，一个个振奋人心的成就背后，是无数中华儿女的前赴后继。新时代征途仍远，我们自然要不负期望与嘱托，奋斗不息、爱国不止。

从展馆出来，我们再次坐上公交。看着窗外风景飞快退后，我心中忽而一阵悸动，一种躁动不安的情绪涌上我的胸膛。这一面面迎风飒飒的五星红旗，与方才那一张张惊心动魄的画作在我眼前交替闪现，正是我党数十年艰苦奋斗的峥嵘岁月，才凝聚出今日这一片壮丽河山。

祖国母亲，祝您 72 岁生日快乐！

作者：文学院 2020 级本科生　洪子妍

10月3日　星期日　雨

护理与康复学院本科生·苏　佟

今天是国庆假期的第3天，但对于参加校庆献词活动的同学来说，已经是集训的第3天了。

为了弘扬新时代山大精神，增强青年学子与各界校友的自豪感与归属感，校庆活动中准备了献词环节，为百廿山大庆生。选拔从9月下旬开始，经过老师指导以及近两周的培训后，济南校区最后确定了10位同学和青岛、威海校区的推荐人选一起参加为期3天的国庆集训。

今天上午的集训是形体与表现力练习，主要内容是形体纠正、形象气质培养、感受力训练等，由山大艺术团特邀指导教师陈晨授课。根据要求，献词环节需要领诵员在舞台上面对现场观众和直播镜头，不仅需要承受心理压力，还要保证朗诵和做动作时都要保持昂扬挺拔的姿势，不能走形。因此陈晨老师首先带我们跟随音乐，做了肢体活动性训练，又给我们每位同学纠正了站姿问题。

在形象气质培养的练习中，陈老师给了我们3个场景，要求我们分3组配合表演。有一个组的场景是在候车室，组里来自青岛校区的男同学根据场景还进行了一把反串，戴着两片假发，把衣服塞进肚子里，把一位孕妇模仿得惟妙惟肖。过了一会儿，校庆节目的导演过来看了我们的演出效果。导演的要求是在整场演出始终，我们的眼神、表情、肢体动作都要和谐美观，展现整体效果。我们每位同学都展示过后，导演微笑着表示同学们的表现都很好，培训效果显著。

下午的训练是艺术团薛银川老师指导的献词综合状态练习，内容包括吐字归音、稿件朗读、声音控制、情感表达等。作为语言节目，献词要让听众把情感和内容听进心里去。在前期的训练中，我们做了大量的纠正和练习。今天薛老师给我们纠正了舌面音j、q、x的问题，还把稿件给我们梳理了一遍。下午 4 点半时，校团委的老师们也过来一起验收了这 3 天集训的成果。

经过半个月的培训，大家已经放下对参演名额的关注，而是沉浸在一起努力、拼搏、提高的过程之中。我们都是百廿山大的一员，都热爱着山大，才会如此用心、积极地准备这次献词，期待我们用自己的汗水与热爱为山大写下最美的生日祝福！

作者：护理与康复学院 2020 级本科生　苏　佟

10 月 4 日　星期一　小雨

环境科学与工程学院本科生 · 暴林云

青岛的风很大，冬天能让体感温度比实际温度低上几度，夏天又能把头发吹得凌乱不堪。还记得这学期伊始，连日的风雨就吹坏了我的一把伞，因此昨天看了天气预报，我便已做好今天迎接风暴的一切准备——早早地将电动车停在避雨处，出发前再三检查书包里的雨伞，舍友还多做了一重准备，穿上雨衣，把自己裹得密不透风，又打了伞。

早上 7 点醒来时，便已听到外面淅沥的雨声。路上行人稀少，就连在食堂就餐的人都比往常少了很多。毕竟在这样一个阴雨天，能在宿舍里睡个懒觉是一种幸福。然而这种幸福持续不了多久，狂风很快就吹倒了成片的电动车，宿舍楼、教学楼下接连响起了电动车的警报声、门的震动声，让不少人从睡梦中醒来。中午，原本在路上走着，天空忽然变暗，转眼间风雨又起，路上不少没带伞的行人无奈地跑了起来，又有不少人冒着雨从宿舍楼冲出去，给自己的电动车披上防雨罩。

不过，这种天气未尝不是一种享受。古人有“七月流火”之说，指的是农历七月（公历九、十月份），大火星南移，原本闷热的天气在一次次雨后逐渐转凉。若是能早早起床，便能呼吸到秋日清晨第一口清新的空气，它被雨水裹挟得十分湿润，混合着泥土的芬芳，让人神清气爽。路上的小猫甚至会一边撒娇，一边喵喵叫着向你走来讨吃食，敷衍地用脑袋蹭两下你的手，躲到伞下赖着不肯走。

总觉得雨天是让大脑清醒的绝佳时候——只要做好防雨和保暖措施。每当走在路上，放空大脑，感受风雨和久违的大自然，眼前似乎能够看到李白的天山明月与苍茫云海，能看到苏轼的桂棹兰桨、空明流光，能看到张若虚的江流婉转和皎皎月轮。平日里绞尽脑汁都想不通的事，此时此刻都能够释怀。

青岛的风虽大，但天气还不算反常。然而我的家乡河北邯郸，今天却再次遭遇了洪水侵袭。下午妈妈给我发来她拍摄的视频，暴雨导致的洪水将山底隧道淹没至少一半，最关键的通道已经封锁，河床上升到了警戒线以上，眼看就要冲破大坝的拦截。她连连感叹青岛的天气好，虽然风大，但不会对行人产生威胁。这让我想起了假期时家乡一次令人担忧的暴雨，当时连日的大雨冲塌了拦河坝，还险些将我们的地下室淹没。然而记忆中，小时候的家乡是一个可爱的小县城，不管春风、夏雨、秋霜还是冬雪，都温和而自然。或许，是近些年来大自然遭到破坏后的结果吧。

不可否认，近些年我们的环保事业蒸蒸日上，我们努力的成果也愈发显著。作为环境人，我迫不及待想用知识武装自己，为环境改善作出贡献，留住家乡的和风细雨、绿水青山。

作者：环境科学与工程学院2019级本科生　暴林云

10月5日　星期二　小雨

第六届齐鲁青年论坛参会学者·陈　博

百廿年春华秋实，两甲子传承积淀。母校即将迎来120周年华诞，海内外师生校友无不欢欣鼓舞。作为校庆活动的重要组成部分，今年的齐鲁青年论坛，来得比往年早一些。

2012年从山大毕业以后，我一直密切关注母校的发展。从2016年第一届齐鲁青年论坛开始，我就与论坛结缘，陆续在海外依托学联、校友会等平台宣传母校的人才引进政策并介绍论坛情况，论坛也引起了海内外学者、学生和校友的广泛关注。今年恰逢母校百廿华诞，我也有幸作为学者代表参与到论坛当中，近距离了解论坛，也产生了很多新的感悟。

9月28日上午的主论坛上，樊丽明校长在致辞中介绍了近年来山大在平台建设、基金申请与承担、人才引育等各方面所展现的卓越成果，与会青年学者亲身感受到了山东大学的迅猛发展，更感受到了山东大学的诚意邀请和热情接待。母校领导和老师们按照学校第十四次党代会“三步走、六大战略、十大任务”的规划，按照“121”的发展路径，正在努力向着建设具有“中国特色、山大风格”的世界一流大学宏伟目标前进。此外，主论坛还设有山东大学人才工作先进单位表彰等多个环节。值得一提的是，新加坡校友会成员、控制科学与工程学院汤庆新老师作为代表上台领奖的消息，也在我们新加坡校友的群组里面引起了热议。通过主论坛，我们对山东大学的发展以及相关的人事人才政策有了更为清晰的认识和了解。

当天下午，作为海外校友会代表，我也参加了海外人才工作分论坛，作为嘉宾汇报并参与讨论。在交流中，人事部（人才工作办公室）、国际事务部（港澳台事务办公室）、校友工作办公室与海外校友会、人才工作站的代表展开了深入的讨论。大家集思广益，提出了不少进一步加强人才引育方面的建议。我的研究方向与材料学相关，在论坛上我也得到了樊丽明校长和材料科学与工程学院赵国群院长的亲切关怀，还得到了人事部和材料科学与工程学院相关领导和老师的亲切指导，深深感受到了母校对于青年学者的重视。

得益于学院的大力支持，9 月 29 日上午的材料科学与工程分论坛规划、组织得非常好。赵国群院长向学者们详细介绍了学院的科研、学科发展等情况，盛情邀请学者们加盟山大及材料科学与工程学院。青年教师代表曾志辉老师结合自身感受为学者们介绍了加入山大前后的心路历程，引起了大家的共鸣。在其后的人才论坛分会场，与会青年学者带来了精彩的学术报告，学院还组织了一大批老师和学生前来参与交流。分论坛在大家的热烈讨论中圆满结束。

我特别感恩有这样的机会参与齐鲁青年论坛，也非常期待加盟和建设母校。最后祝愿山东大学越来越好，再启新征程。

作者：2009 级纳米材料化学专业校友、山东大学新加坡校友会秘书长　陈　博

10 月 6 日　星期三　小雨

南海西部科学考察实验研究参加者·王攀宫

前段时间，我参加了“2020 年度珠江口—南海西部科学考察实验研究”共享航次计划，在南海度过了月余时光。如今再次回到陆地上，回想起过去这 32 天的出海经历，我内心思绪万千，想将这段难忘的回忆记录下来。

尽管出海前，我已经向师兄师姐们请教了许多应当注意的问题，但对

于要一个人去南海参加科考实验这件事，我依然很忐忑，担心自己会因为晕船而不能很好地完成工作，也担心到了一个陌生的环境里不知道怎么与人相处。

然而上船以后，我才发现第二条担心完全是多余的，船上的每个人都很好相处且乐于助人。我上船认识的第一个人是我的室友，是一个很可爱的广州女孩，这一个月，我们每天一起共度在船上的时光，甚至连晕船都“神同步”。实验 3 号船刚刚开出珠江口，我们俩就都晕船了，当时只有我们两个人晕船，我们也因此受到了极大的关怀。晕船的滋味不好受，还好我们慢慢地适应了。船员也都很热情，平时见面都会问今天感觉怎么样，我们也会笑呵呵地回应。我和室友还在驾驶台听船员向我们介绍其中的器械，看到了 40 年前的手摇式电话和 20 世纪的望远镜，也非常幸运地看到了他们是如何开船的。

记得我们地质组第一次做站是晚上 12 点左右，下箱式取样器的时候，由于海况不好，船一直在晃，缆绳上的箱式取样器也跟着左摇右晃，我们只能用两根绳子拉住它以维持平衡，看起来十分危险。第一次作业，大家不够熟练和默契，尽管水位不深，但也花了近两个小时候才完成取样并打扫完甲板。

我参加的这个航次搭载的项目很多，除了刚刚提到的地质作业，还有温盐深（CTD）作业、滑翔机、潜标、生物拖网和地热作业，我也因此见识到了很多之前没有见过的东西，认识了很多优秀的科研人。他们给了我很多帮助，比如船上没有存放样品的冷库，我取的样品便一直放在中国海洋大学一位同学带的冰箱里，也随着他的冰箱一起运回了青岛。

除了结识新的朋友，我在海上也能看到陆地上没有的风景。站在甲板上是一望无际的海面，或波涛汹涌或平静如斯，有时还能看到飞来飞去的海鸥在海面戏耍，有时也能看到一朵朵浪花上小小的彩虹。某天傍晚，我听到他们说外面有霞光，当我打开船舱门，第一眼看到霞光时便被深深震撼了，这也是我第一次体会到什么叫作霞光万丈，美不胜收。我拍了许多照片，但它们都不及亲眼看到的十分之一美。

很感谢我的导师倪老师给了我这次出海的机会，它让我收获良多，收获了一段和大家的缘分，一段难忘的时光。

作者：环境科学与工程学院2020级硕士研究生　王攀宫

10月7日　星期四　阴

能源与动力工程学院本科生・王子杰

济南突然间的降温让我猝不及防，这股寒潮让我更加想要留在宿舍，享受着零食饮料高数题的宿舍生活。

看着书上渐渐模糊的字符，我不由地眼皮打战，汽水“吱吱”冒气的声音像是儿时听的摇篮曲，似乎这一天也就在高数与我的困意斗争中度过了。“嗡嗡嗡”，手机突然传来的QQ讯息打断了这场激烈的斗争，当看到是朋辈导师的消息，我高兴地打开了QQ。

记得还没入学的时候，我甚是迷茫，对大学的认知如同雾里看花。就在我不知所措时，同样也是一条QQ讯息，为我的人生带来了一位挚友，一位胜似亲人的挚友——我的朋辈导师。对我们新生的每一条消息耐心回复，时不时会有些俏皮，时不时又会开一个小玩笑……我的朋辈导师就这样突然间闯进了我的生活，拨开了我前方的片片迷雾。

回想起那时的欢乐，我已是满脸笑容，可当阅读完手机中学姐的那条讯息后，我的笑容渐渐凝固。根据安排，为了更好地帮助我们大一新生学习，朋辈导师会重新调整，让朋辈导师和所带新生尽量在同一个专业。这就意味着我们彼此最初的纽带就这样断裂了。那一刻，我心中的天空乌云密布。

仍记得那天，朋辈导师愿意牺牲宝贵的时间带领我们逛校园，为了让拘谨的我们打开心扉，一路用热情与笑容温暖我们；仍记得第一次聚餐，火锅热浪下朋辈导师的一次次忍俊不禁；仍记得朋辈导师跑在我们军训生前面冲进食堂，还不忘留下俏皮的回眸一笑；还记得朋辈导师与新生们并排走时，遇见自己心仪的男生还有一丝慌乱。天下没有不散的筵席。兴隆山校区的窗外偶尔会有一两只鸟儿鸣叫，像是一首分别曲；高数依然停留在那一页，回过神来，我已是热泪盈眶。

学姐告诉我们：“大家不用担心，一方面学院建议我们两边兼顾，另一方面我是你们的老乡，应该多帮助你们，所以大家以后有什么问题还是可以来找我，就像之前一样，没有变化。”感谢山大让我们相遇，感谢朋辈导师制度为我们留下如此多的回忆。

作者：能源与动力工程学院2021级本科生　王子杰

10月8日　星期五　晴

国际事务部工作人员·周　烁

百廿校庆在即，这些天，我和国际事务部的同事们一直在紧张而有序地为将要举办的外事活动做准备。今年部里主要承担了全球大学校长论坛和全球友好学校交流周两项重头戏，并贯穿“1＋N”系列国际学术论坛。数十位海内外知名高校校长、专家学者将通过线上线下的形式参与我们的活动。为保证各项活动的顺利进行，同事们多次开会讨论，反复推敲活动细节，力求精益求精。望着同事们忙碌的身影，我不由回想起自己参与

110 周年校庆的情景。

10 年前的校庆前夕，我在不断打磨“山东大学、哈佛大学—中国道路与中国形象国际学术论坛”的议程，反复修订以麦克法夸尔（Roderick Mac Farquhar）教授和罗斯·特里尔（Ross Terrill）教授为代表的费正清研究中心多位学者的接待日程表。除此之外，我还十分荣幸地承担了接待我校校友、时任瑞典驻华大使罗睿德（Lars Peter Fredén）先生的重任。能够近距离与这些知名人士交谈，我感到十分兴奋，同时内心也十分忐忑，生怕因为自己的疏漏，给那些重要活动留下遗憾。最终，各项活动圆满落下帷幕，每一位贵宾都在山大度过了美好而难忘的时光。把他们送走的那一刻，我才终于松了一口气。

如今，麦克法夸尔教授已离开我们，我依然珍藏着他赠予我的有关中国研究方面的著作。这十年当中有很多次，我的脑海中都会浮现出当时罗睿德大使离开山大校园时恋恋不舍的神情，以及他在与山大同窗相聚时所背诵的“齐鲁青未了”的诗句。我能感受到，齐鲁文化影响着他待人处事的方式，而山大岁月在他身上无疑留下了深刻的印记。转眼山大即将迎来百廿华诞，届时群贤毕至，高朋满座。全球大学校长论坛将围绕“面向共同未来的高等教育：迎接全球挑战”这一主题，展望后疫情时代大学所应承担的历史使命。全球友好学校交流周活动期间，约 40 所友好学校将通过线上线下相结合的形式，向山大学子介绍海外名校的留学项目和申请路径。系列国际学术论坛活动，涉及文、理、医、工等多个领域，将为海内外高层次学者们提供学术交流的机会和平台。

十年树木，百年树人。历史长河中的十年、百年如白驹过隙，但对于一所大学来讲，时间承载的是一个个鲜活的学子和他们怀揣梦想、勇攀知识巅峰的奋斗历程，书写的是一部部将个人追求融入时代洪流的峥嵘史。山大和山大人亦是如此。而今的山大处在新的历史起点，正昂首阔步，朝着“世界一流大学”的行列迈进，必将在新征程上谱写新的战歌。

历山大舜耕稼处，齐鲁学子传薪火。学无止境书作伴，躬身笃行气浩然。百廿前的山大弦歌不辍，百廿后的山大历久弥新。祝福山大，百廿生辰，风华永存！

作者：国际事务部工作人员　周　烁

10月9日　星期六　多云

护理与康复学院本科生·高亚飞

初识山大

百廿山大，青史流长。立于山海而威严，环于山海而博大，为国育贤，桃李天下，普天学子，竞风流。

未入山大，心向往之。齐鲁医学院悠久的历史与深厚的文化底蕴，“博施济众，广智求真”的齐鲁医学精神，齐鲁医学生们的厚德情操……是我高中拼搏努力的精神动力。

驹光如驶，忽焉岁秋。2020年，阳光与风雨相依，泪水与汗水并存。作为一名高考考生，我身后是挑灯夜读的孤独，身前是金榜题名的憧憬。终于，踏上高考考场，没有“得意者，一朝成名天下知”的傲气，也无“失意者，十年寒窗付之一炬”般的沮丧，而是带着一份欣慰转身，告别高中的青葱岁月，走向心之所向的最高学府——山东大学。

来到山大，文化浸润在校园的角角落落，求索的气息氤氲在每一座教学楼中，“知新楼”里“日日新”，青年学子奋发进取；“明德楼”中，“大学之道，在明明德，在亲民，在止于至善”。作为新生，令我印象最深刻、久久不能忘怀的便是求学于此，感到的一种家的温暖与舒心。原来我还在担心到达学校之后沉重的行李和遥远又陌生的路程，没想到，志愿者们接过一个又一个行李箱，将新生送入宿舍。宿舍阿姨将一袋袋便餐贴心地送到每一位远道而来求学的学子手中，让我感受到家的温暖与安心。

倾我所有，尽我所能

春天，我与校青志协的伙伴们参与除草播种活动，在春天的校园留下自己的足迹；秋天，我与社团伙伴组织“一叶知秋，深知山大”的落叶知秋活动，以落叶为材料，通过亲手制作叶脉书签，以新颖的形式向同学们宣传保护自然的理念。“双十一”到来，作为环保协会的一员，我们举办快递盒回收活动，收集包装盒，把它们交给近邻宝进行回收处理，在兴隆山校区举办环保嘉年华活动，号召同学们利用已知的环保知识赢得奖品，既带回了精致礼物，也积累了沉甸甸的环保知识。冬天，我在中心校区美好“食”光志愿活动中为饮食服务中心收集同学们对于食堂餐品的建议，与同学们共同建设更美好的食堂。

感谢山东大学丰富的社团活动，为我打开志愿服务的大门。在这里，我与新长城自强社的小伙伴们一起，到达明湖东路菜市街区的读书角，通过延时课堂为孩子们进行一对一的辅导，通过学院与确山山区的孩子们的通信，我们为渴望走出大山的孩子们描绘大学的图景，为他们答疑解惑的同时也感受到知识传递的力量。

在山大，每天都有不同的精彩。在这里，我见证了辩论赛的唇枪舌剑，体验了拍摄微电影的新鲜，在社团中发挥一技之长，班委竞选中担当一份责任，PPT 挑战技能盲区，习形体养浩然正气，参加运动会拥抱自然与青春，于写作中放飞思想，于翻转课堂展现自信一面，在图书馆里甘之如饴，与一众好友体验团建快乐……

久居我心

吾爱之，山大！在这里，我在图书馆的丰富藏书中甘之如饴，我在齐园、杏园餐厅品味各色美味餐品……

吾爱之，山大！百廿光辉岁月，百廿辉煌征程，展现山大人过去与当下的风采，彰显深厚人文底蕴对师生的滋养，对“学无止境，气有浩然”的一致认同与传承，推动了山大精神的融汇与实践。

吾爱之，山大！桃李溢四海，群星遍九州。作为山东大学的一份子，我将倾我所有，尽我所能，在这美丽幽静、学风浓厚的校园里珍惜时光，努力在自己喜欢的领域发光发热，成长为国家的栋梁。

回顾过去，我们无比自豪；展望未来，我们信心十足。历百年风雨，值此百廿校庆之际，我愿奉上我最衷心的祝福：欣逢盛世，同心同德，上下协力，校园如画，盎然活力，莘莘学子，奋发向前，祈我山大，桃李满天下，永远昌盛！

作者：护理与康复学院2020级本科生　高亚飞

10月10日　星期日　晴

添翼工程DIY手工制作课程主讲人·胡一叶

被雨洗涤过的校园，仿佛一切都焕然一新。今天是添翼工程DIY手工制作课程主讲小胡老师正式上线的一天！我循着光，走在斑驳的光影下，走过被希望铺过的大理石路，尽管对新身份满怀期待与忐忑，心里装的却是一双坚韧而有力量的羽翼……

十指联动，上下翻飞，线绳在同学们的手中穿梭流转，添翼工程DIY手工制作课从中国结的编织拉开序幕。通过吉祥结的编织，结识一段历史，复原一段技艺，传承一种精神，创新一种态度，真正将传统文化切实可感、可摸、可触地融入美育与劳育结合的实践教学中，用心诉说中国故事，传承中国精神。课上，同学们沉浸在一丝不苟的创作中，用瞬间的静止在绳结的编织中平衡生活的节奏，用一根红线去牵系世界、联动内心。穿越千年，手中纵横交错的是一根根五彩丝线，心中感受的是古代劳动人民智慧的结晶，萦绕的是古老文化传承的精神力量。

回想初次接到艺术学院姜楠老师“添翼工程”DIY 手工制作课程的邀请，我倍感荣幸。基于立德树人、将美育与劳育结合的总要求，经过与姜老师开展的多次课程大纲讨论，本次课程从绳结编织到纸品创意，再到综合材料，每节课的制作主题也逐渐明晰起来。当然假期里，我也开始了木兰出征般“东市买玉线，西市买颜料，南市买胶枪，北市买彩纸”的“备战”生活……难忘找到成功编织中国结秘诀的蝉鸣夏夜，难忘肆意挥洒颜料的畅快淋漓，难忘第一次用奶油胶自制的手机壳干燥成型，难忘……

这是一次用美的感知与体验唤醒一颗颗追求美的心灵的过程，这是一次用亲身实践感受一件件作品在手中绽放的过程，更是一次诠释美、缔造美的创意劳动过程。太多成功的喜悦想要和小伙伴们一起分享，希望在如此紧张而又快节奏的学习生活里，我的 DIY 手工制作课能为大家提供一个纯粹无压的释放空间。

这次课程的设立是一次有意识地将美育与劳育结合的教学实践活动，旨在推进以美化心、以劳养德的培养理念。课程的设置将劳动中的美学精髓贯穿其中，让同学们在参与和体验中获得对美的认识、理解和把握，形成正确的审美观，让同学们不仅只停留在发现美、感受美、鉴赏美的水平上，而且能通过动手参与提高创造美的能力。我们的课程还植入培养劳动情感、态度与劳动价值的教育，我们期待通过实践体验、互动协作，让同学们体验劳动汗水与成果产出的转化，在劳动中塑造人文情怀，提高人文素养。

作者：艺术学院 2018 级本科生　胡一叶

10 月 11 日　星期一　晴

博物馆志愿者·尹传宾

10 月 10 日是百廿校庆倒计时的第 4 天，为了迎接中国共产党成立 100 周年、山东大学建校 120 周年，一场筹备了良久，镌刻着山东大学历史学悠久发展历程的展览，“上庠大木 八马同槽——山东大学历史学八大教授主题展”如画卷般缓缓展开。

2011 年，为庆祝山东大学 110 年校庆，学校在文史楼前敬塑了 8 位先师群像，以励莘莘学子之志。时光荏苒，十年一瞬，以山大百廿校庆为契，“八马”被重新搬上展厅，触摸雕塑里封存的大师风骨，能让人获得奋发进取的力量。

这里是知新楼 26 楼，是知新楼与云端的接点，是山东大学博物馆艺术展厅，是一个在工作时可以不经意间远眺大明湖的地方。今天，我再次站在这里，并非是作为博物馆讲解员亦或工作人员，而是一名听众。展板上的字里行间、每一幅黑白照片都将山东大学历史学的辉煌历程娓娓道来。

上午 10：30，山东大学博物馆“上庠大木 八马同槽——山东大学历史学八大教授主题展”开展仪式正式开始。山东大学常务副校长王琪珑与历史文化学院院长、博物馆馆长方辉分别致辞，活动由历史文化学院党委书记刘军主持。从各位领导的致辞中，我听到了学校对八大教授主题展和历史学的期待。文化引领，文史见长。从八大教授的辉煌到第 22 届国际历史科学大会的承办，从国家一级博物馆的建设到习近平总书记给《文史哲》编辑部全体编辑人员回信，山东大学历史学始终奋进在路上。

随着仪式接近尾声，我进入了展厅，站在了八大教授面前。作为一名山大学子，也曾于漫步校园之时目睹其铜像身姿；身为历史文化学院的一份子，也曾在学院会议室瞻仰其风采；身为筹办此次展览的博物馆一员，更是从各种资料中了解其历史……可直至今日首次于展厅相遇，我才感到之前的一切从未如这般真实与接近。

展览向人们介绍了“八马同槽”的概况。山东大学素以“文史见长”，其中“八马同槽”的佳话是山东大学历史学永恒的光芒，又进而以“史学重镇”为名讲述山大史学的发展历程，引出“学报之王”——《文史哲》的发展历程。展览还包括八大教授个人展览及其影响下的“八马引领 群贤荟萃”——历史系的15位先生展。

这次展览不仅加深了我对山大史学与“八马同槽”辉煌的认识，更让我真正地从个人层面认识了作为学者的杨向奎、童书业、黄云眉、张维华、陈同燮、郑鹤声、王仲荦、赵俪生8位先生。无论发迹于何处，8位先生都不约而同地走上了学术研究的道路，虽涉及领域与观念不一，但研学与治学的理念如一，各有千秋并融会贯通，最终打造了山大史学多样化的辉煌。

展厅已至尽头，历史已尽数向我们讲述；百廿校庆在即，历史的新起点需要我们的再度接力。

仰怀先贤浩然气，砥砺奋斗正当时。有一种精神，穿越时代的云烟，历久弥新；有一种怀念，历经时代的风雨，愈加浓厚。那是先贤浩然之气，任岁月流淌，仍万古长青。那是学子仰怀之情，任四季变迁，仍萦绕心头。

云山苍苍，江水泱泱。先生山高水长、后辈风华正茂，愿延续先贤薪火，做踔厉奋发的新时代山大人！

作者：历史文化学院2019级本科生　尹传宾

10 月 12 日　星期二　晴

百廿校庆出版物发布仪式参加者 · 张韶明

虽然已记不清是今年的第几回通宵达旦，但是看到今天的山东大学百廿校庆出版物发布仪式上有几本自己参与编写、编辑的图书，我感到无上光荣，无比欣慰。

200 多个日日夜夜，很多事情让我无时无刻不在感动着……

我感动于山东大学 120 年来不凡的奋斗路程。今年年初，我受命编写一本能够体现百廿山大厚重历史又短小精悍的图书，甚至是“一座移动的校史馆”，这着实有些难度。幸好学校档案馆、校史办的领导和老师们给予了大力支持和帮助，为本书的编写提供了大量宝贵的资料。通过学习和了解校史，我理解了山大历经变迁、追求卓越的奋斗路程，其中有为山大发展只争朝夕、砥砺前行的名士俊彦，还有朴实而又厚重的山大故事……我才逐渐体悟到山东大学为什么能够数经变迁，却依旧能够秉持“为国育贤”的办学初心，能够展现“文史见长、理工突出”的特色，能够为国家培养一批又一批的杰出人才。

我感动于山东大学师生医务员工对学校的深厚感情。今年 4 月，我受命担任一套原创校庆图书的责任编辑，作者是山大文学院徐超教授。徐教授是著名文字学家、书法家，学术造诣极高，对作品要求极严。此套作品是徐教授历时年余专门为百廿校庆创作的，初领命时，我诚惶诚恐。但听过徐教授数次为我悉心讲解创作初衷和想要呈现的效果后，经过 30 余次修改，直到最终敲定内容、装帧、材料、印刷的完整方案，我才慢慢感悟到这位山大老教师对学校“一片虔诚而真诚的心香”，感受到山大学者的“专业与敬业”。伴随着百廿校庆，药学院、软件学院等学院也迎来了院庆。为此，这些单位组织编写了院史、院志，编写团队在完成本职工作的同时，加班加点整理完成高质量的初稿，为图书按时出版打下了坚实基础。

我感动于同事和家人对我的帮助与支持。和我一起承担这些图书编辑工作的出版社同事们焚膏继晷，以超乎常规的速度高质量地完成各项出版任务。我想，这都是我们一群人满怀热情在做一项自己喜爱的工作。每天早出晚归，岂止“996”“5＋2”，我顾不上家里的事情，但家人都默默地支持着我。我的父母是我们这个家庭的坚强后盾，照顾着整个家特别是两个孩子；我的爱人奋战在疫情防控的岗位上，却对我毫无怨言。这让我感到集体的力量和家庭的温暖。

今年5月，习近平总书记给《文史哲》编辑部全体编辑人员回信，这是山大人的光荣，也是山大出版工作者的光荣。我们应当牢记总书记的殷切叮嘱，为山东大学书写担当民族复兴大任、建设世界一流大学新篇章贡献一份力量。

作者：出版社工作人员　张韶明

10月13日　星期三　晴

校史馆、校友馆、人文社科展和抗疫主题展开馆开展仪式参加者·王　云

我毕业于山东大学，是山东大学齐鲁医院的一名护士，也是山东省第五批援鄂医疗队队员。在这金秋送爽的日子，我受邀参加了校史馆、校友馆、人文社科展、抗疫主题展开馆开展仪式，跟山大的各位同仁共同庆祝山东大学建校120周年。

站在山东大学的抗疫展馆内，看着一张张熟悉的照片，我百感交集，

仿佛又回到了一年半前在武汉大学人民医院东院区十七病区的时光。走过照片墙，第一眼便看到我护理过的一位 94 岁老太太的照片，我忍不住泪流满面，想起了在电闪雷鸣、狂风暴雨中前去上班的那些夜晚。老太太作为一位高龄重症患者，一度拒绝治疗，后经我们悉心治疗、护理，痊愈后能够健步如飞地出院，是她带给了我关于生命的力量。

那 60 个日夜奋斗的时光，确实是一段终生难忘的时光。那时光里，是我们医护人员与病号共同战胜病毒的时光，是我们队友间密切合作、团结一心战胜各种困难的时光，也是我们奋不顾身、拼尽全力完成党和国家交付的光荣任务的时光。回忆起全国人民共同抗疫的这段时光，我相信每一个人都会充满斗志昂扬的力量。

如今，在山东大学美丽的校园内，我还观看了山东大学的校史馆、校友馆和人文社科展，我内心充满了感动，充满了幸福，充满了自豪。

这感动，是为这个国家的迅猛发展而感动，也为山东大学的美好变化而感动。这幸福，是为自己生活在这样一个伟大的时代而幸福，是为自己生长在这样一个伟大的国家而幸福。这自豪，是为山东大学所培养的优秀校友而自豪，更为自己也是这个集体的一员而自豪。

与时代大势同步伐，与国家发展共进取。山东大学勇立潮头，家国情怀、崇实品格、担当精神、创新素养的“山大基因”就是我们每一个山大人的文化精神基因。正是因为如此，当新冠疫情暴发、国家有难的时候，我们每一个山大人都自告奋勇，挺身而出。正是因为我们身上的“山大基因”，所以我们援鄂医疗队的各位队友们不怕吃苦、不惧风险、不畏牺牲，勇敢地站到了抗击疫情的最前线；也正是因为我们身上的“山大基因”，我们成功完成了党和国家交给学校和医院的任务，为抗击疫情贡献了中华大地上的齐鲁之力。

作为一名山大人，我因能够为夺取疫情防控阻击战阶段性胜利贡献自己的微薄之力而深感荣幸，而这一切的背后，是中国共产党领导下的山东大学，给了我们强有力的后盾和支撑。纵然千言万语，也道不尽我心中的感怀和激动。

120年的时光，愈显山东大学的成熟内敛，一代代的山大人用辛劳和智慧为山大浇根铸魂。站在新的历史方位，面对新形势新任务新要求，作为山东大学齐鲁医院的一名重症专科护士，我决心立足本职工作，以追求卓越、只争朝夕的精神状态开拓进取，以实际行动做一名优秀的山大人。

作者：齐鲁医院工作人员　王　云

10月14日　星期四　雨

120周年校庆美术大展参加者·宋玉玉

无论是学生时代还是成为一名教师后，10多年以来，我始终保持着写日记的习惯，有时会长篇大论，有时会只言片语。今天，我亲历“山东大学120周年校庆美术大展”开幕式，很荣幸参与并见证母校120周年校庆，内心充满喜悦与自豪。

为表达对校庆的祝福与敬意，我所在的艺术学院历时一年多，不仅如期完成校庆标识系统设计工作，而且高质量完成校史系列重大历史题材美术创作，并于今天在山东美术馆隆重举行了“山东大学120周年校庆美术大展”。

校庆美术大展是一次凝聚山大师生智慧的艺术创作，从文献搜集、构思草图到最终作品成稿，师生严谨和认真的创作态度令人折服与感动，每一幅作品都值得欣赏、品读与回忆。如果说艺术创作本身是一件凝聚智慧的辛苦“脑力劳动”，那么显然布展工作则是一件复杂而又烦琐的体力和脑力的“双重劳动”。在校庆美术大展开幕式前夕，在学校和学院领导的关心指导下，艺术学院副院长王文灏、姚榕华始终坚守在布展一线，邢小震主任以及董晓丽、董梅、房静、牛金岭、郭笋、袁宙飞、许永福、谷新春等任课教师为此辛勤付出，师生每日穿梭于山东美术馆与洪家楼校区之间，力争将展览的每一个细节都布置到尽善尽美。展览的幕后凝聚了艺术学院师生的汗水与智慧，这也是一次有温度、有担当的校庆展览活动。

校庆美术大展也是一次极具人文主义情怀的文化活动，它把中国古典精华荟萃融汇在艺术创作中，从而向全社会传递正能量。本次展览根据展览主题共分为 4 个主要版块：第 1 个版块是山东大学校史主题美术创作展览，共展出 24 幅与山大校史紧密相关的重要绘画作品，其中包含范曾先生创作的 12 幅山大学人肖像和艺术学院教师所创作的 12 幅校史题材艺术作品；第 2 个版块为山东大学馆藏名家作品展览，共展出 40 幅精彩的名家艺术作品；第 3 个版块是山东大学美术学科教学成果展览，汇集了艺术学院建院 20 周年以来优秀的师生绘画作品；第 4 个版块为社会各界特邀美术作品展览版块，共展出 20 幅来自社会各界艺术名家的代表性艺术作品。此次展出的每一幅作品，均是山大师生和社会同仁精心创作的智慧结晶，体现出他们对于书画艺术的深刻认知与独特领悟，这将对树立民族文化自信以及弘扬中华优秀传统文化起到积极的促进作用。

此次展览得到了山大师生以及社会各界同仁的热切关注，全国 10 余所高校的领导和教师代表参加了此次开幕式，并对山东大学艺术学院取得的成绩给予充分的肯定。作为教师的我心潮澎湃，自豪感油然而生。

我们山东大学艺术学科发端于 20 世纪 30 年代，20 世纪 50 年代国家进行院系调整，此时山东大学艺术系抽调骨干力量，合作组建成上海戏剧学院、南京艺术学院；跨越半个世纪后，于 2001 年建立山东大学艺术学院。今年不仅是山大建校 120 周年，同时也恰逢艺术学院建院 20 周年。在这个特殊的历史时刻，艺术学院精选 220 余幅美术作品在“山东大学 120 周年校庆美术大展”上展出，是学院 20 年来教学成果的集体亮相，是山大艺术学科创新式与突破式发展的呈现，这充分展示出新时代艺术学院励精图治、昂扬前进的精神风貌，日后将继续为推动中华优秀传统文化的传承创新、服务国家战略和美育发展需求作出更卓越的贡献。

作者：艺术学院教师　宋玉玉

10月15日　星期五　晴

哲学系1977级校友·曹晓武

10月15日是母校山东大学建校120周年校庆日。记得我44年前参加1977年高考时的作文题目是《难忘的一天》。今天，我返校参加了校庆日的活动，这一天让我更加难忘。

早上6点多从家里出门，到校时正赶上在中心校区大成广场举行的升国旗主题团日活动。风华正茂的学弟学妹、共青团员正在表达刻苦学习、报效祖国的决心。

来到当年读书的文史楼旁的小树林，我参加了中国邮政和山东大学联合举办的《山东大学建校一百二十周年纪念邮票》首发式。中国邮政用国家文化名片的这种邮政特殊形式来庆祝百廿校庆，是对山东大学的极大支持。正像樊丽明校长在致辞中所表示的，这枚纪念邮票，将百廿光辉历程浓缩于方寸之间，承载着山东大学的优良办学传统和良好精神风貌，蕴含着百廿学府的厚重文化底蕴和鲜明价值理念。感谢中国邮政发行的邮票和精美邮品，它们给我们留下了永恒纪念。在首发现场，中国邮政有限公司董事长刘爱力和山东大学党委书记郭新立、校长樊丽明等为邮票揭幕。我也有幸成为现场拥有他们三位和邮票设计师签名的首日封的唯一收藏者。邮票首发式前，我向学校转达了山东大学澳大利亚校友会会长云振刚、墨尔本校友会会长李树军及在澳校友对母校华诞的热烈祝贺。

上午 9 时，山东大学庆祝建校 120 周年大会隆重举行，众多有关单位领导、校友和在校师生代表出席了大会。我听了教师代表和校友代表的发言，特别是樊校长介绍学校发展的历程和前景，很受鼓舞。山东省委书记李干杰和教育部副部长翁铁慧在致辞中高度肯定了山东大学为国家和地区所作出的重要贡献，并表示将进一步支持学校的建设和发展。李干杰书记掷地有声的话语，让我们感动和高兴！与会人员共同见证了教育部、山东省继续重点共建山东大学启动仪式。

会后，我来到主题邮局，看到许多学生、老师在现场购买纪念封、首日封，并寄信给各地亲友。我感觉刚刚开业不久的山大主题邮局布局新颖，功能多样，将来可能会成为“网红”打卡地。学生餐厅干净整洁，饭菜可口，与当年的餐厅已经大不相同。我还看到学校今天给师生发放的校庆套餐很受欢迎。

午饭后稍事休息，校友们在王琪珑常务副校长的带领下，参加了“2021 山东大学校友泉城行——走进济南新旧动能转换起步区”的活动。我们参观了中科新经济科创园和起步区城市展厅，听取了济南市委副书记、起步区管委会主任边祥慧校友的介绍和专题推介。大家了解了起步区的功能及发展前景，许多校友还提出了一些好的建议和合作意向。大家认为学校组织的这个活动十分有意义，体现了学校为服务山东发展所作出的努力，也为校友参与泉城建设搭建了桥梁。

晚上，校友们怀着喜悦的心情在中心校区体育馆参加文艺晚会，观看了校庆音乐舞蹈晚会《为国育贤》。节目以“为天下储人才，为国家图富强”为主题，以山大波澜壮阔的历史进程为主线，精心编排，现场美轮美奂，我们都沉浸其中。山东大学校友合唱团部分成员参加了演出，其中有的老校友已 70 多岁，他们的热情投入和奉献值得敬佩。晚会结束了，著名歌唱家殷秀梅领唱的《我们的文脉源远流长》还久久在耳边回响……

百廿校庆是学校的节日，也是校友的节日。昨天下午，我专门去学校看了新落成的校史馆和校友馆，不仅了解了山东大学的发展历程，还看到了许多老照片，而且找到了我们1977级毕业的大合影。建议校友常回校看看，到校史馆、校友馆、小树林去重温和展望。当天晚上，我们哲学系1977级的17名同学欢聚在一起，共庆母校百廿华诞。毕业40年，大家虽都已六七十岁，但对母校都十分有感情，在交谈中不仅回忆了在校的美好时光，更是关心母校的发展成就。大家还提到不久前为母校校庆献上的两个“美篇”——《山大永在我心中》和《春华在心中流淌》，受到了学校和校友的好评。我们都说，要继续加强联系、增进友谊。全国人大常委会委员、中国社会科学院原副院长李培林同学今天下午在“百廿山大名家论坛”上作了题为“建设新发展阶段的共同富裕”的演讲，受到听众好评。

这次校庆非常圆满，许多老师同学和志愿者做了大量的工作，各级校友会周密组织，活动宣传得力，这种认真负责的精神，体现了我们山大人的风格，山大也一定将秉承这样的品格和精神实现强院兴校、强校兴国。今天令人难忘的不仅是丰富多彩、组织有序的校庆活动，还是母校在建设中国特色世界一流大学进程中的快速发展，更是众多校友同学关心母校、情系母校的情谊。祝贺山大百廿华诞！祝福母校再创辉煌！

作者：哲学与社会发展学院哲学系1977级校友　曹晓武

10月16日　星期六　晴

百廿校庆音乐舞蹈晚会参加者·田思祺

“雄立齐鲁揽天下，矢志一流山大人”，10月15日为山东大学120周年校庆日，我与百余名师生一同完成了这场盛大的献礼。作为2018级本科生，我得以在本科最后一学年参与到百廿校庆中已然十分荣幸，而同时作为合唱、旗手团组织者的我，更是将今天的晚会视作了一座成长里程碑。之前付出了多少，今天就有多么不舍。

早在 47 天前，300 名合唱队队员便提早返校进行合唱部分的排练，高效完成后便由专业编导进行 5 个大型节目的队形与动作编排，后期便是日复一日地走台、联排，直到最后震撼地呈现出《山东大学校歌》《我们手拉手》《山大人》《说好明天再相会》《我们的文脉源远流长》5 个规模最大的节目。整个排练过程充满欢笑，也有不为人知的艰辛。记得有很多次，我面对亟待解决的问题却又无能为力时会急得泪水在眼眶打转；从凌晨开启工作模式后到傍晚肚子叫才想起自己忘记了吃饭；放下手机几分钟再打开便会有几十条消息或问题等待回复或解决；四处奔走后坐下来才发现自己的膝盖竟疼痛难忍……这只是我自身不起眼的一部分，身边的同学们也都克服了种种伤病等个人因素坚持到底，我们拧成一股绳，劲往一处使，圆满完成了献礼。晚会落幕、彩带飘扬、掌声雷动的一刹那，共鸣激荡着遍及寰宇的山大人，而我们所有的汗水全部化为激动的泪水，一切都是无比值得！而此刻我的内心也更加从容、强大。自 8 月 29 日开始，到 10 月 15 日校庆日，其间我发布的千余条通知，解决的百余个问题，走过的 10 余个场地，登场的 5 个节目，在特殊的大四学年，已为百廿山大贡献了自己全部的力量，此刻我只觉得酣畅淋漓，不胜荣幸！

校庆倒计时牌已定格在零时零分零秒。在浓厚的校庆氛围里，我感受到充实、浪漫，时刻被幸福环绕。今天我们相聚，回顾百廿山大奋斗历程。明天我们携手，开启强校兴国时代征程。桃李不言自成蹊，为有源头活水来，文脉相传一代代，为国育贤聚英才。再次祝我们的百廿山大，生日快乐，越来越好！

作者：艺术学院 2018 级本科生　田思祺

10月17日　星期日　晴

山东省博物馆党史展览参观者·陈霖汶

今日秋高气爽，是个适合班级团建的好天气。而我们班级团建的地点就选在山东省博物馆。

当我经过展厅里的屏幕时，《人民日报》烈士归家宣传片正播放着这样一句话："时过境迁，山海相隔，现在的路已经回不到过去的家了。"和那一张张照片清澈的眼神对上的一刻，我仿佛听到历史的列车呼啸而过。曾经青涩勇敢的笑容经过战火的淬炼，已然在今人的眼里闪耀着真理和无畏的光芒。我驻足在屏幕前，静静看完那段光影，心中有万千滋味涌上心头。

随着人群步入党史主题的展厅，黑白相片触动了我，耳边是那句循环播放的话语。我默默品读每一张照片背后的故事，更能体会到《觉醒年代》里那句影评的含义，正所谓"今人不见古时月，今月曾经照古人"。愿绵绵月光，照亮烈士归家的路。

进入第二展厅，我踏入一场神秘未知的文化之旅。当现代感的多功能数字化展厅和穿越千年的历史来到眼前，就注定是一次盛大难忘的文化盛宴。神秘的甲骨卜文，诉说着殷商时期神权与王权相结合的瑰丽传说；厚重朴实的汉代帛画，等待世人捕捉到《孔子问老子》蕴含的箴言哲理；偌大的漕船，沉静地躺在那里，期待着世人领会到曾经鬼斧神工的创造者和劳动者的初心。

在探索中寻找，在寻找中发现，宛若沙海拾贝的"趣"字。有意义的不仅是承载记忆的文物文献，还有馆内的人：年过花甲的夫妇、静静伫立感悟的青年……

出馆的那一刻，近午的阳光暖洋洋地洒下来，我又想起了那句"这盛世，如你所愿"。

作者：文学院2021级本科生　陈霖汶

10 月 18 日　星期一　晴

添翼工程美食课参加者 · 戴慧敏

林清玄先生曾写道：秋日薄暮，用菊花煮竹叶青，人与海棠俱醉。闲坐庭院中，烹一碗香茗，品一顿美食，赏旖旎风光，是我的人生理想。通过添翼工程的宝藏课程——美食课，品一顿美食的愿望已经实现了。

美食课上，与琳琅满目的菜品相匹配的是干净整洁的后厨和有条不紊进行工作的师傅们；我“窥探”了餐厅菜品的绝密菜谱，原来小小一枚蛋挞后面竟然凝聚了如此多的心血，菜谱居然有一页纸之多。

昨天下午，我参与制作了蛋挞、提拉米苏、玛芬蛋糕三种甜品，激动之情难以言表。我们先在吧台处集合，按要求换上工作服，在老师的带领下进入后厨。老师们已经非常贴心地为我们准备好了按比例搭配好的材料并一一为我们介绍这些材料的名称、用途。

我们首先制作的是蛋挞，制作过程听起来很简单，老师们的手法娴熟，一套动作下来行云流水，但到我们做的时候却没有想象中简单。有的步骤需要隔水搅拌，这对水温、搅拌速度都有相对较高的要求，水温过高蛋液可能就会熟，搅拌速度过快或过慢会造成蛋液的倾洒或粘连。我们组隔水搅拌时不小心倾洒了部分蛋液，不过最后还是成功地做出了美味可口的蛋挞。随后，我们也在老师的带领下，依次做好了提拉米苏和玛芬蛋糕。大家忙碌的身影和互相讨论时发出的笑声，竟让我产生了春节时准备年夜饭的错觉。

课程最后，我们制作的甜点依次被端上来。大家愉快地分食自己的作品，感觉它们分外香甜。就像袁爷爷说的“梦见禾下乘凉，是我最幸福的事情”，吃到自己亲手做出来的美食，我也觉得是自己最快乐的事情。这堂课程虽然只有短短两个小时，但锻炼了自身的实践能力与合作协调能力的同时，也让我深刻领悟到劳动的魅力：劳动不易，食物难得，我们一定要好好珍惜。

非常感谢这堂美食课让我机械枯燥的生活变得生动鲜活。感谢添翼工程团队的老师、同学给我提供了这个机会，让我学会中式与西式混合、主菜与甜品结合的美食制作方法，我希望下次还有机会可以来体验。

人间烟火气，最抚凡人心。吃着手中的甜品，甜在嘴上，更在心里。

作者：外国语学院2019级本科生　戴慧敏

10月19日　星期二　晴

献礼百廿校庆原创话剧《华灯初上》总导演·万　烨

今日秋高气爽，我漫步至公教楼前，在华岗校长的雕像前伫立良久，思绪又被拉回公演那天……

演出当天早上，“缠绵”了近一个星期的秋雨终于散去，空气里带着些许潮湿，微风轻拂，而《华灯初上》也迎来了最后的“交卷”时刻。在3个月的筹备时间里，我们华灯剧组一直在思索着：如何创新党史学习教育的新形式、展现出新时代青年人对先辈的致敬？

剧本的创作在8月基本完成，而繁忙的剧组日常排练才刚刚开始。我们的演职人员一共有74位同学，分别来自18个学院，年级更是横跨大一新生到研二学生。如此庞大的演出，对每一个成员来说，都是一次全新的挑战。时间紧、任务重，但我很庆幸能够遇见这样一群人，认真负责，每个人都像螺丝钉一样，各司其职，我们一起创造了独一无二的“华灯”记忆，一同用自己的青春与热情为百廿山大献礼。

演出当天，从早上7：30开始到晚上7点正式开场，我们完成了布置音乐厅、调试灯光音响、定点彩排、大宗道具搬运等一系列工作。我很感谢我们的群演同学，倘若没有他们，我们是不可能那么顺利且迅速地完成整体布置的。当然，我们更要感谢党委宣传部、党委学生工作部、武装部、文学院、马克思主义学院那些给予剧组大力帮助与支持的老师们和志愿者们，仅凭我们自己是无法完成这样大规模的演出的。

演出开始前，剧组就得知了华岗校长的两位女儿华丹坡教授、华滇珂教授会来观看的消息，我们的心情是激动又忐忑的。演出结束时，她们握着男主演的手，微微颤抖，激动地说着“谢谢”的时候，我的眼眶不禁湿润了。

华岗校长出生于1903年，剧组中不少2021级的同学则是生于2003年，正好相隔100年。100年的沧桑巨变，新旧更迭，我们看见新中国从风雨飘摇中走出来，看见一代代共产党人从血泊中站立起来，他们不畏牺牲，他们敢于为真理直言，他们站在人民群众中间，燃烧自己，点亮了中国的未来。100年后的我们，接过前人的华灯，也要为祖国、为人民、为未来贡献出自己的光和热。而山东大学，这片华岗校长和无数教授前贤们奋斗努力过的沃土，也正成为我们自由发展、不断成长的乐园。

华灯初上，群星闪耀，正是人间好时节。

作者：文学院2019级本科生　万　烨

10月20日　星期三　晴

“业界精英进课堂”课程聆听者·匡丽君

我们学院这学期开设了“业界精英进课堂”这门课程，主题是“我采访过的英雄事迹”。本来我一直把这节课当作是故事会来听，对于以往老师请来的嘉宾所讲的英雄故事，印象并不深刻。而今天老师请来了自开课以来的第一位女嘉宾：山东广播电视台融媒体资讯中心社会新闻部主任，也是山东广播电视台的首席记者刘冰冰。她带来的是她采访临沂市孤贫儿童心理辅导志愿服务团的故事，带给了我很多感触。

当刘老师说到这个志愿团严禁帮扶时发朋友圈、发微博，严禁打旗拍照、给钱拍照的规范时，我就知道这个志愿团不简单。继续听他们的故事，我才感受到民间志愿团竟然还有这么大的力量。其中一个例子是志愿团成员陈德功和问题少年徐明（化名）的故事。徐明8岁辍学，父母相继离世，他自己在流浪中学会了打架斗殴。到什么程度呢？他进公安局已经是熟车熟路，甚至很“自豪”地表示公安局里的人他都认识。年少尚且如此，长大又会是什么样子？尽管政府有一定的政策补贴，但是金钱比不上来自亲人的陪伴和父母的教育。直到他遇到了志愿团成员陈德功。从老师播放的视频里我们可以看到，陈德功的家庭算不上多么富裕，但是他坚持做这份志愿工作，对这个叛逆的问题少年给予情感抚慰、爱心感化、思想引导等，几经曲折，初来时还对他拳打脚踢的问题少年竟被他慢慢感化。

这只是这个志愿服务团帮扶孤贫儿童的万千事例的其中一个，像陈德功这样的志愿者，他们一共有8000多人，一直在这样做着。

这次课堂经历，不仅是我在新闻学习道路上的重要一课，也是我在成长道路上树立正确价值观的重要一课。关心他人的命运，关心弱势群体，不仅是志愿服务团应该做的，也是我们每一个人应该做的。

作者：新闻传播学院2020级本科生　匡丽君

10 月 21 日　星期四　晴

文学院本科生 · 甘传昀

“寒流要来了，为了保障学生温暖过冬，学校将给学生购买羽绒服……”秋风萧瑟，寒意渐起，看到这句话的我心里十分温暖。

大学光阴，弹指三年，不觉间已经大四了，像是那秋风吹落的梧桐叶——将要离开母校了。然而，我的心却永远“寄宿”在山大。我的大学之旅并不十分精彩，但依然让我觉得无比温馨，而支撑这一切的，便是山大的一系列助学行动。

大学学费比高中多许多，这是我之前就知道的。我曾隐晦地跟父亲提起过，但父亲一眼看破，斩钉截铁地说：“你放心，我就是砸锅卖铁，借钱也能供你上学。”父亲的话，不仅打消了我的顾虑，还让我倍受鼓舞。

在山大，是不用担心上不起学的。这 3 年，我所受到的资助，我一一铭记在心。初入山大，拿着生源地助学贷款的回执，我通过了学校的绿色通道，不仅可以缓交学费先入学，还获得了学校赠送的 200 元爱心券。

军训期间，学院迅速组织了大家进行贫困认证，将有需要的同学纳入助学体系。10 月份即完成了助学金申请，11 月份拿到了前 3 个月的助学金。有了助学金，吃饭再也不用小心地计算着如何将一天的伙食费控制在个位数了。3 年来，在助学金的帮助下，结合山大食堂多样、亲民的饭菜价格，我在开学后便没有跟家人要过生活费，这极大地解决了我的后顾之忧。

此后每年，我都能顺利地申请到国家助学金，但山大的助学措施，远远不止助学金。大二的时候，我通过了勤工助学考试，成功进入山大视点记者团，不仅每个月能拿到补助，还学到了很多技能，认识了许多老师和同学。每年秋冬时分，还有暖心资助活动，为符合条件的同学送去羽绒服、棉衣等保暖衣物。在每年寒假结束前，学校为家庭困难的同学提供了车费资助，为学子归家开辟一条绿色通道。除了这些我亲身经历过的助学通道，山大的助学举措还包含受灾补助、大病补助、学费减免等，对贫困学生的关怀可谓是十分周到。

如今，我身上穿的是参加文学院活动时赠送的院服，外面套的是暖心资助的棉衣，被窝里盖的是暖心资助的毯子……生源地助学贷款解决了学费问题，而山大的助学体系则解决了在校生活的大部分需求。

这份助学恩情，我将永远铭记在心，永远心怀感激。

作者：文学院2018级本科生　甘传昀

10月22日　星期五　晴

山东大学艺术节开幕式观看者·刘俊媛

舞姿轻盈如飞燕，乐曲悠扬似春风。一年一度的山东大学艺术节今天开幕啦。作为一名观众，我激动的心情久久不能平复。这是艺术、红色经典与青年风采带给我的巨大震撼，我为自己是一名山大学子而骄傲。

我是一名文艺爱好者，一直关注并积极参与校内精彩纷呈的文艺活动，比如山东大学团委联合新闻传播学院举办的“聆听光影”无障碍观影活动、党史教育主题柳子戏《江姐》等。我十分幸运地抽取到了本场艺术节开幕式的门票，感受到了一场高质量的艺术表演。晚会用艺术的形式带领大家回忆了一段段难以忘怀的红色经典，唱响了一曲曲荡气回肠的英雄赞歌。

欣赏美，感受来自青年的铿锵誓言。晚会上，配乐诗朗诵《请党放心，强国有我》重温了青年代表们在天安门前向党致以的青春礼赞。“新的百年，感党恩、听党话、跟党走，同心同党，奔赴远方！”一句句誓言言犹在耳、敲击心房，鼓舞着台下的我。生逢盛世，应当不负韶华，作为一名新时代的山大学子，我要把个人奋斗融入强校兴国的历史征途中，为党和国家贡献更多的青春力量。

理解美，追忆难以忘怀的红色经典。我们如今拥有的幸福生活，离不开革命先烈们的负重前行。济南市杂技团将家喻户晓的《林海雪原》选段进行了创造性改编和加工，打造出《红色记忆》节目，令人震撼。演员们接连不断的高难动作扣人心弦，眼神中流露出的坚毅令人敬佩；山东省话剧院带来的小品《墙缝里的秘密》讲述了英雄烈士王尽美的故事，当听到那一句“这是王尽美留下来的唯一遗物”时，我的泪水潸然而下。虽然我们不曾经历那段战火纷飞的岁月，但其艺术化的展示和表达，让我深切感受到岁月静好的来之不易。吾辈青年当为中华民族的伟大复兴而接续奋斗！

体悟美，增强与日俱增的文化自信。“求木之长者，必固其根本；欲流之远者，必浚其泉源。”戏曲文化凝聚着华夏民族千百年来的情感，更鼓舞着一代又一代的中华儿女，是中华民族坚定文化自信的强大底气。晚会的尾声，京剧《我是中国人》，韵味醇厚，带领全场观众感受到了中华文化的博大精深。我想，我要将节目中收获到的感悟转化为自身奋斗的不懈动力，努力成长为一名德智体美劳全面发展的山大学子和社会主义接班人。

活动结束后，我走下音乐厅的层层台阶，节目片段伴着经典的旋律仍在脑海中萦绕，意犹未尽。

作者：新闻传播学院2019级本科生　刘俊媛

10 月 23 日　星期六　晴

小树林支教调研团纳新组织者·李一男

今年是我来到山大的第 3 年，也是我成为学生社团负责人的第 1 年。今天，和所有学生社团负责人一样，我早早地起床，早早地坐上车，早早地来到了软件园校区，早早地摆好展台，是为了让同学们能够第一时间了解我们，也为了让同学们看到我们最好的一面。

我们是山东大学学生小树林支教调研团，我们想把支教精神带给更多的同学，让更多的同学加入我们，为公益奉献自己的力量。

山东大学学生小树林支教调研团虽然已经开展支教活动 10 年有余，但今年却是我们第 1 年以学生社团的身份开展活动，在摆展台之前，我心中一直是慌乱的：担心展台效果不好，担心大家不喜欢我们的支教模式，担心大家不理解公益的意义……但是大家的热情打消了我的顾虑与担忧，一个又一个同学在展台前驻足，一个又一个同学询问我支教的细节，一个又一个同学表明自己想去支教的热心……这些都深深地打动了我，也让我更坚信短期支教是有意义的，我们社团所做的一直都是正确的。

之前听过一句话："别让贫瘠的土地无法容纳你们的公益热心。"今天，我对这句话有了更深的理解：真正的公益在于人文关怀，只有真正热心的人才会让公益的光闪耀。想想之前的学生工作，都有学长学姐冲在我们前面，总有指导老师和学长学姐告诉我们怎么做。而这次，我们社团在 4 个校区的展台都是我们亲手规划、布置的，我也更加明白作为一个组织者的责任。

看到自己做得微不足道的事情被别人认可，是一件幸福的事；让更多的人加入自己所做的小事业中，为了共同的爱好与追求一起努力，这大概是人生最大的幸福。

作者：控制科学与工程学院 2019 级本科生　李一男

10 月 24 日　星期日　晴

第十八届“齐鲁风 · 两岸情”台湾青年中华文化研习营参加者 · 李芷萍

“齐鲁之地，桑海之城”，一直到现在都忘不了《秦时明月》中，天明和少羽邂逅石兰于桑海城的海边，在桑海城与蜃楼上共同经历的种种……许是受到它的影响，我也想感受一下齐鲁风光，我也向往在桑海之滨看着天空的惬意。于是，我义无反顾地踏上这片我从未踏足过的土地，只身一人来到我心心念念的地方求学。参加第十八届“齐鲁风 · 两岸情”台湾青年中华文化研习营之前，我对山东的了解仅停留在“孔孟之乡”“鲁菜”，此次丰富的文化体验活动，让我对山东有了更加深入的了解。

活动期间，我们参加了济南市官场村的孝德文化节，感受到了社区邻里间的和谐、热闹与温馨；参观了鲁中抗日战争展览馆，进一步客观、真实地了解了鲁中地区党政军民在抗日战争时期作出的杰出贡献。鲁中抗日战争展览馆反映了日军对鲁中地区的侵略，展现了鲁中地区军民伟大的爱国主义精神和英勇奋战、舍生取义、不畏牺牲的革命精神。“以史为镜，可以知兴替”，作为新时代的青年，我们更应铭记历史、勿忘国耻、热爱和平，为维护国际秩序、建设和平世界、实现中华民族的伟大复兴而努力奋斗。

“会当凌绝顶，一览众山小”，从初中学习的古诗中便了解到的泰山，终于我们在此次活动中对它有了切身体验。“泰山安，四海皆安。天地渺茫，山林寂静，大美无言，泰山自有其苍茫磅礴的气势”，只有目睹，才知道为什么历代名人竞相迹留于泰山，才能体会为什么四海游客朝拜如云，大自然是如此之鬼斧神工，创造了众多中华民族之瑰宝。同时吸引我的不仅仅是泰山的自然之美，还有它墨香犹在、墨韵长存的文化底蕴，其丰厚的文化给后人留下了无限遐想的空间，游览者可以通过碑记跨越时空触摸历史的“门”。

我们还参观了“中国三大古建筑群”“中国四大文庙”之一的曲阜孔庙。孔庙建筑群左右对称，规整有度，反映出儒家文化的中庸有度、兼容并包、海纳百川的特点，它不仅是中国古代祭孔的场所，更蕴含着儒家学制和古代教育的痕迹。

此次中华文化研习活动，让我领略了齐鲁大地的山川美景，感受了齐鲁大地的风土人情，同时，也让我结识了可爱的学长学姐。路途中，学长学姐贴心照顾我这个大一新生，我也从他们身上学到了很多，祝愿路途中遇到的所有可爱的人们前程似锦，未来可期。

作者：历史文化学院2021级本科生　李芷萍

10月25日　星期一　晴

校史馆讲解志愿者·田艳罗

每周的周一上午是我在校史馆做讲解员志愿者的时间，今天有新生预约参观，在上完第一节课后，我就立马从教室赶往新校史馆。

到达展馆的时候，发现学弟学妹们已经在门口排好队等待了。我就赶紧到储物室拿上了自己的“小蜜蜂”扩音器，站在序厅里开始为大家讲解。今天参观的人数比较多，有70余人，这是我在新校史馆第一次为这么多人讲解，有点紧张，但是凭借之前在知新楼校史馆一年多的讲解经验，我以最好的状态为大家讲述了山东大学百余年厚重历史。新馆的展厅比较多，在讲解的同时，我还要注意引导后面的同学不要走错掉队。同学们对校史馆内的多媒体互动展示屏、艺术创作和骑自行车漫游8个校区都表现出了比较浓厚的兴趣。讲解完后，大家对我表示了感谢，称赞了我的讲解，我的心里美滋滋的，小小的成就感油然而生。

为了百廿校庆，新校史馆建成开馆，与之前的校史馆相比，新校史馆空间更大，艺术品创作和多媒体内容更加丰富，也增加了很多老照片和重要文件的相关展板，山东大学 120 年来的厚重历史和现代化的科技体验在新校史馆中得到了很好的结合。

新校史馆在校庆期间开馆，迎来了很多师生、校友的参观。一进门的“为国育贤”4 个大字吸引了很多参观者的目光，大家对山东大学的办学初心表现出了高度的认同和称赞。很多老校友借此机会来我们馆内寻找曾经的回忆，一位 91 岁的老奶奶在 1948 年进入华东大学读书，面对华岗校长的铜像，老奶奶坚持从轮椅上下来对老校长鞠躬；一位中文系 1962 级的老先生直到现在还可以唱出成仿吾校长填词的《山东大学校歌》；中文系的钱曾怡教授是山大 1952 级的学生，在迁校济南的视频中还有对钱教授的采访……这些老校友可以很清晰地辨认出老照片里的人物，我们眼中的一张张照片，是他们亲身经历的回忆，通过这些老校友，我们触摸到了那个时代，与那个时代进行对话。从他们的话语中，我们可以感受到他们对山大的热爱，对师长深深的崇敬之情。

在校史馆做志愿工作的过程中，我是讲解员，也是学习者。我对山东大学厚重的历史底蕴有了更多的认识，对我们“为天下储人才，为国家图富强”的办学宗旨有了更深的理解。在先贤精神的指引下，我希望未来的自己可以成为我期待的样子。

作者：历史文化学院 2019 级本科生　田艳罗

10 月 26 日　星期二　晴

添翼工程 DIY 手工制作课参加者・王均清

诗人孟郊在《古意》中有这样的诗句："启贴理针线，非独学裁缝。手持未染彩，绣为白芙蓉。"在古人代代传承的文化之中，除了琴棋书画，手工制作也是人们的一种雅趣。在今天，手工制作融合了创意，走到我们身边，也走到了添翼的课堂之中。

在添翼的 DIY 手工制作课程开课前，便有很多对这门课的幻想盘踞在我的脑海中——是精巧的女红？奇妙的设计？高深的艺术？又或者是随意的涂鸦？怀着既期待又好奇的心情，在胡老师生动的课堂上，我终于揭开了这门课的神秘面纱。

此次课堂的主题是极具中国色彩的中国结和剪纸，两者都是民间艺术的智慧结晶，象征着美好的祝福，有着极其丰富的寓意。我们首先制作的是中国结，在日常生活中，很少有人会去思考其背后的编织工艺，而今天的学习，着实让我们见证了中国结的工艺之繁复、运线之精巧。在老师分发材料之后，看着 PPT 上的编织步骤详解，我便迫不及待开始实践操作。先将固定针扎到泡沫板上，再按照步骤在上面绕上红丝线，上上下下，或挑或压，看似简单的步骤却极度考验着我们的耐心和细心。俗话说，心急吃不了热豆腐。前几次的制作到最后关头总是失败，我不甘就此放弃，重复了一遍又一遍，最终完成抽线的时候，总觉得手里的中国结沉甸甸的。

除此之外，我们还进行了剪纸的制作。剪纸的花样和纹路更加灵活多样，活泼的鱼儿、饱满的莲花都是常见的吉祥图案，不过与之相应，制作需要的精巧度也随之提高。一张大红纸拿在手上，创作的感觉便随之而生，一会儿画、一会儿剪、一会儿雕，纸屑飞升，镂空层叠，徐徐展开，一幅《鱼戏莲》便呈现在了眼前。课程最后，我们将作品依次排开，大家纷纷对自己满意的作品进行了展示和介绍，我也在和同学们的交谈中收获了各种有趣的设计和灵巧的制作方式。

这堂课虽然短暂，却让我深深体会到了动手的乐趣和古代劳动人民的坚守与用心，或许添翼工程开设这门课的意义就在于此。机械生产为人们高效解决了物质的稀缺，但匠人精神却创造了艺术与美学享受的价值，不会让人觉得周围产品是冰冷和无生命感的。感谢添翼工程的手工制作课，让我时刻铭记要具有一双欣赏美的眼睛和一个创造美好事物的初心。

作者：哲学与社会发展学院2020级本科生　王均清

10月27日　星期三　晴

第八届高校教学发展网络年会优秀课程教学展示者·周晓天

下午6点下课铃声响起，今天下午连续4节的课程教学告一段落。我与学生一边探讨着课上内容，一边走出教学楼。外面的天空已然暗下，路灯亮起，隐约映照着灯杆上悬挂的山大百廿校庆彩旗，路上的同学三五为伴，欢声笑语，校庆带来的激荡喜庆气氛似乎还在校园氤氲。

与学生挥手作别，我不禁意识到本学期的“运筹学”课程讲授也将至收尾阶段。回顾这学期的课程，依然是欢乐融洽，教学相长。但与往昔不同的是，多了一个有趣的插曲，即与教学班的同学一起，为学校举办的“第八届高校教学发展网络年会”进行了一节课程教学的直播展示。

作为百廿校庆的系列活动之一，年会筹备工作在多月前就已酝酿开展。接到参与年会“优秀课程观摩”环节的任务，我有点紧张。作为年轻教师，深知教学经验仍不足，但在学院领导和同事们的鼓励下，我坚定信心，提起精神开始课程准备，精心挑选节次，加强课程思政与学科前沿融入，重构教学活动环节。

年会首日，我与学院2020级卓越工程师班的同学们一起开启了课程直播。本次课程从“建设5G网络”的国家重大发展战略切入，学习了“整数线性规划”数学模型与特点，进而借助启发式、参与式教学手段，进一步学习了分枝定界算法的具体求解过程，探讨了其中蕴含的分析求解复杂问题的科学思路。课堂中，学生们积极参与教学互动，气氛严谨而又活泼，良好地展现了山大学子的风貌。本科生院相关老师与年会志愿者们坚守现场，为线上直播的通畅保驾护航。最终在大家的共同努力下，我们顺利地完成了课程直播任务。

回顾本次课程展示工作，虽然最终仅是呈现一节50分钟的课程，但期间的准备与经历使我收获良多。在准备期间，我多次向学院资深前辈请教，老师们对待教学理念与学科特色的理解深度、对教学活动设计的细致全面、对各类教学手段的信手拈来，都让我受益匪浅，也让我意识到自身的局限和不足。

本次年会的主题是“高校教师教学发展：价值与担当”。三尺讲台是高校教师与学生进行交流的重要平台之一，如何顺应新时代国家发展的新需求，不断提升自身教学能力素养，创新教学手段，通过课程教学践行立德树人的根本任务，实现“为天下储人才，为国家图富强”的办学宗旨，恰是一名教师所应体现的价值与使命担当，也是一名教师必须倾注整个职业生涯，去理清、讲明与实践的核心课题。作为成长于山大、工作于山大的一名年轻教师，我当砥砺前行，不断求索。

作者：控制科学与工程学院教师　周晓天

10 月 28 日　星期四　晴

生涯规划师与创业指导师培训学员 · 李　婧

10 月 22～26 日，学校学生就业创业指导中心举办了为期 5 天的 GCDF&BCF 生涯规划师与创业指导师培训。已经返回工作岗位的我，仍然在不断总结培训的所学所得。

5 天里，来自一校三地的 36 位老师，分成 6 组，以小组研讨的方式，系统学习了职业生涯规划理念、自我探索、职业探索、决策和行动等多个单元的理论基础与实操，在培训讲师的带领下，我们通过真实案例，运用所学开展个体咨询，这个过程也是我们吸收和内化所学知识的过程。

此次培训内容丰富、干货满满，我有两点感受颇为深刻。一是培训的过程是学习，也是研究，是知识的重构与知识的创新。参加培训的老师们均为就业指导课的任课教师，也是具有丰富工作经验的辅导员，大家带着问题学，带着经验学，每每学习新的理论和技能，总能结合工作实际，针对工作开展中的痛点和卡点，展开热烈的讨论和交流，从简单问题“复杂化”到复杂问题“简单化”的过程中，理论的适用性和可操作性就显现出来了。二是学生工作中遇到的难点问题越来越呈现出复杂性和连续性特点，这要求我们要遵循学生的成长发展规律，运用专业化、科学化思维来指导、应对和解决问题。我们期待能够通过培训梳理学生发展指导中的典型案例，形成可复制经验，以更好地做好指导工作。

今年 5 月，山东大学学生职业生涯发展咨询室获 2021 年全国高校职业生涯咨询特色工作室立项。我有幸加入了学校“就业创业指导与职业生涯规划”课程组，并加入了咨询团队。工作中，我逐渐发现，职业生涯个体咨询，更加关注学生个体的需求，帮助他们进行自我觉察，开展内外部探索，自主确定合理目标，找寻目标的实现路径，这个过程也是帮助学生产生内驱力的过程，能够有效地促进学生个体的成长成才。

培训对于我来说是加油站，也是推进器，通过理论推演和技能训练，我在生涯规划方面的理论基础更加扎实，工作中遇到的问题找到了解决路径，我也在面临学生个体因成长发展带来的困惑时，能更加从容、更加有效地开展针对性的指导。此外，来自一校三地的老师们通过这次培训也彼此加深了认识，收获了友谊。

站在新的历史方位，我们更应该回顾过去、总结经验，坚守立德树人初心，牢牢把握党和国家在新时代背景下对于人才培养的新要求，以学生成长成才为牵引，拓展学生教育管理与服务工作的深度和广度，与学生发展同频共振，与时代同步高维引领，不断深化全员、全过程、全方位育人格局，走辅导员队伍建设职业化、专业化和专家化道路。培养新时代中国特色社会主义事业合格建设者和接班人，我们重任在肩，当不懈奋斗。

作者：历史文化学院辅导员　李　婧

10月29日　星期五　晴

山东省第二届研学旅行创新线路设计大赛一等奖获得者·卫文婕

今天，第二届山东省研学旅行线路设计大赛、山东省精品旅游文创设计大赛高峰论坛暨颁奖典礼在山东大厦举行，作为研学旅行线路设计大赛一等奖的获得者，我和我的团队受邀参加本次颁奖典礼。

假期时，我们团队4人在孙平老师的指导下，经过一个多月的讨论、思考、创新、打磨后，向大赛递交了一份“追忆齐鲁星火，传承信仰之路”的研学旅行方案。我们的方案在 220 支参赛队伍中脱颖而出，荣获本项比赛的一等奖。在本次比赛中，管理学院共派出 4 支队伍参赛，均取得了优异的成绩，学院也因此获得了优秀组织奖。

本次大会由高峰论坛和颁奖典礼两部分组成。在高峰论坛环节，两位主讲人先后为我们介绍了研学旅行教育的课程与应用以及文创产品研发设计的思考。两场讲座下来，我们受益良多，对于当下的市场需求和未来趋势有了更进一步的了解，对研学旅行的课程设计以及文创产品的文化内涵有了更深一步的思考。作为旅游行业未来的接班人，我们理应及时掌握这些前沿理论知识，而本次高峰论坛则为我们提供了很好的学习机会。

在颁奖典礼环节，我有幸作为学院代表和团队代表上台领取奖状和奖杯。在上台领奖的过程中，看着周围优秀的企业和组织，脑海里划过我们做这个方案过程的点滴回忆，我深刻感受到，在这个行业内的发展道路上，我们依然有很长的路要走，眼前的胜利不应该只是一阵狂欢，更应当是激励我们继续前进的基石。非常感谢这段时间陪伴我们一步步完善方案的老师和学长学姐，也非常感谢一路支持我们的家人和朋友，同时，感谢和我一同为了这个方案努力过的团队成员，没有大家的共同坚持，我们是无法获取胜利的果实的。

会议已落下帷幕，但我们前进的脚步不曾停止，我们一定不忘初心，砥砺前行，在未来生产出更加优秀、更加顺应时代发展的旅游类产品，为中国旅游业的发展贡献自己的力量。

作者：管理学院 2019 级本科生　卫文婕

10 月 30 日　星期六　晴

学习习近平总书记“七一”重要讲话精神巡讲会参加者 · 张铭清

学校组织了学习习近平总书记“七一”重要讲话精神巡讲会，参会人员是各学院的本科生党支部负责人或新一届的保资辅导员，我有幸成为一员。参加这个活动，我有许多感慨。

活动以马克思主义学院博士研究生武文豪所作的专题报告拉开帷幕。报告中的一个问题引起了我的思考——一句话说出你认为的社会主义基本含义。书本上的知识不少，但对于“我认为的”内容，乍一下却不知如何解释。于是，带着什么是“我认为的社会主义基本含义”这个问题，我继续了接下来的活动。

第二项活动，是参观新建成的校史馆。今年恰逢中国共产党成立 100 周年和山东大学建校 120 周年，山东大学也是百年党史的见证者、参加者、记录者。在学校的办学章程里，开明宗义指出“公家设立学堂，是为天下储人才，非为诸生谋进取；诸生来堂肄业，是为国家图富强，非为一己利身家”。百廿征程是学校扎根中国大地办大学的路程，是秉承“为天下储人才，为国家图富强”办学宗旨的路程，也是坚守“为国育贤”办学初心的路程。校史馆中记录着学校百廿沧桑里程和辉煌灿烂的成就，我看到了痛感民族多难、立志报国的罗荣恒学长，他如暴风雨中的海燕，毅然投笔从戎，奔向革命；我看到了出色完成《共产党宣言》翻译任务的华岗校长和成仿吾校长，他们用马克思主义科学理论武装头脑，激励了成千上万共产党人；我看到了在抗击疫情第一线，以“逆行身影”笃定前行的白衣天使和医疗专家，他们前往最危险之地，无论生死、不计得失，同新冠肺炎病毒殊死搏斗……一代代山大人用使命担当彰显了特色鲜明的山大基因。

从校史馆出来，我们开始了此次学习会的最后一项活动，参观“山东大学 120 周年校庆美术大展”。走进用艺术见证历史的殿堂，一幅幅图卷，描绘了不同年代下人民的生活状态：农民收获、工人劳作、退休老人的悠闲生活、医务人员同病魔的战斗……山大从建校以来就是为社会服务，为实现中华民族伟大复兴而育才的园地，一个个平凡的人共同谱写了恢宏的历史图卷。

我们学习党的理论，要抓住的核心是人民，我们做的一切工作都是为了人民，共产党是工人阶级的先锋队，而哲学和所有理论，也应该“从哲学家的课堂上和书本里解放出来，变为群众的尖锐武器”，走到这里，我明白了到底什么才是“我认为的社会主义的基本含义”。

作者：儒学高等研究院保资辅导员　张铭清

10 月 31 日　星期日　多云

管理学院体育文化节参加者 · 杨姝清

在瑟瑟的秋风中，我们终于迎来了久违的暖阳，与之相伴的，还有期待已久的管理学院“高顿杯”体育文化节。听着广播中慷慨激昂的乐曲以及同学们震耳欲聋的口号声，我的心中涌出了不一样的情感。在过去的时光里，我曾作为运动员在操场上挥洒汗水、飞驰跳跃，今天却是第一次作为工作人员与大家携手共进。

早上 6 点半，天微微亮。我在破晓中向操场走去，思绪万千。一边期待着这崭新的一天，一边为这不一样的体验而紧张忐忑着：今天是否会出现突发状况？我是否能顺利完成我的任务？这种情绪在任务顺利开始后便消散了。主席台的清理、物资的清点归位、横幅的张贴……空旷的操场在我们一个个忙碌的身影中逐渐丰富充实起来——一切有了运动会的模样，胸前挂着的工作牌也有了别样的意义。

在开幕式后，我们迅速赶往各自岗位。在得知我的任务是负责终点处的录像时，我只是想着尽力将工作完成。渐渐地，看着运动员们奋力奔跑、勇往直前的身影，同学们为场上的运动健儿呼唤呐喊、加油喝彩的模样，以及身旁的同伴相互协作、尽职尽责地为同学们服务的场景，一种责任感和使命感油然而生。就像正式开始前学长叮嘱我们的那样：无论我们是何种角色，但是今天，我们是作为主办方、服务者站在这里，我们必须尽好我们的职责。我的心开始燃烧起来，好像和运动员紧密联系在了一起，同伴之间的默契也迅速建立了起来。呐喊、计数、录像，认真测量、精准记录、耐心沟通，我们的职责和热情在和运动员的一次次接触与交流中体现出来。闭幕式上，运动员们领奖时满意的微笑是对我们最大的鼓励与回馈，一种自豪感在胸中回荡。

这繁忙充实的一天将会在我的人生中烙下一个特殊的印记，它赋予了我人生新的体验。在短短的一天中，我知晓了何为团队协作，理解了何为奉献他人、实现自我，明白了何为职责所在。这一天，无疑是疲惫的，但巨大的收获带来的欣喜更是无法抑制的。它将随着时间的推移慢慢沉入我的心底，像一坛历久弥新的美酒，时时散发出浓郁的醇香，并在我的心底永藏。

作者：管理学院2021级本科生　杨姝清

11 月 1 日　星期一　晴

山东省大学生运动会男子百米冠军·王增辉

昨日，偶然回到兴隆山校区，秋高气爽，红黄的秋色铺满了整个山坡。时隔多日，再次走上红白相间的操场，再次看到师弟师妹们训练时矫健的身影，我的思绪被拉回到山东省大学生运动会的比赛现场。

山东省大学生运动会是三年一届的大赛。今年举行的山东省第十六届大学生运动会田径比赛男子的甲组百米决赛，是大学普通生省级田径赛场的焦点之战。

走上赛场，是我对自己的承诺。在山大已四年多光景，与山大田径结下不解之缘，虽时有伤病，但嘉奖有余，幸而得以在山大继续学业。走上赛场，是我对自己的成全。从寒假开始，我就陆续在成彬老师的指导下跟随高水平队训练，暑假开始之后则日日训练不停歇。走上赛场，我满怀夺冠之志。为报师恩，为捍卫山大田径之荣誉，我决心摘下此金。当国信体育场的灯亮起来时，紧张烟消云散，我走上决战的赛场。

此刻，我仰望国信体育场的天空，想象着自己正在奥运会的赛场上。

发令枪响了！八支离弦之箭瞬间出发，钉鞋触地如同战鼓擂动，前 40 米我与其他选手不分伯仲，后程我开始发力，提高步频，稳住核心，加快摆臂。当眼前没有其他人时，我想要继续加速、冲过终点，但是左小腿突来的抖动让我的脚踝瞬间酸胀。我没有慌乱，快速呼吸，放弃加速，尽量保持速度，最终有惊无险，第一个冲过终点，夺得了冠军。

我大口大口地喘着粗气，望向看台，模糊的视线里，成彬老师长舒一口气，师弟师妹们在庆祝胜利，高声呼喊着我的名字。我闭上双眼，疯狂呐喊。这个瞬间，属于山大，属于我自己。我终于为山大夺得了山东省第十六届大学生运动会男子百米冠军。

热爱给予我力量，有时我也会身心疲惫。幸好，我是山大人，我有在山海之间支持我的人们。我特别感谢我的教练，他总是给予我无条件的信任和全方位的支持，让我能一直坚持训练、坚持奔跑，让我在迷雾中看清人生的方向。

我无法把握明天，可我仍期待在未来的日子里继续奔跑下去，更加从容，让奔跑真正成为我生活的美丽点缀，为周围的人带来更多运动的快乐和胜利的喜悦。

作者：电气工程学院2021级硕士研究生　王增辉

11月2日　星期二　阴

蒋震图书馆特藏室参观者·禹瑜晨

中华上下五千年，古籍成为我们与五千年历史相接触的连接点，是中华民族不可缺少、不能丢弃的瑰宝。谭必勇老师和许晓彤老师为了让我们更深刻地理解课堂内容，与蒋震图书馆的老师进行沟通，让我们有了可以参观的机会。

蒋震图书馆五层较少对外开放，虽然去过蒋震图书馆很多次，但五层在我心里是一个有些神秘的存在。下了第一节课，同学们踩着秋天的落叶去往蒋震图书馆，去感受历史文化的温度。

在特藏室工作的学姐首先向我们介绍了图书馆古籍数字化的平台——山东大学馆藏数字化平台的各模块功能。山东大学馆藏数字化平台古籍分类明确，便于查找和利用。随后，我们去往扫描室，实地观察如何录入古籍。随着负责古籍扫描工作人员手上动作的一起一落，一整页的古籍在小心呵护下被清晰地扫描出来，传送到电脑上。不同类型的扫描机器和特藏室老师的讲解让我们了解到古籍保护并不是一件轻松事，需要光照、温度等多方面的保护，而扫描也有多种方式来尽力保证扫描的清晰度和还原度。

扫描数字化并不是最后一步，要让古籍进入“馆藏数字化平台”还需要对电子版的古籍进行著录。著录的过程严谨、有条不紊，已经非常规范化和系统化。著录内容传入数据库的速度也十分迅速，上传几分钟后就可以在平台查询到。

这次参观虽然持续时间不长，但让我对学校图书馆提供的资源有了更多了解，为今后学习资源的利用提供了更多途径；也让我对古籍的数字化和扫描有了更深刻的理解。古籍保护工作，功在当代，利在千秋。古籍数字化是技术人员、古籍修复老师等多方面共同努力的结果。古籍特藏室的老师们默默无闻，较少出现在我们面前，但他们非常值得我们尊敬和敬佩。

作者：历史文化学院2018级本科生　禹瑜晨

11月3日　星期三　晴

《齐鲁文化大会》节目选手·崔健民

看到《齐鲁文化大会》第三期在山东卫视播出，收到了诸多老师和同学的关心和鼓励，我悬着的心落了下来，第一次参加电视节目录制确实让人紧张。齐鲁文化要讲儒家，山东大学又文史见长，我们中国哲学专业的实力也不用多说。作为哲学系的一名硕士研究生，当看到学校团委发布的《齐鲁文化大会》选手选拔的通知时，我有点跃跃欲试的感觉，当时认为自己有多年的哲学“功底”，对这个比赛还是有信心的。

抱着试试看的态度，最后居然入围了节目的录制，我心里还是有点忐忑。我从没有参与过任何媒体的录制，也没有舞台经验。就是在好奇和紧张中，我参与了《齐鲁文化大会》第三期的录制，并在这一期突出重围走上了舞台的中央。

第一个环节是“先礼后兵”（抢答题），所有的选手们全神贯注，争分夺秒，都拿出最好的状态答题，我很幸运地凭借自己的手速和知识储备进入了“杏坛论道”环节。在这个环节，我对战边防警察刘涛。我一开始的竞技状态很好，凭借2：0的成绩拿到赛点。后来对手找到节奏，而我抢答偏于保守，遗憾没有保持优势被对手逆风翻盘。虽然在节目中止步于此，但是我在对战的过程里学习到了很多，我理解到是包容与开放赋予了齐文化和鲁文化生命的厚度和广度。

高山流水聚贤达，齐风鲁韵竞光华。这句话说得很不错！参与比赛的选手不分年龄、行业、地域，里面有高校的辅导员老师、有编剧、有在祖国边防线执勤的警察……在和他们的相处过程中，我深深感受到在山东这片广袤深沉的土地上，齐鲁文化源远流长、根深枝茂。我生动地学习到齐鲁大地的历史文化底蕴。从春秋战国时期，稷下学宫、百家争鸣、思想迸发；到海岱齐鲁、民族交融、人文同化。常说“腹有诗书气自华”，我认识到了自己知识上的短板，就要积极学习，不断弥补，努力提升自己的能力和水平。

山东有孔子向往舞雩台的微风，有李清照情窦初开的醉酒，有辛弃疾金戈铁马的怒吼。参加这次节目让我更加意识到，作为新时代的山大学子，当不忘初心、牢记使命，努力成长为担当民族复兴大任的时代新人！

作者：哲学与社会发展学院2020级硕士研究生　崔健民

11 月 4 日　星期四　晴

“榜样的力量”评选答辩参与者 · 周昕莹

周四晚上，我有幸旁听了环境科学与工程学院“榜样的力量”评选答辩。答辩同学丰富的科研、实践、校园生活都令我印象深刻，敬佩不已。

在学术科研方面，几位优秀师兄师姐的成果让人眼前一亮，他们曾发表多篇 SCI 论文，与团队一起研究出多个优秀成果，并将优秀的成果投入应用实践中。他们在科研道路上，一步一个脚印，坚定地走下去，不断探索求真，始终志存高远，立志以学术研究加快科技创新。他们以实际行动向我们展示了科研风采，只有坚持不懈，有恒心、有毅力，才能成功。

在实践服务方面，有的同学积极参加各类志愿活动，在疫情期间表现突出，积极奉献；有的同学创建并参与了学院的品牌活动“初光文教团”暑期支教活动，前往各地给山村的同学们带来知识和欢乐。有的同学在生态环境部进行实习，服务奉献于环境保护。他们“但行好事，莫问前程”，以毅力和韧性在实践服务的道路上风雨兼程。

在校园文化方面，各位同学在文艺、体育等各方面都展现出自己的风采。他们有人擅长唱歌跳舞，活跃在校园各大晚会上；有人热爱运动，在篮球、网球、乒乓球等各种运动中挥洒汗水；有人自律进取，在各种文体比赛中闪闪发光。这些同学将自己的校园生活打造出了别样的风采，留下了独特的精彩。

在创新创业方面，有同学积极参加各类科创比赛，取得了优异成绩；有同学参与多种专利设计，并将其投入实际应用中。面对一项项的比赛、成果、专利，他们如数家珍，淡定从容。他们知行合一，既认真学习专业理论知识，走在前列，又结合实践，干在实处。

君方年少，所爱之事，当尽力图之。我们要向这些优秀的榜样学习，让榜样的力量，转化为学习的动力，为自己铸造一身钢筋铁骨，披荆斩棘，勇往直前。精神激荡心灵，榜样引领航向。致敬榜样，擦亮初心，我深刻理解了“山大人”这个称谓的意义。心怀理想，身有专长，热忱向前，做矢志前行的逐梦人，劈波斩浪，只争朝夕，不负韶华！

作者：环境科学与工程学院2021级硕士研究生　周昕莹

11月5日　星期五　阴

第二届“用英语讲中国故事”活动留学生组比赛一等奖获得者·沙　力

最近的经历真是一波三折，接到第二届“用英语讲中国故事”颁奖典礼邀请函之后，我就期待着能早点收到一等奖的获奖证书。之后我参加全国终选赛的参赛视频，发布在中英双语传播中华文化微信公众号上，很多朋友看到后都向我祝贺。因为疫情防控需要，又接到通知说颁奖典礼推迟举行。虽然我参赛和获奖的过程都非常曲折，但是回忆起过去的比赛经历，整个过程历历在目。

今年6月初，国际教育学院发了第二届“用英语讲中国故事”的通知，告知我们比赛的重要性以及赛事的相关信息，鼓励大家积极参加这类国家级的比赛。当时我看完之后，因为还有毕业的一些事情要处理，加上后面升学读研的事情，就没有立刻报名。后来一想，为了给我在山大四年学习留下美好的回忆，于是我在比赛报名截止的最后一天提交了初赛作品。

初赛共有来自100多个国家的843位选手。这时候我才真正意识到比赛规模有多大。初赛的选拔方式主要是自选中文或英文中国传统故事，完成荐文朗诵，线上提交作品。过了不到一个礼拜比赛的初选结果就出来了。开心的是我进入了半决赛。半决赛选拔方式从初赛的荐文朗读这一个要求，变成了荐文演绎＋演讲，比赛选拔形式也不是单纯的作品提交而是线上直播。我跟指导老师陈鹤龄老师商量后，确定了演绎形式以及演讲内容，然后参加了半决赛。过了将近两周的时间，期待已久的终选结果出来了，我进入了全国终选。参赛人数从初选的 843 位选手只剩下了 20 位。我在心里默默地对自己说："我一定要继续加油"。

全国终选的选拔方式不但多了一个才艺表演，而且比赛的形式也变得更加严格，给我带来很大的参赛压力。面对终选名单的 20 位高手，我不断修改个人讲稿与演绎文案，刻苦练习，精益求精，天天在想我用什么方式才能脱颖而出。我的指导老师一直鼓励我、支持我，我们反复讨论，最终确定了全国终选赛的演讲主题——"我的中国故事"，讲述我从"武术梦"起与中国文化结下的不解之缘，以及来到中国求学后对中国印象的改变。演讲中，我描述了中国现代化建设的丰硕成果，以及在山东大学的求学生活、社团生活。现实中的中国非常现代：遍布的高铁和桥梁让中国四通八达，互联网无处不在，移动支付快捷方便……我在这里越来越了解中国，享受着既传统又现代的多元文化生活。去年我还以舞蹈达人的身份火遍了山大。我在国际文化节上用古琴曲《酒狂》伴奏，来表演非洲舞蹈，再把我最初的中国梦——中国武术中的"醉拳"融入进去，演绎了一个跨越古今中外的"阮籍"。我用自己的亲身经历，向评委展示了中外多元文化的交流互促的魅力。

演讲稿写好以后，有时候我吃完晚饭就在学校操场边散步边背稿子，然后把练习视频发给我的指导老师。我感觉当时无论自己做什么，学习也好、踢球也好、跳舞也好，满脑子都在想着比赛。陈老师也全力帮助我准备，从演讲稿到参赛服装，以及视频连线时的背景布置，非常认真仔细地帮我敲定每一个参赛细节。我想，老师对我这么好，我一定要好好表现。决赛的早上我跟陈老师通了很久的电话，陈老师给我提了很多建议。当主持人邀请我进入腾讯会议时，我在心里默默地对自己说："关键时刻来了！

我一定可以。”参赛过程中，我沉着、冷静，用尽可能流畅生动的汉语表达，融入饱满的感情，以最好的状态来表达演讲内容。但让我担心的是，从开口到结束，线上评委一次也没露出过笑容。

没想到的是，我居然获得了全国一等奖，并且一等奖只有一个获奖者。比赛结果公布的那天下午，我刚上完课准备去食堂吃饭，就收到了来自国际教育学院老师的喜报，“沙力你是冠军！你得了一等奖！”我当时真的非常感动也非常开心，这也算是对自己努力这么久的回报吧。

“趣味、交融、碰撞、感动”，这些令人兴奋的关键词，都浮现在一个充满梦想的舞台。感谢中国教育电视台、新航道国际教育集团为我们留学生提供了这么好的学习和展示自我的平台，感谢山东大学国际教育学院和我的指导老师一直以来给予的帮助和鼓励，也感谢一直相信和支持我的家人和朋友。做中非文化交流的使者、推动中华文化向世界传播，都是我的人生目标。参加完比赛，我感觉自己离目标又近了一步，我将继续努力学习，谱写属于我的中国故事。

作者：国际教育学院2017级本科留学生　沙　力

11月6日　星期六　阴

室内考古实验室发掘者·张　湘

今天，对枣树林遗址M168甲胄的提取与复原的系统性工作已经持续快一周了，以前就听说忙起来之后时间就会变得很快，现在真的深有体会。

在我们的实验室内有一个湖北随州枣树林曾侯宝墓葬中的遗存，清理完表层泥土后，逐渐展现出来的是密密麻麻的甲片。师姐们进行了软化等一系列保护措施，也参考了一些相关文献对甲片进行提取和复原，不过提取几次后就发现了提取效率低、不知道甲片的具体位置等一系列问题，实在不知道该从何处再下手，如何进行工作，因此工作进度就慢了下来，甚至一度陷入停滞。

但是最近白荣金先生和白云燕老师的到来给了我们很大帮助。白荣金先生是 1935 年生人，至今已经 87 岁高龄了。他是我国著名的甲胄修复专家，曾经参与过马王堆汉墓、定陵等重要遗迹的发掘工作，修复过满城汉墓、徐州楚王墓、广州南越王墓、曾侯乙墓等墓葬出土的金缕玉衣及各种甲胄，开创出了一条出土古代甲胄的清理与复原之路，使得各地发现的数十副锈蚀严重的铁甲、皮甲、铜甲、石甲得以恢复其历史原貌。白荣金先生听说我们遇到的情况后，主动提出要过来看一下。

白先生在看了我们的遗迹保存情况之后，非常兴奋，说从没见过原始信息保存得如此完整的甲胄，居然主动提出要在这里待上一周，亲自上手示范，详细指点我们。这一周，他详细地把多年实践经验毫无保留地传授给我们，我们收获颇多，同时也学到了很多提取和复原甲片方面的方法。

经过多次实践，我们也总结出来了适合这个甲片遗存的提取方法，在提取后通过剪纸板模拟出甲片的形状和大小，对这些和甲片一样大小的纸板进行尝试性的复原。因为白先生在数十年的实践积累中已经得到了充足的经验，所以他可以辨认出是人甲还是马甲，是甲的哪个部位，这些他都给我们进行了详细的解释。到今天已经一周了，白先生每天都是早九晚六，带着我们一起工作，一天下来，我都感觉很累，回到宿舍就想倒头大睡，而白先生每天都来实验室，没有一天缺席。

这一周，对我来说实在是太不寻常了。清理脆弱甲片的紧张、高强度工作的疲惫、发现重要遗迹的兴奋，多种情绪交替出现，在和白先生共同工作的时间里，我更深刻地体会到了老一辈考古人“择一事，终一生”的坚守与奉献，不由得生出无限的敬仰与感慨。考古工作是一场永无止境的接力赛，我庆幸自己选对了路。今后，我也会向白先生学习，提高自己的专业素养，坚定自己的理想信念，把考古工作向更高、更好的层次推进。

作者：文化遗产研究院2021级硕士研究生　张　湘

11月7日　星期日　大雪

普通话援疆项目辅导教师代表·崔海心

今天，济南冬天的第一场暴雪如约而至，我亲眼见证了整个校园披上松软银缎的过程。但厚厚的积雪并没有阻挡我迈向学院的脚步。山东大学帮扶新疆喀什地区教师国家通用语言文字能力提升结业仪式在国际教育学院举行，我很荣幸地作为本科生辅导教师代表发了言，并获得了荣誉证书。

7月初到11月初，4个月来，从第一节课前的紧张，到后来在镜头前的自如，用何种语速、语气与学员们进行交流，怎样示范、强调正确的语音语调，如何处理各种突发状况……我在每节课的教学实践中积累着宝贵的教学经验。每周必备的听课记录和教学反思，对他人课程的观摩学习和对自己优缺点的总结再实践，不断使课堂日臻完善。从前，我只是单纯地学习过现代汉语的语音知识和一些教育学基本理论，旁听过汉语作为第二语言的正音课，而此次援疆项目让我有了把理论应用于实践的机会，同时参与到这样大型而有意义的推普工程中，为山大120周年校庆增添了一抹自己的色彩，为山大人热情的形象和国家通用语言的传播作出了自己的贡献。

在上课以及与学员老师们的课下交流中，我能感受到他们想把普通话知识掌握好、提升普通话水平的渴望。他们普遍对于二声声调的发音有很大困难，所以每一个为发出标准二声而作出的努力都令我欣慰；每节课后在小程序中打卡，需要很强的积极性和自觉性，所以他们每一次打卡任务的完成都让我惊喜；作为老师，他们的工作也很繁忙，所以每一次主动私信问我语音问题，都使我成就感满满。相信在我们的努力和学员老师们的积极配合下，项目会取得良好成果。

我们就像是一个个射线的端点，或许现阶段能延伸出的射线有限，但正是这一个又一个的小端点，构成了庞大而复杂的网络，将普通话推广到每一个有中国人的角落。感谢大力支持我们推普项目的各位领导和老师，真心祝贺圆满完成 4 个月教学任务的各位山大“小老师”们，愿我们的努力不负这光荣的使命。也真心祝愿此次项目中坚持完成 4 个月学习的新疆老师们，通过我们的课程提升普通话水平，达到更高的测试等级。

作者：国际教育学院 2020 级本科生　崔海心

11 月 8 日　星期一　晴

研究生合唱比赛参加者 · 周飞龙

立冬的一场初雪，将千佛山校区装点得分外美丽，却也平添了几分伤感。今天，我们上交了合唱比赛时租借的服装，收到了山大研究生视频号推送的合唱比赛视频，历时一个半月的合唱活动画上了句点。看着视频中的自己，在“红旗飘呀飘”的歌声中，我的思绪又回到了那天的比赛现场，回到了那些日夜排练的日子。

对于我们控制科学与工程学院合唱团男低音部来说，合唱比赛的排练是一个不断突破自我的过程。记得训练伊始，合唱团按照编排划分了声部。主旋律部分朗朗上口，雄壮激昂，吸引了很多嗓音条件好的队员。包括我在内的其余男队员则加入了男低声部，增加合唱的声音厚度。然而低音唱法与平时唱歌不同，音调差异明显，难度较大，并且在初期的排练中极易被主旋律的音调带跑。作为男低音成员，我们自嘲是站在男高音成员阴影下的气氛组，在团队中没有存在感。那时候的我们，看着别的声部表现优异，难掩失落。一次次训练，一次次不理想，我们几近消沉。还记得那时，负责人对我们的训练态度颇为不满。一次次地走音走调，让我们甚至怀疑自己报名合唱的选择是否正确。

所幸，短暂的打击没有让我们丢失将歌曲练好的信念。沟通过后，大家达成了共识：既然在台上我们练得不好，那就在台下付出更多努力。跑调？那就一句一句跟着录音唱。被别人带跑？那就一遍遍练，一遍遍洗脑。于是，在宿舍，在操场，甚至是实验室走廊上，都有男低音成员练歌的声音。先会带动后会，我们一对一辅导，校正彼此的音准。一切的努力，只为每天进步一点点。终于，我们的水平不断提高，大踏步跟上了其他声部的步伐。

功夫不负有心人，11 月 5 日合唱比赛中，我们男低声部和大家一起，代表学院奉上了最完美的一次表演。一曲饱含深情的《红旗飘在我的山大》唱毕，学院历史性地获得了特等奖的荣誉。振臂挥向远方，那是天使的翅膀，翱翔于九天之上。

回忆整个排练过程，虽然我们曾被带飞，曾忘记调子，曾手足无措，曾失落自卑，但是我们没有放弃。我们有野心，有信心，更有恒心；我们有底气，有志气，更有骨气。不给集体拖后腿的底线，使得我们最终完美蜕变，化腐朽为神奇。我们不是骨干，但我们可以自豪地说，我们人人都在争当中坚。震天撼地的声音中，也有我们男低音部低沉的力量，我们同别的音乐组一样，为团队作出了自己独一无二的贡献。

比赛结束数日，满身的疲惫已褪去，可这段美好的回忆成了我最宝贵的财富。我相信，这段合唱排练的日子教会我永不放弃的信念，会令我受益终生。

作者：控制科学与工程学院2021级硕士研究生　周飞龙

11月9日　星期二　晴

聚能沙龙参加者 · 高军伟

转眼间进入山大已经两个月了，在第39期“能聚体育，动转未来”体育文化类聚能沙龙之后，我怀着激动的心情，写下自己的第一篇山大日记。

这是我第一次参加聚能沙龙。活动中，同学们在保持体育活动竞技性的基础上，就如何增强体育活动的群众性、趣味性问题展开了讨论。毛主席说过：“欲文明其精神，先自野蛮其体魄。苟野蛮其体魄矣，则文明之精神随之。”体育文化的建设十分重要，在建设体育强国的道路上，我们大学生的体质尤其要跟上去，要让更多人进入操场、篮球场、足球场、羽毛球场，去锻炼身体，去强健体魄。而在班集体开展体育活动，不仅可以增强班级凝聚力，也能增进同学们之间的友谊，何乐而不为？

我感受着聚能沙龙的氛围，看着同学们都大胆展示自己的想法并与大家交流，为更好建设能动体育文化贡献着力量，我思考了许多，也收获了许多，深深体会到了青春的魅力。体育文化部是一个温暖的部门，自加入以来，我参与了很多赛事活动，也总结了不少经验教训，感触最深的就是集体意识，同时也懂得了与他人合作的重要性。参加完今天的聚能沙龙，我更加明确了之后要做什么，以及如何去做。去说自己能做的，去做自己说过的，在自己的位置发挥自己的作用，这样，我们都能在未来的道路上熠熠生辉。

作者：能源与动力工程学院2021级本科生　高军伟

11月10日　星期三　晴

新闻宣传技能专题培训参加者·吴奇龙

今天，我有幸参与了党委学生工作部、武装部举办的“我为群众办实事”系列活动之新闻宣传技能专题培训会，同济南2021届保留研究生入学资格辅导员、学生在线骨干以及本科生党支部负责人培训示范班学员一起参加了一次新闻工作技能培训，收获良多。

在本次培训中，新闻网工作室张丹丹老师以“校园新闻写作与摄影”为主题，讲解了校园新闻策划、写作与校园新闻摄影两方面的知识。培训以习近平总书记在新闻宣传工作方面的重要讲话开始，讲述了新闻宣传的使命、融媒体时代宣传报道的新特点、新闻从业者的新要求、优秀新闻的定义、写作技巧以及新闻摄影的构图技巧。培训中，张丹丹老师强调，在书写新闻稿尤其是学校层面的新闻稿时，尤其要注重政治鉴别力、学习创新力、操作执行力、协调沟通力；在策划一篇好新闻时，要通过找亮点、提高度、以小见大来找准宣传角度、善用宣传平台；在书写一篇好新闻时，要做到文图俱佳，标题、内容皆精，写出具有吸引力的好新闻；在拍摄一张好照片时，要提前做好准备、抓好构图方法，拍出一张得体优美的照片。

宣传工作是学校常规工作的重要一环，是树立良好形象、扩大社会影响、增强凝聚力的需要，做好宣传工作有利于组织、引导全体师生共建共享和谐校园。作为一名即将成为保资辅导员的大四学生，此前我在新闻写作、新媒体运营、照片拍摄等方面的知识、技能较为缺乏，还存在许多困惑。本次活动及时解答了我的疑问，让我对新闻工作的知识又有了更进一步的了解。相信此后，我一定会将本次所学在实践中加以磨炼，以更坚定的信心、更宽阔的视野、更务实的态度，提升自己在宣传工作中的能力，讲好山大故事，传承山大基因。

作者：化学与化工学院 2018 级本科生　吴奇龙

11 月 11 日　星期四　晴

教学学术系列工作坊参加者・郭雨霁

立冬之日的一场罕见大雪，济南一秒入冬，气温骤降，但这丝毫不影响 8 个学院的老师开展教学学术研究的热情。

第一次听韩佶颖老师的教学学术（SoTL，Scholarship of Teaching and Learning）工作坊是在两年前，我还清晰记得当时的讲座主题是“高校教师教学学术—理论与实践”。我一直单纯地以为，教好每一堂课就是合格的老师了，但是从韩老师提供的研究数据中我才知道，我所认为的教学效果与学生感知到的教学效果可能截然不同。这种认知的偏差，需要教师从教学实践中敏锐地感知，聚焦问题、研究解决问题，从而提升教与学的效果。

就像科学研究一样，教学研究也是一门严谨的学术，需要教师精心的设计。因此，在之后的教学实践中，出于好奇，我开始尝试以研究者的角度审视自己的“教”与学生的“学”。“学然后知不足，教然后知困。”由于缺少教育理论的支撑，缺乏教学研究顶层设计的理念引导，我一路跌跌撞撞，教学研究开展得并不顺利。就在这时，为解决一线教师从事教学学术研究中遇到的困惑，进一步提升教师教学研究能力，教学促进与教师发展中心举办了这次“教学学术研究系列工作坊”，我有幸再次成为工作坊的学员。

这次工作坊由外国语学院韩佶颖老师、薛琳老师以及国际教育学院蔡燕老师担任主讲。三位老师具有丰富的教学学术研究经验，各展所长，通过各自具体的教学学术案例（大学英语教师动机系列研究、语言教师认知的动态演变、基于技术接受模型的中文学习者直播课程学习意愿研究），手把手地教给我们如何在教学实践中发现问题、聚焦问题，如何选择实证研究的范式，如何确定研究背后的教育理论基础，如何设计有效的量表，如何对样本参数进行描述并作推论性分析……她们从实操层面为我们展示了教学学术如何一步步展开并深化。同时，三位老师还基于自己的专业所长，对每位老师提交的研究计划进行点评，梳理我们设计过程中存在的问题，对设计策略和方法提出指导性意见。从粗糙的研究计划到具体可实施的研究项目，离不开三位老师的悉心指导。

非常感谢教学促进与教师发展中心为我们一线教师提供这样一个难得的学习机会。本着对教学研究的本真热爱，大家聚在一起，与同频的老师们聊共同关注的教学话题，开展共同喜欢的教学研究，共同为学生呈现更优质的课堂教学。我想，这就是寒冷冬日里独属于教师的幸福与成长吧。

作者：基础医学院教师　郭雨霁

11 月 12 日　星期五　晴

博士生导师培训参加者 · 张新刚

此前参加了由研究生院主办的博士生导师培训，为期一天的培训，至今想来仍记忆犹新。

研究生院精心设计了培训议程，上午邀请了李术才副校长、曲音波教授、刘国亮院长举行了专题讲座，下午则由研究生院的相关同志进行具体的案例介绍。李术才教授详细介绍了自己在学生和科研团队组织培养方面的经验，特别是在解决国家急需的隧道工程难题上付出的艰苦努力和取得的丰硕成果，给在场老师们留下了深刻的印象，生动诠释了为国育才的精神内涵，是为国家、为社会培养高水平博士研究生和科研人才的典范。曲音波教授介绍了微生物学领域的代际传承，让人敬佩，而曲教授培养学生的经验，如博士生定期报告、团队学术批评等，都有着很广的适用性。研究生院负责老师对学校研究生教育总体情况的介绍和前景展望，也为参加培训的老师们提供了重要的参考信息。

我在人文院系开展教学和研究工作，通过这个培训，进一步拓展了自己的认知。对于人文学科来说，传统上的博导不仅是一个头衔，更重要的是学术水平的认证。人文学科的博士培养工作也有其特点，导师更多的是指导学生心无旁骛地坐好冷板凳，以期能读好书，写好论文。具体到自己的世界史研究领域，培养博士生的意义更显重要。今天，中国与世界的交往以及文明互鉴都需要对世界有更为完备的认知，特别是亟须能够深入世界各大文明逻辑内部进行研究的专业型人才，而山大作为一流高校，在这一点上责无旁贷，自己也不敢有须臾放松。

感谢研究生院组织这么好的活动，参加完培训觉得责任更大，希望能够在今后的工作中坚守初心，坚持学问之道，像优秀的学界前辈那样传递学术真知，培养更多以学术为业的优秀人才。

作者：历史文化学院教授　张新刚

11 月 13 日　星期六　晴

志愿服务活动参加者·马语锶

“双十一”期间，大家的购物热情再度被激发，与此同时校园内的快递中心也压力倍增。这时，青马志行团队在“百廿青马·志愿服务”快闪平台上发布了近邻宝志愿服务活动的通知。我没有犹豫，立刻报名成为一名志愿者。这个活动给了我一个机会，让我既能尽自己的一份力，又能亲自体验一下这份工作的艰辛。

周六上午 10 点，我来报到的时候，刚好赶上工作人员一边忙着查信息有误的包裹，一边帮助同学寄快递，还在把逾期未取的包裹分拣出来，忙得团团转。我大概熟悉了工作流程，便留在前台帮忙：帮着前来寄快递的同学打包快递、打印粘贴快递单号；帮助找不到取物柜的同学指明位置；分拣了几件送错位置的快递。

虽然一直没得闲，倒也觉得忙得有趣。在这之前，一直都是取快递，从来不知道快递是怎么分拣发放的，这一次真真切切感受到了这份工作的不易。尤其是“双十一”之后，快递数量激增，又赶上寒潮气温骤降，分拣快递确实增加了不少困难。当听见前来取件寄件同学一声声的“谢谢”“辛苦”之后，我感觉繁忙的工作也变得趣味盎然起来。

我的志愿服务结束了，但一批又一批志愿者纷至沓来，在他们忙碌的身姿中，我真切感受到了志愿服务的魅力。最后还是要感谢“百廿青马·

志愿服务”快闪平台能够及时发现问题并推出系列志愿服务活动，如果有机会，我还会报名参加！

作者：公共卫生学院2021级本科生　马语锶

11月14日　星期日　晴

新任处级干部培训参加者·顾乃静

近期，学校新任处级干部培训正在有序开展中。针对不同方面能力的提升，组织部（党校）精心准备了相关报告讲座，邀请高层次专家学者到学校讲学。同时，积极组织学员进行自学和研讨。在前期自学的基础上，今天，培训班第三小组认真开展了交流研讨活动。

自2019年以来，习近平总书记5次在中央党校中青年干部培训班开班式上发表重要讲话。3年5次讲话，我深刻感受到习近平总书记对青年干部的期望与厚爱。选拔培养好青年干部，事关党的事业薪火相传，事关国家长治久安。通过学习，我对新时代如何做好一名优秀的党员干部有了更清晰的认识，对“忠诚干净担当”有了更深刻的理解。

天下大德，莫过于忠。一说到忠诚，很多人认为是东方特色。其实不然，美国军事法典规定：军官必须实实在在地忠诚。没有忠诚就会失去信任，就可能毁掉其被委任或使用的价值。忠诚不是指对个人的忠诚，而是指：对党忠诚、对国家忠诚，忠于事业、忠于理想、忠于信念。对于新时代党员干部来讲，就要坚决做到“两个维护”，自觉在思想上政治上行动上同党中央保持高度一致；要坚决贯彻执行党的路线、方针、政策，不折不扣把党中央决策部署落到实处；要做到坚定理想信念，坚守初心使命，信一辈子、守一辈子；要坚持党和人民事业高于一切，时刻把党和人民挂在心上，为学校建设发展宵衣旰食。

修身立德，为政之本。干净是党员干部的立身之本，是一个领导干部做事的底气。干净不是不做事，作为一名党员干部，干净就是：不该拿的不拿，不该收的不收，不该吃的不吃。要始终心有所畏、言有所戒、行有所止；始终知敬畏、存戒惧、守底线；始终敬畏党、敬畏人民、敬畏法纪；始终正心明道、怀德自重，做一个一身正气、一尘不染的人。

善行者至，善为者成。没有担当，干净就变成了空谈，忠诚就变成了口号。习近平总书记 5 次讲话都提到了“担当”，他强调：干事担事，是干部的职责所在，也是价值所在。担当大小，体现着干部的胸怀、勇气、格调。对党员干部来说，要做到有担当、有作为，就是要把心揪起来，把眼睛瞪起来，把袖子撸起来，把腿迈起来，把胳膊甩起来，敢于斗争，敢于承担风险，以上率下，真抓实干，真正做到想干事、能干事、干成事，坚决不能做不求有功、但求无过的“圆滑官”、老好人。

作为一名党员干部，我们必须谨记习近平总书记对青年干部的嘱托和要求，把忠诚作为基调，把干净作为底线，把担当作为体现。近几年，尤其是学校第十四次党代会召开以来，学校各项事业取得了辉煌成就。当前，学校正处在爬坡过坎、弯道超车的关键时期。第七次全委会把“十四五”定位为“五期叠加”。作为一名管理干部，我们更要把握好时代机遇，进一步提振干事创业精气神，进一步增强追求卓越、只争朝夕的使命感和紧迫感，进一步加强和改进工作作风，主动担当作为，勇于开拓创新，增强过硬本领，全力破解发展难题，在各个领域、各自岗位上为学校世界一流大学建设作出更大贡献。

作者：网络空间安全学院（研究院）党委副书记　顾乃静

11 月 15 日　星期一　晴

校友、爱乐者协会成员 · 张　晓

尽管已是冬季，11 月份的香港气温还是 20 多度，拿出手机打开天气软件翻到济南的那一页，气温已经是很熟悉的 10 度左右了。到今天，刚好来香港 3 个月，前段时间又收到“山大日记”的年度赠书，我便想通过这位“老朋友”，来记录一下刚刚过去的周末。

周末是这边学校一年一度艺术节的闭幕式演出，分别由学校的合唱团和中乐团进行表演。学校提倡大家“文理兼修，多面发展”，来到香港之后，我便幸运地加入了这两个学生团体。从下午一点钟开始，我们就在现场进行表演之前的最后彩排了，先是中乐团，然后是合唱团，一直到晚上 6 点钟。

晚上 7 点半，演出便开始了。首先是合唱团表演，尽管已经练习了很多次，谱子也基本记熟，但正式表演还是会有些紧张。我唱的是男高音的声部，被指挥安排站在第一排靠中间的位置，上台之后就站立不动，聚光灯很亮地照在大家脸上，我们静静地等着指挥给我们信号。因为一共要演唱七首曲目，为了保证演出的效果，我们中间会两次下场喝水，稍作调整再继续表演。在大家的积极努力和配合之下，我们顺利完成了七首曲目的表演，得到了观众们的热烈掌声。来不及放松，简单拍过合照之后，我便抓紧时间去换衣服，准备下半场中乐团的演出。在中乐团里我参与了两首合奏作品的打击乐表演——串铃和低锣。虽然都是比较简单的打击乐器，但是合奏中的每一样乐器都很重要，这对于第一次参与民乐团合奏表演的我来说，还是很紧张和兴奋的。表演时，我认真地看着指挥的手势和谱架上的谱子，仔细地数着拍子和节奏，生怕自己进错拍。好在，现场演出的效果还不错，打击乐声部的负责老师跟我说“打得很好啊”。

作为一名爱乐人，之前在山大的时候，我总是以观众的身份观看各场音乐会和演出，欣赏大家的表演。这一次从观众转变为演出者，真正登台表演，我也更加深刻地体会到表演者们的辛苦和快乐，对我自己来说也是一次值得纪念的“爱乐进阶”了。合唱的时候，在舞台上连唱三首，腿会酸、脚会痛；聚光灯一直打在脸上，会出汗；跟着乐团指挥数节拍，会紧张……不过能在舞台上感受合声的魅力和合奏的美妙，这些都值得了。上台前，大家会互相加油鼓劲；结束后，大家会拍手庆祝；合唱指挥还亲自帮我调整领带。这些都是表演者的专属快乐了。

离开母校已经4个多月的时间了，而山大、济南仿佛离自己并不那么遥远。我会关注学校的动态，看朋友圈校园的景色变化，线上参与校庆活动，看学校的合唱比赛直播，继续聆听艺术节的线上讲座，收到好友寄来珍贵的山大文创，等等。好几个同学、朋友跟我说，我有很重的山大情怀，说我“济南下场雪，都能激动半天”。也有人问我：“你留恋济南和山大的什么?”其实，我也说不清楚，不过可以肯定的是，除了校园里的一草一木，更留恋的是那里的老师和同学们吧，还有在山大度过的7年青葱岁月。

生活是场漫长的旅途，而音乐可以让我们在跋涉之余心灵澄澈，足下生风。山大爱乐人一直在路上。

作者：机械工程学院2018级硕士毕业生　张　晓

11月16日　星期二　晴

提高政治能力专题培训参加者·朱继磊

近期，学校组织开展了提高政治能力专题培训，这对于加强干部队伍政治能力建设，全面提高干部素养能力具有重要意义。在学习过程中，我重温了习近平总书记在2020年秋季学期中央党校中青年干部培训班上的重要讲话。习近平总书记强调，年轻干部要提高应急处突能力，对可能发生的各种风险挑战，要做到心中有数、分类施策、精准拆弹，有效掌控局势、化解危机。

我认为，应急处突能力是年轻干部能力素质的重要组成部分，提升应急处突能力，要铆足三股劲儿。

一是要铆足钻劲儿。习近平总书记指出，“领导干部不仅要有担当的宽肩膀，还得有成事的真本领”。学习是克服本领不足、本领恐慌、本领落后的最佳途径。提升应急处突能力，要求我们必须如饥似渴学习，一刻不停提高，练好自身“硬功夫”。对于我们所在的高等教育领域要研机析理，达到“庖丁解牛”的境界，只有这样，面对新情况新问题，才能找对路子、摸清门道、事半功倍，才能成为广大师生医务员工信得过、离不开、用得上的干部。要主动检视自我，不断推动自己的政治能力与承担的职责相匹配、与事业的发展要求相适应，真正把“两个维护”体现在履职尽责、促进学校内涵式高质量发展的行动上。要加强学习与实践相结合，既要“读万卷书”，又要“行万里路”，从实践中谋真知，从实践中练本领。

二是要铆足冲劲儿。习近平总书记强调，“干事担事，是干部的职责所在，也是价值所在”。提升应急处突能力，就是要在困难挑战面前，敢于“站出来”“冲上去”“豁出去”，勇于担当、迎难而上、攻坚克难。在实际工作中，必须坚定理想信念，不断提高用“金钥匙”武装头脑、指导实践、推动工作的实效。要增强预判风险的能力，常观大势、常思大局，当前，要紧密结合学校“由大到强”历史性转变的大局，用“黄沙百战穿金甲，不破楼兰终不还”的干劲，不断增强忧患意识、风险意识、底线意识，综合研判，未雨绸缪，把化解风险的主动权牢牢掌握在手中，以“重任在肩”的使命感、“不进则退”的危机感，在各项工作中全力补短板、提质效，在建设世界一流大学过程中大显身手、奋发作为。

三是要铆足实劲儿。习近平总书记指出，“坚持一切从实际出发，是我们想问题、做决策、办事情的出发点和落脚点”。学校加强信息收集汇总和研判分析，层层签订工作责任书，加强师生医务员工安全培训和应急演练，开展重点领域安全风险管控和隐患排查治理，为我们做好工作打下了坚实基础。提升应急处突能力，要坚持实事求是。每个单位都有自己的实际情况，必须因地制宜，增强工作的主动性和针对性。要狠抓落实，学校已经制定了安全稳定工作体系建设方案，要活学活用“3D”工作法，不断推动事业发展、疫情防控、安全稳定工作迈上新台阶。要完善体制机制建设，进一步加强安全稳定工作“五大体系”建设，强化校园安全网格管理，筑牢全覆盖、无死角安全网。

征途漫漫，唯有奋斗。我们要不断提升政治判断力、政治领悟力、政治执行力，以追求卓越、只争朝夕的劲头，铆足钻劲儿、冲劲儿、实劲儿，不断提升应急处突能力，为实现学校“由大到强”历史性转变保驾护航、贡献力量。

作者：青岛校区党工委（校长）办公室副主任　朱继磊

11 月 17 日　星期三　晴

新任处级干部培训参加者·门中敬

威海的初冬并不太冷，处理完一天的学院事务和科研项目任务，走出办公楼，呼吸着海边稍有冷意的新鲜空气，感受着山大校园的文化氛围，脑海中不禁浮现出了近期参加学校党委组织的新任处级干部培训班的场景。山东大学党委副书记、纪委书记陈向阳作的“加强政治能力建设 做忠诚干净担当的好干部”的专题报告以及人事部部长刘健、科研院院长周传健的专题报告，仍历历在目。

做忠诚干净担当的好干部，是习近平总书记在2020年秋季学期中央党校（国家行政学院）中青年干部培训班开班式上对青年干部提出的要求。习近平总书记指出，做忠诚干净担当的好干部，要提高“七种能力”，勇于直面问题，想干事、能干事、干成事，不断解决问题、破解难题。其中，科学决策能力是继政治能力和调查研究能力之后，青年干部应当具备的第三种能力，在七种能力中起着承上启下的重要作用。科学决策能力离不开政治能力和调查研究能力，政治能力是科学决策能力的方向标，调查研究能力是科学决策的基础和前提，而改革攻坚能力、应急处突能力、群众工作能力和抓落实能力都离不开科学决策能力。

我在威海校区法学院负责组织和开展科研、服务地方工作一年来，深知学院领导干部科学决策能力的重要性。对照工作岗位职责和一年来的工作经验，我深切地感受到，科学决策能力的提高，应当在统筹谋划能力、规则意识和按规律办事三个方面下功夫：

一是不断提高统筹谋划能力。只有对发展战略有清醒的认识，从战略全局出发进行统筹谋划，进行决策，才能经得起历史和实践的检验，才不至于出现决策失误，才不至于出现“头疼医头，脚疼医脚”的现象。具体到实际工作中，统筹谋划需要把学科建设、人才引进和科研提升进行通盘考虑，需要对学院每一位老师的科研能力情况有比较清晰的判断，建立比较完整的科研提升、引领和促进规划。

二是坚持规则意识。严格遵守办事原则、办事程序和办事纪律，坚持按照集体领导、民主集中、个别酝酿、会议决定的原则决策，防止把办事规则和议事程序表面化、庸俗化、过场化，防止决策的随意性，防止利用规则设置障碍，阻碍事业发展。在今后的实际工作中，要严格按照《山东大学（威海）法学院党委会会议议事规则》和《山东大学（威海）法学院党政联席会议事规则》办事，积极利用网络技术建立具体工作流程。

三是坚持按客观规律办事。按客观规律办事，重在熟练运用马克思主义方法论，坚持实事求是，坚持一分为二地看问题，坚持从实际出发，密切联系群众。只有按规律办事，按科学的工作方法办事，才能防止“权力上移，责任下移”，才能防止工作程序上的复杂化和责任的分散化，才能防止工作推诿现象的发生。

学校事业的发展离不开忠诚干净担当的好干部，离不开发展事业的信心和决心，更离不开领导班子的团结互助、忠诚担当。这次学校党委组织的新任处级干部能力提升培训班，让我看到了自己工作中存在的不足，明确了进一步努力的方向，坚定了干事创业的信心和决心。在今后的工作中，我要多向有经验的领导请教科学管理方面的经验，多提好的、有利于事业发展的建议，为学校和学院“十四五”规划的实施、一流学科的建设作出自己的应有贡献。

作者：法学院副院长　门中敬

11 月 18 日　星期四　晴

青教赛经验分享者·寇　鑫

前两天，我与参加“2021 年山东大学青年教师比赛”的选手分享了自己的参赛经验。接到这项任务后脑海里诸多的情绪、思考、概念、技巧想要一涌而出，可真正组织起来，似乎又困难重重。于是我依次点开曾经日夜打磨的 PPT，寻找灵感。

冷静下来回看自己的教学内容与设计，新的不满意自然而然地浮现出来：画面还可以更整洁，动画还可以更精巧，案例还可以更有趣……于是不由感慨自己陷入了惯性的思考模式，同时也回想起自己在备赛的过程中就是不断推翻、更新、融合。时间好像又回到了一年前这个旅程开始的地方，同样是在这个深秋的校园中，我着手准备参赛的5份课件，第一次思考这个学科与讲课比赛之间是否能擦出火花。

虽然隶属于中国语言文学一级学科，但语言学本身却相对小众，对于中文专业的大一本科生来说，现代汉语这门课也不是轻松愉快的。我日常使用的课件中偏爱使用经典教材里带有浓烈研究背景的典型语料，授课中也常充斥着密集的概念、方法讲解。这些内容实在无法直接移植到比赛当中。因此我面临的最大挑战是怎样去包装不同的知识点，怎样让知识更有趣，怎样从每一个知识点切入，升腾出学科价值的奥义。这样，这次经验分享的框架，就从我最初面临的问题中成形了。

虽然教学无常法亦无常规，但既是比赛，自有其固定的规则和取胜的路数，在没有思路时加以借鉴，可能会带来意想不到的突破。在主体知识无法进行重大变更时，BOPPPS（就是根据导言、学习目标、前测、参与式学习、后测和总结几个步骤组织一套课程的教学方法）丰富的程序性组块就可以为我们提供灵活变通的可能。比如通过具体案例开启具有悬念的课堂，自然导入学科内容；增加互动的内容并通过学生讨论升华主题等。这些元素的加入让原本无章法线性讲授变得富有层次性。“用理论照亮材料”，果然可以看到不一样的景象。

除了教学技巧和教学理念上的革新，对我个人来说，更大的收获是来自对学科更全面的认识。我们总是说学业的晋级和科研的探索让我们错过了很多知识的岔路口，最终走向一条人迹罕至的小路。而教学比赛是一个契机，把我重新带回了很多个岔路口，让我有机会遥望一下别的路上的风景。在多义短语节段的准备中，我看到了法律语言学的重要进展和对立法与司法的贡献；在语义角色节段里，我惊呼自然语言处理可以和语言资源高效融合，直接产出产品；在词类划分里，我发现心理语言学家已经深入探索了不同词类、不同语义的神经基础，绘制了大脑词汇地图。如果不是青教赛的带动，我可能不会去详细了解这些学科分支的新进展与新方法。所以，对于一个青年教师、青年学者，青教赛都是马力十足的助推器，备赛的过程可能漫长又疲惫，但终归不虚此行。

我将这些思考写入经验分享的内容，这些微观细致的感受，真实又深切地印刻在我心里，让我更加笃定教学之路和科研之路是并行不悖的，两条路上的风景交织出的美好图景是高校教师这个职业独一无二的快乐。

作者：文学院教师　寇　鑫

11 月 19 日　星期五　晴

新任处级干部培训班参加者・李彤彤

近期，我参加了新任处级干部培训班，系统学习了习近平总书记系列重要讲话精神，特别是习近平总书记在 2020 年秋季学期中央党校（国家行政学院）中青年干部培训班开班式上的重要讲话，让我深有所感、倍受鼓舞。

共青团是党的助手和后备军，高校共青团要当好这个助手和后备军，就必须始终朝着“把自己联系的群众最广泛最紧密地团结在党的周围”这一目标去努力，这就要求共青团要按照青年群众工作的思维去落实，要面向青年、发动青年、依靠青年去落实，真正做到把广大团员青年紧密团结起来。因此，要完成党赋予共青团的根本任务，团干部就要不断地提高群众的工作能力，熟练地掌握与运用青年群众的工作方法。

就团干部提升群众工作能力的途径而言，结合我过去十几年来从事共青团工作的实际感受，我认为主要应当从“学理论、重引领、强服务”三个方面来实现。

一是要通过理论学习增强坚持群众路线的思想自觉。充分认识党的群众路线本质上体现的是马克思关于“人民群众是历史的创造者”这一基本原理，我们在任何情况下都要牢记和践行党的根本宗旨，都要站稳人民立场，任何时候都不能忘记“为了谁、依靠谁、我是谁”，只有坚持这一基本原理，我们才能把握历史前进的基本规律，才能深刻领会新时代中国青年的历史使命，才能落实好习近平总书记提出的“把青年一代培养造就成德智体美劳全面发展的社会主义建设者和接班人，是事关党和国家前途命运的重大战略任务，是全党的共同政治责任”的重要要求。

二是要通过创新方式方法加强青年思想引领。要用习近平新时代中国特色社会主义思想武装青年，不断增强思想政治教育工作的时代感和亲和力，引领青年学生认真学习“四史”，全面了解党领导人民取得的显著成就、中国特色社会主义的制度优势，不断引导广大青年学生牢固树立“四个意识”，坚定“四个自信”，做到“两个维护”，坚定不移听党话、跟党走，按照党指引的方向，同祖国一起奋进。

三是要通过有效的载体设计来服务青年。共青团要服务好青年学生成长成才的需求，就要通过发掘青年的兴趣、需求，找到“把人拢在一起”的切入点，进行有效的工作设计和活动开展，逐步形成组织力和凝聚力。如我们开展的科研班主任、朋辈导师团等活动，让他们有序参与到各个支部、各个比赛项目中，发挥青年榜样的带动作用，动员青年去做服务青年的工作，变工作对象为工作力量，增强了团组织的凝聚力。另外，还要通过有效渠道广泛收集青年学生的意见和建议，主动倾听学生们的“烦心事”，解决学生们的合理诉求。如我们开展的学生权益直通车活动，通过设置八条权益线路收集学生诉求，目前共收到 1534 个日常权益问题；开展了“权益直通车”座谈会 9 期，各职能部门现场办公解决了同学们的合理诉求，对于青年学生的诉求做到了“件件有回音，件件有落实”。

党旗所指就是团旗所向。归根结底，作为一名高校团干部，在工作中要充分认识“为了谁、依靠谁、我是谁”，真正让共青团工作在团结青年、引领青年、服务青年的过程中践行好群众路线，为强校兴国提供强大而持续的青年动能！

作者：威海校区学生工作处副处长兼团工委书记　李彤彤

11月20日　星期六　小雨

后勤保障部党委新党员·付　佳

不久前，作为一名新党员，我有幸参加了后勤保障部党委组织的入党积极分子、发展对象、预备党员、新党员培训，收获良多。

针对不同方面的政治理论武装和能力提升，后勤保障部党委精心准备了本次培训。大家一起学习了党的十九届六中全会的会议精神，聆听了后勤保障部党委副书记巩勇关于后勤党建工作的心得体会，后勤各个部门不同岗位的同志们踊跃交流了近期的思想提升和学习感悟，看到大家积极向党组织靠拢的热情和决心，回顾自己加入党组织的历程，我感慨万千，深受教育。习近平总书记指出，坚定理想信念是终身课题，需要常修常炼，要信一辈子、守一辈子。同样，我想入党也是一辈子的事情，要用一生来践行对党的忠诚。

坚守信仰，思想上入党。习近平总书记在“七一”重要讲话中指出：“中国共产党为什么能，中国特色社会主义为什么好，归根到底是因为马克思主义行！”即使是一名普通职工也应该注重提高自己的政治素养，作为党员更要不断提升马克思主义理论水平，加强理论武装，与时俱进、善于学习、自我革新。

知行合一，能力上入党。一名党员就是一面旗帜，发挥先锋模范作用是党员的基本要求，在和大家的交流中，我了解到很多与会的同志从提交入党申请书到今天成为积极分子、发展对象或预备党员，经过了几年、甚至十几年的时间，他们都是后勤岗位上的佼佼者，专业出众，务实肯干，兢兢业业，令人敬佩。相对来说，已经是正式党员的我们更要对自己高标准、严要求。

人民至上，服务上入党。透过党的十九届六中全会公报，我们仿佛走进一条时光隧道，感知中国共产党接续奋斗的百年伟大征程。虽然已经远离了战争年代，不再需要共产党员为了祖国和人民“抛头颅、洒热血”，但入党意味着奉献这一点始终没有改变。中国共产党是典型的使命型政党，除了工人阶级和最广大人民的利益，没有自己的特殊利益。

一流的后勤要有一流的后勤队伍，我们后勤保障部的党员同志们要继续提高服务保障工作的专业性和规范化，切实解决师生急难愁盼的问题，全心全意为师生做好服务工作。

作者：后勤保障部工作人员　付　佳

11 月 21 日　星期日　阴

马克思主义学院教学能力提升专题培训

参加者 · 陈　凤

为提升教师教育教学理念和教学核心技能，提高青年教师思政课教学的胜任力，马克思主义学院举办了教师教学能力提升专题培训。虽然是周末，我们近5年入职的“青椒”们还是一大早就来到了本科生院的智慧教室。

活动伊始，在黄广友副院长的带领下，我们进行了集体宣誓，“非知之艰，行之惟难”。作为思政课教师，我们应当以行动践行誓言，坚守立德树人初心，担当为党育人、为国育才使命，为培养德智体美劳全面发展的社会主义建设者和接班人作出我们的贡献。

随后，本科生院教学促进和教师发展中心朱征军老师和学校教学咨询员林红老师主持开展了“BOPPPS有效教学模式”工作坊。我们通过小组合作形成了对导入（Bridge-in）、目标（Objective Outcome）、前测（Pre-assessment）、参与式学习（Participation Learning）、后测（Post-assessment）和总结（Summary）的“What”“Why”“How”理解，在两位老师的引导下，我们结合BOPPPS有效教学模式对自己原有的教案进行了修改，同伴反馈的建议又让我的教案增色不少。两位老师引导我们在“做”中学，注重分享与交流，让我们真切感受到了如何去践行以学生发展为中心、以成果为导向的教育理念。

下午，清华大学肖贵清教授以“新时代高校思想政治理论课的守正与创新”为主题给我们作了报告。肖教授围绕新时代高校思政课教学取得的成绩、需要解决的问题和如何提高思政课教师教学能力三个方面进行了精彩的解读，强调新时代高校思想政治理论课教学，守正是基础，创新是关键。之后，机械工程学院王震亚教授作了“从慕课到金课：线上线下混合式课程建设”的主题报告，王教授结合自身的教学经历分享了如何适应教育发展的需要开展混合式教学，促进教育资源整合、教育质量提升、实现个性化培养。

走出生命南楼时，天色已晚，空气中弥漫着初冬的凉意，但心里是暖的。一天的培训，收获满满，责任与使命在肩，定当讲好思政课这一立德树人的“关键课程”，让它成为学生真心喜爱、终身受益的课程。

作者：马克思主义学院教师　陈　凤

11 月 22 日　星期一　晴

艺术学院（威海）党委副书记 · 宗文婷

我正在办公室处理工作，把键盘敲得噼啪作响。耳边响起轻轻的敲门声，随着“请进”的话音，我抬头看过去，推门进来的居然是他——我们 2019 届硕士毕业生运启同学。我用到“居然”这个词，是因为这两天学院办公楼里又陈列出一部分画作，是从历年收藏的学生毕业创作中精选出来的，恰好有一幅就是运启的作品。

因为毕业后常在微信朋友圈看到他的动态，所以尽管两年多未见，丝毫没有陌生感。运启毕业之初在青岛就职，后来由于工作变动去了另外一所高校，恰好在我的家乡。这师生的缘分真是奇妙呀，可是这两年不便回乡，却是一直不曾见过。现在，他被邀请回母校给学生们授课，才有今日一聚。

关于工作、关于生活、关于他的学生们、关于他的创作，听他娓娓道来，我好像回到了那座城市，好像在熟悉的街道上穿行。聊到他的师哥师姐、师弟师妹的毕业去向，便成了我的主场。一个个名字从记忆中出现，在脑海中迅速过一遍他们的模样。每一个他或者她，一定都挺好的吧。

毕业后的他们在各自的岗位上精彩着：有的同学自主创业、有的同学顺利读博、有的同学服务于群众文化事业，进了高校的，有的是专业教师、有的和我一样从事学生工作。他们也在各自的生活中精彩着：有的正拥抱甜蜜的爱情、有的已经成家立业、有的为人父母、有的享受着一个人的洒脱。每每想到这里，我的内心是自豪、是充实、是欣慰、是富足。

引领学生们拨开迷雾找到方向，自信而坚定地为更加美好的未来而努力，教他们学会在拼搏的汗水中感受人生的价值和意义、去追逐光成为光，我想，这便是我们倾心付出的意义。

一年一年，陪着一届又一届的学生经历成长，看着他们从迷茫彷徨到目标清晰、从无所适从到成熟稳重、从青涩稚嫩到独当一面，看着他们一步一步成为更好的自己，我的心中会时时涌上四个字：岁月无悔！

万籁俱寂的夜晚，心绪久难平静。我打开电脑，写下了上面的文字，也写下了这首《重聚》。感谢这场现实中的重聚，让我和更多的学生们在想象中“重聚”。

重聚

前天下午
夕阳透过玻璃窗
把墙壁照亮
雪白的墙上新挂了旧日的画作
一幅一幅都是我们的珍藏
一个熟悉的名字映入眼底
不假思索地掏出手机
定格成电子的影像
想和画的主人分享

今天上午
轻轻的咚咚声把门敲响
多么神奇
画作主人突然出现在办公桌旁
聊着

求学时光
昔日同窗
而今发展
未来畅想
仿佛中间不曾隔着两年半
仿佛才看见他持着画轴经过门前的走廊
昔日的学生已开始教授学生
一招一式颇具当年老师的模样
师道传承
画道传承
文道传承
代代不熄的
是华夏文明的光

作者：艺术学院（威海）党委副书记　宋文婷

11 月 23 日　星期二　晴

研究生支教团成员・刘凯悦

昨天早上 7 点半，伴着冷风，我们准时抵达了山东大学附属中学，参加了我们实习之旅的首次升旗仪式。感受着山大附中的校园氛围，看着大家身着校服的整齐队列，一下子将我拉进了中学的校园环境。

升国旗、奏国歌、国旗下讲话的一幕幕都让我印象深刻。值得一提的是，初入附中的第一次升旗，就是我所带教的初二八班组织的，“心怀善良”这一国旗下的讲话主题发人深思，学校领导借此机会进行了德育、美育教育，希望大家心存善意，体谅他人，哪怕从身边的人开始，点滴累积。

结束升旗后，我们分别到了各自的带教班级，见到了初二八班班主任段老师，段老师非常热情地介绍了班级的基本情况，我便开始了跟班上课的旅程。初二八班第一节课是历史课，跟随老师的思路，从“西安事变”讲到“七七事变”，我也跟着老师理顺了讲课思路，这是我第一次从老师的角度思考问题。之后，陆陆续续上了英语课、政治课、数学课。每一堂课老师都满怀热情地向同学们讲授课程，从老师的言语中，我明白了教书育人的真正含义是什么。同时，跟着许多老师上课，理解了他们的教学方法、教学思路，也充实和丰富了我自己的教书育人经历，为以后的支教生活打下了坚实基础。

中午吃饭的间隙与其他支教团成员进行了交流，我们讨论了各自带教班级的班级情况以及学生情况，大家回忆了各自的初中生活，也希望我们研支团将来能在各自的服务地发光发热，为西部地区的同学带来丰富的知识与见解、开拓他们的眼界。

下午依旧是跟着各位老师学习教书育人能力和经验的时间。我想，我们要充分利用好两个周的实习时间，为以后的工作积累经验、提高水平，努力响应号召，做到“三全育人”，为祖国发展贡献一份自己的力量。我们要明白天道酬勤的意义，在这两个周的时间里踏实实习，认真领悟教师的职责，提高教育水平，为支教事业的发展作出一份自己的努力。

作者：软件学院2018级本科生　刘凯悦

11 月 24 日　星期三　晴

新提任处级干部培训参加者 · 王纪磊

近期参加了系列提高政治能力专题培训报告会，通过 7 场专题培训、课程学习与交流研讨，我对如何提高政治能力，尤其是作为基层党委负责人，如何提升政治能力、发挥政治作用有了更加深刻的认识。

习近平总书记多次明确指出，政治能力就是把握方向、把握大势、把握全局的能力，就是保持政治定力、驾驭政治局面、防范政治风险的能力。作为基层党委负责人，全面提升自身的政治能力，确保党委发挥“五个到位”，是承担好管党治党主体责任的应有之义。

把握政治方向，做好班子“带头人”，确保党组织领导和运行机制到位。基层党委是宣传贯彻执行党的路线、方针、政策和上级党组织决定的前沿阵地。做好班子“带头人”，就是要团结领导班子增强整体政治领导功能，提高议事决策水平；坚持民主集中制，健全完善党委会和党政联席会议制度；明确班子成员工作职责，形成集体领导、党政分工负责、协调运行的工作机制；确保领导班子在干部队伍、教师队伍建设中发挥主导作用。

站稳政治立场，做好政治“明白人”，确保政治把关作用到位。基层党委是教师引进、课程建设、教材选用、学术活动等重大活动的政治“第一关”。做政治上的“明白人”，我认为应该从“为了谁”和“依靠谁”两个方面落实。一是要牢记我们党全心全意为人民服务的宗旨，始终把师生放在心中的最高位置，切实贯彻党的群众路线，努力解决好师生最关心、最直接和最现实的问题；二是严格落实意识形态工作责任制，在教学科研管理等重大事项中，坚持正确的政治立场、政治方向、政治原则；加强对学院学术组织、研究机构、学生社团等组织的政治引导，管好各类宣传思想文化阵地。

夯实理论根基，做好师生“贴心人”，确保思想政治工作到位。习近平总书记指出：“政治上的坚定、党性上的坚定都离不开理论上的坚定。干部要成长起来，必须加强马克思主义理论武装。”加强理论学习是提高政治能力的重要前提，要确保学在前、学得深、讲得透，才能做好师生思想上的“贴心人”。基层党委作为师生思想政治工作的一线，要建立健全政治理论学习制度，深入开展思想理论教育；要不断深入研究、创新工作方法，增强师生思想政治工作亲和力和针对性；推进师德师风、学术道德、教风学风建设取得显著成效。

加强政治历练，做好发展“领路人”，确保推动改革发展到位。领导干部的政治能力不是与生俱来的，需要在长期实践过程中培养和锻造。落实学校“强院兴校”战略，做强学科是根本，做强学院是基础，发挥党的领导这一最大优势是保障。作为基层党委负责人，在推进学院改革发展中加强政治历练、积累政治经验，是提高政治能力的根本途径，是做好改革发展“领路人”的实践要求。基层党委作为落实“强院兴校”行动的主体，要有力谋划推进、保障落实人才培养、学科建设、科研管理等重大改革、重要事项、重点安排；要统筹推进党的建设和群团组织建设、基层治理体系建设有机融合，真正成为引领学院改革发展的坚强保障。

严守政治纪律，做好组织“守护人”，确保基层组织制度执行到位。要始终把维护党的政治纪律和政治规矩放在首位，既要以身作则又要引领每位党员严守政治纪律，牢固树立“四个意识”，坚定“四个自信”，坚决做到“两个维护”。基层党委要加强对师生党支部工作指导，有序推进党内集中学习教育、经常性教育，规范党内组织生活；扎实开展教育、管理、监督党员和组织、宣传、凝聚、服务群众工作；执行好党务公开，确保党的各项制度落实到位；要选优配强师生党支部书记，力争实现“双带头人”教师党支部书记全面覆盖；在高层次领军人才、优秀青年教师和青年大学生中，深入开展入党积极分子培养与党员发展工作。

提高政治能力绝不是空泛的要求，也不是一劳永逸的，需要领导干部终生努力、久久为功。作为新提任的领导干部唯有不忘初心、牢记使命，学会在问题面前把握方向、把握大势、把握全局，练就辨别政治是非、保持政治定力、驾驭政治局面、防范政治风险的政治慧眼，才能不断提高政治能力，才能使自己的政治能力与担任的领导职责相匹配，与学校事业发展的要求相适应。

作者：生命科学学院党委书记　王纪磊

11 月 25 日　星期四　晴

威海校区机关党委过政治生日活动参加者·宋艳霞

生日让人感知生命的源头、记载成长的岁月。而对于一名党员来说，又有着另一个特殊的生日——政治生日，这一天给了每一位党员一份持续终身的信仰。

今天，在我加入中国共产党 10 周年的日子里，我收到了一份属于我自己的“党员政治生日”贺卡，让我不禁回忆起这一年我参与党史学习教育的整个过程。

年初，随着党史学习教育的开展，威海校区机关党委决定开展机关党员过“党员政治生日”活动。作为组织部、机关党委的一名工作人员，我积极参与制定“党员政治生日”实施方案并起草发布通知，希望通过政治生日强化党员的身份意识、责任意识和宗旨意识，加强党员党性教育，感受组织关怀，增强集体荣誉感和使命的神圣感，让广大党员始终保持党的先进性和纯洁性，不忘初心、牢记使命，充分发挥党员先锋模范作用。

截至 11 月，机关党委已为 138 名党员赠送了“党员政治生日”贺卡，购买了25种与“四史”相关的学习书籍作为生日礼物发放到每一位过生日的党员手中，如《红军长征史》《火种》《新中国口述史》等。机关党委结合“六型”模范政治机关建设，实施机关党建“1＋N”行动，围绕政治生日，组织开展丰富多样的活动，如“学习总书记贺信、牢记为国育贤使命”政治生日恳谈会；参观贝草夼地下交通站纪念馆，在瞻仰和重温革命先辈们在抗日战争期间的经历中度过了独特的政治生日；开展支部“茶话会”，请过生日的党员谈感想，让支部书记赠送礼物，与本单位党员教育结合起来；集中观看红色电影《长津湖》，从思想深处深化初心和使命，提升党性修养等。

作为重要环节之一的“党员政治生日”贺卡，也承载了机关党委满满的心意与诚意。在即将到来的12月，贺卡在第一版的基础上“升级换代”，以“‘党徽’遇山大‘航’”为主题，贺卡的外壳材质进行了全新升级，颜色更加靓丽持久，贺卡内还有党徽、五角星、山大“航”的立体模型，沉稳大气，烂漫鲜活。卡片扉页上印着“坚定不移听党话，矢志不渝跟党走”，卡片内印有庄严的入党誓词和机关党委对党员的生日寄语。入党誓词是每一名党员入党时面对党旗许下的庄重承诺，也是每一名党员肩负的特殊责任和使命，值得用一生去实践；生日寄语寄托着机关党委对党员的关心、希望和鼓励。新版贺卡更加庄严肃穆又不失生动鲜活，更好地激励机关党员干部全面贯彻习近平新时代中国特色社会主义思想，坚持一体发展战略，振奋精神、鼓足干劲，以永不懈怠的精神状态和一往无前的奋斗姿态干事创业，为校区高质量内涵式发展贡献机关力量。

“一切向前走，都不能忘记走过的路；走得再远、走到再光辉的未来，也不能忘记走过的过去，不能忘记为什么出发。”让我们过好政治生日，牢记初心使命，坚定理想信念，践行党的宗旨，继续为建设担当中华民族伟大复兴大任的世界一流大学而不懈奋斗。

作者：威海校区机关党委工作人员　宋艳霞

11 月 26 日　星期五　晴

高校教师课程思政教学能力培训参与者 · 谭　蕾

昨天上午，樊丽明校长作了有关“中央高校课程思政建设组织与实施”的报告。报告中着重提出了学校课程思政建设的具体实施办法、成果和建设目标。樊校长的报告提到了选树典型、示范引领，这让我意识到课程思政能力的提升，不仅可以通过培训、线上学习进行，还可以向身边的同事学习。每一门课都有自己的特点，都有不同的思政元素可以挖掘，我们应该从相同专业、不同专业、甚至不同学科的老师身上学到更多、更有价值的内容，进而充实自己的课堂。

此前，我参加了由教育部高等教育司指导、全国高校教师网络培训中心主办的高校教师课程思政教学能力培训。培训的第一讲是由教育部高等教育司吴岩司长主讲的“高校课程思政建设政策解读”。吴司长在报告中用全面、细致的解读，分析了习近平总书记关于课程思政的指示批示精神，让我再一次认识到了课程思政对教师的要求、学生的发展、课程的建设以及社会的责任都是十分重要的。作为一名党员教师，更应该认真学习《高等学校课程思政建设指导纲要》（以下简称“《纲要》”）精神，积极、高质量地履行教书育人的职责。我们的工作不仅仅是传道授业解惑，更应该为党育人、为国育才。

作为一名数学专业的教师，当我第一次知道课程要开展思政建设时，第一反应是我要怎么做？数学与课程思政之间有什么关系？由于平时的课程都是专业基础课，内容也是理论知识偏多，所以一时难以与思政元素关联起来。通过《纲要》的学习，我才认识到课程思政的必要性，并且初步了解了课程与思政之间要如何联系在一起。课程思政并不是让教师把课堂变成思政课，而是在保证课程专业性的基础上，注重价值引领。对于理科的教学来说，课程思政也并不局限于对学生思想政治方面的引导，更应该注重学生的科学思维、科学伦理，这才是理科教师在教学过程中应该注意并且应该传递给学生的正确的课程思政元素。

习近平总书记在关于课程思政的指示精神中提出期待教师们成为大先生、大老师，这既是对我们高校教师的期望，也是对我们的要求。要成为一名大先生，仅仅教好一门课是远远不够的，要时刻谨记立德树人、关爱学生，真正把课程思政的要求贯穿于教学生涯之中。作为一名青年教师，我们更应该加强思想政治教育，探索课程思政的新方法、新途径，做好课程思政这件大事、天大的事、伟大的事！

作者：数学学院教师　谭　蕾

11月27日　星期六　晴

校长奖（综合）答辩评审会工作人员·张广汇

昨天，济南校本部2021年度本科生校长奖（综合）答辩评审会在中心校区举行，我有幸全程参与，和大家一同感受了榜样的力量。自今年7月份正式入职以来，我先后参与了多场评审工作，但这一次作为主力，我倍感压力也动力满满。现场计票统计、公布最终排名之后，我紧张的神经终于放松下来，回想最近围绕答辩评审会所做的工作，辛苦而又充满意义。

为了充分展现济南校本部26名候选学生的个人风采和综合发展，积极营造学校向优秀学生学习的良好氛围，我们首次尝试在答辩评审前通过海报形式对候选学生进行宣传，宣传海报均由候选学生自主设计。海报在中心校区知新楼、理综楼以及齐园餐厅进行线下展示期间，引起师生广泛关注，每每看到师生在海报前驻足停留，认真阅读候选学生信息，相互交流讨论的情景，我觉得这项工作的意义得到了充分体现。

校长奖作为学校授予在校学生的最高荣誉，如何让奖项的评选更加公平、公正、科学、合理，是我们一直努力的方向。我们打造“百人评审团”模式，前期校长奖道德风尚、社会服务、文体活动、研究创新、创业实践单项五场评审会邀请了20位专家学者、相关职能部门（单位）负责人担任评委；校长奖（综合）答辩评审会邀请了23位专家学者、13位相关职能部门负责人、24位学院（培养单位）学生工作负责人、31位学生代表共91人担任评委，最大限度地让师生参与到评选工作之中。答辩过程中大家都认真投入，答辩台上的候选学生激情昂扬，现场的评委仔细翻阅候选学生信息表，不时点头微笑，不时提笔记录。最终的投票结果，最高位次同学得票率达到96.7%，6位同学得票率超过90%，第20位的同学得票率也超过60%，体现了评委对候选学生的肯定和认可。

在现场工作的间隙，我也认真学习了候选同学的丰硕成果，为每一位站在答辩台上的同学感到高兴，他们不仅学习成绩拔尖，而且多方面广泛涉猎、综合发展、卓有建树。当前，党委学生工作部、武装部认真贯彻落实国家《深化新时代教育评价改革总体方案》和学校相关工作部署要求，积极推进《山东大学本科生综合评价办法》制订工作，努力引导学生朝着德智体美劳全面发展的方向努力前进。参加答辩的候选同学无论是否获评，都是学校五育并举、全面发展的最好诠释，都是我们要向广大同学推崇的学习榜样。

评选结束后，我们向评委征求意见，以进一步改进工作。“组织得很好，从程序上最大限度地保证了公平公正。”“学生培养效果反馈于教育教学改革，有助于不断提升人才培养质量。”“见识到了很多优秀的学长学姐，看到了新时代山大人的风采，备受鼓舞，今后会努力向他们看齐，承担起山大人的责任。”阅读着大家情真意切的反馈，我由衷地认识到，举办这场答辩评审会的意义已经超越了评审工作本身，它更是一个展示山大学子风采、增进师生交流、促进学生互动的最佳平台。

我仍然清晰地记得自己在本科入学后不久，参加学校“榜样的力量”优秀学生颁奖典礼时的情景——那时的我作为一名懵懂的新生，望着台上的校长奖得主，羡慕而又向往，这股榜样的力量在日后一直激励着我前行，让我在山大温暖的怀抱中实现了个人的成长。我的经历让我深信，榜样的力量真实存在，榜样的力量就在身边。如今，作为一名学生工作人员，这股力量仍旧能够带给我能量，督促我在工作中务必履行工作职责、开拓工作思路、创新工作形式。我将结合工作实际，积极拓展优秀学生宣传渠道，让榜样的力量激励更多山大学子追求卓越、全面发展，努力成为最优秀的自己。

作者：党委学生工作部、武装部工作人员　张广汇

11 月 28 日　星期日　晴

青年教师教学比赛工作人员・肖一冰

看着手机里存的工作大合照，我的思绪瞬间回到了充实且精彩的山东大学青年教师教学比赛决赛的那天……

前天是一年一度山东大学青年教师教学比赛的决赛日。来自一校三地文理工医各学科的 57 位青年教师经过角逐，从百余名选手中脱颖而出，闯入了决赛。为了让选手们比出佳绩，教学促进与教师发展中心的老师们在张院长和朱老师的带领下，提前几周就着手准备，组建起一支强有力的比赛服务队伍，并设计了为选手加油鼓劲的大展板来烘托比赛气氛。赛场布置、物资整理摆放、设备调试等每项准备工作，力求做到精准、精美，

确保万无一失。

上午7点整，服务人员全部到达自己的岗位，再次熟悉岗位内容和职责。已退休的爱霞老师，依然如在岗时那样悉心呵护指导着每一位工作人员和同学，让大家紧绷的心弦得到了放松。“肖老师，和您说一声，我们再次检查了所有电脑和网络情况，评审以及直播用的摄像机也全部正常。”检查完六楼最后一个比赛室后，技术科老师微笑着对我说：“放心吧，技术方面一切正常，就等比赛开始了。”信息技术保障在教育教学中是重要保障，技术科的老师们百炼成金，功不可没。“老师，我再跟您确认一下，选手到达等候室后，要进行签到—抽出场次序签—抽教学节段签，对吗？然后选手到准备室进行赛课准备，我需要……”那名小巧可爱的女学生，从她有些慌张急促确认比赛流程的话语里，可以看出她是第一次担任青教赛工作。为了缓解她的紧张，我安慰她别担心，并耐心地帮她理顺工作思路。

这次比赛还招募了一批研究生助理，他们工作认真细致，腿脚勤快地穿梭在比赛场地，引导选手，服务老师。他们大气爽朗的作风，展现出山大学子质量第一、服务至上的可爱品性。

上午8点，比赛正式开始。文科选手的声情并茂、理科选手的严密逻辑、工科选手的严谨周到、医科选手的医者仁心，大家将自己精细的设计、个性化的教学风采依次展现在比赛讲台上。他们真不愧是山东大学教师队伍中的优秀青年才俊！

“啊，时间过得真快！”最后一名选手也已经完美收官。为了将这有意义的时光留住，我召集全体服务人员在楼前的大展板前留影。随着相机的“咔嚓”声，大家脸上定格的笑容，构成了冬天里最美的图画……

作者：本科生院教学促进与教师发展中心工作人员　肖一冰

11月29日　星期一　阴

管理学院党委副书记·周　琳

初历寒潮的济南是冷冽的，和定向西藏的学生在操场上漫步交流，她说，自己和很多班里的同学不一样，大家还在纠结于考研的选择，自己已经开始憧憬扎根西藏的未来。和她分享了几个我熟悉的支援藏区医院与扎根西部建设的学生故事，连清冽的空气似乎都被这些热血的青春事迹温暖着。学生眼睛闪亮，和我一样动容于他们的选择——响应时代召唤，投身在祖国最需要的地方，成长为优秀的青年干部，书写别样的人生。

我和学生交流了习近平总书记在2021年秋季学期中央党校（国家行政学院）中青年干部培训班开班式上的重要讲话，习近平总书记强调："年轻干部生逢伟大时代，是党和国家事业发展的生力军，必须练好内功、提升修养，做到信念坚定、对党忠诚，注重实际、实事求是，勇于担当、善于作为，坚持原则、敢于斗争，严守规矩、不逾底线，勤学苦练、增强本领，努力成为可堪大用、能担重任的栋梁之才，不辜负党和人民期望和重托。""勇于担当，善于作为"不仅是对共产党员和青年干部的品格要求，更是习近平总书记自身实践的真实写照。在梁家河时，他住窑洞、睡土炕，忍受跳蚤叮咬，与村民同吃同住、打坝挑粪，整整七年的时间。我和学生交流起自己读到这段细节的真实感受，我曾认为自己是吃得了苦头的共产党员，但当我学习了习近平总书记的七年工作轨迹，我发现自己在吃苦之路的历练还有很长的征程。

我和学生交流着在西藏可能要面对的工作挑战，比如高原反应，她说自己一直在跑步，还参加了学校的乐跑团进行科学长跑训练，在身体素质这关，她充满了信心。当我问起入职专业能力准备情况时，她和我最近交流的学生出现了相似的回答："有些迷茫，不知道现在学的知识如何转化。”我告诉她，其实我和她一样，面对新的岗位需求，一样有本领恐慌，坚持在干中学、学中干是成长成才的必由之路，我们不仅要从书本中汲取智慧，更要主动走出“舒适区”，结合实践，干什么学什么、缺什么补什么，发扬“挤”和“钻”的精神，找到技能转化的钥匙。

面对学生的困惑，学院辅导员老师作为离他们最近的人，已共同策划了优秀学长返院团，与学弟学妹分享求职技巧与职场准备，本周就会举办一场讲座，分享如何将现在所学转化成将来所用。听到举办讲座，学生很雀跃，说回去要将信息传递给其他学院的小伙伴。高兴之余，我亦感受到来自他们沉甸甸的信任与期待。

回办公室的路上，我简单地对这次交流做了“复盘”。学习是掌握工作制胜的“看家本领”，向身边的榜样学习，是我找到的克服本领恐慌的高效途径。这两天的微信朋友圈被学院党委书记吉小青的专访刷屏，作为一名潜心教育管理三十五载的老党员，作为“山东大学优秀党务工作者”，他兢兢业业、奋发求索、追求卓越的精神是我们需要学习的。形势政策课上，我经常用“愿你们青春正好、不负韶华，都能成就梦想”作为结语，今天的日记我也想这样收尾，愿我们每个山大人静守本心，矢志笃行，向着目标奔跑，尽是青春模样。

作者：管理学院党委副书记　周　琳

11 月 30 日　星期二　晴

美国 AP 中文课程项目助教代表 · 刘　越

一方小小的晶体屏幕，两种不同的文化背景，12 个小时的时差，可容纳 300 人的线上会议室，山东大学国际教育学院用了近两个月的时间搭建起一座中美文化交流的桥梁。这周是学院举办美国 AP 中文课程的结业周，作为一名课程项目的助教老师，亲眼触摸到中华文化传播的肌理，与有荣焉，幸甚至哉。

从金秋九月到初冬时节，从项目筹备到课程开展，从首次课的慌乱迷茫，到最后一堂课的不舍告别，我在此次项目中收获了宝贵的中华文化传播和中文教学组织的实践经验。负责老师每周精心挑选谈话交流的主题，自我介绍、民族服饰、旅游景点、铁路设计、购物狂欢节……传统和现代杂糅，东方和西方观点荟集。山东省实验中学的同学们担当文化传播的小使者，在交流中将中国真实的生活景观传递给美方的同学，让美国青少年们在学习中文的同时，更加立体化地认识和了解中国，而中国青少年们也从美国学生的口中收获了跨文化的神奇妙义。

在最后一节课中，少年们纷纷表达了对本次课程项目的一些感受，以及对即将到来的告别的不舍。相见时难别亦难，网络媒介的现场感打破了距离的围囿，对他们来说，每周按时在线上会议室中相聚交谈已经成为一种习惯。他们表示，印象最深刻的主题是对铁路设计的探讨，有学生曾在课程中提出想打造一条从洛杉矶抵达中国的铁路，一位中国学生感慨道“或许我们设计的铁路在未来的某一天真的可以实现，我们都在期待那一天的到来”，可以看出，我们在青少年的心中早早就播下了世界互通的种子。除此之外，购物节主题、民族服饰主题都得到了中美学生的普遍好评，美国学生还对帮助他们提高中文的中文老师表达了感谢，如果接下来还有同样的活动，一定会积极参加。山大首次承接美国 AP 课程项目圆满成功，作为一名山大人，能在当今传播局势下为中美文化沟通献出一份微薄的力量，我倍感骄傲和自豪。

我们发现，在每一个交流主题下，中美学生们都能在一来一回的对话中找到文化差异的融合点，对青少年们来说，理解差异并不难，唯有亲身接触和体验才能得到对彼此最中正的评述。“各美其美，美人之美，美美与共，天下大同”不是远大目标，而是必然之路，我们都在期待文化破冰、世界扬帆的那一天。

作者：国际教育学院2021级硕士研究生　刘　越

12月1日　星期三　晴

“山东大学自强之星”获奖者·赵晓欢

今天的“山东大学自强之星”答辩结束后，激动的心情过了许久才逐渐平复。与其说这是一场答辩会，我更想说这是一场交流会。答辩会上，倾听他人的故事，让我明白在自强的道路上不止我一个人在战斗，我也希望通过自己的经历，给深陷困顿中的人以精神上的支撑与鼓励。

现场，我认真聆听着每一位答辩者的故事，他们与我有着相似的经历，因此，我更能体会到他们的不易，也深深佩服他们在挣扎努力中表现出的勇气和力量。当轮到我上台时，紧张的我竟感到充满力量，于是将我的故事娓娓道来。

这段经历关于感恩与努力。2018年复读的我在2019年终于考进山大，开启我的逐梦之旅。但人生并不总是一帆风顺，父亲劳作时不慎从屋顶跌落，脚踝粉碎性骨折，因为治病需要花费十几万，这对于我们家来说无疑是雪上加霜。2019年，父亲又一次摔断了胯部，一直无法下床。这几年，家里早已负债累累。2021年8月14日晚上，我通过打工得到了人生第一份满一个月的工资。当时的我开心极了，立马给父亲转过去，没想到，对话就停在了那一刻，以后的生活分享没有了回复，就像寄出了一封没有人签收的信。2021年8月15日凌晨2点48分，我的父亲离世。举办葬礼的那个晚上，母亲又因过度劳累，被送到医院急诊，诊断出血管瘤。

父亲的离世和母亲的重病，是我人生路上最沉重的打击，但我相信人远比自己想象的要坚强，特别是当你回头看的时候，你会发现自己走过了一段自己都没想到可以坚持下去的路。我最想感谢三年里学校给予我的资助，每当我收到学校的资助，我都深切地感受到国家和学校对我的关怀与期望，也让我感受到了生活的希望。心怀着感恩，不曾停止追求梦想的脚步，时间也给了我这个平凡而努力的孩子一个答案：我获得国家励志奖学金等多项奖学金，第六届山东大学互联网＋校赛金奖、第六届山东省互联网＋省赛银奖、校级优秀学生干部、志愿服务先进个人等40余次荣誉。我深知，这些荣誉的背后是山大对我的培养，因此，我应该去为社会、为身边的人做些什么。身为中共预备党员，我参加了2021级迎新工作、连续20天的校庆美展和校庆晚会工作、“希望小屋”等20余项志愿服务，在校会院会的服务经历也让我不断成长。

尽管答辩的时间只有五分钟，但我记起了这三年里那些困难时光里的坚持，记起了那些平凡生活中的温暖与希望，我相信对坚持最大的鼓励，不是我可以，而是多年后说一句“还好没放弃”。当我大喊“自立自强，我们无所屈服，向今天的自我挑战。励志成才，我们无所畏惧，向未来的彼岸远征”时，我知道这场答辩让我实现了又一次的成长，让我感受到了山大带给我的希望曙光。

现在大三的我，内心强烈地意识到可以待在济南、待在山大的日子越来越少了，开始变得不舍，内心满是失落。洪家楼的每一棵树都变得可爱起来，每一条小路都变得不可替代。我坚信山大给我带来的光，在未来的道路上，将陪伴我一直走下去。

写这篇日记的时候，窗外凉凉的，我的心却暖暖的。我在山大自立自强着，我在山大幸福奋斗着，希望有一天当我归来时，我也可以为山大做些什么。

作者：艺术学院2019级本科生　赵晓欢

12 月 2 日　星期四　晴

“自强之星”终评会工作人员 · 尚文月

昨天早上，我在群里看到考研的朋友发了一张图片：“快看！这是六点钟的月亮，但看不到星星了。”终评会第一位候选人上场的时候，我就拍了一张照片发送给她，说：“快看！这是我们身边的星星——‘自强之星’！”

我一直觉得“自强”是一个很有力量的词汇，或许是受到古语“天行健，君子以自强不息”的影响，自强不息、百折不挠、奋斗不止都会带给人们生机与希望。

每一颗青春的种子，都积蓄着生长的力量。在终评会现场，我被济南校本部 20 名答辩候选人的经历深深打动。“苔花如米小，也学牡丹开。”这是一位来自大山深处少年的憧憬与独白，1 条毛毯、2 件棉衣、3 张返乡车票、10 余门添翼课程，这是他收获到的温暖。连续 3 年返校宣讲、连续 4 年开展志愿活动，这是他口中“散发的萤烛之光”。这位少年是我的同学，他每天早上都会第一个到教室学习，或大或小的活动里都有他活跃的身影，起初我只知道他的勤奋，今日我听到了更多关于他的动人故事。

泪眼模糊中，我还看到了那朵开在荆棘中的玫瑰破土而出、向阳而生；看到了一束穿透云层的光，亮眼闪耀；看到了那位在天堂的父亲看着台上少年欣慰地笑；看到了台下评委都与我一样眼含泪花，深受鼓舞。

自强之星的星是启明星，他们自身璀璨，然后众星拱之，这是我从大一时作为终评会观众、大二时作为终评会学生评委、现今作为终评会工作人员一直深谙的道理。

终评会结束后，我们收集统分表、整理会场、统计票数、发布公示通知，从明德楼出来的时候，终评会暂告一段落的踏实与满足让我感觉天上的星星格外耀眼。

实际上，自强之星的意义远不止于此。在实现中华民族伟大复兴征程中，我们每个人都是一颗渺小的星，缀于历史的漫漫星河。此次评选是我们青年学子奋发自强、感恩奉献的风采展示，也是我们青春一代用奋斗交出的一份答卷。

今年对我来说也是很特殊的一年，11 月 20 日，我的预备期满，即将转正成为一名光荣的中国共产党员；同时我成为 2022 届保资辅导员。生逢盛世，肩负重任，在今后的生活中，我会从身边的榜样中汲取力量，刻苦学习、全面发展、自立自强、成长成才，以更加昂扬的姿态迎接未来。

作者：文学院 2018 级本科生　尚文月

12 月 3 日　星期五　晴

山东大学博士后工作会议参加者·姚文昌

今天，山东大学博士后工作会议在中心校区举办，我有幸受邀参加。这次会议不仅是对山东大学博士后工作开展 30 年来的一次总结，更把对博士后工作的重视提到了前所未有的高度。

会上，大家通过视频，共同回顾了山东大学博士后工作开展 30 年来的历程，学校为获评的 8 个 2020 年度全国优秀博士后科研流动站，以及山东大学 2021 年度优秀博士后、优秀博士后合作导师颁奖，以表彰大家在学术研究、科研创新等方面取得的突出成绩以及为学校发展作出的贡献。山东大学校长樊丽明、副校长吴臻，人社部、中国博士后基金会、山东省人力资源和社会保障厅相关负责人，高校、合作企业、优秀博士后流动站和优秀博士后代表进行了工作介绍、经验交流以及博士后相关政策解读等。与会人员分为文、理、工、医、威海、青岛六个小组就博士后工作中的问题进行了讨论。

会议明确指出，博士后是山东大学一支极为重要的科研力量。令我感触最为深刻的是近年来学校在博士后工作方面的主动性。学校能够适时调整博士后的相关政策，出台相关文件，加大资金投入力度，为博士后创造出稳定舒适的工作环境。我本人即是学校博士后工作改革的受益者之一。2019 年 6 月，我在山东大学儒学高等研究院获得博士学位，并顺利进入文学院中国语言文学科研流动站，成为山东大学第二批特别资助类博士后。博士后工作期间，我参与了合作导师杜泽逊教授科研团队所承担的国家清史纂修工程项目“清人著述总目”“清史典籍志”和国家社科基金重大项目“《五经正义》汇校”。一流的科研项目，一流的科研团队，一流的合作导师，让我在两年多的博士后工作中，科研水平得到大幅度提高，对有清一代的学术脉络以及儒家核心典籍的文本生成与流传等情况有了更为清晰的认识，进而完成了自己关于清代儒家经籍刻石的专题研究报告。

如今，我已顺利入职山东大学文学院，在教学之余，继续跟随杜泽逊教授的科研团队从事科研工作。近日，团队承担了国家“十四五”规划文化工程“《永乐大典》综合整理”项目，担负着传承和发扬中国优秀传统文化的使命。“好风凭借力，送我上青云。”适逢其会，奋勇当时，叩心而问，能不勉乎？

作者：文学院教师　姚文昌

12月4日　星期六　晴

第三届学工队伍气排球比赛工作人员·朱泉宇

昨天，山东大学第三届学工队伍气排球比赛落下帷幕。距离活动初期策划，刚好过去一个月的时间。作为一名工作人员，我有幸参与了策划赛事、置办装备、选手报名、现场组织的全过程。

今年，是举办学工队伍气排球比赛的第三年。怎样才能把比赛办得更好，是我们一直都在思考的问题。在一个月的时间里，我们一次次核对名单，一次次修改完善活动流程，一次次联系对接相关单位，一次次突发状况的出现和解决，让准备工作按照预期逐步进行着。在通知的草拟工作中，我们参考往年的分组、排名情况，让各支队伍的报名人数、性别比例、竞赛实力都能相对平均，比赛才能更加公平、公正。为了使各支参赛队伍获得更好的竞赛体验，在现场布置和比赛过程中，我们2022届保资辅导员几乎全员出动，大家共同努力，让活动的每一项工作都能井然有序地完成，也让我们这支队伍愈加团结。

比赛当天，看到各支队伍坚持运动竞技与交流学习相结合，参赛队员们精彩的比拼，我觉得这一个月筹备工作的付出都值得。赛场上，每一位队员都竭尽全力，发球、起跳、拦网、扣杀；每一支队伍都不甘示弱，互相之间完成了一个又一个完美的配合，展示了高度的团队意识。落后的队伍不气馁、不言弃，为了扳回比分，不断调整战略战术，拼搏到最后一刻。各支队伍互相尊重，互相学习，充分发扬“友谊第一、比赛第二”的精神，展现了一次充满感动、卓越和激情的气排球比赛。

昨晚清点完最后一箱物资，锁上仓库的大门，和同事走在明德大道上，心里想着，气排球活动终于告一段落，可以回去睡个好觉了。志不求易者成，事不避难者进。回想这一个月所做的工作，辛苦而又充满意义，但仍有很多需要整改反思的地方。

特别想向支持本次比赛的领导老师、在本次比赛中付出辛勤劳动的裁判员、工作人员和全体参赛者表示衷心的感谢，感谢你们的大力支持和真诚帮助。在这次比赛中，我真切地感受到了体育精神和竞技精神的魅力所在，在未来的学习和工作中，我也将积极参与体育锻炼，增强体质、锻炼意志，继续弘扬拼搏的精神、昂扬的斗志，为学校发展和学生成才贡献一份力量。

作者：土建与水利学院2018级本科生　朱泉宇

12月5日　星期日　晴

研究生支教团成员·叶文馨

在山大附中的实习工作已经结束，回想起实习的点点滴滴，感慨万千。还记得第一次踏入初一十二班的时候，同学们正在早读，清晨的阳光照进教室，我的心情既紧张又激动。一转眼，时光飞逝，实习就要结束了，我们满载而归却又依依不舍。

实习的两周里，跟孩子们在一起的记忆是那么的鲜活。和他们一起早读，一起听课，一起跑操，一起晨诵暮醒，一起放声歌唱……在附中的每一天都充满了欢笑，充满了意义。在孩子们对知识渴望的目光中，我们倾尽全力，利用课堂和课后的时间，尽可能把自己的学习经验都教给他们；在附中老师的鼓励和指导下，我们渐渐走出了初为人师的青涩和紧张，越来越熟练地批改作业、备课讲课；在支教团成员们彼此的关照、支持下，我们迅速融入陌生的环境，向着"成为一名合格的教师"快速地成长起来。

还记得我第一次要在班里讲课的时候，心情非常紧张。我的带班老师认真修改了我的教案，不断陪我打磨授课内容，一直鼓励着我，在我讲完课之后还给我提出很多建议，让我获益良多。讲完课后，我试探着问我们班的学生："老师讲得怎么样，有没有什么需要改善的地方？"孩子们对我竖起大拇指，笑着跟我说："老师讲得太棒了，100分！"得到他们的肯定和好评后，我对"当好一名老师，讲好每一节课"突然就有了十足的底气和信心。

在班会课上，我给孩子们介绍了"信疆游"活动，附中的学生对于活动的热情超过我的想象，在孩子们五花八门"可以送什么礼物"的提问中，我感受到了他们对于偏远地区小孩的爱心和真情。第二天的语文课上，老师说很多同学把"信疆游"活动写进了随笔里，用真挚的文字记录了自己对这个活动的感悟，让我非常感动。

在实习结业仪式上，我有幸作为初一年级的代表进行总结发言。我每说一句话，实习期间的画面就在我脑海中不断闪过，令我感慨万千。研究生支教团有一句口号："用一年不长的时间，做一件终生难忘的事。"虽然附中实习的时间只有短短两周，但这也将成为我人生中难以忘怀的珍贵回忆。

实习虽已到尾声，但我们的支教工作才刚刚起航，接下来一年多的时间里，我们会把在附中学习到的先进教学模式、教育理念、教授方法带到各个支教服务地，为祖国教育事业贡献属于自己的青春力量。

作者：新闻传播学院2018级本科生　叶文馨

12 月 6 日　星期一　晴

“榜样的力量”学生年度人物终审答辩会工作人员 · 薄雨昕

今年是我在山大的第 7 年，之前每一年年末，我都会关注“榜样的力量”年度人物评选。正所谓“知所从来，方明所往”，我习惯在个人年度总结里回顾过去一年的成长与不足，同时给新的一年设立新的目标，而“榜样的力量”年度人物就如同闪亮的星星，为我指引重新出发的航道。答辩会上自信演讲的他们，眼底洒落星辰，许多故事仿佛蝶羽轻颤，触动心灵。岁月因青春慨然以赴而更加静好，世间因少年挺身向前而更加瑰丽。他们当中，有热爱奔跑的田径少年，有见义勇为的热血英雄，有焚膏继晷、兀兀穷年的学术之星，他们向我们展示世间美好的品质，成为我学习的榜样和努力的动力。那些年，我是“榜样的力量”的忠实观众。

去年，我是“榜样的力量”的报道者。在撰写新闻稿件时，我需要深入挖掘榜样们的事迹和闪光点，也更加明晰山东大学“榜样的力量”评选活动举办的重要意义。榜样在青年群体中具有广泛的引领作用，他们传递青春正能量，引领追求卓越的校园风气，号召山大学子勤学笃行、躬身实践、创新探索，在“百廿山大 强校兴国”的征程中与山大共奋进。我们通过评选活动将这些榜样进行广泛宣传，真正引领青年。

今年，我是“榜样的力量”的组织者。10 月下旬，校团委“榜样的力量”工作组就对工作进行了全面梳理和细致分工，保证工作有条不紊开展。从评选通知发出到提交材料截止，我们收到了各学院提交的百余份评审材料，接下来就是紧锣密鼓的初审、复审，最后评选出 21 个团体或个人进入终审答辩会。我们全程紧盯，不敢放松，直到主持人最后宣布 2021 年“榜样的力量”年度人物终审答辩会圆满结束，我们的心终于落地，生出雀跃之感。在这个过程中，翁祥栋老师把控全程且细致入微，朱云龙老师耐心指导每一个答辩者的语速神态和精神风貌，方华老师台前台后事无巨细，小小的肩膀成为我们坚强的依靠，其实，工作岗位上的他们也是“榜样”。

从观众到报道者再到组织者，我从不同的视角体验观察，感悟颇深，获益良多。评选是为了让他们的光芒照亮更广阔的夜空，榜样就在我们身边。“榜样的力量”年度人物是在思想引领、学术科研、创新创业、实践服务、校园文化不同类别中评选出的佼佼者，而我们在日常学习生活中，也要善于发现身边的“榜样”，取长补短，见贤思齐，汲取向阳而生的力量，塑造优秀卓越的自我，在时代前行的浪潮中乘风破浪！

作者：文学院2020级硕士研究生　薄雨昕

12月7日　星期二　阴

研究生支教团河南队成员·谭翊博

薄雾缭绕在树丛，阔野萦绕着清风。今日是辛丑年之大雪节气，远处的山岭逐渐揭去了往日里含蓄的面纱，自信地向人们展示它雄浑的体魄和热情的朝气。今天，我们第23届研究生支教团河南队的全体成员，参与了山东大学赴确山考察交流活动，樊丽明校长和其他领导、老师，不远千里来到河南省确山县调研走访，同时来到老臧庄小学看望我们研究生支教团的队员。

看到老师们亲切的面孔，听到熟悉的乡音，我们难掩内心的激动与喜悦。

樊校长与我们一一握手交谈，一如久别重逢的亲人，灿烂的笑容感染了大家，让人倍感温馨。天气虽然有些寒冷，老师们依然与我们一同漫步校园。校园里，草草木木挂着霜华，红砖绿草间闪转腾挪着的，是孩子们快乐的身影，教室里传来琅琅的读书声，夹杂着乡村田间鸟儿的鸣声，奏出一首青春的协奏曲！

老臧庄小学的孩子们就在这样美丽的校园里茁壮成长着。看到他们奔跑的身影，樊校长对我们的工作表示了肯定，同时也对未来工作的开展表达了殷切的期待。聆听着校长的嘱托，我更加认识到，我们要珍惜学校的宝贵资源，全面提升自己各方面的素质，我们应该在自己的岗位上更好地发挥志愿服务精神，继承山东大学优良传统，为确山教育事业贡献山大力量。樊校长的话，也让我明白了，人的一生就是经历的一生，我们在经历中历练，在经历中成长，也在经历中感恩。于我个人而言，每次能在自己的岗位上给孩子们带来一点点帮助，都让我感到莫大的满足，这一切，真的是难得的幸福。

身处异乡的我们，深深感念学校老师们的亲切关怀。山东大学研究生支教团成立 23 年来，不断为国家教育事业贡献智慧和力量。一年的支教生活，对团员们自身也是一次宝贵的锻炼机会，让人终生难忘。我们定会牢记嘱托、不负众望，继续以极大的热情和探索创新的态度投入到教育教学工作中，践行研支团的宗旨，“用一年不长的时间，做一件终生难忘的事！”

作者：法学院 2017 级本科生　谭翊博

12 月 8 日　星期三　多云

第四届研究生“学术之星奖”评审工作志愿者·周琦玥

今天，历经 20 余天的山东大学第四届研究生学术之星奖评审工作顺利结束，经过前期初评，来自济南、威海、青岛三地共 20 名优秀研究生进入终评，每位同学面向学校专家委员进行了最多 5 分钟的答辩陈述，最终 9 位研究生获得“学术之星奖”。研究生“学术之星奖”已连续评审三届，组织程序日渐完善，号召力持续增强。作为此次评选活动的志愿者，我有幸全程参与，目睹了 20 名优秀研究生“同台竞技”，在此过程中深深感受到了山大学子手可摘星辰的学术力量。

我主要负责协同主办方——山大研究生院、党委研究生工作部的老师们布置会场、组织现场答辩、记录候选人成果亮点及评委点评等。此次学校在遵守疫情防控要求、充分征求候选人意愿的情况下组织答辩，共有 18 位同学选择现场答辩，另有两位同学因身在国外进行博士联合培养选择线上答辩。答辩时，各位同学从学术价值、社会影响、服务国家战略与重大需求等方面，多维度展现深耕学术的成果收获，充分展现了榜样风采。材料科学与工程学院安永灵以第一作者发表高水平论文 10 余篇和授权发明专利 10 余项，基础医学院秦颖用 15 本实验记录本承载了过往 1800 余天实验的失与得，药学院陈晨立足药学人的责任担当努力提出免疫治疗新策略。各位专家更是秉持着“优中选优、宁缺毋滥”和“公平、公正、公开”的评审原则，从原创性、引领性、影响力方面进行综合评价，鼓励各位候选同学加强学科交叉融合，将自己的成果积极转化、投入应用，为国家发展、社会进步贡献山大力量。

回想去年此时，我参与研究生奖学金评审的志愿服务工作，那时便感受到山大优秀学子身上所蕴藏的榜样风范，在我心中也悄悄种下了学术的种子。在榜样力量的引领下，我尝试利用学科交叉的知识背景，努力发现学术可能，因而有幸获得了今年的研究生校长奖。所以，在此次志愿服务中，我也是一位致力于科研的学习者。我被答辩同学身上所展露的潜心问学、笃学求索的精神深深震撼。学术之路，需要勇攀高峰的决心，需要焚膏继晷的信念，更需要矢志不渝的坚持。“博观而约取，厚积而薄发”是每位守望科研梦想的学子写照，也正是这种学术之星榜样力量的牵引，使我坚定了深入学术之路的动力。我想这正发挥了“学术之星”的引领作用，让广大学子汲取乘势而上的力量，胸怀天下责任，砥砺前行。

百廿山大，学术报国。从不同的视角参与、观察学术之星的评选，使我感触颇深。回顾在山东大学将近七年的求学时光，我目睹了无数优秀学子在山大逐渐丰满羽翼，直至可以翱翔九天。而我每次走过文史楼，看到那参天的大树都会暗暗希冀作为一株小树苗的自己，也能茁壮生长，抽枝展叶，正所谓“愿学新心养新德，长随新叶起新知”。

作者：文学院2019级硕士研究生　周琦玥

12月9日　星期四　晴

沉浸式红色主题教育活动策划者·樊　简

今天，我终于拿到了最新印刷的原创红色剧本杀《黎明之前》，而管理学院学生会也以专题推文报道了我们之前的沉浸式红色主题教育活动。一本本人物剧本的封面上，铜版纸上泛着金光，仿佛纪念着我们一路走来的时光。

还记得最初提出红色剧本杀这个概念是在今年五月。那时，我有一个单纯的想法：如果，将年轻人喜欢的剧本杀与党史学习教育结合在一起，让参与者在角色扮演中切身体会中国共产党员在艰苦岁月中经受的磨难和不屈的精神，是不是更能够增强青年党员的使命感？怀着这样一颗稚拙而赤诚的心，我们团队第一次聚集在一起进行了项目的规划。

春去夏来，夏去秋至。我们团队真的创作出了原创的红色主题教育剧本杀《黎明之前》，不仅对于传统的剧本杀模式进行了简化和优化，使其更符合团课、思政课的时长要求，也更突出了其教育意义和思想内核。作为这套剧本杀的监制和创作者，我在创作时其实是很纠结的：如何让人物更立体？如何在贴合历史大背景的情况下更加突出人性的闪光和信仰的高光？在一次次试本中，我们逐渐掌握了其中的肯綮。

今天，管理学院学生会以“党史学习｜还原历史场景，回溯革命岁月”为题报道了我们的第一次沉浸式红色主题教育活动。还记得，在联合管理学院学生马克思主义理论知识学习社团进行这次党史学习教育的模式创新时，我们也有忐忑。但幸运的是，同学们给出了积极的反馈。看着同学们在自我介绍、线索推理、问题对答中一步步代入自己的角色，为了守护自己的红色信仰而积极战斗的时候，我仿佛真的回到了那个革命年代，看见了中国共产党隐蔽战线中的无数英雄。剧本杀结束后，低沉的音乐流淌，每个角色缓缓念着自白书。当旁白念到“这个故事有许多结局，而我们就生活在最好的续集”时，许多同学几欲落泪、陷入了深深的沉思。

当然，我们目前的活动策划还有所不足，比如同学们不了解革命年代的日常生活，需要再补充背景；比如同学们大多是新手，需要再补充规则。未来，我们还会继续完善，为传承红色血脉、接续革命先辈精神奉献自己的青年力量。

作者：文学院2020级本科生　樊　简

12 月 10 日　星期五　阴

第四届山东省大学生创新创意设计大赛获奖者·董书琦

今天上午，我有幸作为获奖学生代表参加了第十三届山东省大学生科技节、第四届山东省大学生创新创意设计大赛闭幕式。这次大赛在今年 6 月份就开始了，我们班的同学共同奋斗，历经一个多月创作出了自己最满意的作品。我也在 6 月份就开始着手进行这个比赛的设计了，通过调研、创意发散、设计稿绘制等一系列工作，最终得到了颐莲品牌包装设计一等奖。

这周我们还参与了大赛工作坊的讲座，两个企业的负责人对此次获奖作品从完成度、形式、画风、创意点、色调等方面进行了较为全面的优缺点分析，对于作品的某些细节提出了一些建设性意见，并在商业化方面对获奖作品进行了细致分析，例如作品商业使用后的话题度、影响度等。工作坊还邀请了两位知名专业设计师进行了经验分享，结合具体案例，从商标、包装、字体等多方面进行讲解，强调了如何从受众角度进行创意分析，鼓励大家在设计的同时，要想明白背后的逻辑是什么。两位设计师的一系列观点引发了大家的深入思考。

今天的闭幕式活动中，我印象最深的是山东大学艺术学院院长、大赛组织委员会主席安宁讲到，面对目前严峻的就业形势，学校的人才培养除了要注重专业技能之外，还要加大实践能力培养，让学生边做边学，达到知行合一、理论与实践融会贯通。这次大赛就体现了产教融合、协同育人，在助力实习就业、汇聚文化创新资源、对接行业人才市场和产品市场等方面为同学们搭建了一个很好的平台。

此次比赛的设计作品带给大家的不仅是眼前一亮的视觉冲击，还展现了山大浓厚的文化氛围。比赛也培养了我们的创新创意能力，启迪了我们的才智和灵感。我会继续努力，在未来的设计学习道路上脚踏实地，认真钻研。

作者：艺术学院 2019 级本科生　董书琦

12 月 11 日　星期六　阴

“大山里的艺术馆”公益展组织者·王亦婷

“大山里的艺术馆”公益展终于来了！前前后后准备了一个月之久，从场地到展品的确定、布置……深究起来，其实这是一个跨越了一年的约定，当初加入“美丽中国”支教组织就是被孩子们的一身灵气吸引。为了让最后的成效配得上这份美好，我们对展览的设想一次次推翻又重来。今天，机会终于来了。本来担心会下雨，一大早天就阴沉沉的，不过幸好，活动进行得还算圆满，回忆这一天，内心丰盈，随记如下。

今早 7 点半就出了门，虽然正式展出时间定在了 9 点，但终归是有些担心，果不其然，装展示架时遇到了些许麻烦，和团队里的朋友们一起忙活了快两个小时，终于准时开展。展览刚开始时人并不多，但让我们意外的是，虽然都是三三两两的，但路过的人几乎都放慢了脚步，还没等我们开口就问我们一堆问题：“哇！好漂亮的画，这些都是小朋友们画的吗？是几岁的小孩啊？好有创意，为什么会想到做这件事呢？这个项目还招人吗，我也想参加！”幸好我们早有准备，几个同学分别进行“一对一服务”：“我们的项目是对接广东省汕头市红场小学的，主要是让那些没有学习过美术的孩子们知道自己也有创作的能力！”本来我们还担心这么冷的天会很少有人来参观，但人越来越多，我们不得不临时找了同学来帮忙。

其实展览类的活动举办得不少，支教也不是新颖话题，但这次活动格外让人感动，因为我真真切切地感受到，前来参与的老师和同学们，都真诚万分，这是艺术的力量，这是关爱的温暖。记得在红场小学支教的韦老师说，之所以让孩子们用胶布、水拓的方式作画是因为她发现这些“才十岁大的孩子，却说自己不喜欢画画，因为画得不像，画不好”，所以想鼓励他们大胆创作。我向参观的老师同学们介绍这是小学的孩子们第一次作画，因为以前没有信心画好。他们都感到非常吃惊，“这还叫画不好？明明很好看！”还有学过素描的同学都“自愧不如”，仔细品味孩子们的画，倒是给我们上了一堂美育课。

我们还设置了为孩子们写鼓励明信片的活动，大家都非常踊跃，围在小桌子旁边奋笔疾书。有的同学依照自己看画的想象洋洋洒洒写了一封信；有位老师和自己 5 岁的女儿一起留言：谢谢，你们是我的美术启蒙老师；有位老师还思索良久，附上小诗一首，鼓励红场小学的孩子们奋发向上。

希望这些明信片能跨越山海让孩子们感受到外面世界的温暖和精彩。后期我们还会对红场小学进行回访，建成长期有效的互动沟通，让艺术和教育焕发生机，相信参与展览的同学们届时收到孩子们的回复也会非常高兴。

作者：历史文化学院 2020 级本科生　王亦婷

12 月 12 日　星期日　晴

师生联合临时党支部主题党日活动参与者 · 庄泽文

榜样是什么？我们应该向他们学习什么？这是最近几日一直萦绕在我

心头的两个问题。

12 月 9 日晚，我所在的临淄徐姚和悦府考古发掘项目联合临时党支部在考古发掘项目驻地会议室组织了临时党支部成立以来的第三次主题党日活动。活动的主题是学习观看中央组织部和中央广播电视总台联合录制的《榜样 6》（庆祝中国共产党成立 100 周年特别节目）并交流心得体会。活动由临时党支部书记、也是我的导师郎剑锋老师主持，山东省文物考古研究院院长孙波，山东方正房地产开发有限公司办公室主任杜金洪，学院党委书记刘军老师，还有学院李一楠老师全程参与了主题党日活动。

通过观看《榜样 6》节目，我目睹了榜样的感人事迹——“他”在捍卫国家领土主权时寸步不退，拼死搏斗；“他”57 年如一日扎根边防一线，被誉为边境线上的“活界碑”；“他”一心为民，百折不挠，历时 36 年建成一条“生命渠”，被誉为“当代愚公”；“她”坚守贫困地区教育一线 40 余年，并创办全国第一所全免费女子高中，她被誉为“燃灯”校长、大山妈妈……他们就是榜样，就是我们要学习的人。他们虽然在不同岗位，从事着不同的工作，但无时无刻不在践行着当年入党宣誓的誓词，从他们身上我看到榜样的坚定理想、执着信念与无私奉献。

刘军老师在支部活动中讲到：“这种榜样的力量是无穷的，我们要以他们为榜样，不断提升自己的思想认识与道德情操。另外，在日常工作中，也要学习身边的榜样，要把对榜样的学习内化于心，外化于行，学以致用，希望大家看榜样、学榜样、做榜样。”

去年 9 月 28 日，习近平总书记发表了“建设中国特色中国风格中国气派的考古学，更好认识源远流长博大精深的中华文明”的重要讲话，讲话指出要“让更多年轻人热爱、投身考古事业，让考古事业后继有人、人才辈出”。今年 10 月 17 日，习近平总书记在致仰韶文化发现和中国现代考古学诞生 100 周年的贺信中，充分肯定了考古前辈们的不懈努力和重大贡献。

心中有榜样，脚下有力量。作为新时代的中国青年，作为一名青年考古学子，我不仅要学习《榜样》里的人，坚定理想信仰，在奋发有为中践行初心使命；更要向身边的榜样学习，向考古前辈们学习，发扬严谨求实、艰苦奋斗、敬业奉献的优良传统；脚踏实地，奋发图强，学好本领，“继续探索未知、揭示本源”；毕业后积极投身考古文博事业，为“更好展示中华文明风采，弘扬中华优秀传统文化”作出自己的贡献。

作者：历史文化学院2020级硕士研究生　庄泽文

12月13日　星期一　晴

“青春绘梦学子行”劳动教育主题墙绘活动参加者·周志恒

以劳树德、以劳增智、以劳强体、以劳育美，为引导青年大学生践行劳动精神，推动学生德智体美劳全面发展，机械工程学院于近日开展了“青春绘梦学子行”主题墙绘活动，作为活动策划者和参与者，我和同学们一起在兴隆山校区的墙面上留下了充满想象力的作品。

活动号召同学们以“庆祝中国共产党成立100周年”“山大百廿校庆”等主题进行绘画，寒风挡不住同学们的热情，活动通知一经发出，参与名额便一抢而空。11月29日至12月10日，墙绘活动如火如荼地进行，现场既有产品设计专业的学子，也有无任何绘画基础的工科同学，同学们在相互帮助的过程中拿起画笔，动手画出自己心中对祖国和学校的热爱，为校园添上一抹靓丽色彩。活动结束后，还有许多路过的同学在墙绘前驻足停留，或拿起手机拍照留念。

“青春绘梦学子行”活动是学院劳动教育系列活动的第九课，学院创新劳育方式，将劳育融入特色活动中，推进形成劳育形式崭新、劳育体系创新、劳育面貌全新的“三新”格局。对同学们来说，本次活动既是一次奉献自我、美化校园的劳动教育，又是一次增强专业技能、提升美育素养的实践课程，更是学子们加强爱国主义教育、培养正确价值观的德育实践。

从前我所理解的劳动教育是多停留在纸面上的理论学习层面，但通过此次活动，我明白了劳动教育的形式可以是多种多样的，一方面，将学生工作与社团活动相结合，让同学们在实践中动手体验劳育内涵；另一方面，对于工科生来说，参与墙绘制作既表达了自己对于国家和学校的拳拳热爱，也是一次难得的艺术体验，活动实现了德育、美育、劳育三者的融合。

作者：机械工程学院2019级本科生　周志恒

12月14日　星期二　晴

“添翼工程”学生运营团队队长·范容江

上周日，我们开展了本学期“添翼工程”的作品成果展，从物资筹备、线上宣传、场地布置到展区设计……前前后后近一个月的准备，终于促成了这次活动的顺利举行，为添翼工程学生运营团队这个学期的工作画上了一个完美的句号。

这次成果展是各具特色的“添翼工程”课程的缩影。在此次活动中，我们团队精心设计了投壶、套圈、长卷绘画等多个游戏，不仅给现场参与者带来了新奇的体验，还带来了无数的欢声笑语。人人乘兴而来，满载而归。展台前，同学们剪纸、写毛笔字，感受传统文化的魅力……冬日的暖阳下，看到一朵朵笑容因“添翼”而绽放，我的心也渐渐被这温暖融化。

风光流转等闲过，又是一年春事休。2021 年转眼间就要过去，我甚至来不及说出挽留的话语。回顾这一年，“添翼工程”根据学校教育教学安排，结合疫情防控形势需要，围绕着“心灵力量”“阳光生活”“学业导航”“实践体验”“就业无忧”五大模块，通过线下线上相结合的方式开展了包括恋爱公开课、雅思/托福培训、求职技能提升、美食课、计算机技能培训、游泳课、形象设计与形体训练和中华文化传统提升在内的 40 余项助学育人培训，共开设近 90 门课程，逐步完善并巩固了“添翼工程”的课程体系。

本次成果展也是我们“添翼工程”学生运营团队这一年工作的缩影。在助学育人的过程中，我们共开展 544 次跟课，收回考勤表 673 份、课程作品 188 份、课程感悟 1564 份、课程笔记 1876 份、课程问卷 3908 份，累计在山东大学资助中心公众号发布推文 55 篇，总阅读量达 1.7 万次。

同时，为进一步激发同学们参与“添翼工程”的热情，提升学习效果，检验学习成果，“添翼工程”学生运营团队组织“词之以恒”单词打卡活动、“光影山大，定格百廿”校园人文风光摄影大赛活动、书画艺术大赛等活动，累计参与超过 1000 人次。作为“添翼工程”学生运营团队的学生负责人，我在这一年也成长了很多。在成长的过程中，我得到了很多来自社会的帮助，也永远铭记着高中母校“既受助于社会，当以奉献社会为终生追求”的叮嘱。

在“添翼”两年半的时间里，我和我的伙伴们始终牢记“添翼工程”服务于学生成长成才的初心，坚持为学员服务，使他们能够没有顾虑地享受“添翼工程”的优质教育资源。赠人玫瑰，手有余香，我和我的伙伴们也在这个过程中收获了助人的快乐和组织沟通能力的提升。

“若是在你的意想里，定要把时光分成季候，那就让每一季候围绕住其他的季候。”时光荏苒，我也该和“添翼”说再见了，感谢“添翼”带给我的感动与成长。相信“添翼工程”会越办越好，帮助更多的人，也相信“添翼工程”用微光照亮的山大学子，在将来散作漫天星辰，照亮更多人前行的道路！

作者：经济学院2019级本科生　范容江

12月15日　星期三　晴

雄安新区市政基础设施建设项目参加者·李奉庭

感受着社会的飞速发展，我不时疑惑，是什么造就了祖国的建设速度？

今天，我看到了一则关于河北雄安的新闻，内容是关于雄安新区市政基础设施沉降检测项目的采访，看着新闻里熟悉的面孔，突然间感慨良多。

思绪回到两个月前，作为一名研一的新生，我与肖文斌、常昊同学有幸参与了导师武科副教授在雄安的项目。雄安是中央规划的重点新区，是国家的千年大计，我们早就有所耳闻，可真正见识到雄安的宏伟，还是在踏进施工现场后。

目光所及尽是管廊沟渠，大型施工器械随处可见，这里，是未来新区的基础。我们的任务，是在即将填埋之际，安装沉降检测设备。虽然出发前导师耐心地讲解了本次的监测项目，可当面对复杂的现场时，我们还是有些“找不到北”。

时间宝贵，雄安的建设永远保持在最高效率，导师负责勘察、定点、规划三层仪器的安装时间，而项目主任负责联系挖机、统筹施工。仪器的安装费时费力，但导师、主任及其他负责人争分夺秒、不辞辛劳地完成这项任务。下雨了，就撑着伞干，天黑了，就打开手电筒干。经过一整天的劳作，底层的仪器安装完成，而对于施工队，他们的填埋任务才刚刚开始，可谓星夜兼程。

只过了两天，基坑就已填埋并压实至中层高度，我们回到现场，望见远处的土山少了一大半，心中说不出的震撼，这何尝不是现代版的愚公移山。最终仪器安装完毕，坐在驶离雄安新区的车上，导师紧接着安排了下一步的计划，监测、研究、分析，有条不紊地履行着科研的职责，而我们对这座城市，又多了一些新的理解与认识。

因此，当我收到项目组那边分享的新闻采访时，回想起那几天的经历，我对心中长久以来的问题——是什么造就了“中国速度”有了自己的解答。中国速度来自五湖四海的精诚合作，导师与我们几个研究生来自山东大学，参与项目施工的人来自全国各地，施工现场不分你我，只为把眼前的事做好，集中力量办大事即是中国速度的核心方法。中国速度也来自每个人的努力奋斗，在雄安的那些日子，让我明白了一个道理，即每个人的努力最终都将汇聚到一个方向——实现中华民族的伟大复兴。

傍晚，在返回宿舍的途中，不经意间看到了山大的办学宗旨——为天下储人才，为国家图富强。那一刻，我很自豪，我很荣幸能够作为山大学子，将个人命运与国家民族的命运紧紧联系在一起，为祖国未来的建设添砖加瓦。

作者：土建与水利学院 2021 级硕士研究生　李奉庭

12 月 16 日　星期四　晴

“解忧杂货铺”负责老师·孙浩令

12 月 14 日 20：00，“‘对话’夜晚的诗人：你曾因玩手机熬夜的问题而困扰吗?”在“SDU 心理中心”公众号如期发布。至此，学生心理健康教育与咨询中心与广播台合作的“解忧杂货铺”第一期画上圆满的句号。

将心理健康教育融入日常生活，激发同学们的参与热情，在潜移默化中提升心理健康素养，这是学生心理健康教育与咨询中心一直在做的事情。为此，我们建设了“山大幸福课”“‘向幸福出发’趣味心理运动会”“‘同心同行’心理沙龙”等多个品牌栏目，持续拓宽活动形式，延展讲述内容，力求吸引更多同学参与进来、参与下去。为此，“SDU 心理中心”从诞生开始，就坚持工作日每日更新，坚持延续图文原创、取材大学生生活的创作，力求让心理学成为同学们生活的“必需品”，让“关注心理健康”的意识真正入心。

把枯燥的心理学理论变成通俗易懂的文字，用同学们乐于接受的方式表达出来，这是我三年来一直在做的事情。而通过广播台做心理学科普宣传，是 2018 年就冒出的想法，虽然那会儿还只是想以供稿的方式进行，但也因为这样的原因、那样的顾虑而被无限搁置了，所以当两个月前张同学和商同学带着提案来的时候，我们愉快地一拍即合。于是，“解忧杂货铺”在某个晚上，以声音的方式出现在了校园里。

节目筹备过程中我们发现了“教”与“学”之间的距离：教师不能最真实地了解学生的想法和感受，学生不能最贴切地理解教师的表达。好在广播台有一群真心要做节目的人，好在我们都是认真做事的人。于是，通过微博、QQ、广播台微信公众号征集问题、具体化需求，让我们能够清晰的知道当下同学们最需要的是什么、最想听到的是什么；于是，打磨提纲、细化表达，让他们能够知道老师最想表达的是什么、最想传递的是什么。终于，节目开始录制了。

这样的录制过程于我、于主播都是一次挑战，我需要重新熟悉和适应对着假想受众说话的感觉，主播需要时刻准备调动自己的知识储备和语言储备以使对话流畅进行。好在我们都认真做了准备，在一个小时的流程梳理、措辞斟酌后，节目得以顺利录制。不到 50 分钟的录制过程最后剪出 40 多分钟的成品，这大概是对我们的努力和付出的最好肯定吧。

这是第一期，也是一个开始，“解忧杂货铺”还会陆续推出，心理科普一直在路上，期待下一个合作果实的诞生。

作者：学生心理健康教育与咨询中心工作人员　孙浩令

12 月 17 日　星期五　晴

机械工程学院“红心向党”党的十九届六中全会精神宣讲团队队长·张建刚

这是一个晴朗的午后，虽有寒风呼啸，却吹不动我炙热的心房。走在前往聆听樊丽明校长关于党的十九届六中全会精神的讲座的路上，我不禁回忆起了点点滴滴。

这是我来到山东大学的第三个学期，在这一学期里，一次次的学习使我对中国共产党的了解进一步加深，我日益接近党的怀抱，这使我感到非常的欣喜。

11 月 8 日，党的十九届六中全会召开，党的一项项伟大成就使我感到由衷的敬佩与自豪；12 月 10 日，在党支部会议上我成为一名光荣的入党积极分子，心中亦是无尽的欢喜。我感觉自己与党的联系从未如今天一般紧密，所以我在得知学校组织开展宣讲党的十九届六中全会精神社会实践活动的第一时间，便组织团队报名参与，因为我想让每一个人都知道，中国共产党是一个多么优秀的政党。所以，在得知樊校长将在兴隆山校区作报告，与我们共同学习党的十九届六中全会精神时，我亦是在第一时间报名参加。

思绪回到现实，校长的讲话庄重而又不失幽默，使我感受到了学习的乐趣。樊校长结合自身经历向我们作出了生动的诠释，帮助我们从党的百年历史中汲取继续前进的智慧和力量。

通过学习党的十九届六中全会精神，樊校长提出了五条行动要求，每一条要求的后面都有“对于山东大学来讲”的提法，将每一句话都落到了实际，让我觉得不再迷茫，未来充满了希望。

不知不觉，两个小时悄然而逝，学习的过程总是那么短暂而充满乐趣。经过此次学习，我更加坚定了理想信念，增强了对党组织的向往，同时，亦感受到了历史的重任落于肩头。在这时不我待、只争朝夕的时代，我定要做一名能够担当民族复兴大任的时代新人，勇立潮头，踏浪前行！

作者：机械工程学院2020级本科生　张建刚

12月18日　星期六　晴

党的十九届六中全会精神青年宣讲团成员·张琪悦

昨天，作为山东大学“党的十九届六中全会青年宣讲团”团队成员代表，我很荣幸参加了宣讲团成立暨党的十九届六中全会精神宣讲启动仪式。这个仪式既代表了山东大学对党的十九届六中全会精神的贯彻学习，又表达了学校给予青年宣讲团的殷切期望，而我也在本次仪式中感受到党的十九届六中全会精神与我们的生活密不可分，这更加激发了我对未来支教活动的信心与恒心。

校党委常委、宣传部部长桑晓旻在仪式上的讲话令我感慨良多，桑部长说："青年宣讲团站在中国共产党成立 100 周年、山东大学建校 120 周年的新起点上，要紧扣党的十九届六中全会精神，聚焦释疑解惑，围绕重大观点，把握正确导向，扎实开展宣讲工作。"往事昭昭，揭示我们因何成功；后事可鉴，引领我们继续向前。桑部长的谆谆教诲犹在耳畔，拳拳之心饱含深情，我在聆听之余深感责任在肩。此刻，我们研支团青年宣讲团深知紧扣党的十九届六中全会精神核心内涵、根本要义的重要性，将全会精神入脑入心、将宣讲活动落实办好，启发思想、启迪智慧是我们应尽之责。

想到未来的支教生活，我深感责任重大。作为一名即将前往西部地区支教的志愿者，我既忐忑又期待，忐忑于陌生的环境、迥异的文化，期待于可爱的学生、知识的传递。对于他们，我有过无尽的畅想，准备了种类庞杂的资料、数不清的计划、层层叠叠的教案以及一次又一次的试讲，我在提高自身教学能力的同时，也对教育的内容有了更深层次的认识。支教不仅仅是知识的传递，也是行为准则、思想理念的传递，更重要的是学会思考，启发思想、启迪智慧。

如桑部长所说，以青年带动青年，让青年影响青年。我们站在新的起点上，在思想方面，更要对党的十九届六中全会精神做好"青年化"的阐释，向同学们传递爱国爱党和以史为鉴的观念，思考如何领会党的十九届六中全会精神，以此坚定信心、增强斗志。同时，在言行方面我们要知行合一，严于律己，做好莘莘学子的榜样，才能立德、慧心。

"用一年不长的时间，做一件终生难忘的事。"我们支教团成员定会扎根于讲台，将自己的青春投入祖国的基础教育事业中，在新时代新征程上展现山大风采，贡献青春力量。

作者：化学与化工学院2018级本科生　张琪悦

12月19日　星期日　晴

威海校区工会工作人员·丛岗滋

随着威海校区教职工乒乓球比赛的结束，校区教职工年度文体活动即将接近尾声。

回顾一年来举办的各种文化体育活动，累并快乐着。从举办庆祝“三八节”文化月系列活动、教职工运动会、庆祝中国共产党成立100周年暨建校120周年教职工合唱比赛、教职工气排球比赛、庆祝建校120周年教职工书画摄影展、教职工羽毛球比赛、教职工乒乓球比赛，到即将结束的教职工健步走活动等，看到参加活动的老师们脸上洋溢着的幸福笑容、赛场上激情蓬勃的呐喊声，一幕幕顽强拼搏、意气风发的画面，深感一切付出都是值得的。

在筹备教职工合唱比赛过程中，基层工会反映了各种困难，时间短、组织难、场地紧张、教工时间交错等，最后，大家克服了种种困难，顺利完成了比赛。比赛结束后，老师们对站在场外的我兴奋地说道：“丛老师，我们唱得不错吧，我们可享受了，嗓子都喊哑了，学院老师们都拧成了一股绳，热情空前高涨，应该每年都举办这种活动。”每逢听到老师们“活动我们都很喜欢，效果很好，每年要多多举办活动”这样的感慨，都深感欣慰，同时也感到责任重大。

文体活动不仅是工会工作的重要组成部分，是丰富教职工业余文化生活、烘托校园文化氛围的重要活动，也是校园文化建设的重要方面，更是团结民心、凝聚民意、助力学校“双一流”建设和“由大到强”历史性转变的重要形式。

在校园文化建设中，工会特有的群众性属性，有不可替代的组织优势和强大的号召力。如何更好地开展文体活动，我认为应从发挥“4种作用”入手，即有利于发挥工会的凝聚力、向心力作用，有利于加强单位间、教师间的沟通交流作用，有利于沟通党、干、群关系作用，有利于提高教师综合素质作用，开展“普惠”＋“特惠”的“4＋N”文体活动，“以文育人”“以体育人”，以丰富多彩的文化体育活动为载体，引领广大教职工爱党、爱国、爱校，传承山大精神，弘扬新时代山大文化，构筑山大人共同的精神家园。

作者：威海校区党工委宣传统战部、工会工作人员　丛岗滋

12月20日　星期一　晴

新入职教师研修班学员·张　哲

12月15日，结束本学期的最后一门专业课讲授，回想起这学期在山大作为老师上课的初体验，结合自己这几天教学能力提升研修班的特别经历，感悟颇多，尤其感受到了本次研修对自己授课能力和方法上带来的巨大帮助。

首先要特别感谢学校教学促进与教师发展中心搭建了一个特别好的教学能力提升平台，几天的线上和线下活动，我学到了很多实用的教学方法，提升了对于课堂组织与设计的能力，同时在团队协作过程中也收获了

学科交叉的友谊与知识，获得了很多的反思与感悟。

在BOPPPS教学模式体验中，两天5轮的实验性授课，在班老师和赵老师的精心引导和帮助下，我们小组中来自土建与水利学院、控制科学与工程学院、电气工程学院、药学院和基础医学院等不同学院的成员，从一开始的机械性模仿，到熟练地掌握、应用BOPPPS教学法到自己的专业课讲授中来，虽然学科差异巨大，但是吴疆老师的自信稳健、张宇老师的寓教于乐、董政老师的深入浅出以及董婷老师的亲切自然等，不同的授课风格，更带来一种别样的沉浸式体验。一份难得的友谊和已经建立起来的科研合作，更成为本次研修额外的“福利”。

在教学技能与实践的学习中，周二全天的研修活动是一次密集式的冲击与洗礼。不论是功能强大、叹为观止的雨课堂应用与实践，还是干货满满的教学幻灯片制作技巧讲述，都收获颇丰。下午教学实践环节，通过小组协作的案例研讨与分析更是将日后真实教学可能出现的情境进行预演，更进一步地促进了新进教师的能力提升与完善。

很幸运入职山东大学这样一所秉承“为天下储人才，为国家图富强”的办学宗旨，以致力于培养最优秀的本科生、最富创造力的研究生为己任的巍巍学府。短短几个月下来，能够明显地感受到所在的组织学与胚胎学教研室中每一名资深老师对于课堂教育的重视与认真。旁听了雨霁老师和艳敏老师的几次专业课讲授，也深深地被她们行云流水、旁征博引的教学风格所折服。

见贤思齐，作为一名新的山大人，我会努力地将这几天的所学融入自己的教学中来，践行“百廿山大，强校兴国”的使命担当，在这所古老而又年轻的高校中成长为一名合格的高校教师。

作者：基础医学院教授　张　哲

12 月 21 日　星期二　晴

冬至包饺子活动参加者 · 刘飞扬

“天时人事日相催，冬至阳生春又来。”不知不觉中，二十四节气的冬至到来了。今天，我参加了学院举办的劳动教育——包饺子的活动，既体验了劳动的快乐，又感受到了不一样的家的温暖。

我与其他四个伙伴一起配合，把食堂准备好的面团切份，然后学着食堂师傅的样子，尽量均匀地搓成条，再用刀切成一个个小块，在台面上的面粉中搓滚。轻轻按平后，用擀面杖滚出一个个“非圆”甚至是“长条”形状的饺子皮，放上馅，包成自己喜欢的形状。初次尝试，我们甚至包成了小包子、馄饨的形状，更有突发奇想的同学包成了元宝。看着自己的“杰作”，我们都忍俊不禁。这样，一个个饺子就完成了。当食堂工作人员煮完送出来，那一大盆热气腾腾的饺子让我们垂涎欲滴，因为是自己亲手制作的，更增添了几分暖意。我们排着队，打满一碗劳动的果实，蘸着米醋，纷纷感叹从没吃过这样美味的饺子。幸福，洋溢在每个人的脸上。

冬至这天，没有陪在父母身边，本以为会有些孤单、失落，但是与新结识的朋友一起包饺子，说说笑笑，打打闹闹，我同样感受到了家人般的亲切与温馨。这些饺子包住的，不仅仅是美味的馅儿，也是对家人、朋友的思念，更是学校对身在客乡的我们的体贴与关怀。这一碗水饺带来的温暖，足够填满整个冬天。

本学期，学院多次举办劳动教育活动，近日又多以食堂为活动地点。我想，这是为了让我们在参与劳动教育的过程中，不仅体验到劳动的辛苦与快乐，也收获到劳动之后的丰硕成果与成就感，更重要的是让我们刚开始独自生活的大一新生感受到来自学校的温暖，体会到生活的烟火气，让我们不只是一味地读书，更要重视劳动、亲身劳动，学会生活、享受生活。

今日，在这一碗饺子中，我看到了万分温暖。

作者：微电子学院2021级本科生　刘飞扬

12月22日　星期三　晴

“十佳班长”答辩学生评委·张泽宇

冬日的暖阳洒在绿茵上，微风穿过楼宇与树梢，我又一次经过孔子雕像，来到熟悉的邵逸夫科学馆一层报告厅，有幸作为学生评委参加2021年度“十佳班长”答辩评审会。回望来路，百感交集，连续三年参加“十佳班长”答辩评审会，我已与它结下不解之缘。

第一年，我是坐在观众席的大一新生。在台下，听着学长学姐精彩的答辩分享，我内心的崇敬之情油然而生。他们中，有人结合专业特色，带领班级搭建管理网站，将经验交流与学习资源分享有效融合，树立优良班风学风；有人创立各类班级兴趣小组，带领全班同学提升综合素质，促进全面发展；有人广泛组织课外活动，加强交流沟通，增强班级凝聚力，营造温暖家庭氛围。答辩会结束后，我向一位同行的学长请教经验，他结合班级工作经历与我交谈了很久，让我进一步感受到了榜样的力量。从那时起，一颗种子在心底渐渐萌发，我励志要在班级工作中积极尝试。

第二年，我是站上答辩席的候选人。在台上，我自信地展示班级和个人取得的优异成绩，聚光灯下，我心存波澜，信心满怀，因为我深知自己并不是一个人在战斗。给予我力量的，是我的班级和每一位班级成员。团结奋进的班风、严谨笃实的学风，让每个人都时刻保持着积极向上的劲头，多人获评国家奖学金、学业奖，85%的班级成员跟随导师开展科研项目，更有人在学术竞赛中崭露头角。最终，我没有辜负学校、学院的培养和老师、同学们的期望，获评当年“十佳班长”称号，让付出得到了肯定。

第三年，我是评委席上的聆听者。这一次，我有幸以“十佳班长”获奖代表、“STAR 本科学生班级骨干培训班”优秀学员代表身份担任学生评委，当我透过这个全新的视角去解读每个答辩人的事迹时，又有了更深刻的感受。我深知台上的每句陈述都凝聚了台下无数的心血，每位班长背后都是无怨无悔的辛勤付出，每个班级身上都凝结着坚不可摧的集体力量，无论获评与否，他们的努力都值得认可。认真行使权力，真诚投下选票，这一刻，我感到自己不仅是一名评委，更是在与志同道合的伙伴们一起砥砺前行。

回望过去的大学生活，我的成长见证了学校班级制度建设和学生骨干培养工作的发展。在与“十佳班长”结缘的同时，我还有幸成为学校“STAR 本科学生班级骨干培训班”的成员，通过丰富的课程学习，深刻领会到“star”这个名称中蕴含的深刻意义——服务意识（Service）、团队意识（Team）、执行力（Action）、责任意识（Responsibility），它督促我努力成为服务学生、服务班级的明星“STAR”。通过努力，我先后荣获山东大学校长奖（综合）、“榜样的力量”学生年度人物、十佳班长等荣誉称号，在实现个人成长的同时，也更好地发挥了班级学生骨干的模范带头和榜样引领作用，在我热爱的班级工作中更好地发光发热。

三年参与“十佳班长”答辩会，于我而言，角色的转换不仅是认可，更是成长的见证。穹顶之下，班级如同一颗颗星星，组成了灿烂的百廿山大，未来，我们必将同心协力，凝聚集体力量，继续书写山大的华美篇章。

作者：软件学院 2018 级本科生　张泽宇

12 月 23 日　星期四　晴

AP 线上实景教学项目参加者 · 王雨琳

“同学们，再见!”时光荏苒，为期三个月的 2021 年度山东大学美国高中学生线上 AP 进修项目落下了帷幕。AP 项目是在教育部和中外语言交流合作中心的支持下，与美国高中合作的选修性质的语言项目，向美国学生介绍中国的人文风情、语言文化等。

作为课程助教，在课程上，我协助老师，带领学生在线上跟随镜头，走进了山大校园，走到了大明湖畔，欣赏了黄河的浩荡，也汲取了博物馆深厚的历史内涵。衣食住行、社区生活、环境保护、传统文化……我想，AP 项目不仅仅是山东大学实景教学课程的一次全新尝试，也是中国文化走出去的虽小但坚定的一步。

第一次课程筹备会议，当老师们告诉我们要到大明湖时，我十分诧异：实景教学，为什么一定是实景教学呢？

在课程一点一点的筹备中，在与老师的沟通中，实景教学的意义慢慢浮现了出来。我们在大明湖景区介绍了便捷的移动支付，展现了人们周末在基础设施完善的公共场所游憩的场景；我们遇见了帮儿子带孩子的老伯，记录了中国式家庭的温馨与和谐；在公园里拍下随处可见的环境标识语、指示牌，展现环境治理的力度和成效；我们乘车体验中国第一条穿黄隧道，彰显基建大国的水平与力量；我们也抚摸“黄河神兽”，讲解劳动人民的美好心愿……还有山大校园、山东省博物馆、瓦当上的汉字，通过这些课程，一个涵盖传统文化、现代社会的中国形象被慢慢勾勒出来。镜头下，生机勃勃、人民幸福的中国形象在留学生面前全方位展现出来。

“讲好中国故事，传播好中国声音，展示真实、立体、全面的中国，是加强我国国际传播能力建设的重要任务。”习近平总书记曾对国际传播能力提出新要求。中华传统文化源远流长，博大精深，当代中国精神奋发向上、昂扬进取，如何向世界展现可信、可爱、可敬的中国形象，是当下值得思考的问题。而作为与国际传播密不可分的国际中文教育，推动中华文化走出去更是我们肩上的责任与使命。在疫情冲击之下，国际间人员往来频率明显下降，在此背景下，如何让留学生体验到中国社会的方方面面，是一个新的挑战，而 AP 项目就是应对挑战的一次全新尝试。课堂上，学生们对中国充满了好奇，“中国的车是在哪边行驶的?”“大明湖里可不可以游泳?”每节课都是在恋恋不舍地再见声中结束。

AP 项目以其生动性、可体验性吸引着美国的中学生，也从多角度、多层次推广着中国的文化。雄关漫道真如铁，而今迈步从头越，AP 项目的一次成功尝试，意味着更多次成功的开始。作为国际中文教师后备军，我们也要从中学习，汲取经验，不断创新，努力展现丰富多彩、生动立体的中国形象。

作者：国际教育学院 2019 级本科生　王雨琳

12 月 24 日　星期五　雪

学生党员党史学习教育实践参加者·臧　一

昨天，我作为一名学生党员，同时也是 2022 届保资辅导员，参加了本次学生党员党史学习教育实践，用镜头记录了活动全过程。

实践活动分为两个部分。第一个部分是参观位于中心校区的“红岩精神，永放光芒”专题展。我们认真聆听了讲解员的介绍，重温革命历史，缅怀红岩先烈，汲取奋进力量。展馆内，一块块红色展板，无不向我们讲述着革命先烈“捐躯赴国难，热血浴中华”的光辉事迹。听完讲解，我心潮澎湃，脑海中浮现出在庆祝中国共产党成立100周年大会上习近平总书记提出的“伟大建党精神”。“红岩精神”正是对“伟大建党精神”最好的诠释和最生动的写照。

第二个部分是参观位于千佛山校区的山东大学科技馆。在这里，我们深刻领会了“科技创新，强校兴国”的理念，在讲解员的带领下体验了科技馆成果展示、科技交流、科学普及、互动体验四大功能，系统学习了学校不同时期科技领域的创新成就以及理学、医学、信息、工程四大学部的丰富创新成果。令我印象最深的是山东大学院士墙，当看到墙上陈列的一张张院士照片，我不仅为山大雄厚的师资感到自豪，更多的是一种崇敬和景仰，他们为科学献身的精神鼓舞着包括我在内的每一个人。我们要努力学习专业知识，勇攀科技高峰，努力成长为堪当民族复兴大任的时代新人。

在乘车返回中心校区的路上，我的心情久久不能平复。我无比清晰地感受到了作为山大学子的骄傲与自豪，也很感慨自己能成为9500多万党员中的一员。正如习近平总书记所说，今天，我们比历史上任何时期都更接近、更有信心和能力实现中华民族伟大复兴的目标。

在新的起点上，作为学生党员和保资辅导员的我们，要在乱云飞渡中把牢正确方向，在风险挑战面前砥砺胆识，激发为实现中华民族伟大复兴而奋斗的信心和动力，风雨无阻，坚毅前行，在感悟党史与校史中，接过前辈手中的接力棒，开创属于我们这一代人的时代华章。

作者：哲学与社会发展学院2018级本科生　臧　一

12 月 25 日　星期六　晴

临床医学院博士研究生 · 张文灿

早上，我从涵思泉博士公寓出发前往实验室。昨日大雪过后，早上天气变得十分寒冷，冰冷的空气让呼吸都不太舒适。我骑着自行车，沿着青年西路拐到了经十路，在玉函路的西边等候红绿灯。这时，我看到人行道的另一侧躺着一个人，电动车倒在他身后的车道上，几个站在人行道的大爷围着他看。起初，我以为是雪天结冰后发生了车祸，但是越看越觉得不太对劲，因为躺着的人一直丝毫未动。我的心情一下子紧张起来，该不会是突发疾病了吧？我非常想过去看看情况。而此刻，红灯似乎都变慢了。

倒计时开始，10，9，8……2，1，终于绿灯了，我推着自行车，在人行道上快速走了过去。躺着的人是位大爷，他戴着头盔，一只脚上的皮鞋已经掉了，电动车看着没有损坏，人躺着一动没动。我询问人行道上站着的群众："这是车祸了吗？"有人应声道："没有，他在这得躺一会儿了。"我心里瞬间有种不祥的预感，快速俯身蹲在大爷身边，他面色苍白，我使劲拍打他的肩膀，大声在其耳边呼喊"大爷您没事吧"，大爷毫无反应，我立刻摸了摸大爷的颈动脉搏动，没有跳动！于是我喊着身旁的热心群众拨打"120"，他们中有人回复已经打了"120"并问我："您懂这个吗？"我点了点头。

在周围群众帮助下，我们一起将大爷从电动车道转移至人行道，还有人将大爷的电动车也从车道上推了出来。我摘下大爷的手套，手指温度尚可，指甲末端血运尚可，我再次判断双侧颈动脉搏动，并拉起胸口的衣服观察呼吸，我心中默念着 1001，1002，1003……

颈动脉搏动和呼吸消失，我初步判断大爷发生了心脏骤停，于是准备心肺复苏。拉下大爷的口罩暴露嘴部，解开他头盔的系带以通畅呼吸道，1，2，3……按压 30 下后，我迅速给予了两次人工呼吸，3 个循环后，

“120”救护车赶到现场。一位急救医师说着“我来”并接着按压了起来，我停了下来立马和他说：“我是齐鲁医院的，初步判断心脏骤停，做了3个循环。”接着，其他的急救人员推着平车过来，众人合力将大爷转移到了救护车上，送往医院。

如同往常一样，我骑着自行车去了实验室。一路上，我有些担忧，担心大爷是否能醒来，同时也有一点点紧张和激动。虽然我已经在齐鲁医院完成了住院医师规范化培训，并考取了执业医师资格证，在院内也参与过几次抢救，具备施以援手的医疗能力，但这是我第一次在医院外一个人遇到这样的紧急情况，还是有些忐忑自己是否处理正确。

但转念一想，作为一名山大的医学博士研究生和预备党员，我有责任、有义务在群众需要的时候冲上前去，尽自己最大的力量去帮助他人。我觉得，我做了正确的事情。

作者：临床医学院2018级博士研究生　张文灿

12月26日　星期日　晴

KAPIV课程指导教师·赵子峥

入冬以来最冷的几天，外面零下十几度，实验室内却热火朝天。雪和寒风浇不灭同学们的热情，一组一组的同学还在不断加工、调试、改进。不断有小车跑了起来，酒精灯映在他们开心的面庞上。同事们也在不停地指导、调整，忘记了时间。晚上10点，学生们仍在陆陆续续发消息告诉我：“我们的小车动起来了，我们的实验室依然灯火通明。”

本学期，我参与了KAPIV无人机和斯特林小车两个项目的指导工作。无人机项目我已接触多时，对于结构和控制都比较熟悉，斯特林小车对我来说是个挑战。从发动机的原理到小车结构设计及完成转向和轨迹功能的实现，都需要从头学习。我事先在网上查找了相关资料，向同事们请教后，才有底气加入指导团队。

对于机械加工，我原来是个门外汉。为深入了解，我时常去各个工种学习，学习同事们的精湛技艺和加工方法，学习各种设备的使用方法，学习他们的教学和指导学生的方法，也学习他们对待加工工件的严谨态度。我也更加深刻地认识到，“一丝一毫”不是名词也不是形容词，它们都是量词。除此之外，我也学习了工程制图，以便在学生有问题时能提出一定的解决方案。为了更好地深入项目，我先试着自行设计了一个小车。在这个过程中，我分析了小车在设计结构和加工中会出现的一些问题，以便在指导过程中规避，以身作则，追求更卓越的工程设计。没有万全的准备，在指导过程中，我们还是遇到了各种各样的问题，图纸改了一遍又一遍，桌面上的待加工文件换了一轮又一轮。看到一个个成品和学生脸上的笑容，我深刻体会到这个项目的严谨和残酷，也深度感受到 KAPIV 项目存在的意义。项目负责人洪老师、宋老师有着丰富的经验和高超的技术，在不断尝试中，问题一项项迎刃而解，我也在此过程中丰富了自己的知识库，学到了更多技术和经验，这些都是我宝贵的财富。

同学们在终期报告中纷纷写道，这次课程不仅是简单完成作品的过程，还是自己从专业知识到实践技能的重要一步。从一遍一遍画图、修改，到加工、调试，不断失败再重新调试的过程，也是这门课程带给他们的无形财富。学生们学习到的理论知识用于实践创新，解决复杂工程技术问题，完成整体产品设计和制作。在团队合作过程中，他们不分班级，不论组别，互相分享，互相帮助，也体会到了 $1+1>2$ 的力量。经历了一起学习和失败的过程，同学们之间也建立了更深厚的感情。

借用一下苗文蕾同学在终期报告中描述的感受——“在接触新事物的过程中，我在进步”。新事物使人开阔视野，扩大眼界。学校各个创新实践平台和课程，不仅是给学生们提供的平台，也对老师们有了更高更新的要求。更新颖的教学方法和教学内容，来自我们不断接触和创造的新事物，也是我们不断进步和成长的原动力。把劳动教育、德育教育、美育教育融入实践教学指导过程，追求卓越、专注、精益、创新的工程实践课程，是我们的奋斗目标，也是我们“工训人”的使命。

看着大家的作品，我感觉，这一百多个日夜、十几个周末的辛苦没有白费。期待同学们在接下来答辩中的完美表现。

作者：工程训练中心教师　赵子峥

12月27日　星期一　晴

校园安全管理工作参与者·李雅琪

上班路上，听着同学们讨论着刚刚过去的研究生考试，我的思绪又回到了上周末的全国硕士研究生招生考试，在强降温天气中，我与公安处的同事们一同进行了安全保障。

在常态化疫情防控的背景下，对各地考生的核验面临着更大的压力。安保人员佩戴着口罩和一次性手套等防护物资，严格一一核验入校考生的健康码等信息，确保防疫工作落实、落细、落到位。

各科室提前对所有相关楼宇进行了消防安全检查与隐患排查。24日晚，学生下课后，各校区开始热火朝天的布置现场，拉警戒带、设置护栏进行区域封控。夜里，安保队员始终在考场周边进行巡逻，提醒每一个路过的行人减速慢行、避免冲撞危险。考试期间，每天天还没亮，所有人员就都出现在执勤岗位，开始一天的忙碌，连吃饭都是顶着寒风站在路边解决。

严寒也阻挡不了温暖的传递：有的学生前往其他考场的时间来不及，安保人员随手放下自己的早饭把他们送到校门口；有的学生没带要求的材料，安保人员指路最近的打印店并安抚学生情绪；有的学生考场比较远，安保人员把自己拦的出租车让给了他们；学生遗落的各种物品全部在校园“110”代为保管……公安处全员齐心协力，在关键节点全力提供安全保障，细心服务师生医务员工。

在科技创新强安的背景下，学校大力推进建设的智慧化综合管理平台又一次发挥了作用。根据各校区的安保工作方案定位考场周边设备，校领导在综合指挥中心统筹调度、科学谋划、实时指挥，确保考试相关工作平稳、顺利推进。

整场研究生考试，公安处党支部充分发挥了战斗堡垒作用。我们会继续夯实校园安全基础，为学校坚持社会主义办学方向和事业改革发展做好安全保障！

作者：公安处工作人员　李雅琪

12 月 28 日　星期二　晴

数学学院、金融研究院“百年奋斗路，青年传新声”宣讲团队长 · 王馨悦

作为“百年奋斗路，青年传新声”宣讲团的队长，我组织开展了宣讲团的第一次研学、备课活动，为即将开展的党的十九届六中全会精神宣讲备好课、写好纲。

我们宣讲团的宣讲题目是“中国共产党百年奋斗的历史经验”。在本次研学、备课活动开展一周前，宣讲团的成员们和指导教师张志越已经进行了第一次团队会议，我们共同商讨确定了宣讲题目、宣讲内容以及宣讲方式等，张老师对我们的宣讲内容也提出了建议和要求。其间，我和队员也到中心校区的分会场，现场聆听了郭新立书记以“奋斗百年路 启航新征程——学习党的十九届六中全会精神”为题的专题思政课讲授。郭新立书记从党的百年历史和学校事业发展两个维度对全会精神进行了解读和阐释，让我受益匪浅，其结合具体案例、数据和图表解读阐释的宣讲方式，也让我和队员们深受启发。我们结合宣讲情况对宣讲方式进行了学习调整。

本次研学活动分为两个环节。第一个环节是团队成员分别对过去一周的学习情况以PPT演讲的形式进行汇报。我们依次上台以“坚持党的领导”“坚持人民至上”“坚持理论创新”“坚持独立自主”“坚持中国道路”“坚持胸怀天下”“坚持开拓创新”“坚持敢于斗争”“坚持统一战线”“坚持自我革命”为主题进行学习汇报。通过聆听队员的演讲，我更加深刻地理解了党的十九届六中全会精神，令我印象最为深刻的是梁昊同学的演讲，他从是什么、为什么、怎样做三个维度，结合具体案例数据阐释了“坚持人民至上”的深刻内涵。

第二个环节是团队成员集中研讨并相互交流建议。在研讨过程中我们发现了宣讲PPT内容冗余、部分专题理论性过强不易理解等问题，明确了后续改进的方向，也明确了作为青年学子身上肩负的责任与使命。大家一致表示，要认真做好党的十九届六中全会精神的宣讲工作，更加坚定、更加自觉地践行初心使命。

我想，我们要用“青年方式”让党的十九届六中全会精神启发青年思想、启迪青年智慧、鼓舞青年精神，向同学们传播青年新声。

作者：数学学院2020级硕士研究生　王馨悦

12 月 29 日　星期三　晴

期末忙碌者 · 何语轩

高中的我从未想过，大学的期末会是如此忙碌。昨天，我刚刚拒绝了舍友一起看晚会跨年的邀请，专心致志地投入到我的期末作业中。

一篇综述、一篇论文、一份电子地图……我想，我一定可以挑选三个题目，在充裕的时间中顺利完成和提交这些作业。但是预留了复习时间后，写作业的时间就来不及了。我不断地收集资料、整理、找图，来填充我的电子地图，一直到今天下午才开始用 PS 软件制作电子地图。在这次的绘图中，我充分认识到了考古并不是只靠田野发掘，发掘后的资料整合也是很重要且烦琐的一部分。在制作电子地图的几个小时里，我一直瞪大双眼，在地图上搜索遗址的具体位置，通过不断地放大缩小，判断这个遗址点大概会在我的电子地图上的哪个位置。我再次感叹，考古是一项需要全情投入的工作，必须充满热爱和耐心才能做好。

完成了电子地图，新石器时代考古的课程论文就要继续开始写作了。我从自己的综述论文中的一个方面展开叙述，作为新石器课程论文的主题。本来以为内容主题已经拟好，文献也有不少，应该完成得很快。但是，到晚上的时候，我发现我还有很多该看的资料没找，很多发掘报告还要查找。看了看奋斗两个小时才写出来的 1000 字，重重叹了口气。“今天努力写，明天也努力写，就一定能写得完。写完了，元旦就可以一起复习要考的科目了。去年没有取得的好成绩，今年一定要好好努力。”朋友开始鼓励我。听了她的话，我又充满了动力，投入到了新一轮论文写作中……

在期末作业的写作中，我明白了事情不能都拖到最后才完成，要有合理的时间规划。同时，论文写作是一个学习的过程，在查找资料和写作时，也会对我选定的主题有一个全面的了解和认识，甚至会了解到这个主题之外的很多知识，大大拓宽了我的知识面，为我后续的学习打下更坚实的基础！

作者：历史文化学院2020级本科生　何语轩

12月30日　星期四　晴

“医”见倾心研究生新年联谊晚会参加者·王　宁

“医”见倾心临床医学院新年联谊晚会如约而至，作为晚会的开场舞参演人员兼工作人员，这次晚会对我来说有着独特的意义。

且不说服装、妆容、发型上的设计心思，单单是晚会前的排练，动作幅度、音乐卡点相当严格，灯光、背景、节目成了这两天的关键词。彩排之余，作为工作人员的我，还需要帮忙装饰会场、检票、拍照，以及充当观众配合游戏环节的彩排。但当大家踏上正式演出的舞台时，一切都值了。

一个个节目和丰富的互动环节使整个现场沉浸在欢声笑语中，还有开心麻花团队嘉宾带大家领略即兴戏剧体验，感受幽默风趣的舞台风格。

这个舞台，有歌。歌手将无比深厚的感情，用饱含深情的嗓音，温暖了冬季。徐雅妮和胡朝鲁带来的《手心的蔷薇》，唱出了知己情谊。

这个舞台，有舞。张欣然和郑祺两位甜酷女孩，带来了舞蹈《Magic》。

这个舞台，有器乐。王婷玉带来了婉转悠扬的古筝曲目《万疆》，熟练的指法，流畅的曲调，与身后宣传片里日益强大的祖国交相辉映。

开心麻花团队嘉宾和现场观众进行了名为“迟到的员工”的互动，围绕“为什么迟到、怎么来的、谁能证明”展开，观众现场开动脑筋想答案，几名员工负责趁老板不注意，用无声的表演给迟到的员工提示答案，逗得全场捧腹大笑。

晚会以刘冬冬、董一、徐毅、邱子懿、朱瑞祺、胡朝鲁、徐雅妮给我们带来的歌曲串烧《青花瓷—明天你好—有点甜—小幸运—追光者—lemon—少年—星辰大海》结尾，预示着2022年的我们，将更加敢于对明天说你好，做一个少年追光者，去拥抱理想的星辰大海。

2021年就要过去了，2022年即将来临，新的一年，星光不散，定再相约。

作者：临床医学院2021级硕士研究生　王　宁

12月31日　星期五　晴

山东大学教师教学创新大赛参赛者·任　荣

2021年岁末，作为管理学院教师代表，我参加了山东大学教师教学创新大赛副高组的比赛。

参赛之于我，是挑战，也是鞭策。接到比赛通知后，我感到紧张兴奋，同时也焦躁不安。从教15年了，竟然从未参加过类似的比赛，还算个“新手”“小白”，略有些无从下手。但随着参与的深入，这次参赛慢慢成为一次对课程设计与教学创新的系统思考和全面整理。从教的15年里，关于教学创新，我曾进行过很多大胆的设想和勇敢的尝试，一直都没机会系统地思考和整理。既然适逢其时，那便一鼓作气吧。

备赛的过程，磨“智”更磨“心”。从理念目标重构到课程体系规划，从学情分析到课程内容创新，从过程方法突破到课程考评完善，从单项做法创新到逻辑脉络提炼，全面考察了一名高校教师的基本素养。在经历一次次纠偏、修改、完善和试讲后，才完成了参赛资料的精心准备和最终呈现，此乃“磨智”。磨课过程中，来自时间有限、经验缺失和其他工作事项的压力，也不免会让人焦虑和应接不暇，此乃“磨心”。

但也正是这一经历，让我有机会全面系统地梳理了多年教学工作中积累的创新做法和经验教训。教学中要想做到“创新”二字，就要以学生发展为中心，以解决问题为导向，在输出知识的同时兼顾师生互动，让学生从被动的知识接收者转变为主动的知识分享者，以丰富多元的现代教学工具和方式带动学生积极地参与到教学环节中，促使学生在“学、思、践、悟”的过程中收获知识、反思总结、践行理论、提高觉悟，真正做到“以知促行，以行求知”，为培养新时代高素质、综合性人才奠定基础。

参赛过程中，教学促进与教师发展中心朱征军老师的一句话对我启发很大——“希望通过比赛，让更多的老师都能爱教学、善教学、敢创新，在教学创新的探索和实践中获得更多的成就感，不断提高课程教学质量和育人水平”。是的，教学创新，应该成为唤醒“以学生发展为中心”理念的出发点，成为焕发课程和教学生命力的突破点，成为教师队伍建设和能力提升的切入点，最终形成推动高校教育升级的有效动力。

作者：管理学院教师　任　荣

后 记

岁月如歌，这是《山大日记》陪伴山大走过的第九个年头。这一年，是中国共产党成立100周年，也是山东大学建校120周年。当强校兴国的铿锵旋律交织回响，组成这首优美乐曲的一个个动人音符，便是闪耀着不同山大人风采的精彩每一天。

如果说，山大是那风华正茂的年轻人，或许，《山大日记》便是由山大人栽种的精神文化之树，由一棵小树苗到逐渐成长得枝繁叶茂，守护校园四季，带着喜悦迎接不同的生动面庞，再听他们带着珍重讲述这一年的独特一天，在时光中见证了成长的点滴。

建党百年恰逢建校百廿，喜悦与奋进同行，这是山大人的荣耀。

不同的山大人在各自的岗位上，讲述了自己亲历建党百年的喜悦。材料科学与工程学院院长赵国群作为全国优秀党务工作者现场参加了庆祝中国共产党成立100周年大会，他在日记中分享了自己的感受，让他感触很深的是，“习近平总书记讲话中提及‘人民’的次数特别多”。药学院教职工厉保秋作为一名有者35年党龄的老党员，在党的百岁生日当天缴纳了一万元的特殊党费，同时还介绍了一名同志入党，他高兴地记录下这一天：“我想在这个特殊时刻，用最朴实的方式表达长期以来对党的感恩和感激之情!”管理学院本科生白秋雨参加《全国大学生党史知识竞答大会》节目，回想与其他99所高校青年代表齐聚一堂，听他们讲述自己的故事和对党史的理解，她有感而发："从历史中走来，我们一同去遇见、去创造今天的可爱中国。"正逢校园里举办献礼中国共产党百年华诞主题音乐会，基础医学院本科生朱康明在日记里抒发了每一个节目上演时自己的感悟，如数家珍。洪闻戏剧节上，文学院硕士研究生彭天宇在戏剧《火种》里扮演华岗的角色，心潮澎湃："作为新时代的青年学子，我们应当把这一粒火种传承和发扬下去，让它绵延不绝，越烧越旺。"

在距离百廿校庆120天之际，学校发行了纪念封和专属明信片，收到同时有书记校长亲笔签名明信片的刘继勐校友说："在周末召开的2021年度校友代表大会上，我可能是60万山大校友中最幸福、最幸运的一位。"参加新加坡校友会组织的120公里接力跑的张潇校友深情回忆："走过千山万水，我们依然追忆在母校的青葱岁月，朴实又美丽；身在海角天涯，我们依然铭记母校老师们的谆谆教诲，砥砺前行。"党办校办教职工荣晓燕发来了30多年前与同窗好友共绘的手抄报参加"百廿校庆作品征集"活动，难掩激动心情："我们这份小小手抄报，亦汇入学校百廿年发展的历史长河，记录了青年学子爱国爱校的情怀。"齐鲁医院心脏外科重症监护室护士王云作为山东省援鄂医疗队队员代表参观了校史馆、校友馆、人文社科展、抗疫主题展，感慨万千："为这个国家的迅猛发展而感动，也为山东大学的美好变化而感动。"校庆日当天，哲学系1977级校友曹晓武现场参加了山东大学庆祝建校120周年大会以及一系列校庆主题的文化活动，心潮澎湃："今天令人难忘的不仅是丰富多彩、组织有序的校庆活动，还是母校在建设中国特色世界一流大学进程中的快速发展，更是众多校友同学关心母校、情系母校的情谊。"当震撼人心的庆祝山东大学建校120周年音乐舞蹈晚会《为国育贤》在雷鸣的掌声中落幕，演出参加者田思祺的心中只觉得酣畅淋漓，不胜荣幸："所有的汗水全部化为激动的泪水，一切都是无比值得！"

为国育贤结合立德树人，光荣与使命共生，这是山大人的传承。

为天下储人才，源自山大教职医务员工对教育初心的坚守。本科生院工作人员张潇月在深入学习贯彻习近平总书记给《文史哲》编辑部重要回信精神研讨会召开后，回顾了参与其中的点滴感悟，并对“为新文科的建设和中国特色哲学社会科学的构建贡献一份力量”感到幸运；水中机器人KAPI工程训练参加者张建阳最初迷惑于“学以致用”的实现途径，直到在孙康宁、张景德等老师的耳濡目染下才觉悟“知识就是力量，但你只有会运用知识，才能得到力量”；管理学院党委副书记周琳同定向西藏生暖心交流，聆听她响应时代召唤的青春梦想，也帮助学生“找到技能转化的钥匙”。除了优秀的引路人，学校的“三全育人”举措和无声关爱体现在一个个细节里。青岛校区校车司机杨忠贤与同事们在春季学期学生返校日驾驶校车往返于地铁站与学校之间，解决同学们到校“最后一公里”的问题，看到学生脸上的幸福表情，他感到工作值得；结束一天工作漫步校园的环保科工作人员丁昌“看到学校里绿树成荫，干净整洁，心情都觉得很愉快”，幸福就是这么简单。

为国家图富强，映射出山大师生将个人梦想融入国家发展的无悔选择。大年初一，本应是阖家团圆的日子，岩土与结构工程研究中心的许振浩教授却与同事仍然坚守在新疆项目工地一线，把所学和研究成果应用于指导施工和灾害防控。空间科学与物理学院副教授李勃回忆起所在的行星科学团队承担起评估和预测火星尘暴、保障“天问一号”着陆任务的难忘历程，为能够投身中国首次火星探测任务，“感到无比光荣和自豪”。研究生支教团成员岳家楠精心准备新学期课堂的见面环节，也在教师节第一次收到学生的真挚祝福，她直言：“来到确山七小进行为期一年的支教生活，是我做过最正确的决定。”赴西部、基层和国家重点行业就业毕业生表彰大会参加者杨小雪看着身边同样将扎根祖国各地的同学，在心中默默起誓：“愿以奋斗之青春，砥砺山大精神。”无论在空天工程还是深山隧道，在基层一线还是大江南北，山大人在祖国最需要的地方发光发热，让山大精神闪耀着胜于宝石的光芒。

学无止境伴随气有浩然，探索与创新交融，这是山大人的胆魄。

百廿年积累的底气，让山大人更有勇气去推陈出新，去迎难而上。日记里，有成功登峰的开怀大笑，也不乏追忆往事的珍重默念，正是有哭有笑，才真实生动，才弥足珍贵。正值寒冬，万物入眠，环境学院本科生朱姜昊的身影却随越冬的黑颈鹤出现在拂晓的拉萨，他所在的团队将对这一区域的越冬黑颈鹤进行种群数量观测，进而评估全球黑颈鹤栖息现状和种群变化，“只有深入拉萨河谷的原始湿地，亲自考察调研‘雪域神鸟’的越冬生活，在这个离天空最近的地方，才能真切体会到人与动物、人与自然和谐相处的美好。”工程训练中心智能制造课程教师侯嘉瑞“首秀”文工融合课程，既期待又紧张，而学生求知的眼神无疑是对“新工科”建设最大的鼓舞。王大珩光学奖获得者、物理学院博士生逄驰得知自己获奖时正在拉贝河畔思念彼岸晨光初现的山大校园，回想起一路历程已潸然泪下，“半年之后即将返程，愿尽可能地汲取知识，将来之不易的海外求学之旅的所学所见应用于实际”，言语不多却恳切至极。

还有许多的山大人，看似平凡，却一直努力地成为那一道光，将他人照亮。基础医学院本科生王子铭面对捐献造血干细胞的选择毫不犹豫：“我真心希望能有更多的人加入中华骨髓库志愿者的群体中来，也许，我们都会有缘遇到世界上的另一个自己。”对于优秀退役大学生士兵王长号而言，过去两年的军旅时光“成为受益终生的立身之根、做人之道、成业之本”；护理与康复学院本科生焦梦典则在日记里写道：“今天是我在山大的最后一天。昨天，我正式接到了《入伍通知书》，这意味着我即将真正踏上军旅生涯，儿时的军旅梦即将实现。”“自强之星”获得者赵晓欢在遇到生活挫折时从不言弃，以坚韧的拼搏精神闯出自己的一片天空，她说：“这些荣誉的背后是山大对我的培养，因此，我应该去为社会、为身边的人做些什么。”一个学校的气质总是要通过它的学生体现出来，这样潜移默化而传承的，便是浩然正气，便是山大担当。

2021 年的《山大日记》依旧平凡而不凡——因为记录平凡而变得不

凡。它就在你的身边，陪你重温国家民族发展的峥嵘岁月，伴你见证山大的前行足迹；它就记录着你的生活，

留住你的喜怒哀乐，铭记你的独家时刻。捧着这本书的亲爱的你啊，是你的注视让这本书变得如此特别。这是365位山大人的拳拳之心、殷殷之情，与你一同期许下一年的相约。

编　者

2021年12月

图书在版编目(CIP)数据

山大日记.2021/桑晓旻主编.—济南:山东大学出版社,2022.6

ISBN 978-7-5607-7548-7

Ⅰ.①山… Ⅱ.①桑… Ⅲ.①新闻—作品集—中国—当代 Ⅳ.①I253

中国版本图书馆 CIP 数据核字(2022)第 107011 号

责任编辑 陈佳意
文案编辑 孟希亚
封面设计 杜 婕

出版发行 山东大学出版社
社 址 山东省济南市山大南路 20 号
邮政编码 250100
发行热线 (0531)88363008
经 销 新华书店
印 刷 东港股份有限公司
规 格 720 毫米×1000 毫米 1/16
37.25 印张 4 插页 537 千字
版 次 2022 年 6 月第 1 版
印 次 2022 年 6 月第 1 次印刷
定 价 99.00 元